Né en 1960, d'abord journaliste économique, musicien, auteur interprète et leader de l'un des groupes pop les plus célèbres de Norvège, Jo Nesbø a été propulsé sur la scène littéraire en 1997 avec la sortie de *L'homme chauve-souris*, récompensé en 1998 par le Glass Key Prize attribué au meilleur roman policier nordique de l'année. Il a depuis confirmé son talent en poursuivant les enquêtes de Harry Hole, personnage sensible, parfois cynique, profondément blessé, toujours entier et incapable de plier. On lui doit notamment *Rouge-Gorge*, *Rue Sans-Souci* ou *Les cafards* initialement publiés par Gaïa Éditions, mais aussi *Le sauveur*, *Le bonhomme de neige*, *Chasseurs de têtes* et *Le léopard* disponibles au catalogue de la Série Noire.

« Qui est celui-ci qui vient d'Édom, / De Bosra, en vêtements rouges, / En habits éclatants, / Et se redressant avec fierté dans la plénitude de sa force ?

— C'est moi qui ai promis le salut, qui ai le pouvoir de délivrer. »

Ésaïe, 63

PREMIÈRE PARTIE

AVENT

CHAPITRE 1

Août 1991
Les étoiles

Elle avait quatorze ans, et elle était sûre qu'en fermant très fort les yeux et en se concentrant elle verrait les étoiles à travers le toit.

Des femmes respiraient autour d'elles. Des respirations lourdes et régulières de dormeuses. Seule une ronflait : c'était tante Sara, qu'elles avaient placée sur un matelas sous la fenêtre ouverte.

Elle ferma les yeux et essaya de respirer comme les autres. C'était difficile de dormir, d'autant que brusquement tout était complètement nouveau et différent alentour. Les bruits de la nuit et de la forêt qui lui parvenaient par la fenêtre, ici à Østgård, étaient autres. Les gens qu'elle avait si bien appris à connaître au cours des réunions au Temple et durant les camps d'été n'étaient pas non plus les mêmes. Même elle n'était plus celle qu'elle avait été. Le visage et le corps qu'elle avait vus dans le miroir au-dessus du lavabo étaient nouveaux, cet été-là. Ainsi que ses sentiments, ces étranges courants chauds et froids qui la traversaient quand les garçons la regardaient. Ou plus exactement quand l'un d'entre eux la regardait.

Robert. Lui aussi était devenu quelqu'un d'autre, cette année.

Elle rouvrit les yeux dans le noir. Elle savait que Dieu avait le pouvoir d'accomplir de grandes choses, dont celui de la laisser voir les étoiles à travers le toit. Si seulement Il le voulait bien.

La journée avait été longue et riche en événements. Le vent chaud d'été faisait bruire les épis dans les champs, et les feuilles dansaient avec fougue, laissant ruisseler sans fin la lumière sur les estivants assis dans l'herbe du pré. Ils écoutaient l'un des cadets de l'école d'officiers de l'Armée du Salut parler de ses activités de prédicateur dans les Féroé. Il était sympathique, et parlait avec beaucoup d'ardeur et d'enthousiasme. Mais elle avait été plus occupée à chasser un bourdon qui tournait autour de sa tête, et lorsque celui-ci avait subitement disparu, la chaleur l'avait rendue somnolente. Quand le cadet avait conclu, tous les regards s'étaient tournés vers le commandeur, David Eckhoff, qui avait posé sur eux ses yeux jeunes et rieurs, bien qu'il eût plus de cinquante ans. Il avait effectué le salut de leur armée, la main droite levée sur l'épaule, l'index dirigé vers le royaume céleste, et clamé un tonitruant « Alléluia ! ». Il avait alors prié afin que le travail du cadet au sein des miséreux et des exclus soit béni, avant de leur rappeler ce qui figurait dans l'évangile selon saint Matthieu : que Jésus Sauveur pouvait passer parmi eux comme un étranger dans la rue, peut-être un récidiviste, sans nourriture, sans vêtements. Et qu'au jour du Jugement dernier, les justes, ceux qui auraient aidé les plus faibles, recevraient la vie éternelle. Cela avait dû être un assez long discours, mais il y avait eu un chuchotement qui lui avait fait dire en riant que oui, c'était le quart d'heure des jeunes qui était au programme, et qu'aujourd'hui c'était le tour de Rikard Nilsen.

Elle avait remarqué que Rikard forçait sa voix au moment où il avait remercié le commandeur. Comme à son habitude, Rikard avait préparé par écrit ce qu'il allait dire, avant de l'apprendre par cœur. Il récitait maintenant son texte sur le combat auquel il voulait consacrer sa vie, le combat de Jésus pour le royaume de Dieu. Avec nervosité et pourtant de façon monotone, soporifique. Son regard de biais et introverti s'arrêtait souvent sur elle. Elle battit des paupières en observant sa lèvre supérieure en nage se mouvoir pour former les phrases bien connues, convenues, ennuyeuses. Elle n'avait donc pas réagi quand la main avait touché son dos. Pas avant qu'elle se soit mue en pointe de doigts descendant le long de sa colonne vertébrale, puis plus bas, la faisant frissonner sous sa fine robe d'été.

Elle se retourna et regarda dans les yeux bruns et rieurs de Robert. Et elle aurait aimé être aussi sombre de peau que lui, pour qu'il ne la voie pas rougir.

« Chut », avait soufflé Jon.

Robert et Jon étaient frères. Bien que Jon fût l'aîné d'un an, nombreux étaient ceux qui les prenaient pour des jumeaux lorsqu'ils étaient plus jeunes. Mais Robert avait à présent dix-sept ans, et même si leurs visages étaient toujours ceux de deux frères, la différence s'était faite plus nette. Robert était gai, insouciant, il aimait plaisanter et jouait bien de la guitare, mais il était moins assidu concernant l'office au Temple, et ses plaisanteries pouvaient parfois aller un peu loin, surtout s'il remarquait qu'il en faisait rire d'autres. À ce moment-là, c'était souvent Jon qui intervenait. Jon était un garçon intègre et consciencieux dont la plupart pensaient qu'il ferait l'école d'officiers et — sans que cela soit ouvertement dit — qu'il se trouverait une fille dans l'Armée. Ce dernier point ne semblait pas si évident en ce qui concernait Robert. Jon mesurait deux centimètres de plus que Robert, mais de façon assez surprenante, c'était ce dernier qui paraissait le plus grand. Cela venait de ce que Jon, dès ses douze ans, avait commencé à se voûter, comme s'il portait tout le poids du monde sur ses épaules. L'un comme l'autre étaient bruns et avaient de beaux traits réguliers, mais Robert avait un avantage sur Jon. Quelque chose derrière les yeux, de noir et de joueur, qui la fascinait et l'effrayait en même temps.

Tandis que Rikard parlait, elle avait parcouru des yeux cette assistance de visages connus. Un jour, elle se marierait avec un garçon de l'Armée du Salut, ils seraient peut-être affectés dans une autre ville, dans une autre région. Mais ils ne reviendraient jamais ici, à Østgård, que l'Armée venait d'acheter et qui était dorénavant leur lieu de villégiature estivale à tous.

À l'écart de l'assistance, un garçon blond était assis sur les marches de la maison, caressant un chat qui s'était couché sur ses genoux. Elle vit à son expression qu'il venait tout juste de la regarder, mais qu'il avait eu le temps de détourner les yeux avant qu'elle ne croise son regard. Il était le seul ici qu'elle ne connaissait pas, mais elle savait qu'il s'appelait Mads Gilstrup, qu'il était le petit-fils des anciens propriétaires d'Østgård, qu'il avait quelques années de plus qu'elle et que la famille Gilstrup était riche. Il était en fait assez beau, mais il avait un côté solitaire. Et que faisait-il ici, du reste ? Il était arrivé la veille au soir, et avait traîné alentour, une ride teigneuse en travers du front, sans parler à personne. Mais elle avait senti son regard sur elle à plusieurs reprises. Tout le monde la regardait, cette année. Ça aussi, c'était nouveau.

Elle fut tirée de ses pensées quand Robert lui prit la main, glissa quelque chose dedans en disant : « Viens dans la grange quand le général en herbe aura fini. Je veux te montrer un truc. »

Puis il se leva et s'en alla. Elle regarda dans sa main et faillit pousser un cri. L'autre devant la bouche, elle laissa tomber ce qu'elle tenait dans l'herbe. C'était un bourdon. Il bougeait toujours, mais n'avait plus ni pattes ni ailes.

Rikard eut enfin terminé, et elle resta assise à regarder ses parents ainsi que ceux de Robert et Jon faire de la place pour installer les tables pour le café. Les deux familles étaient ce que l'on qualifie dans l'Armée d'influentes dans leurs paroisses respectives d'Oslo, et elle savait qu'on la tenait à l'œil.

Elle mit alors le cap vers les cabinets extérieurs. Ce ne fut que lorsqu'elle eut passé le coin et qu'elle fut hors de vue qu'elle fonça dans la grange.

« Tu sais ce que c'est que ça ? » lui demanda Robert l'œil rieur, d'une voix qu'il n'avait pas l'été précédent.

Allongé sur le dos, il taillait un bout de racine à l'aide du couteau pliant qu'il portait en permanence à la ceinture.

Il leva alors la racine devant lui et elle vit ce que c'était. Elle l'avait vu sur des dessins. Elle espéra qu'il faisait suffisamment sombre là où ils étaient pour qu'il ne la voie pas rougir de nouveau.

« Non », mentit-elle en s'asseyant à côté de lui dans le foin.

Il posa sur elle ce regard taquin, comme s'il savait à son sujet quelque chose qu'elle-même ne savait pas. Elle le regarda à son tour et se renversa sur les coudes.

« Quelque chose qui va ici », expliqua-t-il, et en glissant soudain la main sous sa robe. Elle sentit la dure racine contre l'intérieur de sa cuisse et, avant qu'elle ait eu le temps de resserrer les jambes, l'objet buta contre sa culotte. Le souffle du jeune homme était chaud contre sa gorge.

« Non, Robert, chuchota-t-elle.

— Mais je l'ai fait spécialement pour toi, feula-t-il en retour.

— Arrête, je ne veux pas.

— Tu me dis non ? À moi ? »

Elle perdit le souffle, ne réussissant ni à répondre ni à crier, et ils entendirent brusquement la voix de Jon à la porte de la grange : « Robert ! Non, Robert ! »

Elle sentit qu'il lâchait, qu'il abandonnait, et la racine demeura entre ses cuisses serrées lorsqu'il retira sa main.

« Viens ici ! » ordonna Jon sur le ton qu'il aurait employé avec un chien désobéissant.

Robert s'était relevé avec un petit rire, lui avait fait un clin d'œil avant de sortir en courant sous le soleil rejoindre son frère.

Elle s'était assise pour ôter le foin de sa robe, se sentant à la fois soulagée et honteuse. Soulagée parce que Jon avait interrompu ce jeu sauvage. Honteuse parce qu'il avait semblé croire que c'était plus qu'un jeu.

Plus tard, pendant la prière précédant le repas, elle avait levé les yeux et croisé le regard brun de Robert, et elle avait vu ses lèvres former un mot qu'elle n'avait pas compris, mais elle avait pouffé de rire. Il était fou ! Et elle était… oui, qu'est-ce qu'elle était ? Folle, elle aussi. Folle. Et amoureuse ? Oui, amoureuse, exactement. Et pas comme elle l'avait été à douze ou treize ans. Elle en avait quatorze, et c'était plus grand. Plus important. Et plus captivant.

Elle sentit bouillonner le rire en elle tandis qu'elle essayait de faire des trous dans le toit par la force de son regard.

Tante Sara grogna et cessa de ronfler sous la fenêtre. Elle entendit un ululement. Un hibou ?

Il fallait qu'elle aille faire pipi.

Elle n'en avait pas vraiment la force, mais elle le devait. Passer dans l'herbe moite de rosée devant la grange, sombre et toute différente en pleine nuit. Elle ferma les yeux, mais en pure perte. Elle s'extirpa de son sac de couchage, glissa les pieds dans ses sandales et se faufila jusqu'à la porte.

Quelques étoiles étaient apparues dans le ciel, mais elles disparaîtraient de nouveau lorsque le jour poindrait à l'est, d'ici une heure. Un air frais lui caressait la peau tandis qu'elle trottinait en écoutant des bruits nocturnes dont elle ignorait la nature. Des insectes qui se tenaient tranquilles dans la journée. Des animaux qui chassaient. Rikard avait dit avoir vu des renards un peu plus loin, dans le petit bois. Ou bien c'étaient les mêmes animaux que pendant la journée, ils faisaient simplement d'autres bruits. Ils se transformaient. Changeaient d'apparence[1], en quelque sorte.

1. La notion d'apparence (*ham* en norvégien, *hamr* en vieil islandais) à laquelle fait référence l'auteur ici est une notion magique très

Les cabinets extérieurs étaient un peu isolés, sur une petite butte derrière la grange. Elle les voyait grossir en approchant. Le drôle de bâtiment de guingois était fait de planches non peintes que le temps avait tordues, craquelées et rendues grises. Pas de fenêtre, seulement un cœur dans la porte. Mais le pire concernant ces toilettes, c'est qu'il était impossible de savoir si elles étaient occupées ou non.

Et elle avait la nette sensation qu'elles l'étaient.

Elle toussa, de telle sorte que celui ou celle qui était éventuellement à l'intérieur puisse signaler sa présence.

Une pie s'envola d'une branche à la lisière du bois. Hormis cela, tout était calme.

Elle monta les marches de pierre. Saisit le cube de bois qui faisait office de poignée. Le tira vers elle. Le réduit noir béait vers elle.

Elle souffla. Il y avait une lampe de poche à côté de la lunette, mais elle n'eut pas besoin de l'allumer. Elle souleva le couvercle avant de fermer la porte et de rabattre le crochet. Elle remonta alors sa chemise de nuit, baissa sa culotte et s'assit. Dans le silence qui suivit, il lui sembla entendre quelque chose. Ce n'était pas un animal, une pie ou un insecte qui avait changé d'apparence. Ça se déplaçait rapidement dans les hautes herbes, à l'extérieur des cabinets. Le son du ruissellement couvrit alors les autres bruits. Mais son cœur s'était déjà mis à tambouriner.

Quand elle eut terminé, elle remit prestement sa

---

ancienne. Sur ce sujet, voir R. Boyer, *Le monde du double. La magie chez les anciens Scandinaves*, L'Île Verte / Berg International, 1986. *(Toutes les notes sont du traducteur.)*

culotte et s'immobilisa un instant dans l'obscurité, l'oreille tendue. Mais tout ce qu'elle entendait à présent, c'était un vague murmure dans les feuilles, et son propre sang qui battait dans ses oreilles. Elle attendit que son pouls se fût calmé avant de relever le crochet et d'ouvrir la porte. La silhouette sombre emplissait pratiquement toute l'ouverture. Il avait dû attendre, immobile sur les marches. L'instant suivant, elle était étendue sur le siège des toilettes, il était penché sur elle. Il tira la porte derrière lui.

« Toi ? murmura-t-elle.

— Moi », confirma-t-il d'une voix étrangère, tremblante et grumeleuse.

Puis il fut sur elle. Ses yeux scintillaient dans le noir pendant qu'il lui mordait la lèvre inférieure jusqu'au sang, et que l'une de ses mains s'infiltrait sous la chemise de nuit pour lui arracher sa culotte. Elle était comme paralysée sous la lame du couteau qui brûlait contre la peau de sa gorge tandis qu'il lui donnait des coups de reins avant même d'avoir retiré son pantalon, comme un clébard en rut.

« Tu dis un seul mot, et je te taille en pièces », chuchota-t-il.

Et elle ne dit jamais un seul mot. Car elle avait quatorze ans, et elle était sûre que si elle fermait les yeux très fort et se concentrait, elle verrait les étoiles à travers le toit. Dieu avait le pouvoir d'accomplir ce genre de choses. Si seulement Il le voulait bien.

CHAPITRE 2

Dimanche 14 décembre 2003
Visite à la maison

Il étudia ses propres traits dans le reflet que lui renvoyait la fenêtre de la rame. Essayant de voir ce que c'était, où était le secret. Mais il ne vit rien de spécial au-dessus de ce foulard rouge, simplement un visage inexpressif, flanqué d'yeux et de cheveux qui, contre les parois du tunnel entre Courcelles et Ternes, étaient aussi noirs que la nuit éternelle du métro. Il avait un numéro du *Monde* sur les genoux, dans lequel on annonçait de la neige, mais au-dessus de lui les rues de Paris étaient encore froides et nues sous une couche nuageuse basse et impénétrable. Ses narines se dilatèrent et il inhala l'odeur faible mais bien distincte de ciment humide, de transpiration, de métal chauffé à blanc, d'eau de Cologne, de tabac, de laine humide et d'acide cholique, une odeur que ni l'eau ni l'air ne parvenaient à chasser des sièges des voitures.

La dépression provoquée par une rame arrivant en sens inverse fit vibrer la vitre, et l'obscurité fut momentanément repoussée par de pâles carrés de lumière qui passèrent en tremblotant. Il remonta sa manche de manteau et regarda sa montre, une Seiko SQ50 qu'il avait reçue en paiement par tranches de la part d'un client. Elle avait déjà des rayures sur le verre, et il n'était par conséquent pas sûr qu'elle fût authentique. Sept heures et quart. On était dimanche soir, et la voiture n'était qu'à moitié pleine. Il regarda autour de lui. Des gens dormaient dans le métro, ils dormaient toujours. Surtout en semaine. Ils se déconnectaient, fermaient les yeux et laissaient le trajet quotidien devenir un espace de néant privé de rêves, strié de lignes bleues ou rouges sur un plan, comme un lien muet entre le travail et la liberté. Il avait lu l'histoire d'un homme qui avait ainsi passé une journée entière dans le métro, les yeux fermés, dans un sens, dans l'autre, et ce n'était que lorsqu'on avait dû vider le wagon pour la nuit qu'on s'était rendu compte qu'il était mort. Et il était peut-être justement descendu ici, dans les catacombes, dans ce but précis : pouvoir tracer tranquillement un lien bleu entre la vie et l'au-delà dans ce cercueil jaune pâle.

Il était pour sa part en train de tracer un trait dans l'autre sens. Vers la vie. Il restait ce boulot, ce soir, puis celui à Oslo. Le dernier boulot. Après quoi il sortirait des catacombes pour de bon.

Une alarme dissonante cria avant que les portes ne se referment à Ternes. Ils reprirent de la vitesse.

Il ferma les yeux et essaya de se figurer l'autre odeur. L'odeur des pastilles urinoir et de l'urine chaude. L'odeur de la liberté. Mais ce que sa mère, l'institutrice, avait dit était peut-être vrai. Le cerveau humain peut reproduire des souvenirs détaillés de tout ce que vous avez vu ou entendu, mais pas l'odeur la plus élémentaire.

Odeur. Les images commencèrent à défiler sur la

face interne de ses paupières. Il avait quinze ans, il était dans le couloir de l'hôpital de Vukovar, et il entendait sa mère répéter sa prière grommelée à l'apôtre Thomas, le saint patron des ouvriers du bâtiment, lui demandant d'épargner son mari. Il avait entendu le grondement de l'artillerie serbe qui tirait depuis le fleuve et les cris de ceux que l'on opérait à la pouponnière dans laquelle il n'y avait plus de nouveau-nés parce quc les femmes de la ville avaient cessé d'enfanter après le début du siège. Il avait travaillé comme garçon de courses à l'hôpital et avait appris à tenir les bruits à l'écart, aussi bien les cris que l'artillerie. Mais pas les odeurs. C'était principalement *une* odeur. Lors des amputations, les chirurgiens devaient en premier lieu ouvrir jusqu'à l'os, et pour que le patient ne se vide pas complètement de son sang, ils utilisaient ce qui ressemblait à un fer à souder pour brûler les artères jusqu'à ce qu'elles se referment. Et cette odeur de chair et de sang brûlés ne ressemblait à rien d'autre.

Un médecin était sorti dans le couloir et leur avait fait signe à lui et à sa mère d'entrer. Lorsqu'ils avaient approché du lit, il n'avait pas osé regarder son père, il avait gardé les yeux sur cette grosse main brune qui avait saisi le matelas et semblait vouloir le déchirer en deux. Et elle pouvait facilement y arriver, car c'étaient les mains les plus fortes de toute la ville. Son père était tordeur de fer, c'était lui qui allait sur les chantiers quand les maçons avaient terminé ; il posait ses grandes mains autour des extrémités des tiges qui armaient le béton et les tordaient en un mouvement rapide mais précis de telle sorte qu'elles s'entrelacent. Il avait vu travailler son père ;

on eût dit qu'il tordait une serpillière. Personne n'avait encore inventé de machine qui fît mieux le boulot.

Il ferma de nouveau très fort les yeux en entendant son père crier de douleur et de désespoir : « Faites sortir le gosse !

— C'est lui qui a demandé…

— Dehors ! »

La voix du médecin : « L'hémorragie a cessé, on commence ! »

Quelqu'un l'attrapa sous les bras et le souleva. Il essaya de regimber, mais il était si petit, si léger. Et ce fut alors qu'il sentit l'odeur. La chair et le sang brûlés.

La dernière chose qu'il entendit, ce fut à nouveau la voix du médecin : « La scie. »

La porte claqua alors derrière lui, et il tomba à genoux ; il essaya de prier là où sa mère s'était arrêtée. Sauve-le. Ampute-le, mais sauve-le. Dieu avait le pouvoir d'accomplir ce genre de choses. S'Il le voulait bien.

Il se sentit observé, rouvrit les yeux et fut de retour dans le métro. Sur le siège juste en face du sien, il vit une femme à la mâchoire serrée et au regard las et lointain qui se détourna quand il la regarda. La trotteuse de sa montre avançait par à-coups tandis qu'il se répétait l'adresse. Il se sonda. Son pouls semblait normal. Sa tête légère, mais pas trop. Il n'avait ni froid ni trop chaud, ne ressentait ni plaisir ni peur, ni bien-être ni malaise. La vitesse décrut. Charles-de-Gaulle-Étoile. Il jeta un dernier coup d'œil à la femme. Elle l'avait regardé attentivement, mais si elle devait le revoir, peut-être même dès ce soir, elle ne le reconnaîtrait de toute façon pas.

Il se leva et alla près des portes. Les freins gémirent doucement. Pastilles urinoir et urine. Et liberté. Qui était tout aussi impossible à s'imaginer en tant qu'odeur. Les portes s'ouvrirent.

*

Harry sortit sur le quai et s'arrêta pour inhaler l'air souterrain chaud tout en regardant le bout de papier sur lequel était notée l'adresse. Il entendit les portes se refermer et sentit un léger souffle dans son dos lorsque le train se remit en mouvement. Il se dirigea alors vers la sortie. Un panneau publicitaire au-dessus de l'escalier roulant lui apprit qu'il y avait des moyens d'éviter le rhume. Il toussa, comme en réponse, pensa « Plutôt crever », plongea la main dans la profonde poche de son manteau de laine et dénicha son paquet de cigarettes sous sa flasque et sa boîte de pastilles de colostrum.

La cigarette tressautait dans sa bouche au moment où il passa la porte de verre, laissant derrière lui l'étrange chaleur artificielle du sous-sol d'Oslo pour grimper quatre à quatre l'escalier le menant vers le froid et l'obscurité on ne peut plus naturels à Oslo en décembre. Harry se recroquevilla instinctivement. Egertorget. La petite place ouverte était un croisement de rues piétonnes en plein cœur d'Oslo, si tant est que la ville eût un cœur en cette période de l'année. Les commerçants restaient ouverts le dimanche étant donné qu'il ne restait que deux week-ends avant Noël, et l'endroit fourmillait de gens qui se hâtaient en tous sens dans la lumière jaune tombant depuis les fenêtres des modestes immeubles de bureaux de trois étages qui entouraient la place. En voyant les sacs pleins de paquets-cadeaux, Harry se souvint qu'il devait penser à acheter quelque chose à Bjarne Møller, qui ferait sa dernière journée de travail à l'hôtel de police le lendemain. Le supérieur et plus haut protecteur de Harry dans la police à travers toutes ces années avait enfin réalisé son projet de désengagement, et prendrait dès la semaine suivante ses fonctions en tant qu'« enquêteur spécial senior » à l'hôtel de police de Bergen, ce qui signifiait en pratique que Bjarne Møller ferait ce que bon lui semblerait jusqu'à ce que sonne l'heure de la retraite. Bon plan, mais Bergen ? De la pluie, et des montagnes humides. Ce n'était même pas de là que venait Møller. Harry avait toujours apprécié — mais pas toujours compris — Bjarne Møller.

Un homme vêtu d'une espèce de doudoune passa en se dandinant comme un astronaute, un grand sourire sur des lèvres entrouvertes qui laissaient échapper des nuages de vapeur entre des joues rondes bien rouges. Des dos courbés et des visages fermés par l'hiver. Harry aperçut une femme pâle portant un fin blouson de cuir percé au coude, près du mur de l'horlogerie, battant la semelle et épiant alentour dans l'espoir de trouver rapidement son revendeur. Un mendiant, cheveux longs et barbe de plusieurs jours, mais bien habillé dans de chauds vêtements de style ado, était assis dans une position de yoga à même le sol, appuyé contre un réverbère, la tête penchée comme en méditation, un gobelet en carton posé devant lui. Harry avait vu de plus en plus de mendiants au cours de ces douze derniers mois, et il avait été frappé de constater qu'ils se ressemblaient. Même les gobelets en carton étaient identiques, comme s'il s'agissait d'un code secret. Peut-être étaient-ils des extra-terrestres en train de conquérir subrepticement sa ville, ses rues. Et puis ! Grand bien leur fasse.

Harry entra chez l'horloger.

« Pouvez-vous réparer ceci ? » demanda-t-il au jeune homme derrière le comptoir en lui tendant une montre de grand-père qui était précisément cela : la montre de son grand-père. Harry en avait hérité quand il était gamin, à Åndalsnes, le jour où ils avaient enterré sa mère. Cela l'avait presque effrayé, mais son grand-père l'avait rassuré en lui disant que les montres sont des objets que l'on transmet, et que Harry devait également ne pas oublier de la transmettre à son tour : « Avant qu'il ne soit trop tard. »

Harry avait oublié toute cette histoire de montre jusqu'à cet automne, quand Oleg était venu le voir à l'appartement de Sofies gate et avait découvert la montre d'argent dans un tiroir, en cherchant la Gameboy de Harry. Et Oleg, qui avait neuf ans, mais qui surpassait depuis longtemps ce dernier dans leur passion commune — le jeu électronique légèrement désuet Tetris —, avait oublié le duel tant attendu, et s'était attelé à pitrogner et à remonter la montre pour la faire fonctionner.

« Elle est fichue, lui avait confié Harry.

— Peuh. On peut tout réparer », avait tranché Oleg.

Harry espérait du fond du cœur que ce fût vrai, mais pour l'heure il en doutait sérieusement. Il se demanda pourtant vaguement s'il devait faire découvrir à Oleg Jokke & Valentinerne et leur album intitulé justement *Alt Kan Repareres*[1]. Mais en y réfléchissant, Harry s'était dit que Rakel, la mère d'Oleg, n'apprécierait certainement pas : que son ancien alcoolique d'amant refile à son fils des chansons dans lesquelles on vantait les mérites de l'alcool, qui plus est écrites et interprétées par un toxicomane décédé.

« Est-ce qu'on peut la réparer ? » demanda-t-il au jeune homme derrière le comptoir. En réponse, des mains rapides et adroites ouvrirent la montre.

« Cela ne servirait à rien.

— Pardon ?

— Si vous allez voir un antiquaire, vous en trouverez des mieux en état de marche pour moins cher que ce que cela vous coûtera de faire réparer celle-ci.

— Essayez quand même.

— Bien », acquiesça le jeune homme, qui s'était déjà lancé dans l'examen des entrailles de l'objet et semblait en fait assez satisfait de la décision prise par Harry.

« Revenez mercredi prochain. »

Lorsque Harry ressortit, il entendit le son grêle d'une unique corde de guitare à travers un ampli. Le volume augmenta lorsque le guitariste, un garçon avec des poils partout sur la figure et des mitaines, tourna l'un des boutons de contrôle. Le temps était venu pour l'un des concerts de l'avent au cours desquels des artistes de renom venaient jouer ici au bénéfice de l'Armée du Salut, sur Egertorget. Les

1. C'est-à-dire *On peut tout réparer*, premier album (1986) du groupe de rock norvégien Jokke & Valentinerne, fondé en 1984.

gens avaient déjà commencé à s'attrouper devant le groupe qui avait pris place derrière la marmite noire de l'Armée, suspendue à son support au beau milieu de la place.

« C'est toi ? »

Harry se retourna. C'était la femme au regard de junkie.

« C'est toi, hein ? Tu viens pour Snoopy ? Il me faut une zéro-un tout de suite, j'ai…

— *Sorry*, l'interrompit Harry. Ce n'est pas moi. »

Elle le dévisagea en penchant la tête de côté et en plissant les yeux, comme si elle essayait de savoir s'il lui mentait.

« Si, je t'ai déjà vu, moi.

— Je suis de la police. »

Elle demeura interdite. Harry inspira. La réaction vint avec du retard, comme si le message avait dû faire des tours et des détours sur des liaisons nerveuses calcinées et des synapses détruites. Alors s'alluma dans ses yeux la lueur terne de haine que Harry s'était attendu à trouver.

« Pinken ?

— Je croyais qu'on avait décidé que vous vous en tiendriez à Plata, répondit Harry en regardant au-delà d'elle, vers le chanteur.

— Peuh, renâcla la bonne femme qui s'était plantée juste devant Harry. Tu n'es pas des Stups. Tu es celui qui es passé à la télé, qui avais tué…

— De la Criminelle, l'interrompit Harry en la saisissant légèrement sous le bras. Écoute. Tu trouveras ce que tu veux à Plata. Ne me force pas à te coffrer.

— Peux pas. » Elle se dégagea.

Harry regretta instantanément et leva les deux

mains : « Dis-moi au moins que tu ne vas pas acheter quelque chose ici, maintenant, et je peux continuer, OK ? »

Elle pencha la tête de côté. Ses fines lèvres exsangues se crispèrent imperceptiblement. Comme si elle voyait un côté divertissant à la situation.

« Tu veux que je te dise pourquoi je ne peux pas y aller ? »

Harry attendit.

« Parce que mon gamin y va. »

Il sentit un nœud se serrer dans son ventre.

« Je ne veux pas qu'il me voie dans cet état. Tu piges, ça, Pinken ? »

Harry contempla ce visage plein de défi et essaya de bricoler une phrase.

« Joyeux Noël », conclut-elle avant de lui tourner le dos.

Harry lâcha sa cigarette dans la neige brune pulvérisée et se remit en marche. Il voulait expédier ce travail. Il ne regardait pas les gens qu'il croisait, ceux-ci ne le regardaient pas non plus mais gardaient les yeux braqués sur la glace dure et lisse comme de l'acier, comme s'ils avaient mauvaise conscience, comme si eux, en tant que citoyens de la démocratie sociale la plus généreuse au monde, avaient honte. « Parce que mon gamin y va. »

Dans Fredenborgveien, à côté de la Deichmansk bibliotek, Harry s'arrêta devant le numéro inscrit sur son enveloppe. Il pencha la tête en arrière. La façade était peinte en gris et noir, et venait d'être rénovée. Le rêve de tout tagueur. Des décorations de Noël ornaient déjà quelques fenêtres, comme des silhouettes se détachant sur la lumière jaune et douce de ce qui ressemblait à des foyers chauds et sûrs. Et c'est peut-être bien ce qu'ils sont, s'obligea à penser Harry. S'obligea, parce qu'on ne peut pas passer douze ans dans la police sans être contaminé par le mépris de l'homme qui va avec ce boulot. Mais il luttait, c'était indéniable.

Il trouva le nom qu'il cherchait près des sonnettes, ferma les yeux et essaya d'élaborer la bonne façon de s'exprimer. Sans succès. Sa voix était toujours là.

« Veux pas qu'il me voie dans cet état. »

Harry renonça. Y a-t-il quelque bonne façon d'exprimer l'impossible ?

Il appuya son pouce sur le bouton de métal froid, et quelque part dans la maison une sonnerie commença à retentir.

*

Le capitaine Jon Karlsen lâcha le bouton de sonnette, posa les lourds sacs plastique sur le trottoir et leva les yeux vers la façade. L'immeuble semblait avoir été la cible d'une unité d'artillerie légère. L'enduit s'était détaché en larges plaques, et les fenêtres d'un appartement endommagé par un incendie étaient fermées par des planches. Il était tout d'abord passé sans s'arrêter devant l'immeuble bleu de Fredriksen ; c'était comme si le froid avait aspiré toute couleur pour rendre toutes les façades de Hausmannsgate semblables. Ce ne fut que lorsqu'il vit l'immeuble occupé sur le mur duquel on avait peint « Vestbredden » qu'il comprit qu'il était allé trop loin. Une fissure dans le verre de la porte cochère dessinait un V. Le signe de la victoire.

Jon frissonna dans son coupe-vent et s'estima heureux que l'uniforme de l'Armée du Salut qu'il portait en dessous soit en 100 % laine. Quand il avait dû recevoir son nouvel uniforme après l'école d'officiers, il ne correspondait à aucune des tailles de la section habillement ; il s'était vu confier du tissu et avait été envoyé chez un tailleur qui lui avait soufflé sa fumée de cigarette en plein visage avant de lui dire bien en face que Jésus ne serait pas son sauveur. Mais ledit tailleur avait fait du bon travail, et Jon l'avait chaleureusement remercié, il n'avait pas l'habitude que les vêtements lui aillent. On prétendait que c'était dû à son dos voûté. Ceux qui l'avaient vu arriver dans Hausmannsgate, cet après-midi, avaient vraisemblablement pensé qu'il marchait courbé pour offrir moins de prise à ce vent polaire de décembre, qui charriait des aiguilles de glace et des immondices congelées sur les trottoirs le long desquels la circulation dense passait en grondant. Mais ceux qui le connaissaient disaient que Jon Karlsen se voûtait pour paraître moins grand. Et pour se mettre à la portée de ceux qui étaient en dessous. Comme il se penchait, pour l'heure, afin que la pièce de vingt couronnes atterrisse dans le gobelet que tenait une main sale et tremblante à côté de la porte.

« Comment ça va ? demanda Jon au ballot humain assis en tailleur sur un morceau de carton posé sur le trottoir, au milieu des bourrasques de neige.

— Je fais le pied de grue pour avoir une cure de méthadone », répondit le pauvre diable d'une voix saccadée et sans timbre comme s'il récitait un vers de psaume en inspirant, tandis que ses yeux dévoraient les genoux du pantalon noir d'uniforme de Jon.

« Tu devrais aller faire un tour à notre café d'Urtegata, suggéra Jon. Te réchauffer un peu, manger quelque chose, et... »

Le reste fut englouti dans le rugissement de la circulation lorsque le feu repassa au vert derrière eux.

« Pas le temps, répondit le ballot. Tu n'aurais pas un billet de cinquante ? »

Jon éprouvait une éternelle stupéfaction devant l'obstination indéfectible du toxicomane. Il poussa un soupir et fourra un billet de cent dans le gobelet.

« Vois si tu te trouves quelque chose de chaud à l'Armée du Salut. Sinon, on a reçu de nouveaux anoraks à Fyrlyset[1]. Tu vas mourir de froid, dans ce petit blouson en jean. »

Il le dit avec la résignation de celui qui sait déjà que le don qu'il fait va servir à l'achat de drogue, mais et alors ? C'était la même ritournelle, juste un autre des dilemmes moraux qui emplissaient ses journées.

Jon appuya une fois de plus sur le bouton. Il vit son reflet dans la vitrine sale à côté de la porte. Thea disait qu'il était grand. Il n'était pas le moins du monde grand. Il était petit. Un petit soldat. Mais après, le petit soldat filerait dans Møllerveien pour passer l'Akerselva, où l'Østkant et Grünerløkka commençaient, traverserait le parc Sofienberg jusqu'au Gøteborggata 4 que l'Armée possédait et louait à ses employés, entrerait par la porte B, saluerait peut-être rapidement l'un des habitants qui

1. Centre d'accueil et de soins sur le terrain de l'Armée du Salut, dans Urtegata.

— espérons — supposerait que Jon rentrait chez lui, au troisième. Au lieu de cela, il prendrait l'ascenseur jusqu'au quatrième, emprunterait le passage dans les combles pour rejoindre l'escalier A, tendrait l'oreille pour s'assurer que la voie était libre avant de se dépêcher de descendre jusqu'à la porte de Thea et d'y frapper selon le signal convenu. Elle ouvrirait alors sa porte et ses bras, il pourrait s'y lover et y dégeler.

Un tremblement.

Il pensa tout d'abord que c'était le sol, la ville, les fondations. Il posa l'un de ses sacs et plongea la main dans sa poche de pantalon. Son téléphone mobile vibrait dans sa main. L'écran indiquait le numéro de Ragnhild. C'était la troisième fois, rien qu'aujourd'hui. Il savait qu'il ne pourrait pas le remettre à plus tard, il devait le lui dire. Que lui et Thea allaient se fiancer. Quand il aurait trouvé les mots justes. Il fourra le téléphone dans sa poche et évita de regarder son reflet. Mais se décida. Il allait mettre un terme à sa poltronnerie. Être hardi. Être un grand soldat. Pour Thea de Gøteborggata. Pour son père en Thaïlande. Pour le Seigneur dans le ciel.

« Quoi ? grogna-t-on dans le haut-parleur au-dessus des boutons.

— Oh, bonjour. C'est Jon.

— Hein ?

— Jon, de l'Armée du Salut. »

Jon attendit.

« Qu'est-ce que tu veux ? crachota la voix.

— J'apporte un peu de nourriture. Vous pourriez avoir besoin de…

— Tu as des cigarettes ? »

Jon déglutit et battit la semelle dans la neige.

« Non, j'avais juste assez d'argent pour de la nourriture, cette fois.

— Merde. »

Nouveau silence.

« Ohé ? cria Jon.

— Oui, oui. Je réfléchis.

— Si tu veux, je peux repasser plus tard. »

La serrure grésilla, et Jon se dépêcha de pousser le battant.

La cage d'escalier offrait à la vue journaux, bouteilles vides et grosses bosses de glace jaune d'urine. Mais le froid évita au moins à Jon d'inhaler la puanteur aigre-douce et pénétrante qui emplissait l'entrée par les journées de belle saison.

Il essaya de marcher d'un pas léger, mais ses bottes martelaient malgré tout les marches. La femme qui l'attendait dans l'ouverture de la porte avait les yeux rivés sur les sacs. Pour éviter de le regarder en face, songea Jon. Elle avait ce visage bouffi et gonflé que provoquent de nombreuses années de boisson et d'usage de stupéfiants, était en surcharge pondérale et portait un T-shirt blanc crasseux sous son peignoir. Une odeur douceâtre s'échappait par la porte.

Jon s'arrêta sur le palier et posa ses sacs.

« Ton mari est aussi à l'intérieur ? »

*

« Oui, il est à l'intérieur », confirma-t-elle dans un doux français.

Elle était belle. Pommettes hautes et grands yeux en amande. Fines lèvres exsangues. Et bien habillée.

La part d'elle qu'il voyait à travers l'entrebâillement de la porte était en tout cas bien habillée.

Il rectifia automatiquement son foulard rouge.

La serrure de sûreté qui les séparait était solide, en laiton, fixée à une lourde porte en chêne dépourvue de plaque nominative. En attendant devant l'immeuble de l'avenue Carnot que la concierge vînt lui ouvrir, il avait constaté que tout semblait neuf et coûteux : les ferrures sur la porte, les sonnettes, les serrures. Et le fait que la façade jaune pâle et les stores blancs aient une vilaine glaçure sale de pollution noire soulignait simplement ce que le quartier avait de solide et de cossu. Des peintures à l'huile originales étaient suspendues dans l'escalier.

« C'est à quel sujet ? »

Son regard et son intonation n'étaient ni amicaux ni inamicaux, mais dissimulaient peut-être une pointe de surprise due à la mauvaise prononciation du français de son interlocuteur.

« Un message, *madame.* »

Elle hésita. Mais agit finalement comme prévu : « Bien. Vous pouvez patienter ici, je vais le chercher. »

Elle referma et la serrure s'enclencha avec un cliquetis doux et bien huilé. Il tapa des pieds. Il devait apprendre mieux le français. Sa mère avait rabâché l'anglais, le soir, mais elle n'avait jamais pu faire quoi que ce soit pour son français. Il planta son regard sur la porte. Ouverture française. Visite française. Jolie.

Il pensa à Giorgi. Giorgi au sourire blanc avait un an de plus que lui, soit vingt-quatre ans à ce jour. Était-il toujours aussi beau ? Blond, petit et gracieux comme une fille ? Il avait été amoureux de Giorgi, sans préjugés ni restriction comme seuls les enfants peuvent être amoureux les uns des autres.

Il entendit des pas à l'intérieur. Des pas d'homme. On fourragea dans la serrure. Un trait bleu entre le travail et la liberté, d'ici au savon et à l'urine. La neige arriverait bientôt. Il se prépara.

*

Le visage de l'homme apparut dans l'ouverture de la porte.

« Qu'est-ce que tu veux, putain ? »

Jon leva les sacs et tenta de sourire.

« Pain frais. Ça sent bon, non ? »

Fredriksen posa une grosse main brune sur l'épaule de la femme et la repoussa.

« La seule chose que je renifle, c'est le sang de chrétien... »

Les mots furent prononcés d'une voix claire et sobre, mais les iris délavés au milieu de ce visage barbu racontaient une autre histoire. Ses yeux essayèrent de faire la mise au point sur les sacs de commissions. Il ressemblait à un grand type costaud qui s'était ratatiné de l'intérieur. On eût dit que son squelette et même son crâne avaient rapetissé sous la peau qui pendait à présent, trois tailles trop grande sur ce visage plein de méchanceté. Fredriksen passa un doigt sale sur les coupures fraîches qu'il avait sur l'arête du nez.

« Tu ne prêches plus, maintenant ? s'étonna Fredriksen.

— Non, en fait, je voulais seulement...

— Oh, allez, soldat. Il vous en restera bien quelque chose, non ? Mon âme, par exemple. »

Jon frissonna dans son uniforme.

« Les âmes, ce n'est pas moi qui gère ça, Fredriksen. Mais un peu de nourriture, je peux, alors…

— Oh, tu peux bien prêcher un peu avant.

— Comme je l'ai dit, je…

— Prêche ! »

Jon se figea et regarda Fredriksen.

« Prêche, avec ta sale petite gueule !! brailla Fredriksen. Prêche, qu'on puisse manger la conscience tranquille, espèce de crapaud de bénitier condescendant ! Allez, expédie-nous ça, qu'est-ce que c'est, le message de Dieu, aujourd'hui ?! »

Jon ouvrit la bouche, puis la referma. Déglutit. Essaya derechef et parvint à faire émettre des sons à ses cordes vocales.

« Le message, c'est qu'Il a offert son fils pour qu'il meure… pour nos péchés.

— Tu mens ! »

*

« Non, malheureusement pas », répondit Harry en regardant le visage horrifié de l'homme qui se tenait dans l'ouverture de la porte devant lui. Une odeur de nourriture et des bruits de couverts parvenaient jusqu'à lui. Un homme qui avait une famille. Un père. Jusqu'à maintenant. L'homme se gratta l'avant-bras, le regard braqué quelque part au-dessus de la tête de Harry, comme si quelque chose basculait sur ce dernier. Le bruit qu'il faisait en se grattant était sec, désagréable.

Les tintements de couverts avaient cessé. Des pas traînants s'arrêtèrent derrière l'homme, et une petite main atterrit sur son épaule. Un visage de femme percé de deux grands yeux effrayés apparut : « Qu'est-ce que c'est, Birger ?

— Ce policier nous apporte un message, expliqua Birger Holmen d'une voix sans timbre.

— Qu'y a-t-il ? s'enquit la femme en s'adressant à Harry. C'est notre garçon ? C'est Per ?

— Oui, madame Holmen », répondit Harry, qui vit au même moment l'angoisse s'immiscer dans les yeux de la femme. Il chercha de nouveau ces mots impossibles. « Nous l'avons trouvé il y a deux heures. Votre fils est mort. »

Il ne put s'empêcher de détourner les yeux.

« Mais il… il… où… »

Le regard de la femme bondit sur son mari, qui se grattait le bras sans discontinuer.

Il ne va pas tarder à commencer à saigner, songea Harry en s'éclaircissant la voix.

« Dans un conteneur à Bjørvika. C'est ce que nous craignions. Cela fait un moment qu'il est mort. »

On eût dit que Birger Holmen perdait subitement l'équilibre ; il partit en chancelant vers l'arrière et saisit un perroquet. La femme avança dans l'ouverture de la porte, et Harry put voir l'homme tomber à genoux derrière elle.

Harry prit une inspiration et plongea la main à l'intérieur de son manteau. Le métal de sa flasque était glacé contre le bout de ses doigts. Il trouva ce qu'il cherchait et sortit une enveloppe. Il n'avait pas lu la lettre, mais il n'en connaissait que trop bien le contenu. L'annonce de décès courte et officielle, dépourvue de tout mot superflu. L'annonce de décès en tant qu'acte bureaucratique.

« J'en suis désolé, mais c'est mon travail de vous remettre ceci. »

*

« Votre travail de faire quoi ? » demanda le petit homme entre deux âges, dont la prononciation exagérément française ne caractérisait pas la bourgeoisie, mais ceux qui s'échinent à y parvenir. Le visiteur l'observa. Tout correspondait à la photo dans l'enveloppe, jusqu'au nœud de cravate étriqué et à la veste d'intérieur rouge fatiguée.

Il ne savait pas ce que cet homme avait fait de mal. Peu de chances qu'il ait blessé quelqu'un physiquement, car en dépit de l'irritation manifestée par son visage, son attitude était défensive, presque angoissée, même ici, à la porte de chez lui. Avait-il dérobé de l'argent, peut-être détourné ? Il pouvait avoir l'air d'un habitué des chiffres. Pas sur des gros montants, en tout état de cause. Bien qu'il ait une belle épouse, il ressemblait davantage à quelqu'un qui papillonnait par-ci par-là. Avait-il été infidèle, avait-il couché avec la femme du mauvais bonhomme ? Non. Les types courtauds qui possèdent des fortunes tout juste au-dessus de la moyenne et des femmes bien plus attirantes qu'eux sont en général plus inquiets de savoir dans quelle mesure *elles* leur sont infidèles. Cet homme l'agaçait. C'était peut-être justement cela. Il avait peut-être simplement agacé quelqu'un. Il plongea la main à l'intérieur de sa poche.

« Mon travail…, commença-t-il en posant sur l'entrebâilleur tendu le canon d'un Llama MiniMax qu'il avait acheté pour seulement trois cents dollars… c'est ceci. »

Il visa dans l'axe du silencieux. C'était un tube de métal tout bête vissé sur le canon, qu'il avait fait fileter chez un artisan de Zagreb. L'adhésif noir enroulé autour de la jointure ne servait qu'à assurer l'étanchéité. Bien sûr, il aurait pu acheter un soi-disant silencieux de qualité à plus de cent euros, mais à quoi bon ? Aucun ne permettait de toute manière d'étouffer le son d'une balle qui franchit le mur du son, du gaz chaud qui rencontre l'air froid, des pièces de métal des parties mécaniques du pistolet qui se rencontrent. Il n'y avait que dans la réalité hollywoodienne que les pistolets équipés de silencieux sonnaient comme du pop-corn sous un couvercle.

La détonation claqua comme un coup de fouet, et il appuya son visage contre la mince ouverture.

L'homme de la photo avait disparu, il était tombé à la renverse sans un bruit. L'éclairage était modeste dans le vestibule, mais dans le miroir au mur il vit la lumière de l'entrebâillement et son propre œil exorbité, dans un cadre d'or. Le défunt gisait sur un épais tapis bordeaux. Persan ? Il avait peut-être de l'argent, malgré tout.

Il n'avait pour l'heure qu'un petit trou dans le front.

Il leva les yeux et croisa le regard de la maîtresse de maison. Si c'était elle. Elle était sur le seuil d'une autre pièce. Une grande boule japonaise jaune pendait derrière elle. La main devant la bouche, elle le regardait. Il lui fit un rapide signe de tête. Puis il repoussa prudemment la porte, remit le pistolet dans son holster et commença à descendre les marches. Il ne prenait jamais l'ascenseur lorsqu'il se repliait. Pas plus qu'il n'utilisait de voiture de location, de moto ou autre chose qui puisse être arrêté par la police. Et il ne courait pas. Ne parlait ni ne criait, on pourrait utiliser sa voix pour un signalement.

Le repli était la partie la plus délicate du boulot, mais également celle qu'il préférait. C'était comme un flottement, un néant sans rêve.

La concierge était sortie et le regarda passer avec perplexité devant la porte de son appartement du rez-de-chaussée. Il lui chuchota un petit mot d'adieu, mais elle se contenta de le regarder fixement, sans rien dire. Dans une heure, lorsque la police viendrait l'entendre, on lui demanderait un signalement. Et elle le leur donnerait. Celui d'un homme de taille moyenne, d'apparence banale. Vingt ans. Ou peut-être trente. Pas quarante, en tout cas. D'après elle.

Il sortit dans la rue. Paris grondait sourdement, comme un orage qui n'approchait jamais mais ne s'achevait jamais non plus. Il lâcha son Llama Mini-Max dans une benne à ordures qu'il avait repérée à l'avance. Deux pistolets neufs de la même marque n'ayant jamais servi attendaient à Zagreb. On lui avait fait un prix de gros.

Une demi-heure plus tard, lorsque la navette passa la porte de la Chapelle sur l'autoroute entre Paris et l'aéroport Charles-de-Gaulle, l'air était chargé de flocons de neige qui atterrissaient entre les brins de paille jaune pâle épars et à demi gelés pointant vers le ciel gris.

Après s'être présenté à l'enregistrement de son vol et avoir passé les contrôles de sécurité, il alla tout droit aux toilettes hommes. Il se planta à l'extrémité de la rangée d'urinoirs blancs, défit sa braguette et laissa le jet taper les tablettes blanches au fond de la vasque. Il ferma les yeux et se concentra sur l'odeur douce de paradichlorobenzène et de parfum citron de J&J Chemicals. Le trait d'union bleu jusqu'à la liberté ne comprenait plus qu'un arrêt. Il goûta le nom. Os-lo.

CHAPITRE 3

Dimanche 14 décembre
Morsure

Dans la zone rouge au cinquième étage de l'hôtel de police, le colosse de verre et de béton qui rassemblait le plus de policiers dans toute la Norvège, Harry était renversé dans son fauteuil, au bureau 605. C'était le bureau que Halvorsen — le jeune agent avec qui Harry partageait ses dix mètres carrés — aimait à appeler le « bureau de reconnaissance ». Et que Harry, quand il fallait calmer Halvorsen, appelait le « bureau de la connaissance ».

Mais pour l'heure Harry était seul, et il contemplait le mur à l'endroit où se serait vraisemblablement trouvée la fenêtre si le bureau de reconnaissance en avait eu une.

On était dimanche, il avait écrit son rapport et pouvait rentrer chez lui. Alors pourquoi ne le faisait-il pas ? À travers cette fenêtre fictive, il voyait le port ceint de Bjørvika, où la nouvelle neige s'étalait comme des confettis sur les conteneurs verts, rouges et bleus. L'affaire était résolue. Per Holmen, jeune héroïnomane, en avait eu assez de la vie et s'était flanqué son dernier shoot, dans un conteneur. Avec un pistolet. Aucun signe de violence extérieure, et le pistolet était resté à côté de lui. À ce qu'en savaient les taupes, Per Holmen ne devait pas d'argent. Lorsque les revendeurs liquident des gens qui leur sont redevables, ils n'essaient de toute façon pas de camoufler quoi que ce soit. Bien au contraire. Suicide manifeste, par conséquent. Alors pourquoi gaspiller cette soirée en s'agitant vainement dans un dock venteux et peu accueillant où l'on ne trouverait en tout état de cause rien d'autre que tristesse et désespoir ?

Harry regarda le manteau de laine qu'il avait suspendu au perroquet. La petite flasque dans la poche intérieure était pleine. Et l'était restée depuis octobre, quand il était allé au Vinmonopolet[1] acheter une bouteille de son pire ennemi, Jim Beam, pour remplir à ras bord ladite flasque avant de verser le reste de la bouteille dans l'évier. Depuis, il se déplaçait avec ce poison sur lui, à peu près comme les chefs nazis dissimulaient des gélules de cyanure dans les semelles de leurs chaussures. Pourquoi cette trouvaille idiote ? Il n'en savait rien. Peu importait. Ça fonctionnait.

Harry regarda l'heure. Bientôt onze heures. Une machine à expressos qui avait déjà bien servi l'attendait à la maison, ainsi qu'un DVD qu'il n'avait pas vu, l'ayant mis de côté pour une soirée comme celle-ci. *Ève*, le chef-d'œuvre de Mankiewicz de 1950, avec Bette Davis et George Sanders.

Il se tâta. Et sut que ce serait le dock.

1. Point de vente de boissons alcoolisées, réglementé et sous contrôle de l'État.

Harry avait remonté col et revers de son manteau et se tenait dos au vent, un vent du nord qui soufflait à travers la haute clôture devant lui et qui entassait la neige en congères autour des conteneurs. La zone des docks, avec ses grandes étendues vides, ressemblait à un désert à la nuit tombée.

La partie fermée des docks était éclairée, mais les lampadaires oscillaient dans les bourrasques, et des ombres couraient dans les allées entre les cercueils de métal empilés sur deux ou trois niveaux. Celui que regardait Harry était rouge, une couleur qui s'assortissait mal avec l'orange de la bande plastique de la police. Mais c'était un chouette abri à Oslo en décembre, offrant presque exactement la même surface et le même degré de confort que les cellules de dégrisement, à l'hôtel de police.

Dans le rapport des TIC[1] — qui n'avaient guère été nombreux, un enquêteur et un technicien — on pouvait lire que le conteneur était resté vide un moment. Sans être verrouillé. Le gardien avait expliqué qu'ils ne veillaient pas si scrupuleusement à boucler les conteneurs vides, puisque la zone était fermée et surveillée. Un junkie n'en était pas moins parvenu à entrer. Per Holmen avait vraisemblablement fait partie de ceux qui avaient leur repaire ici à Bjørvika, à seulement un jet de pierre du supermarché des toxicomanes de Plata. Si le surveillant était relativement peu regardant quant au fait que ses conteneurs servaient de temps à autre de logis, il savait peut-être qu'ils sauvaient une ou deux vies de cette façon ?

Il n'y avait pas de serrure sur le conteneur, mais le

1. Techniciens d'identification criminelle.

portail était muni d'un bon gros cadenas. Harry regretta de ne pas avoir appelé depuis l'hôtel de police pour annoncer sa venue. S'il y avait réellement des gardiens ici, il n'en voyait aucun.

Harry regarda l'heure. Réfléchit un instant et leva les yeux vers le haut de la clôture. Il était en forme. Ça faisait longtemps qu'il n'avait pas été en aussi bonne forme. Il n'avait pas touché à l'alcool depuis la rechute fatale de l'été précédent, et s'était entraîné régulièrement à la salle de sport de l'hôtel de police. Plus que régulièrement. Avant l'arrivée de la neige, il avait largement battu le vieux record de Tom Waaler en course de haies à Økern. Quelques jours plus tard, Halvorsen lui avait prudemment demandé si toute cette activité physique avait un quelconque rapport avec Rakel. Car il avait eu l'impression qu'ils ne se voyaient plus. De façon succincte mais claire, Harry avait expliqué au jeune agent que même s'ils partageaient le même bureau, cela ne signifiait pas qu'ils partageaient leur vie. Halvorsen s'était contenté de hausser les épaules, avait demandé avec qui d'autre Harry pouvait parler et avait eu confirmation de ses conjectures en voyant Harry quitter le bureau 605 au pas de charge.

Trois mètres. Pas de barbelés. Facile. Harry agrippa la clôture aussi haut qu'il le put, plaqua ses pieds contre le poteau et se redressa. Bras droit, puis gauche, se laisser pendre bras tendus en ramenant ses pieds sous lui. Mouvements larvaires. Il bascula de l'autre côté.

Il souleva la barre et ouvrit le conteneur, sortit la solide lampe de poche militaire, plongea sous la bande plastique et entra.

Il régnait un silence étrange à l'intérieur, comme si tous les sons étaient gelés, eux aussi.

Harry alluma sa torche et en braqua le faisceau vers la partie la plus reculée du conteneur. Il éclaira le dessin à la craie sur le sol à l'endroit où l'on avait retrouvé Per Holmen. Beate Lønn, qui dirigeait la Brigade technique, dans Brynsalleen, lui avait montré les photos. Per Holmen était assis dos au mur, un trou dans la tempe droite, le pistolet gisant à sa droite. Peu de sang. C'était l'avantage avec les tirs dans la tête. Le seul. Le pistolet admettait des munitions de calibre modeste, l'orifice d'entrée était par conséquent petit et il n'y avait pas d'orifice de sortie. La médecine légale retrouverait donc le projectile à l'intérieur de la boîte crânienne, où il s'était probablement comporté comme une boule de flipper en transformant en bouillie ce dont Per Holmen s'était servi pour penser. Pour concevoir cette décision. Et pour finalement donner à l'index l'ordre de presser la détente.

« Incompréhensible », disaient souvent ses collègues en retrouvant des jeunes gens qui avaient opté pour le suicide. Harry supposait qu'ils disaient cela pour se protéger, pour rejeter cette idée. Sinon, Harry ne saisissait pas ce qu'ils entendaient par ce « incompréhensible ».

C'était néanmoins ce mot-là, et pas un autre, qu'il avait lui-même employé cet après-midi, debout dans cette cage d'escalier, en regardant dans l'entrée sombre le père agenouillé de Per Holmen, son dos voûté secoué par les sanglots. Et puisque Harry n'avait aucun mot de réconfort quant à la mort, Dieu, le Salut, la vie après ou le sens de tout ça, il avait simplement murmuré ce « incompréhensible... » désemparé.

Il éteignit sa torche, la fourra dans sa poche de manteau, et les ténèbres se refermèrent sur lui.

Il pensa à son propre père. Olav Hole. Le professeur en retraite, veuf, qui habitait une maison à Oppsal. À ses yeux qui s'animaient une fois par mois lorsqu'il recevait la visite de Harry ou de sa fille, la Frangine, et à la façon dont la lumière s'éteignait lentement tandis qu'ils buvaient le café en parlant de choses qui signifiaient assez peu. Car tout ce qui avait un sens résidait dans une photo posée sur le piano sur lequel elle avait eu coutume de jouer. Il ne faisait pratiquement plus rien, Olav Hole. Ne lisait que ses livres. Sur des pays qu'il ne verrait jamais, et qu'il n'avait en fait plus aucune envie de voir, maintenant qu'elle ne pouvait plus être du voyage. « La plus lourde perte », c'étaient ses termes les rares fois qu'ils en parlaient. Et ce que se demandait en ce moment Harry, c'était ce que pourraient bien être les termes qu'emploierait Olav Hole le jour où l'on viendrait lui annoncer la mort de son fils.

Harry sortit du conteneur et se dirigea vers la clôture. Posa les mains dessus. Survint alors l'un de ces étranges instants de silence aussi subit que total où le vent retient son souffle pour écouter ou réfléchir, et où tout ce que l'on entend, c'est le ronronnement paisible de la ville dans l'obscurité hivernale. Cela, et un bruit de papier grattant l'asphalte, poussé par le vent. Mais le vent était tombé. Pas de papier, des pas. Des pas rapides, légers. Plus légers que des pieds.

Des pattes.

Le cœur de Harry accéléra un grand coup, et il fléchit les genoux à la vitesse de l'éclair, vers la clôture. Se redressa. Ce ne fut qu'ultérieurement que

Harry put se remémorer ce qui l'avait terrifié à ce point. Tout était silencieux, et il n'entendait rien dans ce silence, pas de grognement, aucun signe précurseur d'agression. Comme si ce qui se trouvait derrière lui dans le noir ne voulait pas l'effrayer. Au contraire. Le chassait. Et si Harry en avait connu un rayon sur les chiens, il aurait peut-être su qu'il n'y a qu'une seule catégorie de chiens qui ne grogne jamais, pas même quand ils ont peur ou quand ils attaquent : un mâle de la race des metzners noirs. Harry étendit les bras et plia de nouveau les genoux en entendant une rupture dans le rythme, puis le silence, sachant du même coup que l'animal avait bondi. Il poussa du pied.

Le postulat voulant que l'on ne ressente pas la douleur quand la peur a gonflé le sang en adrénaline est — au mieux — une théorie à l'emporte-pièce. Harry hurla au moment où les grandes dents élancées du chien touchèrent durement la chair de sa jambe droite et s'y enfoncèrent encore et encore jusqu'à finir par appuyer directement sur le délicat périoste. La clôture tinta, la pesanteur les tira tous les deux, mais le désespoir pur permit à Harry de se maintenir. Et normalement, il aurait dû être sauvé. Car n'importe quel autre chien ayant le poids d'un metzner noir adulte aurait dû lâcher prise. Mais ce chien-là avait des dents et une musculature maxillaire conçues pour broyer des os, d'où la rumeur qui établissait un cousinage entre lui et un charognard, l'hyène tachetée. Il resta donc suspendu, comme riveté à la jambe de Harry grâce à ses deux canines supérieures légèrement recourbées vers l'intérieur, et une sur la mâchoire inférieure qui assurait la prise. La dernière canine avait été cassée contre une prothèse en acier alors que l'animal n'avait que trois mois.

Harry parvint à passer son coude gauche par-dessus le bord de la clôture et tenta de se hisser, mais le chien avait glissé une patte dans le grillage. Il chercha fébrilement sa poche de manteau avec sa main droite, la trouva et attrapa la poignée en caoutchouc de sa lampe de poche. Il jeta un coup d'œil vers le bas et vit la bête pour la première fois. Un éclat terne animait ces yeux noirs au milieu d'un faciès tout aussi noir. Harry fit un moulinet avec sa lampe, qui atteignit le chien sur la tête, pile entre les oreilles. Avec suffisamment de puissance pour qu'il entendît un craquement. Il leva sa lampe et frappa derechef. Fit mouche sur la truffe sensible. Tapa désespérément sur ces yeux qui n'avaient pas encore cillé. Il lâcha prise et la lampe tomba sur le sol. Le clébard tenait bon. Harry n'aurait bientôt plus de force pour s'agripper à la clôture. Il ne voulait pas penser à ce que la suite pouvait impliquer, mais ne put s'en empêcher.

« Au secours ! »

Le cri hésitant de Harry se perdit dans le vent qui avait repris. Il changea d'optique et fut subitement pris d'une envie de rire. Il n'était quand même pas possible que ça se termine ainsi ? Qu'il soit retrouvé dans un dock, égorgé par un chien de garde ? Il inspira à fond. Les pointes du grillage lui piquaient les aisselles, ce n'était qu'une question de secondes avant qu'il ne lâche. Si seulement il avait eu une arme. Si seulement il avait eu une bouteille plutôt que sa flasque, il aurait pu la briser et s'en servir comme arme d'estoc.

Sa flasque !

Mobilisant ses dernières forces, Harry glissa sa main dans sa poche intérieure et en tira le récipient. Il se ficha le goulot dans la bouche, coinça le bouchon métallique entre ses dents et tourna. Le bouchon se dévissa et il le maintint entre ses dents tandis que l'alcool lui emplissait la bouche. Il ressentit comme une décharge à travers tout le corps. Seigneur ! Il appuya si fort le visage contre la grille que ses yeux furent pressés l'un contre l'autre, et que les lumières lointaines du Plaza et de l'Hotel Opera se muèrent en deux bandes minces dans tout ce noir. De la main droite, il abaissa la flasque jusqu'à ce qu'elle soit juste au-dessus de la gueule rouge du chien. Il cracha alors le bouchon et l'alcool, murmura « *Skål*[1] *!* » et retourna le récipient. Pendant deux longues secondes, les yeux noirs du chien regardèrent sa victime, complètement hagards, tandis que le liquide brun dégoulinait en glougloutant le long de la jambe de Harry pour finir dans la gueule ouverte. Alors l'animal lâcha prise. Harry entendit le claquement de chair vivante contre l'asphalte nu. Suivi d'un râle bas et d'un gémissement faible, avant que les pattes ne raclent le sol et que la bête ne soit avalée par l'obscurité dont elle était sortie.

Harry regroupa les jambes sous lui et bascula par-dessus la clôture. Il retroussa sa jambe de pantalon. Même sans lampe de poche, il constata que ce soir-là, ce serait médecin de garde au lieu d'*Ève*.

*

1. « Santé ! »

Jon était allongé, la tête sur les genoux de Thea, les yeux fermés, et il jouissait du ronronnement régulier de la télé qui diffusait l'une des séries qu'elle aimait tant. *Le roi du Bronx*. Ou était-ce *Queens* ?

« Tu as demandé à ton frère s'il voulait prendre cette garde à Egertorget ? » lui demanda Thea.

Elle avait posé une main sur les yeux de l'homme. Il sentait l'odeur douceâtre de sa peau, ce qui signifiait qu'elle venait de se faire sa piqûre d'insuline.

« Quelle garde ? » s'enquit Jon.

Elle retira sa main et baissa sur lui une paire d'yeux incrédules.

Jon se mit à rire.

« Détends-toi. Il y a longtemps que j'ai parlé à Robert. Il a dit oui. »

Elle poussa un gémissement résigné. Jon saisit sa main et la reposa sur ses yeux.

« C'est juste que je n'ai pas dit que c'était ton anniversaire. Parce que ce n'est pas sûr qu'il aurait dit oui.

— Pourquoi ?

— Parce qu'il est fou de toi, et tu le sais.

— Ça, c'est ce que tu dis.

— Et toi, tu ne l'aimes pas.

— Ce n'est pas vrai !

— Pourquoi est-ce que tu te crispes toujours dès que je prononce son nom, alors ? »

Elle éclata de rire. Peut-être à cause de ce « Bronx ». Ou de « Queens ».

« Tu as eu une table à ce restaurant ? demanda-t-elle.

— Oui. »

Elle sourit et étreignit sa main. Puis fronça les sourcils.

« J'ai réfléchi. Peut-être que quelqu'un va nous voir, là-bas.

— De l'Armée ? Impossible.

— Mais si on nous voit malgré tout ? »

Jon ne répondit pas.

« Il est peut-être temps qu'on l'officialise, suggéra-t-elle.

— Je ne sais pas. Ne vaut-il pas mieux attendre jusqu'à ce que nous soyons absolument sûrs de…

— Tu n'en es pas sûr, Jon ? »

Jon ôta sa main et la regarda, surpris.

« Thea, enfin ; tu sais pertinemment que je t'aime plus que tout. Ce n'est pas cela.

— Qu'est-ce que c'est, alors ? »

Jon poussa un soupir et se redressa à côté d'elle.

« Tu ne connais pas Robert, Thea.

— Je le connais depuis que nous sommes petits, Jon, répondit-elle avec un sourire en coin.

— Oui, concéda Jon en se tortillant, mais il y a des choses que tu ne sais pas. Tu ne sais pas dans quelles colères il peut se mettre. Quand ça arrive, c'est comme s'il devenait quelqu'un d'autre. Ça lui vient de papa. Il est dangereux, dans ces moments-là, Thea. »

Elle appuya la tête contre le mur et son regard se perdit devant elle.

« Je propose simplement qu'on repousse un peu, expliqua Jon en se tordant les mains. Il s'agit aussi de tenir compte de ton frère.

— Rikard ? s'étonna-t-elle.

— Oui. Que dira-t-il si toi, sa sœur, tu te fiances avec moi, justement, et précisément maintenant ?

— Ah, ça. Parce que vous êtes concurrents sur le poste de nouveau chargé de gestion ?

— Tu sais bien que le conseil de direction insiste pour que les officiers ayant des postes de dirigeant soient mariés à des officiers réputés. Il est évident que ce serait tactiquement opportun de ma part de faire savoir maintenant que je vais me marier avec Thea Nilsen, la fille de Frank Nilsen, bras droit du commandeur. Mais moralement parlant, est-ce que ça serait juste ? »

Thea se mordit la lèvre inférieure.

« Qu'y a-t-il de si important pour Rikard et toi dans ce boulot ? »

Jon haussa les épaules.

« L'Armée a payé l'école d'officiers et quatre années d'études d'économie en BI[1] pour l'un comme pour l'autre. Rikard doit avoir le même point de vue que moi. Qu'à partir de ce moment-là on se doit de postuler quand il y a un boulot dans l'Armée pour lequel on est qualifié.

— Peut-être qu'aucun d'entre vous ne l'aura ? Papa dit que personne de moins de trente-cinq ans n'a jamais été chargé de gestion dans l'Armée.

— Je sais, soupira Jon. Ne le dis à personne, mais en réalité je serais soulagé que Rikard décroche le poste.

— Soulagé ? Toi qui es responsable de toutes les propriétés en location à Oslo depuis plus d'un an ?

— D'accord, mais le chargé de gestion a toute la Norvège, plus l'Islande et les Féroé. Tu savais que la compagnie foncière de l'Armée possède plus de deux

1. Bedriftsøkonomisk Institutt, équivalent d'une école supérieure de commerce.

cent cinquante propriétés, soit trois cents bâtiments rien qu'en Norvège ? » Jon se tapota le ventre et contempla le plafond avec son habituelle mine inquiète. « Je me suis vu dans une vitrine, aujourd'hui, et j'ai été frappé de voir à quel point je suis petit. »

Thea ne parut pas avoir entendu ces derniers mots.

« On a dit à Rikard que celui qui aurait le poste serait le prochain TC[1].

— Le prochain commandeur ? » Jon éclata de rire. « Alors je n'en veux pas, c'est sûr.

— Ne plaisante pas, Jon.

— Je ne plaisante pas, Thea. Toi et moi, on est beaucoup plus importants. Je vais dire que je ne suis pas prêt pour le poste de chargé de gestion, et on officialise nos fiançailles. Je peux faire un autre travail important. Les corps d'armée aussi ont besoin d'économistes.

— Non, Jon ! s'effraya Thea. Tu es le meilleur que nous ayons, tu dois prendre la place pour laquelle tu seras le plus utile. Rikard est mon frère, mais il n'a pas… ton intelligence. On peut attendre la titularisation pour leur parler des fiançailles. »

Jon haussa les épaules. Thea regarda l'heure.

« Il faut que tu partes avant minuit, ce soir. Dans l'ascenseur, hier, Emma m'a dit qu'elle s'était inquiétée pour moi en entendant ma porte s'ouvrir et se refermer en pleine nuit. »

Jon reposa ses pieds sur le sol.

« En fait, je ne comprends pas que nous ayons le courage d'habiter ici. »

1. Territorial Commander, commandeur territorial.

Elle regarda Jon avec un regard lourd de reproches.

« Ici, en tout cas, on prend soin l'un de l'autre.

— Oh oui, soupira-t-il. On prend soin l'un de l'autre. Bonne nuit, alors. »

Elle se colla tout contre lui et glissa sa main sous sa chemise, et il sentit avec surprise que cette main était moite de sueur, comme si elle avait été serrée, comme si elle avait étreint quelque chose. Elle se pressa contre lui, et sa respiration se fit plus lourde.

« Thea, on ne doit pas... »

Elle se figea. Puis elle poussa un soupir et enleva sa main.

Jon n'en revenait pas. Thea n'avait jusqu'alors pas vraiment fait d'approches, comme si même elle avait quelque appréhension vis-à-vis du contact physique. Et il appréciait cette pudeur. Elle avait paru tranquillisée après leur premier rendez-vous, quand il lui avait dit que les statuts précisaient que « l'Armée du Salut pose l'abstinence avant le mariage comme modèle chrétien ». Et même si d'aucuns estimaient qu'il y avait une différence entre un « modèle » et le mot « ordre » que les statuts employaient à propos du tabac et de l'alcool, il ne voyait aucune raison de rompre une promesse faite à Dieu sur la base de nuances de ce genre.

Il la serra dans ses bras, se leva et alla aux toilettes. Il verrouilla derrière lui et ouvrit le robinet. Il laissa l'eau couler sur ses mains tandis qu'il regardait la surface lisse de sable fondu qui reflétait les traits d'une personne qui selon toute apparence aurait dû être heureuse. Il devait téléphoner à Ragnhild. Se débarrasser de cette affaire. Jon inspira profondément. Il *était* heureux. Certains jours étaient juste plus éprouvants que d'autres.

Il s'essuya le visage et retourna auprès d'elle.

*

La salle d'attente du cabinet de médecins de garde, Storgata 40, baignait dans une dure lumière blanche. On y trouvait la faune humaine habituelle à cette heure-ci. Un drogué tremblant se leva et s'en alla vingt minutes après l'arrivée de Harry. Ils ne supportaient en général pas de rester assis tranquillement plus de dix minutes. Harry le comprenait sans difficulté. Il avait encore le goût de l'alcool dans la bouche, et celui-ci avait réveillé de vieux ennemis qui secouaient énergiquement leurs chaînes dans les profondeurs. Sa jambe le torturait à la limite du soutenable. Enfin, son excursion au dock avait été — comme quatre-vingt-dix pour cent de toutes les investigations policières — infructueuse.

Il se promit de respecter ses engagements vis-à-vis de Bette Davis la prochaine fois.

« Harry Hole ? »

Harry leva les yeux sur l'homme en blouse blanche qui s'était arrêté devant lui.

« Oui ?

— Vous pouvez m'accompagner ?

— Merci, mais je crois que c'est le tour de mademoiselle », fit-il avec un signe de tête vers une fille qui était assise la tête entre les mains sur la rangée de chaises du milieu.

Le type se pencha vers lui.

« C'est la deuxième fois qu'elle vient, rien que ce soir. Elle s'en sortira. »

Harry suivit en boitant la blouse blanche le long d'un couloir jusqu'à un cabinet étroit meublé d'un pupitre et d'une étagère unique. Il ne vit aucun objet personnel.

« Je pensais que les policiers disposaient de leurs propres médecins, commença la blouse.

— Niks. D'habitude, on n'a même pas la priorité dans les files d'attente. Comment savez-vous que je suis policier ?

— Désolé. Je suis Mathias. Je ne faisais que passer dans la salle d'attente, et je vous ai vu. »

Le médecin sourit et tendit la main. Il avait des dents bien régulières, constata Harry. Si régulières qu'on aurait pu le soupçonner de porter un dentier si le reste de son visage n'avait pas été aussi symétrique, net et carré. Ses yeux étaient bleus, marqués de fines pattes-d'oie, sa poignée de main ferme et sèche. Comme tiré d'un roman de toubib, songea Harry. Un médecin aux mains chaudes.

« Mathias Lund-Helgesen, précisa l'individu en scrutant Harry du regard.

— Je comprends qu'il vous aurait paru naturel que je sache qui vous êtes.

— On s'est déjà vus. L'année dernière, en été. À une garden-party chez Rakel. »

Harry se contracta en entendant ce nom prononcé par d'autres lèvres.

« Ah oui ?

— C'était moi, révéla Mathias Lund-Helgesen très vite, à voix basse.

— Mmm. » Harry hocha lentement la tête. « Je saigne.

— Je comprends parfaitement, acquiesça Lund-Helgesen en arborant une mine grave et compatissante.

— Ici, précisa Harry après avoir remonté sa jambe de pantalon.

— Ah, comme ça. » Mathias Lund-Helgesen afficha un sourire quelque peu perdu. « Qu'est-ce que c'est ?

— Un clebs qui m'a mordu. Vous pouvez arranger ça ?

— Il n'y a pas grand-chose à arranger. L'hémorragie va s'arrêter. Je vais nettoyer les plaies et mettre quelque chose dessus. » Il se pencha. « Trois plaies consécutives à des coups de dents, à ce que je vois. Et vous êtes bon pour une injection antirabique.

— Il m'a mordu jusqu'à l'os.

— Oui, c'est bien l'impression que ça donne.

— Non, je veux dire, il m'a réellement mordu... » Harry stoppa net et inspira par le nez. Il venait de se rendre compte que Mathias Lund-Helgesen le croyait ivre. Et pourquoi ne le penserait-il pas ? Un policier au manteau déchiré, mordu par un chien, traînant une mauvaise réputation et une haleine éthylique de fraîche date. Était-ce ainsi qu'il présenterait les choses, lorsqu'il raconterait à Rakel que son ex-bonhomme avait de nouveau craqué ?

« Salement », conclut Harry.

CHAPITRE 4

Lundi 15 décembre
Adieux

« *Trka !* »

Il se redressa d'un coup dans le lit et entendit l'écho de sa propre voix entre les murs blancs et nus de la chambre d'hôtel. Le téléphone sonnait sur la table de chevet.

« *This is your wake-up call…*

— *Hvala* », remercia-t-il bien qu'il sût que ce n'était qu'une voix enregistrée.

Il était à Zagreb. Il allait à Oslo dans la journée. Pour le boulot le plus important. Le dernier.

Il ferma les yeux. Il avait de nouveau rêvé. Pas de Paris, pas de n'importe quelle autre mission, il n'en rêvait jamais. C'était toujours de Vukovar, toujours de cet automne, du siège.

Cette nuit, il avait rêvé qu'il courait. Comme d'habitude, il avait couru sous la pluie et comme d'habitude, ça avait été le soir où ils avaient amputé le bras de son père à la pouponnière. Quatre heures plus tard, son père était brusquement décédé, bien que les médecins aient dit que l'opération avait réussi. Ils avaient dit que le cœur avait simplement cessé de battre. Il avait alors fui sa mère en courant, fui dans l'obscurité et la pluie jusqu'au fleuve, le pistolet de son père à la main, vers les positions serbes, ils avaient fait partir des fusées éclairantes et lui avaient tiré dessus, il s'en fichait, il entendait les doux impacts de balles sur un sol qui avait soudain disparu, et il était tombé dans le grand cratère de bombe. L'eau l'avait englouti, lui et tous les bruits, tout était devenu silencieux ; il avait continué à courir sous l'eau, sans arriver nulle part. Et tandis qu'il sentait ses membres se raidir et le sommeil l'engourdir, il avait vu quelque chose de rouge venir vers lui dans tout ce noir, comme un oiseau battant des ailes au ralenti. Quand il était revenu à lui, il était enveloppé dans une couverture de laine, sous une ampoule qui oscillait d'avant en arrière tandis que l'artillerie serbe jouait et que de petits fragments de terre et d'enduit lui tombaient dans les yeux et la bouche. Il avait craché et quelqu'un s'était penché vers lui pour lui dire que c'était Bobo, le capitaine en personne, qui l'avait tiré du cratère plein d'eau. Avant de lui montrer un type chauve debout en haut de l'escalier montant du bunker. Il portait un uniforme et une écharpe rouge nouée autour du cou.

Il ouvrit de nouveau les yeux et regarda le thermomètre qu'il avait posé sur la table de nuit. La température de la pièce n'avait pas dépassé seize degrés depuis novembre, bien que la réception prétendît que le chauffage tournait à plein régime. Il se leva. Il devait faire vite, le bus qui partait pour l'aéroport serait devant l'hôtel dans une demi-heure.

Il planta son regard dans le miroir et tenta de se représenter le visage de Bobo. Mais c'était comme les aurores boréales, il disparaissait imperceptiblement quand il le fixait. Le téléphone sonna de nouveau.

« *Da, majka*[1]. »

Après s'être rasé, il s'essuya et s'habilla rapidement. Il sortit l'une des deux boîtes de métal noir qu'il gardait dans le coffre et l'ouvrit. Un Llama MiniMax Sub Compact sept coups, six dans le chargeur et un dans la chambre. Il démonta l'arme et répartit les pièces dans les quatre compartiments spécialement aménagés sous les coins de renfort de la valise. Si on l'arrêtait à la douane pour le fouiller, le métal des coins de renfort dissimulerait les pièces de l'arme. Avant de partir, il vérifia qu'il avait bien son passeport et l'enveloppe contenant le billet d'avion qu'elle lui avait fourni, la photo de l'objet et les informations nécessaires concernant l'endroit et le moment. Cela devait se passer le lendemain soir, à sept heures, dans un lieu public. Elle avait dit que ce boulot était plus risqué que le précédent. Néanmoins, il n'avait pas peur. Il pensait de temps à autre qu'il avait perdu cette capacité, qu'il en avait été amputé le soir où son père avait perdu son bras. Bobo avait dit qu'on ne survit pas longtemps si on n'a pas peur.

Au-dehors, Zagreb venait à peine de se réveiller, sans neige, dans un brouillard gris, les traits tirés. Il se planta devant l'entrée de l'hôtel et songea que dans quelques jours, ils partiraient pour la mer Adriatique, pour un endroit ne payant pas de mine où il connaissait un petit hôtel qui faisait des prix pour la morte-saison, et où il y avait un peu de soleil. Et ils parleraient de la nouvelle maison.

1. « Oui, maman. »

Le bus de l'aéroport aurait dû être là. Il regarda avec intensité dans le brouillard. Avec la même intensité que cet automne-là, recroquevillé à côté de Bobo, quand il essayait en vain de distinguer quelque chose derrière toute cette fumée blanche. Son travail avait consisté à courir avec des messages que l'on n'osait pas envoyer par liaisons radio puisque les Serbes écoutaient sur toutes les fréquences et que rien ne leur échappait. Et parce qu'il était très petit, il pouvait courir à toute vitesse dans les tranchées sans avoir à se plier en deux. Il avait révélé à Bobo qu'il voulait tuer des tanks.

Bobo avait secoué la tête.

« Tu es messager. Ces messages sont importants, mon garçon. J'ai des hommes pour s'occuper des tanks.

— Mais ils ont peur. Moi, je n'ai pas peur.

— Tu n'es qu'un gosse, avait objecté Bobo en haussant un sourcil.

— Ça ne me fera pas grandir que les balles me trouvent ici plutôt que là-bas. Et tu as dit toi-même que si on n'arrête pas les chars, ils prendront la ville. »

Bobo l'avait longuement regardé.

« Laisse-moi réfléchir », conclut-il finalement. Ils étaient restés assis en silence, à regarder dans cette masse blanche, sans distinguer ce qui était le brouillard automnal et ce qui était la fumée s'échappant des ruines de la ville en flammes. Et puis Bobo s'était raclé la gorge : « Cette nuit, j'ai envoyé Franjo et Mirko vers l'ouverture dans le pré, par où les chars sortent. Leur mission était de se cacher et de fixer des mines sur les chars quand ceux-ci passeraient. Tu sais comment ça s'est terminé ? »

Il avait à nouveau hoché la tête. Il avait vu les cadavres de Franjo et Mirko dans les jumelles.

« S'ils avaient été plus petits, ils auraient peut-être pu se dissimuler dans les creux du terrain », ajouta Bobo.

Le petit avait essuyé du revers de la main la morve qu'il avait sous le nez.

« Comment j'attacherai ces mines sur les chars ? »

Le lendemain dès l'aube, il était revenu en se coulant comme une anguille jusqu'à leurs propres lignes, tremblant de froid et couvert de boue. Derrière lui, dans le pré, il y avait deux chars serbes détruits dont les tourelles ouvertes laissaient échapper des tourbillons de fumée. Bobo l'avait happé dans la tranchée avant de crier triomphalement : « Un petit sauveur nous est né ! »

Et le même jour, quand Bobo eut dicté le message destiné à être transmis par radio au quartier général en ville, il avait reçu le nom de code qui le suivrait jusqu'à ce que les Serbes aient occupé sa ville natale et l'aient réduite en poussière, tué Bobo, massacré les malades et les médecins de l'hôpital, emprisonné et torturé ceux qui avaient opposé une résistance. Il y avait un paradoxe amer dans cette signature. Que lui avait donnée l'un de tous ceux qu'il n'avait pas réussi à sauver. *Mali spasitelj*. Le petit sauveur.

Un bus rouge sortit de l'océan de brouillard.

*

La salle de réunion de la zone rouge, au cinquième étage, bourdonnait de conversations feutrées et de rires étouffés quand Harry arriva et conclut qu'il avait choisi la bonne heure pour ce rendez-vous. Trop tard pour les approches préliminaires, la consommation de gâteaux et les échanges de piques et de blagues auxquelles les hommes recourent au moment de dire adieu à quelqu'un qu'ils apprécient. Suffisamment tôt pour la distribution de cadeaux et les discours chargés de ces mots pompeux que les hommes osent employer quand ils se retrouvent devant une assistance et non plus en tête à tête.

Harry balaya la pièce du regard et dénicha les trois seuls visages véritablement amicaux. Son supérieur sortant Bjarne Møller. L'agent Halvorsen. Et Beate Lønn, la jeune directrice de la Brigade technique. Il ne croisa le regard de personne d'autre, personne ne croisa le sien. Il avait parfaitement conscience de ne pas être follement apprécié à la Criminelle. Møller avait déclaré un jour qu'il n'y a qu'une chose que les gens aiment encore moins qu'un alcoolique aigri : un grand alcoolique aigri. Harry était un alcoolique aigri d'un mètre quatre-vingt-treize, et qu'il fût de surcroît un excellent enquêteur n'y changeait pas grand-chose. Tout le monde savait que s'il n'y avait pas eu la main protectrice de Bjarne Møller, Harry aurait depuis longtemps été chassé des rangs de l'institution. Et à présent que Møller s'en allait, tous avaient également conscience que dans la hiérarchie, on n'attendait que le premier faux pas de Harry. Ce qui le protégeait pour l'heure, c'était paradoxalement ce qui lui avait collé l'étiquette d'éternel outsider : il avait piégé l'un des leurs. Prinsen[1]. Tom Waaler, inspecteur principal à la Crim, l'un de ceux qui avaient tiré les ficelles de

1. Litt. « le Prince ».

l'énorme trafic d'armes à Oslo pendant les huit dernières années. Tom Waaler avait fini ses jours dans une mare de sang au sous-sol d'un immeuble de studios à Kampen, et au cours d'une courte cérémonie organisée à la cantine trois semaines plus tard, le chef de la Crim, les dents serrées, avait fait l'éloge de Harry pour avoir contribué à faire le ménage dans leurs propres rangs. Et Harry avait remercié.

« Merci », avait-il lâché en parcourant l'assemblée des yeux, juste pour voir si des regards croisaient le sien. Il comptait en fait limiter son discours à ce seul mot, mais la vue de ces têtes tournées et de ces sourires en coin avait suscité en lui une colère subite, le faisant ajouter : « Ça va probablement être plus difficile d'être celui qui me virera, maintenant. La presse pourrait penser que celui qui me lourdera le fait parce qu'il a peur que je me mette en chasse après lui aussi. »

À ce moment-là, ils l'avaient enfin regardé. Incrédules. Et il avait continué.

« Pas de raison de faire ces têtes-là, les enfants. Tom Waaler était inspecteur ici, à la Criminelle, et pouvait se livrer à ses activités grâce à ce poste. Il se faisait appeler Prinsen, et comme vous le savez... » Ici, Harry avait marqué une pause tandis qu'il parcourait les visages, pour terminer par celui du chef de la Crim : « Où il y a un prince, en principe, il y a un roi. »

« Alors, vieux, on gamberge ? »

Harry leva les yeux. C'était Halvorsen.

« Je pensais juste à des rois, répondit l'intéressé en prenant la tasse de café que le jeune agent lui tendait.

— Oui, et tu peux voir le nouveau là-bas », lui indiqua Halvorsen.

À la table des cadeaux, un homme en costume bleu discutait avec le chef de la Crim et Bjarne Møller.

« C'est Gunnar Hagen ? demanda Harry entre deux gorgées de café. Le nouveau CdP[1] ?

— Ça ne s'appelle plus CdP, Harry.

— Ah non ?

— ASP. Agent supérieur de police. Il y a quatre mois qu'ils ont modifié la nomenclature des grades.

— Vraiment ? Je devais être malade, ce jour-là. Tu es toujours agent ? »

Halvorsen sourit.

Le nouvel agent supérieur de police paraissait alerte, et faisait moins que les cinquante-trois ans que la circulaire lui donnait. Plutôt de taille moyenne que grand, selon Harry. Et maigre. Le réseau de muscles bien nets sur son visage, autour de la mâchoire et dans son cou indiquait un mode de vie ascétique. Sa bouche était droite et son menton pointait vers l'avant d'une façon que l'on pouvait aussi bien qualifier d'énergique que d'obstinée. Ce que Hagen avait de cheveux était noir et rassemblé en une demi-couronne autour du crâne, mais elle était si dense que l'on pouvait soupçonner le nouvel ASP d'avoir simplement été quelque peu excentrique dans le choix de sa nouvelle coupe de cheveux. Ses énormes sourcils à la Méphisto laissaient en tout cas penser que son système pileux avait de bonnes conditions de développement.

« Il vient directement du ministère de la Défense, récita Harry. On aura peut-être le réveil au clairon.

1. Capitaine de police. (Voir *L'étoile du diable*, Folio Policier nº 527.)

— On dit qu'il a été un bon policier avant de changer de crèmerie.

— À en juger par ce qu'il a écrit sur son propre compte dans la circulaire, tu veux dire ?

— Ça fait du bien d'entendre que tu es dans un état d'esprit positif, Harry.

— Moi ? Oui. Toujours disposé à donner leur chance aux nouveaux.

— Leur chance, au singulier. » C'était Beate qui les avait rejoints. Elle rejeta ses courts cheveux blonds de côté. « Il m'a semblé te voir boiter au moment où tu es entré, Harry ?

— J'ai rencontré un chien de garde surexcité au dock, hier soir.

— Qu'est-ce que tu faisais là-bas ? »

Harry regarda un moment Beate avant de répondre. Son boulot de chef dans Brynsalléen lui avait fait du bien. Et cela avait aussi fait du bien à la Brigade technique. Beate avait toujours été une personne compétente professionnellement, mais Harry se devait de reconnaître qu'il n'avait pas trouvé de qualités de leader chez cette jeune femme ayant jusqu'alors fait preuve d'une timidité qui lui aurait été presque préjudiciable lorsqu'elle était arrivée à l'OCRB[1], à sa sortie de l'École supérieure de police.

« Je voulais juste voir le conteneur dans lequel on avait retrouvé Per Holmen. Dis-moi, comment est-il entré dans cette zone ?

— Il a découpé le grillage au-dessus du cadenas avec une cisaille. Elle était à côté de lui. Et toi, comment as-tu fait ?

1. Office Central de Répression du Banditisme

— À part une cisaille, qu'est-ce que vous avez trouvé ?

— Harry, il n'y a rien qui indique que…

— Je n'ai pas dit ça. Quoi d'autre ?

— Qu'est-ce que tu crois ? Son matos, une dose d'héroïne et un sac plastique avec du tabac dedans. Tu sais, ils récupèrent le tabac des mégots qu'ils ramassent. Et même pas une couronne, évidemment.

— Et le Beretta ?

— Le numéro de série avait été effacé, mais les marques d'effacement sont bien connues. Une arme datant du trafic de Prinsen. »

Harry avait remarqué que Beate évitait de prononcer le nom de Tom Waaler.

« Mmm. Les résultats des analyses sanguines sont connus ?

— Ouaip. Étonnamment clean, en tout cas depuis un certain temps. Par conséquent conscient et parfaitement en état de commettre son suicide. Pourquoi cette question ?

— C'est moi qui ai eu la joie d'apprendre la nouvelle aux parents.

— Ouf ! » soufflèrent Beate et Halvorsen dans un bel ensemble. Ce qui arrivait de plus en plus souvent, même s'ils ne formaient un couple que depuis un an et demi.

Le chef de la Crim toussota, et l'assemblée se tourna vers la table des cadeaux tandis que le silence se faisait.

« Bjarne a demandé à pouvoir parler, annonça le chef de la Crim en se balançant sur les talons avant de marquer un petit temps d'arrêt savamment étudié, et il va pouvoir le faire. »

Les gens pouffèrent légèrement. Harry vit Bjarne Møller faire un sourire prudent à son supérieur.

« Merci, Torleif. Et merci à vous et au chef de la police pour ce cadeau de départ. Un merci tout particulier pour cette super-photo que vous m'avez tous offerte. »

Il tendit un bras vers la table des cadeaux.

« Tous ? chuchota Harry à l'attention de Beate.

— Oui. Skarre et quelques autres ont organisé une collecte.

— Je n'en ai pas entendu parler.

— Ils ont peut-être simplement oublié de te demander.

— À présent, je vais moi-même distribuer quelques cadeaux, poursuivit Møller. De succession, pourrais-je dire. Pour commencer, il y a cette loupe. »

Il la leva devant son visage, ce qui déclencha les rires du public devant les traits de l'ancien CdP déformés par l'optique.

« Elle va à la fille qui est aussi bon policier que l'était son père. Qui ne s'enorgueillit jamais de son travail, mais qui nous laisse, à la Crim, passer pour des gens compétents. Comme vous le savez, elle fait l'objet de recherches neurologiques puisqu'elle est l'un des rares spécimens possédant un *gyrus fusiforme* qui lui permet de se souvenir de chaque visage qu'elle a vu. »

Harry vit Beate rougir. Elle n'aimait pas attirer l'attention, surtout pas autour de cette faculté rare qui lui valait d'être encore sollicitée pour reconnaître des photos chiffonnées d'anciens condamnés sur des vidéos de braquages[1].

« J'espère, continua Møller, que tu n'oublieras pas ce visage-là non plus, même si tu ne le vois pas pendant un bon moment. Et si jamais tu en doutes, tu pourras toujours te servir de ceci. »

Halvorsen fila une légère bourrade dans le dos de Beate. Lorsque Møller lui donna l'accolade en plus de la loupe et que l'assistance se mit à applaudir, même son front était rouge écrevisse.

« Le legs suivant est mon fauteuil de bureau, reprit Bjarne. J'ai cru comprendre que mon successeur, Gunnar Hagen, en a exigé un nouveau, en cuir noir, haut dossier, et j'en passe. »

Møller fit un sourire à Gunnar Hagen qui ne le lui rendit pas, se contentant d'un bref mouvement de tête.

« Le fauteuil va à un jeune agent de Steinkjer qui depuis son arrivée a été exilé, contraint de cohabiter dans un bureau avec l'individu le plus tapageur de la maison. Sur un siège hors d'usage. Junior, je crois que l'heure est venue.

— Youpi ! » s'emballa Halvorsen.

Et tous de se retourner vers lui en riant, et Halvorsen de rire avec eux.

« Pour finir ; un outil de travail pour une personne tout à fait spéciale à mes yeux. Il a été mon meilleur enquêteur et mon pire cauchemar. À l'homme qui suit toujours son propre nez, son propre agenda et — malheureusement pour nous qui essayons de vous faire pointer à l'heure aux réunions matinales — sa

1. Voir *Rue du Sans-Souci*, Folio Policier n° 480.

propre montre. » Møller tira une montre-bracelet de sa poche de veste. « Espérons que celle-ci te fera suivre les mêmes règles horaires que les autres. Elle est en tous les cas plus ou moins synchronisée avec le reste de la Criminelle. Eh oui, il y avait pas mal à lire entre les lignes, Harry. »

Applaudissements épars quand Harry s'avança pour recevoir l'objet, qui avait un bracelet simple en cuir et était d'une marque qu'il ne connaissait pas.

« Merci. »

Les deux hommes de belle taille s'embrassèrent.

« Je l'ai réglée deux minutes en avance, pour que tu sois à l'heure quand tu pensais être en retard, chuchota Møller. Pas d'autres sermons, tu feras ce que tu dois faire.

— Merci », répéta Harry, qui trouva que l'autre l'avait tenu dans ses bras un peu trop fort et un peu trop longtemps. Il se souvint qu'il devait déposer le cadeau qu'il avait apporté de chez lui. Il n'avait heureusement jamais eu le temps d'arracher l'emballage plastique d'*Ève*.

CHAPITRE 5

Lundi 15 décembre
Fyrlyset

Jon trouva Robert dans la cour de l'immeuble de Fretex, dans Kirkeveien.

Il était appuyé au chambranle, les bras croisés, et regardait les gars porter des sacs-poubelle noirs depuis le camion jusque dans l'entrepôt du magasin. Les types soufflaient des phylactères blancs qu'ils remplissaient de jurons en dialectes et langues divers.

« La pêche est bonne ? » s'enquit Jon.

Robert haussa les épaules.

« Les gens donnent de bon cœur toute leur garde-robe d'été, pour pouvoir s'en payer une autre pour l'année à venir. Mais ce sont des vêtements d'hiver dont nous avons besoin maintenant.

— Tes gars s'en sortent bien avec le maniement de la langue. Des “paragraphe douze” ?

— J'ai compté hier. Ceux qui sont en semi-liberté sont maintenant deux fois plus nombreux que ceux qui ont accueilli Jésus.

— Terres de mission non labourées, sourit Jon. Il n'y a plus qu'à se mettre à l'ouvrage. »

Robert cria à l'attention de l'un des types, qui leva

un paquet de cigarettes dans sa direction. Robert se ficha un tube à cancer sans filtre entre les lèvres.

« Retire ça, conseilla Jon. Promesse de soldat. Tu peux te faire virer.

— Je n'ai pas prévu de l'allumer, frangin. Qu'est-ce que tu veux ? »

Jon haussa les épaules.

« Juste discuter un peu.

— De quoi ? »

Jon eut un petit rire.

« C'est assez normal que des frères discutent, de temps en temps. »

Robert acquiesça et ôta une fibre de tabac de sur sa langue.

« Quand tu parles de discuter, tu sous-entends en général que tu vas m'expliquer comment je dois vivre ma vie.

— Arrête.

— Alors qu'est-ce qu'il y a ?

— Rien ! Je me demande simplement comment tu vas. »

Robert retira la cigarette de sa bouche et cracha dans la neige. Puis il plissa les yeux vers la haute couche nuageuse blanche au-dessus d'eux.

« J'en ai ras la casquette de ce boulot. J'en ai plein les bottes de l'appartement. J'en ai plus que ma claque de ce tartuffe de sergent-major desséché qui dirige ce barnum, ici. Si elle n'avait pas été si laide, j'aurais… baisé cette vieille peau ridée, pour la peine.

— Je n'ai pas très chaud. On peut entrer ? »

Robert pénétra le premier dans le minuscule bureau et s'assit sur un siège qui tenait tout juste entre un pupitre surchargé, une fenêtre étroite donnant sur la cour et une bannière rouge et or à l'emblème de l'Armée du Salut et marquée de la devise *Feu et Sang*. Jon souleva un tas de papiers, dont certains jaunis par l'âge, d'une chaise dont il savait que Robert l'avait chipée dans le local de la fanfare de Majorstua qui se trouvait à côté du leur.

« Elle dit que tu sèches, annonça Jon.

— Qui ?

— Le sergent-major Rue, répondit Jon d'une voix aigre-douce. Cette vieille peau ridée.

— Hé, alors elle t'a appelé, comme ça ? » Robert gratouilla le pupitre de la pointe de son couteau pliant avant de s'exclamer : « Ah oui, j'ai oublié ; c'est vrai que tu es le nouveau chargé de gestion, le boss de tout ce cirque.

— Personne n'a encore été choisi. Ça peut tout aussi bien être Rikard.

— *Whatever*[1]. » Robert grava deux demi-cercles dans le pupitre, traçant ainsi un cœur. « Tu as dit ce que tu étais venu dire. Mais avant que tu ne t'en ailles, je peux peut-être avoir les cinq cents pour la garde d'après-demain ? »

Jon sortit l'argent de son portefeuille et le posa sur le pupitre devant son frère. Robert se passa le fil du couteau sur la gorge. Un crissement se fit entendre dans les poils noirs naissants.

« Et je voulais te rappeler une chose supplémentaire. »

Jon déglutit, il savait ce qui se profilait.

« Et c'est ? »

Par-dessus l'épaule de Robert, il vit que la neige

1. « Peu importe », en anglais dans le texte.

avait commencé à tomber, mais la chaleur qui montait des maisons autour de la cour immobilisait les flocons en l'air devant la fenêtre, comme s'ils écoutaient.

Robert plaça la pointe du couteau au centre du cœur.

« Si je découvre un jour que tu rôdes autour de la fille à laquelle nous pensons tous les deux… » Il posa la main autour du sommet du manche du couteau et se pencha en avant. Le poids de son corps fit pénétrer la lame dans le bois sec avec un craquement. « Je te détruis, Jon. Je te le promets. »

« Je dérange ? demanda une voix depuis la porte.

— Pas le moins du monde, madame Rue, répondit Robert sur un ton mielleux. Mon frère était justement sur le départ. »

*

Le chef de la Crim et le nouvel ASP Gunnar Hagen cessèrent leur conversation au moment où Bjarne Møller entrait dans son bureau. Qui n'était de fait plus le sien.

« Alors, tu aimes la vue ? » s'enquit Møller avec ce qu'il espéra être un ton enjoué. Avant d'ajouter : « Gunnar. » Le nom lui était étrange à prononcer.

« Moui, Oslo est quand même un peu triste à voir en décembre, répondit Gunnar Hagen. Mais on verra si on peut arranger ça aussi. »

Møller eut envie de demander ce que l'autre entendait par « ça aussi », mais s'abstint en voyant le chef de la Crim marquer son approbation d'un hochement de tête.

« Je m'apprêtais à expliquer à Gunnar quelques détails concernant les personnes qui nous entourent. En toute confidentialité.

— Oui, c'est vrai que vous vous connaissez depuis un moment.

— Oh oui. Gunnar et moi nous sommes connus quand nous étions cadets dans ce qui s'appelait alors l'École de police.

— J'ai lu dans la circulaire que tu fais la Birkebeiner[1] tous les ans, se souvint Møller en s'adressant à Gunnar Hagen. Tu savais que c'était aussi le cas du chef de la Crim ?

— Oui, oui, répondit Hagen avec un sourire à l'attention de l'intéressé. Il arrive que Torleif et moi courions ensemble. Et qu'on essaie de se griller l'un l'autre au sprint.

— Tiens donc, s'étonna gaiement Møller. Alors si le chef de la Crim avait fait partie de la DRH, on aurait pu le soupçonner d'avoir embauché un copain. »

Le mis en cause émit un petit rire sec et adressa à Møller un regard d'avertissement.

« Je viens de parler à Gunnar de l'homme à qui tu as si généreusement fait un cadeau.

— Harry Hole ?

— Oui, répondit Gunnar Hagen. Je sais que c'est lui qui a tué un inspecteur principal dans le cadre de

1. Célèbre course qui trouve son origine dans l'histoire du pays (tout comme sa sœur jumelle suédoise la Vasaloppet), la Birkebeiner est l'une des principales réunions de fondeurs au monde qui rassemble chaque année plus de 10 000 participants. Elle se déroule entre Rena (Hedmark) et Lillehammer (Oppland), sur plus de 50 kilomètres et environ 1 000 mètres de dénivelé.

cette ennuyeuse affaire de trafiquants. Arraché le bras de ce type dans un ascenseur, ai-je entendu. Et qu'il est aussi l'homme soupçonné d'avoir laissé filtrer l'affaire dans la presse. Pas joli.

— Pour commencer, cette “ennuyeuse affaire de trafiquants” était une ligue professionnelle ayant des ramifications dans la police, et qui a inondé Oslo d'armes de poing bon marché pendant un certain nombre d'années, rétorqua Bjarne Møller en tentant en vain de contenir l'irritation bien perceptible dans sa voix. Une affaire que Hole, malgré la résistance dans la maison même, a réglée tout seul en plusieurs années de travail minutieux. En second lieu, il a tué Waaler en état de légitime défense, et c'est l'ascenseur qui a été la cause de ce qui est arrivé au bras du défunt. Troisièmement, nous n'avons absolument aucun élément permettant de dire qui a révélé quoi. »

Gunnar Hagen et le chef de la Crim échangèrent un regard.

« Quoi qu'il en soit, conclut ce dernier, c'est de lui qu'il faudra que tu t'occupes, Gunnar. D'après ce que j'ai compris, sa compagne vient de le quitter. Et nous savons que ce genre de choses expose à une rechute des hommes ayant les mauvaises habitudes de Harry. Ce que nous ne pouvons naturellement pas accepter, même s'il a effectivement résolu pas mal d'affaires dans le service.

— Je le ferai rester dans le rang.

— Il est inspecteur principal, soupira Møller en fermant les yeux. Ce n'est pas un individu lambda. Et pas le soldat modèle non plus. »

Gunnar Hagen hocha lentement la tête en passant une main le long de son épaisse couronne de cheveux.

« Quand est-ce que tu commences à Bergen… » Hagen baissa la main. « Bjarne ? »

Møller paria que son nom sonnait aussi bizarrement dans la bouche de son interlocuteur.

*

Harry descendit Urtegata à pas lourds et constata à ce dont étaient chaussés ceux qu'il croisait qu'il approchait de Fyrlyset. Les gars des Stups disaient souvent que rien ne contribuait plus à l'identification des toxicomanes que les surplus de l'Armée. Car à travers l'Armée du Salut, les chaussures militaires arrivaient tôt ou tard aux pieds d'un drogué. L'été, c'étaient des chaussures de course à pied bleues, et en hiver comme en ce moment, des rangers noires, qui, associées au sac plastique contenant le casse-croûte de l'Armée du Salut, composaient l'uniforme du junkie de la rue.

Harry entra et fit un signe au gardien dans son pull à capuche de l'Armée du Salut.

« Rien ? » demanda le garde.

Harry donna une tape sur ses poches. « Rien. »

Un panneau au mur informait que l'alcool devait être déposé en entrant, et serait restitué à la sortie. Harry savait qu'ils avaient renoncé à se voir confier drogues dures et douces, aucun de leurs utilisateurs n'osant s'en défaire.

Harry entra, se servit une tasse de café et s'assit sur le banc contre le mur. Fyrlyset était le café de l'Armée, la version nouveau millénaire de la soupe populaire où ceux qui en avaient besoin recevaient produits alimentaires et café. Un endroit agréable et gai où la seule chose qui faisait la différence avec un café classique, c'était la clientèle : quatre-vingt-dix pour cent de toxicomanes de sexe masculin, le reste de sexe féminin. On y consommait des tranches de pain garnies de gouda ou de brunost[1] en lisant le journal ou en conversant tranquillement autour des tables. C'était une zone libre, une occasion de se réchauffer et de respirer un peu dans leur chasse quotidienne à la seringue. Même si les taupes de la police passaient de temps à autre, un accord tacite voulait que les arrestations n'aient jamais lieu ici.

Un homme à la table voisine de Harry s'était figé au milieu d'une profonde révérence. Sa tête était baissée vers le plateau, et il tenait une feuille de papier à cigarette vide entre ses doigts noirs. Quelques mégots traînaient sur la table.

Harry regarda le dos en uniforme d'une petite bonne femme qui changeait les bougies consumées à une table décorée de quatre photos encadrées. Trois portraits, et une croix avec un nom sur fond blanc. Harry se leva et alla vers la table.

« Qu'est-ce que c'est ? » voulut-il savoir.

Ce fut peut-être son cou fin et la douceur de son geste, ou bien ses cheveux lisses, noir de jais, presque artificiellement luisants, qui évoquèrent un chat à Harry avant même qu'elle ne se soit retournée. Impression qui fut renforcée par un visage dans lequel s'inscrivaient une bouche trop large et un nez qui pouvait être perçu comme une éminence nécessaire, exactement comme chez les personnages des bandes

1. Fromage de chèvre norvégien très populaire, qui fait penser à une mimolette sucrée.

dessinées japonaises de Harry. Mais avant tout, il y avait ses yeux. Il ne pouvait pas déterminer précisément quoi, mais quelque chose clochait de ce côté-là.

« Novembre », répondit-elle.

C'était une voix calme, profonde et douce de contralto qui poussa Harry à chercher instinctivement à savoir si elle était naturelle, ou si c'était une façon de parler qu'elle avait intégrée. Il avait connu des femmes qui faisaient ça, qui changeaient de voix comme d'autres de tenue. Une voix pour la maison, une autre pour la première impression et les rapports sociaux, une troisième pour la nuit et la proximité.

« C'est-à-dire ?

— Nos décès de novembre. »

Harry regarda les photos, et saisit ce qu'elle voulait dire.

« Quatre ? » constata-t-il à mi-voix. Une lettre écrite au crayon à papier, en caractères peu sûrs, était posée devant l'un des cadres.

« En moyenne, il meurt un client par semaine. Quatre, c'est relativement normal. Il y a une commémoration le premier mercredi de chaque mois. Est-ce qu'il y a quelqu'un que tu... »

Harry secoua la tête. « Mon cher Odd », ainsi commençait la lettre. Pas de fleurs.

« Y a-t-il quelque chose que je puisse faire pour toi ? » s'enquit-elle.

Harry pensa qu'elle n'avait peut-être pas d'autre voix dans son répertoire, seulement celle-là, profonde et agréable.

« Per Holmen..., commença Harry sans savoir exactement comment il allait poursuivre.

— Pauvre Per, oui. On aura une pensée pour lui en janvier.

— Le premier mercredi, acquiesça Harry.

— C'est ça. Et tu es le bienvenu, frère. »

Ce « frère » fut dit avec une légèreté infiniment naturelle, comme une ponctuation sous-entendue et donc à peine prononcée. Pendant un instant, Harry fut à deux doigts de la croire.

« Je suis enquêteur dans la police », avoua Harry.

La différence de taille entre eux était telle qu'elle dut renverser complètement la tête en arrière pour pouvoir l'étudier plus attentivement.

« Je t'ai peut-être déjà vu, mais ça doit faire longtemps.

— Peut-être, admit Harry. Je suis déjà passé, mais je ne me souviens pas de toi.

— Je travaille seulement à mi-temps. Autrement, je suis au QG de l'Armée du Salut. Tu travailles aux Stups ? »

Harry secoua la tête.

« Affaires de meurtres.

— Meurtres ? Mais Per n'a quand même pas…

— On peut se poser un moment ? »

Elle jeta un regard hésitant autour d'elle.

« Beaucoup à faire ? demanda Harry.

— Au contraire, c'est anormalement calme. Par une journée normale, on sert mille huit cents tranches de pain. Mais aujourd'hui, c'est le versement des allocations sécu. »

Elle cria quelque chose à l'adresse d'un des garçons derrière le comptoir, qui confirma qu'il prenait bien le relais. Harry enregistra le nom de la femme par la même occasion. Martine. La tête de l'homme à la feuille de papier à cigarette sans tabac avait été abaissée d'encore quelques crans.

« Il y a deux ou trois trucs qui ne collent pas tout à fait, commença Harry lorsqu'ils se furent assis. Quel genre de personne était-ce ?

— Ce n'est pas facile à dire, répondit-elle avant de pousser un soupir devant l'expression interrogatrice qu'elle lut sur le visage de Harry. Quand on a consommé des stupéfiants pendant aussi longtemps que Per, le cerveau est tellement détruit qu'il est difficile de distinguer une quelconque personnalité. Le besoin de drogue domine tout le reste.

— J'entends bien, mais je veux dire… pour des gens qui le connaissaient bien…

— Désolée. Tu peux demander à son père ce qu'il restait de la personnalité de son fils. Il est venu le chercher plusieurs fois ici. Il a fini par renoncer. Il disait que Per avait commencé à avoir une attitude menaçante quand il était à la maison, parce qu'ils mettaient sous clé tous les objets de valeur. Il m'a demandé de m'occuper du gosse. J'ai répondu que nous ferions de notre mieux, mais que nous ne pouvions pas promettre de miracle. Et on n'en a pas accompli, soit dit en passant… »

Harry la regarda. Le visage de la jeune femme ne trahissait rien d'autre que la résignation habituelle du travailleur social.

« Ce doit être infernal, soupira Harry en se grattant la jambe.

— Oui, il faut sûrement être soi-même toxicomane pour le comprendre.

— D'être parent, je voulais dire. »

Martine ne répondit pas. Un garçon en doudoune

déchirée était arrivé à la table voisine. Il ouvrit un sac plastique transparent et vida un chargement de tabac sec provenant de ce qui avait dû être des centaines de mégots, qui couvrit aussi bien le papier à cigarette que les doigts noirs de celui qui était assis là.

« Joyeux Noël, murmura le gamin avant de quitter la table d'une démarche d'ancêtre propre aux junkies.

— Qu'est-ce qui ne colle pas ? voulut savoir Martine.

— La prise de sang a montré qu'il était pratiquement clean.

— Et alors ? »

Harry regarda leur voisin. Il tentait en pure perte de rouler le papier à cigarette, ses doigts refusant d'obéir. Une larme roula le long de sa joue brune.

« Je sais deux ou trois trucs sur l'art de se droguer, répondit Harry. Est-ce que tu sais s'il devait de l'argent à quelqu'un ?

— Non. » Sa réponse était courte. Si courte qu'il pressentit la réponse à la question suivante.

« Mais tu aurais peut-être pu…

— Non, l'interrompit-elle. Je ne peux pas poser des questions par-ci, par-là. Tu vois ici des gens dont personne d'autre ne se soucie, et je suis là pour les aider, pas pour les harceler. »

Harry la regarda longuement.

« Tu as raison. Je suis désolé d'avoir demandé ça, cela ne se reproduira pas.

— Merci.

— Juste une dernière question.

— Vas-y.

— Est-ce que tu… » Harry hésita, sentit qu'il était

en train de se planter. « Est-ce que tu me croirais si je te disais que je me sens concerné ? »

Elle pencha la tête de côté et observa Harry.

« Je devrais ?

— Eh bien… J'enquête sur une affaire dans laquelle tout le monde pense qu'il s'agit du suicide avéré d'une personne dont tout le monde se fiche. »

Elle ne répondit pas.

« Bon café. » Harry se leva.

« De rien. Et Dieu te bénisse.

— Merci », répondit Harry, qui sentit à sa grande surprise que les lobes de ses oreilles chauffaient.

En sortant, il s'arrêta devant le gardien et se retourna, mais elle avait déjà disparu. Le garçon en pull à capuche proposa à Harry le sac plastique vert contenant le casse-croûte de l'Armée du Salut, mais il déclina l'offre, serra son manteau autour de lui et sortit dans la rue où il pouvait déjà voir le soleil opérer une retraite rougissante sur le fjord d'Oslo. Il alla vers l'Akerselva. Près d'Eika, un garçon était planté dans une congère ; il avait retroussé la manche de sa doudoune déchirée, et une seringue pendouillait à son avant-bras. Il souriait en regardant à travers Harry et le brouillard de givre au-dessus de Grønland.

CHAPITRE 6

Lundi 15 décembre
Halvorsen

À Fredensborgveien, Pernille Holmen paraissait encore plus petite dans son fauteuil, dévisageant Harry de ses grands yeux rougis par les larmes. Sur les genoux, elle tenait une photo encadrée de son fils Per.

« Il avait neuf ans, là-dessus », souffla-t-elle.

Harry ne put s'empêcher de déglutir. En partie parce que aucun gamin souriant de neuf ans en vêtement de flottaison individuel ne donne l'impression qu'il finira ses jours dans un conteneur avec une balle dans le crâne. Et en partie parce que le cliché lui faisait penser à Oleg, qui pouvait s'oublier et l'appeler « papa ». Harry se demanda combien de temps il faudrait à Oleg pour appeler Mathias Lund-Helgesen « papa ».

« Birger, mon mari, partait souvent à la recherche de Per quand celui-ci avait disparu depuis plusieurs jours. Même si je lui avais demandé d'arrêter : je ne supportais plus d'avoir Per ici. »

Harry se lança :

« Pourquoi ? »

Birger Holmen était au bureau des pompes funèbres, avait-elle expliqué lorsque Harry avait sonné à l'improviste.

Elle renifla.

« Vous êtes déjà entré dans une maison où vit un drogué ? »

Harry ne répondit pas.

« Il volait tout ce qui lui tombait sous la main. Nous l'admettions. C'est-à-dire, Birger l'admettait, il est la personne aimante de nous deux. » Elle fit une grimace dont Harry comprit qu'elle était censée représenter un sourire.

« Il défendait Per en tout. Jusqu'à un jour de l'automne dernier. Quand Per m'a menacée.

— C'est-à-dire ?

— Il a menacé de me tuer. »

Elle regarda fixement la photo et frotta le verre du cadre, comme s'il était devenu flou.

« Per a sonné, un matin, et je n'ai pas voulu le laisser entrer, j'étais seule. Il a pleuré, supplié, mais il avait déjà joué à ce petit jeu, et j'ai tenu bon. Je suis retournée dans la cuisine et je me suis assise. Je ne sais pas comment il est entré, mais d'un seul coup il s'est retrouvé devant moi, un pistolet à la main.

— Le pistolet qu'il…

— Oui. Oui, je crois.

— Continuez.

— Il m'a forcée à ouvrir le coffre dans lequel j'avais mes bijoux. C'est-à-dire, le peu de bijoux qu'il me restait, il en avait déjà pris la plupart. Et puis il a disparu.

— Et vous ?

— Moi ? Je me suis effondrée. Birger est arrivé et m'a fait transporter à l'hôpital. » Elle renâcla. « Où ils n'ont même pas voulu me donner d'autres cachets. Ils ont dit que j'en avais eu assez.

— De quel genre de cachets s'agissait-il ?

— À votre avis ? Des calmants. Assez ! Quand vous avez un fils qui vous tient éveillée chaque nuit, de peur qu'il revienne… » Elle se tut et pressa le poing contre sa bouche. Les larmes montèrent à ses yeux. Puis elle murmura, si bas que Harry perçut tout juste ses mots : « Alors il arrive que vous n'ayez plus envie de vivre… »

Harry baissa les yeux sur son bloc-notes. Vierge.

« Merci. »

*

« *One night, is that correct, sir ?* »

La réceptionniste du Scandia Hotel, à côté de la gare centrale d'Oslo, posa la question sans lever les yeux de la réservation qu'elle avait sur l'écran de son PC.

« *Yes* », répondit l'homme devant elle.

Elle avait remarqué qu'il portait un manteau beige. Poil de chameau. Ou une imitation.

Ses longs ongles rouges couraient comme des cafards effrayés sur le clavier. Des chameaux dans une Norvège hivernale. Pourquoi pas ? Elle avait vu des photos de chameaux en Afghanistan, et son copain lui avait écrit qu'il pouvait y faire aussi froid qu'en Norvège.

« *Will you pay by Visa or cash, sir ?*

— *Cash.* »

Elle poussa le formulaire d'enregistrement ainsi qu'un stylo sur le comptoir, et demanda à voir son passeport.

« *No need*, répondit-il. *I will pay now.* »

Il parlait anglais presque comme un Britannique, mais sa façon de prononcer les consonnes évoqua chez elle l'Europe de l'Est.

« Il faut pourtant que je voie votre passeport, *sir*. Règles internationales. »

Il signifia qu'il avait compris d'un hochement de tête, lui tendit un billet de mille et le document demandé. *Republikk Hrvatska* ? Sûrement l'un de ces nouveaux pays de l'Est. Elle lui rendit la monnaie, glissa le billet dans la caisse et nota dans un coin de sa mémoire qu'il faudrait qu'elle le vérifie à la lumière lorsque le client serait parti. Elle se contraignait à garder un certain style, même s'il fallait admettre qu'elle travaillait temporairement dans l'un des hôtels les plus simples de la ville. Et ce client n'avait pas des allures d'escroc, plutôt d'un... oui, de quoi avait-il l'air, exactement ? Elle lui tendit la carte en plastique et lui fit le topo sur l'étage, l'ascenseur et les horaires de petit déjeuner et de départ.

« *Will there be anything else, sir ?* » gazouilla-t-elle, bien consciente que son anglais était trop bon pour cet hôtel. Dans peu de temps, elle partirait pour une meilleure place. Ou bien — si cela se révélait impossible — elle reverrait ses prestations à la baisse.

Il s'éclaircit la voix avant de demander où se trouvait la *phone booth* la plus proche.

Elle l'informa qu'il pouvait appeler de sa chambre, mais il secoua la tête.

Elle dut réfléchir. Le téléphone mobile avait efficacement effacé la plupart des cabines téléphoniques d'Oslo, mais elle affirma qu'il y en avait une tout près, sur Jernbanetorget. Bien que ce ne fût qu'à cent mètres de là, elle sortit un petit plan et commença à dessiner tout en expliquant. Comme on le faisait dans les Radisson et les Choice. Lorsqu'elle releva la tête pour s'assurer qu'il avait bien compris, elle éprouva un instant de trouble, sans comprendre pourquoi.

*

« Et c'est nous contre tout le reste, Halvorsen ! »

Harry cria son salut matinal habituel en entrant en trombe dans leur bureau commun.

« Deux messages, répondit son cadet. Tu dois aller voir le nouvel ASP à son bureau. Et appeler une nana qui t'a demandé. Une voix tout à fait charmante.

— Ah ? »

Harry lança son manteau en direction du perroquet. Il s'effondra sur le sol.

« Fichtre ! s'exclama spontanément Halvorsen. Tu t'y remets enfin ?

— Plaît-il ?

— Tu te remets à jeter tes fringues sur le portemanteau. Et ce truc de nous contre tout le reste. Tu n'avais fait ni l'un ni l'autre depuis que Rakel t'av... »

Halvorsen la boucla en voyant la mine d'avertissement de son collègue.

« Que voulait la bonne femme ?

— Te laisser un message. Elle s'appelle... » Halvorsen chercha dans les papiers jaunes devant lui. « ... Martine Eckhoff.

— Connais pas.

— Corps de Fyrlyset.

— Ha ha !

— Elle a dit s'être un peu renseignée. Et que personne n'avait entendu dire que Per Holmen devait de l'argent.

— Elle a dit ça ? Mmm. Je devrais peut-être appeler pour voir s'il y a autre chose.

— J'y ai pensé, mais quand je lui ai demandé son numéro, elle m'a répondu que c'était tout ce qu'elle avait à dire.

— Ah. OK. D'accord.

— D'accord ? Alors pourquoi tu fais cette tête ? On dirait qu'on t'a mangé ta soupe ? »

Harry se pencha pour ramasser son manteau, mais au lieu de le suspendre au perroquet, il l'enfila.

« Tu sais quoi, Junior ? Il faut que je ressorte.

— Mais l'ASP…

— … attendra. »

Le portail du dock était ouvert, mais un panneau suspendu à la clôture informait clairement que l'accès en était interdit aux véhicules et renvoyait au parking extérieur. Harry gratta sa jambe douloureuse, jeta un coup d'œil à la longue tranchée entre les conteneurs et fit entrer la voiture. Le gardien avait son bureau dans une maison basse qui ressemblait à ces baraques de Moelven construites en masse ces trente dernières années. Ce qui n'était en fait pas loin de la réalité. Harry se gara devant l'entrée et parcourut les derniers mètres d'un pas rapide.

Le gardien était renversé sur son siège, les mains jointes derrière la tête, et il continua à mâchonner silencieusement une allumette tandis que Harry lui expliquait l'objet de sa visite. Et ce qui était arrivé la veille au soir.

L'allumette était la seule chose qui bougeait dans le visage du gardien, mais Harry crut voir un soupçon de petit sourire en entendant parler du pugilat avec le chien.

« Metzner noir, précisa le type. Cousin du rhodesian ridgeback. J'ai eu du mal à le faire importer. Foutrement bon chien de chasse. Et il est sacrément silencieux.

— J'ai remarqué. »

L'allumette sauta gaiement.

« Les metzners sont des chasseurs, alors ils s'approchent en douce. Ils ne veulent pas effrayer leur proie.

— Vous voulez dire que la bestiole avait dans l'idée de… me bouffer ?

— Bouffer, bouffer… »

Le gardien n'approfondit pas, se contentant de regarder Harry sans exprimer quoi que ce fût. Ses mains jointes englobaient toute sa tête, et Harry songea qu'il avait ou bien des mains exceptionnellement grandes, ou bien une tête exceptionnellement petite.

« Vous n'avez donc rien vu, rien entendu durant la période pendant laquelle nous pensons que Per Holmen a été abattu ?

— Abattu ?

— S'est tiré une balle. Rien ?

— Le gardien reste à l'intérieur, en hiver. Et, comme je vous l'ai dit, le metzner ne fait pas de bruit.

— Ce n'est pas très pratique… qu'il ne donne pas l'alerte, je veux dire. »

Le surveillant haussa les épaules.

« Il fait le boulot. Et ça nous évite de sortir.

— Il n'a pas remarqué Per Holmen quand il est entré.

— La zone n'est pas petite.

— Mais par la suite ?

— Le cadavre ? Ouais. Il était congelé. Et le metzner ne s'occupe pas tellement des charognes, il prend des proies vivantes. »

Harry frissonna.

« Dans le rapport de police, il est écrit que vous avez déclaré ne jamais avoir vu Per Holmen ici auparavant.

— C'est exact.

— Je viens d'aller voir sa mère, et j'ai pu lui emprunter une photo de famille. »

Harry posa le cliché sur le bureau du gardien. « Vous pouvez la regarder et m'assurer que vous n'avez jamais vu cette personne ? »

Le gardien baissa les yeux. Fit rouler l'allumette dans un coin de sa bouche pour répondre, mais se retint. Ses mains disparurent de derrière sa tête et il ramassa la photo. Avant de l'observer longuement.

« Je me suis trompé. Je l'ai déjà vu. Il est passé l'été dernier. Ce n'était pas si facile de reconnaître ce qui… ce qu'il y avait dans le conteneur.

— J'imagine. »

Lorsque Harry se retrouva devant la porte quelques minutes plus tard, au moment de partir, il l'entrebâilla tout d'abord à peine et jeta un coup d'œil au-dehors. Le gardien fit un grand sourire.

« Il est bouclé, dans la journée. En plus, les dents d'un metzner sont fines. La blessure cicatrisera vite. J'ai envisagé d'acheter un kentucky-terrier. Dents crénelées. Ça vous arrache des morceaux. Vous avez eu du bol, inspecteur principal.

— Eh bien, prévenez Zoup-là que dans pas longtemps une dame va venir, et qu'elle lui donnera autre chose à se mettre sous la dent. »

*

« Quoi donc ? voulut savoir Halvorsen en doublant prudemment un chasse-neige.

— Quelque chose de souple, répondit Harry. Une espèce d'argile. Ensuite, Beate et ses gars mettent l'argile dans du plâtre, ils laissent sécher, et hop ! tu as un moulage de mâchoire de chien.

— C'est ça. Et ça suffirait pour prouver que Per Holmen a été tué par quelqu'un d'autre ?

— Non.

— Il me semblait que tu...

— J'ai dit que ce serait ce dont j'ai besoin pour prouver que c'était un meurtre. *The missing link* dans la chaîne de preuves.

— OK. Et quels sont les autres maillons ?

— Les trucs classiques : mobile, arme du crime et occasion. Entre à droite ici.

— Je ne comprends pas. Tu as dit que ton soupçon venait de ce que Per Holmen était censé avoir utilisé une cisaille pour entrer sur le dock ?

— J'ai dit que c'était ce qui m'avait fait tiquer. Plus exactement qu'un héroïnomane suffisamment décalqué pour devoir se planquer dans un conteneur ait en même temps la présence d'esprit de veiller à se procurer une cisaille pour passer le portail. Alors j'ai examiné l'affaire d'un peu plus près. Tu peux te garer ici.

— Ce que je ne comprends pas, c'est comment tu peux prétendre savoir qui est le coupable.

— Réfléchis, Halvorsen. Ce n'est pas si compliqué, et tu as tous les éléments.

— Je déteste quand tu fais ça.

— Je veux simplement que tu deviennes bon. »

Halvorsen lança un coup d'œil à son aîné pour voir si celui-ci plaisantait. Ils descendirent de voiture.

« Tu ne verrouilles pas ? s'étonna Harry.

— La serrure a gelé cette nuit. J'ai cassé la clé ce matin. Ça fait combien de temps que tu sais qui est le coupable ?

— Un moment. »

Ils traversèrent la rue.

« Savoir qui, c'est en général la partie la plus simple. C'est le bon client. Le mari. Le meilleur ami. Le type avec un casier. Et jamais le majordome. Ce n'est pas ça, le problème. Le problème, c'est de prouver ce que tes tripes et ta tête t'ont dit il y a longtemps. »

Harry pressa la sonnette marquée « Holmen ».

« Et c'est ce que nous allons faire maintenant. Trouver le petit morceau qui va transformer des informations en apparence déconnectées en une chaîne de preuves ininterrompue. »

Une voix crachota un « oui » dans le haut-parleur.

« Harry Hole, police. Pouvons-nous… »

La serrure grésilla.

« Et il s'agit de faire vite, poursuivit Harry. La plupart des affaires de meurtres sont résolues dans les vingt-quatre heures, ou jamais.

— Merci, j'ai déjà entendu ça. »

Birger Holmen les attendait en haut des marches.

« Entrez. »

Il les précéda jusqu'au salon. À côté de la porte du

balcon français, un sapin de Noël attendait d'être décoré.

« Ma femme se repose, expliqua-t-il avant que Harry ait eu le temps de poser la question.

— Nous ne parlerons pas fort », répondit-il.

Birger Holmen fit un sourire triste.

« Oh, elle ne se réveillera pas. »

Halvorsen jeta un rapide coup d'œil à Harry.

« Mmm. Pris des calmants, peut-être ? » s'enquit l'inspecteur principal.

Birger Holmen hocha la tête.

« L'enterrement a lieu demain.

— Oui, ce sera une épreuve, bien sûr. Bien. Merci pour le prêt. »

Harry posa la photo sur la table. Elle représentait Per Holmen assis entre sa mère et son père, qui étaient debout. Protégé. Ou bien, selon la façon dont on le voyait, entouré. Un silence se fit, personne ne disait plus rien. Birger Holmen se gratta l'avant-bras à travers sa chemise. Halvorsen s'avança sur sa chaise, puis revint dans sa position de départ.

« En savez-vous beaucoup sur la dépendance aux drogues, Holmen ? » demanda Harry sans lever les yeux.

L'intéressé plissa le front.

« Mon épouse n'a pris qu'un somnifère. Cela ne veut pas dire…

— Je ne parle pas de votre femme. Elle, vous arriverez peut-être à la sauver. Je parle de votre fils.

— Savoir, savoir… Il était accro à l'héroïne. Ça le rendait malheureux. » Il était sur le point de dire autre chose, mais il s'en tint là. Son regard ne quittait pas la photo sur la table. « Ça nous rendait tous malheureux.

— Je n'en doute pas. Mais si vous en aviez su un tant soit peu sur la toxicodépendance, vous auriez aussi su que cela passe avant tout le reste.

— Prétendriez-vous que je l'ignore, inspecteur principal ? demanda Birger Holmen d'une voix subitement tremblante d'indignation. Prétendriez-vous… ma femme a été… il… », les larmes faisaient trembler sa voix, « … sa propre maman…

— Je sais, répondit Harry à voix basse. Mais la drogue passe avant les mamans. Avant les papas. Avant la vie. » Harry prit une inspiration. « Et avant la mort.

— Je suis fatigué, inspecteur principal. Où voulez-vous en venir ?

— La prise de sang a montré que votre fils était clean quand il est mort. Mal en point, autrement dit. Et quand un héroïnomane est mal en point, le besoin du salut est tel que l'on peut en venir à menacer sa propre mère avec un pistolet pour l'obtenir. Et le salut, ce n'est pas quelque chose qu'on se flanque dans la tête, mais dans le bras, le cou, l'aine ou à n'importe quel autre endroit où on peut encore avoir une veine en bon état. Votre fils a été retrouvé avec son matos sur lui et un sachet d'héroïne dans la poche, Holmen. Il n'a pas pu se flinguer. Encore une fois, la drogue passe avant tout. Y compris…

— La mort. »

Birger Holmen avait toujours la tête dans les mains, mais sa voix était tout à fait claire : « Vous êtes donc en train de me dire que mon fils a été tué ? Pourquoi ?

— J'espérais que vous pourriez répondre à cette question. »

Birger Holmen ne répondit pas.

« Était-ce parce qu'il l'avait menacée ? demanda Harry. Était-ce pour apporter la paix à votre femme ?

— De quoi parlez-vous ? interrogea Holmen en relevant la tête.

— Je parie que vous avez attendu à Plata. Et quand il est arrivé, vous l'avez suivi après qu'il a eu acheté sa dose. Vous l'avez emmené au dock puisqu'il arrivait qu'il y aille quand il n'avait nulle part ailleurs où aller.

— Mais je n'en sais rien ! C'est monstrueux, je...

— Évidemment, vous le saviez. J'ai montré cette photo au gardien, qui a reconnu la personne que je lui montrais.

— Per ?

— Non, vous. Vous y êtes allé cet été pour demander si vous pouviez chercher votre fils dans les conteneurs vides. »

Sans broncher, Holmen regardait Harry, qui continua : « Vous aviez planifié ça assez minutieusement. Une cisaille pour entrer, un conteneur vide qui ferait un endroit plausible pour les derniers instants d'un toxicomane et où personne ne pourrait ni vous voir ni vous entendre l'abattre. Avec le pistolet dont vous saviez que la mère de Per pouvait affirmer que c'était bien le sien. »

Halvorsen observa Birger Holmen et se tint prêt, mais Holmen ne fit pas mine de vouloir tenter quoi que ce fût. Il respirait lourdement par le nez, et se grattait l'avant-bras tout en fixant le vide devant lui.

« Vous ne pouvez rien prouver de tout cela », lâcha-t-il sur un ton résigné, comme s'il s'en excusait.

Harry fit un large geste des bras. Dans le silence qui suivit, ils entendirent un joyeux tintement de cloches dans la rue.

« Tenace, cette démangeaison, n'est-ce pas ? »

Holmen cessa brutalement de se gratter.

« Pouvons-nous voir ce qui vous démange à ce point ?

— Ce n'est rien.

— On peut faire ça ici, ou au poste. À vous de choisir, Holmen. »

Le tintement de cloches montait en intensité. Un traîneau, ici en pleine ville ? Halvorsen avait la sensation que quelque chose était en train d'exploser.

« Bien », chuchota Holmen avant de défaire son bouton de manchette et de retrousser sa manche de chemise.

Sur l'avant-bras blanc et poilu, il y avait deux petites plaies sur lesquelles s'étaient formées des croûtes. La peau environnante était rouge vif.

« Tournez le bras », ordonna Harry.

Holmen avait une blessure équivalente sur la face interne du bras.

« Elles grattent comme c'est pas permis, ces morsures de chien, n'est-ce pas ? s'enquit Harry. Surtout après dix à quinze jours, quand elles commencent à cicatriser. C'est un médecin de garde qui m'a expliqué ça, et qu'il fallait que j'essaie de ne pas les gratter. C'est aussi ce que vous auriez dû faire, Holmen. »

Holmen regarda son bras d'un œil vide.

« Ah oui ?

— Trois trous dans la peau. Avec l'empreinte de la mâchoire, on pourra prouver que c'est un certain chien sur le dock qui vous a mordu. J'espère que vous avez pu récupérer. »

Holmen secoua la tête.

« Je ne voulais pas… Je voulais juste la libérer. »

Les cloches dans la rue se turent subitement.

« Voulez-vous faire une déposition ? » demanda Harry en faisant signe à Halvorsen, qui plongea immédiatement la main dans sa poche intérieure. Sans trouver ni stylo ni papier. Harry leva les yeux au ciel et posa son propre bloc-notes devant lui.

« Il m'a dit être fatigué, commença Holmen. Qu'il n'en pouvait plus. Qu'il voulait vraiment arrêter. Alors j'ai cherché, et je lui ai trouvé une chambre à Heimen. Un lit et trois repas quotidiens pour mille deux cents couronnes[1] par mois. Et on lui promettait de la place sur le programme méthadone, ce n'était qu'une question de mois. Mais je n'ai plus eu de nouvelles de lui, j'ai appelé Heimen, ils ont dit qu'il avait disparu sans payer le loyer, et… oui, il a resurgi ici, donc. Avec ce pistolet.

— C'est à ce moment-là que vous vous êtes décidé ?

— Il était foutu. J'avais déjà perdu mon fils. Et je ne pouvais pas le laisser me la prendre aussi.

— Comment l'avez-vous trouvé ?

— Pas à Plata. Je l'ai trouvé en bas, à Eika, et je lui ai dit que je voulais lui acheter le pistolet. Il l'avait sur lui, il me l'a montré, et il voulait l'argent immédiatement. Mais j'ai dit que je n'avais pas l'argent, qu'il devait me retrouver près du portail à l'arrière du dock, le lendemain soir. Vous savez, en fait, je suis heureux que vous… je…

— Combien ?

— Quoi ?

— Combien deviez-vous payer ?

1. Environ 144 euros.

— Quinze mille couronnes.
— Et…
— Il est venu. Il est apparu qu'il n'avait pas de munitions pour l'arme, il n'en n'avait jamais eu, d'ailleurs, à ce qu'il disait.
— Mais ça, vous vous en doutiez, manifestement, c'est un calibre standard, et vous vous en étiez procuré ?
— Oui.
— Vous l'avez payé, avant ?
— Quoi ?
— Oubliez.
— Ce que vous devez comprendre, c'est qu'il n'y avait pas que Pernille et moi qui souffrions. Pour Per, chaque jour n'était qu'une prolongation de la souffrance. Mon fils était un mort qui n'attendait qu'une chose, que… que quelqu'un arrête son cœur qui ne voulait pas cesser de battre. Un… un…
— Sauveur.
— Exactement. Un sauveur.
— Mais ce n'est pas votre boulot, Holmen.
— Non, c'est celui de Dieu. » Holmen pencha la tête en avant et murmura quelques mots.
« Pardon ? » demanda Harry.
Holmen releva la tête, mais son regard partit dans le vide sans rien rencontrer.
« Mais quand Dieu ne fait pas son boulot, il faut bien que quelqu'un d'autre le fasse. »

Dans la rue, un crépuscule brun s'était enroulé autour des lumières jaunes. Même en pleine nuit, il ne faisait jamais totalement noir quand la neige avait recouvert Oslo. Les sons étaient emballés dans du coton, et le craquement de la neige sous leurs bottes sonnait comme un feu d'artifice dans le lointain.

« Pourquoi est-ce qu'on ne l'emmène pas ? s'enquit Halvorsen.

— Il ne compte aller nulle part, il a quelque chose à raconter à sa femme. On enverra une voiture dans quelques heures.

— Un sacré comédien, celui-là.

— Ah oui ?

— Oui, il ne sanglotait pas tout ce qu'il pouvait, quand tu leur as annoncé la nouvelle ?

— Tu as encore beaucoup à apprendre, Junior, soupira Harry en secouant la tête.

— Éclaire ma lanterne, alors, toi qui sais tout, grogna Halvorsen en donnant un coup de pied mauvais dans la neige.

— Commettre un meurtre, c'est un acte si extrême que beaucoup de gens l'occultent, ils peuvent le porter comme une espèce de cauchemar à moitié oublié. J'ai déjà vu ça plusieurs fois. Ce n'est que quand d'autres le leur disent tout haut qu'ils comprennent que ça n'existe pas que dans leur tête, mais que ça a réellement eu lieu.

— D'accord. Un type avec pas mal de sang-froid, en tout cas.

— Tu n'as pas vu qu'il était effondré ? Pernille Holmen avait probablement raison quand elle a dit que son mari est la personne la plus aimante des deux.

— Aimant, un assassin ? » fit Halvorsen d'une voix où perçait l'indignation.

Harry posa une main sur l'épaule de l'agent.

« Réfléchis. Est-ce que ça, ce n'est pas l'acte d'amour suprême ? Donner son fils unique.

— Mais…

— Je sais ce que tu penses, Halvorsen. Mais il va falloir que tu t'y habitues, c'est le genre de paradoxe qui va remplir tes journées. »

Halvorsen tira sur la poignée de la portière, qui n'était pas verrouillée, mais celle-ci avait gelé et s'était coincée. Pris d'une fureur subite, il tira derechef, et le caoutchouc abandonna la carrosserie dans un crissement déchirant.

Ils s'installèrent à l'intérieur, et Harry regarda Halvorsen tourner la clé de contact tout en se donnant de l'autre main une vilaine chiquenaude sur le front. Le moteur démarra dans un rugissement.

« Halvorsen…, commença Harry.

— Quoi qu'il en soit, l'affaire est réglée et l'ASP sera certainement très heureux », l'interrompit son collègue en déboîtant sur la chaussée juste devant un camion qui joua de l'avertisseur. Il brandit le majeur devant son rétroviseur.

« Alors fêtons ça, hein ? »

Il baissa la main et recommença à se flanquer des pichenettes sur le front.

« Halvorsen…

— Qu'est-ce qu'il y a ? aboya-t-il.

— Range-toi sur le côté.

— Quoi ?

— Maintenant. »

Halvorsen se rapprocha du trottoir, lâcha le volant et fixa le vide devant lui, les yeux brillants. Le temps qu'ils avaient passé chez Holmen avait suffi aux roses de givre pour envahir les carreaux de la voiture comme une attaque éclair de champignons. La respiration de Halvorsen était rauque, et sa poitrine se soulevait et s'abaissait par à-coups.

« Certains jours, c'est un boulot de merde, reconnut Harry. Il ne faut pas que ça te bouffe.

— Non, répondit son cadet tandis que sa respiration s'alourdissait encore.

— Tu es toi, ils sont eux.

— Oui. »

Harry posa une main dans le dos de son collègue et attendit. Au bout d'un moment, il le sentit respirer un peu plus calmement.

« Costaud », constata Harry.

Aucun des deux ne parla sur le trajet poussif à travers la circulation de l'après-midi qui les ramenait à Grønland.

CHAPITRE 7

Mardi 16 décembre
L'anonymat

Il était arrêté à l'endroit le plus haut de la rue piétonne la plus fréquentée d'Oslo, qui tenait son nom du roi suédo-norvégien Karl Johan. Il avait mémorisé le plan qu'on lui avait fourni à l'hôtel, et savait que le bâtiment dont il apercevait la silhouette vers l'ouest était le Palais royal, et qu'à l'extrémité est se trouvait l'Oslo Sentralbanestasjon[1].

Il frissonna.

La température négative en néon rouge à bonne hauteur sur un mur d'immeuble, et le plus infime mouvement d'air donnaient l'impression d'une nouvelle période glaciaire filant à travers le manteau en poil de chameau qui l'avait jusqu'alors totalement satisfait, d'autant qu'il avait pu l'acheter à Londres pour une somme particulièrement peu élevée.

L'horloge à côté du thermomètre indiquait dix-neuf cents[2]. Il se mit en marche vers l'est. Ça s'annonçait bien. Sombre, beaucoup de monde, et les seules caméras de surveillance qu'il vit étaient à l'extérieur de

1. La principale gare ferroviaire d'Oslo.
2. Exactement dix-neuf heures, dans le jargon militaire.

deux banques et braquées sur leurs distributeurs de billets respectifs. Il avait déjà exclu le métro comme possibilité de repli en raison de la combinaison d'un grand nombre de caméras de surveillance et d'une faible fréquentation. Oslo était une ville plus petite qu'il ne le pensait.

Il entra dans un magasin de vêtements, où il trouva un bonnet bleu pour quarante couronnes et un pull en laine pour deux cents, mais changea d'avis en tombant sur un fin blouson imperméable à cent vingt couronnes. Lorsqu'il essaya ce dernier dans l'une des cabines, il découvrit que les pastilles de naphtaline étaient toujours dans sa poche de veste, à l'état de miettes et presque imprégnées dans le tissu.

Le restaurant se trouvait cent mètres plus bas dans la rue, sur le côté gauche. La première chose qu'il constata fut que chacun s'occupait seul de son vestiaire. Bien, cela simplifiait les choses. Il entra dans la salle. À moitié pleine. Et facile à surveiller, il voyait toutes les tables de l'endroit où il était. Un serveur vint vers lui, et il demanda à avoir une table près de la fenêtre pour le lendemain six heures.

Avant de s'en aller, il vérifia les toilettes. Qui n'avaient pas de fenêtres. L'unique autre issue, c'étaient donc les cuisines. Ça allait. Ce n'était parfait nulle part, et il était fort peu probable qu'il ait besoin d'une autre voie de repli.

Il quitta le restaurant, regarda sa montre et reprit la rue en direction de la gare. Les gens avaient les yeux baissés ou regardaient ailleurs. Une ville petite, mais avec l'anonymat d'une grande ville. Bien.

Il regarda de nouveau l'heure en arrivant sur le quai de la navette express à destination de l'aéroport. Six minutes depuis le restaurant. Le train partait toutes les dix minutes, et le trajet en durait dix-neuf. Il pouvait par conséquent être dans le train à dix-neuf cent vingt et à l'aéroport à dix-neuf cent quarante. Un avion direct à destination de Zagreb partait à vingt et une heures dix, et il avait son billet dans la poche. Tarif réduit SAS.

Satisfait, il quitta le nouveau terminal ferroviaire, descendit un escalier, passa sous une baie vitrée qui devait être l'ancien hall des départs mais qui abritait à présent des boutiques, pour sortir sur la grande place. Jernbanetorget, avait-il lu sur son plan. Au beau milieu de la place, un tigre deux fois plus grand que nature était figé dans sa marche, entre rails de tramway, autos et individus. Mais il ne vit aucune cabine téléphonique comme le lui avait indiqué la réceptionniste. Au bout de la place, près d'un abri, il aperçut un attroupement. Il s'approcha. Plusieurs des personnes qui se trouvaient là portaient des capuches et discutaient, penchées les unes vers les autres. Elles venaient peut-être du même endroit, des voisins qui attendaient le même bus. Mais elles évoquaient d'autres souvenirs. Il vit des choses changer de main, des hommes maigres partir en hâte, le dos courbé, face au vent glacial. Et il comprit de quoi il s'agissait. Il avait vu des transactions d'héroïne aussi bien à Zagreb que dans d'autres villes d'Europe, mais nulle part de façon aussi évidente qu'ici. C'est alors qu'il se rappela ce à quoi ils lui avaient fait penser. Les groupes dont il avait lui-même été un élément après que les Serbes avaient été partis. Les réfugiés.

Puis un bus arriva enfin. Il était blanc, et il s'arrêta à quelque distance de l'abri. Les portes s'ouvrirent, mais personne ne monta. Au lieu de cela, une jeune fille en descendit, vêtue d'un uniforme qu'il reconnut sur-le-champ. L'Armée du Salut. Il ralentit le pas.

La fille alla vers l'une des femmes et l'aida à monter dans le bus. Deux hommes lui emboîtèrent le pas.

Il s'arrêta et regarda. Un hasard, se dit-il. Rien de plus. Il se retourna. Et là, sur la paroi d'une petite tour flanquée d'horloges, il vit trois cabines téléphoniques.

Cinq minutes plus tard, il avait appelé Zagreb et lui avait expliqué que tout se présentait bien.

« Le dernier boulot », avait-elle répété.

Et Fred avait raconté qu'au stade Maksimar, ses lions bleus, le Dinamo Zagreb, menaient 1 à 0 contre Rijeka à la mi-temps.

La conversation avait coûté cinq couronnes. Les horloges sur la tour indiquaient dix-neuf cent vingt-cinq. Le compte à rebours avait démarré.

*

Le groupe de discussion avait ses locaux dans ceux de la paroisse de l'église de Vestre Aker.

Le chasse-neige avait formé de hauts talus de part et d'autre de l'allée de gravier qui montait à la petite maison de briques sur la butte, à côté du cimetière. Dans une salle de réunion dépouillée, seulement meublée de chaises en plastique empilées le long des murs et d'une longue table en son milieu, quatorze personnes étaient rassemblées. En arrivant à l'improviste dans cette pièce, on aurait pu croire à une assemblée générale de copropriétaires, mais rien sur les visages, les âges, les sexes ou les vêtements ne permettait de déterminer de quel genre de communauté il s'agissait. La lumière dure se reflétait dans les vitres des fenêtres et le lino au sol. On entendait des murmures bas et des bruissements de gobelets en carton. Une bouteille de Farris[1] crépita lorsqu'on l'ouvrit.

À dix-neuf heures précises, les bavardages se turent lorsque, à l'extrémité de la table, une main se leva pour agiter une petite cloche. Les regards se tournèrent vers une femme d'une bonne trentaine d'années. Celui qu'elle leur retourna était direct, dépourvu d'appréhension. Ses lèvres étaient fines et sévères, recouvertes d'une discrète couche de rouge à lèvres, ses cheveux blonds longs et épais étaient retenus par une simple pince à cheveux. Ses grandes mains reposaient calmement, pleines d'assurance, sur la table. Elle était ce que l'on qualifie d'élégante, ce qui veut dire que l'on a de beaux traits sans avoir le charme qui vous vaut le qualificatif de « jolie ». Son langage corporel exprimait une maîtrise et une force soulignées par la voix ferme qui emplit l'instant suivant cette pièce froide : « Bonjour, je m'appelle Astrid, et je suis alcoolique.

— Bonjour, Astrid ! » répondit l'assemblée à l'unisson.

Astrid se courba sur le livre qu'elle avait devant elle et commença à lire : « L'unique condition pour être membre des AA, c'est le désir d'arrêter de boire. »

Elle poursuivit, et des lèvres remuèrent autour de la table chez ceux qui connaissaient *Les Douze Traditions* par cœur. Pendant les pauses, lorsqu'elle repre-

1. Marque d'eaux minérales gazeuses, aromatisées (citron, lime) ou non.

nait son souffle, on entendait les chants du chœur de la paroisse qui répétait à l'étage supérieur.

« Le thème d'aujourd'hui, c'est le premier échelon, déclara Astrid. Qui s'intitule ainsi : "Nous reconnaissons que nous étions démunis face à l'alcool, et que nous ne pouvions plus maîtriser nos vies." Je vais commencer, et je serai brève puisque je considère que ce premier pas est derrière moi. »

Elle prit une inspiration et fit un sourire en coin.

« Cela fait sept ans que je suis à jeun, et la première chose que je fais le matin en me réveillant, c'est de me dire que je suis alcoolique. Mes enfants ne le savent pas, ils croient simplement que maman était très facilement saoule et qu'elle a arrêté de boire parce qu'elle piquait des colères terribles quand elle buvait. Ma vie a besoin d'une certaine dose de vérité et d'une certaine dose de mensonge pour tenir en équilibre. Ça peut foirer dans les grandes largeurs, mais je prends les journées comme elles viennent, j'évite le premier verre et je me bats en ce moment avec le onzieme échelon. Je vous remercie. »

Un « Merci, Astrid » collectif claqua, suivi d'applaudissements tandis que le chœur louait le Seigneur un étage au-dessus.

Elle fit un signe de tête à un grand type aux cheveux blonds et courts assis à sa gauche.

« Bonjour, je m'appelle Harry », commença l'homme d'une voix grumeleuse.

Le fin réseau de veinules sur son nez fort attestait d'une longue existence hors des rangs des « à jeun ».

« Je suis alcoolique.

— Bonjour, Harry.

— Je suis nouveau, ici, c'est ma sixième réunion.

Ou septième. Et je n'ai pas passé le premier échelon. C'est-à-dire, je sais que je suis alcoolique, mais je crois que je peux le contrôler. Alors ma présence ici doit être une espèce de contradiction. Mais je suis venu à cause de la promesse que j'ai faite à un psychologue, un ami qui me veut du bien. Il a prétendu que si je parvenais à supporter de parler de Dieu et du spirituel pendant les premières semaines, je découvrirais que ça fonctionne. Eh bien, je ne sais pas si des alcooliques anonymes peuvent s'aider eux-mêmes, mais je veux bien essayer. Pourquoi pas ? »

Il se tourna vers sa gauche pour signifier qu'il avait terminé. Mais, avant que les applaudissements ne démarrent pour de bon, Astrid intervint : « Ce doit être la première fois que vous dites quelque chose pendant nos réunions, Harry. C'est donc fort agréable. Mais vous voulez peut-être en dire un peu plus, puisque vous êtes lancé ? »

Harry la regarda. Les autres aussi, car c'était une violation manifeste des règles que de faire pression sur l'un des membres du groupe. Elle soutint son regard. Il avait senti qu'elle l'observait durant les précédentes rencontres, mais ne lui avait retourné son regard qu'une fois. À cette occasion, il l'avait regardée de la tête aux pieds, puis des pieds à la tête. Il avait plus ou moins aimé ce qu'il avait vu, mais il avait davantage apprécié lorsqu'il était revenu au visage, celui-ci étant nettement plus rouge qu'au départ. Et à la séance suivante, il était un courant d'air.

« Non, merci. »

Applaudissements hésitants.

Harry l'épia du coin de l'œil pendant que son voisin parlait.

À l'issue de la réunion, elle lui demanda où il habitait, et déclara qu'elle pouvait le ramener en voiture. Harry hésita, tandis que le chœur acclamait avec insistance le Seigneur.

Une heure et demie plus tard, ils fumaient chacun leur cigarette en regardant la fumée colorer en bleu la pénombre de la chambre à coucher. Le drap mouillé du lit étroit de Harry était encore chaud, mais le froid dans la chambre avait poussé Astrid à tirer le fin édredon blanc jusque sous son menton.

« C'était exquis », souffla-t-elle.

Harry ne répondit pas. Il songea que ce n'était peut-être pas une question.

« Je suis venue, poursuivit-elle. La première fois qu'on couche ensemble. Ce n'est pas…

— Alors comme ça, ton mari est médecin ?

— C'est la seconde fois que tu me poses la question. Et la réponse est toujours oui. »

Harry hocha la tête.

« Tu entends ce bruit ?

— Quel bruit ?

— Le tic-tac. C'est ta montre ?

— Je n'en ai pas. Ce doit être la tienne.

— Digitale. Elle ne fait pas de bruit. »

Elle posa une main sur l'os iliaque de Harry. Il se glissa hors du lit. Le lino glacé lui brûla la plante des pieds.

« Tu veux un verre d'eau ?

— Mmm. »

Il alla dans la salle de bains et regarda dans le miroir tandis que l'eau coulait. Qu'avait-elle dit, qu'elle voyait la solitude dans son regard ? Il se pencha en avant, mais ne vit rien d'autre que des iris bleus ceignant de petites pupilles, et des ramifications d'infimes veinules dans du blanc. Quand Halvorsen avait compris que c'en était fini avec Rakel, il avait dit que Harry devait se consoler avec d'autres femmes. Ou comme il l'avait si poétiquement exprimé : laisser Popaul évacuer sa mélancolie. Mais Harry n'en avait eu ni le courage ni le désir. Parce qu'il savait que chaque femme qu'il toucherait se métamorphoserait en Rakel. Et ce dont il avait besoin, c'était oublier, se la sortir du sang, et pas un traitement à la méthadone pour l'amour.

Mais il avait peut-être eu tort, et Halvorsen raison. Car ce n'était pas mal. Ça *avait* été exquis. Et au lieu de la sensation vide d'avoir tenté de calmer un désir en en satisfaisant un autre, il se sentait rechargé. Et en même temps détendu. Elle s'était servie. Et il avait apprécié la façon dont elle l'avait fait. Cela pouvait peut-être être aussi simple que cela, pour lui aussi ?

Il fit un pas en arrière et regarda son corps dans le miroir. Il avait maigri, pendant les douze derniers mois. Moins de graisse, mais également moins de muscles. Il avait commencé à ressembler à son père. Modérément.

Il revint au lit avec un grand verre d'un demi-litre, qu'ils partagèrent. Elle se blottit ensuite contre lui. Sa peau était moite et froide, mais le réchauffa bientôt.

« Maintenant, tu peux me raconter.

— Quoi donc ? » Harry étudia la fumée qui s'enroulait pour former une lettre.

« Comment s'appelait-elle ? Parce qu'il y a une "elle", n'est-ce pas ? »

La lettre se désintégra.

« C'est à cause d'elle que tu es venu nous voir.

— Peut-être. »

Harry regardait la braise ronger lentement la cigarette pendant qu'il racontait. Un peu, pour commencer. La femme à côté de lui était une étrangère, il faisait sombre, les mots montaient et se libéraient, et il songea que ce devait être ainsi d'être dans un confessionnal. De le jeter. Ou le livrer, comme on disait aux AA. Puis il raconta un peu plus. Il parla de Rakel qui l'avait chassé un an auparavant parce qu'elle estimait qu'il était possédé par la traque d'une entité rampante dans la police, Prinsen. Et d'Oleg, le fils de Rakel, qui avait été kidnappé dans sa chambre d'enfant et utilisé comme otage quand Harry était enfin arrivé à portée de tir de Prinsen. Oleg s'en était bien sorti, compte tenu des circonstances entourant cet enlèvement, et dans la mesure où il avait été présent quand Harry avait tué le kidnappeur dans un ascenseur à Kampen[1]. C'était pire en ce qui concernait Rakel. Deux semaines après le rapt, quand elle avait eu tous les détails, elle lui avait expliqué qu'il ne pouvait plus faire partie de sa vie. Ou, plus exactement, de la vie d'Oleg.

Astrid acquiesça.

« Elle est partie à cause des dégâts que tu as occasionnés chez eux ?

— À cause des dégâts que je n'avais pas occasionnés, répondit Harry en secouant la tête. Pas encore.

— Ah ?

1. Voir *L'étoile du diable*, Folio Policier n° 527.

— J'ai dit que l'affaire était réglée, mais elle prétendait que j'étais possédé, qu'il n'y aurait jamais de fin tant qu'ils seraient libres. »

Harry écrasa sa cigarette dans le cendrier sur la table de nuit.

« Et que si ce n'étaient pas eux, je trouverais quelqu'un d'autre. Quelqu'un d'autre qui leur ferait du mal. Elle a dit qu'elle ne pouvait pas prendre cette responsabilité.

— On dirait plutôt que c'est elle, qui est possédée.

— Non, sourit Harry. Elle a raison.

— Ah oui ? Tu veux approfondir ?

— Sous-marin…, commença Harry en haussant les épaules, mais il fut interrompu par une forte quinte de toux.

— Que disais-tu à propos des sous-marins ?

— Elle a dit ça. Que j'étais un sous-marin. Je descends là, en bas, où il fait sombre et froid, là où on ne peut pas respirer, et je ne remonte à la surface qu'une fois tous les deux mois. Elle ne voulait pas me tenir compagnie en bas. Pas insensé.

— Tu l'aimes toujours ? »

Harry n'était pas sûr d'apprécier le tour que prenait la conversation. Il inspira profondément. Il rejoua mentalement le reste de la dernière conversation qu'il avait eue avec Rakel. Sa propre voix, basse, telle qu'elle était lorsqu'il était en colère ou effrayé : « Sous-marin, hein ? »

La voix de Rakel : « Je sais que c'est une mauvaise image, mais tu comprends… »

Harry lève les deux mains devant lui : « Absolument pas. Merveilleuse. Et qu'est-ce que c'est, ce… médecin ? Un hangar à bateaux ? »

Elle gémit : « Il n'a rien à voir là-dedans, Harry. Il s'agit de toi et moi. Et d'Oleg.

— Ne te cache pas derrière Oleg.

— Je me…

— Tu l'utilises comme otage, Rakel…

— Je l'utilise comme otage, *moi* ? C'est moi qui ai kidnappé Oleg et qui lui ai collé un pistolet contre la tempe pour que *toi*, tu puisses satisfaire ton besoin de vengeance ? »

Les veines saillent dans son cou, et elle crie tant et tant que sa voix en devient laide, celle d'une autre, même elle n'a pas les cordes vocales pour supporter une telle fureur. Harry s'en va et ferme la porte doucement derrière lui, presque sans aucun bruit.

Il se tourna vers la femme dans son lit : « Oui, je l'aime. Est-ce que tu aimes ton mari, le médecin ?

— Oui.

— Alors pourquoi ça ?

— Il ne m'aime pas.

— Mmm. Alors tu te venges ? »

Elle le regarda avec surprise.

« Non. Je me sens seule, c'est tout. Et j'ai envie de toi. Les mêmes raisons que toi, je dirais. Tu préférerais que ce soit plus compliqué ?

— Non, répondit Harry en riant. Non, ça me va parfaitement.

— Pourquoi est-ce que tu l'as tué ?

— Qui ?

— Il y en a plusieurs ? Le kidnappeur, tiens.

— Ça n'a pas d'importance.

— Peut-être pas, mais je voudrais t'entendre raconter… (elle posa sa main entre ses jambes, se colla contre lui et chuchota dans son oreille)… les détails.

— Je ne crois pas.
— Tu te trompes.
— OK, mais je n'aime pas…
— Oh, allez ! » feula-t-elle avec colère en enserrant son membre. Harry la regarda. Les yeux bleus de la femme étincelaient durement dans la pénombre. Elle se hâta de lui sourire et d'ajouter d'une voix sucrée : « Pour moi. »

De l'autre côté des fenêtres de la chambre à coucher, la température continuait de chuter, faisant craquer et chanter les toits de Bislett, tandis que Harry lui racontait les détails. Il la sentit tout d'abord se raidir, puis elle ramena sa main et murmura finalement que ça suffisait.

Après qu'elle fut partie, Harry resta debout dans la chambre, l'oreille tendue. Écoutant les craquements. Et le tic-tac.

Il se pencha alors sur le blouson qui avait été jeté au sol avec les autres vêtements dans la course folle depuis la porte d'entrée jusqu'à la chambre. Il trouva la source du bruit dans la poche. Le cadeau d'adieu de Bjarne Møller. Le verre de la montre scintilla.

Il la rangea dans le tiroir de la table de nuit, mais le tic-tac le poursuivit jusqu'au pays des rêves.

*

Il essuya l'huile en surplus sur les pièces de l'arme à l'aide de l'une des serviettes blanches de l'hôtel.

La circulation du dehors lui parvenait comme un grondement qui assourdissait la petite télé posée dans le coin, laquelle ne diffusait que trois chaînes aux images flétries parlant ce qu'il supposa être du norvégien. La fille à l'accueil avait pris sa veste et lui avait promis qu'elle serait nettoyée pour le lendemain matin. Il posa les pièces côte à côte sur un journal. Lorsque toutes furent essuyées, il remonta le pistolet, le braqua sur le miroir et pressa la gâchette. Un déclic bien net se fit entendre, et il sentit le mouvement du métal se propager dans l'acier et dans son bras. La détente sèche. La fausse exécution.

C'était ainsi qu'ils avaient tenté de briser Bobo.

En novembre 1991, après trois mois de siège et de bombardements ininterrompus, Vukovar avait enfin capitulé. Il avait plu à seaux au moment où les Serbes étaient entrés dans la ville. Avec les restes de la division de Bobo, comptant environ quatre-vingts prisonniers croates harassés et affamés, on lui avait ordonné de se mettre en rang devant les ruines de ce qui avait été la rue principale de leur ville. Les Serbes leur avaient dit de ne pas bouger et s'étaient retirés dans leurs tentes chauffées. La pluie tombait si dru que la boue faisait des bulles. Au bout de deux heures, les premiers avaient commencé à tomber. Lorsque le lieutenant de Bobo était sorti du rang pour aider l'un de ceux tombés dans la boue, un jeune soldat serbe — encore un gamin — était sorti de la tente et avait tiré une balle dans le ventre du lieutenant. À la suite de cela, plus personne n'avait bougé, les gens fixaient seulement la pluie qui gommait les collines environnantes, en espérant que le lieutenant cesserait bientôt de crier. Lui-même se mit à pleurer, mais il entendit la voix de Bobo derrière lui : « Ne pleure pas. » Et il cessa.

C'était l'après-midi, et le crépuscule s'annonçait lorsqu'une jeep était arrivée. Les Serbes avaient jailli de leur tente et avaient rendu les honneurs. Il comprit que l'homme installé sur le siège passager devait être le commandant, « la pierre au doux visage », comme on l'appelait. Un homme en civil était assis à l'arrière de la jeep, tête baissée. La jeep s'arrêta juste à côté de la division, et puisqu'il se trouvait au premier rang, il entendit le commandant demander au civil de regarder les prisonniers. Il reconnut aussitôt le récalcitrant lorsque celui-ci leva enfin la tête. C'était l'un des habitants de Vukovar, père d'un gamin qui allait à leur école. Le regard du père parcourut les rangs, l'atteignit, mais ne montra aucun signe de reconnaissance et poursuivit. Le commandant soupira, remonta dans le véhicule et cria par-dessus la pluie : « Lequel d'entre vous porte le surnom de "petit sauveur" ? »

Personne de la division ne bougea.

« Tu n'oses pas te montrer, *Mali spasitelj* ? Toi qui as fait sauter douze de nos chars et pris leurs maris à nos femmes, et rendu des enfants serbes orphelins ? »

Il attendit.

« Bien. Lequel d'entre vous est Bobo ? »

À ce moment-là non plus, personne ne bougea.

Le commandant regarda le civil, qui leva un index tremblant vers Bobo, au deuxième rang.

« Trois cinq », cria le commandant.

Bobo parcourut les quelques pas jusqu'à la jeep et au conducteur, qui était descendu et s'était planté à côté de son véhicule. Lorsque Bobo se mit au garde-à-vous et rendit les honneurs, le conducteur fila une gifle à sa casquette, qui tomba dans la boue.

« Nous avons compris d'après les liaisons radio que le petit sauveur est sous vos ordres, reprit le commandant. Ayez l'amabilité de me le désigner.

— Je n'ai jamais entendu parler d'un quelconque sauveur », rétorqua Bobo.

Le commandant leva un pistolet et frappa. Un filet rouge de sang sortit du nez de Bobo.

« Vite, je me mouille, et le repas est prêt.

— Je suis Bobo, capitaine dans l'armée cro... »

Le commandant fit un signe de tête au conducteur qui tira les cheveux de Bobo si fort que son visage fut tourné vers le ciel et que la pluie nettoya le sang qui quitta le nez et la bouche pour rejoindre le foulard rouge.

« Imbécile ! aboya le commandant. Il n'y a pas d'armée croate, seulement des traîtres ! Tu peux choisir d'être exécuté ici et maintenant, ou bien nous épargner du temps. De toute façon, on le trouvera.

— Et de toute façon, tu nous exécuteras, gémit Bobo.

— Évidemment.

— Pourquoi ? »

Le commandant chargea son pistolet. La pluie gouttait de la crosse. Il posa le canon sur la tempe de Bobo. « Parce que je suis un officier serbe. Et un homme doit respecter son travail. Es-tu prêt à mourir ? »

Bobo ferma très fort les yeux, les gouttes de pluie pendaient à ses cils.

« Où est le petit sauveur ? Je compte jusqu'à trois, et je tire. Un...

— Je suis Bobo...

— Deux !

— ... capitaine dans l'armée croate, je...

— Trois ! »

Même dans la pluie qui martelait, le déclic sec résonna comme une explosion.

« Excuse-moi, j'avais sûrement oublié de mettre un chargeur », constata le commandant.

Le conducteur lui tendit un chargeur. Il le glissa dans la crosse, chargea et leva de nouveau son arme.

« Dernière chance ! Un !

— Je… Ma… division est…

— Deux !

— … le premier bataillon d'infanterie de… de…

— Trois ! »

Nouveau claquement sec. Un sanglot échappa au père sur le siège arrière.

« Oups ! Chargeur vide. Est-ce qu'on essaie avec ces jolies cartouches brillantes ? »

Chargeur sorti, un nouveau dedans, chargé.

« Où est le petit sauveur ? Un ! »

Le murmure de Bobo : « *Oče naš*… Notre Père…

— Deux ! »

Le ciel s'était ouvert, la pluie tombait en rugissant, comme dans une tentative désespérée pour arrêter ce que ces personnes étaient en train de faire, et la vue de Bobo avait fait qu'il n'en pouvait plus, il ouvrit la bouche pour crier que c'était lui, c'était lui le petit sauveur, c'était lui qu'ils voulaient, pas Bobo, seulement lui ; son sang à lui, ils pouvaient l'avoir. Mais au même instant le regard de Bobo passa sur lui, et il vit la prière intense et sauvage dedans, il le vit secouer la tête. Une secousse traversa Bobo lorsque la balle rompit la communication entre le corps et l'âme, et il vit ce regard s'éteindre et se vider de vie.

« Toi, cria le commandant en montrant du doigt l'un des hommes au premier rang. À ton tour. Viens ici ! »

À cet instant, le jeune officier serbe qui avait tiré

une balle dans le ventre du lieutenant arriva en courant.

« Ça tire près de l'hôpital », annonça-t-il.

Le commandant jura et fit signe au conducteur. L'instant suivant, le moteur avait démarré dans un rugissement, et la jeep avait disparu dans le crépuscule. Il aurait pu leur expliquer que les Serbes n'avaient aucune raison de s'en faire. Car il n'y avait aucun Croate qui puisse tirer près de l'hôpital. Ils n'avaient pas d'armes.

Ils avaient laissé Bobo où il était, le visage dans la boue noire. Et lorsque l'obscurité avait été suffisamment complète pour que les Serbes dans leur tente ne puissent plus les voir, il s'était avancé, s'était penché sur le capitaine défunt, avait défait le nœud et chipé le foulard rouge.

CHAPITRE 8

Mercredi 17 décembre
Le repas

Il était huit heures du matin, et il faisait toujours nuit noire en ce qui devait être le 17 décembre le plus froid depuis vingt-quatre ans. Harry quitta l'hôtel de police après avoir emprunté à Gerd — contre signature — la clé de l'appartement de Tom Waaler. Le col de son manteau était ouvert, et quand il toussait, c'était comme si le son disparaissait dans du coton, comme si le froid avait rendu l'air lourd et compact.

Les gens pris dans l'heure de pointe matinale traînaient des pieds sur les trottoirs, ils ne pouvaient arriver suffisamment vite à destination, mais Harry allait à longs pas mous en pliant légèrement les genoux au cas où la gomme de ses Doc Martens lâcherait prise sur la glace bien polie.

Lorsqu'il pénétra dans l'appartement de célibataire de Tom Waaler, situé en plein centre, le ciel au-dessus d'Ekebergåsen pâlissait à peine. L'appartement avait été interdit d'accès pendant des semaines après la mort de Waaler, mais l'enquête n'avait donné aucune piste orientant vers d'autres conjurés dans le trafic d'armes. C'était en tout cas ce qu'avait dit le chef de la Crim en faisant savoir que l'affaire aurait désormais un niveau de priorité moins haut en raison d'« autres missions d'investigation pressantes ».

Harry alluma dans le salon et put de nouveau affirmer qu'il y avait un silence particulier dans les habitations des défunts. Un énorme écran plasma pendait au mur devant le mobilier en cuir noir luisant, flanqué de deux enceintes d'un mètre de haut qui faisaient vraisemblablement partie d'une installation surround dans l'appartement. Plusieurs illustrations de motifs cubistes bleus décoraient les murs, ce que Rakel appelait « de l'art à la règle et au compas ».

Il alla dans la chambre. Une lumière grise filtrait à travers la fenêtre. L'endroit était bien rangé. Il vit un écran de PC sur le bureau, mais pas d'unité centrale. Elle avait dû être embarquée pour être inspectée. Mais il ne l'avait pas vue parmi les pièces à conviction à l'hôtel de police. On lui avait interdit de se mêler de cette affaire de quelque façon que ce fût. La raison officielle en était qu'il faisait l'objet d'investigations du SEFO[1] pour le meurtre de Waaler. Mais il n'arrivait pas à se défaire de l'idée qu'il y en avait parmi eux qui n'avaient pas intérêt à ce que toutes les pierres fussent retournées.

Harry était sur le point de sortir de la chambre lorsqu'il l'entendit.

L'appartement du défunt n'était plus silencieux.

Un son, un tic-tac lointain, lui picotait la peau et lui hérissait les poils des bras. Cela venait de la penderie. Il hésita. Puis ouvrit la porte du placard. Par

1. Særskilte EtterForskningsOrgan, l'équivalent de notre Inspection générale de la police nationale (IGPN).

terre à l'intérieur, il vit un carton, et il reconnut immédiatement le blouson que Waaler avait porté cette nuit-là à Kampen. Sur le dessus, une montre-bracelet tournait. Cliquetant comme elle l'avait fait après que Tom Waaler avait passé son bras à travers la vitre de la porte de l'ascenseur, pour les atteindre, et que la machine, ayant commencé à descendre, avait amputé le policier. Ils étaient ensuite restés assis dans l'ascenseur, ce membre entre eux, cireux et mort, comme une partie arrachée à un mannequin, à la seule différence que celle-ci portait une montre. Une montre qui tictaquait, refusant de s'arrêter, continuant à vivre, comme l'histoire que le père de Harry avait lue à son fils quand celui-ci était petit, l'histoire sur le bruit que faisait le cœur d'un type assassiné, cœur qui continuait à battre et ne voulait pas s'arrêter, et qui finissait par mener l'assassin à la folie.

C'était un tic-tac parfaitement audible, énergique, intense. Le genre de bruit dont on se souvient. C'était une Rolex. Lourde, et sans aucun doute hors de prix.

Harry claqua furieusement la porte de la penderie. Retourna jusqu'à l'entrée à pas si lourds que les murs en répercutèrent l'écho. Fit tinter bruyamment le porte-clés au moment de fermer et fredonna frénétiquement jusqu'à ce qu'il fût de retour dans la rue, et que le vacarme béni de la circulation assourdît tout.

*

À trois heures, les ombres tombaient déjà le long de Kommandør T.I. Øgrims plass 4, et les lumières avaient commencé à apparaître aux fenêtres du QG de l'Armée du Salut. À cinq heures, il faisait noir, et le mercure était descendu en dessous des moins quinze. Quelques flocons esseulés et perdus tombaient sur le toit de la petite voiture comique dans laquelle Martine Eckhoff attendait.

« Allez, viens, papa », murmura-t-elle en jetant un coup d'œil angoissé sur sa jauge de batterie. Elle ne savait pas exactement comment la voiture électrique — que l'Armée avait reçue en cadeau de la famille royale — se comporterait dans le froid. Elle s'était souvenue de tout avant de quitter le bureau ; elle avait publié sur le Net les messages concernant les réunions à venir et celles qui étaient annulées, mis à jour les tours de garde pour le bus de ravitaillement et la soupe populaire sur Egertorget, et lu les corrections sur la lettre de réponse au bureau du Premier ministre à propos du concert de Noël annuel à la Konserthus.

La portière s'ouvrit et le froid s'engouffra en même temps qu'un homme aux épais cheveux blancs sous une casquette d'uniforme et qui avait les yeux les plus clairs et les plus bleus qu'ait jamais vus Martine. En tout cas chez quelqu'un de plus de soixante ans. Non sans mal, il parvint à encastrer ses jambes dans le peu d'espace entre son siège et le tableau de bord.

« Nous pouvons y aller », commanda-t-il en ôtant la neige des insignes de commandeur qui indiquaient qu'il était le plus haut gradé de l'Armée du Salut en Norvège. Il avait prononcé ces quelques syllabes avec l'entrain et l'autorité décontractée naturels chez une personne qui a l'habitude d'être obéie.

« Tu es en retard, constata-t-elle.

— Et toi, tu es un ange. » Il lui caressa la joue du revers de la main, et ses yeux bleus pétillèrent d'énergie et de gaieté.

« Dépêchons-nous un peu, à présent.

— Papa…

— Un instant. » Il baissa sa vitre. « Rikard ! »

Un jeune homme se trouvait devant l'entrée du Temple qui jouxtait le QG, bien qu'étant sous le même toit. Il sursauta et vint en hâte vers eux, décharné et les bras serrés le long du corps. Il glissa, manqua de tomber, mais parvint par chance à se maintenir en équilibre. En arrivant à la hauteur de la voiture, il était déjà à bout de souffle.

« Oui, commandeur ?

— Appelle-moi David, comme tous les autres, Rikard.

— Bien. David.

— Mais pas à chaque phrase, s'il te plaît. »

Les yeux de Rikard sautaient du commandeur David Eckhoff à sa fille, puis inversement. Il passa deux doigts sur sa lèvre supérieure en nage. Martine s'était souvent demandé comment quelqu'un pouvait transpirer autant d'un endroit précis du corps, quels que soient le vent ou le temps. Mais surtout lorsqu'il venait s'asseoir à côté d'elle au cours de l'office, ou ailleurs, quand il lui chuchotait quelque chose, destiné à être drôle ou qui aurait pu l'être s'il n'y avait pas eu cette nervosité mal dissimulée, cette proximité un peu trop intense. Et — donc — cette lèvre supérieure en sueur. De temps à autre, quand Rikard était assis aussi près d'elle et quand tout était silencieux autour d'eux, elle entendait un crissement s'il passait un doigt sur cette lèvre. Car, non content de produire de la sueur, Rikard Nilsen produisait de la barbe, et ce en quantité exceptionnelle. Il pouvait arriver au QG le matin rasé de frais et le visage lisse comme une peau de bébé, mais dès le début de l'après-midi, celui-ci avait pris une nuance bleue, et elle avait souvent constaté que lorsqu'il arrivait aux réunions le soir, il s'était de nouveau rasé.

« Je plaisante, Rikard », sourit David Eckhoff.

Martine savait qu'elles n'étaient pas méchantes, ces plaisanteries que faisait son père. Mais on avait parfois l'impression qu'il ne se rendait pas compte qu'il passait son temps à donner des ordres aux gens.

« Oh, oui », acquiesça Rikard en réussissant à émettre un rire. Il se pencha en avant. « Salut, Martine.

— Salut, Rikard, répondit Martine qui fit mine d'être absorbée par la jauge de batterie.

— Je me demandais si tu pouvais me rendre un service, poursuivit le commandeur. Il s'est accumulé tout un tas de glace dans les rues ces derniers jours, et ma voiture n'a que des pneus neige. J'aurais dû faire l'échange, mais je dois aller à Fyrlyset...

— Je sais, s'emballa Rikard. Vous devez dîner[1] avec le ministre des Affaires sociales. On espère que beaucoup de journalistes viendront. J'ai discuté avec le directeur de l'information. »

David Eckhoff fit un sourire indulgent.

« C'est bien, tu suis, Rikard. Ce qui est important, c'est que ma voiture est au garage, ici, et que j'aurais bien aimé qu'elle soit équipée de pneus cloutés à mon retour. Tu comprends...

— Les pneus à clous sont dans le coffre ?

1. Comme chaque fois qu'il est question de dîner en Norvège, il s'agit du repas que les gens prennent en rentrant du travail, en général entre 16 heures et 18 heures, rarement plus tard. C'est en fait le principal repas de la journée.

— Oui. Mais c'est seulement si tu n'as rien de plus urgent à faire. J'allais appeler Jon, il a dit qu'il pouvait…

— Non, non, refusa Rikard en secouant énergiquement la tête. Je vais arranger ça tout de suite. Comptez sur moi, euh… David.

— Sûr ? »

Rikard jeta un regard ahuri au commandeur.

« Que vous pouvez compter sur moi ?

— Que tu n'as rien de plus important à faire.

— Bien sûr, c'est un plaisir. J'aime bien m'occuper des voitures, et… et…

— Changer les pneus ? »

Rikard déglutit et acquiesça devant le large sourire de son interlocuteur.

Lorsque la vitre remonta et qu'ils quittèrent la place, Martine fit savoir qu'il n'était pas très élégant de la part de son père d'abuser de la bonne volonté de Rikard.

« De sa soumission, tu veux dire. Détends-toi, ma chère, c'est seulement un test.

— Un test ? De dévouement ou de crainte de l'autorité ?

— Deuxième option, pouffa le commandeur. J'ai discuté avec Thea, la sœur de Rikard, et elle m'a raconté, comme ça, qu'il a du mal à boucler le budget avant la date butoir, demain. Si c'était le cas, il devrait s'atteler à ce travail et refiler le reste à Jon.

— Et alors ? Rikard est peut-être simplement gentil.

— Oui, il est gentil et doué, Rikard. Travailleur et sérieux. Je veux juste être sûr qu'il a la carrure et le courage indispensables à un poste de chef.

— Tout le monde dit que c'est Jon qui va décrocher le job. »

David Eckhoff baissa les yeux sur ses mains et sourit presque imperceptiblement.

« Ah oui ? J'apprécie que tu défendes Rikard, soit dit en passant. »

Martine ne quittait pas la route des yeux, mais elle sentit le regard de son père sur elle lorsqu'il reprit : « Nos familles sont amies depuis de nombreuses années, tu sais. Ce sont des gens bien. Bien ancrés dans l'Armée. »

Martine respira profondément pour contenir son irritation.

*

Le boulot ne nécessitait qu'une balle.

Il glissa néanmoins toutes les cartouches dans le chargeur. En premier lieu parce que l'arme n'était en équilibre parfait que quand le chargeur était plein. Et parce que cela minimisait les chances d'un défaut de fonctionnement. Six dans le chargeur plus une dans la chambre.

Puis il passa son holster. Il l'avait acheté d'occasion, le cuir en était doux et dégageait l'odeur salée et acide de peau, d'huile et de sueur. Le pistolet s'y logeait comme il le devait. Il se plaça devant son miroir et enfila sa veste. On ne voyait pas le pistolet. De plus grosses armes offraient une plus grande précision, mais il n'était pas supposé donner dans la précision. Il mit son imperméable. Puis son manteau. Enfonça son bonnet dans sa poche et plongea la main dans sa poche intérieure pour s'assurer que le foulard y était bien.

Il regarda l'heure.

*

« Tenue, précisa Gunnar Hagen. Et courage. Ce sont deux des qualités que je considère comme importantes chez mes inspecteurs principaux. »

Harry ne répondit pas. Il songea qu'il ne s'agissait peut-être pas d'une question. Au lieu de cela, il regarda autour de lui dans ce bureau où il s'était si souvent trouvé assis comme maintenant. Mais à l'exception du cadre, l'ASP-explique-à-l'inspecteur-principal-comment-les-choses-sont-en-réalité, tout avait changé. Envolés les piles de papiers et les albums de *Donald Duck* coincés entre les bouquins de droit et les manuels de procédures de police sur les étagères de Bjarne Møller, la grande photo de famille et la photo encore plus grande d'un golden retriever que les enfants avaient eu et oublié depuis longtemps puisqu'il était mort neuf ans auparavant, mais que Bjarne Møller pleurait toujours.

On était revenu à un bureau dégagé garni seulement d'un écran de PC et d'un clavier, d'un petit socle en argent avec un petit morceau d'os bien blanc dessus, et des coudes de Gunnar Hagen, sur lesquels il se penchait pour l'heure en braquant son regard sur Harry, de sous ses sourcils en faîtes de toit.

« Mais il y a une troisième qualité que je considère comme encore plus primordiale, Hole. Devines-tu laquelle ?

— Non, répondit Harry d'une voix de robot.

— La discipline. Dis-ci-pline. »

À la façon qu'il eut de séparer les syllabes, Harry s'attendait à moitié à un cours de linguistique sur l'origine du mot. Mais Hagen se leva et se mit à arpenter la pièce en long et en large, les mains dans le dos, en une sorte de marquage de territoire que Harry avait toujours trouvé un tantinet comique.

« J'ai cette conversation avec tous les membres de la section pour leur faire part de mes attentes, en tête à tête.

— Secteur.

— Plaît-il ?

— Ça ne s'est jamais appelé section. Même si le capitaine de police était officiellement capitaine de section. Une précision, comme ça.

— Merci, je suis au courant, inspecteur principal. Où en étais-je ?

— *Dis-ci-pline.* »

Hagen transperça Harry du regard. La victime n'exprima absolument rien, et l'ASP reprit ses allers-retours.

« J'ai passé ces dix dernières années à enseigner à l'École supérieure militaire. J'étais spécialisé dans la guerre de Birmanie. J'imagine que cela te surprend d'entendre que c'est fort utile pour mon boulot ici, Hole.

— Eh bien..., hésita Harry en se grattant la jambe. Tu lis en moi comme dans un livre, là, chef. »

Hagen passa un index sur le cadre de fenêtre et étudia le bout de son doigt d'un air désapprobateur.

« En 1942, à peine cent mille soldats japonais ont pris la Birmanie. Le pays était deux fois plus gros que le Japon, et à cette époque occupé par des troupes britanniques qui étaient supérieures aux Japonais aussi bien en nombre que par la puissance que leur conféraient leurs armes. » Hagen leva son index tout sale. « Mais il y avait un domaine dans lequel les Japonais étaient les plus forts et qui leur a permis de chasser à coups de bâton les Anglais et les mercenaires indiens. La discipline. Quand les Japonais ont marché sur Rangoon, ils avançaient pendant quarante-cinq minutes et dormaient un quart d'heure. Ils s'allongeaient à même le sol avec leurs sacs sur le dos, et les pieds dans le sens de la marche. De telle sorte qu'ils ne partent pas dans le fossé ou dans la mauvaise direction en se réveillant. C'est important, la direction, Hole. Tu comprends, Hole ? »

Harry commençait à deviner ce qui se profilait.

« J'imagine qu'ils ont dû arriver à Rangoon, chef.

— Effectivement. Tous. Parce qu'ils ont fait ce qu'on leur avait dit de faire. Je viens d'apprendre qu'on t'avait remis les clés de l'appartement de Tom Waaler. Est-ce que c'est vrai, Hole ?

— Un petit coup d'œil, chef. Pour des raisons entièrement thérapeutiques.

— Je l'espère. Cette affaire est enterrée. Fureter autour de l'appartement de Waaler est non seulement du temps perdu, mais c'est aller à l'encontre de l'ordre que tu as reçu il y a un moment du chef de la Criminelle, et que tu reçois à présent de moi. Je ne pense pas avoir besoin de développer les conséquences d'un acte d'indiscipline, il suffit de mentionner que les officiers fusillaient leurs soldats qui buvaient de l'eau en dehors des horaires prévus à cet effet. Non par sadisme, mais parce que la discipline consiste à faire sans délai l'ablation des tumeurs cancéreuses. Suis-je clair, Hole ?

— Clair comme... ouais, comme quelque chose de très clair, chef.

— Ce sera tout pour cette fois, Hole. »

Hagen s'assit dans son fauteuil, tira un papier d'un tiroir et commença à lire avec la même application que si Harry avait quitté le bureau. Et eut l'air surpris en relevant les yeux et en constatant que Harry était toujours assis devant lui.

« Autre chose, Hole ?

— Mmm, juste une question que je me posais. Les Japonais n'auraient pas perdu la guerre ? »

Gunnar Hagen resta immobile sur son fauteuil à regarder son papier d'un œil vide longtemps après que Harry eut quitté la pièce.

*

Le restaurant était à moitié plein. Exactement comme la veille. Il fut accueilli à la porte par un jeune et beau serveur aux yeux bleus et aux boucles blondes. Il ressemblait tant à Giorgi que pendant un instant il ne fit rien d'autre que le regarder. Avant de comprendre qu'il était démasqué lorsqu'un large sourire s'étendit sur les lèvres du serveur. En se défaisant de son manteau et de son blouson imperméable dans le vestiaire, il sentait le regard de l'individu sur lui.

« *Your name ?* » demanda ce dernier, et il murmura une réponse.

Le serveur passa un long doigt fin sur la page du menu, avant de l'arrêter.

« *I got my finger on you now* », déclara-t-il, et son regard bleu soutint le sien jusqu'à ce qu'il se sente rougir.

Le restaurant ne paraissait pas particulièrement élégant, mais s'il n'avait pas de problèmes en calcul mental, les prix dans le menu étaient délirants. Il commanda un plat de pâtes et un verre d'eau. Il avait faim. Et son cœur battait calmement, régulièrement. Les autres clients discutaient, souriaient et riaient comme si rien ne pouvait leur arriver. Il avait toujours été surpris que ce ne soit pas visible, qu'il n'ait pas d'auréole noire, qu'il ne dégage pas de froid — ou de puanteur de putréfaction.

Ou plus exactement, que personne *d'autre* ne le remarque.

À l'extérieur, l'horloge de l'hôtel de ville égrena six fois ses trois notes.

*

« Sympa, comme endroit », constata Thea en regardant autour d'elle. Le restaurant était vaste et dégagé, leur table donnait sur la rue piétonne. Des haut-parleurs invisibles diffusaient une musique new age méditative à peine audible.

« Je voulais que ce soit spécial, déclara Jon en se plongeant dans le menu. Que veux-tu manger ? »

Le regard de Thea sautait sans rime ni raison sur la page.

« D'abord, il me faut un peu d'eau. »

Thea but beaucoup d'eau. Jon savait que le diabète et les reins n'y étaient pas pour rien.

« Ce n'est vraiment pas évident de se décider, déplora-t-elle. Tout a l'air bon.

— Mais on ne peut pas manger tout ce qu'il y a sur le menu.

— Non… »

Jon déglutit. Les mots lui avaient échappé. Il la regarda à la dérobée. Thea n'avait manifestement rien remarqué.

Tout à coup, elle leva la tête.

« Qu'est-ce que tu entendais par là ?

— Par quoi ?

— Tout ce qu'il y a sur le menu. Tu as essayé de me dire quelque chose. Je te connais, Jon. Qu'est-ce qu'il y a ? »

Il haussa les épaules.

« On était bien d'accord, avant de nous fiancer, nous devions tout nous dire, n'est-ce pas ?

— Oui ?

— Tu es sûre que tu m'as… tout dit ? »

Elle poussa un soupir de résignation.

« Je suis sûre, Jon. Je n'ai été avec personne d'autre. Pas… comme *ça*. »

Mais il vit quelque chose dans son regard, dans son visage, qu'il n'avait encore jamais vu. Un muscle qui se contractait près de la bouche, une noirceur dans les yeux, comme le diaphragme d'un objectif photo qui se refermait.

Il ne put se retenir.

« Avec Robert non plus ?

— Quoi ?

— Robert. Je me souviens bien que vous avez flirté, le premier été, à Østgård.

— J'avais quatorze ans, Jon !

— Et puis ? »

Son regard le fixa d'abord avec incrédulité. Puis ce fut comme s'il se tournait en dedans, s'éteignait et lui échappait. Jon saisit sa main entre les siennes et murmura en se penchant en avant : « Excuse-moi. Excuse-moi, Thea. Je ne sais pas ce qui m'a pris. Je… On peut oublier que je t'ai posé la question ?

— Vous avez fait votre choix ? »

Ils regardèrent tous deux le serveur.

« Asperges fraîches en entrée, décréta Thea en lui tendant le menu. Puis chateaubriand aux bolets.

— Excellent choix. Oserai-je vous conseiller un vin rouge délicieux et abordable que nous venons de recevoir ?

— Certainement, mais de l'eau, ce sera parfait, répondit-elle avec un sourire étincelant. Beaucoup d'eau. »

Jon la regarda. En admirant le talent qu'elle avait pour dissimuler ce qu'elle ressentait.

Le serveur parti, Thea prit Jon dans sa ligne de mire : « Si tu as fini de m'entendre, qu'en est-il de toi ? »

Jon fit un petit sourire et secoua la tête.

« Tu n'as jamais eu de petite amie, toi. Pas même à Østgård.

— Et tu sais pourquoi ? » répliqua Jon en posant sa main sur celle de la femme.

Elle secoua la tête.

« Parce que je suis tombé amoureux d'une fille, cet été-là, répondit-il en retrouvant son regard. Elle n'avait que quatorze ans. Et je n'ai pas cessé d'être amoureux d'elle. »

Il sourit, elle aussi, et il constata qu'elle ressortait de sa cachette, qu'elle le rejoignait.

*

« Excellente soupe », déclara le ministre des Affaires sociales à l'attention du commandeur David Eckhoff. Mais suffisamment fort pour que les journalistes présents l'entendent.

« Une recette à nous. Nous avons édité un livre de cuisine, il y a quelques années, dont nous pensons que le ministre pourrait peut-être... », sur un signal de son père, Martine s'avança vers la table et déposa le livre à côté de l'assiette creuse du ministre, « ... avoir l'utilité s'il souhaite profiter d'un bon repas nourrissant dans son studio. »

Le peu de journalistes et de photographes qui avaient répondu présent à l'appel de Fyrlyset café émirent de petits rires. Il y avait par ailleurs peu de monde, seulement quelques gars d'un certain âge de Heimen, une bonne femme aux cheveux gris enveloppée dans un manteau et un toxicomane blessé qui saignait du front et tremblait comme une feuille parce qu'il redoutait d'aller à l'hôpital de campagne, le centre de soin à l'étage supérieur. Pas étonnant qu'ils ne soient pas nombreux, Fyrlyset n'était ordinairement pas ouvert à cette heure. Mais une visite n'avait malheureusement pas été possible dans le courant de la matinée pour le ministre des Affaires sociales, ce qui ne lui avait pas permis de constater l'affluence qu'il y avait habituellement. Tout cela, ce fut le commandeur qui l'expliqua. Ainsi que l'efficacité avec laquelle l'affaire était gérée, et les sommes que cela coûtait. Le ministre hochait la tête sans discontinuer en portant consciencieusement une cuillerée de soupe après l'autre à sa bouche.

Martine regarda l'heure. Sept heures moins le quart. La secrétaire du ministre avait dit dix-neuf heures précises. Ils devaient donc y aller.

« Merci pour le repas, conclut le ministre en sacrifiant à la tradition norvégienne. Avons-nous le temps de saluer quelques personnes ? »

Le secrétaire d'État hocha la tête.

Coquetterie, se dit Martine. Évidemment, qu'ils ont le temps d'un tour de salutations, c'est pour cela qu'ils sont venus. Pas pour allouer de l'argent, ça aurait pu être fait par téléphone. Mais pour pouvoir inviter la presse qui montrera un ministre des Affaires sociales évoluant parmi les nécessiteux, qui mange un bol de soupe, va serrer la pogne aux toxicos et écoute avec empathie.

La porte-parole de la presse fit comprendre aux photographes qu'ils pouvaient prendre des photos. Ou plus exactement, qu'elle désirait qu'ils prennent des photos.

Le ministre se leva et reboutonna sa veste en regardant la pièce autour de lui. Martine devina qu'il évaluait les trois possibilités qui se présentaient à lui : les deux types d'un certain âge ressemblaient aux clients habituels d'une maison de retraite et ne mériteraient pas l'attention ; le ministre salue les drogués comme ci et les prostituées comme ça. Le toxico blessé n'avait pas l'air fiable, et il ne fallait pas en faire trop. Mais la femme… Elle avait l'air d'une citoyenne banale, à qui tout le monde pouvait s'identifier et que l'on voudrait aider, tout particulièrement après avoir entendu sa déchirante histoire.

« Vous appréciez de pouvoir venir ici ? » voulut savoir le ministre en tendant la main.

La femme leva la tête. Le ministre déclina son identité.

« Pernille..., commença la femme avant d'être interrompue par le ministre.

— Votre prénom suffit, Pernille. La presse est là, vous savez. Ils aimeraient avoir une photo, ça ne vous pose pas de problème ?

— Holmen, renifla la femme dans son mouchoir. Pernille Holmen. » Elle leva un doigt vers la table, où une bougie brûlait devant l'une des photos. « Je suis ici en souvenir de mon fils. Auriez-vous l'amabilité de me laisser tranquille ? »

Martine resta près de la table où la femme était assise tandis que le ministre et sa suite se retiraient prestement. Elle nota qu'ils se dirigeaient malgré tout vers les deux aînés.

« Je suis désolée pour ce qui est arrivé à Per », glissa-elle à voix basse.

La femme leva vers elle un visage gonflé par les pleurs. Et les cachets, songea Martine.

« Vous connaissiez Per ? »

Martine préférait la vérité. Même quand cela lui en coûtait. Pas à cause de son éducation ; parce qu'elle avait découvert que cela lui simplifiait la vie à long terme. Mais dans la voix étranglée par les larmes, Martine entendit une prière. Une supplique pour que quelqu'un lui dise que son fils n'était pas qu'un robot toxicomane, un fardeau dont la société était à présent débarrassée, mais une personne dont des gens pourraient dire qu'ils l'avaient connue, qu'ils avaient été amis avec, peut-être même qu'ils l'avaient aimée.

« Madame Holmen, déglutit Martine, je le connaissais. Et c'était un chouette garçon. »

Pernille Holmen cligna deux fois des yeux sans rien dire. Elle essaya deux fois de sourire, mais ses tentatives aboutirent seulement à des grimaces. Elle parvint à peine à murmurer un « merci » avant que les larmes ne commencent à courir le long de ses joues.

Martine vit le commandeur lui faire signe depuis la table, mais elle s'assit.

« Ils… ils m'ont pris mon mari, aussi, hoqueta Pernille Holmen.

— Quoi ?

— La police. Ils disent que c'est lui qui a fait ça. »

Lorsque Martine abandonna Pernille Holmen, elle pensait au grand policier blond. Il avait eu l'air si sincère en disant qu'il se souciait d'eux. Elle ressentait de la colère. Mais du trouble, également. Parce qu'elle ne comprenait pas pourquoi elle devait être en colère contre quelqu'un dont elle ignorait tout. Elle regarda l'heure. Sept heures moins cinq.

*

Harry avait fait de la soupe de poissons. Un sachet Findus qu'il mélangea à du lait et compléta avec des morceaux de pâte de poisson. Plus une baguette. Le tout acheté chez Niazi, la petite épicerie dans la rue que le voisin du dessous, Ali, faisait tourner avec son frère. Un verre d'eau d'un demi-litre était posé à côté de l'assiette sur la table du salon.

Harry plaça l'un des CD dans le lecteur et poussa le

volume. Il se vida la tête, se concentra sur la musique et la soupe. Son et goût. Rien que cela.

À la moitié de l'assiette, au cours du troisième morceau, le téléphone sonna. Il avait pensé le laisser continuer. Mais à la huitième sonnerie, il se leva et baissa le son.

« Harry. »

C'était Astrid. « Que fais-tu ? » Elle parlait bas, mais sa voix n'en jetait pas moins un écho. Il supposa qu'elle s'était enfermée dans sa salle de bains.

« Je mange. En écoutant de la musique.

— Je vais sortir faire un tour. Près de chez toi. Des projets pour la fin de soirée ?

— Oui.

— À savoir ?

— Écouter plus de musique.

— Hum. Tu ne m'as pas l'air d'avoir envie de compagnie.

— Mmm. »

Pause. Elle poussa un soupir.

« Fais-moi savoir si tu changes d'avis, alors.

— Astrid ?

— Oui ?

— Ce n'est pas toi, OK ? C'est moi.

— Tu n'as pas besoin de présenter des excuses, Harry. Si tu dois flotter dans cette idée erronée que c'est hyper-dangereux pour l'un de nous deux, je veux dire. Je me disais simplement que ça pouvait être sympa.

— Une autre fois, peut-être.

— Comme quand ?

— Comme une autre fois.

— Une tout autre fois ?

— Quelque chose dans le genre.

— OK. Mais je t'aime bien, Harry. Ne l'oublie pas. »

Lorsqu'ils eurent raccroché, Harry resta debout, à écouter le silence soudain. Parce qu'il était trop surpris. Il avait imaginé un visage au moment où Astrid avait appelé. La surprise n'était pas due au fait qu'il avait vu un visage, mais que ce n'avait pas été celui de Rakel. Ni celui d'Astrid. Il se laissa tomber dans son fauteuil et décida immédiatement de ne pas gamberger davantage là-dessus. Car si cela signifiait que le temps avait commencé à faire son effet et que Rakel allait être évacuée du système, c'étaient de relativement bonnes nouvelles. Suffisamment bonnes pour qu'il ne veuille pas compliquer le processus.

Il monta le son de la chaîne et se vida la tête.

*

Il avait réglé l'addition. Il posa le cure-dent dans son assiette et regarda l'heure. Sept heures moins trois. Le holster frottait contre l'extérieur de son pectoral. Il sortit la photo de sa poche intérieure, y jeta un dernier coup d'œil. L'heure était venue.

Aucun des autres clients — y compris le couple à la table voisine — ne le remarqua lorsqu'il se leva pour aller aux toilettes. Il s'enferma dans l'une des cabines, attendit pendant une minute, parvint à réprimer l'envie de contrôler que le pistolet était bien chargé. Il avait appris cela de Bobo : si l'on s'habituait au luxe de tout contrôler deux fois, on s'émoussait.

La minute passée, il alla au vestiaire et enfila son

imperméable, noua le foulard rouge autour de son cou et enfonça le bonnet sur ses oreilles. Il ouvrit la porte et sortit sur Karl Johans gate.

Il remonta à pas rapides vers le point le plus haut de la rue. Pas parce qu'il était pressé, mais parce qu'il avait observé que c'était l'allure à laquelle les gens marchaient ici, celle à laquelle on ne vous remarquait pas. Il passa au niveau de la poubelle fixée au réverbère, dans laquelle il avait décidé la veille qu'il devrait jeter le pistolet sur le chemin du retour. En plein milieu de cette rue animée. La police le trouverait, mais cela n'avait pas d'importance. L'essentiel, c'était qu'ils ne le trouvent pas sur lui.

Il entendit la musique bien avant d'être arrivé.

Deux ou trois cents personnes s'étaient rassemblées en demi-cercle devant les musiciens qui achevaient une chanson au moment où il arriva. Pendant les applaudissements, un carillon l'informa qu'il était ponctuel. Dans le cercle, sur le côté et devant l'orchestre, un gros chaudron était suspendu à un support en bois, et à côté se tenait l'homme de la photo. Il avait beau n'être éclairé que par l'éclairage public et deux flambeaux, il n'y avait aucun doute. D'autant qu'il portait le manteau et la casquette de l'Armée du Salut.

Le chanteur cria quelques mots dans son micro, et les gens applaudirent de plus belle. Un flash crépita lorsqu'ils se mirent en branle. Ils jouaient fort. Le tambour levait haut la main droite chaque fois qu'il devait frapper sa caisse claire.

Il manœuvra à travers la foule jusqu'à se retrouver à trois mètres seulement de l'homme de l'Armée du Salut, et s'assura que la voie était libre derrière lui pour son repli. Il avait deux adolescentes devant lui, qui soufflaient en blanc leur haleine au bubble-gum dans l'atmosphère glacée. Elles étaient plus petites que lui. Il ne réfléchit pas particulièrement, ne se pressa pas, fit simplement ce qu'il était venu faire, sans plus de cérémonie : il tira son pistolet et le tint à bout de bras. Ce qui réduisit la distance à deux bons mètres. Il visa. L'homme près du chaudron se divisa en deux. Il cessa de viser et les deux silhouettes se fondirent à nouveau en une seule.

*

« *Skål* », trinqua Jon.

La musique coulait à travers les enceintes comme le fourrage visqueux d'un gâteau.

« *Skål.* » Thea leva docilement son verre en direction de celui de l'homme.

Quand ils eurent bu, ils se regardèrent, et il forma les mots avec les lèvres : *je t'aime.*

Elle baissa les yeux en rougissant, mais sourit.

« J'ai un petit cadeau pour toi, avoua-t-il.

— Ah ? » Le ton était enjoué, coquet.

Il plongea la main dans la poche de sa veste. Sous son téléphone mobile, il sentit contre le bout de ses doigts le plastique dur de la petite boîte de chez le joaillier. Les battements de son cœur se firent plus rapides. Seigneur, comme il s'était réjoui et comme il avait redouté ce soir-là, cet instant-là.

Son mobile se mit à vibrer.

« Un problème ? s'enquit Thea.

— Non, non, je… excuse-moi. Je reviens dans une minute. »

Arrivé aux toilettes, il tira le téléphone de sa poche et consulta l'écran. Il poussa un soupir et pressa la touche OK.

« Salut, trésor, comment ça va ? »

La voix était rieuse, comme si elle venait d'entendre quelque chose de drôle, qui l'avait fait penser à lui et appeler comme ça, sur un coup de tête. Mais l'historique qu'il avait donnait six appels non reçus.

« Salut, Ragnhild.

— Drôle de bruit. Est-ce que tu es…

— Je suis dans des toilettes. Dans un restaurant. Je suis sorti dîner avec Thea. On discutera une autre fois.

— Quand ?

— Une… une autre fois. »

Pause.

« Ah oui.

— J'allais t'appeler, Ragnhild. Il faut que je te dise quelque chose. Tu comprends sûrement de quoi il s'agit. » Il prit une inspiration. « Toi et moi, on ne peut pas…

— Jon ? C'est presque impossible d'entendre ce que tu dis. »

Jon douta que ce fût vrai.

« Je ne peux pas venir te voir demain soir ? proposa Ragnhild. Pour que tu puisses m'expliquer ça ?

— Je ne suis pas seul demain soir. Ni aucun autre…

— Retrouve-moi au Grand pour le déjeuner, alors. J'enverrai un SMS avec le numéro de chambre.

— Ragnhild, ne…

— Je ne t'entends pas. Rappelle-moi demain, Jon. Ou d'ailleurs, je suis en réunion toute la journée. Je t'appellerai. Ne coupe pas ton mobile. Et amuse-toi bien, trésor.

— Ragnhild ? »

Jon regarda son écran. Elle avait raccroché. Il pouvait sortir et rappeler. Expédier ça. Puisqu'il était lancé. Ce serait la seule chose juste à faire. La seule chose sensée. Donner le coup de grâce, s'en débarrasser.

*

Ils étaient face à face, à présent, mais l'homme en uniforme de l'Armée du Salut ne semblait pas le voir. Il respira calmement, le doigt appuya sur la détente, la pressa lentement vers l'intérieur. Alors leurs regards se croisèrent. Et il songea que le soldat ne faisait montre d'aucune surprise, d'aucun choc, d'aucune peur. Bien au contraire, c'était comme si une lueur de compréhension passait sur son visage, comme si la vision du pistolet lui apportait la réponse à une question qu'il s'était posée. Puis le coup partit.

Si la détonation avait claqué avec un coup de caisse claire, la musique aurait peut-être réussi à assourdir l'ensemble, mais en l'état, le claquement fit se retourner plusieurs personnes qui regardèrent l'homme au blouson imperméable. Son pistolet. Et le soldat de l'Armée du Salut dont le bord de la casquette avait pris un trou juste sous le A, et qui partait maintenant à la renverse tandis que ses bras battaient vers l'avant comme ceux d'un pantin.

*

Harry sursauta dans son fauteuil. Il s'était endormi. La pièce était silencieuse. Qu'est-ce qui l'avait réveillé ? Il tendit l'oreille, mais tout ce qu'il entendait, c'était le ronronnement régulier, bas et apaisant de la ville. Non, il y avait également un autre son. Il se concentra davantage. Là. Le son était à peine audible, mais une fois qu'il l'eut identifié, il apparut dans le paysage sonore et devint parfaitement distinct. C'était un tic-tac bas.

Harry resta un instant immobile dans son fauteuil, les yeux fermés.

Puis une colère subite s'empara de lui, et avant d'avoir réfléchi, il était arrivé dans la chambre au pas de charge, avait ouvert le tiroir de la table de nuit, saisi la montre de Møller, ouvert la fenêtre et lancé de toutes ses forces l'objet dans le noir. Il l'entendit heurter en premier lieu le mur de l'immeuble voisin, puis l'asphalte gelé dans la rue. Il referma ensuite la fenêtre avec fracas, la verrouilla, retourna dans le salon et monta le son. Si fort que les membranes des haut-parleurs dansèrent devant ses yeux, les aigus lui percèrent délicieusement les tympans et les basses lui emplirent la bouche.

*

L'assemblée s'était détournée de l'orchestre et regardait l'homme étendu dans la neige. Sa casquette d'uniforme avait roulé un peu plus loin avant de s'immobiliser devant le pied de micro du chanteur, qui n'avait pas remarqué ce qui s'était passé et continuait son show.

Les deux filles qui se trouvaient à proximité immédiate de l'homme dans la neige reculèrent. L'une d'elles se mit à crier.

Le chanteur, qui jusque-là avait opéré les yeux fermés, les ouvrit et se rendit compte qu'il ne bénéficiait plus de l'attention du public. Il se tourna et vit l'homme dans la neige. Son regard chercha un vigile, un organisateur, un directeur de tournée, quelqu'un qui puisse gérer la situation, mais ceci n'était qu'un banal concert de rue, tout le monde attendait quelqu'un d'autre et l'accompagnement continuait son petit bonhomme de chemin.

Puis survint un mouvement dans la foule, et les gens s'écartèrent pour laisser le passage à la femme qui jouait des coudes pour avancer : « Robert ! »

Sa voix était rauque. Elle était pâle, vêtue d'un blouson de cuir fin percé au coude. Elle approcha en titubant de l'homme sans vie et tomba à genoux à côté de lui.

« Robert ? »

Elle posa une main décharnée sur la gorge de l'homme. Avant de braquer un index tremblant vers les musiciens.

« Arrêtez, nom de Dieu ! »

Les membres du groupe cessèrent de jouer, l'un après l'autre.

« Ce type est en train de mourir. Allez chercher un médecin. Vite ! »

Elle reposa sa main sur son cou. Toujours pas de pouls. Elle avait rencontré cela bien des fois auparavant. À certaines occasions, cette situation se passait bien. Généralement, ça allait mal. Elle était désorientée. Il ne pouvait pas s'agir d'une overdose, un gars de l'Armée ne tournait quand même pas à la seringue ?

La neige avait commencé à tomber, et les flocons fondaient sur la joue du type, ses yeux clos et sa bouche entrouverte. C'était un beau garçon. Et elle songea que maintenant — avec ces traits détendus — il ressemblait à son propre garçon quand il dormait. Mais elle découvrit alors l'unique raie rouge qui provenait du petit trou noir qu'il avait à la tête, en biais au-dessus du front et de la tempe, puis vers l'intérieur de l'oreille.

Des bras la saisirent et l'emmenèrent tandis qu'un autre homme se penchait sur le type. Elle aperçut un dernier instant son visage, puis le trou, et elle comprit avec une certitude subite et douloureuse que c'était le sort qui attendait son gamin aussi.

Il marchait vite. Pas trop vite, il ne fuyait pas. Il regardait les dos devant lui, il en trouva un qui trottinait et se coula dans son sillage. Personne n'avait tenté de l'arrêter. Bien sûr que non. La détonation d'un pistolet fait reculer les gens. Sa vue les fait fuir. Et dans le cas présent, la plupart n'avaient même pas compris ce qui se passait.

Le dernier boulot.

Il entendait que l'orchestre jouait toujours.

Il s'était mis à neiger. Bien, cela pousserait davantage les gens à baisser les yeux pour les protéger.

Environ cent mètres plus bas dans la rue, il vit le bâtiment jaune de la gare. Il eut cette sensation qu'il avait de temps à autre, que tout flottait, que rien ne pouvait l'atteindre, qu'un char T-55 serbe n'était qu'un colosse de fer lymphatique, aveugle et sourd, et que sa ville serait de nouveau là quand il reviendrait.

On lui avait pris son lieu de largage.

Les vêtements de l'individu semblaient neufs et à la mode, abstraction faite des chaussures de course à pied bleues. Mais son visage était tailladé et brûlé comme celui d'un forgeron. L'homme, ou le gamin ou Dieu sait quoi, semblait projeter de rester là un bon moment, tout son bras droit était en tout cas enfoncé dans l'ouverture de la poubelle verte.

Il regarda l'heure sans s'arrêter. Deux minutes depuis qu'il avait fait feu et onze minutes avant le départ du train. Et il avait toujours l'arme sur lui. Il passa devant la poubelle, continua vers le restaurant.

Un homme qui arrivait à sa rencontre le dévisagea. Mais ne se retourna pas au moment où ils se croisèrent.

Il fila vers la porte du restaurant et la poussa.

Dans le vestiaire, une mère était penchée sur son gosse et se débattait avec la fermeture Éclair de son blouson. Ni l'un ni l'autre ne le regardèrent. Le manteau beige en poil de chameau se trouvait là où il le devait. La valise en dessous. Il emporta les deux dans les toilettes hommes, s'enferma dans l'un des deux cabinets, ôta son blouson de pluie, fourra son bonnet dans sa poche et passa son manteau. Bien qu'il n'y eût pas de fenêtre, il entendit les sirènes au-dehors. Plusieurs sirènes. Il regarda autour de lui. Il devait se débarrasser de ce pistolet. Il n'y avait pas tant d'endroits entre lesquels choisir. Il grimpa sur le siège des toilettes, s'étira pour atteindre la petite bouche d'aération et tenta d'y introduire l'arme, mais une grille située à l'intérieur l'en empêcha.

Il redescendit. Sa respiration était lourde, et il avait chaud sous sa chemise. Huit minutes avant le départ du train. Il pouvait évidemment en prendre un plus tard, il n'y avait pas péril en la demeure. Ce qui était plus critique, c'était que neuf minutes s'étaient écoulées sans qu'il se fût séparé du pistolet, et elle disait toujours qu'après quatre minutes, c'était un risque inacceptable.

Bien sûr, il pouvait le laisser par terre, mais l'un de leurs principes de travail était que l'arme ne devait pas être retrouvée avant que lui-même soit en sécurité.

Il sortit de la cabine et alla au lavabo. Se lava les mains tandis que son regard parcourait la pièce déserte. *Upomoć*[1] *!* Son regard s'arrêta sur le porte-savon au-dessus du lavabo.

*

Jon et Thea sortirent étroitement enlacés du restaurant de Torggata.

Thea poussa un cri en glissant sur la glace sous la neige traître qui était tombée peu de temps avant sur la rue piétonne. Elle manqua d'entraîner Jon avec elle, mais il parvint à les sauver au tout dernier moment. Son rire lui tinta délicieusement dans les oreilles.

« Tu as dit oui ! cria-t-il vers le ciel en sentant les flocons fondre sur son visage. Tu as dit oui ! »

Une sirène résonnait dans la nuit. Plusieurs sirènes. Le son venait de Karl Johans gate.

1. « Au secours ! » en croate.

« On va voir ce que c'est ? proposa Jon en lui prenant la main.

— Non, Jon, répondit Thea dont le front s'était barré d'une ride.

— Mais si, viens ! »

Thea s'appliqua à bien poser les pieds par terre, mais ses chaussures lisses ne tenaient pas.

« Non, Jon. »

Mais Jon riait et la tirait comme une luge derrière lui.

« Non, j'ai dit ! »

Le son de sa voix le fit lâcher instantanément. Il la regarda, sidéré.

Elle poussa un soupir.

« Je ne veux pas voir d'incendie maintenant. Je veux me coucher. Avec toi. »

Jon la regarda longuement.

« Je suis si heureux, Thea. Tu m'as rendu si heureux. »

Il n'entendit pas si elle répondait, elle avait enfoui son visage dans sa veste.

DEUXIÈME PARTIE

LE SAUVEUR

CHAPITRE 9

Mercredi 17 décembre
Neige

La neige qui tombait à gros flocons sur Egertorget fut colorée en jaune par les projecteurs des TIC.

Devant le débit de boissons 3 Brødre, Harry et Halvorsen regardaient les spectateurs et les journalistes qui se bousculaient contre les bandes plastique qu'avait tendues la police. Harry retira la cigarette de sa bouche et fut pris d'une profonde quinte de toux humide.

« Pas mal de journalistes, constata-t-il.

— Ils n'ont pas traîné. Ce n'est qu'à un jet de pierre de leurs bureaux.

— Une affaire en or. Un meurtre en pleins préparatifs de Noël, dans la rue la plus célèbre de Norvège. Avec une victime que tout le monde a vue : le mec qui était à côté de la marmite de l'Armée du Salut. Pendant qu'un groupe connu joue. Que peut-on espérer de mieux ?

— Une interview avec l'enquêteur vedette Harry Hole ?

— On va s'en tenir là, pour l'instant. Tu connais l'heure du meurtre ?

— Sept heures et quelques minutes. »

Harry regarda sa montre.

« Ça fait presque une heure. Pourquoi personne ne m'a appelé avant ?

— Sais pas. J'ai eu un coup de fil de l'ASP un peu avant sept heures et demie. Je croyais que tu serais là au moment où j'arriverais…

— Alors tu m'as appelé de ton propre chef ?

— Tu es comme qui dirait inspecteur principal, oui.

— Comme qui dirait », bougonna Harry en jetant sa cigarette par terre. Elle disparut au milieu de la couche de neige mousseuse qui fondit autour d'elle.

« Toutes les pistes techniques seront bientôt enfouies sous un mètre de neige, présagea Halvorsen. Typique.

— Il n'y aura pas de pistes techniques. »

Beate arrivait vers eux, ses cheveux blonds parsemés de neige. Elle avait un petit sac plastique contenant une cartouche vide entre les doigts.

« Perdu, assena Halvorsen avec un sourire de triomphe à l'attention de Harry.

— Neuf millimètres, grimaça Beate. Le type de munitions le plus courant qui se puisse trouver. Et c'est tout ce que l'on a.

— Oubliez ce que vous avez ou non, coupa Harry. Quelle a été ta première impression ? Ne réfléchis pas, parle. »

Beate sourit. Elle connaissait Harry à présent. D'abord l'intuition, puis les faits. Parce que l'intuition est aussi un ensemble de faits : ce sont toutes les informations que le lieu du crime donne sans que le cerveau puisse les exprimer de façon immédiate.

« Pas tant de choses. Egertorget est le périmètre où

il circule le plus de monde à Oslo, et nous avons en conséquence une zone d'investigation des plus polluées, même si nous sommes arrivés ici vingt minutes après que le bonhomme a été tué. Mais ça a l'air pro. Le médecin est en train d'examiner la victime, mais on dirait qu'il n'a été atteint que d'une balle. Pile dans le front. Un truc de pro. Oui, voilà mon sentiment.

— On travaille sur des sensations, inspecteur principal ? »

Tous trois se tournèrent vers la voix derrière eux. C'était Gunnar Hagen. Il portait une veste militaire verte et un bonnet de laine noire. Un sourire était à peine perceptible au coin de ses lèvres.

« Nous essayons tout ce qui fonctionne, chef, répondit Harry. Qu'est-ce qui t'amène ?

— Ce n'est pas ici que ça se passe ?

— D'une certaine façon.

— Bjarne Møller préférait son bureau, à ce que j'entends. Personnellement, je suis d'avis qu'un leader doit plutôt se trouver sur le terrain. Est-ce qu'il a été tiré plus d'un coup de feu ? Halvorsen ? »

Celui-ci sursauta.

« Pas d'après les témoins avec qui nous avons discuté. »

Hagen bougea les doigts dans ses gants. « Signalement ?

— Un homme, répondit Halvorsen, dont le regard faisait la navette entre l'ASP et Harry. C'est tout ce que nous savons pour l'instant. Les gens regardaient le groupe, et tout s'est passé très vite. »

Hagen renâcla.

« Dans un attroupement comme celui-là, quelqu'un a bien dû voir en détail celui qui a tiré ?

— On aurait pu le croire. Mais on ne sait pas exactement où l'assassin se trouvait dans la foule.

— Je comprends. » De nouveau cet infime sourire.

« Il était juste devant le mort, expliqua Harry. À deux mètres au maximum.

— Ah ? » Hagen et les deux autres se tournèrent vers lui.

« Notre assassin savait que quand on doit tuer quelqu'un avec une arme de faible calibre, il faut lui tirer dans la tête. Puisqu'il n'a tiré qu'une fois, il était certain du résultat. Ergo, il a dû se trouver si près qu'il a vu le trou dans le front, ou qu'il a su qu'il ne pouvait pas avoir raté son coup. Si vous examinez ses vêtements, vous trouverez sûrement des dépôts consécutifs au tir, qui prouveront ce que je dis. Deux mètres max.

— Un mètre et demi, corrigea Beate. La plupart des pistolets éjectent la cartouche vide à droite, mais pas si loin. Celle-ci a été découverte piétinée dans la neige à cent quarante-six centimètres du cadavre. Et le défunt avait des fils de laine calcinés sur le revers de son manteau. »

Harry dévisagea Beate. Ce n'était pas en premier lieu son talent inné pour distinguer les visages humains qu'il appréciait, mais son intelligence, son zèle et la conviction idiote qu'ils partageaient : que le travail qu'ils faisaient était important.

Hagen tapa du pied dans la neige.

« Bien, Lønn. Mais bon sang, qui peut bien abattre un officier de l'Armée du Salut ?

— Il n'était pas officier, rectifia Halvorsen. Seulement simple soldat. Les officiers sont des employés en bonne et due forme, les soldats sont des volontaires, ou bien travaillent sur contrats ponctuels. » Il ouvrit son bloc. « Robert Karlsen. Vingt-neuf ans. Célibataire, sans enfant.

— Mais pas sans ennemis, manifestement, compléta Hagen. Qu'en penses-tu, Lønn ? »

Beate regarda Harry et non Hagen quand elle suggéra : « Ce n'était peut-être pas dirigé contre sa personne ?

— Ah ? sourit Hagen. Contre qui d'autre ?

— L'Armée du Salut, éventuellement.

— Qu'est-ce qui te fait croire ça ? »

Beate haussa les épaules.

« Des points de vue sujets à polémiques, suggéra Halvorsen. Homosexualité. Femmes prêtres. Avortement. Peut-être je ne sais quel fanatique…

— Je note, déclara Hagen. Montrez-moi le cadavre. »

Beate et Halvorsen interrogèrent Harry du regard. Il fit un signe de tête à la jeune femme.

« Fichtre, soupira Halvorsen lorsque Hagen et Beate se furent éloignés. Est-ce que l'ASP pense se charger de l'enquête ? »

Harry se frotta pensivement le menton en regardant vers le périmètre interdit, où les flashes des photographes éclairaient l'obscurité hivernale.

« Pro, lâcha-t-il.

— Quoi ?

— Beate disait que l'assassin est un pro. Alors partons de là. Quelle est la première chose que fait un pro après un assassinat ?

— Fiche le camp ?

— Pas nécessairement. Mais en tous les cas, il se débarrasse de ce qui peut le relier au meurtre.

— L'arme du crime.

— Exact. Il faut vérifier la totalité des conteneurs, cuves, poubelles, et cours dans un rayon de cinq pâtés de maisons autour d'Egertorget. Maintenant. Réquisitionnez si nécessaire des gens de police-secours.

— OK.

— Et récupérez les cassettes vidéo de toutes les caméras de vidéosurveillance dans les magasins du coin sur la période juste avant et juste après dix-neuf heures tapantes.

— Je vais mettre Skarre là-dessus.

— Encore une chose ; *Dagbladet* participe à l'organisation des concerts de rue, et ils font des articles là-dessus. Vois si leurs photographes ont pris des photos du public.

— Bien sûr. Je n'y avais pas pensé.

— Envoie les photos à Beate, qu'elle y jette un coup d'œil. Et je veux tous les enquêteurs en salle de réunion de la zone rouge à dix heures demain matin. Tu fais passer ?

— *Yes.*

— Où sont Li et Li ?

— Ils entendent des témoins à l'hôtel de police. Deux filles qui étaient juste à côté de celui qui a tiré.

— OK. Demande à Ola de se procurer une liste des proches et des amis de la victime. On va commencer par voir s'il y a des motifs évidents de ce côté-ci.

— Je croyais que tu venais de dire qu'il s'agissait d'un pro ?

— Il faut qu'on essaie de garder plusieurs possibilités en tête en même temps, Halvorsen. En commençant par chercher là où il y a de la lumière. La famille et les amis, c'est en général simple à trouver. Et huit meurtres sur dix sont commis…

— … par quelqu'un qui connaît la victime », soupira Halvorsen.

Ils furent interrompus par les cris de quelqu'un qui appelait Harry Hole. Ils se retournèrent juste à temps pour voir la meute des journalistes venir en hâte vers eux à travers les rafales de neige.

« Et voilà, le show démarre, déplora Harry. Oriente-les vers Hagen. Je me taille à l'hôtel de police. »

*

La valise avait été enregistrée au guichet de la compagnie aérienne, et il se dirigea vers le contrôle de sécurité. Il se sentait rempli d'allégresse. Le dernier boulot était fini. Il était de si bonne humeur qu'il décida de faire le test du billet. La préposée Securitas secoua la tête lorsqu'il sortit l'enveloppe bleue contenant le billet pour le lui montrer.

« Téléphone mobile ? s'enquit-elle en norvégien.

— *No.* » Il posa l'enveloppe sur la table entre le tapis de détection à rayons X et le portique magnétique, s'aperçut qu'il portait encore le foulard autour du cou, le dénoua et le fourra dans sa poche, posa son manteau dans un baquet que le vigile lui présentait et passa le portique sous deux autres regards attentifs en uniforme. Avec le garde Securitas qui ne quittait pas des yeux la radio de son manteau sur son écran et celui qui se trouvait au bout du tapis roulant, il compta cinq personnes chargées uniquement de vérifier s'il n'avait pas sur lui d'objet qui puisse servir d'arme à bord de l'avion. De l'autre côté du portique, il enfila son manteau et retourna chercher son billet resté sur la table. Personne ne l'arrêta, et il passa devant les vigiles Securitas. Ce serait donc si simple de passer en douce une lame de couteau dans une enveloppe à billets. Il déboucha dans le vaste hall des départs. Ce qui le frappa d'abord, ce fut l'immense baie vitrée panoramique devant lui. Il n'y avait aucune vue. La neige avait tiré un rideau blanc sur le paysage au-dehors.

*

Martine était assise penchée en avant vers les essuie-glaces qui chassaient la neige.

« Le ministre était positif, déclara David Eckhoff avec satisfaction. Très positif.

— Tu l'avais compris à l'avance. Des gens comme ça ne viennent pas manger la soupe en invitant la presse s'ils pensent dire non à quelque chose. Ils doivent être élus.

— Oui, soupira David Eckhoff. Ils doivent être élus. » Il regarda par sa vitre. « Chouette garçon, Rikard, non ?

— Tu te répètes, papa.

— Il a juste besoin de quelques instructions, et il pourra être un homme parfait pour nous. »

Martine vira pour descendre vers le garage sous le QG, appuya sur la télécommande, et la porte d'acier se souleva avec fracas. Ils firent entrer le véhicule, et les pneus à clous crissèrent contre le sol de pierre du parking vide.

Sous l'un des plafonniers, à côté de la Volvo bleue

du commandeur, elle vit Rikard en combinaison bleue et gants. Mais ce n'était pas lui qu'elle regardait. C'était le grand type blond qu'il y avait à côté de lui, et qu'elle avait reconnu en un clin d'œil.

Elle se rangea à côté de la Volvo, mais resta à sa place à chercher dans son sac tandis que son père descendait de voiture. Il laissa la portière ouverte, et elle entendit la voix du policier : « Eckhoff ? » Les murs nus se renvoyèrent l'écho.

« C'est exact. Y a-t-il quelque chose que je puisse faire pour vous, jeune homme ? »

La fille connaissait bien la voix que son père venait de prendre. Cette voix aimable mais ferme de commandeur.

« Je m'appelle Harry Hole, inspecteur principal à la police d'Oslo. Il s'agit de l'un de vos employés. Robert… »

Martine sentit le regard du policier sur elle au moment où elle descendit du véhicule.

« … Karlsen, acheva Hole en se tournant derechef vers le commandeur.

— Un frère, rectifia David Eckhoff.

— Pardon ?

— Nous aimons considérer nos collègues comme des membres de notre famille.

— Je comprends. Dans ce cas, je dois malheureusement vous faire part d'un décès dans la famille, Eckhoff. »

Martine sentit sa gorge se nouer. Le policier attendit, comme pour laisser l'information passer, avant de poursuivre : « Robert Karlsen a été abattu sur Egertorget hier soir, à sept heures.

— Doux Jésus ! s'exclama le père. Comment ?

— Tout ce que nous savons, c'est qu'un inconnu dans la foule lui a tiré dessus et a pris la fuite. »

Son père secoua la tête, incrédule.

« Mais... mais à sept heures, vous dites ? Pourquoi... pourquoi ne m'a-t-on pas averti avant ?

— Parce que la procédure habituelle dans ce genre d'affaires veut que nous informions les proches d'abord. Et nous n'avons malheureusement pas réussi à les joindre. »

Martine comprit à la façon professionnelle et patiente dont le policier répondait qu'il avait l'habitude que les gens réagissent aux annonces de décès en posant ce genre de questions déplacées.

« Je comprends, souffla Eckhoff en gonflant les joues avant d'expirer d'un seul coup. Les parents de Robert ne vivent plus en Norvège. Mais son frère, Jon, vous auriez bien pu le joindre ?

— Il n'est pas chez lui, et personne ne répond sur son mobile. On m'a indiqué qu'il était peut-être au QG, où il travaillait tard. Mais je n'ai rencontré que ce jeune homme. »

Il fit un signe de tête en direction de Rikard qui avait l'allure d'un gorille triste avec son regard vitreux, ses bras ballants terminés par de gros gants de travail et sa lèvre supérieure bleu foncé luisante de transpiration.

« Une idée sur l'endroit où je peux trouver son frère ? » voulut savoir le policier.

Martine et son père s'entre-regardèrent avant de secouer la tête.

« Une idée sur la ou les personnes qui pouvaient souhaiter supprimer Robert Karlsen ? »

Ils secouèrent derechef la tête.

« Bien. Comme ça, vous le savez. J'ai à faire, mais nous aimerions revenir demain pour d'autres questions.

— Bien sûr, inspecteur principal, acquiesça le commandeur en se redressant. Mais avant que vous ne partiez, je vous saurais gré de me donner davantage de détails sur ce qui s'est passé.

— Essayez le télétexte. Il faut que je me sauve. »

Martine vit le visage de son père changer de couleur. Elle se tourna alors vers le policier et croisa son regard.

« Je suis désolé. Le temps est un facteur décisif à cette phase de l'enquête.

— Vous... vous pouvez essayer chez ma sœur, Thea Nilsen. » Tous trois se tournèrent vers Rikard, qui déglutit. « Elle habite l'immeuble de l'Armée qui est dans Gøteborggata. »

Le policier hocha la tête. Il faillit partir, mais se tourna de nouveau vers Eckhoff.

« Pourquoi ses parents ne vivent-ils pas en Norvège ?

— C'est une longue histoire. Ils nous ont quittés.

— Quittés ?

— Ils ont perdu la foi. Des gens qui ont été élevés au sein de l'Armée rencontrent souvent des difficultés quand ils choisissent de partir dans une autre voie. »

Martine observa son père. Mais même elle — sa fille — ne pouvait pas déceler le mensonge sur son visage de granit. Le policier leur tourna le dos, et elle sentit monter les premières larmes. Lorsque le bruit de ses pas se fut éteint, Rikard s'éclaircit la voix : « J'ai rangé les pneus d'été dans le coffre. »

*

Au moment où le message fut enfin diffusé dans l'aéroport, il l'avait déjà compris : *Due to weather conditions, the airport has been temporarily closed*[1].

Pas dramatique, se dit-il. Comme une heure plus tôt, lorsqu'il avait entendu le premier message annonçant que le départ était retardé pour cause de chutes de neige.

Ils avaient attendu tandis que la neige formait des tapis laineux sur les avions au-dehors. Inconsciemment, il avait cherché des yeux les personnes en uniforme. Dans un aéroport, ils seraient en uniforme, s'imaginait-il. Et, quand la femme en bleu au guichet de la porte 42 avait levé son micro, il l'avait vu à l'expression de son visage. Que le vol à destination de Zagreb était annulé. Elle était désolée. Et expliqua qu'un autre vol était prévu pour le lendemain matin, dix heures quarante. Un gémissement monta des passagers. Elle gazouilla que la compagnie aérienne se chargeait du rapatriement en train jusqu'à Oslo et de l'hébergement à l'hôtel SAS pour les passagers en transit ou ceux qui utilisaient leur billet retour.

Pas dramatique, se répéta-t-il dans le train qui filait à travers le paysage noir d'encre. Le train s'arrêta à un seul endroit avant Oslo, près d'un groupe de maisons sur un champ blanc. Un chien tremblait sous l'un des bancs du quai, la neige tombait dans les rais de lumière. Il ressemblait à Tinto, ce chien gai et sans maître qui courait de-ci, de-là autour de chez eux à

1. « En raison des conditions météorologiques, l'aéroport est momentanément fermé. »

Vukovar, quand il était petit. Giorgi et quelques autres garçons plus âgés lui avaient passé un collier en cuir sur lequel on pouvait lire : Nom : Tinto. Propriétaire : *Svi.* Tout le monde. Personne ne voulait de mal à Tinto. Personne. Mais parfois cela ne suffit pas.

Le train poussa un long gémissement, et ils repartirent dans les rafales de neige.

*

Jon s'était déplacé dans la partie de la pièce que l'on ne pouvait pas voir depuis la porte de Thea au moment où elle ouvrit. C'était Emma.

La voix de la voisine : « Je te prie de bien vouloir m'excuser, Thea, mais c'est très important pour ce monsieur de voir Jon Karlsen.

— Jon ? »

Une voix d'homme : « Oui. On m'a dit que je pourrais peut-être le trouver chez une certaine Thea Nilsen, qui habite à cette adresse. Il n'y avait pas de nom sur les sonnettes en bas, mais cette dame a bien voulu m'aider.

— Jon, ici ? Je ne sais pas comment…

— Je suis de la police. Je m'appelle Harry Hole. Il s'agit du frère de Jon.

— Robert ? »

Jon s'avança jusqu'à la porte. Un homme de sa taille, aux yeux bleu clair, le regardait depuis l'ouverture.

« Est-ce que Robert a fait quelque chose de mal ? s'enquit-il en tentant d'ignorer la voisine qui s'était hissée sur la pointe des pieds pour épier par-dessus l'épaule du policer.

— Ça, on ne le sait pas, répondit l'homme. Je peux entrer ?

— Je vous en prie », acquiesça Thea.

Le policier passa le seuil et ferma la porte devant le visage déçu de la voisine.

« Je crains que ce ne soient de mauvaises nouvelles. Vous feriez peut-être mieux de vous asseoir. »

Ils s'assirent tous les trois autour de la table basse. Ce fut comme de recevoir un coup à l'estomac, et Jon se pencha automatiquement en avant quand le policier raconta ce qui s'était passé.

« Mort ? entendit-il murmurer Thea. Robert ? »

Le policier se racla la gorge avant de poursuivre. Les mots parvenaient à Jon comme des sons obscurs, cryptiques, presque incompréhensibles. Tout le temps qu'il écouta le policier faire un compte rendu des événements, il garda le regard fixé sur un seul et unique point. Sur la bouche entrouverte de Thea et ses lèvres qui scintillaient, humides, rouges. Sa respiration était courte, rapide. Jon ne remarqua pas que le policier avait cessé de parler avant d'entendre la voix de Thea : « Jon ? Il t'a posé une question.

— Excusez-moi. Je… Vous disiez ?

— Je sais que ce sont des instants difficiles, mais je me demandais si vous connaissiez quelqu'un qui puisse en vouloir à la vie de votre frère.

— Robert ? » C'était comme si tout ce qui entourait Jon fonctionnait au ralenti, y compris ses propres mouvements lorsqu'il secoua la tête.

« Bon, grogna le policier sans prendre de notes sur le bloc qu'il avait devant lui. Y avait-il des aspects de son travail ou de sa vie privée de nature à lui attirer des ennemis ? »

Jon entendit son propre rire déplacé.

« Robert est dans l'Armée du Salut, expliqua-t-il. Notre ennemi, c'est la pauvreté. Matérielle et spirituelle. Il est rare qu'on nous assassine pour ça.

— Mmm. Voilà pour le boulot, qu'en est-il de sa vie privée ?

— Ce que je viens de dire concerne aussi bien le travail que sa vie privée. »

Le policier attendit.

« Robert était gentil, reprit Jon, qui sentit que sa voix commençait à lâcher. Loyal. Tout le monde aimait Robert. Il… » Sa voix s'était faite grumeleuse.

Le regard du policier parcourut la pièce. Il ne semblait pas apprécier la situation outre mesure, mais il attendait. Et attendait encore.

Jon déglutissait, et déglutissait encore.

« Il pouvait se montrer un peu sauvage, de temps à autre. Un peu… impulsif. Et d'aucuns pouvaient peut-être le trouver un peu… cynique. Mais c'était sa façon d'être. Au fond de lui, Robert était un garçon inoffensif. »

Le policier se tourna vers Thea et baissa les yeux sur son bloc.

« Vous êtes Thea Nilsen, la sœur de Rikard Nilsen, si j'ai bien compris. Est-ce que cela correspond à l'impression que vous avez de Robert Karlsen ? »

Elle haussa les épaules.

« Je ne connaissais pas Robert si bien que ça. Il… » Elle avait croisé les bras et évitait le regard de Jon. « Il n'a jamais fait de mal à personne, à ma connaissance.

— Robert a-t-il dit quelque chose qui puisse faire penser qu'il était en conflit avec quelqu'un ? »

Jon secoua énergiquement la tête, comme si celle-ci

contenait quelque chose dont il voulait se débarrasser. Robert était mort. Mort.

« Est-ce que Robert devait de l'argent ?

— Non. Si, à moi. Un peu.

— Sûr qu'il n'en devait pas davantage à quelqu'un d'autre ?

— Que voulez-vous dire ?

— Est-ce que Robert se droguait ? »

Jon regarda le policier, ahuri, avant de répondre : « Absolument pas.

— Qu'est-ce qui vous permet d'en être aussi certain ? Ce n'est pas toujours...

— Nous nous occupons de toxicomanes. Nous connaissons les symptômes. Et Robert ne se droguait pas. D'accord ? »

Le policier hocha la tête et nota.

« Désolé, mais nous devons nous renseigner sur ces choses-là. Nous ne pouvons naturellement pas exclure que celui qui a tiré soit simplement mentalement perturbé, et que Robert ait été une victime prise au hasard. Ou bien — puisque le soldat de l'Armée du Salut qui est près de la marmite de Noël sur Egertorget est pratiquement devenu un symbole — que le meurtre était dirigé contre votre organisation. Avez-vous connaissance d'éléments qui étaieraient cette dernière théorie ? »

Comme sur un signal, les deux jeunes secouèrent la tête.

« Merci de votre aide. » Le policier rangea son bloc-notes dans la poche de son manteau et se leva. « Nous n'avons pu trouver ni numéros de téléphone ni adresses en ce qui concerne vos parents...

— Je m'en occupe, l'interrompit Jon en regardant

fixement droit devant lui. Vous êtes absolument certains ?

— Certains de quoi ?

— Que c'est Robert ?

— Oui, j'en ai peur.

— Mais c'est aussi tout ce dont vous êtes certains, s'anima subitement Thea. En dehors de ça, rien. »

Le policier s'arrêta devant la porte et réfléchit.

« Je crois que ça résume assez précisément la situation », approuva-t-il.

À deux heures cette nuit-là, il cessa de neiger. Les nuages qui avaient flotté au-dessus de la ville comme un lourd rideau de scène noir furent tirés de côté, et une grosse lune jaune fit son entrée. La température recommença à chuter sous le ciel nu, faisant craquer et grincer les murs des maisons.

CHAPITRE 10

Jeudi 18 décembre
Le sceptique

Le septième jour avant Noël se leva dans un froid rappelant un gant d'acier broyant les personnes qui allaient aussi rapidement que silencieusement par les rues d'Oslo, tout entières concentrées à arriver à destination, où elles pourraient échapper à cette étreinte glacée.

Dans la salle de réunion de la zone rouge de l'hôtel de police, Harry écoutait l'interprétation déprimante de Beate Lønn en essayant d'ignorer les journaux qu'il avait sur la table devant lui. Tous faisaient leur première page sur le meurtre, tous avec une photo miteuse d'un Egertorget plongé dans l'obscurité hivernale. Renvoyant à deux ou trois pages dans le journal. *VG* [1] et *Dagbladet* étaient parvenus à fabriquer ce que l'on pouvait qualifier avec une certaine bonne volonté de portraits de Robert Karlsen, basés sur des conversations avec des amis et des connaissances, négligemment compilées. « Un chouette type. » « Toujours une

1. *Verdens Gang* (*Le cours du monde*), l'un des principaux quotidiens norvégiens avec *Aftenposten*, dont il se distingue par son goût du scandale.

main secourable. » « Tragique. » Harry les avait lus et relus sans rien y trouver d'intéressant. Personne n'avait mis la main sur les parents, et seul *Aftenposten* proposait une citation de Jon : « Incompréhensible », telle était la courte réplique sous une photo d'un garçon à la mine troublée et aux cheveux en bataille devant un immeuble de Gøteborggata. L'article était signé Roger Gjendem, une vieille connaissance.

Harry se gratta la cuisse à travers une déchirure de son jean et songea qu'il aurait dû mettre un collant de laine. En arrivant au boulot à sept heures et demie, il était allé voir Hagen et lui avait demandé qui devait diriger l'enquête. Hagen l'avait regardé avant de lui répondre qu'après consultation avec le chef de la Crim, il avait décidé que Harry s'en chargerait. Jusqu'à nouvel ordre. Harry n'avait pas demandé à l'autre de préciser ce « jusqu'à nouvel ordre » ; il avait hoché la tête et était reparti.

Depuis dix heures, douze enquêteurs de la Crim plus Beate Lønn et Gunnar Hagen, qui voulait simplement « suivre », étaient rassemblés.

Et la synthèse que Thea Nilsen avait faite la veille au soir était toujours valable.

Pour commencer, ils n'avaient aucun témoin. Aucun de ceux qui s'étaient trouvés sur Egertorget n'avait vu quoi que ce fût de valeur. Les films provenant des caméras de vidéosurveillance du coin étaient toujours en cours d'examen, mais ils ne leur avaient pour l'instant rien apporté. Les employés avec lesquels ils avaient discuté dans les magasins et restaurants de Karl Johans gate n'avaient absolument rien remarqué de spécial, et aucun autre témoin ne s'était manifesté. Beate, à qui avaient été transmises les photos du public que *Dagbladet* avait envoyées la veille au soir, avait rapporté qu'il s'agissait ou bien de clichés pris de relativement près représentant des groupes de filles souriantes, ou bien de vues d'ensemble dont le grain n'était pas assez fin pour qu'on pût distinguer correctement les visages. Elle avait agrandi les parties des vues d'ensemble qui montraient le public devant Robert Karlsen, sans apercevoir d'arme ou quoi que ce soit d'autre permettant d'identifier la personne qu'ils recherchaient.

En second lieu, ils n'avaient pas la moindre piste technique, si ce n'est que les experts balistiques de la Brigade technique avaient affirmé que le projectile qui avait pénétré la tête de Robert Karlsen correspondait bien à la cartouche vide qu'ils avaient retrouvée.

Et troisièmement, ils n'avaient aucun mobile.

Beate conclut, et Harry céda la parole à Magnus Skarre.

« Ce matin, j'ai parlé avec la directrice de la boutique Fretex de Kirkeveien, où travaillait Robert Karlsen, commença Skarre, que le sort, avec son sens typique de la plaisanterie douteuse, avait doté d'une vague tendance à grasseyer ses r[1]. Elle était effondrée, et m'a dit que Robert était un type que tout le monde aimait bien, charmant et plein de bonne humeur. Elle m'a dit qu'il pouvait certes se montrer quelque peu imprévisible. Ne pas venir un jour, ce genre de choses. Mais elle a du mal à admettre qu'il ait pu avoir des ennemis.

1. « Grasseyer » se dit *skarre* en norvégien.

— Même éloge du côté de ceux que j'ai vus », rencherit Halvorsen.

Pendant toute la séance, Gunnar Hagen était resté les mains derrière la tête, et avait regardé Harry avec un petit sourire plein d'expectative, comme l'aurait fait le spectateur d'un numéro de prestidigitation, attendant à présent que Harry sorte un lapin de son chapeau. Mais il n'y avait personne là-dedans. Hormis ce que l'on y trouvait habituellement. Des théories.

« Des suppositions ? s'enquit Harry tout haut. Allez, c'est maintenant que vous avez le droit de passer pour des truffes ; une fois la réunion terminée, la permission est supprimée.

— Abattu dans un lieu public, en plein jour, se risqua Skarre. Il n'y a que dans une branche que l'on bosse comme ça. C'est une exécution professionnelle, pour effrayer d'autres personnes qui ne règlent pas leurs dettes de stups.

— Eh bien, aucune des taupes des Stups n'a entendu parler de Robert Karlsen ou n'a vu quoi que ce soit sur lui, répondit Harry. Il est clean, rien sur son casier ni dans nos archives. Quelqu'un a-t-il jamais entendu parler de toxicos fauchés qui ne se soient jamais fait pincer ?

— Et la médecine légale n'a trouvé aucune trace de substances illicites dans les échantillons sanguins, compléta Beate. Ils n'ont pas non plus fait mention de traces d'injection ou d'autres choses de la sorte. »

Hagen toussota, et les autres se tournèrent vers lui.

« Un soldat de l'Armée du Salut n'est évidemment pas impliqué dans ce genre de choses. Continuez. »

Harry constata que le front de Magnus Skarre s'ornait de plaques rouges. Le gars, un ancien gymnaste, était courtaud, avait les cheveux bruns, lisses, coiffés avec une raie sur le côté. Il faisait partie des enquêteurs les plus jeunes, un arriviste arrogant et ambitieux qui, par bien des aspects, pouvait faire penser à un Tom Waaler jeune. Mais sans l'intelligence et le don pour le travail de policier de Waaler. Depuis un an, Skarre avait néanmoins tempéré un peu son assurance, et Harry ne considérait pas comme impossible qu'il devienne malgré tout un policier opérationnel.

« D'un autre côté, Robert Karlsen était certainement d'une nature curieuse, reprit Harry. Et nous savons que dans les dépôts Fretex, les toxicomanes travaillent en semi-liberté. La curiosité et l'accès à beaucoup de choses ne font pas bon ménage.

— Précisément, embraya Skarre. Et quand j'ai demandé à la bonne femme de Fretex si Robert était célibataire, elle m'a répondu qu'elle le pensait. Même si une fille d'origine étrangère était passée plusieurs fois et avait demandé à le voir, mais elle paraissait trop jeune. Elle a pensé que la fille venait de quelque part en Yougoslavie. Je parie que c'est une Albanaise du Kosovo.

— Pourquoi ça ? voulut savoir Hagen.

— Albanais du Kosovo. Schnouff.

— Oup-là ! gloussa Hagen en se balançant sur sa chaise. Ça m'a tout l'air de solides préjugés, ça, jeune homme.

— C'est exact, approuva Harry. Et nos préjugés éclaircissent des affaires. Parce qu'ils ne se basent pas sur des connaissances lacunaires, mais sur des faits bruts et sur l'expérience. Dans cette pièce, nous

nous arrogeons ainsi le droit de discriminer tout le monde, sans notion de race, religion ou sexe. Notre seul critère, c'est que ce ne soient pas exclusivement ceux qui sont en position de faiblesse qui soient discriminés. »

Halvorsen arbora un large sourire. Il avait déjà entendu ce précepte.

« Les pédales, les activistes religieux et les femmes sont statistiquement parlant plus respectueux des lois que les hommes hétérosexuels de dix-huit à soixante ans. Mais si vous êtes une Albanaise du Kosovo, homosexuelle et prétendument religieuse, les chances sont pourtant plus fortes pour que vous revendiez de la came que si vous êtes un gros motard monstrueux parlant norvégien, au front constellé de tatouages. Alors à choisir — ce que l'on doit faire — on va d'abord chercher l'Albanaise pour l'entendre. Pas juste pour les Albanais du Kosovo qui respectent les lois ? Ça ne fait pas un pli. Mais puisque nous travaillons sur des probabilités et avec des moyens limités, on ne va pas s'accorder le luxe de snober des informations, où que nous les trouvions. Si l'expérience nous avait appris qu'une proportion aberrante de ceux que l'on a chopés à la douane de Gardermoen étaient des gens en fauteuil roulant qui passent de la drogue en douce dans leurs orifices naturels, nous les aurions tirés de leurs fauteuils avant d'enfiler des gants en caoutchouc et de les tripatouiller tous sans exception. On la boucle simplement sur ce type de choses quand on discute avec la presse.

— Intéressante philosophie, Hole. » Hagen jeta un coup d'œil autour de lui pour savoir quelle était la réaction des autres participants : les visages fermés ne trahissaient rien. « Mais revenons à nos moutons.

— OK. Nous continuons où nous en sommes restés dans les recherches de l'arme du crime, mais en élargissant la zone à six pâtés de maisons. Nous poursuivons les auditions de témoins et la tournée des magasins du secteur qui étaient fermés hier soir. Nous ne perdrons plus de temps à examiner d'autres films de vidéosurveillance avant d'avoir du concret à chercher. Li et Li, vous avez eu l'adresse de Robert Karlsen, et un mandat de perquisition pour son appartement. Gørbitz' gate, c'est ça ? »

Li et Li acquiescèrent.

« Allez voir aussi dans son bureau, vous pourriez peut-être y trouver des choses intéressantes. Rapportez sa correspondance et d'éventuels disques durs des deux endroits, on pourra voir avec qui il a été en relation. J'ai discuté avec KRIPOS[1], qui joindra Interpol dans la journée pour savoir s'ils ont des affaires en Europe qui ressemblent à celle-là. Halvorsen, tu m'accompagnes au QG de l'Armée du Salut tout de suite après. Beate, j'aimerais te voir après la réunion. En route ! »

Raclements de chaises et frottements de pieds.

« Un instants, mesdames et messieurs ! »

Silence. Ils regardèrent Gunnar Hagen.

« Je vois que certains d'entre vous viennent travailler en jeans troués et vêtements qui font de la publicité pour ce que je suppose être le club de football Vålerengen. Il est possible que l'ancien chef l'ait toléré, mais pas moi. La presse va nous suivre de ses

1. KRIminalPOlitiSentralen, Centrale de police criminelle.

yeux d'argus. À partir de demain, je ne veux voir que des vêtements intacts, sans publicité pour quoi que ce soit. Nous avons un public, et nous souhaitons donner l'image de fonctionnaires neutres et sérieux. Et je demanderai à tous ceux dont le grade est supérieur ou égal à celui d'inspecteur principal de rester. »

Lorsque la pièce fut vide, il ne resta que Harry et Beate.

« Je vais rédiger une note à l'intention de tous les inspecteurs principaux de la section, stipulant qu'ils devront porter une arme à compter de lundi prochain », déclara Hagen.

Harry et Beate le regardèrent, estomaqués.

« La guerre se durcit, dehors, poursuivit Hagen en levant le menton. Nous n'avons plus qu'à nous habituer à l'idée qu'une arme sera nécessaire dans le service de demain. Et à ce moment-là les supérieurs devront marcher devant et montrer l'exemple. L'arme ne doit pas être un élément étranger, mais un outil naturel sur un pied d'égalité avec le téléphone mobile ou le PC. D'accord ?

— Eh bien, je n'ai pas de permis de port d'arme, avoua Harry.

— Je suppose que c'est une plaisanterie.

— J'ai séché le test de tir à l'automne dernier. J'ai rendu mon arme.

— Alors je te délivre un permis, j'en ai le pouvoir. Tu auras une réquisition dans ton casier, et tu pourras venir chercher ton arme. Personne ne se dérobe. Au boulot. »

Hagen s'en alla.

« Mais il est complètement fêlé ! s'indigna Harry.

Qu'est-ce qu'on va bien pouvoir foutre avec une arme ?

— Alors maintenant, on va devoir raccommoder les pantalons et acheter des ceinturons avec holster ? ironisa Beate, du rire plein les yeux.

— Mmm. J'aimerais bien jeter un coup d'œil sur les photos que *Dagbladet* a prises d'Egertorget.

— Je t'en prie. » Elle lui tendit un dossier jaune. « Je peux te demander une chose, Harry ?

— Bien sûr.

— Pourquoi est-ce que tu fais ça ?

— Je fais quoi ?

— Pourquoi est-ce que tu as défendu Magnus Skarre ? Tu sais qu'il est raciste, et tu ne pensais pas un traître mot de ce que tu as dit concernant la discrimination. C'est simplement pour agacer l'ASP ? Assurer ton impopularité dès le tout premier jour ? »

Harry ouvrit l'enveloppe.

« Tu récupéreras les photos après. »

*

Depuis la fenêtre de l'hôtel Radisson SAS de Holbergs plass, il regardait la ville blanche figée dans le givre sous les premiers rayons du soleil. Les bâtiments étaient bas et chétifs, il était étrange de penser que c'était la capitale de l'un des États les plus riches au monde. Le Palais royal était un bâtiment jaune anonyme, un compromis entre une démocratie piétiste et la monarchie des fauchés. À travers les branches des arbres nus, il distinguait un grand balcon. Ce devait être de là que le roi s'adressait à ses sujets. Il leva un fusil fictif à son épaule, ferma un œil et visa. Le balcon flotta bientôt et se divisa en deux.

Il avait rêvé de Giorgi.

La première fois qu'il l'avait rencontré, il était accroupi à côté d'un chien qui gémissait. Le chien, c'était Tinto, mais qui était ce garçon aux yeux bleus et aux cheveux blonds bouclés ? Ensemble, ils avaient mis Tinto dans une caisse en bois et l'avaient porté chez le vétérinaire installé dans une maison de pierre grise de deux pièces, au milieu d'un jardin de pommiers envahi par toutes sortes de plantes, près du fleuve. Le vétérinaire avait affirmé que c'était un mal de dents, et il n'était pas dentiste. De plus, qui paierait pour un vieux chien errant ? Mieux valait le piquer tout de suite, cela lui éviterait de souffrir et de mourir lentement de faim. Mais Giorgi s'était mis à pleurer. Des pleurs clairs, déchirants, presque mélodiques. Et quand le vétérinaire avait demandé à Giorgi pourquoi il pleurait, ce dernier lui avait répondu que le chien était peut-être Jésus, parce que son père l'avait dit : que Jésus était parmi nous en tant que l'un des plus faibles, oui, peut-être comme un pauvre chien pitoyable à qui personne ne donnait ni logis ni nourriture. Le vétérinaire avait téléphoné au dentiste en secouant la tête. Après l'école, ils étaient revenus avec Giorgi et avaient retrouvé un Tinto remuant la queue, et le vétérinaire leur avait montré les beaux plombs noirs que l'animal avait dans la gueule.

Même si Giorgi était dans la classe supérieure, ils avaient joué ensemble à quelques reprises à la suite de cela. Mais cela n'avait duré que quelques semaines, jusqu'au début des grandes vacances. Et quand l'école avait repris à l'automne, c'était comme si Giorgi l'avait oublié. Il le snobait, en tout cas, comme s'il ne voulait plus rien avoir à faire avec lui.

Il avait oublié Tinto, mais pas Giorgi. Plusieurs années après, pendant le siège, il était tombé sur un chien squelettique dans les ruines de l'extrême sud de la ville. La bête était venue à toute vitesse vers lui, et lui avait léché le visage. Elle n'avait plus de collier, et ce ne fut qu'en voyant les plombages noirs qu'il avait compris qu'il s'agissait de Tinto.

Il regarda l'heure. Le bus qui devait les ramener à l'aéroport partait dans dix minutes. Il saisit sa valise, jeta un dernier coup d'œil dans la chambre pour s'assurer qu'il n'oubliait rien. Un froissement de papier se fit entendre au moment où il ouvrit la porte. Un journal était posé à même le sol, au-dehors. Il jeta un œil dans le couloir et constata que le même journal avait été déposé devant plusieurs des portes. La photo du lieu du crime bondit vers lui depuis la première page. Il se pencha et ramassa l'épais journal qui portait un nom illisible, écrit en caractères gothiques.

En attendant l'ascenseur, il tenta de lire, mais même si certains mots lui rappelaient vaguement l'allemand, il ne comprit pour ainsi dire rien. Il ouvrit donc le journal aux pages indiquées. Au même moment, les portes de l'ascenseur s'ouvrirent, et il décida de laisser le gros quotidien peu maniable dans la boîte à ordures entre les deux ascenseurs. Mais la cabine était vide, et il prit malgré tout le journal, pressa le bouton 0 et se concentra sur les photos. Son regard fut capté par le texte écrit sous l'un des clichés. Il ne crut tout d'abord pas ce qu'il lisait. Mais à l'instant précis où l'appareil se mit en branle, il se rendit compte avec une clarté horrifiante que la réalité l'abandonnait, et il dut s'appuyer à la paroi. Le journal manqua de lui échapper des mains, et il ne remarqua pas que les portes s'ouvraient devant lui.

Lorsqu'il releva enfin les yeux, il fixait les ténèbres, et il comprit qu'il avait échoué au sous-sol et non à la réception qui pour une raison inconnue était au niveau 1 dans ce pays[1].

Il sortit de l'ascenseur et laissa les portes se refermer derrière lui. Et là, dans le noir, il s'assit pour essayer de réfléchir calmement. Car cela mettait tout sens dessus dessous. Il restait huit minutes avant le départ du car pour l'aéroport. C'était le temps dont il disposait pour aboutir à une décision.

*

« J'essaie de regarder quelques photos », soupira Harry avec découragement.

Halvorsen leva les yeux de sa table de travail en face de Harry. « Je t'en prie.

— Alors tu pourrais peut-être arrêter ces pichenettes, là ? Qu'est-ce que c'est exactement ?

— Ça ? » Halvorsen regarda ses doigts, fila une chiquenaude dans le vide et partit d'un petit rire un peu honteux. « Une vieille habitude, rien de plus.

— Ah oui ?

— Mon père était un fan de Lev Yashin, un gardien de but russe dans les années soixante. »

1. La notion de « rez-de-chaussée » n'existant pas en norvégien, tout ce qui est de plain-pied avec le sol est au *første etasje* (litt., premier étage).

Harry attendit la suite.

« Mon père voulait que je sois gardien à Steinkjer. Alors, quand j'étais petit, il me filait souvent des pichenettes entre les deux yeux. Comme ça. Pour m'endurcir, que je n'aie pas peur des coups. Le père de Yashin avait certainement fait la même chose. Si je ne cillais pas, j'avais droit à un sucre. »

Ces mots furent suivis d'un instant de silence absolu dans le bureau.

« Tu déconnes.

— Non. Tu sais, un brun, un bon.

— Je pensais aux chiquenaudes. C'est vrai ?

— Bien sûr. Il passait son temps à le faire. Pendant le repas, quand on regardait la télé, même quand mes copains étaient là. Pour finir, je me suis mis à le faire tout seul. J'écrivais *Yashin* sur tous mes sacs de classe et je le gravais sur mes pupitres. Même maintenant, c'est ce que j'utilise quand il y a un logiciel ou un truc du style qui te demande d'enregistrer un mot de passe. Même si je sais que j'ai été manipulé. Tu vois ?

— Non. Ça a aidé, ces pichenettes ?

— Oui, je n'ai pas peur des coups.

— Alors tu…

— Non. Il est apparu que je n'étais pas doué pour le ballon. »

Harry attrapa sa lèvre supérieure entre deux doigts.

« Tu tires quelque chose des photos ? voulut savoir Halvorsen.

— Pas tant que tu es là à t'envoyer des chiquenaudes sur le front. Et à bavarder. »

Halvorsen secoua lentement la tête.

« On ne devait pas aller faire un tour au siège de l'Armée du Salut ?

— Quand j'aurai terminé. Halvorsen !

— Oui ?

— Est-ce que tu dois respirer aussi… *spécialement* ? »

Halvorsen ferma sèchement la bouche et bloqua sa respiration. Harry leva rapidement les yeux, avant de les baisser à nouveau. L'autre crut avoir vu un petit sourire. Mais n'en aurait pas juré. Le sourire disparut, et une ride profonde barra le front de l'inspecteur principal.

« Viens voir ça. »

Halvorsen fit le tour du bureau. Harry avait deux photos devant lui, représentant toutes deux le public d'Egertorget.

« Tu vois le bonhomme avec le bonnet et le foulard, de ce côté-ci ? demanda Harry en désignant un visage flou. Il est en tout cas juste devant Robert Karlsen, tout au bout, sur le côté du groupe, n'est-ce pas ?

— Oui…

— Mais regarde l'autre photo. Là. C'est le même bonnet et le même foulard, mais maintenant, il est au milieu, juste devant le groupe.

— Est-ce que c'est si étonnant ? Il est probablement allé au milieu pour mieux voir et mieux entendre.

— Et s'il l'a fait dans l'autre sens ? »

Halvorsen ne répondit pas, et Harry poursuivit : « On ne troque pas une place d'orchestre pour aller sur le côté, la tête plaquée aux baffles, où on ne voit pratiquement pas le groupe. À moins d'avoir une bonne raison de le faire.

— Qu'on doive buter quelqu'un ?

— Arrête de blaguer.

— OK, mais tu ne sais pas laquelle des deux photos a été prise en premier. Je parie qu'il est allé vers le centre.

— Combien ?

— Deux cents.

— D'accord. Regarde la lumière qui tombe sous le réverbère qu'on voit sur les deux photos. » Harry tendit une loupe à son collègue. « Tu vois une différence ? »

L'autre hocha lentement la tête.

« De la neige, confirma Harry. Sur la photo qui le montre sur le côté, il a commencé à neiger. À partir du moment où il s'est mis à neiger hier soir, ça ne s'est plus arrêté jusque tard dans la nuit. Cette photo a donc été prise en dernier. On va appeler ce mec, Wedlog, à *Dagbladet*. S'il s'est servi d'un appareil numérique avec une horloge incorporée, il a peut-être l'heure exacte à laquelle la photo a été prise. »

*

Hans Wedlog, de *Dagbladet*, faisait partie des gens qui ne juraient toujours que par les appareils reflex et la photographie argentique. Il dut par conséquent décevoir l'inspecteur principal Hole quant à l'heure des clichés.

« OK, admit Hole. Est-ce vous qui avez pris les photos pendant le concert d'avant-hier ?

— Oui, c'est moi et Rødberg qui nous chargeons de toute cette musique dans la rue.

— Si vous utilisez des pellicules, vous devez avoir des photos du public quelque part ?

— Effectivement. Et je n'en aurais pas eu avec un appareil numérique, ça aurait été effacé depuis longtemps.

— Je m'en doutais. Et je pensais en outre vous demander un service.

— Ah ?

— Vous pouvez vérifier vos photos du public d'avant-hier, et voir si vous y trouvez un type avec un bonnet et un blouson imperméable noir ? Et un foulard ? Nous avons l'une de vos photos, avec ce type. Halvorsen peut la scanner et vous l'envoyer si vous êtes à proximité de votre PC. »

Harry entendit l'hésitation dans la voix de Wedlog.

« Ça ne me pose pas de problème de vous envoyer les clichés, mais les examiner, ça ressemble à du travail de policier, et en tant qu'homme de presse, je préférerais ne pas trop mélanger les genres.

— Le temps presse quelque peu, vous comprenez. Vous voulez une photo qui montre la personne que la police recherche dans cette affaire, oui ou non ?

— Est-ce que ça veut dire que vous nous laisserez l'utiliser ?

— Yep. »

La voix de Wedlog se gonfla d'enthousiasme.

« Je suis au labo, alors je peux vérifier tout de suite. Je prends des tonnes de photos, alors il y a de l'espoir. Cinq minutes. »

Halvorsen scanna la photo et l'envoya. Harry se mit à tambouriner des doigts tandis qu'ils attendaient.

« Qu'est-ce qui te permet d'être aussi certain qu'il y était aussi le soir précédent ? voulut savoir Halvorsen.

— Je ne suis certain de rien. Mais si Beate a raison et si c'est un pro, il aura effectué une reconnaissance, de préférence à un moment où les circonstances étaient les plus identiques à celles de l'instant prévu pour le meurtre. Et il y avait un concert de rue la veille au soir. »

Les cinq minutes passèrent. Ce ne fut qu'au bout de onze minutes que le téléphone sonna.

« Ici Wedlog. *Sorry*. Pas de bonnet et pas de blouson noir. Et pas de foulard non plus.

— Merde, s'exclama Harry bien haut, bien nettement.

— Je suis désolé. Est-ce que je dois vous les envoyer, pour que vous les vérifiiez vous-mêmes ? J'ai tourné l'un des projecteurs vers le public, ce soir-là, alors vous verrez mieux les visages. »

Harry hésita. Il s'agissait de donner la priorité à l'optimisation de la gestion du temps, particulièrement maintenant, dans la période critique des vingt-quatre premières heures.

« Envoyez-les, on les regardera plus tard, trancha Harry qui allait donner sa propre adresse e-mail à Wedlog. D'ailleurs, envoyez-les plutôt à Lønn, à la Brigade technique. Elle est fortiche, en visages, elle pourra peut-être voir quelque chose. » Il donna l'adresse à Wedlog. « Et pas la moindre mention sur moi dans le journal de demain, OK ?

— Non, non, ça sera "de source anonyme dans la police". Ravi de faire affaire avec vous. »

Harry raccrocha et envoya un signe de tête à Halvorsen, qui le regardait avec des yeux comme des soucoupes.

« OK, Junior, on part au QG de l'Armée du Salut. »

*

Halvorsen jeta un coup d'œil en coin à Harry. L'inspecteur principal ne parvenait pas à dissimuler son impatience tandis qu'il étudiait en sautillant sur place le tableau d'annonces des prédicateurs itinérants, répétitions de musique et tours de garde. La réceptionniste chenue en uniforme en eut enfin terminé avec les appels entrants, et se tourna en souriant vers eux.

Harry exposa les motifs de leur visite en termes succincts, et elle hocha la tête d'un air entendu, avant de leur montrer le chemin.

Personne ne dit mot pendant qu'ils attendaient l'ascenseur, mais Halvorsen distinguait des gouttes de sueur sur le front de l'inspecteur principal. Il savait que Harry n'aimait pas les ascenseurs. Ils sortirent au quatrième, et Halvorsen trottina derrière Harry dans le couloir jaune qui aboutissait devant une porte de bureau ouverte. Harry pila si brutalement que Halvorsen manqua de le percuter.

« Salut.

— Bonjour, répondit une voix de femme. C'est encore vous ? »

La large silhouette de Harry emplissait l'ouverture de la porte, empêchant Halvorsen de voir qui parlait, mais il nota une modification dans la voix de Harry.

« Oui, on peut le dire. Le commandeur ?

— Il vous attend. Vous pouvez entrer. »

Halvorsen suivit à travers la petite pièce attenante et eut le temps de faire un signe de tête à une femme menue aux allures de petite fille assise derrière un bureau. Les murs du bureau du commandeur étaient garnis de boucliers en bois, de masques et de lances. Des statuettes africaines et des photos de ce que Halvorsen pensa être la famille du commandeur décoraient les étagères par ailleurs fort chargées.

« Merci d'avoir bien voulu nous recevoir en aussi peu de temps, Eckhoff, commença Harry. Voici l'inspecteur Halvorsen.

— C'est tragique, déclara Eckhoff, qui s'était levé de son bureau et agitait une main en direction de deux fauteuils. La presse nous a collé aux basques toute la journée. Dites-moi voir ce que vous avez jusqu'à présent. »

Harry et Halvorsen échangèrent un regard.

« Nous ne souhaitons pas le divulguer pour le moment, Eckhoff. »

Les sourcils du commandeur piquèrent dangereusement vers ses yeux, et Halvorsen poussa un soupir silencieux, se préparant à voir Harry livrer un énième combat de coq. Mais les sourcils du commandeur regagnèrent d'un bond leur position initiale.

« Pardonnez-moi, Hole. Déformation professionnelle. En tant que chef suprême, on oublie que tout le monde ne vient pas ici pour faire des rapports. Que puis-je pour vous ?

— Pour aller au plus court, je me demandais si vous aviez la moindre idée des raisons pouvant expliquer ce qui s'est passé.

— Moui. J'y ai pensé, bien sûr. Et ce n'est pas évident d'imaginer une raison. Robert était un garçon écervelé, mais charmant. Très différent de son frère.

— Jon n'est pas charmant ?

— Jon n'est pas un écervelé.

— À quel genre d'ennuis était mêlé Robert ?

— Mêlé ? Vous faites allusion à quelque chose dont je n'ai pas connaissance. Je voulais simplement dire que Robert n'avait pas de but dans la vie, pas à la manière de son frère. Je connaissais bien leur père. Josef était l'un de nos meilleurs officiers. Mais il a perdu la foi.

— Vous avez dit que c'était une longue histoire. C'est possible d'en avoir une version courte ?

— Bonne question, répondit le commandeur tandis que son regard se perdait par la fenêtre. Josef a travaillé en Chine pendant une crue. Peu de gens là-bas avaient entendu parler du Seigneur, et ils tombaient comme des mouches. D'après l'interprétation que faisait Josef de la Bible, aucun de ceux qui n'avaient pas accueilli Jésus ne serait sauvé, ils iraient brûler en enfer. Josef et ses collègues étaient dans la province du Hunan, et distribuaient des médicaments. La crue rendait la vipère de Russell omniprésente, et beaucoup ont été mordus. Même si Josef et ceux qui étaient avec lui avaient emporté tout un stock de sérum, ils arrivaient en général trop tard, car cette vipère possède un venin hémotoxique qui dissout les vaisseaux sanguins : celui qui est mordu se met à saigner des yeux, des oreilles et de tous les orifices corporels, et meurt en l'espace d'une heure ou deux. J'ai moi-même été témoin de ce que provoque un venin hémotoxique quand j'étais missionnaire en Tanzanie, où j'ai vu des gens mordus par le boomslang. Pas beau à voir. »

Eckhoff ferma les yeux quelques instants.

« Quoi qu'il en soit, dans l'un des villages, Josef et son infirmière ont administré de la pénicilline à deux jumeaux qui souffraient d'une infection pulmonaire. Pendant qu'ils étaient là, le père est entré, il venait de se faire mordre par une vipère de Russell, dans l'eau de la rizière. Josef Karlsen n'avait plus qu'une dose de sérum, et il a demandé à l'infirmière de l'injecter au type. Dans l'intervalle, Josef est sorti se vider, car il avait comme tous les autres la diarrhée et des crampes abdominales. Pendant qu'il était accroupi dans l'eau, il a été mordu aux testicules et est tombé à la renverse. Il s'est mis à crier si fort que tout le monde a compris ce qui s'était passé. Quand il est rentré dans la maison, l'infirmière lui a expliqué que le païen chinois refusait de se laisser piquer. Car s'il était vrai que Josef aussi avait été mordu, il voulait que ce soit Josef qui bénéficie du sérum. Si Josef pouvait vivre, il pourrait sauver d'autres enfants, lui-même n'était qu'un paysan qui n'avait même plus de ferme. »

Eckhoff prit une inspiration.

« Josef m'a raconté qu'il avait tellement peur qu'il n'a pas envisagé de décliner l'offre, et a immédiatement laissé l'infirmière lui faire l'injection. Et il s'est ensuite mis à pleurer tandis que le paysan chinois essayait de le réconforter. Quand Josef s'est enfin repris, il a prié son infirmière de demander au païen chinois s'il avait déjà entendu parler de Jésus. Elle n'en a pas eu le temps : le pantalon du paysan a subitement rougi. Il était mort en quelques secondes. »

Eckhoff les regarda, comme pour les laisser s'imprégner de son histoire. Une pause soigneusement étudiée de prédicateur chevronné, songea Harry.

« Cet homme brûle donc en enfer ?

— D'après l'interprétation de la Bible selon Josef Karlsen, oui. Mais Josef a renié Dieu, à présent.

— C'est pour cette raison qu'il a perdu la foi et qu'il a quitté le pays ?

— C'est ce qu'il m'a dit. »

Harry hocha la tête et parla en regardant le bloc qu'il n'avait pas sorti : « Et maintenant, Josef Karlsen va lui-même brûler en enfer parce qu'il n'a pas réussi à accepter ce… euh, paradoxe dans la foi. Je ne me trompe pas ?

— Vous êtes sur un terrain problématique au plan théologique, Hole. Vous êtes chrétien ?

— Non. Je suis enquêteur. Je crois aux preuves.

— Ce qui veut dire ? »

Harry jeta un coup d'œil à sa montre et hésita avant de répondre, rapidement et sur un ton égal : « J'ai du mal à comprendre une religion qui prône que croire en soi serait le billet d'entrée pour le ciel. Que la qualité première serait votre talent à manipuler votre bon sens afin d'accepter quelque chose que votre entendement n'arrive pas à admettre. C'est le modèle de soumission intellectuelle que les dictatures ont utilisé à travers les âges, l'idée d'une intelligence supérieure qui se passe de preuves.

— L'argumentation se tient, inspecteur principal, acquiesça le commandeur. Et vous n'êtes évidemment pas le premier à l'avancer. Il y a néanmoins des personnes bien plus intelligentes que vous ou moi qui croient. N'est-ce pas un paradoxe pour vous ?

— Non. Je rencontre des tas de gens qui sont plus intelligents que moi. Certains d'entre eux prennent des vies humaines pour des raisons que ni eux ni moi ne comprenons. Croyez-vous que le meurtre de Robert puisse être dirigé contre l'Armée du Salut ? »

Le commandeur se redressa inconsciemment sur son siège.

« Si vous pensez à un lobby politique, j'en doute. La doctrine de l'Armée du Salut a toujours été de garder une neutralité politique. Et en cela, nous avons été assez systématiques. Même pendant la Seconde Guerre mondiale, nous ne condamnions pas publiquement l'occupation allemande, nous essayions autant que nous le pouvions de continuer notre travail comme avant.

— Félicitations, lâcha sèchement Halvorsen, qui s'attira un regard d'avertissement de Harry.

— La seule offre que nous avons acceptée, poursuivit Eckhoff sans se laisser démonter, ça a dû être en 1888. Quand l'Armée du Salut suédoise a décidé de s'installer en Norvège et que nous avons inauguré la première soupe populaire dans le quartier le plus pauvre d'Oslo, justement à l'endroit où se trouve votre hôtel de police aujourd'hui, les gars.

— Personne ne vous en tient rigueur, il me semble, s'avança Harry. J'ai bien l'impression que l'Armée du Salut est plus populaire que jamais.

— Si on veut. La population nous fait confiance, on s'en rend bien compte. Mais au niveau du recrutement, c'est en demi-teinte. Cet automne, nous n'avions que onze cadets à l'école d'officiers d'Asker, où l'internat a une capacité de soixante lits. Et puisque notre ligne de conduite a toujours été de nous en tenir à une interprétation conservatrice de la Bible en ce qui concerne la question de l'homosexualité, par exemple, nous ne sommes pas aussi populaires dans tous les milieux. On rattrapera bien le coche, nous aussi, ça va simplement un peu moins vite chez nous que dans des communautés religieuses plus libérales. Mais vous savez, je crois que dans cette époque instable qui est la nôtre, ce n'est pas grave qu'il y ait des choses qui changent un peu plus lentement. »

Il sourit à Harry et Halvorsen, comme s'ils avaient approuvé.

« Quoi qu'il en soit, il y a des forces plus jeunes qui prennent le relais. Avec une vision beaucoup plus jeune également, je suppose. En ce moment, nous recrutons un nouveau chargé de gestion, et les candidats sont nombreux. » Il posa une main sur son ventre.

« Est-ce que Robert était l'un d'entre eux ? » voulut savoir Harry.

Le commandeur secoua la tête en souriant.

« Je peux vous répondre avec certitude qu'il ne l'était pas. Mais son frère Jon l'est, si on peut dire. L'élu gérera des avoirs importants, entre autres toutes nos propriétés, et Robert n'était pas la personne à qui l'on confie ce genre de responsabilité. Et il n'avait pas fait l'école d'officiers.

— Ces propriétés, est-ce que ce sont celles qui se trouvent dans Gøteborggata ?

— Nous en avons d'autres. Il n'y a que les employés de l'Armée qui habitent dans Gøteborggata, tandis qu'ailleurs, comme par exemple dans Jacob Aalls gate, nous hébergeons aussi des gens d'Érythrée, de Somalie et de Croatie.

— Mmm. » Harry jeta un coup d'œil sur son bloc, donna un coup de stylo sur le bras de son fauteuil et se leva.

« Je crois que nous avons suffisamment abusé de votre temps, Eckhoff.

— Oh, ce n'était pas grand-chose. C'est une affaire qui nous touche. »

Le commandeur les raccompagna à la porte.

« Puis-je vous poser quelques questions d'ordre personnel, Hole ? s'enquit le commandeur. Où vous ai-je déjà vu ? Je n'oublie jamais un visage, comprenez-vous...

— Peut-être à la télé ou dans le journal. Il y a eu pas mal de ramdam autour de ma pomme à propos d'une affaire de meurtre en Australie[1].

— Non, ces visages, je les oublie, j'ai dû vous rencontrer quelque part...

— Tu vas chercher la voiture ? » demanda Harry à Halvorsen. Quand ce dernier fut parti, Harry se tourna vers le commandeur : « Je ne sais pas si c'est ça, mais vous m'avez aidé, une fois. Vous m'avez ramassé dans la rue, un jour d'hiver, alors que j'étais si beurré que je ne pouvais même pas prendre soin de moi. Le soldat qui m'a trouvé a d'abord voulu appeler la police parce qu'il pensait qu'eux pourraient mieux s'occuper de moi. Mais je lui ai expliqué que je bossais dans la police, et que ça, ce serait synonyme de renvoi. Alors il m'a ramené à l'hôpital de campagne où on m'a fait une piqûre, et où j'ai pu dormir tout mon soûl. Je vous dois une fière chandelle.

— J'imaginais quelque chose dans le genre, en effet, acquiesça David Eckhoff, mais je ne voulais pas le dire. En ce qui concerne cette chandelle, on peut la laisser de côté jusqu'à nouvel ordre. Et ce sera nous qui vous devrons une fière chandelle si

1. Voir *L'homme chauve-souris*, Folio Policier n° 366.

vous découvrez qui a tué Robert. Dieu vous bénisse, vous et votre travail, Hole. »

Harry hocha la tête et sortit dans le premier bureau, où il s'arrêta un instant pour regarder la porte fermée d'Eckhoff.

« Vous êtes assez semblables, constata Harry.

— Ah ? s'étonna la chaude voix de femme. Il a été ferme ?

— Je parlais de la photo qu'il a à l'intérieur.

— Neuf ans, informa Martine Eckhoff. Belle performance de me reconnaître. »

Harry secoua la tête. « D'autre part, je pensais vous appeler. Il faut que je vous parle.

— Ah ? »

Harry perçut la nuance et se hâta d'ajouter : « À propos de Per Holmen.

— Est-ce qu'il y a matière à discuter ? » Elle haussa les épaules avec indifférence, mais la température dans sa voix avait chuté. « Vous faites votre travail, je fais le mien.

— Peut-être. Mais je… oui, je voulais juste dire que ce n'était pas tout à fait ce dont ça avait l'air.

— Et de quoi ça avait l'air ?

— Je vous ai dit que je me souciais de Per Holmen. Et ça a abouti à ce que je bousille ce qu'il restait de sa famille. C'est tout bonnement ça, mon boulot, de temps en temps. »

Elle faillit répondre, mais au même moment le téléphone sonna. Elle décrocha et écouta.

« Église de Vestre Aker, répondit-elle. Lundi 20, midi. Oui. »

Elle raccrocha.

« Tout le monde vient à l'enterrement, précisa-t-elle

en feuilletant des papiers. Politiques, pasteurs et célébrités. Nous sommes sollicités de partout depuis le deuil. Hier, le manager de l'une de nos nouvelles choristes a appelé pour proposer que l'artiste chante pendant l'enterrement.

— Eh bien…, commença Harry en se demandant ce qu'il allait dire. C'est… »

Mais le téléphone sonna derechef, lui évitant d'avoir à trouver ses mots. Il comprit par ailleurs qu'il était temps de prendre congé, fit un signe de tête et se dirigea vers la porte.

« J'ai mis Ole sur Egertorget pour jeudi, entendit-il derrière lui. Oui, pour Robert. Alors la question, c'est : Est-ce que tu peux t'occuper du bus de la soupe avec moi ce soir ? »

Dans l'ascenseur, il jura tout haut et se passa les mains sur le visage. Puis partit d'un rire résigné. Comme on rit des mauvais clowns.

*

Le bureau de Robert paraissait encore plus petit ce jour-là. Et aussi en désordre. Le drapeau de l'Armée du Salut trônait à côté des roses de givre sur la fenêtre, et le couteau de poche était planté dans la table de travail près d'une pile de papiers et d'enveloppes non ouvertes. Assis au bureau, Jon laissa son regard parcourir les murs. Il l'arrêta sur une photo de Robert et de lui-même. De quand datait-elle ? Elle avait été prise à Østgård, naturellement, mais quel été ? Robert semblait s'efforcer de rester sérieux, mais ne pouvait s'empêcher de sourire. Son sourire à lui paraissait obtenu de haute lutte, forcé.

Il avait lu les journaux, aujourd'hui. C'était irréel, même s'il connaissait à présent tous les détails, comme s'il s'agissait de quelqu'un d'autre, et non de Robert.

La porte s'ouvrit. Une grande dame blonde vêtue d'un blouson de pilote kaki apparut. Sa bouche était étroite et exsangue, son regard dur, neutre, son visage inexpressif. Un type roux et trapu à la figure de patapouf se tenait derrière elle, avec un grand sourire que l'on trouve imprimé sur le visage de certaines personnes, et avec lequel ils vont à la rencontre des bonnes comme des mauvaises journées.

« Qui êtes-vous ? demanda la femme.

— Jon Karlsen. » Avant de poursuivre lorsqu'il vit les yeux de la femme se durcir encore un peu plus : « Je suis le frère de Robert.

— Désolée, articula la femme d'une voix sans timbre en passant le seuil et en tendant une main. Toril Li. Inspecteur à la Brigade criminelle. » Sa main était osseuse, mais chaude. « Et voici l'inspecteur Ola Li. »

L'homme fit un signe de tête, que Jon lui rendit.

« Nous sommes désolés de ce qui est arrivé, continua la femme. Mais étant donné qu'il s'agit d'un meurtre, nous devons malheureusement poser des scellés sur la porte de cette pièce. »

Jon continuait de hocher la tête tandis que son regard cherchait la photo au mur.

« Ce qui veut dire en pratique que nous devons vous prier de...

— Oh, bien sûr. Excusez-moi, je suis un peu absent.

— C'est parfaitement compréhensible », répondit Toril Li avec un sourire. Pas un sourire large et chaleureux, mais un petit sourire amical, qui seyait à la situation. Jon songea qu'ils devaient avoir l'expérience de ce genre de choses, les policiers qui travaillaient sur les meurtres et les choses de ce type. Tout comme les prêtres. Comme papa.

« Est-ce que vous avez touché à quelque chose ? s'enquit-elle.

— Touché ? Non, pourquoi l'aurais-je fait ? Je me suis juste assis dans ce fauteuil. »

Jon se leva, et sans savoir pourquoi, il arracha le couteau du bureau, le replia et le fourra dans sa poche.

« Je vous en prie », soupira-t-il en quittant la pièce.

La porte fut refermée silencieusement derrière lui. Il était arrivé à l'escalier lorsqu'il se rendit soudain compte que c'était une idiotie de s'en aller avec le couteau de poche, et il fit demi-tour pour aller le rendre. Arrivé devant la porte, il s'arrêta et entendit la voix enjouée de la femme dans la pièce : « Bonne Mère, le bond que j'ai fait ! Il ressemble à son frangin comme deux gouttes d'eau. J'ai cru voir un revenant !

— Il ne lui ressemble pas du tout, répliqua la voix d'homme.

— Quand tu n'as vu qu'une photo, si ! »

Une pensée terrifiante frappa Jon.

*

Le vol SK-655 à destination de Zagreb décolla de l'aéroport d'Oslo à son horaire prévu de dix heures dix précises, vira sur la gauche au-dessus du Hurdalsjø avant de mettre le cap au sud vers la radiobalise d'Ålborg. Comme la journée était exceptionnellement froide, la couche de l'atmosphère appelée tropopause était descendue si bas que le MD-81 la traversa au moment de passer au-dessus du centre d'Oslo. Et puisque c'est dans la tropopause que les avions dessinent des lignes de condensation dans le ciel, s'il avait levé les yeux des téléphones publics de Jernbanetorget où il grelottait, il aurait vu l'avion pour lequel il avait un billet dans la poche de son manteau en poil de chameau.

Il avait bouclé la serviette dans l'une des consignes d'Oslo S. Il lui fallait une chambre d'hôtel. Et il devait terminer le boulot. Ce qui signifiait qu'il lui fallait une arme. Mais comment se procurait-on une arme dans une ville où l'on n'avait pas le moindre contact ?

Il écouta la dame des renseignements lui expliquer dans son anglais chantant de Scandinave qu'ils avaient dix-sept « Jon Karlsen » à Oslo, et qu'elle ne pouvait malheureusement pas lui donner l'adresse de tous. Mais oui, elle pouvait lui communiquer celle de l'Armée du Salut.

La femme qui répondit au QG de l'Armée du Salut l'informa qu'ils n'avaient qu'un « Jon Karlsen », mais qu'il ne travaillait pas ce jour-là. Il expliqua qu'il avait un cadeau de Noël à lui remettre, si elle avait son adresse personnelle.

« Voyons voir… Gøteborggata 4, code postal 0566. C'est bien que quelqu'un pense à lui, le pauvre.

— Le pauvre ?

— Oui, c'est son frère qui a été tué hier.

— Son frère ?

— Oui, sur Egertorget. C'est dans le journal d'aujourd'hui. »

Il la remercia pour son aide et raccrocha.

On lui tapota l'épaule, et il fit volte-face.

Le gobelet en carton faisait état des desseins du jeune homme. Son blouson de jean avait beau être un peu sale, sa coupe de cheveux était moderne, il était rasé de frais, ses vêtements étaient en bon état, son regard ouvert et vif. Le jeune homme prononça quelques mots, mais lorsqu'il haussa les épaules pour faire comprendre qu'il ne parlait pas norvégien, l'autre bascula dans un anglais parfait : « *I'm Kristoffer. I need money for a room tonight. Or else I'll freeze to death*[1]. »

On eût dit une réplique apprise dans des études de commerce, un message court, concis, intégrant son nom pour lui donner une proximité et une efficacité émotionnelles. La supplique fut suivie d'un large sourire.

Il secoua la tête et manifesta le désir de s'en aller, mais le mendiant se planta devant lui : « *Mister* ? Est-ce que tu as déjà été obligé de dormir dehors, en ayant tellement froid que tu en as pleuré toute la nuit ?

— *Yes, actually, I have*[2]. » Pendant une folle fraction de seconde, il eut envie de raconter qu'il avait passé quatre jours et quatre nuits dans une tanière de renard inondée, dans l'attente d'un char serbe.

« Alors tu sais de quoi je parle, *mister.* »

Il hocha lentement la tête en guise de réponse. Il plongea la main dans sa poche, en tira un billet et le tendit à Kristoffer sans le regarder. « Tu vas dormir dehors de toute façon, n'est-ce pas ? »

Kristoffer se dépêcha de glisser le billet dans sa

1. « Je m'appelle Kristoffer. J'ai besoin d'argent pour une chambre, cette nuit. Sinon, je vais mourir de froid. »

2. « Oui, en fait, oui. »

poche avant de hocher la tête et de faire un sourire d'excuse : « Mes médicaments ont comme qui dirait la priorité, *mister*.

— Où est-ce que tu dors, alors ?

— Là-bas. » Le junkie pointa un long doigt effilé terminé par un ongle soigné, qu'il suivit. « Le dock. Cet été, ils commenceront à construire un opéra, à cet endroit. » Kristoffer lui fit un autre grand sourire. « Et j'adore l'opéra.

— Il ne fait pas un peu froid, là-bas, en ce moment ?

— Cette nuit, ce sera peut-être l'Armée du Salut. Il y a toujours un lit de libre à Heimen.

— Ah oui ? » Il regarda le gamin. Il avait l'air propre, et ses dents régulières étaient blanches. Et pourtant il sentait la pourriture. Et quand il écoutait, il lui semblait pouvoir entendre le crépitement de milliers de mâchoires, de chairs dévorées de l'intérieur.

CHAPITRE 11

Jeudi 18 décembre
Le Croate

Halvorsen attendait patiemment au volant derrière une voiture immatriculée à Bergen qui patinait sur la glace, à plein régime. Harry discutait dans son mobile avec Beate.

« Qu'est-ce que tu veux dire ? demanda Harry suffisamment fort pour couvrir le boucan du Berguénois.

— Qu'il ne semble pas que ce soit la même personne sur les deux photos, répéta Beate.

— Ils ont le même bonnet, le même imper et le même foulard. Ce doit bien être la même personne ? »

Elle ne répondit pas.

« Beate ?

— Les visages sont flous. Il y a quelque chose de bizarre, là, je ne sais pas trop ce que c'est. Peut-être simplement une question de lumière.

— Mmm. Tu crois qu'on est sur une fausse piste ?

— Je ne sais pas. Sa position juste devant Karlsen correspond en gros aux indices techniques. Qu'est-ce qui fait tout ce barouf ?

— Bambi sur la glace. À plus tard.

— Attends ! »

Harry attendit.

« Il y a encore une chose, ajouta Beate. J'ai regardé les autres photos, celles de la veille.

— Oui ?

— Je ne trouve aucun visage qui soit identique à ceux de la veille. Mais il y a un petit détail : un homme, en manteau jaunâtre, peut-être un manteau en poil de chameau. Il porte une écharpe.

— Mmm. Un foulard, tu veux dire ?

— Non, on dirait une écharpe en laine classique. Mais elle est attachée de la même manière que les foulards. Le pan droit pointe vers le haut. Tu avais remarqué ?

— Non.

— Je n'ai encore jamais vu personne nouer son écharpe de cette façon.

— Maile-moi les photos, j'y jetterai un œil. »

La première chose que fit Harry en arrivant au bureau fut d'imprimer les photos envoyées par Beate.

Lorsqu'il alla les chercher en salle d'impression, Gunnar Hagen s'y trouvait déjà.

Harry lança un signe de tête, et les deux hommes regardèrent en silence la machine grise qui crachait les feuilles les unes après les autres.

« Du neuf ? s'enquit finalement Hagen.

— Oui et non.

— J'ai la presse sur le dos. Ce serait bien que nous ayons quelque chose à leur donner.

— Ah oui, j'allais oublier, chef. Je leur ai filé un tuyau : je leur ai dit que nous cherchons cet homme. »

Harry attrapa une feuille de la pile d'impression et indiqua l'homme au foulard.

« Tu as fait quoi ?

— J'ai filé un tuyau à la presse. À *Dagbladet*, pour être plus précis.

— Sans passer par moi ?

— C'est la routine, chef. On appelle ça "fuites constructives". On raconte que les informations viennent d'une source anonyme dans la police, de sorte que le journal puisse donner l'illusion qu'il y a eu un travail d'investigation derrière. Ils aiment ça, et ils accordent plus d'importance à la chose que si nous leur avions ouvertement demandé de publier des photos. Maintenant, on peut avoir l'aide du public pour identifier ce type. Et tout le monde est content.

— Pas moi, Hole.

— Dans ce cas, je suis sincèrement désolé, chef », reconnut Harry qui appuya sa sincérité en arborant une mine inquiète.

Hagen l'observa tandis que ses mâchoires inférieure et supérieure se mouvaient à des rythmes différents en un mouvement de pétrin qui faisait penser à un ruminant.

« Et qu'a-t-il, cet homme ? voulut savoir Hagen en chipant la feuille des mains de Harry.

— On ne sait pas trop. Ils sont peut-être plusieurs. Beate Lønn trouve qu'ils ont... eh bien, que leurs foulards sont noués d'une manière un peu spéciale.

— C'est un nœud de cravate. » Hagen regarda de nouveau la photo. « Qu'est-ce qu'il a ?

— Qu'avez-vous dit que c'était, chef ?

— Un nœud de cravate.

— Je sais que “cravate” est le mot que les Suédois emploient, et pas nous[1].

— Et donc un nœud croate, mon bon monsieur.

— Quoi ?

— Ce ne sont pas des connaissances historiques élémentaires ?

— Je vous serais reconnaissant de bien vouloir éclairer ma lanterne, chef. »

Hagen mit les mains dans son dos.

« Que sais-tu de la guerre de Trente Ans ?

— Bien trop peu, probablement.

— Pendant la guerre de Trente Ans, quand le roi Gustav Adolf dut entrer en Allemagne, il compléta son armée, disciplinée mais petite, avec ce que l’on considérait comme les meilleurs soldats d’Europe. Ils étaient les meilleurs tout simplement parce qu’on les considérait comme absolument intrépides. Il enrôla des Croates. Tu savais que le mot norvégien *krabat*[2] vient du suédois et signifiait à l’origine “Croate”, c’est-à-dire tête brûlée ? »

Harry secoua la tête.

« Même si les Croates se battaient en terre étrangère et devaient porter l’uniforme du roi Gustav Adolf, ils pouvaient garder un signe qui les démarquait des autres : le foulard de cavalier. C’était un foulard que les Croates nouaient d’une façon spéciale. L’usage a été adopté et développé par les Français, mais ils lui ont donné le nom de “cravate”, dérivé du mot “croate”.

— Cravate. *Kravatt.*

1. La traduction est malaisée : cravate se dit *slips* en norvégien, *kravatt* en suédois.

2. Gamin, bambin.

— Et voilà.

— Merci, chef. »

Harry prit la dernière impression de photo de l'étagère de copies et regarda l'homme autour duquel Beate avait tracé un cercle. « Possible que tu viennes de nous fournir une piste.

— Nous n'avons pas besoin de nous remercier les uns les autres parce que nous faisons notre travail, Hole. »

Hagen prit le reste des feuilles et sortit à grands pas.

*

Halvorsen leva rapidement les yeux lorsqu'un Harry furieux entra dans le bureau.

« Ça mord au fil à coudre », annonça le nouvel arrivant. Halvorsen soupira. L'expression signifiait généralement des kilos de travail pour des résultats nuls.

« J'appelle Alex à Europol », ajouta Harry.

Halvorsen savait qu'Europol était la petite sœur d'Interpol à La Haye, mise sur pied par les pays de l'Union européenne après les attentats terroristes de Madrid, spécialisée dans le terrorisme international et la criminalité organisée. Ce qu'il ne comprenait pas, c'était la raison pour laquelle cet Alex acceptait de dépanner Harry à intervalles réguliers, étant donné que la Norvège ne faisait pas partie de l'UE.

« *Alex ? Harry, in Oslo. Could you check on a thing for me, please*[1] *?* »

1. « Alex ? Ici Harry, à Oslo. Tu pourrais vérifier quelque chose pour moi, s'il te plaît ? »

Halvorsen entendit Harry, dans son anglais saccadé mais efficace, prier Alex de rechercher sur les dix dernières années les crimes dont l'auteur était prétendument international. Avec comme critères « mercenaire » et « croate ».

« *I'll wait* », confirma Harry, et il attendit. Puis, surpris : « *Really ? That many*[1] *?* » Il se gratta le menton, demanda à Alex d'ajouter « pistolet » et « calibre 9 mm » à la recherche.

« Vingt-trois occurrences ? Vingt-trois meurtres ayant un Croate comme auteur possible ? *Jésus !* Oui, oui, je sais que les guerres fabriquent des tueurs professionnels, mais quand même. Essaie "Scandinavie". Rien ? OK. Tu as des noms ? Aucun ? *Hang on a sec*[2]. »

Harry regarda fixement Halvorsen comme si celui-ci allait dire quelque chose qui débloquerait la situation, mais il ne fit que hausser les épaules.

« OK, Alex. Une dernière tentative. »

Il pria Alex d'essayer d'ajouter « foulard rouge » ou « écharpe » sous « signalement » dans la recherche.

Halvorsen entendit rire Alex dans le combiné.

« Merci, Alex. À bientôt. »

Harry raccrocha.

« Alors ? demanda Halvorsen. Le fil à coudre a lâché ? »

Harry acquiesça. Il avait sombré de quelques crans supplémentaires dans son fauteuil, mais il se redressa brusquement. « On va réfléchir à neuf. Qu'est-ce qu'on a ? Rien ? Super, j'adore les pages vierges. »

1. « J'attends. Vraiment ? Tant que ça ? »
2. « Ne quitte pas un instant. »

Halvorsen se souvint d'avoir entendu Harry dire un jour que ce qui distingue un bon enquêteur d'un collègue moyen, c'est sa capacité à oublier. Un bon enquêteur oublie toutes les fois où son intuition l'a trahi, toutes les pistes en lesquelles il croyait, mais qui l'ont égaré. Et se fait de nouveau avoir naïvement et étourdiment avec un enthousiasme non feint.

Le téléphone sonna. Harry arracha le combiné.

« Harr… » Mais la voix au bout du fil était déjà lancée.

Harry se leva derrière sa table et Halvorsen vit les phalanges de la main qui tenait le combiné blanchir.

« *Wait, Alex.* Je vais demander à Halvorsen de noter. »

Harry plaqua une main devant le micro et cria à son collègue : « Il a fait un dernier essai, juste pour le fun. Il a enlevé "croate", "9 mm" et tout le reste, pour ne chercher que sur "écharpe rouge". Quatre résultats. Quatre meurtres de pro au pistolet, sur lesquels les témoins parlent d'un tueur possible avec une écharpe rouge. Note Zagreb en 2000 et 2001. Munich en 2002 et Paris en 2003. »

Harry parla de nouveau dans le combiné : « *This is our man, Alex.* Non, je n'en suis pas sûr, mais mes tripes le sont. Et ma tête me dit que deux assassinats en Croatie ne sont pas fortuits. Tu as un signalement plus précis que Halvorsen puisse noter ? »

Halvorsen vit tomber le menton de Harry.

« Qu'est-ce que tu veux dire, "aucun signalement" ? S'ils se rappellent l'écharpe rouge, ils ont bien dû retenir autre chose… Quoi ? Taille normale ? C'est tout ? »

Harry secoua la tête en écoutant.

« Qu'est-ce qu'il dit ? chuchota Halvorsen.

— Que ça part dans tous les sens », chuchota Harry en retour.

Halvorsen nota « Tous les sens ».

« Oui, c'est bien si tu nous transmets les détails par mail. Oui, merci pour tout, Alex. Si tu trouves autre chose, lieu de résidence supposé ou autre, appelle, OK ? Hein ? Hé, hé. Oui, oui, je t'envoie bientôt un enregistrement avec ma femme. »

Harry raccrocha et prit conscience du regard interrogateur de Halvorsen.

« Une vieille blague, expliqua Harry. Alex pense que tous les couples scandinaves font leurs propres films pornos. »

Harry composa un autre numéro, constata pendant qu'il attendait une réponse que Halvorsen le regardait toujours.

« Je n'ai jamais été marié, Halvorsen », soupira-t-il.

*

Magnus Skarre dut crier pour couvrir le bruit de la machine à café qui paraissait souffrir d'une grave affection pulmonaire.

« Ce sont peut-être des assassins différents dans une ligue jusqu'ici inconnue, pour qui l'écharpe rouge est comme une espèce d'uniforme.

— Conneries », estima Toril Li d'une voix sans timbre en allant se placer dans la file d'attente du café derrière Skarre. Elle tenait à la main un mug vide marqué « Meilleure maman du monde ».

Ola Li émit un petit rire. Il était assis à la table de la kitchenette qui dans la pratique servait de cantine commune pour la Brigade criminelle et celle des Mœurs.

« Conneries ? s'indigna Skarre. Ça peut être du terrorisme, non ? Une guerre religieuse contre les chrétiens. Les musulmans. Et ce sera le boxon. Ou bien ce sont des Espingouins, ils portent des écharpes rouges, eux.

— Ils préfèrent qu'on les appelle Espagnols, intervint Toril Li.

— Des Basques, rectifia Halvorsen, qui était assis à la table, juste en face d'Ola Li.

— Hein ?

— Courses de vachettes. San Fermin, à Pampelune. Pays basque.

— L'ETA ! s'exclama Skarre. Merde, pourquoi on n'y avait pas pensé ?!

— Tu aurais dû écrire pour le cinéma, toi », fit remarquer Toril Li. Ola Li riait aux éclats, mais comme à son habitude, ne disait rien.

« Et vous deux, vous auriez dû vous en tenir aux braqueurs sous Rohypnol », murmura Skarre pour souligner que Toril Li et Ola Li, qui n'étaient ni mariés ni parents, venaient de l'OCRB.

« Si ce n'est que les terroristes revendiquent leurs actes, objecta Halvorsen. Dans les quatre affaires qu'Europol nous a transmises, ça a été *hit and run*, puis silence radio. Et en général, les victimes étaient impliquées dans des affaires. Les deux victimes de Zagreb étaient des Serbes qui avaient été acquittés de crimes de guerre, et celle de Munich était une personne qui menaçait l'hégémonie d'un roi local du trafic de personnes. Et il y en a eu une à Paris qui avait eu deux condamnations pour pédophilie. »

Harry Hole entra, un mug à la main. Skarre, Li et Li se virent remplir leurs tasses, et au lieu de s'asseoir, ils sortirent. Halvorsen avait déjà noté que Harry pouvait avoir cet effet-là sur ses confrères. L'inspecteur principal s'assit, et son collègue remarqua la ride soucieuse qui lui barrait le front.

« On approche des vingt-quatre heures, observa Halvorsen.

— Oui, acquiesça Harry qui avait les yeux rivés au fond de sa tasse encore vide.

— Il y a un problème ?

— Je ne sais pas, hésita Harry. J'ai appelé Bjarne Møller à Bergen. Pour avoir quelques propositions constructives.

— Et alors, qu'est-ce qu'il a dit ?

— Rien, en fait. Il avait l'air... » Harry chercha le mot. « Seul.

— Il n'est pas parti avec toute la famille ?

— Ils devaient certainement le rejoindre.

— Pépins ?

— Sais pas. Je ne sais rien.

— Qu'est-ce qui te tracasse, alors ?

— Qu'il était pété. »

Halvorsen secoua sa tasse si violemment que le café gicla sur la table. « Møller ? Soûl au boulot ? Tu délires. »

Harry ne répondit pas.

« Il n'allait peut-être pas bien, ou quelque chose comme ça, se hâta de dire Halvorsen.

— Je sais à quoi ressemble la voix d'un type qui en tient une, Halvorsen. Il faut que je fasse un saut à Bergen.

— Maintenant ? Tu diriges une enquête de meurtre ici, Harry.

— Aller et retour dans la journée. Tu garderas le fort dans l'intervalle.

— Tu ne vieillirais pas un peu, Harry ? sourit Halvorsen.

— Vieillir ? Qu'est-ce que tu veux dire ?

— Que tu deviendrais vieux et humain. C'est la première fois que je t'entends donner la priorité aux vivants sur les morts. »

Halvorsen s'en voulut dès qu'il vit ce qu'exprimait le visage de Harry.

« Je ne voulais pas...

— Pas de problème, répondit Harry en se levant vivement. Je veux que tu mettes la main sur les listes de passagers des compagnies aériennes qui ont eu des vols en provenance et à destination de Croatie ces derniers jours. Demande au poste de police de l'aéroport d'Oslo si tu as besoin de la demande d'un juriste de la maison. S'il te faut une décision judiciaire, passe au palais de justice, tu l'auras immédiatement. Quand tu auras ces listes, tu appelles Alex à Europol et tu lui demandes de vérifier les noms pour nous. Dis-lui que c'est pour moi.

— Et tu es sûr qu'il voudra nous aider ? »

Harry hocha simplement la tête.

« Pendant ce temps-là, Beate et moi allons discuter un peu avec Jon Karlsen.

— Ah ?

— Jusqu'à présent, on n'a eu que de belles histoires concernant Robert Karlsen. Je crois qu'il n'y a pas que ça.

— Et pourquoi tu ne m'emmènes pas ?

— Parce que Beate, contrairement à toi, elle comprend quand les gens mentent. »

*

Il prit une inspiration avant de monter les marches du restaurant Biscuit.

À la différence du soir précédent, il n'y avait pratiquement personne. Mais le même serveur était appuyé au chambranle de la porte de la salle. Celui aux boucles comme Giorgi et aux yeux bleus.

« *Hello there*, salua ce dernier. Je ne vous avais pas reconnu. »

Il cligna deux fois des yeux, pris au dépourvu devant le fait que cela doive signifier qu'il *avait* effectivement été reconnu.

« Mais j'ai reconnu le manteau, poursuivit le serveur. Très élégant. C'est du chameau ?

— J'espère », bégaya-t-il avec un sourire en guise de réponse.

Le serveur rit et posa une main sur son bras. Il ne vit pas la moindre trace de peur dans les yeux du serveur et en déduisit que ce dernier n'avait pas de soupçons. Et espéra que cela voulait dire que la police n'était pas encore venue ici et n'avait pas encore trouvé l'arme.

« Je ne mangerai pas, expliqua-t-il. J'aimerais simplement passer aux toilettes.

— Aux toilettes ? s'étonna le serveur, et il remarqua que les yeux bleus scrutaient les siens. Vous êtes venu ici rien que pour passer aux toilettes ? Vraiment ?

— Juste un petit tour », déglutit-il. La proximité du serveur le mettait mal à l'aise.

« Un petit tour, répéta le serveur. *I see.* »

Les toilettes étaient vides et sentaient le savon. Mais pas la liberté.

L'odeur de savon se fit encore plus forte lorsqu'il ôta le couvercle du récipient au-dessus du lavabo. Il remonta sa manche et plongea la main dans la soupe verte et froide. L'idée lui traversa l'esprit à toute vitesse : ils avaient changé les distributeurs de savon. Mais il le sentit. Il le tira lentement vers le haut, et le savon tendit de longs doigts verts en direction de la porcelaine blanche du lavabo. Après un lavage et un petit graissage, l'arme serait en aussi bon état qu'avant. Et il avait toujours six cartouches dans le chargeur. Il se dépêcha de rincer le pistolet et allait le ranger dans la poche de son manteau lorsque la porte s'ouvrit.

« *Hello again* », chuchota le serveur avec un large sourire. Mais son sourire se figea lorsque son regard tomba sur le pistolet.

Il laissa l'arme tomber dans sa poche, murmura un *goodbye* et passa en hâte devant le serveur dans l'étroite ouverture. Il sentit la respiration rapide de celui-ci contre son visage et une éminence contre sa cuisse.

Ce ne fut qu'arrivé dans le froid à l'extérieur qu'il prit conscience de son propre cœur. Qu'il battait. Comme s'il avait eu peur. Le sang affluait dans son corps et le rendait chaud et léger.

*

Jon Karlsen sortait à l'instant précis où Harry atteignit Gøteborggata.

« C'est déjà l'heure ? s'enquit Jon en jetant un regard troublé à sa montre.

— Je suis un peu en avance, s'excusa Harry. Ma collègue sera là d'une minute à l'autre.

— J'ai le temps d'aller acheter du lait ? » Il portait un blouson léger. Ses cheveux venaient d'être peignés.

« Aucun problème. »

L'épicerie était au coin, de l'autre côté de la rue, et tandis que Jon payait la somme demandée pour un litre de lait demi-écrémé, Harry regarda avec fascination le choix somptueux de décorations de Noël entre le papier toilettes et les paquets de corn-flakes. Ni l'un ni l'autre ne commentèrent le présentoir de journaux devant la caisse, depuis lequel le meurtre d'Egertorget les interpellait en caractères guerriers. La première page de *Dagbladet* présentait un fragment flou du cliché que Wedlog avait pris du public, agrémenté d'un cercle rouge autour de la personne à l'écharpe, sous la manchette : « L'homme que la police recherche. »

Ils sortirent, et Jon s'arrêta devant un mendiant roux à la moustache pendante comme on la portait dans les années soixante-dix. Il fouilla un bon moment dans les profondeurs de sa poche avant de trouver quelque chose qu'il lâcha dans le gobelet en carton.

« Je n'ai pas grand-chose à vous proposer, avoua Jon à Harry. Et à vrai dire, ça fait un moment que le café est passé. Il doit probablement avoir un goût d'asphalte.

— Super, c'est comme ça que je l'aime.

— Vous aussi ? » Jon Karlen lui fit un pâle sourire. « Aïe ! » Il leva une main à sa tête et se retourna vers le mendiant. « Vous me lancez de l'argent ? » s'étonna-t-il.

L'individu souffla avec mépris dans sa moustache avant de lui crier d'une voix bien claire : « Ici, on n'accepte que les monnaies qui ont cours, merci ! »

L'appartement de Jon Karlsen était identique à celui de Thea Nilsen. Il était propre et bien rangé, mais l'intérieur portait incontestablement l'empreinte d'un logis de vieux garçon. Harry fit trois rapides suppositions : que les meubles anciens mais bien entretenus venaient du même endroit que les siens, à savoir Elevator[1], dans Ullevålsveien. Que Jon n'était pas allé à l'exposition annoncée par l'unique affiche au mur du salon. Et que davantage de repas avaient été pris pliés en deux au-dessus de la table basse devant le poste de télévision que sur ce qui avait trouvé sa place dans le coin cuisine. Un homme en uniforme de l'Armée du Salut lançait un regard impérieux à travers la pièce depuis son cadre photo posé sur l'étagère dégarnie.

« Votre père ? demanda Harry.

— Oui, répondit Jon en sortant du placard de la cuisine deux mugs qu'il remplit d'un liquide provenant d'une verseuse calcinée.

— Vous vous ressemblez.

— Merci. J'espère que c'est vrai. » Il posa les tasses sur la table basse, sur laquelle il ajouta la brique de lait nouvellement acquise qui atterrit au milieu d'un ensemble de ronds dans la laque indiquant les endroits où les repas étaient traditionnellement pris. Harry faillit demander comment les

1. Soit un dépôt Fretex.

parents avaient accepté la nouvelle de la mort de Robert, mais se ravisa.

« Partons de l'hypothèse que votre frère a été assassiné parce qu'il avait fait quelque chose à quelqu'un, commença Harry. Abusé, emprunté de l'argent, insulté, menacé, blessé, n'importe quoi. Votre frère était un type bien, personne ne le conteste. C'est généralement le cas dans les affaires de meurtres, les gens veulent mettre en avant les bons côtés. Mais la plupart d'entre nous ont des aspects négatifs. Non ? »

Jon hocha la tête sans que Harry pût être sûr que ce soit un signe d'assentiment.

« Ce dont nous avons besoin, c'est d'un éclairage sur les côtés obscurs de Robert. »

Jon le regarda sans comprendre.

Harry s'éclaircit la voix.

« Commençons par l'argent. Est-ce que Robert avait des problèmes d'argent ? »

Jon haussa les épaules.

« Non. Et oui. Il ne vivait pas dans le luxe, alors je n'imagine pas qu'il ait pu contracter de grosses dettes, si c'est ce à quoi vous pensez. Quand il empruntait, c'était en règle générale à moi, je crois. Encore que, emprunter… » Jon fit un sourire mélancolique.

« De quels montants parle-t-on ?

— Pas énormes. Sauf cet automne.

— Combien ?

— Euh… Trente mille[1].

— Pour quoi ? »

Jon se gratta la tête.

« C'était un projet, mais il ne voulait pas dire lequel,

1. Environ 3 690 euros.

simplement que ça imposait qu'il parte à l'étranger. Je verrai, disait-il. Oui, ça faisait une somme rondelette pour moi, mais je ne paie pas cher de loyer et je n'ai pas de voiture. Et il avait l'air enthousiaste, pour une fois. J'étais curieux de savoir ce que c'était, mais… oui, il s'est passé ce que vous savez. »

Harry nota.

« Mmm. Et les côtés obscurs de Robert en tant que personne ? »

Harry attendit. Il baissa les yeux sur la petite table et laissa Jon réfléchir tandis que le vide du silence faisait son effet, ce vide qui finissait toujours par extraire quelque chose : un mensonge, une digression désespérée ou, au mieux, la vérité.

« Quand Robert était jeune, il était… », commença Jon, mais il s'arrêta.

Harry se tint coi, immobile.

« Il manquait de… scrupules. »

Harry acquiesça sans relever la tête. Encourager sans briser le vide.

« J'avais peur de ce qu'il pouvait inventer. Il était assez violent. Et puis, c'était comme s'il y avait deux personnes en lui. L'une était d'une nature froide de chercheur qui se dominait et était curieuse de… comment dire ? des réactions. Des sentiments. De la souffrance, aussi, peut-être. Des choses comme ça.

— Vous avez des exemples ? »

Jon déglutit.

« Un jour où je suis rentré à la maison, il a dit qu'il voulait me montrer quelque chose à la buanderie, au sous-sol. Il avait mis notre chat dans un petit aquarium vide où papa avait eu des guppys et il avait glissé le tuyau d'arrosage sous une planche, en haut de l'aquarium. Et il avait ouvert en grand le robinet. C'est allé tellement vite que c'est tout juste si j'ai eu le temps d'enlever la planche et de repêcher le chat. Robert a expliqué qu'il voulait simplement voir comme le chat réagirait, mais je me suis parfois dit que c'était ma réaction qu'il voulait voir.

— Mmm. S'il était comme ça, c'est étonnant que personne n'en ait parlé.

— Il n'y avait pas beaucoup de monde qui connaissait cette facette de Robert. Le mérite devait m'en revenir en partie. Dès notre plus jeune âge, j'ai dû promettre à papa de m'occuper de Robert pour qu'il ne commette pas de vraie bêtise. J'ai fait de mon mieux. Et comme je l'ai dit, il n'était pas sans contrôle sur ses actes. Il était à la fois froid et chaud, si vous voyez. Alors, en fin de compte, il n'y avait que ses plus proches parents qui entraient en contact avec… ses autres facettes. Oui, et deux ou trois grenouilles, de temps en temps, sourit Jon. Il les envoyait dans le ciel attachées à des ballons gonflés à l'hélium. Quand papa l'a chopé, Robert lui a expliqué que ça avait l'air vraiment triste d'être une grenouille et de ne jamais pouvoir voir les choses comme les voient les oiseaux. Et je… » Le regard de Jon se perdit, et Harry constata que ses yeux brillaient. « Je me suis mis à rire. Papa était furieux, mais je n'ai pas pu m'en empêcher. Il n'y avait que Robert qui pouvait me faire rire comme ça.

— Est-ce que ces choses lui sont passées avec l'âge ? »

Jon haussa les épaules.

« Pour être parfaitement honnête, je ne sais pas tout de ce que Robert a pu fabriquer ces dernières années.

Après que papa et maman sont partis en Thaïlande, Robert et moi avons plus ou moins perdu le contact.

— Pourquoi ça ?

— Ça arrive souvent entre frères. Sans qu'il y ait besoin de raisons particulières. »

Harry ne répondit pas, il attendait. Une porte claqua dans l'entrée, au-dehors.

« Il y a eu des histoires de nanas », reprit Jon.

Le son lointain d'ambulances. Un ascenseur fredonna une mélodie métallique. Jon prit une inspiration, et lâcha le mot dans un soupir : « Jeunes.

— Comment ça, jeunes ?

— Je ne sais pas. Mais si Robert ne mentait pas, elles devaient être vraiment jeunes.

— Pourquoi aurait-il raconté des histoires là-dessus ?

— Comme je viens de vous le dire. Il aimait bien voir comment je réagissais. »

Harry se leva et alla à la fenêtre. Un homme coupait à travers le parc de Sofienberg en suivant un chemin qui ressemblait à un trait brun irrégulier dessiné par un enfant sur une feuille d'un blanc immaculé. Le long du mur nord de l'église, un petit cimetière fermé était réservé à la communauté religieuse mosaïque. Ståle Aune, le psychologue, lui avait expliqué que cent ans plus tôt, le parc de Sofienberg tout entier était un cimetière.

« Est-ce qu'il a été violent envers une ou plusieurs de ces filles ? voulut savoir Harry.

— Non ! » Le cri de Jon se répercuta entre les murs nus. Harry ne réagit pas. Le bonhomme était arrivé au bout du parc, il traversa Helgesens gate et vint droit vers l'immeuble.

« Pas à ce qu'il m'en a dit, poursuivit Jon. Et s'il me l'avait raconté, je ne l'aurais pas cru.

— Est-ce que vous connaissez certaines des filles qu'il a rencontrées ?

— Non. Il ne les gardait jamais longtemps. Il n'y a en réalité qu'une fille à laquelle il s'est vraiment intéressé.

— Ah ?

— Thea Nilsen. Il a été comme possédé par elle dès le début, quand on était adolescents.

— Votre amie ? »

Jon plongea un regard pensif dans sa tasse de café.

« On pourrait penser que je réussirais à me tenir à distance de la fille que mon frère avait décidé d'avoir, non ? Et Dieu sait que je me suis posé la question : pourquoi ?

— Et ?

— Je sais simplement que Thea est la personne la plus fantastique que j'aie rencontrée. »

Le fredonnement de l'ascenseur cessa brusquement.

« Est-ce que votre frère était au courant, pour vous et Thea ?

— Il a découvert que nous nous étions vus à plusieurs reprises. Il avait des soupçons, mais Thea et moi avons essayé de le tenir quelque peu secret. »

On frappa à la porte.

« C'est Beate, ma collègue, expliqua Harry. Laissez-moi ouvrir. »

Il retourna son bloc, y posa parallèlement son stylo et parcourut le peu de pas qui les séparaient de la porte d'entrée. Il lutta un peu avant de comprendre que celle-ci s'ouvrait vers l'intérieur, et parvint finalement à ouvrir. Le visage sur le palier était aussi surpris que le sien, et pendant un instant ils ne firent que se dévisager. Harry remarqua une odeur douce et parfumée, comme si l'autre venait d'utiliser un déodorant puissant.

« Jon ? s'enquit l'homme prudemment.

— Bien sûr, répondit Harry. Désolé, c'est juste que nous attendions quelqu'un d'autre. Un instant. »

Harry retourna vers le canapé. « C'est pour vous. »

Au moment même où il s'enfonçait dans les coussins, Harry se rendit compte qu'il venait de se produire un événement, là, au cours de ces dernières secondes. Il vérifia que son stylo était toujours parallèle au bloc. Intact. Mais il y avait quelque chose, que son cerveau avait enregistré sans avoir le temps de raccorder correctement.

« Bonsoir ? » entendit-il Jon dire derrière lui. Poliment, sur un ton réservé. Interrogateur. Comme on salue une personne que l'on ne connaît pas et dont on ignore les motivations. C'était de nouveau là. Un truc qui arrivait, qui clochait. Chez cette personne. Il avait employé le prénom de Jon en le demandant, mais Jon ne le connaissait manifestement pas.

« *What message ?* » s'enquit Jon.

À la même seconde, tout s'emboîta. Le cou. Le type avait quelque chose autour du cou. Un foulard. Nœud de cravate. Harry appuya les deux genoux à la table basse en se levant, et les tasses de café voltigèrent quand il cria : « Fermez la porte ! »

Mais Jon, comme hypnotisé, regardait de l'autre côté du seuil. Le dos courbé comme pour aider.

Harry prit un pas d'élan, bondit par-dessus le canapé et accéléra.

« *Don't…* », articula Jon.

Harry visa et s'élança. Puis ce fut comme si tout s'arrêtait. Il l'avait déjà vécu, quand l'adrénaline affluait d'un coup et modifiait sa perception du temps. C'était comme se mouvoir dans l'eau. Et il sut qu'il était trop tard. Il sentit contre son épaule droite la porte, contre la gauche la hanche de Jon et contre son tympan l'onde sonore de la poudre qui explosait et d'une balle qui venait de quitter un pistolet.

Puis vint la détonation. De la balle. De la porte qui cognait le chambranle et de la serrure qui claquait. Et de Jon qui allait heurter la penderie, puis le coin du plan de travail de la cuisine. Harry se tourna sur le côté et leva les yeux. La poignée de porte tomba.

« Merde ! » chuchota Harry en se mettant à genoux.

On secoua énergiquement la porte deux fois.

Harry attrapa la ceinture de défunt Jon et le traîna sur le parquet vers la chambre à coucher.

Un raclement se fit entendre contre la porte. Puis il y eut une nouvelle détonation. Des éclats de bois jaillirent de l'huis, l'un des coussins du dossier du canapé fut pris de soubresauts, une unique plume de duvet gris anthracite s'éleva dans les airs, et la brique de lait écrémé se mit à clapoter sur la table basse. Le jet de lait dessina une parabole blanche molle vers le plateau.

Les gens sous-estiment ce que peut accomplir un projectile de neuf millimètres, songea Harry en retournant Jon sur le dos. Une seule goutte de sang coulait d'un trou dans son front.

Nouvelle détonation. Du verre tinta.

Harry tira prestement son mobile de sa poche et composa le numéro abrégé de Beate.

« Mais oui, *masa*, j'arrive, répondit Beate à la première sonnerie. Je suis dev…

— Écoute-moi ! l'interrompit Harry. Préviens par radio qu'on veut toutes les voitures de patrouille ici, maintenant. Avec les sirènes. Il y a quelqu'un devant l'appartement, qui nous abreuve de plomb. Et tu te tiens à distance. Reçu ?

— Reçu. Ne quitte pas. »

Harry posa le mobile par terre devant lui. On gratta au mur. Pouvait-il les entendre ? Harry ne bougeait plus. Le grattement se rapprocha. Quel genre de murs avaient-ils, ici ? Un projectile qui passait à travers une porte d'entrée insonorisée franchirait sans encombre deux plaques de plâtre et la laine de verre d'une cloison. Encore un peu plus près. Puis plus rien. Harry retint son souffle. Et ce fut alors qu'il l'entendit : Jon respirait.

À ce moment s'éleva au milieu du grondement urbain régulier un son qui résonnait comme une musique aux oreilles de Harry. Une sirène de police. Deux sirènes de police.

Harry attendit des grattements. Rien. Enfuis-toi, pria-t-il. Casse-toi. Et il fut exaucé. Des pas rapides disparurent le long du couloir et dans l'escalier.

Harry posa l'arrière de sa tête sur le parquet froid et leva son regard vers le plafond. Un courant d'air passait sous la porte. Il ferma les yeux. Dix-neuf ans. Seigneur ! Il lui restait dix-neuf ans avant de pouvoir prendre sa retraite.

CHAPITRE 12

Jeudi 18 décembre
Hôpital et cendre

Dans la vitrine, il vit le reflet d'une voiture de police qui arrivait dans la rue derrière lui. Il continua de marcher, se forçant à ne pas courir. Comme il l'avait fait quelques minutes plus tôt quand il était descendu à toute vitesse de chez Jon Karlsen, sorti sur le trottoir où il avait pratiquement renversé une jeune femme qui tenait un téléphone mobile dans la main, avant de piquer un sprint à travers le parc, plein ouest, vers les rues très animées où il se trouvait à présent.

La voiture de police avançait au même rythme que lui. Il vit une porte, l'ouvrit et eut la sensation d'avoir pénétré dans un film. Un film américain peuplé de Cadillac, de *bolo ties*[1] et de jeunes Elvis. La musique que diffusaient les enceintes faisait penser à de vieux disques de hillbilly passés trois fois trop vite, et la dégaine du barman semblait en être directement inspirée.

Il regarda autour de lui dans ce bar étonnamment

1. Cravate américaine avec un lacet tenu par une broche coulissante.

plein et exigu, et se rendit subitement compte que le barman venait de lui adresser la parole.

« *Sorry ?*

— *A drink, sir ?*

— Pourquoi pas ? Qu'est-ce que vous avez ?

— Mmm, un *Slow Comfortable Screw-Up*, peut-être. Ou vous m'avez plutôt l'air d'avoir besoin d'un whisky des Orcades.

— Merci. »

Une sirène policière monta, puis décrut. La chaleur dans le bar provoquait à présent un déferlement libre de sueur par tous ses pores. Il arracha son foulard et le fourra dans la poche de son manteau. Il fut heureux que l'odeur de tabac dans la pièce dissimule celle de l'arme qu'il avait dans la poche de son pardessus.

On le servit, et il se trouva une place le long du mur près de la fenêtre.

Qui était l'autre personne dans l'appartement ? Un copain de Jon Karlsen ? Une connaissance ? Un simple colocataire ? Il but une gorgée de whisky. Qui avait le goût d'hôpital et de cendre. Et pourquoi se posait-il des questions aussi stupides ? Seul un policier aurait pu réagir comme l'avait fait ce type-là. Seul un policier aurait pu appeler de l'aide aussi vite. Et maintenant, ils savaient quelle était sa cible. Ce qui rendrait son travail beaucoup plus difficile. Il devait envisager un repli. Il but une autre gorgée.

Le policier avait vu le manteau de poil de chameau.

Il alla aux toilettes, passa le pistolet, le foulard et le passeport dans ses poches de veste et fourra son manteau dans la poubelle sous le lavabo. Une fois sur le trottoir, il s'arrêta pour regarder en amont et en aval de la rue. Il se frotta les mains en frissonnant.

Le dernier boulot. Le plus important. Tout dépendait de celui-là.

Doucement, se dit-il. Ils ne savent pas qui tu es. Reprends du début. Pense de façon constructive.

L'idée vint néanmoins sans qu'il parvînt à la refréner :

Qui était cet homme dans l'appartement ?

*

« Nous ne savons pas, reconnut Harry. Nous savons seulement que ce pourrait être l'homme qui a tué Robert. »

Il ramena ses jambes, de sorte que l'infirmière ait la place nécessaire pour passer avec le lit vide dans le couloir étroit.

« E… Est-ce que c'est possible ? bégaya Thea Nilsen. Est-ce qu'il y en a d'autres ? »

Elle était assise légèrement inclinée vers l'avant, agrippée des deux mains à l'assise en bois de sa chaise, comme si elle avait peur de basculer.

Beate Lønn se pencha et posa une main apaisante sur le genou de Thea.

« Nous ne savons pas. Le plus important, c'est qu'il aille bien. Le médecin dit qu'il s'agit seulement d'une commotion cérébrale.

— Que je lui ai causée, moi, ajouta Harry. Moi et le coin du plan de travail de la cuisine, qui lui a fait un joli trou dans le front. La première balle de pistolet a manqué sa cible, on l'a retrouvée dans le mur. L'autre s'est arrêtée dans la brique de lait. Imaginez.

Dans la brique de lait. Et la troisième dans le placard de la cuisine entre les raisins secs et… »

Beate jeta à Harry un coup d'œil dont il supposa qu'il était censé lui signifier que Thea n'était très certainement pas en demande de curiosités d'ordre balistique à cet instant précis.

« Enfin. Jon va bien, mais il était inconscient, et les médecins le gardent en observation jusqu'à nouvel ordre.

— Bon. Est-ce que je peux le voir ?

— Bien sûr, concéda Beate. Nous voulons juste que vous jetiez un coup d'œil à ces photos d'abord. Et que vous nous disiez si vous avez déjà vu l'une de ces personnes. »

Elle tira trois clichés d'un dossier et les tendit à Thea. Les photos d'Egertorget avaient tellement été agrandies que les visages apparaissaient comme des mosaïques de points noirs et blancs.

Thea secoua la tête.

« C'est difficile. Je ne fais même pas la différence entre eux.

— Moi non plus, avoua Harry. Mais Beate est spécialiste en reconnaissance des visages, et elle dit qu'il s'agit de deux personnes différentes.

— Je pense que c'est le cas, rectifia Beate. En plus, j'ai failli être renversée par celui qui est sorti en courant de l'immeuble de Gøteborggata. Et il ne me semble pas qu'il s'agissait de l'un des deux qui figurent sur ces photos. »

Harry tiqua. Il n'avait encore jamais entendu Beate douter sur des choses de ce genre.

« Doux Jésus, murmura Thea. Combien sont-ils, en réalité ?

— Calmez-vous, conseilla Harry. Nous avons un vigile devant la porte de Jon.

— Quoi ? »

Thea le regarda avec des yeux ronds comme des billes, et Harry comprit qu'elle n'avait même pas envisagé la possibilité que Jon pût être en danger ici, à l'hôpital d'Ullevål. Avant maintenant. Grandiose.

« Venez, allons voir comment il va », suggéra aimablement Beate.

Oui, songea Harry. Et laissez l'idiot réfléchir un peu sur la matière « traitement de la personne humaine ».

Il se retourna en entendant courir à l'autre extrémité du couloir.

C'était Halvorsen qui slalomait entre les patients, visiteurs et infirmières dans leurs sandales à semelles de bois. Il s'arrêta à bout de souffle devant Harry et lui tendit une feuille brillante écrite en noir pâle, dont Harry comprit qu'elle provenait du fax de la Criminelle.

« Une page des listes de passagers. J'ai essayé de t'appeler…

— Les mobiles doivent être éteints, ici. Des choses intéressantes ?

— J'ai donc eu les listes de passagers, ça, pas de problème. Je les ai mailées à Alex, qui s'en est occupé tout de suite. Certains d'entre eux avaient des broutilles sur leur casier, rien qui puisse éveiller les soupçons. Mais il y a une chose un peu curieuse…

— Ah ?

— L'un des passagers de la liste est arrivé à Oslo il y a deux jours, et avait un billet retour sur un vol qui aurait dû repartir hier, mais qui a été reporté à aujourd'hui. Christo Stankić. Il ne s'est pas présenté.

C'est bizarre, étant donné qu'il avait un billet pas cher qu'on ne peut pas échanger. Dans la liste, il est signalé comme citoyen croate, alors j'ai demandé à Alex de vérifier avec l'état civil en Croatie. Bon, la Croatie n'est pas dans Europol, mais puisqu'ils ne demandent qu'à entrer dans l'UE, ils sont coopératifs en matière de…

— Viens-en aux faits, Halvorsen.

— Christo Stankić n'existe pas.

— Intéressant. » Harry se gratta le menton. « Sans que Christo Stankić ait nécessairement quoi que ce soit à voir dans l'affaire qui nous occupe.

— Naturellement pas. »

Harry regarda attentivement le nom sur la liste. Christo Stankić. Qui n'était par conséquent qu'un nom. Mais un nom qui devait fatalement figurer sur le passeport que la compagnie aérienne exigeait au moment de l'enregistrement, puisque le nom apparaissait sur la liste des passagers. Le même passeport que les hôtels exigeaient lors de l'arrivée des clients.

« Je veux que toutes les listes d'enregistrement de tous les hôtels d'Oslo soient vérifiées, décida Harry. Voyons si l'un d'eux a eu Christo Stankić comme client ces deux derniers jours.

— Je commence tout de suite. »

Harry redressa le dos et adressa à Halvorsen un hochement de tête qui, espéra-t-il, contenait le message qu'il souhaitait faire passer. Qu'il était content de son jeune collègue.

« Alors je vais voir mon psychologue », décréta Harry.

Le cabinet du psychologue Ståle Aune était situé dans la partie de Sporveisgata[1] où le tramway ne passe pas, mais sur les trottoirs de laquelle on trouve en revanche un mélange intéressant de types de démarches. Celle sûre et allègre des mères de famille qui sculptent leur corps dans les clubs de gym, celle prudente des propriétaires de chiens-guides de la Maison de l'Association des aveugles et celle imprudente de la clientèle fatiguée mais intrépide du centre d'accueil pour toxicomanes.

« Ce Robert Karlsen appréciait donc les jeunes filles impubères, résuma Aune, qui avait suspendu sa veste de tweed au dossier de sa chaise et pressé son double menton contre son nœud papillon. Cela peut être dû à bien des choses, certes, mais j'ai cru comprendre qu'il avait grandi dans le milieu piétiste de l'Armée du Salut ?

— Eh oui, répondit Harry en levant les yeux sur les étagères bien remplies quoique en désordre de son conseiller professionnel et personnel. Mais ce n'est pas un mythe, ça, que l'on devient pervers en grandissant dans des milieux religieux stricts et fermés ?

— Non, répondit simplement Aune. Les milieux sectaires chrétiens sont surreprésentés en ce qui concerne le type d'agression que tu évoques.

— Pourquoi ? »

Aune joignit les deux mains et émit un claquement de lèvres satisfait.

« Si on a été puni ou humilié dans son enfance, par exemple par ses parents, pour avoir fait étalage de sa sexualité naturelle, il arrive que l'on refoule cette

1. Litt., « la rue du tramway ».

part de sa personnalité. Ce qui conduit à un arrêt de la maturation sexuelle, et les préférences sexuelles dévient, pour ainsi dire. Arrivés à l'âge adulte, il y en a beaucoup qui cherchent à revenir au stade où l'on avait encore le droit de vivre ouvertement sa sexualité.

— Comme porter des couches.

— Oui. Ou jouer avec les excréments. Je me souviens du cas d'un sénateur californien qui… »

Harry toussota.

« Ou bien, à l'âge adulte, ils cherchent à revenir à un soi-disant *core-event*, poursuivit Aune. Qui est souvent la dernière fois où ils ont réussi dans leurs desseins sexuels, donc la dernière fois que ça a fonctionné pour eux. Et ça peut avoir été une amourette ou un contact sexuel durant l'adolescence, à l'occasion duquel ils n'ont pas été découverts ou punis.

— Ou une agression ?

— Exact. Une situation dans laquelle ils avaient le contrôle et se sentaient forts, donc le contraire de l'humiliation. Ils passent alors le restant de leur vie à chercher à reconstituer cette situation.

— Mais ça ne doit pas être si facile que ça de devenir agresseur ?

— Oh non, nombreux sont ceux qui reçoivent des roustes pas possibles pour avoir été surpris avec des revues pornos dans leur adolescence, et qui développent une sexualité tout à fait saine et normale. Mais si tu veux maximiser les chances d'une personne de devenir agresseur, tu le dotes d'un père violent, d'une mère envahissante ou de préférence agressive sexuellement, et tu le places dans un milieu frappé du sceau du silence et de la promesse d'aller brûler en enfer pour tes désirs purement physiques. »

Le mobile de Harry émit un bip. Il l'attrapa et lut le message que lui envoyait Halvorsen. Un Christo Stankić avait résidé au Scandia Hotel à côté d'Oslo S la nuit avant le meurtre.

« Comment c'est, les AA ? voulut savoir Aune. Est-ce que ça t'aide, d'être abstinent ?

— Eh bien, hésita Harry en se levant… Oui et non. »

*

Un cri le fit sursauter.

Il se retourna et son regard tomba sur deux yeux fous exorbités et une bouche qui n'était plus qu'un grand trou noir, à quelques centimètres de son visage. L'enfant appuya son nez sur la paroi vitrée de la salle de jeux de chez Burger King, avant de se laisser tomber à la renverse vers la couverture de balles en plastique rouge, jaune et bleue en poussant un couinement de plaisir.

Il essuya les restes de ketchup de sa bouche, vida son plateau dans la poubelle et sortit vivement dans Karl Johans gate. En essayant de se recroqueviller dans sa fine veste de costume, à cause du froid impitoyable. Il prit la décision de s'acheter un nouveau manteau aussitôt qu'il aurait une chambre abordable au Scandia Hotel.

Six minutes plus tard, il passa la porte du hall de l'hôtel et vint se placer derrière un couple manifestement en train de remplir sa fiche. La réceptionniste lui jeta un rapide coup d'œil sans indiquer qu'elle le reconnaissait. Puis elle se pencha sur les papiers des nouveaux clients tandis qu'ils communiquaient en norvégien. La femme se tourna vers lui. Une fille blonde. Elle sourit. Jolie, songea-t-il. Bien que d'une beauté banale. Il lui rendit son sourire. Il y parvint tout juste. Car il l'avait déjà vue. Quelques heures plus tôt seulement. Devant l'immeuble de Gøteborggata.

Sans bouger de l'endroit où il était, il pencha la tête en avant et plongea les mains dans les poches de sa veste. La crosse de son pistolet était froide et rassurante. Il leva prudemment les yeux, trouva le miroir derrière la réceptionniste et y planta le regard. Mais l'image flottait et se dédoubla. Il ferma les yeux, inspira, les rouvrit. Le grand type devint lentement net. Les cheveux courts, la peau pâle et le nez rouge, les traits durs et marqués contredits par la bouche sensuelle. C'était lui. L'autre homme dans l'appartement. Le policier. Il jeta un coup d'œil rapide à la réception. Il n'y avait qu'eux. Et comme pour chasser le dernier doute, il entendit deux mots bien connus au milieu de tout ce norvégien. Christo Stankić. Il se contraignit à rester immobile. Comment ils y étaient arrivés, il n'en avait aucune idée, mais les conséquences commençaient à lui apparaître.

La femme blonde reçut une clé de la réceptionniste, saisit ce qui ressemblait à une caisse à outils et se dirigea vers l'ascenseur. Le grand type glissa quelques mots à la réceptionniste qui nota, puis il se tourna, et leurs regards se croisèrent rapidement avant qu'il ne se dirige vers la sortie.

La fille de l'accueil sourit, lui récita une formule aimable en norvégien et le regarda, dans l'expectative.

Il lui demanda s'ils disposaient d'une chambre non-fumeurs, au dernier étage.

« Je vais voir, *sir.* » Elle tapa quelques touches sur son PC.

« *Excuse me.* La personne à qui vous venez de parler, ce n'était pas le policier dont il y a eu des photos dans le journal ?

— Je ne sais pas, sourit-elle.

— Si, il est connu, je ne me rappelle pas son nom… »

Elle jeta un coup d'œil sur son bloc.

« Harry Hole. Il est connu ?

— Harry Hole ?

— Oui.

— Pas le bon nom. J'ai dû me tromper.

— J'ai une chambre libre. Si vous la voulez, il vous faudra remplir cette fiche et me présenter votre passeport. Comment désirez-vous payer ?

— Combien coûte-t-elle ? »

Elle lui donna le prix.

« Désolé, sourit-il. Trop cher. »

Il sortit de l'hôtel et entra dans la gare, trouva les toilettes et s'enferma dans l'une des cabines. Il s'y assit et essaya d'ordonner ses idées. Ils avaient le nom. Il devait par conséquent trouver un endroit pour passer la nuit où l'on ne demanderait pas à voir son passeport. Et Christo Stankić ne pouvait pas espérer prendre l'avion, le bateau ou le train, ou essayer de traverser ne serait-ce qu'une frontière nationale. Qu'allait-il faire ? Il devait l'appeler à Zagreb.

Il sortit sur Jernbanetorget. Un vent paralysant balayait la place pendant qu'il regardait fixement les téléphones publics en claquant des dents. Un homme était appuyé au fourgon blanc qui vendait des saucisses au beau milieu de la place. Il portait une doudoune et un pantalon qui le faisaient ressembler à un cosmonaute. Était-ce le fruit de son imagination, ou bien le bonhomme avait-il les cabines téléphoniques à l'œil ? Était-il concevable qu'ils aient pisté ses conversations, et qu'ils attendent à présent qu'il revienne ? Impossible. Il hésita. S'ils écoutaient les téléphones publics, il risquait de la trahir. Il se décida. La communication pouvait attendre, ce dont il avait besoin maintenant, c'était une chambre, avec un lit et un radiateur. Ils demanderaient à être payés en liquide, dans l'un des endroits qu'il cherchait à présent, et ce qui lui restait était parti avec le hamburger.

Il trouva un distributeur dans le grand hall, entre les boutiques et les quais. Il sortit sa carte Visa, lut les indications en anglais informant que la bande magnétique devait se trouver vers le bas, à droite, et approcha la carte de la fente. Sa main s'immobilisa. La carte avait elle aussi été délivrée à Christo Stankić. Ce serait enregistré, et une alarme se déclencherait quelque part. Il hésita. Puis rangea la carte dans son portefeuille. Traversa lentement le hall. Les boutiques fermaient. Il n'avait même pas d'argent pour s'acheter une veste chaude. Un vigile Securitas le regarda longuement. Il ressortit sur la place, balayée par le vent du nord. L'homme près du fourgon à saucisses avait disparu. Mais il y en avait un autre à côté de la sculpture de tigre.

« J'ai besoin d'un peu d'argent pour me trouver un endroit où passer la nuit. »

Il n'eut pas besoin de parler norvégien pour comprendre ce que l'homme qu'il avait devant lui voulait savoir. Car c'était le jeune junkie à qui il avait donné de l'argent. De l'argent dont il venait tout juste de se servir à regret. Il secoua la tête et jeta un coup d'œil vers l'assemblée frissonnante de junkies amassés autour de ce qu'il avait tout d'abord pris pour un arrêt de bus. Le bus blanc était arrivé.

*

La poitrine et les poumons de Harry le faisaient souffrir. La bonne souffrance. Ses cuisses le brûlaient. La bonne brûlure.

Quand il tenait bon, il arrivait qu'il fasse comme à ce moment-là, qu'il descende dans la salle de musculation de l'hôtel de police faire un peu de vélo en salle. Non parce que cela lui permettait de penser plus efficacement, mais parce que cela lui permettait de cesser de penser.

« On m'a dit que tu étais ici. »

Gunnar Hagen grimpa sur le vélo ergomètre à côté de lui. Le T-shirt jaune moulant et le short de cycliste mettaient en valeur plus que ne couvraient les muscles du corps maigre, presque rachitique, de l'ASP.

« Sur quel programme es-tu ?

— Numéro neuf », haleta Harry.

Hagen régla la hauteur de sa selle en se tenant debout sur les pédales et en entrant à toute vitesse les différents paramètres dans l'ordinateur de l'appareil de musculation.

« J'ai cru comprendre que tu avais été exposé à quelques émotions, aujourd'hui. »

Harry hocha la tête.

« Je comprendrais que tu demandes un arrêt maladie, continua Hagen. On est en période de paix, après tout.

— Merci, mais je me sens en assez bonne forme, chef.

— Bien. Je viens de parler avec Torleif.

— Le chef de la Crim ?

— Nous aimerions savoir où en est l'affaire. Il y a eu des coups de téléphone. L'Armée du Salut est populaire, et des personnes influentes en ville aimeraient savoir si nous parviendrons à résoudre cette affaire avant Noël. La trêve de Noël, tout ça.

— La trêve de Noël des politiciens a compté six morts par overdose, l'an passé.

— Je t'ai demandé où en étaient les choses, Hole. »

Harry sentit la sueur lui brûler les mamelons.

« Eh bien… Aucun témoin ne s'est manifesté malgré les photos dans le *Dagbladet* d'aujourd'hui. Et Beate Lønn dit que les clichés laissent à penser que nous ne sommes pas en présence d'un, mais d'au moins deux assassins. Et je partage ce point de vue. L'homme qui était chez Jon Karlsen portait un manteau en poil de chameau et un foulard, et ses vêtements correspondent avec la photo d'un homme qui était sur Egertorget le soir avant le meurtre.

— Il n'y a que les vêtements qui concordent ?

— Je n'ai pas eu le temps de regarder très attentivement son visage. Jon Karlsen ne se souvient pas de grand-chose. L'un des habitants a reconnu avoir laissé entrer dans l'immeuble un Anglais qui devait déposer un cadeau devant la porte de chez Jon Karlsen.

— Fort bien. Mais nous gardons cette théorie d'assassins multiples pour nous. Continue.

— Il n'y a rien d'autre à dire.

— Rien ? »

Harry regarda son compteur de vitesse tandis qu'il accélérait lentement à trente-cinq kilomètres à l'heure.

« Nous avons le faux passeport d'un Croate, un certain Christo Stankić qui n'était pas sur le vol qu'il aurait dû prendre pour Zagreb aujourd'hui. Nous avons découvert qu'il était descendu au Scandia Hotel. Lønn inspecte sa chambre, à la recherche de traces ADN. Ils n'ont pas tant de clients que ça, et nous espérions que la réceptionniste reconnaîtrait le bonhomme sur nos photos.

— Et ?

— Malheureusement.

— Sur quoi pouvons-nous nous baser pour penser que ce Stankić est notre homme, alors ?

— En fait seulement ce faux passeport », répondit Harry en apercevant l'espace d'un clin d'œil le compteur de Hagen. Quarante kilomètres à l'heure.

« Et comment le trouveras-tu ?

— Oh… Les noms laissent des traces à notre époque surinformée, et nous avons mis tous nos contacts permanents sur le pied de guerre. Si une personne du nom de Christo Stankić, à Oslo, essaie de prendre une chambre dans un hôtel, d'acheter un billet d'avion ou de se servir d'une carte de crédit, on le saura immédiatement. D'après la réceptionniste, il aurait demandé où il pouvait trouver un téléphone public, et elle l'aurait envoyé sur Jernbanetorget.

Telenor va nous envoyer une liste des appels émis depuis ces cabines durant les deux derniers jours.

— Donc, tout ce que tu as, c'est un Croate avec un faux passeport qui ne s'est pas présenté à l'embarquement de son avion, résuma Hagen. Tu es bloqué, n'est-ce pas ? »

Harry ne répondit pas.

« Essaie de penser différemment.

— Bien, chef, répondit Harry d'une voix sans timbre.

— Il y a toujours des alternatives. Est-ce que je t'ai parlé de la troupe japonaise dans laquelle a éclaté le choléra ?

— 'crois pas avoir eu ce plaisir, chef.

— Ils se trouvaient dans la jungle au nord de Rangoon, et tout ce qu'ils mangeaient ou buvaient était rejeté par l'organisme. Ils se desséchaient, mais le chef de troupe refusait purement et simplement de s'allonger et de se laisser mourir, et il a ordonné que tout le monde vide les seringues de morphine, afin de les utiliser pour s'injecter l'eau qu'ils avaient dans leurs gourdes en intraveineuse. »

Hagen augmenta la cadence, et Harry tendit en vain l'oreille à la recherche d'un semblant d'essoufflement.

« Ça a marché. Mais au bout de quelques jours, tout ce qu'il leur restait en fait d'eau, c'était un tonneau grouillant de larves de moustiques. Le commandant en second a alors émis l'hypothèse qu'ils pouvaient essayer de pomper la pulpe des fruits qu'ils avaient autour d'eux dans les seringues, et de se l'injecter directement. En théorie, la pulpe de fruit contient quatre-vingt-dix pour cent d'eau, et qu'avaient-ils à perdre ? Imagination et courage. Ça a sauvé la troupe, Hole. Imagination et courage.

— Imagination et courage, râla Harry. Merci, chef. »

Il appuya tant qu'il put sur les pédales, et il entendit sa propre respiration cracher comme le feu à travers la porte ouverte d'un four. Le compteur indiquait quarante-deux. Il jeta un œil à celui de l'ASP. Quarante-sept. Respiration calme.

Harry pensa soudain à une phrase lue dans un livre vieux de mille ans, qu'il avait reçu d'un braqueur de banque, *The Art of War*[1] : « Choisis tes ennemis. » Et il sut que c'était un combat auquel il devait renoncer. Parce que quelle que soit l'issue, il perdrait.

Harry laissa décroître la vitesse. Le compteur indiqua trente-cinq. Et à son étonnement, il ne ressentit aucune frustration, rien qu'une résignation fatiguée. Il devenait peut-être adulte, il cessait peut-être d'être l'idiot qui baissait la tête et attaquait si on lui agitait un petit chiffon rouge ? Harry regarda rapidement sur le côté. Les jambes de Hagen allaient comme des pistons, et son visage s'était recouvert d'une couche de sueur qui luisait dans la lumière blanche de la lampe.

Harry s'épongea. Inspira profondément deux fois. Puis il appuya de nouveau. L'exquise douleur vint au bout de quelques secondes.

1. Voir *Rue Sans-Souci*, Folio Policier n° 480.

CHAPITRE 13

Jeudi 18 décembre
Le tic-tac

Martine pensait parfois que Plata devait être l'escalier qui descendait aux enfers. Les rumeurs selon lesquelles la section sociale du conseil municipal supprimerait avant le printemps l'accord permettant l'existence d'un lieu d'échange libre de stupéfiants la terrifiait tout autant. L'argument ouvertement avancé par les opposants à Plata était que l'endroit agissait comme un marché particulièrement attractif pour les jeunes. Selon Martine, les gens qui pensaient que la vie dont on avait un aperçu à Plata pouvait séduire quelqu'un ou bien étaient déments, ou bien n'y avaient jamais mis les pieds.

L'argument larvé était que le partage du pays autour d'une ligne blanche sur l'asphalte en bordure de Jernbanetorget enlaidissait le tableau. Et n'était-ce pas un constat d'échec criant pour la démocratie sociale la plus réussie — tout au moins la plus riche — du monde que d'autoriser que la drogue et l'argent puissent changer de main au grand jour, en plein cœur de la capitale ?

Martine était parfaitement d'accord avec ce point de vue. Que c'était un échec. Que le combat pour une société sans drogue était perdu. Quitte à devoir combattre pour que la drogue ne gagne pas davantage de terrain, il valait mieux que les transactions se fassent au vu et au su de tout le monde et sous l'œil des caméras de surveillance de Plata plutôt que sous les ponts le long de l'Akerselva, dans les cours d'immeubles sombres de Rådhusgata ou sur le flanc sud de la forteresse d'Akershus. Et Martine savait que l'écrasante majorité y trouvait son intérêt. Police, sociologues, junkies, prêtres de rue et prostituées étaient tous d'accord : Plata était préférable à ses alternatives.

Mais ce n'était pas beau à voir.

« Langemann ! cria-t-elle au type debout dans le noir à côté de leur bus. Tu ne manges pas la soupe, ce soir ? »

Mais Langemann se détourna. Il avait probablement eu sa zéro-un et cherchait un endroit où s'injecter les produits.

Elle s'appliquait à verser de la soupe à un type du sud de la Norvège vêtu d'une veste bleue lorsqu'elle entendit des dents claquer à côté d'elle, et vit la fine veste de costume d'un homme qui attendait son tour.

« S'il vous plaît, sourit-elle en le servant.

— Salut, ma belle, grinça une voix rauque.

— Wenche !

— Viens un peu réchauffer une pauvrette », pria la putain d'un certain âge en éclatant d'un bon rire et en prenant Martine dans ses bras. L'odeur de la peau inondée de parfum et du corps qui oscillait dans sa tenue moulante à motifs léopard était entêtante. Mais il y avait aussi une autre odeur, qu'elle reconnaissait, qui avait été présente avant que les tonnes de parfum de Wenche ne couvrent l'ensemble.

Elles s'assirent à l'une des tables libres.

Même si certaines des prostituées étrangères qui avaient envahi le quartier au cours des douze derniers mois se droguaient aussi, elles étaient moins nombreuses que leurs concurrentes norvégiennes. Wenche était l'une des rares qui ne se droguait pas. D'après ses propres dires, elle avait en outre commencé à travailler à domicile avec une clientèle stable, et les périodes au cours desquelles Martine ne la rencontrait pas s'allongeaient.

« Je suis venue voir si je ne trouvais pas le fils d'une copine, expliqua Wenche. Kristoffer. On dit qu'il se shoote, en ce moment.

— Kristoffer ? Inconnu au bataillon.

— Ha ! » Elle fit un geste de la main comme pour chasser l'idée. « Oublie. Tu as d'autres préoccupations, à ce que je vois.

— Ah oui ?

— Ne me raconte pas de bobards. Je le vois bien, quand une fille est amoureuse. C'est lui, là ? »

Wenche fit un signe de tête en direction de l'homme en uniforme de l'Armée du Salut, tenant une Bible à la main, qui venait de s'installer à côté du type à la veste de costume légère.

« Rikard ? renâcla Martine. Non merci.

— Sûre ? Il ne t'a pas lâchée des yeux depuis que je suis arrivée.

— Rikard est bien, lui, soupira-t-elle. En tous les cas, il s'est présenté spontanément pour cette garde malgré les délais très courts. Celui qui devait être là est mort.

— Robert Karlsen ?

— Tu le connaissais ? »

Wenche hocha la tête avec tristesse avant de s'éclairer à nouveau.

« Mais oublions les morts et raconte plutôt à maman : de qui es-tu amoureuse ? Il était plus que temps, dis-moi…

— Je ne savais même pas que j'étais amoureuse, sourit Martine.

— Allez.

— Non, c'est trop con, je…

— Martine ? » interrogea une autre voix.

Elle leva la tête et rencontra les yeux suppliants de Rikard.

« L'homme qui est ici dit n'avoir ni vêtements, ni argent, ni endroit où dormir. Est-ce que tu sais s'il y a de la place à Heimen ?

— Appelle-les pour le leur demander. En tout cas, ils auront des vêtements chauds.

— D'accord. » Rikard resta planté là bien que Martine se fût détournée pour continuer sa conversation avec Wenche. Elle n'eut pas besoin de le regarder pour savoir qu'il transpirait de la lèvre supérieure.

Il murmura alors un « merci » et rejoignit l'homme.

« Allez, raconte », s'impatienta Wenche.

Au-dehors, le vent du nord avait sorti l'artillerie légère.

*

Harry marchait, son sac de sport sur l'épaule et les yeux fermés très fort face au vent et aux flocons acérés et presque invisibles charriés par ce dernier, qui lui picotaient la rétine. Au moment où il dépassa

Blitz, l'immeuble occupé de Pilestredet, son téléphone sonna. C'était Halvorsen.

« Ces dernières quarante-huit heures, on a appelé deux fois à Zagreb depuis les téléphones publics de Jernbanetorget. Le même numéro les deux fois. J'ai appelé à ce numéro, et je suis tombé sur la réception d'un hôtel. International Hotel. Ils n'ont pas pu me dire qui avait appelé d'Oslo, ni avec qui avait voulu parler la personne en question. Ils n'avaient pas non plus entendu parler d'un quelconque Christo Stankić.

— Mmm.

— Je continue dans cette direction ?

— Non, soupira Harry. On laisse ça de côté jusqu'à ce qu'on ait des éléments indiquant que ce Stankić est intéressant. Éteins en partant, on se verra demain.

— Attends !

— Je ne bouge pas.

— Ce n'est pas tout. Police-secours vient de recevoir un coup de fil d'un serveur du Biscuit. Il a raconté qu'il était allé faire un tour aux toilettes, ce matin, et qu'il était tombé sur l'un des clients.

— Qu'est-ce qu'il y faisait ?

— J'y arrive. Le client tenait justement quelque…

— Je parlais du serveur. Les employés des restaurants et autres ont toujours leurs propres toilettes.

— Ça, je ne lui ai pas demandé, répondit impatiemment Halvorsen. Mais écoute. Ce client tenait quelque chose de vert et de dégoulinant dans la main.

— À t'entendre, il devrait consulter…

— Très drôle. Le serveur a juré que c'était un pistolet badigeonné de savon. Le couvercle du distributeur était enlevé.

— Le Biscuit, répéta Harry. C'est dans Karl Johan.

— À deux cents mètres de l'endroit où a eu lieu le meurtre. Je te parie une caisse de bières que c'est notre pistolet. Euh, désolé… Je parie…

— Tu me dois toujours deux cents balles. Le reste.

— Et voici la cerise : j'ai demandé un signalement. Il a été infichu de m'en donner un.

— Ça ressemble à un refrain, dans cette affaire.

— Si ce n'est qu'il m'a dit qu'il avait reconnu le mec à son manteau. Un manteau en poil de chameau d'une rare laideur.

— *Yes !* s'exclama Harry. Le type au foulard sur les photos du public d'Egertorget, la veille au soir du meurtre de Robert Karlsen.

— Le serveur pensait d'ailleurs que c'était de l'imitation. Et il m'a donné l'impression de s'y connaître.

— C'est-à-dire ?

— Tu sais. La façon dont ils parlent.

— Qui ça, "ils" ?

— Allô ! Les castors. Enfin. Le bonhomme s'est tiré avec son pistolet. C'est tout ce que j'ai pour l'instant. Je m'en vais au Biscuit pour montrer les photos au serveur.

— Bien.

— Qu'est-ce que tu te demandes ?

— Quoi ?

— Je commence à te connaître, Harry.

— Mmm. Je me demande simplement pourquoi ce serveur n'a pas appelé tout de suite police-secours ce matin. Pose-lui la question, OK ?

— C'est ce que j'avais pensé faire, Harry.

— Bien sûr. Désolé. »

Harry raccrocha, mais l'appareil bourdonna cinq secondes plus tard.

« Oublié quelque chose ?

— Quoi ?

— Oh, c'est toi, Beate. Alors ?

— Bonnes nouvelles. Je viens de terminer au Scandia Hotel.

— Tu as trouvé des traces d'ADN ?

— Je ne sais pas encore, j'ai seulement quelques cheveux qui peuvent tout aussi bien appartenir au personnel d'entretien qu'à de précédents clients. Mais un gars de la balistique m'a transmis ses résultats il y a une demi-heure. La balle qui était dans la brique de lait chez Jon Karlsen vient de la même arme que celle qu'on a retrouvée sur Egertorget.

— Mmm. Ce qui veut dire que la théorie des tueurs multiples prend un coup dans l'aile.

— Oui. Et ce n'est pas tout. La réceptionniste du Scandia Hotel s'est souvenue de quelque chose après que tu es parti. Que ce Christo Stankić portait un vêtement particulièrement vilain. Elle a dit que c'était une sorte d'imitation…

— Laisse-moi deviner. De manteau en poil de chameau ?

— C'est ce qu'elle a dit.

— Et *làà*, on est lancés ! » cria Harry si fort que le mur de pierre couvert de graffitis renvoya l'écho dans toute la rue déserte.

Il raccrocha et rappela Halvorsen.

« Oui ?

— Christo Stankić est notre homme. Donne le signalement du manteau en poil de chameau à police-secours et au centre opérationnel, et dis-leur de transmettre le message à toutes les voitures. Et... »

Harry fit un sourire à une vieille dame qui avançait à petits pas vers lui au son crissant des crampons qu'elle avait sous ses bottillons.

« ... je veux une surveillance continue du réseau téléphonique, pour que nous sachions si quelqu'un appelle depuis Oslo l'International Hotel à Zagreb. Et de quel numéro la personne appelle. Vois ça avec Klaus Torkildsen au centre de gestion de la région d'Oslo de chez Telenor.

— C'est de l'écoute téléphonique. Il nous faut une décision de justice, et ça peut prendre des jours.

— Ce ne sont pas des écoutes téléphoniques, nous voulons simplement l'adresse correspondant à un appel entrant.

— Je crains que Telenor ne fasse pas vraiment la différence.

— Dis simplement à Torkildsen qu'on en a discuté tous les deux, OK ?

— Oserai-je demander pourquoi il accepterait de risquer son poste pour toi ?

— Vieille histoire. Je lui ai évité d'être passé à tabac lors de son arrestation, il y a quelques années. Tom Waaler et ses potes, tu sais comment deviennent certaines personnes quand on coffre des exhibitionnistes et autres.

— Un exhibitionniste, alors ?

— Ex, en tous les cas. Qui collabore volontiers en échange de notre silence.

— Pigé. »

Harry raccrocha. Ils étaient lancés, et il ne sentait plus ni le vent du nord, ni le bombardement d'aiguilles de glace. De temps à autre, son travail pouvait le rendre totalement heureux. Il fit demi-tour et remit le cap sur l'hôtel de police.

*

Dans sa chambre individuelle de l'hôpital d'Ullevål, Jon sentit le téléphone vibrer sur le drap, et l'attrapa vivement.

« Oui ?

— C'est moi.

— Ah, salut, répondit-il sans parvenir à dissimuler sa déception.

— On dirait que tu espérais entendre quelqu'un d'autre, remarqua Ragnhild de cette voix un peu trop guillerette qui trahit une femme blessée.

— Je ne peux pas beaucoup parler, expliqua Jon en jetant un œil vers la porte.

— Je voulais seulement dire à quel point c'était affreux, pour Robert. Et que je suis de tout cœur avec toi.

— Merci.

— Ça doit être douloureux. Où es-tu ? J'ai essayé de t'appeler chez toi. »

Jon ne répondit pas.

« Mads travaille tard, alors si tu veux, je peux passer faire un tour.

— Non merci, Ragnhild, je me débrouillerai.

— Je pensais à toi. Il fait tellement noir et froid... J'ai peur.

— Tu as toujours peur, Ragnhild.

— Des fois, oui. » Elle s'efforçait de prendre une

voix boudeuse. « Ici, il y a plein de pièces et personne dedans.

— Alors déménage pour une maison plus petite. Il faut que je raccroche, on n'a pas le droit d'utiliser les téléphones mobiles ici.

— Attends ! Où es-tu, Jon ?

— J'ai un petit traumatisme crânien. Je suis à l'hôpital.

— Quel hôpital ? Quel service ? »

Jon tiqua.

« La plupart des gens auraient d'abord demandé comment je m'étais fait un traumatisme crânien.

— Tu sais que j'ai horreur de ne pas savoir où tu es. »

Jon imagina Ragnhild entrant avec un gros bouquet de roses à l'heure des visites, le lendemain. Et le regard interrogateur de Thea, d'abord sur elle, ensuite sur lui.

« J'entends l'infirmière, chuchota-t-il. Il faut que je raccroche. »

Il appuya sur la touche off, et regarda fixement le plafond jusqu'à ce l'appareil eût joué sa petite mélodie d'adieu et que l'écran se fût éteint. Elle avait raison. Il *faisait* sombre. Mais c'était *lui* qui avait peur.

*

Ragnhild Gilstrup se tenait près de la fenêtre, les yeux fermés. Elle regarda l'heure. Mads avait dit qu'il y avait la réunion du conseil d'administration, et qu'il rentrerait tard. C'est ainsi qu'il disait depuis quelque temps. Avant, il donnait toujours un horaire, et arrivait ou bien à l'heure, ou bien un peu plus tôt. Non qu'elle souhaitât le voir rentrer plus tôt, mais c'était un peu bizarre. Bizarre, voilà tout. Tout comme il était bizarre que figurât sur la dernière facture du téléphone fixe le détail de toutes les conversations téléphoniques. Elle n'avait rien demandé de tel. Mais c'était là, cinq pages A4 trop pleines. Elle devait arrêter d'appeler Jon, mais elle n'y arrivait pas. Car il avait ce regard. Le regard de Johannes. Ce n'était pas un regard gentil, intelligent, doux ou quoi que ce soit d'autre. C'était un regard qui pouvait lire ce qu'elle allait penser avant même qu'elle ait eu le temps de le penser. Qui la voyait comme celle qu'elle était. Et qui l'aimait malgré tout.

Elle rouvrit les yeux sur le terrain de six mille mètres carrés. La vue lui rappelait l'internat en Suisse. La neige éclairait la grande chambre, et diffusait une lumière bleutée sur le plafond et les murs.

C'était elle qui avait insisté pour qu'ils fassent construire ici, loin au-dessus de la ville, oui, dans les bois, en fait. Cela lui permettrait peut-être de se sentir moins enfermée et emprisonnée, avait-elle dit. Et son mari, Mads Gilstrup, qui avait cru que c'était à l'emprisonnement de la ville qu'elle pensait, avait fait bâtir avec plaisir pour un peu de son argent. Cette splendeur était revenue à vingt millions[1]. En y emménageant, Ragnhild avait eu l'impression de passer d'une cellule à un préau. Soleil, air et espace. Et toujours enfermée. Exactement comme à l'internat.

De temps à autre — comme ce soir-là — elle se demandait comment elle avait atterri ici. Si elle résu-

1. Environ 2,6 millions d'euros.

mait les faits, voilà ce que ça donnait : Mads Gilstrup était l'héritier de l'une des grandes fortunes d'Oslo. Elle l'avait rencontré durant ses études près de Chicago, Illinois, États-Unis d'Amérique, où ils avaient tous deux étudié l'économie dans des universités moyennes qui offraient davantage de prestige que de bonnes écoles en Norvège, et c'était par ailleurs plus drôle. Ils venaient l'un comme l'autre de familles riches, mais c'était lui le plus riche. Cependant, alors que la famille de Mads était composée de cinq générations d'armateurs et leur fortune ancienne, sa famille à elle était d'origine paysanne, et leur argent sentait toujours l'encre d'imprimerie et le poisson d'élevage. Ils avaient vécu au croisement des subventions agricoles et de la fierté meurtrie jusqu'à ce que son père et son oncle vendent chacun son tracteur et investissent dans un petit élevage dans le fjord, sous les fenêtres du salon, sur une éminence battue par les vents de la côte du Vest-Agder. Le moment était parfait, la concurrence minime, les prix au kilo astronomiques, et en l'espace de quatre années de pleine activité, ils devinrent multimillionnaires. La maison sur sa butte fut rasée et remplacée par une autre aux allures de gâteau à la crème, plus grosse que la grange, dotée de huit encorbellements et d'un garage double.

Ragnhild avait tout juste seize ans lorsque sa mère la chassa de la butte pour une autre butte : l'école privée d'Aron Schüster pour jeunes filles, sise neuf cents mètres au-dessus du niveau de la mer dans un petit centre ferroviaire en Suisse, comptant six églises et une *bierstub*. Le but avoué était que Ragnhild apprenne le français, l'allemand et l'histoire de l'art, des matières qui pourraient être utiles vu que le cours du poisson d'élevage ne cessait d'atteindre des records.

Mais la véritable raison de cet exil, c'était bien évidemment son bon ami, Johannes. Johannes aux mains chaudes, Johannes à la douce voix et au regard qui pouvait voir ce qu'elle pensait avant qu'elle-même l'ait pensé. Le plouc Johannes qui n'arriverait nulle part. Tout fut différent après Johannes. Elle fut différente après Johannes.

À l'école privée d'Aron Schüster, elle se débarrassa de ses cauchemars, de son sentiment de culpabilité et de l'odeur de poisson, et apprit tout ce dont les jeunes filles ont besoin pour se trouver un mari d'un rang égal ou supérieur. Et avec l'instinct de survie inné qui lui avait permis de subsister sur sa butte norvégienne, elle avait lentement mais sûrement enterré la Ragnhild que Johannes avait si bien vue, pour devenir Ragnhild qui allait quelque part, qui faisait ce qu'elle avait à faire sans se laisser arrêter par personne, en tout cas pas par des aristocrates françaises hautaines ou des coureuses danoises pourries qui chuchotaient dans les coins que, quels que soient les efforts déployés par des filles comme Ragnhild, elles resteraient toujours provinciales et vulgaires.

Sa petite vengeance fut de séduire M. Brehme, le jeune professeur d'allemand, dont elles étaient toutes plus ou moins amoureuses. Les professeurs vivaient dans un bâtiment situé en face de celui des élèves, et elle avait tout bonnement traversé la place pavée pour aller frapper à la porte de sa petite chambre. Elle alla le voir quatre fois. Et revint quatre nuits en faisant claquer ses talons sur le pavé de la place, qui en renvoya l'écho entre les murs des deux bâtiments.

Les rumeurs se mirent à circuler, et elle fit peu, voire rien, pour les arrêter. Lorsque éclata la nouvelle que M. Brehme avait démissionné pour prendre en toute hâte ses fonctions en tant que professeur à Zurich, Ragnhild répondit par un sourire de triomphe à tous les visages ravagés de chagrin des jeunes filles de la classe.

Après la dernière année d'école en Suisse, Ragnhild était rentrée au bercail. Enfin à la maison, avait-elle pensé. Mais le regard de Johannes était de nouveau présent. Dans l'argent du fjord, dans les ombres du bois vert-de-gris, derrière les fenêtres noires de la maison de prières ou dans les voitures qui passaient à toute vitesse en soulevant derrière elles un nuage de poussière qui crissait entre les dents et laissait un goût amer. Et quand la lettre arriva de Chicago pour lui proposer une place d'étudiante, en droit des affaires, licence en trois ans, maîtrise en cinq, elle alla voir son père et lui demanda de transférer sans délai les fonds demandés.

Ce fut un soulagement de partir. De pouvoir redevenir la nouvelle Ragnhild. Elle se réjouissait à l'idée d'oublier, mais pour cela, elle avait besoin d'un projet, d'un but. Ce fut à Chicago qu'elle trouva ce but. Mads Gilstrup.

Elle pensa que ce serait simple, elle avait les bases aussi bien théoriques que pratiques pour séduire les garçons des classes supérieures. Et elle était jolie. Johannes l'avait dit, d'autres l'avaient répété. C'étaient en premier lieu ses yeux. La nature l'avait dotée des iris bleu clair de sa mère dans une membrane synoviale exceptionnellement pure et blanche dont il était scientifiquement prouvé qu'elle attirait l'autre sexe, comme étant un signe de bonne santé et de patrimoine génétique sain. En conséquence, on voyait rarement Ragnhild porter des lunettes de soleil. À moins qu'elle n'ait prévu l'effet qu'elle obtiendrait en les enlevant à un moment particulièrement propice.

Certains disaient qu'elle ressemblait à Nicole Kidman. Elle comprenait ce qu'ils entendaient par là. Jolie de façon fière, sévère. C'était peut-être ça, la raison. Le côté sévère. Car quand elle avait essayé d'entrer en contact avec Mads Gilstrup dans les couloirs ou la cantine du campus, il s'était comporté comme un cheval sauvage effrayé, au regard fuyant, rejetant sa crinière en mouvements nerveux avant de foncer en lieu sûr.

Elle avait fini par tout miser sur une seule carte.

La veille au soir d'une des nombreuses fêtes annuelles débiles prétendument riches en traditions, Ragnhild avait filé de l'argent à sa camarade de chambre pour une paire de chaussures neuves et une chambre d'hôtel, avant de passer trois heures devant son miroir. Pour une fois, elle était arrivée tôt à la fête. Autant parce qu'elle savait que Mads Gilstrup arrivait tôt à toutes les fêtes que pour couper l'herbe sous le pied à d'éventuelles concurrentes.

Il avait bafouillé et bégayé presque sans oser la regarder dans les yeux, même en dépit de leurs iris bleu clair et de leur membrane synoviale pure. Et encore moins dans le décolleté truqué. Et elle avait pu constater, en parfait désaccord avec ses conceptions antérieures, que la confiance en soi n'est pas fatalement l'inséparable compagne de l'argent. Elle devait par la suite conclure que la cause de l'image désastreuse que Mads avait de lui-même se trouvait chez le père brillant, exigeant et grand pourfendeur de faiblesses de ce dernier, qui ne comprenait pas pourquoi il ne lui avait pas été donné un fils plus conforme à sa propre image.

Mais elle n'avait pas déposé les armes, et s'était agitée devant Mads Gilstrup comme un hameçon, s'étant rendue si aisément disponible qu'elle les avait vues se mettre à papoter, ces filles qu'elle appelait ses copines et qui le lui rendaient bien, puisque en fin de compte elles étaient toutes des animaux de bétail. Puis, après six bières américaines légères et le soupçon naissant que Mads Gilstrup était homosexuel, le cheval sauvage s'était risqué en terrain découvert, et deux bières plus tard, ils avaient quitté la sauterie.

Elle l'avait laissé la monter, mais dans le lit de la copine. C'était quand même une paire de chaussures d'un bon prix. Et quand Ragnhild s'essuya de lui trois minutes plus tard avec le dessus-de-lit crocheté main de sa camarade de chambre, elle sut qu'elle lui avait passé le licou. Le harnachement et la selle viendraient en leur temps.

Après les études, ils rentrèrent à la maison en tant que couple fiancé. Mads Gilstrup pour gérer sa part de la fortune familiale, dans la conviction sans faille qu'il n'aurait jamais besoin d'être testé dans aucune lutte de suprématie. Son boulot consistait à trouver les bons conseillers.

Ragnhild chercha du travail et en trouva chez un gestionnaire de patrimoine qui n'avait jamais entendu parler de l'université moyenne, mais de Chicago, et qui apprécia ce qu'il entendit. Et vit. Il n'était pas aussi brillant, mais exigeant, et trouva pour ainsi dire en Ragnhild une âme sœur. Elle fut pour cette raison démise peu de temps plus tard de ses fonctions quelque peu trop prenantes sur le plan intellectuel d'analyste de titres et placée derrière l'écran et le téléphone de l'une des tables de la « cuisine », comme ils appelaient la salle des courtiers. Et ce fut là que Ragnhild Gilstrup (elle avait pu faire changer son nom de jeune fille en celui de Gilstrup alors qu'ils n'étaient que fiancés, parce que c'était plus « pratique ») trouva réellement ses marques. Si *conseiller* les investisseurs institutionnels et censément professionnels de l'entreprise pour qu'ils achètent Opticom ne suffisait pas, elle pouvait ronronner, flirter, cracher, manipuler, mentir et pleurer. Ragnhild Gilstrup pouvait se frotter contre une paire de jambes masculines — et au besoin féminines — d'une façon qui déplaçait des actions bien plus efficacement qu'aucun de ses analystes ne l'avait jamais fait. Mais sa principale qualité résidait dans une excellente perception du moteur essentiel du marché des titres : la gourmandise.

Puis, un jour, elle tomba subitement enceinte. Et à son grand étonnement, elle constata qu'elle envisageait d'avorter. Elle avait jusqu'alors sincèrement cru qu'elle désirait des enfants, en tous les cas un. Huit mois plus tard, elle accoucha d'Amalie. Cela l'emplit d'un bonheur qui refoula immédiatement le souvenir de l'avortement. Deux semaines plus tard, Amalie fut admise à l'hôpital pour une forte fièvre. Ragnhild remarqua que les médecins n'étaient pas tranquilles, mais ils ne pouvaient pas expliquer de quoi souffrait la petite. Une nuit, Ragnhild avait songé prier Dieu, avant d'en rejeter l'idée. Le lendemain soir à vingt-trois heures, la petite Amalie mourut d'une pneumonie. Ragnhild s'était enfermée, et pleura quatre jours sans discontinuer.

« Fibrose kystique, expliqua le médecin dans la chambre. C'est génétique, et cela signifie que vous ou votre mari êtes porteur de la maladie. Savez-vous si quelqu'un l'a eue dans votre famille, ou dans la sienne ? Cela peut par exemple se manifester par des crises d'asthme fréquentes chez la personne touchée, ou des choses de ce genre.

— Non, avait répondu Ragnhild. Et je suppose que vous savez que vous êtes tenu au secret professionnel. »

Son chagrin fut géré professionnellement. Au bout de quelques mois, elle parvint à parler de nouveau à d'autres personnes. Lorsque l'été arriva, ils partirent au chalet que possédaient les Gilstrup sur la côte ouest de la Suède et tentèrent de faire un nouvel enfant. Mais un soir, Mads Gilstrup trouva sa femme en pleurs devant le miroir de la chambre. Elle lui avoua qu'elle avait été punie pour avoir souhaité avorter. Il l'avait réconfortée, mais au moment où ses gestes tendres s'étaient faits plus hardis, elle l'avait repoussé en lui annonçant que ce serait la dernière fois avant un bon moment. Mads crut qu'elle parlait d'enfanter, et se déclara immédiatement d'accord. Il fut par conséquent aussi déçu que désorienté lorsqu'elle lui fit comprendre que c'était vis-à-vis de l'acte lui-même qu'elle désirait marquer une pause. Mads Gilstrup avait pris goût à l'accouplement, et il appréciait tout particulièrement l'estime de soi ressentie lorsqu'il lui procurait ce qu'il percevait comme des orgasmes modestes mais réels. Il admit néanmoins ses explications et les attribua au deuil et aux changements hormonaux consécutifs à l'accouchement. Ragnhild ne se voyait pas trop lui raconter que ces deux dernières années avaient été un véritable programme imposé en ce qui la concernait et que les derniers vestiges de désir qu'elle avait réussi à conserver pour lui s'étaient volatilisés au moment où elle avait levé les yeux sur son visage stupide, frappé d'épouvante et percé d'une bouche béante. Et quand il s'était mis à pleurer de bonheur en lâchant les ciseaux avec lesquels il s'apprêtait à couper tous les cordons ombilicaux des pères en couches, elle avait juste eu envie de lui flanquer une gifle. Et elle ne pensait pas non plus pouvoir lui expliquer qu'elle et son peu brillant supérieur couvraient depuis un an leurs impérieux besoins réciproques en matière de saillie.

Ragnhild était l'unique courtière d'Oslo à s'être vu proposer un partenariat entièrement satisfaisant au moment de son départ en congé maternité. Mais à l'étonnement général, elle avait démissionné. On lui avait proposé un autre emploi. Gérer la fortune familiale de Mads Gilstrup.

Elle expliqua à son supérieur lors de leur soirée d'adieu qu'il était temps que les courtiers soient obséquieux avec elle, et non plus l'inverse. Et ne dit pas un mot de la raison véritable : que Mads Gilstrup n'avait malheureusement pas rempli son unique mission consistant à trouver un bon conseiller, et que la fortune familiale s'était réduite à un rythme si rapide que son beau-père, Albert Gilstrup, et Ragnhild pour finir, étaient intervenus conjointement. Ce fut la dernière fois que Ragnhild vit le chef des courtiers.

Quelques mois plus tard, elle apprit qu'il avait été mis en arrêt de travail après avoir longtemps souffert d'asthme.

Ragnhild n'appréciait pas les gens que fréquentait Mads, et elle avait compris que c'était aussi son cas à lui. Mais ils allaient aux soirées auxquelles on les invitait puisque l'autre possibilité, échouer hors du milieu des gens qui représentaient ou possédaient quelque chose, était à tout prendre pire. Mais ces hommes pompeux et satisfaits d'eux-mêmes qui pensaient sincèrement que leur argent leur permettait de l'être n'étaient rien à côté de leurs femmes, ou « bonnes femmes », comme les appelait Ragnhild en son for intérieur. Ces pipelettes coureuses de magasins qui passaient le reste de leur temps à la maison et ces maniaques de la bonne santé flanquées de nichons qui paraissaient parfaitement authentiques et d'un bronzage qui lui l'était puisqu'elles et les enfants revenaient de deux semaines à Saint-Tropez pour « se détendre » loin de leurs jeunes filles au pair et d'ouvriers bruyants qui n'en finissaient pas d'installer la piscine ou la nouvelle cuisine. Elles racontaient avec une inquiétude non feinte que cela avait été désastreux de faire ses courses en Europe ces douze derniers mois, mais en dehors de cela leur horizon ne s'étendait jamais bien loin de Slemdal à Bogstad, et au besoin jusqu'à Kragerø[1] durant les mois d'été. Vêtements, liftings et appareils de musculation étaient leurs sujets de conversation favoris puisque c'était l'arme ultime pour retenir les hommes

1. Environ 50, 38 et 195 kilomètres du centre de la capitale.

riches et pompeux, ce à quoi se résumait leur mission sur cette terre.

Quand Ragnhild pensait de la sorte, il lui arrivait d'être surprise. Étaient-elles si différentes d'elle ? La différence venait peut-être du fait qu'elle avait un travail. Était-ce pour cela qu'elle ne supportait pas les mines suffisantes qu'elles arboraient durant les lunchs dans ce café de Vinderen, quand elles se plaignaient de tous ces abus des allocations et ces petites fraudes dans ce qu'elles appelaient avec un léger mépris « la société » ? Ou était-ce autre chose ? Que s'était-il passé ? Une révolution. Elle avait commencé à se soucier d'une autre personne que d'elle-même. Elle ne s'était pas sentie ainsi depuis Amalie. Et Johannes.

Tout débuta avec un plan. Les valeurs avaient continué à s'effondrer suite aux placements malheureux de Mads, et il fallait prendre des mesures draconiennes. Il ne suffisait pas de placer sur de l'actif à faible risque, il y avait des dettes en plus qu'il fallait couvrir. En bref, ils devaient réaliser un coup financier. Ce fut son beau-père qui lança l'idée. Et ça sentait véritablement la bonne affaire, ou plus exactement le casse. Et pas le casse d'une banque bien gardée, simplement le détroussage de vieilles dames. La dame, c'était l'Armée du Salut. Ragnhild avait passé en revue le patrimoine de l'Armée, qui était rien moins qu'impressionnant. Les immeubles étaient certes moyennement bien entretenus, mais le potentiel et la situation étaient de premier ordre. Cela concernait en premier lieu les immeubles du centre-ville d'Oslo, particulièrement ceux de Majorstua. La comptabilité de l'Armée du Salut lui avait appris au moins deux choses : que l'Armée avait besoin d'argent, et que ses propriétés étaient fortement sous-évaluées dans le bilan. Ils n'étaient manifestement pas conscients de la valeur de leurs biens, car elle doutait sérieusement que les responsables de la maison soient les plus avisés. C'était par ailleurs le moment idéal pour acheter, puisque le marché de l'immobilier s'était effondré en même temps que celui des titres, et que les autres indicateurs avaient commencé à remonter.

Un coup de fil plus tard, un rendez-vous était convenu.

C'était lors d'une délicieuse journée de printemps qu'elle était arrivée devant le QG de l'Armée du Salut.

Le commandeur, David Eckhoff, l'avait accueillie, et elle avait en trois secondes décodé sa jovialité. Derrière, elle vit un berger dominant du genre de ceux auxquels elle savait si bien s'attaquer, et songea que les choses se passeraient bien. Il l'avait fait entrer dans une salle de réunion où attendaient des gaufres, un café particulièrement mauvais et trois collaborateurs, deux relativement jeunes et un plus âgé. L'aîné était le chargé de gestion, un lieutenant-colonel qui devait bientôt partir en retraite. Les deux cadets étaient Rikard Nilsen, un jeune homme coincé qui au premier abord présentait des similitudes avec Mads Gilstrup. Mais ce ne fut rien en comparaison du choc qu'elle éprouva en reconnaissant l'autre jeune homme au moment de le saluer, lorsqu'il prit sa main avec un sourire prudent en se présentant comme Jon Karlsen. Ce n'était pas sa haute silhouette voûtée, son visage enfantin et ouvert ou sa voix chaude, mais ses yeux. Ils la regardaient sans détour. Ils lisaient en elle. Comme les siens l'avaient fait. C'étaient les yeux de Johannes.

Durant la première partie de l'entrevue, pendant laquelle le chargé de gestion rendit compte du bilan de l'Armée du Salut qui s'élevait à près d'un milliard de couronnes[1], dont une partie significative provenaient des loyers des deux cent trente propriétés que possédait l'Armée à travers tout le territoire, elle flotta dans une sorte de transe en essayant de ne pas garder les yeux rivés sur le jeune homme. Sur ses cheveux, ses mains qui reposaient calmement sur la table. Ses épaules qui ne remplissaient pas entièrement l'uniforme noir, un uniforme que Ragnhild, de par son éducation, liait aux personnes âgées qui faisaient la deuxième voix des chansons qui en comptaient trois, et souriaient bien qu'elles ne crussent pas en une vie avant l'au-delà. Elle avait sans doute imaginé — sans réellement le croire — que l'Armée du Salut était pour ceux qui n'avaient place nulle part ailleurs, les naïfs, les peu doués pour la fête et les pas très futés avec qui personne d'autre ne voulait jouer, mais qui comprenaient que dans l'Armée, il y avait une communauté où même eux pourraient satisfaire les exigences : faire la deuxième voix.

Quand le chargé de gestion eut terminé, Ragnhild remercia, ouvrit le dossier qu'elle avait apporté et poussa une simple feuille A4 sur la table, en direction du commandeur.

« Voici notre offre. Y figurent les propriétés qui nous intéressent.

1. Environ 123 000 000 euros.

— Merci. » Le commandeur jeta un coup d'œil au document.

Ragnhild essaya de lire sur son visage. Mais comprit que cela ne signifiait pas grand-chose. Une paire de lunettes gisait sur la table devant lui.

« Notre spécialiste va l'examiner et nous conseiller », annonça le commandeur avec un sourire en faisant passer la feuille. À Jon Karlsen. Ragnhild vit le visage de Rikard Nilsen se crisper.

Elle poussa sa carte de visite sur la table jusqu'à Jon Karlsen.

« S'il y a des points obscurs, n'hésitez pas à m'appeler, conseilla-t-elle, avant de sentir son regard sur elle comme un contact physique.

— Merci de votre visite, madame Gilstrup, conclut le commandeur Eckhoff en claquant des mains. Nous promettons de vous donner une réponse dans les… Jon ?

— Plus brefs délais. »

Le commandeur fit un sourire jovial. « Dans les plus brefs délais. »

Ils la raccompagnèrent tous les quatre à l'ascenseur. Personne ne dit mot tandis qu'ils attendaient. Au moment où les portes s'ouvrirent, elle se pencha légèrement vers Jon Karlsen.

« N'importe quand. Sur mon mobile », glissa-t-elle à voix basse.

Elle avait essayé de capter son regard pour le sentir une fois encore, mais n'en avait pas eu le temps. En descendant, seule dans l'ascenseur, Ragnhild Gilstrup avait senti le sang battre à coups durs et douloureux, et s'était mise à trembler sans pouvoir rien y faire.

Trois jours s'écoulèrent avant qu'il appelle pour

dire non. Ils avaient examiné sa proposition avant de conclure qu'ils ne voulaient pas vendre. Ragnhild avait frénétiquement débattu le prix, mis en avant la naïveté de l'Armée du Salut face au marché de l'immobilier, le fait que leurs propriétés n'étaient pas gérées de façon professionnelle, que les faibles amortissements dissimulaient que les propriétés étaient des paniers percés avec leurs loyers trop bas, et que l'Armée du Salut devait diversifier ses investissements. Jon Karlsen l'avait écoutée sans l'interrompre.

« Merci, avait-il alors répondu. Car vous vous êtes investie à fond dans cette affaire, madame Gilstrup. Et en tant qu'économiste je ne désapprouve pas ce que vous dites. Mais…

— Mais quoi ? Le calcul est évident… » Elle avait entendu le rythme frénétique de sa propre respiration dans le combiné.

« Mais c'est un aspect humain.

— Humain ?

— Les locataires. Des gens. Des personnes âgées qui ont vécu là toute leur vie, des soldats de l'Armée du Salut en retraite, des réfugiés, des gens qui ont besoin de sécurité. Ce sont eux, mon aspect humain. Vous allez les jeter dehors pour rénover ces appartements et les louer ou les vendre avec un bénéfice. Le calcul est — comme vous l'avez dit vous-même — évident. C'est l'aspect économique qui prime pardessus tout pour vous, et je l'accepte. Acceptez-vous le mien ? »

Elle avait cessé de respirer.

« Je…, commença-t-elle.

— Je vous emmène volontiers pour que vous puissiez rencontrer quelques-unes de ces personnes. Vous comprendrez peut-être mieux. »

Elle secoua la tête au bout du fil.

« J'aimerais dissiper quelques malentendus concernant nos intentions, para-t-elle. Êtes-vous pris jeudi soir ?

— Non. Mais…

— Rencontrons-nous au Feinschmäcker à huit heures.

— Qu'est-ce que c'est que le Feinschmäcker ? »

Elle ne put s'empêcher de sourire.

« Un restaurant à Frogner[1]. Disons simplement que le chauffeur de taxi saura où c'est.

— Si c'est à Frogner, j'irai en vélo.

— Bien. À jeudi. »

Elle avait convoqué Mads et son beau-père pour les informer de l'issue de la rencontre.

« On dirait que la clé, c'est ce conseiller, avait dit le beau-père, Albert Gilstrup. Si on le fait passer de notre côté, les propriétés sont à nous.

— Mais je viens de vous dire qu'il n'est pas intéressé, quel que soit le prix que nous y mettons.

— Oh si.

— Non !

— Pas par l'Armée du Salut. Là, il peut toujours agiter son petit drapeau moral. On doit en appeler à sa gourmandise personnelle.

— Pas avec cette personne-là, avait répondu Ragnhild en secouant la tête. Il… il n'est pas de ceux qui marchent pour ce genre de choses.

— Tout le monde a un prix, avait déclaré Albert

1. L'un des quartiers les plus élégants de la capitale.

Gilstrup avec un sourire triste en faisant battre son index comme un métronome devant le visage de sa bru. L'Armée du Salut est née du piétisme, et le piétisme a été le moyen pour l'homme pratique de se rapprocher de la religion. Voici pourquoi le piétisme a fait un carton ici, dans ce Nord pauvre : le pain d'abord, la prière ensuite. Je propose deux millions.

— Deux millions ? avait hoqueté Mads Gilstrup. Pour… conseiller de vendre ?

— Seulement s'il y a vente, bien entendu. *No cure, no pay*[1].

— C'est malgré tout une somme délirante, protesta son fils.

— La seule chose délirante dans le cas présent, c'est qu'il ait été possible de ratatiner une fortune familiale à une époque ou tout le reste était florissant », répondit le beau-père sans le regarder.

À l'instar d'un poisson d'aquarium, Mads Gilstrup ouvrit la bouche par deux fois sans que rien n'en sortît.

« Votre conseiller, là, il n'aura pas les tripes de négocier le prix s'il estime que la première offre est trop basse, pronostiqua le beau-père. On doit mettre KO au premier essai. Deux millions. Qu'en penses-tu, Ragnhild ? »

Ragnhild avait acquiescé longuement, les yeux fixés sur un point de l'autre côté de la fenêtre parce qu'elle n'avait pas la force de regarder son époux qui courbait l'échine dans l'ombre hors de la zone éclairée par la liseuse.

Jon Karlsen l'attendait déjà à la table lorsqu'elle était arrivée. Il paraissait plus petit que dans son sou-

1. « Pas de remède, pas de rétribution. »

venir, mais cela venait peut-être du fait qu'il avait troqué son uniforme contre un costume aux allures de sac qu'elle soupçonna d'avoir été acheté chez Fretex. Ou de ce qu'il paraissait se sentir perdu dans ce restaurant branché. Il avait renversé le vase de fleurs en se levant pour l'accueillir. Ils avaient sauvé l'objet dans une action commune qui les avait fait rire. Ils avaient ensuite discuté de tout et de rien. Lorsqu'il lui avait demandé si elle avait des enfants, elle avait simplement secoué la tête.

S'il avait des enfants ? Non. D'accord, mais il avait peut-être… ? Non, non plus.

La conversation avait dévié sur les propriétés de l'Armée du Salut, mais elle s'était rendu compte qu'elle argumentait sans son ardeur coutumière. Il avait souri poliment en buvant son vin à petites gorgées. Elle avait augmenté l'offre de dix pour cent. Il avait secoué la tête, sans se départir de son sourire, avant de la complimenter pour le tour de cou dont elle savait qu'il seyait à sa peau.

« Un cadeau de ma mère », avait-elle menti en toute décontraction. En se disant que c'était en fait ses yeux qu'il regardait. Ses yeux aux iris bleus et à la membrane synoviale pure.

Elle avait émis la proposition d'une rétribution personnelle de deux millions de couronnes entre le plat et le dessert. Elle ne l'avait pas regardé dans les yeux, car lui regardait son verre de vin sans rien dire, soudain blanc comme un linge.

« Est-ce que c'est ton idée ? avait-il fini par demander à mi-voix.

— La mienne et celle de mon beau-père. » Elle remarqua qu'il avait le souffle court.

« Albert Gilstrup ?

— Oui. Hormis nous deux et mon mari, personne n'en entendra jamais parler. Nous aurions autant à perdre si cela se savait que… euh, que toi.

— Est-ce que j'ai dit ou fait quelque chose ?

— Plaît-il ?

— Qu'est-ce qui vous a fait croire, à toi et à ton beau-père, que j'allais dire oui à ces belles pièces d'argent ? »

Il leva les yeux vers elle, et Ragnhild sentit le rouge envahir son visage. Elle ne se souvenait pas avoir rougi de la sorte depuis le collège.

« On laisse tomber le dessert ? » Il leva la serviette de ses genoux et la posa sur la table à côté de l'assiette de présentation.

« Prends ton temps avant de répondre, Jon, bredouilla-t-elle. Pour toi. Ça peut te donner l'occasion de réaliser certains rêves. »

Les mots sonnaient vilainement et faussement même à ses propres oreilles. Jon fit signe au serveur qu'ils désiraient l'addition.

« Quels rêves ? Celui d'être un serviteur corrompu, un déserteur pitoyable ? De parader dans une belle voiture pendant que tout ce que l'on essaie d'être en tant qu'humain n'est que ruine ? »

La colère faisait vibrer sa voix.

« Ce sont des rêves comme ceux-là que tu as, Ragnhild Gilstrup ? »

Elle n'avait pas réussi à répondre.

« Je dois être aveugle, poursuivit-il. Parce que tu sais quoi ? Quand je t'ai rencontrée, j'ai cru voir… une tout autre personne.

— Tu m'as vue moi, chuchota-t-elle en sentant

venir ce tremblement, celui qu'elle avait ressenti dans l'ascenseur.

— Quoi ? »

Elle s'éclaircit la voix : « Tu m'as vue moi. Et maintenant, je t'ai offensé. Je suis vraiment désolée. »

Dans le silence qui s'ensuivit, elle avait eu l'impression de sombrer à travers des couches d'eau alternativement froides et chaudes.

« Oublions tout ça, soupira-t-elle après que le serveur fut venu chiper la carte qu'elle tenait d'une main. Ce n'est pas important. Pour aucun de nous deux. Tu veux venir avec moi dans le parc Frogner ?

— Je...

— S'il te plaît ? »

Il l'avait dévisagée avec surprise.

L'avait-il fait ?

Comment ce regard — qui voyait tout — pouvait-il être surpris ?

Depuis sa fenêtre de Holmenkollen, Ragnhild Gilstrup regardait sans ciller un rectangle noir en contrebas. Le parc Frogner. C'était là-bas que la folie avait commencé.

*

Il était minuit passé, le bus de la soupe était revenu au garage et Martine se sentait agréablement vannée, mais également bénie. Debout sur le trottoir devant Heimen, dans l'étroite Heimdalsgata, elle attendait Rikard qui était allé chercher la voiture lorsqu'elle entendit grincer la neige derrière elle.

« Salut. »

Elle se retourna et sentit son cœur marquer un arrêt

complet en voyant une haute silhouette avancer vers l'unique réverbère.

« Vous ne me reconnaissez pas ? »

Son cœur battit un coup. Deux. Puis trois, quatre. Elle avait reconnu la voix.

« Qu'est-ce que vous faites ici ? s'enquit-elle en espérant que sa voix ne trahirait pas la peur qu'elle venait d'éprouver.

— J'ai appris que vous travailliez au bus, ce soir, et qu'on revenait le garer ici à minuit. Il y a eu une avancée dans l'enquête, comme on dit. J'ai un peu cogité. » Il avança, de sorte que la lumière tombe sur son visage. Celui-ci était plus dur, plus âgé que dans son souvenir. Étrange, tout ce que l'on peut oublier en vingt-quatre heures. « Et j'ai quelques questions.

— Qui ne peuvent pas attendre ? demanda-t-elle avec un sourire, et elle vit que ce sourire faisait s'adoucir le visage du policier.

— Vous attendez quelqu'un ?

— Oui, Rikard doit me reconduire. »

Elle regarda le sac que le policier avait sur l'épaule. JETTE[1], lut-elle sur le côté, mais il semblait bien trop vieux et usé pour être la version rétro qui avait cours à présent.

« Vous devriez vous payer une paire de semelles neuves pour les baskets que vous avez là-dedans », conseilla-t-elle en tendant un doigt.

Il la regarda, abasourdi.

« Pas besoin d'être Jean-Baptiste Grenouille pour en sentir l'odeur, expliqua-t-elle.

— Patrick Süskind, comprit-il. *Le parfum*.

1. Marque de chaussures de ski de fond.

— Un policier qui lit, constata-elle.

— Un soldat de l'Armée du Salut qui lit dans le journal qu'un meurtre a été commis. Ce qui nous ramène à mes moutons, j'en ai bien peur. »

Une Saab 900 arriva et s'arrêta devant eux. La vitre descendit sans un bruit.

« On y va, Martine ?

— Un instant, Rikard. » Elle se tourna vers Harry. « Où allez-vous ?

— Bislett. Mais je préf…

— Rikard, ça ne pose pas de problème si on emmène Harry à Bislett ? C'est là que tu habites, toi aussi. »

Rikard laissa son regard se perdre dans l'obscurité avant de répondre d'un ton neutre : « Bien sûr.

— Venez », invita Martine en tendant la main.

Harry la regarda, surpris.

« Chaussures lisses », chuchota-t-elle en saisissant sa main. Elle sentit que la sienne était chaude et sèche, et enserrait automatiquement celle de la femme, comme s'il craignait qu'elle ne tombe instantanément.

Rikard conduisait prudemment, son regard bondissant continuellement d'un rétroviseur à l'autre, comme s'il attendait une attaque par-derrière.

« Alors ? » s'enquit Martine depuis le siège avant.

Harry toussota.

« On a essayé de descendre Jon Karlsen, aujourd'hui.

— Quoi ?! » s'exclama Martine.

Harry croisa le regard de Rikard dans le rétroviseur.

« Vous étiez déjà au courant ?

— Non, répondit le conducteur.

— Qui…, commença la jeune femme.
— Nous ne savons pas.
— Mais… Robert *et* Jon. Ça aurait un lien avec la famille Karlsen ?
— Je crois qu'il n'y en a qu'un des deux qui était visé, depuis le début, avança Harry.
— C'est-à-dire ?
— L'assassin a différé son départ. Je crois qu'il a découvert qu'il avait abattu le mauvais homme. Ce n'était pas Robert qui devait mourir.
— Pas Ro…
— C'est pourquoi je dois vous parler. Je crois que vous pouvez me dire si oui ou non ma théorie tient.
— Quelle théorie ?
— Que Robert est mort parce qu'il a malheureusement pris le tour de garde de Jon sur Egertorget. »

Martine se retourna sur le siège passager et lança à Harry un regard consterné.

« Vous avez la liste des tours de garde, poursuivit Harry. Quand je suis passé chez vous la première fois, j'ai remarqué que cette liste était punaisée sur le tableau à la réception. N'importe qui peut voir qui était de garde sur Egertorget ce soir-là. Que c'était Jon Karlsen.
— Comment…
— Je suis passé après être allé vérifier à l'hôpital. C'est le nom de Jon qui y figure. Mais Robert et Jon ont échangé leur tour après que la liste a été imprimée, n'est-ce pas ? »

Rikard tourna dans Sofies gate. Les yeux de Martine s'agrandissaient.

« Oui, je m'en souviens ! Robert a téléphoné pour dire qu'ils avaient interverti, et je n'avais donc pas besoin de faire quoi que ce soit. Ça doit être pour ça que je n'y ai pas pensé. Mais… mais alors, ça veut dire que…

— Jon et Robert se ressemblent pas mal, reprit Harry. Et en uniforme…

— C'était le soir, et il neigeait…, compléta Martine à mi-voix, comme pour elle-même.

— Ce que je veux savoir, c'est si quelqu'un vous a appelée pour avoir cette liste. Et de ce soir-là en particulier.

— Pas que je me souvienne.

— Vous pouvez y réfléchir ? Je vous rappellerai demain.

— Pas de problème. »

Harry soutint son regard, et dans la lumière qui les balaya depuis un réverbère il remarqua de nouveau les irrégularités dans les pupilles de la jeune femme.

Rikard arrêta brusquement la voiture.

« Comment le saviez-vous ? demanda Harry.

— Comment je savais quoi ? répliqua très vite Martine.

— C'est au conducteur que je posais la question. Comment saviez-vous que c'est ici que j'habite ?

— Vous l'avez dit, répondit Rikard. Je connais. Comme l'a dit Martine, j'habite à Bislett. »

Harry s'arrêta sur le trottoir pour regarder s'en aller la voiture.

Il ne faisait pas un pli que le garçon était amoureux. Il avait fait le détour jusqu'ici en premier lieu pour pouvoir être seul avec Martine quelques minutes. Pour pouvoir lui parler. Pour avoir le calme et la tranquillité nécessaires quand on doit raconter quelque chose, montrer qui on est, dénuder son âme, se découvrir avec tout ce qui est inhérent à la jeunesse, et dont il était heureusement débarrassé. Tout cela pour recevoir un mot gentil, une embrassade et espérer un baiser avant qu'elle s'en aille. Implorer l'amour, comme le font les idiots amoureux. Quel que soit leur âge.

Harry alla lentement vers l'entrée tandis que sa main attrapait mécaniquement ses clés dans sa poche de pantalon, et que ses idées traquaient quelque chose qui était systématiquement repoussé chaque fois qu'il s'en approchait. Son regard chercha quelque chose qu'il entendait à peine. C'était un tout petit bruit, Sofies gate était tranquille à cette heure aussi tardive. Harry baissa les yeux dans les congères grises laissées par le chasse-neige qui était passé dans la journée. On eût dit que quelque chose crépitait. Fondait. Impossible, il faisait moins dix-huit.

Harry glissa sa clé dans la serrure.

Et entendit que ça ne fondait pas. Ça tictaquait.

Il fit lentement volte-face et observa les monticules de neige. Il vit briller. Du verre.

Il retourna sur ses pas, se pencha et ramassa la montre. Le verre du cadeau de Møller était brillant comme le miroir de l'eau, sans la moindre rayure. Et l'heure correspondait à la seconde près. Deux minutes d'avance sur sa propre montre. Qu'avait dit Møller, déjà ? Qu'il arriverait à l'heure à ce à quoi il pensait être en retard.

CHAPITRE 14

Nuit du jeudi 18 décembre
Les ténèbres

Le convecteur mural de la salle de séjour de Heimen claqua comme si on avait lancé des graviers dessus. L'air chaud tremblait au-dessus des brûlures brunes dans le tissu mural qui suintait la nicotine, la colle et l'odeur grasse de ceux qui avaient résidé là avant de s'en aller. Le tissu du canapé le démangeait à travers son pantalon.

Malgré la chaleur sèche et crépitante du convecteur, il tremblait tout en regardant les informations à la télévision, fixée à son support en haut d'un des murs du salon. Il reconnut les photos de la place, mais ne comprit rien de ce qu'ils disaient. Dans le coin opposé, un vieil homme installé dans un fauteuil fumait des cigarettes roulées serré. Quand il en restait si peu qu'elles lui brûlaient le bout de ses doigts noirs, il sortait rapidement deux allumettes de leur boîte, entre lesquelles il écrasait le mégot et inhalait jusqu'à s'en cramer les lèvres. Le sommet décoré d'un sapin ornait une table dans le coin, où il essayait de scintiller.

Il pensa au repas de Noël à Dalj.

C'était deux ans après que les Serbes s'étaient

retirés de ce qui avait naguère été Vukovar, à la fin de la guerre. Les pouvoirs publics croates les avaient entassés dans l'International Hotel de Zagreb. Il avait demandé à plusieurs personnes si elles savaient ce qu'il était advenu de la famille de Giorgi, et un jour, il avait rencontré un autre réfugié qui savait que la mère de Giorgi était morte au cours du siège, et que lui et son père étaient partis pour Dalj, une petite ville-frontière non loin de Vukovar. Le 26 décembre, il prit le train à Osijek puis continua de là jusqu'à Dalj. Il discuta avec le chauffeur et s'entendit confirmer que le train continuerait jusqu'à Borovo, le terminus, avant de revenir à Dalj pour six heures et demie. Il était deux heures lorsqu'il descendit à Dalj. Il demanda son chemin jusqu'à un immeuble bas aussi gris que la ville elle-même. Il monta dans la cage d'escalier, trouva la bonne porte et pria intérieurement pour qu'ils soient à la maison. Et sentit son cœur battre plus vite en entendant des pas légers à l'intérieur.

Ce fut Giorgi qui ouvrit. Il n'avait pas beaucoup changé. Plus pâle, mais avec les mêmes boucles blondes, les mêmes yeux bleus et la même bouche en forme de cœur qui lui avait toujours fait penser au descendant d'un dieu. Mais le sourire avait disparu de ses yeux, comme une ampoule claquée.

« Tu ne me reconnais pas, Giorgi ? demanda-t-il au bout d'un moment. On a habité la même ville, on est allés à la même école. »

Giorgi plissa le front.

« Ah bon ? Attends. Cette voix. Tu dois être Serg Dolac. Bien sûr, c'était toi qui courais si vite. Punaise, ce que tu as changé. Ça fait vraiment du bien de voir des gens de Vukovar. Tout le monde est parti.

— Pas moi.

— Non, pas toi, Serg. »

Giorgi le prit dans ses bras et le tint si longtemps qu'il sentit la chaleur frémir dans son corps congelé. Il l'entraîna alors avec lui dans l'appartement.

L'obscurité précoce de l'hiver tomba tandis qu'ils discutaient dans le living chichement meublé de tout ce qui s'était passé, de tous ceux qu'ils avaient connus à Vukovar et de ce qu'ils étaient devenus. Lorsqu'il demanda à Giorgi si celui-ci se rappelait Tinto, le chien, Giorgi fit un sourire un peu perdu.

Giorgi lui expliqua que son père ne tarderait pas à rentrer et lui demanda s'il voulait rester dîner.

Il regarda l'heure. Le train repasserait à la gare dans trois heures.

Le père fut très surpris qu'ils reçoivent de la visite de quelqu'un de Vukovar.

« C'est Serg, expliqua Giorgi. Serg Dolac.

— Serg Dolac ? répéta le père en l'observant. Moui, il me semble t'avoir déjà vu. Hmm. Est-ce que je connaissais ton père ? Non ? »

L'obscurité tomba, et lorsqu'ils passèrent à table le père leur donna de grandes serviettes blanches, et il dénoua son propre foulard rouge avant d'attacher sa serviette autour du cou. Le père récita une courte prière, fit le signe de croix et s'inclina vers la seule photo du séjour, un portrait de femme encadré.

Tandis que Giorgi et son père saisissaient leurs couverts, il pencha la tête en avant et psalmodia : « Qui est celui-ci qui vient d'Édom, de Bosra, en vêtements rouges, en habits éclatants, et se redressant avec fierté dans la plénitude de sa force ?

— C'est moi qui ai promis le salut, qui ai le pouvoir de délivrer. »

Le père le regarda, étonné. Puis il fit passer le plat de grands morceaux de viande pâle.

Le repas se déroula dans le silence. Le vent faisait grincer les minces fenêtres.

Après la viande, ce fut le dessert. *Palačinka*, crêpes fines fourrées de confiture et nappées de chocolat. Il n'avait pas mangé de *palačinka* depuis qu'il était petit à Vukovar.

« Prends-en une autre, Serg, l'invita le père. C'est Noël. »

Il regarda l'heure. Il restait une demi-heure avant le départ du train. Il était temps. Il s'éclaircit la voix, posa sa serviette et se leva : « Giorgi et moi avons parlé de tous ceux dont nous nous souvenons de Vukovar. Mais il y a une personne dont nous n'avons pas encore parlé.

— Bien, sourit le père, un peu surpris. Qui est-ce, Serg ? » Le père avait tourné légèrement la tête, de façon à pouvoir le voir d'un œil. Comme s'il tentait de découvrir quelque chose sur quoi il ne parvenait pas à mettre le doigt.

« Il s'appelait Bobo. »

Il vit dans les yeux du père de Giorgi qu'il le comprenait enfin. Qu'il l'avait peut-être attendu. Il entendit le son de sa propre voix entre les murs nus : « Tu étais dans la jeep, et tu l'as désigné au commandant serbe. » Il déglutit. « Bobo est mort. »

Le silence s'abattit dans la pièce. Le père posa ses couverts : « C'était la guerre, Serg. Nous allons tous mourir. » Il le dit calmement. Presque avec résignation.

Le père et Giorgi restèrent immobiles pendant qu'il tirait le pistolet de la ceinture de son pantalon, ôtait le cran de sécurité, le braquait en travers de la table et tirait. La détonation fut sèche, brève, et une secousse traversa le corps du père en même temps que les pieds de sa chaise griffaient le sol. Le père pencha la tête et regarda le trou dans la serviette qui pendait devant sa poitrine. Puis la serviette fut aspirée vers son corps tandis que le sang s'étalait comme une fleur rouge sur la pièce de tissu blanc.

« Regarde-moi », ordonna-t-il tout haut, et le père leva automatiquement la tête.

Le second coup avait fait un petit trou noir dans le front qui bascula en avant et atteignit l'assiette et la *palačinka* avec un bruit sourd.

Il se tourna vers Giorgi qui regardait la bouche grande ouverte, un filet rouge lui courant sur la joue. Il lui fallut une seconde pour comprendre que c'était la confiture de la *palačinka* du père. Il glissa le pistolet dans la ceinture de son pantalon.

« Il va falloir que tu me descendes aussi, Serg.

— Je n'ai aucun compte à régler avec toi. » Il sortit du salon et passa sa veste, qui était restée près de la porte.

Giorgi le suivit.

« Je me vengerai ! Je te retrouverai et je te tuerai, si tu ne me tues pas !

— Et comment est-ce que tu me retrouveras, Giorgi ?

— Tu ne pourras pas te cacher. Je sais qui tu es.

— Ah oui ? Tu crois que je suis Serg. Mais Serg

Dolac était roux, et il était plus grand que moi. Et je ne cours pas vite, Giorgi. Mais soyons heureux que tu ne me reconnaisses pas, Giorgi. Ça veut dire que je peux te laisser vivre. »

Il se pencha alors en avant, embrassa vigoureusement Giorgi sur la bouche et s'en alla.

Les journaux parlèrent du meurtre, mais personne ne fut recherché. Trois mois plus tard, un dimanche, sa mère lui parla d'un Croate qui était venu la voir pour lui demander de l'aide. L'homme ne pouvait pas payer beaucoup, mais avait pu faire une petite collecte dans la famille. On venait de découvrir qu'un Serbe qui avait torturé son frère défunt pendant la guerre résidait dans le voisinage. Et quelqu'un avait parlé d'une personne qu'on appelait le petit sauveur.

Le vieil homme se brûla le bout des doigts sur la fine cigarette et jura tout haut.

Il se leva et alla à l'accueil. Derrière le jeune, de l'autre côté de la paroi vitrée, il vit le drapeau rouge de l'Armée du Salut.

« *Could I please use the phone*[1] ? »

Le jeune leva un œil sceptique sur lui : « Si c'est un appel local, oui.

— C'en est un. »

Le jeune indiqua un petit bureau derrière lui, et il y entra. Il s'assit au bureau et regarda l'appareil. Il pensa à la voix de sa mère. À la façon dont elle pouvait être inquiète et effrayée, tout en restant douce et chaude. Que c'était une embrassade. Il se leva, ferma la porte qui le séparait de l'accueil et composa rapide-

1. « Pourrais-je emprunter le téléphone, s'il vous plaît ? »

ment le numéro de l'International Hotel. Elle n'était pas là. Il ne laissa pas de message. La porte s'ouvrit.

« Il est interdit de fermer la porte, précisa le jeune. OK ?

— *OK. Sorry*. Vous avez un annuaire ? »

Le jeune leva les yeux au ciel, pointa un index en direction d'un épais livre jaune posé à côté du téléphone et sortit.

Il chercha Jon Karlsen et Gøteborggata, et composa le numéro.

*

Thea Nilsen regardait fixement le téléphone qui sonnait.

Elle s'était barricadée dans l'appartement de Jon avec la clé qu'il lui avait donnée.

Ils disaient qu'il devait y avoir un trou laissé par un projectile, quelque part. Elle avait cherché et trouvé le trou dans la porte du placard.

Le type avait essayé de flinguer Jon. De le faire passer de vie à trépas. L'idée la mettait dans un curieux état d'excitation. Et non de peur. Elle pensait parfois qu'elle ne pourrait plus jamais avoir peur, pas comme ça, pas de ça, pas de mourir.

La police était venue ici, mais ils n'étaient pas restés longtemps. Aucune trace hormis les balles, avaient-ils dit.

À l'hôpital, elle avait entendu Jon respirer tandis qu'il la regardait. Il avait eu l'air si désemparé dans son grand lit. Comme si elle avait simplement eu besoin de poser un oreiller sur son visage, et il serait mort. Et elle avait aimé ça, de le voir faible. Le maître d'école à Victoria avait peut-être raison, le besoin qu'ont certaines femmes de ressentir de la compassion les fait haïr leurs hommes forts et en bonne santé, elles espèrent secrètement que leurs époux vont devenir infirmes et se retrouver dépendants de leur bienveillance.

Mais elle était à présent seule dans son appartement à lui, et le téléphone sonnait. Elle regarda l'heure. Nuit. Personne n'appelait à cette heure. Pas pour des motifs honnêtes. Thea n'avait pas peur de mourir. Mais de cela, oui, elle avait peur. Était-ce elle, la femme dont Jon croyait qu'elle ignorait l'existence ?

Elle fit deux pas en direction de l'appareil. S'arrêta. Quatrième sonnerie. Au bout de cinq, ça s'arrêterait. Elle hésita. Une autre sonnerie. Elle s'avança prestement et souleva le combiné.

« Oui ? »

Il y eut un instant de silence au bout du fil avant qu'un homme ne commence à parler en anglais : « *Sorry for calling so late*[1]. Je m'appelle Édom, est-ce que Jon est là ?

— Non, répondit-elle, soulagée, il est à l'hôpital.

— Ah oui, j'ai entendu parler de ce qui s'est passé aujourd'hui. Je suis un ancien ami, et j'aurais aimé aller le voir. À quel hôpital est-il ?

— Ullevål.

— Ullevål ?

— Oui. Je ne sais pas comment s'appelle le service en anglais, mais c'est en neurochirurgie. Cela étant, il y a un policier devant la porte, et il ne vous laissera pas entrer. Vous comprenez ce que je dis ?

1. « Désolé d'appeler si tard. »

— Si je comprends ?

— Mon anglais… il n'est pas tellement…

— Je comprends remarquablement bien. Merci beaucoup. »

Elle raccrocha et garda longtemps les yeux rivés sur le téléphone.

Puis elle se remit à chercher. Ils avaient dit qu'il devait y avoir d'autres impacts de balle.

*

Il informa le jeune de l'accueil qu'il sortait faire un tour et lui tendit la clé de sa chambre.

L'autre jeta un coup d'œil à l'horloge murale qui indiquait minuit moins le quart, et lui demanda de garder sa clé, expliquant qu'il n'allait pas tarder à fermer et à aller se coucher, mais que les clés des chambres ouvraient aussi la porte du bas.

Le froid l'assaillit dès qu'il posa un pied dehors, mordant, griffant. Il courba la tête et se mit en marche à pas rapides et résolus. C'était risqué. Très risqué. Mais il n'avait pas le choix.

*

Ola Henmo, chef d'exploitation chez Haslund Energi, se trouvait dans le central d'exploitation de Montebello, à Oslo, où il songeait qu'une clope lui aurait fait un bien fou, tout en observant l'un des quarante écrans d'ordinateur éparpillés dans la pièce. Dans la journée, ils étaient douze ici, mais seulement trois pendant la nuit. Chacun occupait habituellement sa place, mais ce soir, c'était comme si le froid du dehors les avait regroupés autour de la table de travail en plein milieu de la pièce.

Geir et Ebbe se chamaillaient comme à l'accoutumée sur des questions de chevaux et de V75[1]. Cela faisait huit ans que ça durait, et il ne leur était jamais venu à l'idée de jouer chacun pour soi.

Ola s'en faisait davantage pour le transformateur de Kirkeveien, entre Ullevålsveien et Sognsveien.

« Trente-six pour cent de surcharge pour T1. Vingt-neuf pour T2, T3 et T4, annonça-t-il.

— Bon sang, ce que les gens tirent, soupira Geir. Ils ont peur de mourir de froid ? C'est la nuit, quand même, ils ne peuvent pas aller se glisser sous la couette ? Sweet Revenge dans la troisième ?! Tu as fait un AVC ?

— Les gens ne baissent pas les radiateurs pour ça, répondit Ebbe. Pas dans ce pays. Ils jettent l'argent par les fenêtres.

— Ça ne va pas le faire.

— Mais si, répondit Ebbe. On extraira simplement un peu plus de pétrole.

— Je parle de T1, précisa Ola en désignant l'écran. Il indique six cent quatre-vingts ampères, sa capacité est de cinq cents, charge nominale.

— Relax, eut le temps de glisser Ebbe avant que l'alarme ne se mette à siffler.

— Et merde ! s'exclama Ola. Il a lâché. Jette un œil sur la liste et appelle les gars qui sont de garde chez eux.

1. Variante norvégienne du tiercé consistant à trouver des combinaisons gagnantes de sept, six ou cinq chevaux parmi sept choisis avant la course.

— Regarde, enchaîna Geir. T2 est HS aussi. Et T3, maintenant !

— Bingo ! cria Ebbe. On parie sur T4…

— Trop tard, il est naze », déplora Geir.

Ola jeta un coup d'œil sur la carte générale.

« OK, soupira-t-il. Il n'y a plus de courant sur le sud de Sogn, Fagerborg et Bislett.

— On parie sur ce qui a pété, reprit Ebbe. Mille sur le vieux bazar à câbles. »

Geir ferma un œil : « Le transformateur de mesure. Et cinq cents suffisent.

— Arrêtez ça, gronda Ola. Ebbe, appelle les pompiers, je parie que ça crame, là-haut.

— Je suis, répondit Ebbe. Deux cents ? »

*

Quand la lumière disparut dans la chambre d'hôpital, l'obscurité fut si complète que la première chose que pensa Jon, ce fut qu'il était devenu aveugle. Que son nerf optique avait souffert dans la bataille et que les conséquences n'apparaissaient que maintenant. Mais il entendit des éclats de voix dans le couloir, distingua les contours de la fenêtre et comprit que c'était l'électricité qui avait sauté.

Il entendit les pieds de la chaise au-dehors racler le sol, et la porte s'ouvrit.

« Vous êtes là ? demanda une voix.

— Oui, répondit Jon d'une voix plus aiguë qu'il ne l'aurait souhaité.

— Je vais simplement voir ce qui s'est passé. Ne bougez pas, d'accord ?

— Non, mais…

— Oui ?

— Ils n'ont pas de groupe électrogène ?

— Je crois que cela ne concerne que les blocs opératoires et l'observation.

— Bien… »

Jon entendit les pas du policier s'éloigner tandis qu'il regardait le panneau « Exit » vert qui luisait au-dessus de la porte. Le panneau le fit de nouveau penser à Ragnhild. Cela avait aussi commencé dans le noir. Après avoir mangé, ils étaient entrés dans les ténèbres nocturnes du parc Frogner, et s'étaient arrêtés sur l'esplanade déserte devant le monolithe, pour regarder vers l'est, vers le centre-ville. Il lui avait alors raconté l'histoire extravagante sur la façon dont Gustav Vigeland, le grand artiste de Mandal, avait posé comme condition pour décorer le parc avec ses sculptures que celui-ci s'étende de telle façon que le monolithe puisse être placé symétriquement par rapport aux églises environnantes, et que le portail principal soit situé de telle sorte que le regard tombe pile sur l'église d'Uranienborg. Et quand les représentants du conseil municipal avaient expliqué qu'il n'était pas faisable de déplacer le parc, Vigeland avait exigé que ce soient les églises qui soient déplacées.

Elle n'avait fait que le regarder gravement tandis qu'il racontait, et lui s'était dit que cette femme était d'une intelligence et d'une force qui le terrifiaient.

« J'ai froid, avait-elle murmuré en frissonnant dans son manteau.

— On devrait peut-être rentr… », avait-il commencé, mais elle avait alors posé une main derrière sa nuque en tournant le visage vers le sien. Elle avait les yeux les plus inhabituels qu'il lui ait été donné de voir. Bleu clair, presque turquoise, d'une blancheur dans la sclérotique qui rendait un peu de couleur à la peau pâle qui l'entourait. Et il avait fait ce qu'il faisait toujours, il avait courbé le dos et s'était penché en avant. La langue de la jeune femme s'était insinuée dans sa bouche, chaude, humide, un muscle insistant, un anaconda mystérieux qui s'enroulait autour de sa langue à lui en cherchant à prendre le dessus. Il avait senti la chaleur à travers l'épais drap de laine de son pantalon de costume de chez Fretex lorsque la main de Ragnhild avait atterri avec une précision impressionnante.

« Viens », avait-elle chuchoté à son oreille en posant un pied derrière la clôture, et en baissant les yeux, il avait aperçu un éclair de peau blanche à l'endroit où s'arrêtaient les bas, avant de se libérer.

« Je ne peux pas, avait-il dit.

— Pourquoi ? avait-elle gémi.

— J'ai fait une promesse. À Dieu. »

Elle l'avait regardé, tout d'abord sans comprendre. Ses yeux s'étaient ensuite remplis d'eau, et elle s'était mise à pleurer sans bruit, la tête contre sa poitrine, en disant qu'elle n'avait jamais cru qu'elle le retrouverait. Il n'avait pas compris à quoi elle faisait référence, mais il lui avait caressé les cheveux, et c'est ainsi que cela avait commencé. Ils se voyaient toujours chez lui, toujours sur son initiative à elle. Les premières fois, elle avait fait quelques tentatives peu convaincues pour le faire faillir à son vœu de chasteté, mais il sembla par la suite qu'elle aussi fût satisfaite de pouvoir être allongée tout contre l'autre sur un lit, en le caressant gentiment et en étant gentiment caressée. Parfois, pour des raisons qu'il ne comprenait pas, elle pouvait être prise d'un désespoir intense et lui interdire de jamais l'abandonner. Ils ne parlaient pas beaucoup, mais il avait le pressentiment que leur abstinence ne faisait que renforcer l'attachement qu'elle avait pour lui. Leurs rencontres avaient brutalement pris fin lorsqu'il avait rencontré Thea. Pas tant parce qu'il ne voulait pas la voir, mais parce que Thea voulait que Jon et elle échangent leurs doubles de clés d'appartement. Elle avait affirmé que c'était une question de confiance, et il n'avait rien trouvé à y répondre.

Jon se retourna dans son lit d'hôpital et ferma les yeux. Il voulait rêver, à présent. Rêver et oublier. Si faire se pouvait. Le sommeil arrivait lorsqu'il lui sembla sentir un mouvement d'air dans la pièce. Il ouvrit instinctivement les yeux et se retourna. Dans la lueur vert pâle du panonceau « Exit », il vit que la porte était ouverte. Il écarquilla les yeux vers les ombres en retenant son souffle, en tendant l'oreille.

*

Martine était à la fenêtre de son appartement de Sorgenfrigata, qui avait lui aussi été plongé dans le noir à l'instant où l'électricité avait disparu. Elle distinguait malgré tout la voiture qui était en bas. Et qui ressemblait à celle de Rikard.

Rikard n'avait pas essayé de l'embrasser quand elle était descendue de voiture. Il l'avait simplement regardée de ses yeux de chien battu avant de dire qu'il serait le nouveau chargé de gestion. Il y avait eu certains signaux. Positifs. Ce serait lui. Son regard s'était fait étrangement fixe. Ne le croyait-elle pas, elle aussi ?

Elle avait répondu qu'il serait sans doute un bon chargé de gestion et avait cherché la poignée de la portière en attendant le contact. Qui n'était pas venu. Et elle s'était retrouvée dehors.

Martine poussa un soupir, sortit son téléphone mobile et composa le numéro qu'elle avait reçu.

« Videz votre sac. » La voix de Harry Hole sonnait tout différemment au téléphone. Ou peut-être était-ce simplement parce qu'il était chez lui, c'était peut-être sa voix domestique.

« C'est Martine.

— Salut. » Il était impossible de déterminer si cela lui avait fait plaisir.

« Tu m'as demandé de réfléchir. Si je me souvenais de quelqu'un qui avait appelé pour demander la liste des gens de garde. Pour la garde de Jon.

— Oui ?

— J'ai réfléchi.

— Et ?

— Il n'y a personne. »

Longue pause.

« Tu appelais pour me dire ça ? » Sa voix était chaude et rauque. Comme s'il avait dormi.

« Oui. Je n'aurais pas dû ?

— Si. Si, bien sûr. Merci infiniment de ton aide.

— De rien. »

Elle ferma les yeux et attendit jusqu'à entendre de nouveau sa voix :

« Tu… es bien rentrée ?

— Mmm. Il n'y a plus d'électricité, ici.

— Ici non plus. Ça va sûrement bientôt revenir.

— Et si ça ne revenait pas ?
— C'est-à-dire ?
— Est-ce qu'on serait précipités dans le chaos ?
— Tu penses souvent à des trucs de ce genre ?
— Ça arrive. Je crois que les fondements de la civilisation sont bien plus fragiles qu'on veut bien le croire. Et toi ? »
Il resta longtemps silencieux avant de répondre.
« Eh bien… je crois que tous les systèmes sur lesquels nous comptons peuvent être à tout moment court-circuités et nous jeter dans une nuit où les lois et les règles auront cessé de nous protéger, où le froid et les prédateurs gouverneront et où ce sera chacun pour soi.
— Çà, là, constata-t-elle quand il eut terminé, ce n'était pas spécialement adapté pour aider les petites filles à dormir. Je crois que tu es un véritable dystopiste, Harry.
— Bien sûr. Je suis policier. Bonne nuit. »
Il avait raccroché avant qu'elle ait eu le temps de répondre.

Harry se recroquevilla sous la couette et planta le regard sur le mur.
La température avait plongé dans l'appartement.
Harry pensa au ciel au-dehors. À Åndalsnes. À son grand-père. Et à sa mère. L'enterrement. À la prière du soir qu'elle avait murmurée de sa voix douce, si douce. « Notre Dieu est solide comme un rocher. » Mais, dans cet instant sans poids avant qu'il s'endorme, il pensait à Martine et sa voix, qu'il avait toujours dans la tête.

La télé du salon s'éveilla dans un gémissement et se mit à bourdonner. L'ampoule s'alluma dans le couloir et déversa de la lumière par la porte ouverte de la chambre et sur le visage de Harry. Mais à ce moment-là, il dormait déjà.

Vingt minutes plus tard, son téléphone sonna. Il ouvrit les yeux avec un juron. Il se traîna péniblement et en frissonnant jusque dans l'entrée et souleva le combiné : « Parlez. Pas trop fort.

— Harry ?

— À peu près. Qu'est-ce qu'il y a, Halvorsen ?

— Il s'est passé quelque chose.

— Quelque chose, ou beaucoup de choses ?

— Beaucoup.

— Merde. »

CHAPITRE 15

Nuit du jeudi 18 décembre
Le complot

Sail frissonnait sur le chemin qui longeait l'Akerselva. Qu'il crève, cet enfoiré d'Albanais ! Malgré le froid, la rivière n'était pas gelée, elle coulait, noire, renforçant les ténèbres sous le pont métallique tout simple. Sail avait seize ans et était venu de Somalie quand il en avait douze, avec sa mère. Il avait commencé à vendre du hasch à quatorze et de l'héroïne au printemps passé. Et voilà que Hux venait de nouveau de lui faire faux bond, il risquait de passer toute la nuit ici, avec sa marchandise, sans espoir d'en écouler. Dix doses zéro-un. S'il avait eu dix-huit ans, il aurait toujours pu aller à Plata et les vendre là-bas. Mais les condés coffraient les mineurs qui dealaient à Plata. Leur territoire, c'était ici, le long de la rivière. C'étaient en majeure partie des gamins venus de Somalie qui revendaient à des clients qui ou bien étaient eux-mêmes mineurs, ou bien avaient d'autres raisons de ne pas vouloir être vus à Plata. Enc… de Hux, il en avait besoin, de ces couronnes !

Un homme descendait le chemin. Ce n'était en tout cas pas Hux, qui boitait encore après que le gang B l'avait passé à tabac pour des amphétamines trafiquées. Comme si elles pouvaient ne pas l'être. Et il n'avait pas l'air d'être une taupe non plus. Ou un junkie, bien qu'il ait une veste bleue comme il en avait vu plusieurs fois sur les junkies. Sail regarda autour de lui. Ils étaient seuls.

Lorsque l'homme fut suffisamment près, Sail sortit de l'ombre du pont. « Des zéro-un ? »

L'homme fit un petit sourire, secoua la tête et voulut continuer. Mais Sail s'était planté au milieu du chemin. Sail était grand pour son âge. Quel que fût son âge. Et son couteau l'était aussi. Un Rambo First Blood à poignée creuse contenant une ligne de pêche, fermée par une boussole. Il coûtait environ mille couronnes à l'Army Shop, mais il l'avait eu pour trois cents par un copain.

« Tu veux acheter, ou simplement payer ? s'enquit Sail en levant son couteau de sorte que la lame striée reflète la lumière fade du réverbère.

— *Excuse me ?* »

Langue étrangère. Pas le point fort de Sail.

« *Money.* » Sail entendit sa propre voix grimper dans les aigus, cela le mettait toujours en rage de dévaliser les gens, pour une raison qu'il ignorait complètement. « *Now !* »

L'étranger hocha la tête et tendit la main gauche, paume en avant, tandis que la droite disparaissait à l'intérieur de sa veste. Elle remonta rapidement. Sail n'eut pas le temps de réagir, il murmura simplement un « merde » en comprenant que ce dans quoi son regard venait de plonger était un canon de pistolet. Il avait envie de courir, mais c'était comme si l'œil noir de métal l'avait congelé sur place.

« Je..., commença-t-il.

— *Run. Now.* »

Et Sail courut. Courut tandis que l'air froid et humide de la rivière lui brûlait les poumons, que les lumières du Plaza Hotel et de l'immeuble des Postes sautaient sur ses rétines, courut jusqu'à ce que la rivière se jette dans le fjord et qu'il ne puisse plus courir, et hurla vers les grillages qui ceignaient le dock qu'un jour, il les tuerait tous.

*

Un quart d'heure après que Harry eut été réveillé par le coup de fil de Halvorsen, un véhicule de police s'arrêta au bord du trottoir dans Sofies gate, et Harry monta à l'arrière, à côté de son collègue. Il grogna un « bonsoir » à l'adresse des policiers en uniforme qui occupaient les sièges avant.

Le conducteur, un homme d'un certain âge au visage fermé de policier, redémarra calmement.

« Allez, accélère un peu, s'agaça le jeune pâlot boutonneux installé à côté.

— Combien sommes-nous ? voulut savoir Harry en plissant les yeux sur sa montre.

— Deux voitures, plus celle-ci, le renseigna Halvorsen.

— Six plus nous deux, donc. Je ne veux pas voir de gyro, on essaie de faire ça dans le calme et le silence. Toi, moi et un gars en arme et uniforme procédons à l'arrestation, les cinq autres s'occupent juste de couvrir les retraites possibles. Tu as ton arme ? »

Halvorsen se donna une petite tape sur la poitrine.

« Super, parce que pas moi.

— Tu n'as toujours pas réglé cette histoire de permis ? »

Harry se pencha entre les sièges avant.

« Lequel d'entre vous a le plus envie de participer à l'arrestation d'un assassin professionnel ?

— Moi ! s'exclama le jeune sur le siège passager.

— Alors ce sera toi », décida Harry en s'adressant au conducteur, qui hocha lentement la tête en regardant dans son rétroviseur.

Six minutes plus tard, ils étaient garés tout en bas de Heimdalsgata, à Grønland, et regardaient vers l'entrée où Harry s'était trouvé un peu plus tôt ce soir-là.

« Alors notre homme de chez Telenor était sûr de ça ? demanda Harry.

— Ouaip, répondit Halvorsen. Torkildsen affirme qu'un numéro interne du centre de résidence et de sport de Heimen a essayé d'appeler l'International Hotel, il y a cinquante minutes.

— Peu de chances que ce soit une coïncidence, estima Harry en ouvrant sa portière. C'est le territoire de l'Armée. Je procède à une rapide reconnaissance et je reviens dans une minute. »

Quand Harry revint, le conducteur tenait un pistolet automatique sur les genoux, un MP-5, que les véhicules de patrouille pouvaient transporter dans leur coffre, conformément aux nouvelles instructions.

« Tu n'as rien de plus discret ? » demanda Harry.

L'homme secoua la tête. Harry se tourna vers Halvorsen.

« Et toi ?

— Juste un gentil petit Smith & Wesson 38.

— Je peux te prêter le mien, proposa le jeune policier du siège passager, la voix pleine d'enthousiasme. Jericho 941. Truc de brute. C'est ce que la police israélienne utilise pour exploser la tête de ces porcs d'Arabes.

— Jericho ? » répéta Harry. Halvorsen constata que ses yeux s'étaient plissés. « Je ne te demanderai pas où tu t'es procuré ce pistolet. Mais je crois devoir t'informer qu'il provient très, très probablement d'une filiale de contrebande. Que dirigeait ton ancien collègue Tom Waaler. »

Le policier sur le siège passager se retourna. Ses yeux bleus scintillèrent presque autant que ses furoncles enflammés : « Je me souviens de Tom Waaler. Et vous savez quoi, inspecteur principal ? La plupart d'entre nous pensent que c'était un type bien. »

Harry déglutit et regarda par sa vitre.

« La plupart d'entre vous se trompent, intervint Halvorsen.

— Passe-moi la radio », demanda Harry.

Il donna les consignes aux autres voitures rapidement et efficacement. En disant où il désirait que chacun se trouve sans mentionner de nom de rue ou de bâtiment qui puisse être identifié par leurs auditeurs réguliers : journalistes des rubriques criminelles, criminels eux-mêmes ou simples curieux qui écoutaient la fréquence et qui avaient probablement déjà compris qu'il se tramait quelque chose.

« Alors on y va, termina Harry en se tournant vers le siège passager. Toi, tu restes ici et tu gardes le contact avec le centre opérationnel. Appelle-nous sur le talkie-walkie de ton collègue s'il y a quelque chose, OK ? »

Le jeune homme haussa les épaules.

Ce ne fut qu'après que Harry eut sonné trois fois à

la porte de Heimen qu'un garçon arriva en traînant des pieds. Il entrebâilla la porte et leva vers eux des yeux ensommeillés.

« Police, annonça Harry en fouillant dans sa poche. Merde, on dirait que j'ai laissé ma carte à la maison. Montre-lui la tienne, Halvorsen.

— Vous n'entrerez pas ici, répondit le jeune. Vous le savez.

— Il s'agit d'un meurtre, pas de stups.

— Hein ? »

Le garçon écarquilla les yeux par-dessus l'épaule de Harry, en direction du policier qui avait brandi son MP-5. Il ouvrit alors la porte et recula en ignorant totalement la carte que lui présentait Halvorsen.

« Tu as un certain Christo Stankić, ici ? » voulut savoir Harry.

Le gamin secoua la tête.

« Un étranger avec un manteau en poil de chameau ? intervint Halvorsen tandis que Harry faisait le tour de l'accueil pour ouvrir le registre.

— Le seul étranger est un de ceux qui sont arrivés ce soir avec le bus de la soupe, bredouilla le jeune. Mais il n'avait pas de manteau en poil de chameau. Juste un veston. Rikard Nilsen lui a donné un anorak du dépôt, d'ailleurs.

— Il a appelé d'ici ? cria Harry de derrière le comptoir.

— Il a emprunté le téléphone du bureau, derrière vous.

— À quelle heure ?

— Vers onze heures et demie.

— Ça correspond au coup de fil à Zagreb, murmura Halvorsen.

— Il est ici ? s'enquit Harry.

— Sais pas. Il a pris sa clé, et j'ai dormi.

— Tu as un passe ? »

Le gamin acquiesça, détacha une clé du trousseau qu'il avait à la ceinture et la posa dans la main tendue de Harry.

« Chambre ?

— 26. En haut de cet escalier. Tout au fond du couloir. »

Harry était déjà parti. Le policier en uniforme le talonnait, les deux mains sur son fusil automatique.

« Reste dans ta chambre jusqu'à ce que ce soit terminé », ordonna Halvorsen au gosse tout en tirant son revolver Smith & Wesson, avant de lui faire un clin d'œil et de lui donner une petite tape sur l'épaule.

Il ouvrit la porte et remarqua que la réception était vide. Pas trop étonnant. Aussi étonnant que la voiture de police garée un peu plus haut dans la rue et le policier qui allait avec. Il venait d'avoir la preuve que le secteur avait son lot de délinquants.

Il monta les marches, et au moment où il contournait l'angle du couloir, il entendit un crachotement qu'il connaissait depuis les bunkers de Vukovar, celui d'un talkie-walkie.

Il leva les yeux. Au fond du couloir, devant la porte de sa chambre, il vit deux hommes en civil et un policier en uniforme armé d'un pistolet automatique. Il reconnut immédiatement l'un des deux en civil, celui qui avait la main sur la poignée. Le policier en uniforme leva son talkie-walkie et murmura quelques mots dedans.

Les deux autres s'étaient tournés vers lui. Il était trop tard pour battre en retraite.

Il leur fit un signe de tête, s'arrêta devant la porte de la chambre 22 et secoua la tête comme pour manifester son découragement devant la montée de la criminalité dans le voisinage, tout en faisant semblant de chercher méticuleusement ses clés de chambre dans sa poche. Du coin de l'œil, il vit le policier de la réception du Scandia ouvrir sans bruit la porte de sa chambre et entrer, suivi de près par les deux autres.

Aussitôt qu'ils furent hors de vue, il retourna sur ses pas. Il redescendit l'escalier en deux bonds. Il avait machinalement repéré toutes les issues en arrivant avec le bus blanc plus tôt dans la soirée, et il envisagea un instant la porte de derrière, sur le jardin. Mais c'était trop risqué. S'il ne se trompait pas, ils avaient certainement placé un policier à cet endroit. Sa meilleure chance, c'était l'entrée principale. Il sortit et prit à gauche. C'était aller droit sur la voiture de police, mais il savait que dans cette direction il n'y aurait qu'un seul homme. S'il réussissait à passer devant, il pourrait descendre jusqu'à la rivière et l'obscurité.

« Merde, merde ! cria Harry lorsqu'ils eurent constaté que la chambre était vide.

— Il est peut-être sorti faire un tour », suggéra Halvorsen.

Ils se tournèrent tous les deux vers le chauffeur. Il n'avait rien dit, mais le talkie-walkie qu'il avait sur la poitrine parlait : « C'est le type que je viens de voir entrer. Il est ressorti. Il vient par ici. »

Harry inspira. Il y avait un parfum spécial dans la pièce, qu'il reconnaissait vaguement.

« C'est lui, affirma-t-il. On s'est fait rouler dans la farine.

— C'est lui », transmit le conducteur dans son micro tout en courant derrière Harry qui avait déjà franchi la porte.

— Merveilleux, je l'ai ! crépita la radio. Dehors.

— Non ! cria Harry tandis qu'ils parcouraient en trombe le couloir. N'essaie pas de l'arrêter, attends-nous ! »

Le conducteur singea l'ordre dans son micro, mais la radio ne renvoya qu'un crachotement sans mots pour toute réponse.

Il vit la portière de la voiture de police s'ouvrir, et un jeune policier en uniforme armé d'un pistolet en descendre sous le réverbère.

« Halte ! » cria l'homme en se plantant jambes écartées, pistolet braqué sur lui. Inexpérimenté, songea-t-il. Environ cinquante mètres de rue sombre les séparaient, et contrairement au jeune voleur sous le pont ce policier n'avait pas la tête suffisamment froide pour attendre que sa proie n'ait plus de possibilité de fuir. Pour la seconde fois ce soir-là, il dégaina son Llama MiniMax. Et au lieu de décamper il fonça droit sur le véhicule de police.

« Halte ! » répéta le policier.

La distance s'était réduite à trente mètres. Vingt mètres.

Il leva son pistolet et tira.

La plupart des gens surestiment les chances d'atteindre une autre personne d'un coup de pistolet à des distances supérieures à dix mètres. Ils sous-estiment en revanche généralement l'effet psychologique du son, de la détonation de la poudre combinée au coup de fouet du plomb qui fait mouche à proximité immédiate. Lorsque la balle atteignit le pare-brise de la voiture, qui blanchit avant de se désintégrer, il advint la même chose du policier. Il blanchit et glissa à genoux tandis que ses doigts tentaient de se cramponner à son trop lourd Jericho 941.

Harry et Halvorsen arrivèrent simultanément dans Heimdalsgata.

« Là », indiqua Halvorsen.

Le jeune policier était toujours à genoux à côté de la voiture, pistolet pointé vers le ciel. Mais plus haut dans la rue, ils distinguèrent le dos de la veste bleue qu'ils avaient vue dans le couloir.

« Il court vers Eika », constata Halvorsen.

Harry se tourna vers le conducteur, qui les avait rejoints.

« Passe-moi le MP. »

Le policier tendit l'arme à Harry. « Il n'a pas... »

Mais Harry s'était déjà mis à courir. Il entendait Halvorsen derrière lui, mais les semelles en caoutchouc de ses Doc Martens lui offraient une meilleure adhérence sur la glace. L'homme devant eux avait une bonne avance, il avait déjà pris vers Vahls gate, qui descendait le long du parc. L'arme dans une main, Harry veillait à bien respirer en courant. Il ralentit et saisit le pistolet automatique en position de tir avant de franchir le coin. Il essaya de ne pas trop réfléchir au moment de passer la tête et de jeter un coup d'œil vers la droite.

Personne ne l'attendait.

On ne voyait personne plus bas dans la rue non plus.

Mais un homme comme Stankić n'était sûrement pas assez bête pour s'être jeté dans l'une des cours d'immeuble qui étaient de véritables pièges, avec leurs portes fermées. Harry regarda attentivement dans le parc où les grandes plaques blanches de neige renvoyaient la lumière des bâtiments environnants. N'y avait-il pas quelque chose, là-bas, qui bougeait ? À seulement soixante ou soixante-dix mètres, une silhouette qui avançait lentement dans la neige. Veste bleue. Harry traversa la rue au pas de course, prit son élan, sauta par-dessus la congère et partit vers l'avant quand il s'enfonça jusqu'à la taille dans la neige fraîche.

« Merde ! »

Il avait perdu son pistolet automatique. La silhouette devant lui s'était retournée avant de recommencer à essayer d'avancer. Les mains de Harry cherchèrent l'arme sous la neige, tandis qu'il voyait Stankić se débattre fébrilement dans la neige lâche qui n'offrait pas de prise et empêchait toute progression. Ses doigts rencontrèrent un objet dur. Là. Harry tira l'arme et se tracta vers lui. Il sortit une jambe qu'il envoya aussi loin qu'il put vers l'avant. Il bascula dessus, ramena l'autre jambe. Vingt mètres plus loin, l'acide lactique lui brûlait les cuisses, mais la distance s'était réduite. L'autre serait bientôt au sentier piéton et hors de ce bourbier de neige. Harry serra les dents et parvint à augmenter la cadence. Il évalua la distance à quinze mètres. Suffisamment près. Il se laissa tomber à plat ventre et chargea. Souffla sur le viseur pour en chasser la neige, ôta la sécurité, plaça le sélecteur sur coup simple et attendit que l'homme ait atteint la zone lumineuse du réverbère sur le sentier : « Police ! » Harry n'eut pas le temps de penser à ce que le mot avait de comique avant de l'avoir crié : « *Freeze !* »

L'homme devant lui continuait de se frayer un chemin dans la neige. Harry appuya le doigt contre la gâchette.

« Halte, ou je tire ! »

Il restait cinq mètres au type avant de parvenir au sentier.

« C'est ta tête que je vise, cria Harry. Et je ne la louperai pas ! »

Stankić plongea, saisit le poteau du réverbère des deux mains et parvint à s'extraire de la neige. Harry vit la veste bleue au-dessus du guidon. Il retint son souffle et fit ce qu'il avait appris pour contrôler l'influx du diencéphale, qui, conjugué à la théorie de l'évolution, dit que vous ne devez pas tuer un individu de votre propre espèce : il se focalisa sur la technique, sur le geste consistant à pousser et non à pincer la détente. Harry sentit céder le mécanisme de ressort et entendit un déclic métallique, mais ne ressentit aucun recul contre son épaule. Problème technique ? Harry tira une seconde fois. Nouveau déclic.

L'homme se dégagea de la neige qui tombait autour de lui et rejoignit le chemin à pas lourds et collants. Puis il se retourna et regarda Harry. Ce dernier ne bougea pas. L'homme était immobile, les bras le long du corps. Comme un somnambule, songea Harry. Stankić leva la main. Harry vit le pistolet, il savait qu'il était démuni dans la neige. La main de Stankić continua jusqu'à son front en une parodie de salut militaire. Puis il fit volte-face et commença à remonter le sentier en courant.

Harry ferma les yeux et sentit son cœur tambouriner contre l'intérieur de ses côtes.

Quand il arriva à grand-peine au sentier, l'homme avait depuis longtemps été avalé par les ténèbres. Harry libéra le magasin de son MP-5 et l'examina. Gagné. Dans un accès de rage subit, il balança l'arme, qui s'éleva comme un vilain oiseau noir devant la façade du Plaza Hotel avant de retomber et d'atterrir avec un doux bruit d'éclaboussure dans l'eau noire en dessous.

Lorsque Halvorsen arriva, Harry était assis sur la congère, une cigarette entre les lèvres.

Halvorsen appuya les mains sur ses genoux tandis que sa poitrine se soulevait et s'abaissait rapidement.

« Putain, ce que tu cavales ! souffla-t-il. Envolé ?

— Évaporé. On fait demi-tour.

— Où est le MP-5 ?

— Ce n'est pas de lui que tu parlais ? »

Halvorsen regarda Harry et décida de ne pas poser d'autres questions.

*

Deux voitures de police attendaient devant Heimen, gyrophare allumé. Un attroupement d'hommes grelottants dont la poitrine s'ornait de longs objectifs se pressait devant l'entrée, qui était manifestement fermée. Harry et Halvorsen descendaient Heimdalsgata. Halvorsen mit un terme à sa conversation téléphonique.

« Pourquoi je pense toujours à une file d'attente pour un film porno, quand je vois ça ? s'interrogea Harry.

— Les journalistes. Comment ont-ils appris que c'était ici ?

— Demande à l'abruti qui devait s'occuper de la radio. Je parie qu'il n'a pas su tenir sa langue. Qu'a dit le centre opérationnel ?

— Ils envoient tout de suite toutes les voitures disponibles à la rivière. Police-secours envoie une douzaine de fantassins. Qu'est-ce que tu en penses ?

— Il est bon. Ils ne le trouveront jamais. Appelle Beate et demande-lui de venir. »

L'un des journalistes les avait aperçus et vint à leur rencontre.

« Alors, Harry ?

— À la bourre, Gjendem ?

— Qu'est-ce qui se passe ?

— Pas lourd.

— Ah ? Je vois que quelqu'un a envoyé un pruneau dans le pare-brise de l'une de vos voitures...

— Qui te dit qu'on ne nous l'a pas bousillé à coups de barre à mine ? demanda Harry au journaliste qui lui trottinait toujours sur les talons.

— Celui qui était à l'intérieur. Il dit qu'on lui a tiré dessus.

— Punaise, celui-là, il va falloir que je lui cause ! gronda Harry. Excusez-moi, messieurs ! »

Le troupeau céda involontairement le passage, et Harry frappa à la porte. Les appareils et les flashes vrombirent et crépitèrent.

« Y a-t-il un lien entre ceci et le meurtre d'Egertorget ? cria l'un des journalistes. Est-ce que des membres de l'Armée du Salut sont impliqués ? »

La porte s'ouvrit légèrement, et le visage du chauffeur apparut. Il s'effaça, Harry et Halvorsen entrèrent prestement. Ils traversèrent la réception, où le jeune policier était assis sur une chaise, le regard perdu dans le vague, tandis qu'un collègue était accroupi devant lui et lui parlait à voix basse.

Au premier étage, la porte de la chambre 26 était toujours ouverte.

« Touche le moins de choses possible, glissa Harry au conducteur. Mlle Lønn voudra certainement relever quelques empreintes digitales et un peu d'ADN. »

Ils regardèrent autour d'eux, ouvrirent les portes de placard, examinèrent sous le lit.

« Mazette, admira Halvorsen. Rien. Nib. Le mec n'avait strictement rien d'autre que ce qu'il portait sur lui et aux pieds.

— Il a dû avoir une valise ou autre pour pouvoir faire entrer son arme dans le pays, rectifia Harry. Bien sûr, il a pu s'en débarrasser. Ou la mettre en consigne quelque part.

— Il n'y a plus trop d'endroits à Oslo où on puisse laisser des trucs en consigne.

— Réfléchis.

— Mouais. La consigne d'un hôtel dans lequel il a séjourné ? Les casiers d'Oslo S, évidemment.

— Poursuis ton idée.

— Quelle idée ?

— Qu'il est dehors, dans la nuit, et qu'il a une valise quelque part.

— Il va peut-être en avoir besoin maintenant, oui.

J'appelle le centre opérationnel et je leur demande d'envoyer des gars au Scandia et à Oslo S, et... qu'est-ce que c'était, l'autre hôtel qui avait Stankić sur son registre ?

— Radisson SAS, Holbergs plass.

— Merci. »

Harry se retourna vers le chauffeur et lui demanda s'il voulait l'accompagner fumer une clope dehors. Ils descendirent et sortirent par la porte arrière. Dans le petit jardinet couvert de neige qui occupait une partie de la cour d'immeuble, un vieil homme fumait en regardant le ciel jaune sale, sans se soucier d'eux.

« Comment ça va, ton collègue ? s'enquit Harry en allumant leurs cigarettes.

— Il s'en remettra. Désolé pour les journalistes.

— Ce n'est pas ta faute.

— Oh si. Quand il m'a appelé par radio pour dire qu'une personne venait d'entrer, il a dit Heimen. J'aurais dû l'entraîner davantage sur ce genre de choses.

— Tu aurais dû mettre davantage l'accent sur quelques autres trucs. »

Le conducteur leva rapidement les yeux sur Harry. Cilla très vite deux fois.

« Je suis désolé. J'ai essayé de te prévenir, mais tu es parti comme un obus.

— OK. Mais pourquoi ? »

La lueur de la cigarette rougit dangereusement quand le conducteur inhala énergiquement.

« La plupart des gens capitulent immédiatement quand ils voient un MP-5 braqué sur eux, soupira-t-il.

— Ce n'est pas la question que je t'ai posée. »

Les muscles de sa mâchoire se crispèrent et se mirent à travailler. « C'est une vieille histoire.

— Mmm. On a tous de vieilles histoires. Ça ne veut pas dire qu'on met la vie de nos collègues en danger et qu'on a des chargeurs vides dans nos armes.

— Tu as raison. » L'homme lâcha la cigarette à moitié consumée qui disparut en grésillant dans la neige fraîche. Il prit une profonde inspiration : « Et il n'y aura pas de problème de ton côté, Hole. Je confirmerai ton rapport. »

Harry changea de pied d'appui. Étudia sa cigarette. Il évalua l'âge du policier à environ cinquante ans. Il n'y en avait pas beaucoup parmi eux qui effectuaient toujours des patrouilles en voiture. « Cette vieille histoire, je peux l'entendre ?

— Tu l'as déjà entendue.

— Mmm. Homme jeune ?

— Vingt-deux ans, casier vierge.

— Issue fatale ?

— Paralysé de la poitrine aux pieds. Je l'ai atteint au ventre, mais la balle est passée au travers. »

Le vieil homme toussa. Harry jeta un coup d'œil dans sa direction. Il tenait sa cigarette entre deux allumettes.

À la réception, le jeune policier était toujours assis sur sa chaise et se faisait toujours réconforter. Harry fit un signe de tête au collègue plein de sollicitude pour lui signifier de s'écarter et s'accroupit à sa place.

« La psychologie de crise n'aide pas, confia Harry au jeune homme pâle. Répare-toi toi-même.

— Hein ?

— Tu as peur maintenant parce que tu crois que

tu es encore en vie à cause d'une erreur de tir. Ce n'est pas le cas. Il ne te visait pas, il visait la voiture.

— Hein ? répéta le vaurien sur le même ton.

— Ce mec est un pro. Il sait que s'il tuait un policier, il n'avait aucune chance de s'en sortir. Il a tiré pour te faire peur.

— Comment tu sais…

— Il ne m'a pas tiré dessus non plus. Répète-toi ça, et tu pourras dormir. Et dis non aux psychologues, d'autres en ont besoin. » Les genoux de Harry craquèrent vilainement quand il se redressa. « Et souviens-toi que des gens qui sont d'un rang supérieur au tien sont par définition plus avisés. Alors la prochaine fois, tu suis les ordres. OK ? »

*

Son cœur battait comme celui d'une bête traquée. Un souffle de vent faisait se balancer les lampes suspendues à de fins câbles d'acier au-dessus de la rue, et danser son ombre sur le trottoir. Il aurait aimé pouvoir marcher à plus grands pas, mais la glace était si lisse qu'il devait garder le plus possible les jambes sous lui.

Ce devait être son appel à Zagreb depuis le bureau qui avait conduit la police à Heimen. Et la vitesse à laquelle c'était allé ! Cela signifiait que dorénavant il n'avait plus aucun moyen de l'appeler. Il entendit une voiture arriver derrière lui et dut se faire violence pour ne pas se retourner. Il écouta. Elle n'avait toujours pas freiné. Elle passa, suivie d'un courant d'air et d'un nuage de neige pulvérisée qui s'étala sur la petite portion de nuque que la veste bleue ne couvrait pas. La veste que le policier avait vue et à cause de laquelle il n'était plus invisible. Il avait pensé la jeter, mais un homme en chemise non seulement paraîtrait suspect, mais mourrait également de froid. Il regarda l'heure. Il restait de nombreuses heures avant que la ville ne s'éveille, avant que n'ouvrent des cafés et des magasins dans lesquels entrer. Il devait trouver un endroit avant. Une cachette, un lieu où il pourrait garder sa chaleur et se reposer jusqu'au point du jour.

Il longea une façade jaune sale couverte de graffitis. Son regard fut attiré par un mot peint : *Vestbredden*[1]. Un peu plus haut dans la rue, un homme était cassé en deux près d'une porte cochère. De loin, on eût dit qu'il avait la tête appuyée contre la porte. En approchant, il vit que l'homme avait le doigt sur l'une des sonnettes.

Il s'arrêta et attendit. Ce pouvait être son salut.

Une voix caqueta dans le haut-parleur au-dessus des boutons de sonnette, et la personne se redressa en chancelant avant de gueuler une réponse furibarde. Sa peau rouge confite dans l'alcool pendait mollement de son visage à la façon des Shar-Pei. L'homme se tut brutalement, l'écho mourut entre les façades de la ville plongée dans son calme nocturne. Un grésillement sourd d'électronique se fit entendre, et avec quelques difficultés l'homme parvint à déplacer son centre de gravité vers l'avant, à pousser la porte, à entrer en titubant.

La porte commença à se refermer ; il réagit à la vitesse de l'éclair. Trop vite. La semelle de sa chaussure dérapa sur la glace, il eut tout juste le temps de plaquer les paumes sur la surface d'un froid brûlant

1. Rive ouest.

avant que le reste de son corps ne heurte le trottoir. Il se remit sur ses pieds, vit que la porte s'était pratiquement verrouillée, bondit, lança une jambe en avant et sentit le poids de l'huis lui enserrer le cou-de-pied. Il se glissa à l'intérieur, s'immobilisa pour écouter. Des pas traînants. Qui s'arrêtèrent presque avant de reprendre péniblement. Des coups. Une porte s'ouvrit, et une voix de femme cria quelques mots dans cette curieuse langue chantante. Elle s'interrompit brusquement, comme si on lui avait tranché la gorge. Après quelques secondes de silence, il entendit un couinement bas, comme font les enfants quand ils commencent à se remettre du choc ressenti quand ils se sont cognés. La porte claqua alors, là-haut, et le silence revint.

Il laissa la porte d'immeuble se refermer derrière lui. Parmi les détritus sous l'escalier, il trouva quelques journaux. À Vukovar, ils utilisaient le papier journal pour le mettre dans les chaussures, ça isolait en même temps que ça absorbait l'humidité. Sa respiration faisait toujours des nuages de vapeur, mais il était temporairement sauvé.

*

Harry était installé dans le bureau derrière l'accueil de Heimen, et il attendait, le téléphone collé à l'oreille, en essayant d'imaginer l'appartement dans lequel une sonnerie retentissait. Il vit des photos d'amis scotchées au miroir au-dessus du téléphone. Souriants, dans une ambiance festive, peut-être au cours d'un voyage à l'étranger. Essentiellement des amies. Il vit un appartement simple mais meublé de façon agréable. Des proverbes sur la porte du frigo. Un poster de Che Guevara dans les toilettes. D'ailleurs, l'avaient-ils toujours ?

« Allô ? répondit une voix ensommeillée.

— C'est à nouveau moi.

— Papa ? »

Papa ? Harry inspira et se sentit rougir.

« Le policier.

— Ah, oui. » Rire bas. Clair et profond en même temps.

« Désolé de te réveiller, mais nous…

— Ça ne fait rien. »

Survint alors l'une des pauses que Harry aurait voulu éviter.

« Je suis à Heimen. Nous avons essayé d'arrêter un suspect. Le réceptionniste dit que c'est toi et Rikard Nilsen qui êtes arrivés avec lui dans la soirée.

— Ce pauvre type sans vêtements ?

— Oui.

— Qu'est-ce qu'il a fait ?

— On le soupçonne du meurtre de Robert Karlsen.

— Mon Dieu ! »

Harry remarqua qu'elle avait quelque peu mis l'accent sur le « mon ».

« Si cela ne pose pas de problème, je vais envoyer un agent qui discutera avec toi. Pendant ce temps-là, essaie de te rappeler ce qu'il a dit.

— D'accord. Mais est-ce que ça ne peut pas plutôt être t… »

Pause.

« Allô ?

— Il n'a rien dit, reprit-elle. Exactement comme

les réfugiés de pays en guerre. Tu le vois à la façon dont ils bougent. Un peu comme des somnambules. Comme s'ils fonctionnaient en pilotage automatique. Comme s'ils étaient déjà morts.

— Mmm. Est-ce que Rikard lui a parlé ?

— Peut-être. Tu veux son numéro ?

— Volontiers.

— Un instant. »

Elle s'en alla. Elle avait raison. Harry repensa au moment où l'homme s'était relevé. La façon dont la neige était tombée de part et d'autre de lui, les bras pendants et le visage inexpressif, comme les zombies qui se levaient de leur tombe dans *La nuit des morts vivants.*

Harry entendit un toussotement et se retourna dans son fauteuil. Gunnar Hagen et David Eckhoff attendaient à la porte du bureau.

« Nous dérangeons ? s'enquit Hagen.

— Entrez », invita Harry.

Les deux hommes s'assirent de l'autre côté de la table.

« Nous aimerions un rapport », l'informa Hagen.

Avant que Harry ait eu le temps de demander ce qu'il entendait par « nous », la voix de Martine était de nouveau là, avec le numéro. Harry nota.

« Merci. Bonne nuit.

— Je me demandais…

— Il faut que je me sauve, coupa Harry.

— Ah, oui. Bonne nuit. »

Il raccrocha.

« Nous sommes venus aussi vite que nous avons pu, expliqua le père de Martine. C'est affreux. Que s'est-il passé ? »

Harry regarda Hagen.

« Raconte-le-nous », l'incita ce dernier.

Harry décrivit dans les grandes lignes l'arrestation manquée, le tir contre la voiture et la poursuite dans le parc.

« Mais si tu étais si près et si tu avais le MP-5, pourquoi tu ne l'as pas abattu ? » voulut savoir Hagen.

Harry toussota, mais ne répondit pas. Il regarda Eckhoff.

« Alors ? relança Hagen avec une pointe d'irritation dans la voix.

— Il faisait trop sombre. »

Hagen regarda longuement son inspecteur principal avant de poursuivre : « Il était donc en promenade pendant que vous vous introduisiez dans sa chambre. Une vague idée de l'endroit où un assassin se trouve en plein milieu de la nuit, à Oslo, quand il fait moins vingt ? »

L'ASP baissa le ton : « Car je suppose que tu as le contrôle plein et entier sur Jon Karlsen.

— Jon ? intervint David Eckhoff. Mais il est à l'hôpital d'Ullevål.

— J'ai mis un policier devant sa chambre, précisa Harry en espérant que sa voix donnait l'impression du contrôle qu'il n'avait pas. J'allais justement appeler pour vérifier si tout allait bien. »

*

Les quatre premières notes de *London Calling*, des Clash, résonnèrent entre les murs nus du couloir du service de neurochirurgie de l'hôpital d'Ullevål. Un type aux cheveux plats et peignoir se promenait avec sa potence à perfusion, et il jeta en passant un regard de réprimande au policier en faction qui, au mépris le plus total de l'interdiction d'utiliser un portable, répondit à l'appel : « Stranden.

— Hole. Rien à signaler ?

— Pas grand-chose. Il y a un insomniaque qui se balade dans le couloir. C'est un peu sinistre à voir, mais il a l'air inoffensif. »

Le type renâcla et continua son chemin en traînant des pieds.

« Des choses plus tôt dans la soirée ?

— Ouais, Arsenal a filé une rouste à Tottenham à White Hart. Et on a eu une coupure d'électricité.

— Et le patient ?

— Pas un son.

— Tu as vérifié que tout était en ordre ?

— Mis à part des hémorroïdes, ça avait l'air d'aller. »

Stranden écouta l'inquiétant silence.

« Juste une blague. Je vais voir à l'intérieur. Ne quitte pas. »

Il flottait une odeur douce dans la chambre. Sucreries, supposa-t-il. La lumière du couloir balaya la pièce et disparut lorsque la porte se referma derrière lui, mais il distinguait un visage sur l'oreiller blanc. Il s'approcha. Le silence régnait. Un peu trop. Comme si des sons manquaient. Un son.

« Karlsen ? »

Aucune réaction.

Stranden se racla la gorge et reprit, un peu plus fort : « Karlsen. »

Le silence était tel dans la pièce que la voix de

Harry fut claire et intelligible depuis le mobile : « Qu'est-ce qui se passe ?

— Il dort comme un bébé, répondit Stranden en levant le téléphone à son oreille.

— Sûr ? »

Stranden regarda le visage sur l'oreiller. Et comprit que c'était cela qui le turlupinait. Que Karlsen dorme comme un bébé. Les hommes adultes font ordinairement davantage de bruit. Il se pencha vers le visage pour écouter la respiration.

« Allô ! » Le cri de Harry Hole semblait fluet depuis le mobile. « Allô ! »

CHAPITRE 16

Vendredi 19 décembre
Réfugié

Le soleil le réchauffait et la brise légère faisait osciller et dodeliner avec satisfaction les longs brins d'herbe sur les dunes. Il avait très certainement dû se baigner tout récemment, car la serviette sur laquelle il se trouvait était humide. « Regarde », lui indiqua sa mère. Il mit une main en visière et scruta la mer Adriatique qui scintillait, incroyablement bleue. Et il vit un homme arriver à terre en pataugeant, un grand sourire sur les lèvres. C'était papa. Bobo arrivait à sa suite. Et Giorgi. Un petit chien nageait à côté de lui, sa petite queue fièrement dressée comme un fanion. Et tandis qu'il les regardait, il en sortit d'autres de la mer. Il en connaissait bien certains. Comme le père de Giorgi. D'autres plus vaguement. Un visage dans un entrebâillement de porte à Paris. Les traits étaient tirés jusqu'à la limite du méconnaissable, jusqu'à devenir des masques grotesques qui grimaçaient dans sa direction. Le soleil disparut derrière un nuage et la température chuta brutalement. Les masques se mirent à crier.

Une brûlure au côté le réveilla, et il ouvrit subitement les yeux. Il était à Oslo. Par terre, sous un escalier d'immeuble. Une silhouette était penchée sur lui, la bouche ouverte, et criait quelque chose. Il reconnut un mot qui était pratiquement identique dans sa langue maternelle. *Narkoman*.

La silhouette, un homme en blouson de cuir, fit alors un pas en arrière et leva le pied. Le coup l'atteignit au flanc où il avait déjà mal, et il roula en gémissant. Un autre type riait derrière celui en blouson en se pinçant le nez. Le blouson de cuir tendit un bras vers la porte de l'immeuble.

Il regarda les deux. Posa la main sur la poche de sa veste et sentit qu'elle était mouillée. Et qu'il avait toujours le pistolet. Il restait deux balles dans le chargeur. Mais s'il les menaçait avec le pistolet, ils risquaient de prévenir la police.

Le blouson de cuir gueula et leva la main.

Il tint un bras en protection au-dessus de sa tête et se releva. Le type qui se pinçait le nez ouvrit la porte en ricanant et l'aida à sortir d'un coup de pied au cul.

La porte claqua et se verrouilla derrière lui, et il entendit les deux gars remonter l'escalier à pas lourds. Il regarda l'heure. Quatre heures du matin. Il faisait toujours aussi sombre, et il était transi de froid. Et mouillé. De la main, il sentit que le dos de sa veste était trempé, et son pantalon itou. S'était-il pissé dessus ? Non, il avait dû dormir dedans. Une flaque, par terre. De la pisse gelée qu'il avait réchauffée avec la chaleur de son corps.

Il plongea les mains dans ses poches et partit au petit trot dans la rue. Il ne se souciait plus des rares voitures qui passaient.

*

Le patient murmura un « merci » et Mathias Lund-Helgesen ferma la porte avant de se laisser tomber dans son fauteuil de bureau. Il bâilla et regarda sa montre. Six heures. Encore une heure avant que l'équipe du matin prenne le relais. Avant qu'il puisse rentrer chez lui. Dormir quelques heures puis aller retrouver Rakel. Elle était sous sa couette dans la grande villa de rondins de Holmenkollen, à cet instant. Il n'avait pas encore complètement trouvé le bon ton avec le gamin, mais cela viendrait. C'était souvent le cas avec Mathias Lund-Helgesen. Et ce n'était pas qu'Oleg ne l'aimait pas, il était plus juste de dire que le gosse s'était trop attaché au précédent. Le policier. Étrange, en fait, comment un enfant pouvait élever sans sourciller une personne alcoolisée et manifestement dérangée au rang de figure paternelle et de modèle.

Il avait longtemps pensé aborder la question d'Oleg avec Rakel, mais s'était abstenu. Cela le ferait seulement passer pour un idiot désemparé. Oui, cela la ferait peut-être même douter qu'il fût le bon pour eux. Et il voulait l'être. Le bon. Il voulait être celui qu'il devait être pour la garder. Et pour savoir qui c'était, il devait poser la question. Alors il avait demandé : ce qu'il y avait, chez ce policier. Elle avait répondu qu'il n'y avait rien de spécial. Si ce n'est qu'elle l'avait aimé. Et si elle ne l'avait pas formulé de la sorte, il n'aurait peut-être pas gambergé sur le fait qu'elle n'avait jamais employé ce mot le concernant.

Mathias Lund-Helgesen secoua la tête pour en chasser ces idées futiles, contrôla le nom du patient suivant sur son écran de PC et sortit dans le couloir intermédiaire, où les infirmières les amenaient en premier lieu. Mais à cette heure aussi tardive de la nuit, il n'y avait personne, et il continua donc jusqu'à la salle d'attente.

Cinq personnes posèrent sur lui un regard qui implorait que ce fût leur tour. Hormis un homme assis dans un coin, qui dormait la bouche ouverte, la tête appuyée contre le mur. De toute évidence un camé, sa veste bleue et la puanteur de vieille urine qui arrivait par vagues étaient des signes qui ne trompaient pas. Il fut de même tout aussi certain que le bonhomme se plaindrait de douleurs et lui demanderait des tranquillisants.

Mathias alla jusqu'à lui et plissa le nez. Il le secoua rudement et fit un rapide pas en arrière. Une bonne partie des toxicomanes avaient développé un modèle de réactions après des années d'exposition à des vols de stupéfiants et d'argent pendant leurs périodes d'ivresse : frapper ou donner des coups de couteau si on les réveillait.

L'homme ouvrit les yeux et Mathias s'aperçut que son regard était étonnamment clair.

« Quel est votre problème ? » s'enquit le médecin. La coutume voulait bien évidement qu'il ne pose pas la question au patient avant qu'ils ne soient en tête à tête, mais Mathias était fatigué, et il en avait plein les bottes des drogués et des pochards qui accaparaient son temps et son attention au détriment d'autres patients.

L'homme serra un peu plus sa veste autour de lui et ne répondit pas.

« Ohé ! Vous êtes plus ou moins censé m'expliquer ce que vous faites ici ! »

L'homme secoua la tête et tendit un doigt vers l'un des autres comme pour expliquer que ce n'était pas son tour.

« Ce n'est pas une salle de séjour. Il n'est pas permis de dormir ici. Tirez-vous. Maintenant.

— *I don't understand* [1].

— *Leave. Or I'll call the police* [2]. »

À son grand étonnement, Mathias se rendit compte qu'il devait faire un effort pour ne pas arracher ce junkie puant à sa chaise. Les autres personnes qui attendaient s'étaient tournées vers eux.

L'homme hocha la tête et se leva lentement. Mathias resta immobile et le regarda partir après que la porte vitrée se fut refermée.

« C'est bien que vous viriez ces gens-là », approuva une voix dans son dos.

Mathias acquiesça d'un air absent. Peut-être ne lui avait-il pas dit assez souvent. Qu'il l'aimait. C'était peut-être ça.

*

Il était sept heures et demie, et il faisait toujours nuit devant le service de neurochirurgie et la chambre 19 où l'officier de police Stranden regardait le lit vide, refait, dans lequel il y avait eu Jon Karlsen. Un autre patient y serait bientôt installé. C'était une idée curieuse. Mais il s'agissait maintenant pour lui aussi de se trouver un lit dans lequel se coucher. Pour un bon moment. Il bâilla et vérifia s'il n'avait rien

1. « Je ne comprends pas. »
2. « Allez-vous-en. Ou j'appelle la police. »

oublié sur la table de chevet, ramassa le journal qui traînait sur la chaise et se retourna pour sortir.

Un homme attendait à la porte. C'était l'inspecteur de police. Hole.

« Où est-il ?

— Parti, répondit Stranden. Ils sont venus le chercher il y a un quart d'heure. Ils l'ont emmené en voiture.

— Ah ? Qui en a donné la consigne ?

— Le médecin-chef. Ils ne voulaient pas qu'il reste ici.

— Je me demandais qui l'avait embarqué. Et où.

— C'est ton nouveau chef, à la Crim, qui a appelé.

— Hagen ? Personnellement ?

— Yep. Et ils ont emmené Karlsen à l'appartement de son frère. »

Hole secoua lentement la tête. Puis sortit.

*

Ça s'éclaircissait à l'est quand Harry monta à pas lourds l'escalier de l'immeuble de brique rouge sombre dans Gørbitz' gate, un morceau d'asphalte troué entre Kirkeveien et Fagerborggata. Il s'arrêta au premier, comme on le lui avait demandé par l'interphone. Sur une plaque plastique bleu pâle collée sur la porte entrebâillée, il lut le nom gravé en blanc : Robert Karlsen.

Harry entra et regarda autour de lui. C'était un petit studio dont le désordre confirmait l'impression que l'on pouvait avoir de Robert Karlsen quand on voyait son bureau. Encore que, on ne pouvait exclure que Li et Li aient contribué au bazar quand ils étaient venus voir s'ils ne trouvaient pas lettres et autres papiers qui pourraient les aider. Une gravure en couleurs de Jésus ornait l'un des murs, et Harry fut frappé de constater qu'en troquant la couronne d'épines contre un béret, on obtenait Che Guevara.

« Alors Gunnar Hagen a décidé que tu devais être conduit ici ? demanda Harry au dos assis au bureau près de la fenêtre.

— Oui, répondit Jon Karlsen en se retournant. Puisque l'assassin connaît mon adresse, il a dit que j'y serais plus en sécurité.

— Mmm, fit Harry en regardant autour de lui. Bien dormi ?

— Pas spécialement. » Jon Karlsen lui adressa un sourire confus. « Je suis resté longtemps allongé à écouter des bruits qui n'existaient pas. Et quand je me suis enfin endormi, le policier de garde, là, Stranden, est entré, et a failli me faire crever de trouille. »

Harry déplaça une pile de bandes dessinées d'un fauteuil et se laissa tomber dedans.

« Je comprends que tu aies peur, Jon. Est-ce que tu as pu penser un peu aux gens qui pourraient souhaiter t'expédier *ad patres* ?

— Je n'ai pensé à rien d'autre ces dernières vingt-quatre heures. Mais la réponse n'a pas changé : je n'en ai vraiment aucune idée.

— Tu es déjà allé à Zagreb ? voulut savoir Harry. Ou en Croatie ? »

Jon secoua la tête.

« Le plus loin que je sois allé hors de Norvège, c'est en Suède et au Danemark. Et j'étais môme.

— Tu connais des Croates ?

— Seulement les réfugiés que nous hébergeons.

— Mmm. Est-ce que les policiers ont précisé les raisons pour lesquelles ils te mettaient ici et pas ailleurs ? »

Jon haussa les épaules.

« J'ai expliqué que j'avais la clé de cet appartement. Et puis il est vide, alors… »

Harry se passa une main sur le visage.

« Il y avait un PC, ici…, reprit Jon en désignant le bureau.

— On est venu le chercher, répondit Harry en se relevant.

— Tu t'en vas déjà ?

— J'ai un avion pour Bergen à prendre.

— Ah, d'accord », murmura Jon en regardant dans le vague devant lui.

Harry eut envie de poser une main sur les épaules étroites de ce garçon dégingandé.

Le Flytog avait du retard. C'était la troisième fois de suite. « À cause d'un arrêt », telle était la courte explication laconique diffusée par les haut-parleurs. Øystein Eikeland, le chauffeur de taxi et seul copain d'enfance de Harry, lui avait expliqué qu'un moteur électrique de train est l'une des choses les plus simples qui existent, que sa petite sœur pourrait le faire fonctionner, et que si on laissait les équipes techniques SAS et NSB[1] échanger leurs postes pour une journée, tous les trains rouleraient et tous les avions s'écraseraient. Harry préférait les choses en l'état.

1. Norsk Statsbaner, l'équivalent de la SNCF.

Il composa le numéro direct de Gunnar Hagen une fois passé le tunnel précédant Lillestrøm.

« Ici Hole.

— Oui, j'entends.

— J'ai ordonné que Jon Karlsen soit sous surveillance vingt-quatre heures sur vingt-quatre. Et je n'avais pas donné pour instruction qu'il soit évacué d'Ullevål.

— Sur ce dernier point, c'est l'hôpital qui décide. Et sur le premier, c'est moi. »

Harry compta trois maisons sur les champs blancs avant de reprendre la parole : « C'est toi qui m'as demandé de gérer cette enquête, Hagen.

— L'enquête, oui, mais pas nos budgets d'heures supplémentaires. Dont tu devrais savoir qu'ils sont dépassés depuis longtemps.

— Le gosse est terrorisé. Et tu le places dans l'appartement de la précédente victime du tueur, son propre frère. Pour économiser quelques malheureux billets de cent par jour dans une chambre d'hosto. »

Le haut-parleur annonça l'arrêt suivant.

« Lillestrøm ? » Hagen avait l'air surpris. « Tu es dans le Flytog ? »

Harry jura intérieurement. « Un rapide saut à Bergen.

— Maintenant ? »

Harry déglutit. « Je serai revenu cet après-midi.

— Tu as perdu les pédales, dis ? Tout le monde nous regarde, dans cette affaire. La presse…

— Ah, un tunnel… », le coupa Harry en appuyant sur la touche off.

*

Ragnhild Gilstrup s'éveillait lentement d'un rêve. Il faisait noir dans la pièce. Elle comprit que c'était le matin, mais ne comprit pas ce que c'était que ce bruit. On eût dit une grosse pendule. Mais ils n'avaient pas de pendule dans la chambre. Elle se retourna dans le lit et sursauta. Dans la pénombre, elle vit une silhouette nue immobile au pied du lit, qui la regardait.

« Bonjour, trésor.

— Mads ! Tu m'as fait peur.

— Ah ? »

Il venait apparemment de se doucher. La porte de la salle de bains était ouverte derrière lui, et l'eau dégoulinait de son corps en produisant sur le parquet de doux claquements humides.

« Ça fait longtemps que tu es là ? demanda-t-elle en serrant un peu plus la couette autour d'elle.

— Comment ça ? »

Elle haussa les épaules, mais tiqua. Il y avait quelque chose de bizarre dans sa manière de le dire. Un ton gai, presque taquin. Et ce petit sourire. Il n'était pas comme ça, d'habitude. Il s'étira et bâilla. Quelque chose d'affecté, se dit-elle.

« Quand es-tu rentré, cette nuit ? demanda-t-elle. Je ne t'ai pas entendu.

— Tu devais dormir du sommeil du juste. » À nouveau ce petit sourire.

Elle le regarda plus attentivement. Il avait réellement changé, ces derniers mois. Il avait toujours été mince, mais il semblait plus fort et plus musclé à présent. Et il y avait son maintien, comme s'il s'était redressé. Bien sûr, elle avait envisagé qu'il ait pu se trouver une maîtresse, mais cela ne l'avait pas tourmentée outre mesure. À ce qu'elle croyait, en tout cas.

« Où étais-tu ? s'enquit-elle.

— J'ai dîné avec Jan Petter Sissener.

— Le courtier ?

— Oui. Il pense que les perspectives du marché sont bonnes. Pour l'immobilier aussi.

— Ce n'est pas mon boulot de discuter avec lui ?

— J'aime bien me tenir au courant.

— Tu as l'impression que je ne te tiens pas au courant, chéri ? »

Il la regarda. Soutint son regard jusqu'à ce qu'elle sente ce qui n'arrivait jamais quand elle discutait avec Mads : que le sang lui montait au visage.

« Je suis certain que tu me fais savoir ce que je dois savoir, trésor. »

Il fit demi-tour et entra dans la salle de bains, où elle l'entendit ouvrir un robinet.

« J'ai jeté un coup d'œil à quelques projets immobiliers intéressants », cria-t-elle, surtout pour parler, dire quelque chose qui pourrait briser le silence qui avait suivi les derniers mots qu'il avait prononcés.

« Moi aussi, cria Mads en retour. Je suis allé voir un immeuble dans Gøteborggata, hier. Celui que l'Armée du Salut possède. »

Elle se figea. L'appartement de Jon.

« Bel immeuble. Mais tu sais quoi ? La porte de l'un des appartements était barrée de cette espèce de ruban de la police. L'un des voisins m'a expliqué qu'il y avait eu une fusillade. Tu te rends compte ?

— Mal. À quoi servaient ces bandes ?

— C'est comme ça que fait la police : ils bouclent

l'appartement pendant qu'ils le fouillent pour rechercher des empreintes digitales, des traces d'ADN, et avoir une idée de ceux qui sont passés là. Quoi qu'il en soit, il se peut que l'Armée du Salut veuille revoir son prix à la baisse si ça tire dans l'immeuble, tu ne crois pas ?

— Ils ne veulent pas vendre, j'ai dit.

— Ils ne *voulaient* pas vendre, trésor. »

Une idée lui vint subitement à l'esprit.

« Pourquoi la police irait inspecter un appartement si c'est dans le couloir qu'on a tiré ? »

Elle entendit Mads fermer le robinet, et elle leva les yeux. Il était à la porte et arborait un sourire jaune dans un nuage de mousse à raser blanche tout en tenant négligemment un coupe-chou à la main. Et il s'aspergerait bientôt de ce coûteux après-rasage qu'elle ne pouvait pas supporter.

« De quoi est-ce que tu parles ? Je n'ai pas parlé de couloir. Et pourquoi tu es si pâle, tout à coup, trésor ? »

Le jour s'était levé tard, et une couche de brume de givre transparente recouvrait toujours le parc de Sofienberg quand Ragnhild descendit Helgesens gate en haletant dans son écharpe Bottega Vaneta beige. Même de la laine payée neuf mille couronnes[1] à Milan ne parvenait pas à maintenir le froid à l'extérieur, mais au moins elle dissimulait son visage.

Des empreintes digitales. Des traces d'ADN.

1. Environ 1 125 euros.

Découvrir qui était passé là. Cela ne devait pas arriver, les conséquences seraient catastrophiques.

Elle tourna au coin de Gøteborggata. Il n'y avait en tout état de cause pas de voiture de police dehors.

La clé clissa dans la serrure de la porte de l'immeuble, et elle gagna rapidement l'ascenseur. Il y avait longtemps qu'elle était venue. Et c'était la première fois qu'elle arrivait sans prévenir, naturellement.

Son cœur battait dans l'ascenseur ; elle pensa à ses cheveux dans la bonde de la douche, aux fibres de ses vêtements dans le tapis, aux empreintes digitales un peu partout.

Le couloir était désert. La bande plastique orange tendue sur le chambranle indiquait qu'il n'y avait personne, mais elle frappa tout de même et attendit. Puis elle sortit sa clé et la posa contre la serrure. La clé ne voulut pas entrer. Elle essaya de nouveau, mais ne réussit qu'à introduire la pointe dans le cylindre. Seigneur, est-ce que Jon l'avait changée ? Elle tourna la clé et récita une prière muette.

La clé entra et la serrure joua avec un déclic sourd.

Elle inspira l'air de l'appartement qu'elle connaissait si bien et fila vers la penderie où elle savait qu'elle trouverait l'aspirateur. C'était un Siemens VS08G2040, du même modèle que celui qu'elle avait chez elle, 2 000 watts, le plus puissant du marché. Jon aimait que ce soit propre. L'aspirateur hurla de sa voix rauque lorsqu'elle brancha l'appareil à la prise murale. Il était dix heures. Elle devait réussir à passer l'aspirateur dans toutes les pièces et à nettoyer tous les murs et surfaces planes en une heure. Elle regarda la porte close de la chambre à coucher et se demanda si elle devait commencer par là. Où les souvenirs étaient les plus forts, les traces les plus nombreuses. Non. Elle plaqua le suceur de l'aspirateur sur son avant-bras. Elle ressentit comme une morsure. Elle arracha l'extrémité et constata qu'il y avait déjà des traces d'ecchymose.

Elle n'avait passé l'aspirateur que quelques minutes quand elle s'en souvint. Les lettres ! Seigneur, elle avait failli oublier qu'ils pouvaient trouver les lettres qu'elle avait écrites. Aussi bien les premières, dans lesquelles elle exprimait ses rêves et souhaits les plus intimes, que les dernières, désespérées et nues, dans lesquelles elle l'avait supplié de prendre contact. Elle laissa tourner l'aspirateur, posa simplement le flexible sur une chaise avant de courir au bureau de Jon et de commencer à ouvrir les tiroirs. Dans le premier, elle trouva stylos, scotch, perforatrice. Annuaires dans le second. Le troisième était verrouillé. Bien évidemment.

Elle attrapa le coupe-papier posé sur la table, l'enfonça juste au-dessus de la serrure et pesa de tout son poids sur le manche. Le vieux bois sec craqua. Et au moment où elle pensait que le coupe-papier allait céder, la façade du tiroir se fendit. Elle arracha le tiroir, chassa les échardes et regarda les enveloppes. Des piles et des piles. Ses doigts les parcoururent à toute vitesse. Hafslund Energi. DnB. If. Armée du Salut. Une enveloppe vierge. Elle l'ouvrit. La lettre commençait par « Mon cher fils ». Elle continua à parcourir le tas. Là ! L'enveloppe avait le nom du fonds, Gilstrup Invest, discrètement écrit en bleu clair, dans le coin inférieur droit.

Elle tira avec soulagement l'enveloppe du lot.

Quand elle eut fini de lire, elle posa la lettre et sentit les larmes lui couler le long des joues. C'était comme si ses yeux s'étaient rouverts, comme si elle avait été aveugle et ne l'était plus, comme si tout était revenu à son point de départ. Comme si tout ce en quoi elle avait cru et qu'elle avait rejeté était redevenu vrai. La lettre était courte, et tout était changé maintenant qu'elle l'avait lue.

L'aspirateur ululait sans discontinuer et assourdissait tout, hormis les phrases simples, claires, écrites sur le papier à lettres, la logique absurde et pourtant évidente qu'elles dégageaient. Elle n'entendait pas la circulation au-dehors, de même qu'elle n'entendit pas le grincement de la porte ni la personne qui se tenait juste derrière sa chaise. Ce ne fut que lorsqu'elle sentit son odeur que les cheveux de sa nuque se dressèrent.

*

L'appareil SAS atterrit à Flesland dans les rafales d'ouest. Dans le taxi en route pour Bergen, les essuie-glaces chuintaient sur les pneus cloutés crissant contre l'asphalte mouillé qui serpentait entre des collines vaguement parsemées de touffes d'herbe et d'arbres nus. L'hiver vestlandais.

Lorsqu'ils furent arrivés dans le Fyllingsdal, Skarre appela.

« On a trouvé quelque chose.

— Vas-y.

— On a inspecté le disque dur de Robert Karlsen. La seule chose à caractère suspect, ce sont des cookies de quelques pages pornos sur Internet.

— Il y en avait aussi sur ton PC, Skarre. Viens-en à l'essentiel.

— On n'a trouvé personne de douteux dans les papiers ou les lettres.

— Skarre…, prévint Harry.

— En revanche, on a découvert un morceau de billet d'avion. Devine pour où.

— Tu vas en prendre une…

— Pour Zagreb, répondit rapidement Skarre. En Croatie, ajouta-t-il prudemment devant le silence de Harry.

— Merci. Quand y est-il allé ?

— En octobre. Départ le 12, retour même jour, le soir.

— Mmm. Un seul jour en octobre à Zagreb. Pas l'air d'un voyage d'agrément.

— J'ai contrôlé avec sa supérieure à Fretex dans Kirkeveien, et elle dit que Robert n'a eu absolument aucune mission à l'étranger pour eux. »

Lorsque Harry eut raccroché, il se demanda pourquoi il n'avait pas informé Skarre qu'il était satisfait de son travail. Il aurait pu le faire. Est-ce qu'il devenait nul, avec les années ? Non, se dit-il en recevant quatre couronnes de monnaie de la part du chauffeur de taxi : il avait toujours été nul.

Harry descendit de voiture sous une averse berguénoise aux allures de gonorrhée tristement dégoulinante, dont on dit qu'elle commence un après-midi de septembre et se termine un après-midi de mars. Il parcourut les quelques mètres jusqu'à l'entrée du café Børs et s'arrêta de l'autre côté de la porte, parcourant la salle des yeux en se demandant ce que la nouvelle loi anti-tabac en préparation ferait d'endroits comme celui-ci. Harry était déjà venu deux fois au Børs, et c'était un lieu où il se sentait instinctivement chez lui tout en étant totalement décalé. Les serveurs s'agitaient dans leurs vestes rouges avec les mêmes expressions que s'ils travaillaient dans un établissement de luxe, en servant des pintes de bière et des plaisanteries archi-usées à des péquenauds, des pêcheurs en retraite, des marins de guerre tenaces et autres individus qui avaient bourlingué. Lors de sa première visite, Harry avait vu une ancienne célébrité danser le tango entre les tables avec un pêcheur, pendant qu'une bonne femme d'un certain âge, en tenue de gala, chantait des romances allemandes au son de l'accordéon, en déblatérant en rythme des obscénités grasseyantes sur les parties instrumentales.

Le regard de Harry avait trouvé ce qu'il cherchait, et il mit le cap sur la table à laquelle un grand type mince était assis devant une pinte vide et une autre qui ne tarderait pas à l'être.

« Chef. »

La tête de l'homme fit un bond au son de la voix de Harry. Les yeux suivirent avec un léger décalage. Derrière le voile de l'ivresse, les pupilles se rétractèrent.

« Harry. » Sa voix était étonnamment claire et distincte.

Harry attrapa une chaise libre à la table voisine.

« De passage ? s'enquit Bjarne Møller.

— Oui.

— Comment est-ce que tu m'as trouvé ? »

Harry ne répondit pas. Il s'était préparé, et il avait malgré tout du mal à croire à ce qu'il voyait.

« Alors ça cafarde, au poste ? Oui, oui. » Møller but une grande gorgée. « Curieuse inversion des rôles, hein ? D'habitude, c'était à moi de te trouver comme ça. Une bière ?

— Qu'est-ce qui s'est passé, chef ? voulut savoir Harry en se penchant par-dessus la table.

— Qu'est-ce qui s'est passé, en principe, pour qu'un homme adulte boive au beau milieu de ses horaires de boulot ?

— Ou bien il s'est fait lourder, ou bien sa femme l'a plaqué.

— Je ne me suis pas encore fait lourder. Pas que je sache. » Møller partit d'un rire silencieux. Ses épaules tremblaient, mais on n'entendait pas un son.

« Est-ce que Kari... » Harry se tut, ne sachant pas comment le formuler.

« Elle et les mômes n'ont pas suivi. C'est bien. Ça avait été convenu à l'avance.

— De quoi ?

— Les gosses me manquent, pas de doute. Mais je survivrai. C'est juste... comment ça s'appelle... une phase de transition ? Ouais, mais il y a un meilleur mot. Trans... non... »

La tête de Bjarne Møller avait piqué vers son verre.

« Allons faire un tour », proposa Harry avec un signe demandant l'addition.

Vingt-cinq minutes plus tard, Harry et Bjarne Møller étaient sous la même averse, près d'une balustrade sur le mont qui s'appelle Fløien, et regardaient en contrebas vers ce qui devait être Bergen. Un train sur rails, comme une tranche de gâteau, et tiré par d'épais câbles d'acier, les avait hissés depuis le centre-ville.

« C'est pour ça que tu es venu ici ? demanda Harry. Parce que Kari et toi vouliez vous séparer ?

— Il pleut autant qu'on le dit, ici, à la goutte près », répondit Møller.

Harry poussa un soupir.

« Ça n'aide pas de boire, chef. Ça ne fait qu'aggraver les choses.

— Ça, c'est mon texte, Harry. Ça va comment, Gunnar Hagen et toi ?

— Oh… C'est un enseignant doué.

— Évite de le sous-estimer, Harry. C'est plus qu'un enseignant. Gunnar Hagen a passé sept ans dans les FSK[1].

— Les forces spéciales ? s'étonna Harry.

— Eh oui. Je viens de l'apprendre de la bouche du chef de la Crim. Hagen a été enrôlé en 1981 quand les FSK ont été mis sur pied pour protéger nos tours de forage en mer du Nord. L'activité était secrète, ça n'a jamais figuré sur aucun CV.

— FSK, répéta Harry en sentant que l'eau glacée traversait lentement le tissu de sa veste au niveau des épaules. J'ai entendu dire qu'il y règne un degré de loyauté exceptionnellement élevé.

— C'est comme une confrérie. Impénétrable.

— Est-ce que tu sais s'il y en a d'autres qui ont été là-dedans ? »

Møller secoua la tête. Il paraissait déjà s'être dégrisé.

« Du nouveau dans l'enquête ? J'ai eu des infos internes.

1. Forsvarets Spesial Kommando, forces spéciales de l'armée norvégienne.

— On n'a même pas de mobile.

— Le mobile, c'est l'argent, toussa Møller. La cupidité, l'illusion que les choses changeront si on gagne de l'argent. Qu'on va soi-même changer.

— L'argent. » Harry jeta un coup d'œil à Møller. « Peut-être bien », hésita-t-il.

Møller cracha avec mépris vers la soupe grise devant eux.

« Trouve l'argent. Trouve l'argent et suis-le. Il mènera à la réponse. »

Harry ne l'avait jamais entendu parler de la sorte, pas avec cette certitude amère, comme s'il avait une compétence dont il se serait bien passé.

Harry prit une inspiration et se lança : « Tu sais que je n'aime pas trop tourner autour du pot, chef, alors voilà : toi et moi, on est des gars qui n'ont pas beaucoup d'amis. Et même si tu ne me considères pas comme un ami, je suis en tout cas quelque chose qui y ressemble. »

Harry regarda Møller, mais n'obtint rien en retour.

« Je suis venu pour savoir s'il y avait quelque chose que je pouvais faire. Dont tu voudrais parler ou… »

Toujours rien en retour.

« Je ne sais pas, moi, chef. Mais en tout cas, maintenant, je suis là. »

Møller tourna son visage vers le ciel.

« Tu savais que les Berguénois, qui ne connaissent pas le féminin, appellent *vidden*[1] ce qu'on a derrière nous. Et que c'est effectivement ce que c'est ? De vraies montagnes. À six minutes de funiculaire depuis

1. « Haut(s) plateau(x) », *vidda* (fém.) dans tout le reste du pays.

le centre de la deuxième ville de Norvège, il y a des gens qui se perdent et qui trépassent. Cocasse, hein ? »

Harry haussa les épaules. Møller poussa un soupir.

« Cette pluie n'a apparemment pas décidé de s'arrêter. On va reprendre l'autre casserole, là. »

Arrivés en bas, ils allèrent ensemble à la station de taxis.

« Il ne faut que vingt minutes pour aller à Flesland à cette heure-ci, avant le rush », l'informa Møller.

Harry acquiesça et attendit avant de monter dans une des voitures. Sa veste était trempée.

« Suis l'argent, répéta Møller en posant une main sur l'épaule de Harry. Le faire tu dois.

— Toi aussi, chef. »

Møller tendit une main en l'air et se mit en marche, mais se retourna au moment où Harry montait dans le taxi et cria quelque chose qui fut noyé sous le bruit de la circulation. Harry alluma son mobile tandis qu'ils traversaient Danmarks plass. Un SMS de Halvorsen lui demandant de rappeler l'attendait. Harry composa le numéro.

« On a la carte de crédit de Stankić, lui apprit Halvorsen. Elle a été avalée par un distributeur de Youngstorget cette nuit juste avant minuit.

— C'était donc de là-bas qu'il revenait quand on a attaqué Heimen.

— Ouaip.

— Youngstorget, c'est à un bon bout de chemin de Heimen. Il est sûrement allé jusque là-bas parce qu'il craignait qu'on trace sa carte près de Heimen. Et ça indique qu'il a vraiment, vraiment besoin d'argent.

— Mais ça s'améliore, reprit Halvorsen. Les distributeurs sont surveillés par vidéo.

— Oui ? »

Halvorsen ménagea ses effets.

« Allez. Il ne cache pas son visage, c'est ça ?

— Il fait un grand sourire vers la caméra, comme une star.

— Est-ce que Beate a l'enregistrement ?

— Elle est à la House of Pain, et elle l'étudie. »

CHAPITRE 17

Vendredi 19 décembre
Le visage

L'horloge murale au-dessus du comptoir de la grande pharmacie indiquait neuf heures et demie. Assis en rang d'oignon le long des murs, des gens toussaient, fermaient des yeux ensommeillés, ou regardaient alternativement les chiffres digitaux rouges sous le plafond et leur numéro d'ordre dans la file d'attente comme s'il s'agissait de leur billet de loterie, et à chaque coup de clochette un nouveau tirage au sort.

Il n'avait pas tiré de numéro, il voulait juste rester assis près des radiateurs de la pharmacie, mais il avait le sentiment que sa veste bleue attirait l'attention, car les employés avaient commencé à s'intéresser à lui. Il regarda par la fenêtre. Par-delà la brume, il devina les contours d'un soleil pâle et sans forces. Une voiture de police passa. Ils avaient des caméras de surveillance, ici. Il devait continuer son chemin, mais où ? Sans argent, il était chassé des bars et cafés. À présent, il n'avait même plus de carte de crédit. La veille au soir, il avait décidé qu'il devait malgré tout retirer de l'argent, même s'il risquait de se voir pister. Il était parti en balade nocturne de Heimen, et avait fini par trouver un DAB à bonne distance. Mais l'automate avait purement et simplement bouffé sa carte sans rien lui donner en échange, hormis la confirmation de ce qu'il savait déjà : ils le cernaient, il était de nouveau assiégé.

*

La salle pratiquement vide du Biscuit baignait dans le son des flûtes de Pan. C'était la période tranquille suivant le lunch et précédant le dîner, Tore Bjørgen s'était donc installé près de la fenêtre d'où il contemplait rêveusement Karl Johan. Non parce que la vue lui évoquait quoi que ce fût de particulier, mais parce que les radiateurs étaient placés sous les fenêtres et qu'il avait l'impression de ne jamais pouvoir avoir assez chaud. Il était de mauvaise humeur. Il devait passer chercher son billet d'avion pour Le Cap dans les deux jours, et il venait de s'avouer ce qu'il savait depuis longtemps : il n'avait pas d'argent. Quelle que fût la quantité de travail qu'il fournissait, la monnaie semblait s'évaporer. C'était bien sûr le miroir rococo qu'il avait acheté pour l'appartement à l'automne, mais il y avait également eu trop de champagne, de poudre et d'autres divertissements onéreux. Non qu'il ait perdu le contrôle, mais pour être parfaitement honnête, il était temps de sortir du cercle vicieux de la poudre pour faire la teuf, des cachets pour dormir et de la poudre pour avoir la force d'effectuer suffisamment d'heures supplémentaires afin de financer ses mauvaises habitudes. Et pour l'heure, il n'y avait plus un fifrelin sur le compte. Ces cinq dernières années, il avait passé Noël et le jour de l'an au Cap au lieu de rentrer à la maison, à Vegårdshei, pour retrouver l'étroitesse religieuse, les accusations muettes de ses parents et le dégoût mal dissimulé de ses oncles et cousins. Il échangeait trois semaines de froid insoutenable, d'obscurité lugubre et d'ennui contre du soleil, de belles créatures et une vie nocturne trépidante. Et du jeu. Les jeux dangereux. En décembre et janvier, Le Cap était envahi d'agences de publicité européennes, d'équipes de cinéma et de modèles, aussi bien féminins que masculins. C'est dans ces milieux qu'il trouvait ses semblables. Le jeu qu'il préférait, c'était le *blind date.* Dans une ville comme Le Cap, cela impliquait toujours un risque, mais rencontrer un homme dans les ténèbres parmi les bicoques de Cape Flats pouvait être synonyme de danger de mort. Et c'était pourtant ce qu'il faisait. Il ne savait pas toujours pourquoi il faisait ces choses idiotes, il savait simplement qu'il avait besoin d'éprouver du danger pour sentir qu'il était vivant.

Tore Bjørgen renifla. Ses rêveries éveillées furent troublées par une odeur dont il espéra qu'elle n'émanait pas des cuisines. Il se retourna.

« *Hello again* », salua l'homme qui s'était planté juste derrière lui.

Si Tore Bjørgen avait été un serveur moins pro, il aurait arboré une expression soupçonneuse. L'homme ne se contentait pas de porter cet anorak bleu peu seyant qui était manifestement à la mode parmi les drogués de Karl Johan. Le type n'était en outre pas rasé, il avait les yeux cernés de rouge et schlinguait la pissotière.

« *Remember me ?* demanda l'homme. *At the men's room.* »

Tore Bjørgen crut tout d'abord que l'autre faisait référence à la boîte du même nom avant de comprendre que le type évoquait les toilettes. Et ce ne fut qu'alors qu'il le reconnut. Ou plutôt, il reconnut sa voix. Incroyable, songea-t-il, ce que vingt-quatre heures sans les éléments indispensables que sont un rasoir, une douche et huit heures de sommeil peuvent faire sur l'apparence d'un homme !

Ce furent peut-être les intenses rêveries tout récemment interrompues qui évoquèrent chez Tore Bjørgen les deux réactions suivantes, dans cet ordre précis : en premier lieu le doux aiguillon du désir. La raison pour laquelle l'homme venait était par trop évidente après le flirt et le contact physique furtif mais intime qu'ils avaient eus. Puis l'effroi lorsque l'image de l'homme et de son pistolet dégoulinant de savon apparut sur sa rétine. Et le fait que le policier qui était venu avait établi un lien avec l'assassinat de ce malheureux soldat de l'Armée du Salut.

« J'ai besoin d'un endroit où habiter », expliqua l'homme.

Tore Bjørgen cligna deux fois durement des yeux. Il le croyait à grand-peine. Il se trouvait face à une personne qui était peut-être un meurtrier, que l'on soupçonnait d'avoir descendu un homme en pleine rue. Alors pourquoi n'avait-il pas lâché ce qu'il avait dans les mains pour sortir de la salle en courant, en hurlant pour que quelqu'un appelle la police ? Le policier avait bien dit qu'une récompense était promise en échange d'informations qui permettraient l'arrestation de l'individu. Bjørgen jeta un coup d'œil à l'autre bout de la salle, où le maître d'hôtel feuilletait un carnet de commandes. Pourquoi sentait-il à la place ce plaisir étrange qui lui chatouillait le diaphragme en se propageant à tout le corps, et qui le fit frissonner tandis qu'il cherchait une réponse qui ait un sens ?

« C'est seulement pour une nuit, précisa l'homme.

— Je travaille, aujourd'hui.

— Je peux attendre. »

Tore Bjørgen regarda son interlocuteur. C'est de la folie, songea-t-il tandis que son cerveau connectait lentement et impitoyablement le désir du jeu à une solution possible à un problème. Il déglutit et changea de pied d'appui.

*

Harry quitta au petit trot le Flytog arrivé à Oslo S, traversa Grønland et entra dans l'hôtel de police, prit l'ascenseur jusqu'à l'OCRB avant de parcourir en petite foulée les couloirs qui le menèrent à la House of Pain, la salle vidéo de la police.

Il faisait sombre, chaud et l'air était confiné dans la petite pièce dépourvue de fenêtres. Il entendit des doigts rapides courir sur un clavier de PC.

« Qu'est-ce que tu vois ? demanda-t-il à la silhouette qui se découpait contre les images dansant sur l'écran installé au mur latéral.

— Une chose très intéressante », répondit Beate Lønn sans se retourner, mais Harry savait qu'elle avait les yeux cernés de rouge. Il avait déjà vu travailler Beate. Il l'avait vue fixer l'écran des heures durant en rembobinant, stoppant, mettant au point, agrandissant, sauvant. Sans comprendre ce qu'elle cherchait à voir. Ça, c'était son territoire.

« Et peut-être une explication, ajouta-t-elle.

— Je suis tout ouïe. »

Harry avança à tâtons dans le noir, shoota dans un pied de chaise et s'assit avec un juron.

« Prête.

— Tire.

— OK. Je te présente Christo Stankić. »

Sur l'écran, un homme s'avançait vers un distributeur automatique.

« Tu es sûre ? s'enquit Harry.

— Tu ne le reconnais pas ?

— Je reconnais la veste bleue, mais..., répondit Harry en percevant le trouble dans sa propre voix.

— Attends. »

L'homme venait d'introduire une carte dans l'automate, et attendait. Puis il tourna la tête vers la caméra et fit la grimace. Un sourire forcé, du genre de ceux qui signifient le contraire.

« Il a compris qu'il n'obtiendrait pas d'argent », expliqua Beate.

L'homme sur l'écran appuya, appuya, et finit par abattre son poing sur le clavier du distributeur.

« Et là, il a compris qu'il ne récupérerait pas sa carte », murmura Harry.

L'homme resta longtemps immobile, étudiant l'écran du DAB. Puis il releva sa manche, jeta un coup d'œil à sa montre, tourna les talons et disparut.

« Quel genre de montre ? voulut savoir Harry.

— Le verre brille. Mais j'ai agrandi le négatif. Sur le cadran il y a marqué Seiko SQ50.

— Bonne petite. Mais je n'ai rien vu qui explique quoi que ce soit.

— Attends un peu. »

Beate tapa quelques touches, et deux photos de l'homme qu'ils venaient de voir apparurent sur l'écran. L'une tandis qu'il sortait sa carte, l'autre au moment où il regardait sa montre.

« J'ai choisi ces deux clichés parce qu'il a le visage à peu près dans la même position, de telle sorte qu'il est facile de se rendre compte. Les deux photos sont donc prises à un peu plus de cent secondes d'intervalle. Tu le vois ?

— Non, répondit Harry en toute sincérité. Je dois manifestement être peu doué pour ces choses-là, je n'arrive même pas à voir que c'est la même personne sur les deux photos. Ou que c'est celui que j'ai vu au bord de l'Akerselva.

— Bien, tu l'as vu.

— Vu quoi ?

— Là, c'est la photo de la carte de crédit », reprit Beate en cliquant. Le cliché d'un type aux cheveux courts et portant une cravate apparut.

« Et voici celles que *Dagbladet* a prises de lui sur Egertorget. »

Deux nouvelles photos.

« Tu vois que ce sont les mêmes personnes ? demanda Beate.

— Eh bien… non.

— Moi non plus.

— Pas *toi* ? Si *toi*, tu ne le vois pas, ça ne peut vouloir dire qu'une chose : ce n'est pas la même personne.

— Non. Ça veut dire qu'on est face à un cas

d'“hypermobilité”. Ce qu'on nomme dans les milieux autorisés *visage du pantomime*[1].

— Est-ce que je peux savoir de quoi tu parles, au nom du ciel ?

— D'une personne qui n'a besoin ni de maquillage, ni de déguisement, ni d'opération de chirurgie esthétique pour changer d'apparence. »

Dans la salle de réunion de la zone rouge, Harry attendit que tous les membres du groupe d'enquête fussent assis avant de prendre la parole : « Nous savons à présent que nous cherchons un homme, et un seul. Pour l'instant, nous appellerons cet homme Christo Stankić. Beate ? »

Beate alluma un projecteur, et l'image d'un visage aux yeux fermés recouvert d'un masque fait de ce qui ressemblait à des spaghettis rouges apparut sur l'écran.

« Ce que vous voyez ici est une illustration de la musculature de notre visage, commença-t-elle. Les muscles dont nous nous servons pour créer des expressions, et par là modifier notre apparence. Les plus importants se trouvent sur le front, autour des yeux et de la bouche. C'est par exemple le musculus frontalis, qui, associé au musculus corrugator supersilii, sert à hausser et à froncer les sourcils. L'orbicularis oculi sert à écarquiller ou à rétracter la partie du visage située autour des yeux. Et ainsi de suite. »

Beate appuya sur la télécommande. L'image fut

1. En français dans le texte.

remplacée par la photo d'un clown aux joues gonflées à bloc.

« Nous avons des centaines de muscles de ce genre sur le visage, et même ceux dont le travail est de jouer avec les expressions faciales n'exploitent qu'une partie de leur potentiel. Les comédiens et les saltimbanques exercent les muscles de leur visage jusqu'à leur maximum, ce que nous autres perdons en général dès notre plus jeune âge. Mais même les comédiens et les mimes utilisent principalement leur visage pour mimer des sentiments bien précis. Et bien qu'ils soient importants, ils sont assez universels et peu nombreux. La colère, la joie, l'amour, la surprise, un petit rire, un rire à gorge déployée, et ainsi de suite. Mais la nature nous a donné à travers ce réseau de muscles la possibilité de reproduire jusqu'à plusieurs millions, oui, un nombre presque illimité d'expressions faciales. Un pianiste professionnel a entraîné les liaisons entre son cerveau et les muscles de ses doigts au point de pouvoir accomplir simultanément dix tâches différentes. Et même dans les doigts, nous n'avons pas tant de muscles. Que ne peut-on alors faire avec son visage ? »

Beate afficha la photo de Christo Stankić devant le DAB.

« Oui, on peut par exemple faire ceci. »

Le film commença à tourner au ralenti.

« Vous ne pouvez presque pas voir les modifications. Ce sont des muscles minuscules qui se contractent et se détendent. La somme de ces petits mouvements musculaires constitue un changement d'expression. Est-ce que le visage se modifie à ce point ? Non, mais la partie du cerveau qui reconnaît les visages — le gyrus fusiforme — est affreusement sensible à des variations même infimes puisque sa fonction est de distinguer des milliers de visages identiques sur le plan physiologique. À travers cet ajustement progressif de contractions musculaires, nous arrivons à ce qui est apparemment une autre personne. À savoir celle-ci. »

L'image se figea sur la dernière image de l'extrait de film.

« Allô, la terre appelle la planète Mars ! »

Harry reconnut la voix de Magnus Skarre. Quelqu'un rit et Beate rougit.

« *Sorry*, pouffa Skarre en jetant un coup d'œil satisfait autour de lui. C'est toujours ce métèque de Stankić. La science-fiction, c'est bien joli, mais les mecs qui contractent un muscle ici et en relâchent un là pour se rendre méconnaissables, ça sent un peu l'histoire à dormir debout, si tu veux mon avis. »

Harry faillit intervenir, mais se ravisa. Il attendit avec impatience la réaction de Beate. Deux ans plus tôt, un commentaire de ce genre l'aurait flinguée sur place, et il aurait dû ramasser les restes à la balayette.

« Que je sache, personne ne le voulait, répondit Beate, dont les joues étaient toujours enflammées. Mais puisque tu es dans cet état d'esprit, laisse-moi prendre un exemple que, j'en suis sûre, tu comprendras.

— Hé, hé, ulula Skarre en levant les mains devant lui. Ce n'était pas dirigé contre toi, Lønn.

— Quand les gens meurent, il intervient comme vous le savez la rigor mortis, poursuivit Beate apparemment sans se démonter, mais Harry constata que ses narines étaient dilatées. Les muscles du corps, dont ceux du visage, se rigidifient. L'effet est le même que lorsqu'ils se contractent. Et quelle est la réaction typique à laquelle vous assistez quand des proches doivent identifier un cadavre ? »

Dans le silence qui s'ensuivit, seul le souffle du ventilateur du projecteur fut audible. Harry souriait déjà.

« Ils ne les reconnaissent pas », répondit une forte voix claire. Harry ne s'était pas aperçu que Gunnar Hagen était entré dans la pièce. « Un problème qui n'est pas exceptionnel en temps de guerre quand il faut reconnaître des soldats morts. Malgré leur uniforme, il arrive que même leurs camarades de régiment doivent vérifier leurs identifiants pour être certains.

— Merci. Est-ce que ça t'a aidé à comprendre, Skarre ? » s'enquit Beate.

L'intéressé haussa les épaules, et Harry entendit quelqu'un éclater de rire. Beate éteignit le projecteur : « La plasticité ou mobilité du visage est au plus haut point personnelle. Certaines choses peuvent être exercées, mais d'autres doivent être considérées comme génétiquement prédéterminées. Certaines personnes ne distinguent pas la partie gauche de la partie droite de leur visage, d'autres peuvent avec de l'entraînement faire fonctionner tous les muscles indépendamment. Comme un concertiste. On appelle cela hypermobilité ou *visage du pantomime*. Les cas que l'on connaît montrent que c'est fortement héréditaire, que l'on peut développer ce don quand on est très jeune ou enfant, et que les personnes ayant un très haut degré d'hypermobilité souffrent fréquemment de troubles de la personnalité et / ou ont vécu de sérieux traumatismes au cours de leur croissance.

— Alors, ce que tu es en train de nous dire, c'est

que nous avons affaire à un fou ? voulut savoir Gunnar Hagen.

— Mon domaine, ce sont les visages, pas la psychologie. Mais cela ne peut en tout cas pas être exclu. Harry ?

— Merci, Beate. » Harry se leva. « Vous en savez à présent un peu plus, les enfants. Des questions ? Oui, Li ?

— Comment est-ce qu'on met le grappin sur une créature de cet acabit ? »

Harry et Beate échangèrent un regard. Hagen se racla la gorge.

« Je n'en ai pas la moindre idée, reconnut Harry. Je sais seulement que ça ne sera pas terminé avant qu'il ait fini son boulot. Ou nous le nôtre. »

*

Un message de Rakel attendait Harry à son retour au bureau. Il l'appela immédiatement pour éviter de gamberger.

« Comment ça va ? s'enquit-elle.

— À la Cour suprême », répondit Harry. C'était une expression que le père de Rakel avait employée. Une blague propre aux soldats du front après la guerre. Rakel rit. De son rire doux, tout en trilles, pour lequel il aurait naguère tout sacrifié pour pouvoir l'entendre chaque jour. Ça fonctionnait encore.

« Tu es seul ?

— Non. Halvorsen est là, et il écoute, comme toujours. »

Halvorsen leva la tête d'un rapport de témoin d'Egertorget et lui fit une grimace.

« Oleg a besoin de quelqu'un à qui parler.

— Tiens donc ?

— Ouf, ce n'était pas dit très adroitement. Pas quelqu'un. Il a besoin de te parler.

— Besoin ?

— Nouvelles rectifications. Il a *dit* qu'il voulait te parler.

— Et t'a demandé d'appeler ?

— Non. Non, il n'aurait jamais fait ça.

— Non. » L'idée fit sourire Harry.

« Alors… Tu auras le temps, un soir, tu crois ?

— Bien sûr.

— Super. Tu pourrais venir dîner avec nous.

— Nous ?

— Oleg et moi.

— Mmm.

— Je sais que tu as rencontré Matthias…

— Bien sûr, répondit Harry très vite. Il a l'air d'un type sympa.

— Oh oui. »

Harry ne sut ni comment il devait ni comment il voulait interpréter le ton de Rakel.

« Tu es toujours là ?

— Je suis là. Écoute, on a une affaire de meurtre, et ça bouillonne légèrement, ici. Je ne peux pas voir un peu, et te rappeler quand je trouverai un jour qui convient ? »

Pause.

« Rakel ?

— Oui, ce serait chouette. Et à part ça ? »

La question tombait comme un cheveu sur la soupe, si bien que Harry crut un instant qu'il fallait la prendre au second degré.

« Les jours se suivent, répondit Harry.

— Rien de neuf dans ta vie depuis la dernière fois ? »

Harry prit une inspiration.

« Il faut que j'y aille, Rakel. J'appellerai quand j'aurai une journée. Donne le bonjour à Oleg de ma part. OK ?

— OK. »

Harry raccrocha.

« Alors ? demanda Halvorsen. "Un jour qui convient" ?

— Juste un dîner. Un truc avec Oleg. Qu'est-ce que Robert allait faire à Zagreb ? »

Halvorsen allait répondre, mais au même moment, on frappa à la porte. Ils se retournèrent. Skarre se tenait dans l'ouverture.

« La police de Zagreb vient de téléphoner, expliqua-t-il. La carte de crédit de Stankić a été délivrée sur présentation du faux passeport.

— Mmm, murmura Harry en se renversant dans son fauteuil, les mains derrière la tête. Qu'est-ce que Robert allait faire à Zagreb, Skarre ?

— Vous savez ce que je crois ?

— Schnouff, glissa Halvorsen.

— Tu n'as pas évoqué une fille qui avait demandé Robert chez Fretex, dans Kirkeveien, Skarre ? Dont ils ont cru, à la boutique, qu'elle était yougoslave ?

— Si. C'est la chef, là-haut, qui…

— Appelle Fretex, Halvorsen. »

Le silence s'abattit sur le bureau tandis que Halvorsen feuilletait les pages jaunes et composait un numéro. Harry se mit à tambouriner sur la table de travail tout en se demandant comment il allait le formuler : qu'il était satisfait de Skarre. Il toussota une fois. Mais Halvorsen lui tendit le combiné.

Le sergent-major Rue écouta, parla et agit. Une bonne femme efficace, put constater Harry, lorsqu'il raccrocha deux minutes plus tard et se racla de nouveau la gorge : « Il y a l'un de ses "paragraphe 12", un Serbe, qui se souvient de la nana. Il pense qu'elle s'appelle Sofia, mais il n'en est pas sûr. Ce qu'il se rappelle sans aucun doute, c'est qu'elle était de Vukovar. »

Harry trouva Jon sur le lit dans l'appartement de Robert, une Bible ouverte sur le ventre. Il avait les yeux rougis par le manque de sommeil et paraissait angoissé. Harry s'alluma une cigarette, s'assit sur la frêle chaise de cuisine et demanda à Jon ce que, selon lui, Robert était allé faire à Zagreb.

« Aucune idée, il ne m'en a rien dit. Ça avait peut-être un rapport avec le projet secret pour lequel je lui avais prêté de l'argent.

— OK. Tu savais qu'il avait une copine, une jeune Croate qui s'appelle Sofia ?

— Sofia Miholjec ? Tu plaisantes !

— En fait, non. Ça veut dire que tu sais qui elle est ?

— Sofia habite dans l'un de nos immeubles, dans Jacob Aalls gate. Sa famille faisait partie des réfugiés croates de Vukovar que le commandeur a fait venir. Mais Sofia… Sofia a quinze ans.

— Elle était peut-être simplement amoureuse de Robert ? Une petite jeune. Un beau, grand garçon. Ce n'est pas particulièrement inhabituel, tu sais. »

Jon faillit répondre, mais se mordit la langue.

« Tu m'as dit toi-même que Robert aimait bien les petites jeunes. »

Jon planta son regard sur le sol. « Je peux te donner l'adresse de sa famille, comme ça, tu lui demanderas.

— OK. » Harry consulta l'heure. « Tu as besoin de quelque chose ? »

Jon regarda autour de lui. « Je devrais aller faire un tour chez moi. Passer chercher quelques vêtements et des affaires de toilette.

— Parfait, je vais t'emmener. Mets un blouson et un bonnet, ça s'est encore rafraîchi. »

Il leur fallut vingt minutes pour arriver. En chemin, ils passèrent le vieux stade décrépit de Bislett qui doit être démoli, et le restaurant Schrøder, devant lequel se tenait une personne en gros manteau de laine et bonnet, que Harry reconnut vaguement. Il se gara à la sauvage juste devant l'entrée de Gøteborggata 4, ils entrèrent et se plantèrent devant la porte de l'ascenseur. Harry constata à l'affichage rouge au-dessus de la porte que la cabine se trouvait au quatrième, l'étage de l'appartement de Jon. Avant qu'ils aient le temps d'appuyer sur le bouton d'appel, ils entendirent l'ascenseur se mettre en mouvement et virent aux chiffres qu'il descendait. Harry se frotta les mains sur les cuisses.

« Tu n'aimes pas les ascenseurs », décoda Jon.

Harry le regarda d'un air surpris. « Ça se voit ?

— Papa non plus ne les aimait pas, sourit Jon. Viens, on prend l'escalier. »

Ils attaquèrent la montée, et un peu plus haut, Harry entendit la porte de l'ascenseur s'ouvrir en dessous d'eux.

Ils déverrouillèrent et pénétrèrent à l'intérieur,

Harry resta près de la porte tandis que Jon allait dans la salle de bains chercher une trousse de toilette.

« C'est curieux, murmura ce dernier en plissant le front, on dirait vraiment que quelqu'un est venu ici.

— La Brigade technique est passée, et ils ont trouvé les balles. »

Jon disparut dans la chambre et revint avec un sac.

« Ça sent bizarre », poursuivit-il.

Harry regarda autour de lui. Deux verres étaient posés sur la paillasse, mais sans lait ou liquide visible sur le bord qui trahît quoi que ce fût. Pas de traces humides ou de neige fondue sur le sol, seulement quelques copeaux clairs devant le bureau, qui provenaient vraisemblablement de la façade de l'un des tiroirs qui semblait s'être détachée.

« Allons-nous-en, suggéra Harry.

— Pourquoi est-ce que mon aspirateur est ici ? s'interrogea Jon en tendant un doigt. Est-ce que tes gars s'en sont servis ? »

Harry connaissait les procédures des TIC, et aucune n'impliquait l'utilisation d'aspirateur sur les lieux de crime.

« Est-ce que d'autres personnes que toi ont la clé de cet appartement ?

— Thea, mon amie. Mais elle n'aurait jamais passé l'aspirateur ici sans que je le lui demande. »

Harry regarda les copeaux devant le bureau, qui auraient été la première chose à disparaître dans un aspirateur. Puis il alla à l'appareil. Le suceur était désolidarisé de l'extrémité du flexible. Un courant froid lui coula le long du dos. Il leva le tube et regarda dans l'embouchure ronde et noire. Passa un index sur le bord et regarda le bout de son doigt.

« Qu'est-ce que c'est ? s'enquit Jon.

— Du sang. Vérifie que la porte est bien fermée. »

Harry savait déjà. Qu'il était maintenant sur le seuil de cette pièce qu'il détestait et hors de laquelle il n'arrivait jamais à rester. Il ôta le couvercle plastique au milieu de l'aspirateur. Dégrafa le sac jaune et le libéra en songeant que c'était cela, la véritable maison de la douleur. L'endroit où il serait toujours obligé d'exercer son talent à s'investir dans le mal. Un don dont il pensait de plus en plus qu'il l'avait développé depuis longtemps.

« Qu'est-ce que tu fais ? » demanda Jon.

Le sac était pratiquement plein à craquer. Harry saisit l'épais et doux papier et le déchira. Le sac céda, et un fin nuage de poussière noire s'éleva comme un génie hors de sa lampe. Il monta avec une légèreté extrême vers le plafond tandis que Jon et Harry regardaient fixement le contenu du sac qui reposait à présent sur le parquet.

« Pitié », chuchota Jon.

CHAPITRE 18

Vendredi 19 décembre
Le puits de mine

« Seigneur, gémit Jon en attrapant maladroitement une chaise. Qu'est-ce qui s'est passé ici ? Mais c'est… c'est…

— Oui, acquiesça Harry, qui s'était accroupi à côté de l'aspirateur et se forçait à respirer régulièrement. C'est un œil. »

Le globe oculaire ressemblait à une méduse sanglante échouée. La poussière s'était plaquée à la surface blanche. Sur la face arrière ensanglantée, Harry distingua l'attache musculaire et le bouchon plus épais, pareil à un serpent, le nerf optique. « Ce que je me demande, c'est comment il est arrivé intact dans le sac en passant dans le tuyau. En admettant qu'il ait été aspiré, bien sûr.

— J'ai enlevé le filtre, expliqua Jon d'une voix tremblante. Ça aspire mieux. »

Harry tira un stylo de sa poche et s'en servit pour retourner précautionneusement l'œil. La consistance en était tendre, mais avec un noyau plus dur. Il se déplaça légèrement de sorte que la lumière du plafonnier tombe sur la pupille qui était grande, noire et diffuse puisque les muscles de l'œil ne la maintenaient plus circulaire. Harry entendit Jon inspirer rapidement derrière lui.

« Un iris d'un bleu peu courant, constata Harry. Quelqu'un que tu connais ?

— Non, je… je ne sais pas.

— Écoute, Jon, commença Harry sans se retourner, je ne sais pas quels bobards tu comptes encore me servir, mais tu n'es pas très doué. Je ne peux pas te forcer à me raconter des détails piquants sur ton frère, mais ça… (Harry désigna le globe oculaire sanglant)… il va bien falloir que tu m'expliques ce que c'est. »

Il se retourna. Jon était assis sur l'une des deux chaises de cuisine, la tête baissée.

« Je… elle…, bredouilla-t-il d'une voix étranglée par les larmes.

— Elle, donc », l'aida Harry.

Jon hocha vigoureusement la tête, la tête toujours penchée.

« Elle s'appelle Ragnhild Gilstrup. Personne d'autre n'a de tels yeux.

— Et comment son œil a pu arriver jusqu'ici ?

— Je n'en ai aucune idée. Elle… on… se voyait souvent ici. Elle avait la clé. Qu'est-ce que j'ai fait, Harry ? Pourquoi est-ce que ça arrive, ça ?

— Je ne sais pas, Jon. Mais j'ai un travail à réaliser ici, et il faut qu'on te pose quelque part d'abord.

— Je peux retourner à Ullevålsveien.

— Non ! s'exclama Harry. Tu as les clés de l'appartement de Thea ? »

Jon acquiesça.

« OK, tu y vas. Garde la porte verrouillée, et n'ouvre à personne d'autre que moi. »

Jon alla à la porte, mais s'y arrêta. « Harry ?

— Oui ?

— Ça devra se savoir, pour Ragnhild et moi ? J'ai cessé de la voir quand c'est devenu sérieux entre Thea et moi.

— Alors ce n'est sûrement pas trop grave.

— Tu ne comprends pas. Ragnhild Gilstrup était mariée. »

Harry hocha lentement la tête. « Le huitième commandement ?

— Le dixième.

— Je ne peux pas tenir ça secret, Jon. »

Jon regarda Harry, étonné. Puis il secoua doucement la tête.

« Qu'est-ce qu'il y a ?

— Je n'arrive pas à croire ce que je viens de dire. Ragnhild est morte, et tout ce à quoi je pense, c'est à sauver ma peau. »

Jon avait les larmes aux yeux. Et dans un instant de relâchement, Harry se surprit à éprouver de la compassion. Pas la compassion qu'il pouvait ressentir pour la victime ou ses proches, mais pour celui qui, dans un instant déchirant, est témoin de sa propre humanité pitoyable.

*

Il arrivait que Sverre Hasvold regrette d'avoir quitté une vie dans la navigation au long cours pour devenir gardien dans l'immeuble flambant neuf de Gøteborggata 4. En particulier par des journées glaciales comme celle-ci, quand les gens appelaient pour se plaindre que le vide-ordures était à nouveau bouché. Ce qui arrivait en moyenne une fois par mois, pour une raison simple : les trappes à chaque étage faisaient la même dimension que le conduit lui-même. Mieux valaient les vieux immeubles. Même dans les années trente, quand les premiers vide-ordures avaient fait leur apparition, les architectes avaient veillé à faire des trappes plus petites, de sorte que les gens n'enfournent pas des choses qui resteraient coincées un peu plus bas.

Hasvold ouvrit la trappe du vide-ordures au second, passa la tête et alluma sa lampe de poche. Des sacs plastique blancs renvoyèrent la lumière, et il conclut que le problème venait comme de coutume d'entre le premier et le rez-de-chaussée, où le conduit se rétrécissait très légèrement.

Il déverrouilla la porte du local poubelles et alluma. L'air était si humide et froid que ses lunettes se couvrirent de buée. Il frissonna et saisit la tige métallique de près de trois mètres posée le long du mur et destinée à cet usage. Il avait même fixé une balle en plastique à son extrémité pour qu'elle ne crève pas les sacs quand il la glisserait dans le conduit. Des gouttes tombaient de l'ouverture, de petits claquements sur le plastique des sacs posés dans la benne. Le règlement de l'immeuble mentionnait clairement que le vide-ordures était uniquement destiné aux déchets secs conditionnés dans des sacs correctement fermés, mais personne — pas même ces soi-disant chrétiens qui habitaient dans l'immeuble — ne tenait compte de ce genre de choses.

Des craquements de coquilles d'œufs et de cartons de lait résonnèrent quand il monta dans la benne et alla sous l'ouverture circulaire dans le plafond. Il leva les yeux dans le trou, mais il ne vit que du noir. Il enfonça la tige de fer. S'attendait à buter contre l'habituelle masse souple de sacs plastique, mais la tige rencontra une surface dure. Il poussa un peu plus fort. Cela ne bougeait pas, quelque chose s'était apparemment coincé pour de bon.

Il dégaina la lampe de poche qu'il avait à la ceinture et en braqua le faisceau dans le conduit. Une goutte atterrit sur le verre de ses lunettes, l'aveuglant, et il les arracha avec un juron pour frotter le verre contre son manteau bleu en tenant la lampe sous son bras. Il se déplaça légèrement et leva ses yeux myopes. Tiqua. Braqua derechef le faisceau de sa lampe tandis que son imagination commençait à cavaler. Écarquilla les yeux tandis que son cœur ralentissait. Incrédule, il leva les lunettes vers son visage. Puis son cœur s'arrêta tout à fait.

La tige de fer glissa avec un crissement le long du mur avant de toucher le sol en tintant. Sverre Hasvold se rendit compte qu'il s'était assis dans la benne, que la lampe avait dû rouler quelque part entre les sacs à ordures. Une autre goutte clapota contre le sac qu'il avait entre les cuisses. Il sursauta vers l'arrière, comme s'il s'était agi d'un acide puissant. Il se remit alors sur ses guibolles et sortit à toute vitesse.

Il lui fallait de l'air pur. Il avait vu un peu de tout, sur la mer, mais rien de tel, ça, c'était… anormal. Ce devait être une maladie. Il ouvrit d'une bourrade la porte de l'immeuble et parvint en chancelant sur le trottoir, sans accorder la moindre attention aux deux grands types qui se trouvaient là ni au froid qui l'assaillait. Il s'appuya contre le mur, pris de vertige, à bout de souffle, et sortit son mobile. Le regarda, désemparé. Les numéros d'urgence avaient changé quelques années plus tôt, avaient été rendus plus faciles à mémoriser, mais il ne se souvenait évidemment que des anciens. Il découvrit les deux hommes qui étaient là. L'un parlait dans un mobile, il reconnut en l'autre un habitant de l'immeuble.

« Excusez-moi, vous savez comment on fait pour appeler la police ? » demanda Hasvold en entendant qu'il avait la même voix que s'il avait crié longtemps.

Le voisin jeta un rapide coup d'œil à l'autre gars, qui observa un instant le gardien d'immeuble avant de reprendre dans son téléphone mobile : « Attends, ce n'est pas sûr que nous ayons besoin d'Ivan et de la cynophile, en fin de compte. » L'homme baissa son téléphone et se tourna vers Sverre Hasvold : « Je suis l'inspecteur principal Hole, de la police d'Oslo. Laissez-moi deviner… »

*

Dans un appartement près de Vestkanttorget, Tore Bjørgen regardait dans la cour d'immeuble depuis la fenêtre de sa chambre. C'était aussi calme à l'extérieur qu'à l'intérieur, aucun enfant ne courait en hurlant ou ne jouait dans la neige. Il devait faire trop froid ou trop sombre. Et il y avait d'ailleurs plusieurs années qu'il n'avait plus vu des enfants jouer dehors en hiver. Il entendit le présentateur des nouvelles télévisées annoncer depuis le salon un record de froid, et que le ministre des Affaires sociales voulait engager des mesures supplémentaires pour offrir un toit aux SDF et permettre aux personnes âgées seules de faire chauffer les radiateurs à plein régime dans leurs appartements. Et que la police recherchait un citoyen croate répondant au nom de Christo Stankić. Que les renseignements permettant l'arrestation seraient récompensés. Il ne mentionna pas de montant, mais Tore Bjørgen supposa que cela représentait davantage que le prix d'un aller-retour plus séjour de trois semaines au Cap.

Tore Bjørgen s'essuya les narines et le reste de poudre de cocaïne qu'il avait sur les gencives. Enlevant du même coup les restes de goût de pizza qu'il avait dans la bouche.

Il avait dit au chef du Biscuit qu'il avait la migraine et était parti de bonne heure. Christo — ou Mike, comme il avait prétendu s'appeler — l'attendait sur un banc de Vestkanttorget, comme convenu. Christo avait manifestement apprécié sa pizza Grandiosa toute prête, et l'avait engloutie sans rien remarquer au goût des quinze milligrammes du comprimé de Stesolid que Tore avait écrasé dessus.

Tore Bjørgen baissa les yeux sur le Christo endormi, allongé nu sur le ventre dans son lit. La respiration de Christo était calme et régulière en dépit du bâillon-boule. Il n'avait pas montré de signes de réveil tandis que Tore avait mis au point sa petite installation. Il avait acheté les tranquillisants à un junkie fébrile dans la rue juste devant le Biscuit pour quinze couronnes pièce. Le reste n'avait pas coûté très cher non plus. Les menottes, les fers, le bâillon-boule avec la têtière et le cordon tenant les boules anales faisaient partie d'un soi-disant pack débutant qu'il avait acheté sur le net chez Lekshop.com pour seulement 599 couronnes.

L'édredon gisait sur le sol, et la tête de Christo

rougeoyait dans la lumière des flammes vacillantes des bougies que Tore avait disposées dans la pièce. Le corps de Christo formait un Y sur le drap blanc. Ses mains étaient attachées à la tête du solide lit en laiton de Tore, tandis que ses pieds étaient écartés et liés chacun à un montant du lit. Tore avait glissé un oreiller sous le ventre de Christo pour que son derrière soit plus haut.

Tore attrapa le couvercle du pot de vaseline, en saisit un peu sur le bout de l'index et badigeonna les fesses de Christo de l'autre main. Et il y repensa. Qu'il abusait. Cela pouvait difficilement être qualifié autrement. Et cette idée, rien que le verbe « abuser », l'excitait.

D'accord, il n'était pas certain que Christo aurait particulièrement détesté qu'on jouât un peu avec lui. Les signaux avaient été flous. Il était malgré tout dangereux de jouer avec un assassin. Délicieusement dangereux. Mais pas insensé. Le type sous lui allait quand même être enfermé pour le restant de ses jours.

Il baissa les yeux sur sa propre érection. Il sortit alors les boules anales de leur coffret et tira énergiquement à chaque extrémité du cordon de nylon fin mais solide qui traversait les boules comme un collier de perle : les premières étaient petites, mais augmentaient en diamètre au fur et à mesure, atteignant le volume d'une balle de golf. Les instructions précisaient que les boules devaient être introduites dans l'orifice anal puis retirées lentement, de sorte qu'on obtienne une stimulation maximale des nerfs à l'intérieur et autour de cette sensible ouverture. Elles étaient de couleur différente, et en ne sachant pas ce qu'étaient des boules anales, on pouvait aisément penser qu'il s'agissait de tout autre chose. Tore sourit au reflet déformé que lui renvoyait la plus grosse des sphères. Papa tiquerait peut-être légèrement en déballant le cadeau de Noël offert par Tore, accompagné d'un petit mot du Cap, espérant que son cadeau décorerait l'arbre de Noël. Mais personne dans sa famille de Vegårdshei n'aurait le moindre soupçon sur la nature des boules qu'ils auraient devant eux tandis qu'ils chanteraient en rythme en se tenant bien comme il faut la main. Ni de l'endroit où les boules s'étaient trouvées.

*

Harry conduisit Beate et ses deux assistants au pied des marches de la cave, où le gardien les fit entrer dans le local poubelles. L'un des assistants était une nouvelle fille portant un nom dont Harry s'était souvenu pendant précisément trois secondes.

« Là-haut », indiqua Harry. Les trois autres, vêtus de ce qui rappelait des combinaisons blanches d'apiculteurs, avancèrent prudemment sous l'ouverture du vide-ordures, et les faisceaux de leurs lampes frontales disparurent dans les ténèbres. Harry observait la nouvelle assistante, attendant la réaction sur son visage. Lorsque celle-ci vint, il pensa à un animal de récif corallien qui se recroqueville instinctivement quand des doigts de plongeur le touchent. Beate secoua presque imperceptiblement la tête, comme un plombier qui contemple tristement des dégâts à peine supérieurs à la moyenne causés par le gel.

« Énucléation. » Sa voix résonna dans le conduit. « Tu notes, Margaret ? »

L'assistante respirait difficilement tandis qu'elle tâtonnait à la recherche d'un stylo et d'un bloc-notes à l'intérieur de sa tenue d'apiculteur.

« Plaît-il ? intervint Harry.

— L'œil gauche a été enlevé. Margaret ?

— Je suis, confirma l'assistante en notant.

— La femme pend la tête en bas, vraisemblablement coincée dans le conduit. Un peu de sang goutte de son orbite, et à l'intérieur, je vois quelques rais blancs qui peuvent être l'intérieur du crâne qui brille à travers les tissus. Sang rouge foncé, il y a donc un moment qu'il est coagulé. Le légiste contrôlera la température et la rigidité quand il arrivera. Trop vite ?

— Non, ça va, répondit Margaret.

— On a trouvé des traces de sang sur la trappe du troisième, l'étage où l'œil a été trouvé, le cadavre a donc probablement été glissé par cette trappe. C'est une ouverture étroite, et d'ici, il peut sembler que l'épaule droite se soit déboîtée. Ce qui a pu arriver quand elle a été poussée dans le conduit ou quand sa chute s'est arrêtée. C'est difficile à déterminer sous cet angle, mais il me semble voir des traces bleues sur le cou qui indiqueraient qu'elle a été étranglée. Le légiste examinera l'épaule et établira la cause du décès. À part ça, on n'a pas grand-chose à faire ici. Je t'en prie, Gilberg. »

Beate fit un pas de côté, et l'assistant prit plusieurs photos du conduit.

« Qu'est-ce qui est blanc jaunâtre dans l'orbite ? voulut-il savoir.

— De la graisse, répondit Beate. Nettoie la benne et cherche des choses ayant pu provenir de la victime ou de son meurtrier. Ensuite, fais-toi aider des agents qui sont dehors pour la faire descendre. Margaret, tu viens avec moi. »

Ils sortirent dans le couloir, Margaret alla à l'ascenseur et appuya sur le bouton d'appel.

« On monte par l'escalier », l'informa Beate d'un ton léger. Margaret lui jeta un regard surpris et suivit ses deux aînés.

« Trois autres de mes collègues ne vont pas tarder », répondit Beate à la question que Harry n'avait pas posée. Bien que les longues jambes de Harry fassent deux pas en un, le petit bout de femme soutenait aisément le rythme. « Des témoins ?

— Aucun pour le moment. Mais on fait notre tournée. Trois officiers sonnent aux appartements dans l'immeuble. Et poursuivront dans l'immeuble voisin.

— Ils ont la photo de Stankić sur eux ? »

Harry lui jeta un coup d'œil pour savoir si la question était ironique. Difficile à dire.

« Quelle a été ta première impression ? demanda Harry.

— Homme.

— Parce qu'il a fallu que la personne soit suffisamment forte pour la faire passer à travers la trappe du vide-ordures ?

— Peut-être.

— Autre chose ?

— Harry, est-ce qu'on doute de qui c'est ? soupira-t-elle.

— Oui, Beate, on doute. Par principe, on doute jusqu'à ce qu'on sache. »

Harry se tourna vers Margaret, qui tirait déjà la langue derrière eux. « Et toi, ta première impression ?

— Quoi ? »

Ils tournèrent dans le couloir au troisième. Un homme corpulent en costume de tweed sous un manteau ouvert en tweed également était planté devant la porte de l'appartement de Jon Karlsen. Manifestement, il les attendait.

« Je me demande ce que tu as ressenti quand tu es entrée dans l'appartement, tout à l'heure, précisa Harry. Et quand tu as regardé dans le conduit.

— Ressenti ? répéta Margaret avec un sourire troublé.

— Oui, ressenti ! tonna Ståle Aune en tendant une main que Harry saisit sur-le-champ. Suivez bien et instruisez-vous, les enfants, car voici le célèbre évangile selon Saint Hole. Avant d'entrer sur les lieux d'un crime, tu te vides la tête, tu deviens un nouveau-né privé de langage et tu t'ouvres à la sainte première impression, les importantes premières secondes qui sont ta plus grande et plus importante chance de voir ce qui s'est passé sans avoir le moindre gramme de faits. On dirait presque du spiritisme, non ? Élégant, ton costume, Beate. Et qui est ta charmante collègue ?

— C'est Margaret Svendsen.

— Ståle Aune, se présenta l'homme en saisissant la main gantée de Margaret pour lui faire le baisemain. Doux Jésus, tu sens le caoutchouc, très chère.

— Aune est psychologue, expliqua Beate. Il nous aide souvent.

— Il *essaie* de vous aider, rectifia Aune. La psychologie est malheureusement une science qui est toujours en culottes courtes et dont les dires ne devront pas être considérés comme particulièrement fiables avant cinquante ou cent ans. Et quelle est ta réponse à la question de l'inspecteur principal Hole, très chère ? »

Margaret appela du regard Beate à son secours.

« Je… ne sais pas. C'était un peu dégoûtant, cette histoire d'œil, évidemment… »

Harry fit tourner la clé dans la serrure.

« Tu sais que je ne supporte pas la vue du sang, prévint Aune.

— Penses-y comme à un œil de verre, conseilla Harry en ouvrant et en faisant un pas sur le côté. Marche sur le plastique et ne touche à rien. »

Aune emprunta précautionneusement le sentier de plastique noir qui traversait la pièce. Il s'accroupit à côté de l'œil qui reposait toujours sur le tas de poussière près de l'aspirateur, mais qui s'était paré d'un voile gris.

« C'est ce que l'on appelle une énucléation », expliqua Harry.

Aune leva un sourcil. « Effectuée avec un aspirateur appliqué sur l'œil ?

— On ne peut pas extraire un œil de la tête rien qu'avec un aspirateur. La personne en question l'a sûrement juste aspiré assez pour pouvoir passer deux ou trois doigts à l'intérieur. Les muscles et le nerf optique sont des trucs costauds.

— Tu en sais des choses, Harry.

— J'ai arrêté une bonne femme, un jour, qui avait noyé son enfant dans la baignoire. Pendant qu'elle était en préventive, elle s'est arraché un œil. Le médecin m'a donné quelques rudiments techniques. »

Il entendit Margaret prendre une profonde inspiration derrière lui.

« Enlever un œil n'est pas nécessairement mortel

en soi, poursuivit Harry. Beate pense que la femme a peut-être été étranglée. Quelle est ta première idée ?

— Ça a naturellement été commis par une personne en déséquilibre émotionnel ou rationnel. L'ablation indique une colère incontrôlée. Il peut évidemment y avoir des raisons pratiques pour que la personne ait choisi de jeter le cadavre dans la poubelle…

— Peu de chances, objecta Harry. Si l'objectif était que le cadavre ne soit pas découvert avant un moment, il aurait été plus futé de le laisser ici, dans un appartement vide.

— Dans ce cas, des choses de ce genre sont souvent des actes symboliques plus ou moins conscients.

— Mmm. Enlever un œil et traiter le reste comme des déchets ?

— Oui. »

Harry regarda Beate. « On ne dirait pas un assassin professionnel.

— On peut imaginer qu'il s'agit d'un assassin professionnel en colère, objecta Aune en haussant les épaules.

— Les professionnels ont en règle générale une méthode sur laquelle ils comptent. Jusqu'à présent, la méthode de Christo Stankić a été d'abattre ses victimes.

— Il a peut-être un répertoire plus étendu, suggéra Beate. Ou la victime l'a peut-être surpris pendant qu'il était dans l'appartement.

— Il n'a peut-être pas voulu tirer pour ne pas alerter les voisins », intervint Margaret.

Les trois autres se tournèrent vers elle.

Elle leur fit un sourire terrorisé : « Je veux dire… il

avait peut-être besoin de temps au calme dans l'appartement. Il cherchait peut-être quelque chose. »

Harry remarqua que Beate s'était mise à respirer rapidement par le nez, et qu'elle était encore plus pâle qu'à l'accoutumée.

« Comment cela se présente-t-il ? demanda Harry à Aune.

— Comme de la psychologie. Des tas de questions. Et que des hypothèses en guise de réponses. »

Une fois ressortis, Harry demanda à Beate si quelque chose clochait.

« J'ai juste eu une légère nausée.

— Je t'interdis d'être malade maintenant. Pigé ? »

Un sourire sibyllin fut sa réponse.

*

Il se réveilla, ouvrit les yeux et vit de la lumière danser sur le plafond blanc au-dessus de lui. Son corps et sa tête lui faisaient mal, et il avait froid. Il avait quelque chose dans la bouche. Et lorsqu'il essaya de bouger, il sentit que ses mains et ses pieds étaient enchaînés. Il leva la tête. Dans le miroir au pied du lit, dans la lueur des bougies allumées, il se vit, nu. Il avait quelque chose sur la tête, un objet noir qui ressemblait à une têtière de cheval. L'une des brides lui passait en travers du visage, par-dessus la bouche, qu'une boule noire bloquait. Ses mains étaient immobilisées par des menottes, ses pieds par des liens noirs qui ressemblaient à des manchettes. Il regarda attentivement dans le miroir. Sur le drap entre les jambes, il aperçut l'extrémité d'un fil qui disparaissait entre ses fesses. Et il avait une substance blanche sur le ventre. On aurait dit du sperme. Il laissa sa tête retomber sur l'oreiller et ferma les yeux. Il voulut crier, mais sut que la boule étoufferait efficacement toutes ses tentatives.

Il entendit une voix dans le salon.

« Hallo ? Politi ? »

Politi ? Polizei ? Police ?

Il se jeta de côté dans le lit, secoua les bras et gémit de douleur quand les menottes s'enfoncèrent derrière son pouce, lui déchirant la peau. Il tordit les mains de telle sorte que ses doigts saisissent le lien qui unissait les menottes. Menottes. Acier d'armature. Son père lui avait appris que les matériaux de construction sont presque toujours conçus pour supporter une charge dans un seul sens, et que tout l'art de tordre du fer consistait à savoir où et dans quel sens il opposerait le moins de résistance. Le lien entre les menottes était fait pour que l'on ne puisse pas les écarter l'une de l'autre.

« Allô ? » entendit-il au salon.

Il inspira profondément. Ferma les yeux, et devant la botte d'acier d'armature sur le chantier, il vit son père, dans sa chemisette qui découvrait ses énormes avant-bras, lui murmurer : « Exclus le doute. Seule la volonté a sa place. Le fer n'a aucune volonté, et voilà pourquoi il perd toujours. »

Tore Bjørgen tambourinait impatiemment sur le miroir rococo orné de coquillages gris perle. L'antiquaire lui avait dit que « rococo » était en fait un terme péjoratif dérivant de l'adjectif français *rocaille*, qui signifiait exagéré. Tore avait plus tard compris que c'est ce qui avait fait pencher la balance quand il s'était décidé à contracter un emprunt pour pouvoir aligner les douze mille couronnes[1] que le miroir avait coûté.

Le standard de la police avait tenté de le mettre en relation avec la Brigade criminelle, mais personne n'avait répondu, et le standard essayait donc police-secours.

Il entendit des bruits dans la chambre. On secouait les menottes. En fin de compte, le Stesolid n'était peut-être pas le somnifère le plus efficace.

« Police-secours. » La voix calme et profonde fit sursauter Tore.

« Oui, c'est… il s'agit de cette récompense. Pour… euh, le gars qui a buté le type de l'Armée du Salut.

— Qui est à l'appareil, et d'où appelez-vous ?

— Tore. D'Oslo.

— Plus précisément ? »

Tore déglutit. Pour pas mal de bonnes raisons, il utilisait l'option « appel secret », de sorte qu'il savait que son interlocuteur de police-secours avait « numéro inconnu » qui clignotait sur son écran éventuel.

« Je peux vous aider. » La voix de Tore était montée dans les aigus.

« Je dois d'abord savoir…

— Je l'ai ici. Attaché.

— Vous gardez quelqu'un attaché, dites-vous ?

— C'est un assassin, bonhomme. Il est dangereux, je l'ai vu moi-même au restaurant avec un pistolet. Christo Stankić, qu'il s'appelle. J'ai vu son nom dans le journal. »

Il y eut un instant de silence à l'autre bout du fil.

1. Environ 1 440 euros.

Puis la voix revint, aussi profonde, mais un tantinet moins indifférente : « Calmez-vous. Dites-moi qui vous êtes et où vous êtes, et nous arrivons immédiatement.

— Et cette récompense ?

— Si elle implique l'arrestation de la bonne personne, je confirmerai que vous nous avez aidés.

— Et à ce moment-là je la toucherai immédiatement ?

— Oui. »

Tore réfléchit. Au Cap. À des pères Noël sous le soleil cuisant. Le téléphone grinça. Il inspira pour répondre et regarda dans son miroir de style rococo à douze mille couronnes. Au même instant, trois choses vinrent à l'esprit de Tore Bjørgen. Que le grincement n'était pas venu du téléphone. Qu'on ne peut pas trouver des menottes de la meilleure qualité sur commande dans un kit de débutant à 599 couronnes. Et qu'il avait très probablement fêté son dernier Noël.

« Allô ? » reprit la voix à l'autre bout du fil.

Tore Bjørgen aurait bien aimé répondre, mais un fin fil de nylon muni de boules brillantes qui ressemblaient comme deux gouttes d'eau à des décorations de Noël avait coupé l'alimentation en air dont les cordes vocales ont besoin pour produire des sons.

CHAPITRE 19

Vendredi 19 décembre
Conteneur

Quatre personnes se trouvaient à bord de la voiture qui traversait la nuit et les bourrasques de neige, entre les hautes bordures que le chasse-neige avait formées.

« Østgård est en haut à gauche », indiqua Jon depuis le siège arrière, un bras autour de la misérable silhouette de Thea.

Halvorsen quitta la départementale. Harry regardait les fermes isolées qui clignotaient comme des phares sur les sommets ou au milieu de groupes d'arbres.

Quand Harry avait affirmé que l'appartement de Robert n'était plus une cachette sûre, c'était Jon lui-même qui avait suggéré Østgård. Et insisté pour que Thea soit du voyage.

Halvorsen vira sur le pré entre un corps de ferme blanc et une grange rouge.

« On va appeler le voisin et lui demander de venir avec le tracteur pour enlever un peu de neige, décréta Jon tandis qu'ils avançaient laborieusement vers le corps de ferme à travers la neige toute fraîche.

— *Niks*, répondit Harry. Personne ne saura que vous êtes ici. Même pas dans la police. »

Jon alla jusqu'au mur à côté de l'escalier, compta cinq planches en partant de là et plongea la main dans la neige puis sous le revêtement de bois.

« Ici ! » s'exclama-t-il en brandissant une clé.

Il semblait faire encore plus froid à l'intérieur, et c'était comme si les parois de bois peint avaient gelé, faisant claquer durement leurs voix. Ils tapèrent des pieds pour en faire tomber la neige et entrèrent dans une grande cuisine meublée d'une gigantesque table, d'un réfrigérateur, d'un banc et d'un poêle Jøtul dans un coin.

« Je vais faire du feu. » Jon souffla un nuage de vapeur et se frotta les mains l'une contre l'autre. « Il doit bien y avoir quelque chose dans le banc, mais il faudra aller se réapprovisionner à la resserre à bois.

— Je peux y aller, proposa Halvorsen.

— Il va falloir déblayer un passage. Il y a deux pelles dans l'appentis.

— J'y vais aussi », murmura Thea.

La neige s'était brusquement arrêtée et le ciel éclairci. Harry fumait près de la fenêtre, d'où il regardait Halvorsen et Thea pelleter la neige légère sous le clair de lune blanc. Le poêle crépitait, Jon s'était accroupi et regardait les flammes.

« Comment ton amie a pris l'histoire de Ragnhild Gilstrup ? s'enquit Harry.

— Elle me pardonne. Comme je te l'ai dit, c'était avant elle. »

Harry regarda l'extrémité incandescente de sa cigarette. « Toujours aucune idée de ce que pouvait faire Ragnhild Gilstrup dans ton appartement ? »

Jon secoua la tête.

« Je ne sais pas si tu l'as remarqué, mais on aurait

pu croire que le tiroir du bas de ton bureau avait été forcé. Qu'est-ce que tu conservais dedans ? »

Jon haussa les épaules. « Des affaires personnelles. Des lettres, pour l'essentiel.

— Des lettres d'amour ? De Ragnhild, par exemple ? »

Jon rougit. « Je… je ne me rappelle pas. J'en ai jeté la plupart, mais j'en ai peut-être conservé une ou deux. Je gardais ce tiroir fermé à clé.

— Pour que Thea ne les trouve pas si elle se retrouvait seule dans l'appartement ? »

Jon hocha lentement la tête.

Harry sortit sur l'escalier donnant sur la cour, tira les dernières bouffées de sa cigarette, la jeta dans la neige et dégaina son téléphone mobile. Gunnar Hagen répondit à la troisième sonnerie.

« J'ai transféré Jon Karlsen, l'informa Harry.

— Précise.

— Pas nécessaire.

— Plaît-il ?

— Il est dans un endroit plus sûr que celui où il était précédemment. Halvorsen restera ici cette nuit.

— Où, Hole ?

— Ici. »

Harry avait une vague idée de ce qui se préparait tandis qu'il écoutait le silence à l'autre bout du fil. La voix de Hagen se fit de nouveau entendre, extrêmement claire : « Hole, ton supérieur vient de te poser une question concrète. Ne pas répondre est considéré comme un refus d'obéir. Est-ce que je m'exprime clairement ? »

Harry avait souvent souhaité avoir été conçu différemment, posséder un peu de l'instinct de survie sociale qu'ont la plupart des gens. Mais il n'y arrivait tout simplement pas, il n'y était jamais arrivé.

« Pourquoi est-ce important que tu le saches, Hagen ?

— Je te le dirai quand tu pourras me poser des questions, Hole, répliqua Hagen d'une voix tremblante de colère. Compris ? »

Harry attendit. Et attendit. Et puis, au moment où il entendit Hagen inspirer, il parla : « Skansen gård.

— Pardon ?

— Plein est de Strømmen. Terrain d'exercice de la police de Lørenskog.

— Bien », acquiesça finalement Hagen.

Harry raccrocha et composa un nouveau numéro tout en contemplant Thea, éclairée par la lune, qui avait le regard braqué en direction des cabinets extérieurs. Elle s'était arrêtée de pelleter, et sa silhouette était comme figée par le froid dans une curieuse position.

« Ici Skarre.

— Harry. Du nouveau ?

— Non.

— Pas de tuyau ?

— Rien de sérieux.

— Mais des gens appellent ?

— Oh ça, oui, ils ont pigé qu'il y avait une récompense à la clé. Mauvaise idée, si tu veux mon avis. Que du boulot en plus pour nos pommes, ça.

— Qu'est-ce qu'ils disent ?

— Oh, ce qu'ils disent… Ils décrivent des visages qu'ils ont vus et qui ressemblent. Le plus drôle, c'est un gars qui a appelé et qui a prétendu avoir Stankić attaché à son lit, chez lui, et qui se demandait si ça lui donnait droit à la récompense. »

Harry attendit que le rire de crécelle de Skarre se soit tu. « Et comment ont-ils déduit qu'il ne l'avait pas ?

— Pas eu besoin, il a raccroché. Apparemment dérangé. Il disait avoir déjà vu Stankić. Avec un pistolet dans un restaurant. Qu'est-ce que vous faites ?

— On… qu'est-ce que tu as dit ?

— Je me demandais…

— Non. Qu'il avait vu Stankić avec un pistolet ?

— Hé hé, les gens ne manquent pas d'imagination, hein ?

— Passe-moi celui que tu as eu à police-secours.

— Et donc…

— Maintenant, Skarre. »

L'appel de Harry fut transféré, il eut le responsable en ligne, et après avoir échangé trois phrases, Harry le pria de ne pas quitter.

« Halvorsen ! » La voix de Harry porta au-dessus de la cour.

« Oui ? » Halvorsen apparut dans le clair de lune devant la grange.

« Comment il s'appelait, le serveur qui avait vu un mec dans les toilettes avec un pistolet plein de savon ?

— Comment je m'en souviendrais ?

— Je me fous de comment, fais-le ! »

Les échos résonnaient dans le calme nocturne entre le mur de la maison et celui de la grange.

« Tore quelque chose. Peut-être.

— Bingo. Tore est le prénom qu'il a donné par téléphone. Maintenant, rappelle-toi le nom de famille, mon grand.

— Euh… Bjørg ? Non. Bjørang ? Non…
— Allez, Lev Yashin !
— Bjørgen ! C'est ça. Bjørgen.
— Lâche ta pelle, tu vas avoir le droit de conduire comme une brute. »

Une voiture de patrouille les attendait quand Halvorsen et Harry passèrent Vestkanttorget vingt-huit minutes plus tard et virèrent dans Schives gate, à l'adresse de Tore Bjørgen, que l'agent de garde avait reçue du maître d'hôtel du Biscuit.

Halvorsen s'arrêta à la hauteur du véhicule de patrouille et baissa sa vitre.

« Deuxième étage », lui indiqua la femme policier assise au volant en montrant une fenêtre éclairée sur la façade de pierre grise.

Harry se pencha par-dessus Halvorsen.

« Je monte avec Halvorsen. L'un de vous reste ici et garde le contact avec police-secours, et un autre vient dans la cour pour surveiller l'escalier de secours. Vous avez une arme dans le coffre que je puisse emprunter ?

— Ouaip », répondit la femme.

Son collègue se pencha en avant. « Tu es Harry Hole, n'est-ce pas ?

— Exact, inspecteur.

— D'aucuns à police-secours ont dit que tu n'as pas de permis de port d'arme.

— N'*avais* pas, inspecteur.

— Oh ?

— J'ai eu une panne de réveil pour le premier examen de tir cet automne. Mais je peux te rassurer : au second, j'ai fait le troisième meilleur score de la maison. OK ? »

Les deux policiers se regardèrent.

« OK », murmura le type.

Harry ouvrit sèchement la porte, et les joints gelés craquèrent.

« Bien, allons vérifier s'il y a quelque chose dans ce tuyau. »

Pour la seconde fois en deux jours, Harry tenait un MP-5 lorsqu'il sonna à l'interphone d'un certain Sejerstedt et expliqua à une voix de femme inquiète qu'ils étaient de la police. Et qu'elle pouvait venir voir à sa fenêtre la voiture de police avant de leur ouvrir. Ce qu'elle fit. La femme policier se rendit dans la cour et prit position tandis que Halvorsen et Harry montaient les marches.

Le nom *Tore Bjørgen* était imprimé en noir sur une plaque de laiton au-dessus d'une sonnette. Harry pensa à Bjarne Møller, qui lors de leur première sortie commune sur le terrain, avait enseigné à Harry la méthode la plus simple et toujours la plus efficace pour savoir si quelqu'un est à la maison. Il plaqua une oreille contre le panneau vitré de la porte. Pas un son ne filtrait de l'intérieur.

« Chargé et sécurité ôtée ? » chuchota Harry.

Halvorsen avait dégainé son revolver de service et s'était positionné contre le mur du côté gauche de la porte.

Harry sonna.

Il retint son souffle et écouta.

Puis il sonna derechef.

« S'introduire ou ne pas s'introduire, murmura Harry. Telle est la question.

— Dans ce cas, on aurait d'abord dû appeler l'adjudant et obtenir un mand... »

Halvorsen fut interrompu par un tintement de verre lorsque le MP-5 de Harry atteignit la porte. Harry passa rapidement la main à l'intérieur et déverrouilla.

Ils se coulèrent dans l'entrée, et Harry indiqua à Halvorsen les portes des pièces qu'il devait inspecter. Il entra pour sa part rapidement dans le salon. Vide. Mais il remarqua immédiatement le miroir au-dessus de la table du téléphone, qui avait manifestement été frappé par un objet dur. Un morceau rond du verre s'était détaché du milieu, et des rayons s'étiraient du soleil noir jusqu'au cadre doré et ornementé. Harry se concentra sur la porte à l'extrémité du salon, qui était à peine entrebâillée.

« Personne dans la cuisine ou la salle de bains, chuchota Halvorsen derrière lui.

— OK. Tiens-toi prêt. »

Harry alla vers la porte. Il le sentait en lui. Que s'il y avait quelque chose ici, ce serait là-dedans qu'ils le trouveraient. Un pot d'échappement hors d'usage pétarada à l'extérieur. Les freins d'un tramway hurlèrent dans le lointain. Harry nota qu'il s'était instinctivement recroquevillé. Comme pour constituer la plus petite des cibles.

Il poussa la porte du canon de son pistolet automatique et fit deux grandes enjambées, une en avant et une sur le côté, pour ne pas se détacher dans l'ouverture. Il se plaqua au mur, le doigt sur la gâchette, attendant que ses yeux s'habituent à l'obscurité.

Dans la lumière qui tombait par la porte, il vit un grand lit à montants de laiton. Une paire de jambes nues qui pointaient de sous l'édredon. Il avança d'un pas, le saisit d'une main et tira d'un coup sec.

« Doux Jésus ! » s'exclama Halvorsen. Il était à la porte, et la main qui tenait le revolver tomba lentement tandis qu'il contemplait avec incrédulité ce qu'il y avait sur le lit.

*

Il jaugea les barbelés au sommet de la clôture. Puis il prit son élan et sauta. Rampa comme une larve ainsi que Bobo le lui avait appris. Le pistolet dans sa poche battit contre son ventre lorsqu'il se balança par-dessus le sommet. Lorsqu'il fut sur l'asphalte gelé de l'autre côté, il constata dans la lumière du réverbère qu'il avait fait une longue estafilade dans l'anorak bleu. De la bourre blanche s'en échappait.

Un son le fit sortir de la lumière, gagner l'ombre des conteneurs empilés en rang sur la grande zone portuaire. Il écouta et regarda autour de lui. Les fenêtres brisées d'une baraque sombre et abandonnée sifflaient doucement.

Sans savoir pourquoi, il se sentait observé. Non, pas observé, mais découvert, démasqué. Quelqu'un savait qu'il était là, sans nécessairement l'avoir vu. Il scruta du regard la clôture illuminée pour y déceler les alarmes potentielles. Rien.

Il chercha le long de deux rangées de conteneurs avant d'en trouver un d'ouvert. Il entra dans l'obscurité impénétrable et comprit instantanément que ça n'irait pas, qu'il mourrait de froid s'il s'endormait ici. Il sentit l'air se déplacer autour de lui lorsqu'il referma la porte derrière lui, comme s'il était dans un bloc d'une matière physique qui se déplaçait.

Un frou-frou se fit entendre lorsqu'il marcha sur du papier journal. Il lui fallait de la chaleur.

Une fois ressorti, il eut de nouveau ce sentiment d'être observé. Il alla à la baraque, saisit l'une des planches et tira. Elle se détacha avec un craquement sec. Il lui sembla voir bouger quelque chose, et il fit volte-face. Mais tout ce qu'il vit, ce furent les lumières clignotantes des hôtels alléchants autour d'Oslo S et les ténèbres dans l'ouverture de son propre logis pour cette nuit. Après avoir détaché deux autres planches, il retourna vers le conteneur. Il y avait des traces à l'endroit où le vent avait amassé la neige. Des traces de pattes. De grosses pattes. Un chien de garde. Avaient-elles été là tout à l'heure ? Il cassa les pointes des planches qu'il disposa contre la paroi d'acier à l'intérieur du conteneur. Il laissa la porte entrebâillée, dans l'espoir qu'un peu de la fumée s'échapperait. La boîte d'allumettes qu'il avait ramassée dans la chambre de Heimen était dans la même poche que le pistolet. Il enflamma le papier journal et le glissa sous les copeaux, avant de joindre les mains au-dessus de la chaleur. De courtes flammes léchèrent la cloison brun rouille.

Il repensa aux yeux terrifiés du serveur quand il avait regardé dans le canon du pistolet en vidant ses poches de monnaie, en expliquant que c'était tout ce qu'il avait. Cela avait suffi pour un hamburger et un billet de métro. Trop peu pour un endroit où se cacher, se tenir au chaud, dormir. Le serveur avait alors été assez bête pour dire que la police était prévenue, qu'ils étaient en chemin. Et il avait fait ce qu'il devait faire.

Les flammes éclairaient la neige au-dehors. Il remarqua d'autres traces de pattes juste devant l'entrée. Curieux qu'il ne les ait pas vues la première fois qu'il était arrivé au conteneur. Il écouta sa respiration, qui se répercutait dans la boîte en fer dans laquelle il était assis, comme s'ils étaient deux là-dedans, tout en suivant les traces des yeux. Il se figea. Ses propres empreintes de pas croisaient celles de l'animal. Et au beau milieu de l'empreinte de sa chaussure, il vit une trace de patte.

Il referma sèchement la porte, et les flammes s'éteignirent dans un grondement sourd. Seuls les coins du papier journal continuèrent à rougeoyer dans l'obscurité totale. Sa respiration était sifflante. Il y avait quelque chose dehors, qui le pourchassait, qui pouvait le sentir et le reconnaître. Il retint son souffle. Et ce fut alors qu'il s'en rendit compte : ce quelque chose qui le cherchait n'était pas dehors. Ce n'était pas l'écho de sa propre respiration qu'il entendait. C'était dedans. Tout en cherchant désespérément son pistolet, il eut le temps de penser qu'il était curieux que ça n'ait pas grogné, pas fait un bruit. Pas jusqu'à maintenant. Et même là, il n'y eut qu'un faible crissement de griffes contre le sol métallique quand ça bondit. Il eut à peine le temps de lever la main avant que les mâchoires se referment autour, et la douleur fit exploser ses pensées en une pluie d'étincelles.

*

Harry contemplait le lit et ce qu'il supposait être Tore Bjørgen.

Halvorsen vint se placer à côté de lui. « Doux Jésus, chuchota-t-il. Qu'est-ce qui s'est passé, ici ? »

Sans répondre, Harry ouvrit la fermeture Éclair du masque noir que portait l'homme devant eux. Le rouge à lèvres et le maquillage autour des yeux lui firent penser à Robert Smith, le chanteur de The Cure.

« C'est le serveur avec qui tu as discuté au Biscuit, ça ? demanda Harry tandis que son regard scrutait la pièce.

— Je crois. Nom d'un chien, qu'est-ce que c'est que ce machin qu'il a sur lui ?

— Du latex », répondit Harry en passant un doigt sur des éclats métalliques sur le drap avant de ramasser quelque chose qui traînait à côté d'un verre d'eau à moitié plein sur la table de nuit. C'était un cachet. Il l'examina.

« Ça a l'air complètement dément, gémit Halvorsen.

— Une forme de fétichisme. Et en ce sens pas plus malsain que le fait d'aimer les femmes en mini-jupe et porte-jarretelles, ou ce que tu voudras.

— Les uniformes, confia Halvorsen. N'importe lesquels. Infirmières, contractuelles…

— Merci.

— Qu'est-ce que tu en penses ? Suicide aux pilouzes ?

— Tu lui demanderas », répondit Harry en soulevant le verre de la table de chevet et en en versant le contenu sur le visage devant eux. Halvorsen regarda l'inspecteur principal, bouche bée.

« Si tu n'avais pas été si bourré de préjugés, tu aurais

entendu qu'il respire, expliqua Harry. C'est du Stesolid. Pas beaucoup plus méchant que du Valium. »

L'homme devant eux haleta. Puis le visage se recomposa, et une violente quinte de toux suivit.

Harry s'assit sur le bord du lit et attendit jusqu'à ce qu'une paire de pupilles terrifiées aient enfin réussi à faire la mise au point sur lui.

« Nous sommes de la police, Bjørgen. Désolés de faire irruption de cette façon, mais nous avons cru comprendre que vous aviez quelque chose que nous recherchons. Mais que vous n'avez plus, semble-t-il. »

Les yeux devant lui cillèrent par deux fois. « De quoi est-ce que vous parlez ? demanda une voix pâteuse. Comment vous êtes entrés ?

— Par la porte, répondit Harry. Vous avez eu de la visite plus tôt dans la soirée, non ? »

L'homme secoua la tête.

« C'est ce que vous avez raconté à la police, ajouta Harry.

— Personne n'est venu ici. Et je n'ai pas appelé la police. J'ai l'option "appel secret". Vous ne pouvez pas remonter jusqu'ici.

— Mais si, on peut. Et je n'ai rien mentionné concernant un appel. Vous avez dit au téléphone que vous aviez attaché quelqu'un au lit, et je vois des éclats provenant de la tête de lit sur le drap, ici. On dirait que le miroir, là-bas, s'est lui aussi ramassé une châtaigne. Il s'est taillé, Bjørgen ? »

L'homme regarda d'un air perdu Harry, puis Halvorsen, puis de nouveau Harry.

« Il vous a menacé ? continua Harry d'une voix basse et monotone. Dit qu'il reviendrait si vous nous disiez quelque chose ? C'est ça ? Vous avez peur ? »

L'homme ouvrit la bouche. C'était peut-être le masque de latex, qui fit penser Harry à un pilote égaré. Robert Smith à côté de la plaque.

« C'est en général ce qu'ils disent, répondit Harry à sa place. Mais vous savez quoi ? S'il l'avait pensé, vous seriez déjà mort. »

L'homme ne quittait plus Harry des yeux.

« Vous savez où il allait, Bjørgen ? Est-ce qu'il a emporté quelque chose ? De l'argent ? Des vêtements ? »

Silence.

« Allez, c'est important. Il est en chasse après une personne, ici à Oslo, qu'il veut zigouiller.

— Je ne sais absolument pas de quoi vous voulez parler, murmura Tore Bjørgen sans cesser de regarder Harry. Auriez-vous l'amabilité de vous en aller, maintenant ?

— Bien entendu. Mais il est de mon devoir de vous faire savoir que vous risquez des poursuites pour avoir aidé à dissimuler un assassin en fuite. Ce que la cour, au pire, pourrait qualifier de complicité d'assassinat.

— Et avec quelles preuves ? OK, alors j'ai peut-être téléphoné. Je bluffais juste. Je voulais m'amuser un peu. Et alors ? »

Harry se leva du coin du lit. « Comme vous voulez. On y va. Emballez quelques vêtements. Je vais envoyer deux de nos gars vous chercher, Bjørgen.

— Me chercher ?

— Ou vous arrêter. » Harry indiqua à Halvorsen qu'ils levaient le camp.

« *M'arrêter ?* » La voix de Bjørgen n'était plus pâteuse. « Pourquoi ça ? Vous ne pouvez absolument rien prouver. »

Harry lui montra ce qu'il tenait entre le pouce et l'index. « Le Stesolid est un narcotique délivré sur ordonnance comparable à des amphétamines ou à de la cocaïne, Bjørgen. Alors, à moins que vous ne réussissiez à me pondre une ordonnance, on doit malheureusement vous arrêter pour détention de produits prohibés. Passible de deux ans.

— Vous blaguez. » Bjørgen se hissa dans le lit et attrapa la couette sur le sol. Il semblait ne s'être aperçu que tout récemment de sa tenue.

Harry alla à la porte. « En ce qui me concerne, je partage entièrement votre point de vue : la législation norvégienne en matière de stupéfiants est bien trop stricte pour les drogues douces, Bjørgen. Et dans d'autres circonstances, j'aurais par conséquent passé l'éponge sur cette saisie. Bonne soirée.

— Attendez ! »

Harry s'arrêta. Et attendit.

« S-s-ses f-frères..., bégaya Tore Bjørgen.

— Ses frères ?

— Il a dit qu'il m'enverrait ses frères s'il lui arrivait quelque chose à Oslo. S'il était arrêté ou tué, ils viendraient me chercher, quelle que soit la façon dont ça se serait passé. Il a dit que ses frères y allaient à l'acide.

— Il n'a pas de frères. »

Tore Bjørgen leva la tête, regarda le grand policier et demanda avec une surprise non feinte dans la voix : « Ah bon ? »

Harry secoua lentement la tête.

Bjørgen se tordit les mains. « Je... j'ai pris ces trucs, là, juste parce que j'étais vraiment secoué. C'est bien pour ça que c'est fait, non ?

— Où est-il allé ?

— Il ne l'a pas dit.

— Est-ce que vous lui avez donné de l'argent ?

— Seulement quelques broutilles qu'il me restait. Et puis il s'est barré. Et je… je suis resté là, mort de trouille… » Un sanglot subit interrompit son discours, et il se recroquevilla sous son édredon. « Je *suis* mort de trouille ! »

Harry regarda l'homme en pleurs. « Si vous voulez, vous pouvez dormir à l'hôtel de police, cette nuit.

— Je reste ici, renifla Bjørgen.

— OK. Certains d'entre nous reviendront discuter un peu plus avec vous demain matin.

— D'accord. Attendez ! Si vous le chopez…

— Oui ?

— Cette récompense tient toujours, non ? »

*

Il avait fini par allumer le feu. Les flammes scintillaient dans un morceau de vitre triangulaire qui provenait de la fenêtre brisée de la baraque. Il était allé chercher davantage de bois, et sentait que son corps commençait à se réchauffer. Ce serait pire cette nuit, mais il était en vie. Il avait bandé ses doigts ensanglantés avec des lambeaux de la chemise qu'il avait découpée à l'aide du morceau de verre. Les mâchoires de l'animal s'étaient refermées autour de la main qui tenait le pistolet. Et du pistolet.

L'ombre d'un metzner noir flottant entre sol et plafond dansait sur la paroi du conteneur. Sa gueule était ouverte et son corps tendu, figé dans une dernière attaque muette. Ses pattes arrière étaient entourées de fil de fer qui passait dans le trou d'une des rainures du toit. Le sang qui gouttait de sa gueule et du trou derrière l'oreille, par où la balle était ressortie, produisait des déclics réguliers. Il ne saurait jamais si c'étaient les muscles de son avant-bras ou la morsure du chien qui avait pressé son doigt contre la détente, mais il lui semblait encore pouvoir percevoir une vibration entre les parois métalliques, après la détonation. La sixième depuis qu'il était arrivé dans cette maudite ville. Et il n'avait maintenant plus qu'une balle dans son pistolet.

Une seule balle suffisait, mais comment allait-il trouver Jon Karlsen, à présent ? Il avait besoin de quelqu'un qui le mène à lui. Il pensa au policier. Harry Hole. Cela ne ressemblait pas à un nom courant. Il ne serait peut-être pas si difficile que ça à trouver.

TROISIÈME PARTIE

CRUCIFIXION

CHAPITRE 20

Vendredi 19 décembre
Le Temple

Le panneau lumineux à l'extérieur de Vika Atrium indiquait moins dix-huit degrés et l'horloge à l'intérieur vingt et un lorsque Harry et Halvorsen virent la fontaine décorée de plantes tropicales rapetisser sous l'ascenseur qui les emportait.

Halvorsen ouvrit la bouche, changea d'avis. Ouvrit de nouveau la bouche.

« C'est sympa, les ascenseurs en verre, le devança Harry. Et pas de problème avec la hauteur.

— Ah oui.

— Je veux que tu t'occupes de l'entrée en matière et des questions. Et j'interviendrai au fur et à mesure. OK ? »

Halvorsen hocha la tête.

Ils avaient tout juste eu le temps de s'asseoir dans la voiture après être passés voir Tore Bjørgen, quand Gunnar Hagen avait appelé Harry pour lui demander de descendre à Vika Atrium où Albert et Mads Gilstrup, le père et le fils, les attendaient pour donner leurs explications. Harry avait souligné que ce n'était pas précisément la procédure habituelle de convoquer la police pour aborder des éclaircissements, et avait demandé à Skarre de s'occuper du problème.

« Albert est une vieille connaissance du chef de la Criminelle, avait expliqué Hagen. Il vient de m'appeler pour m'informer qu'ils avaient pris la décision de ne s'expliquer qu'auprès de celui qui dirigeait l'enquête. Le point positif, c'est qu'ils ne font pas intervenir d'avocat.

— Alors…

— Bien. J'apprécie. »

Aucun ordre ce coup-là, donc.

Un petit homme en blazer bleu les attendait devant l'ascenseur.

« Albert Gilstrup », se présenta-t-il en ouvrant au minimum une bouche dépourvue de lèvres avant de donner à Harry une poignée de main courte et résolue. Gilstrup avait les cheveux blancs sur un visage marqué et ridé, mais des yeux jeunes qui observèrent attentivement Harry au moment où il le fit entrer par une porte sur laquelle une plaque informait que c'était ici que Gilstrup SA avait ses locaux.

« Je tiens à vous faire savoir que mon fils a été profondément affecté par cet événement, déclara Albert Gilstrup. Car le cadavre a été affreusement mutilé, et Mads est malheureusement d'un naturel sensible. »

Harry conclut, à la manière dont Albert Gilstrup s'exprimait, que ce dernier ou bien était un homme pragmatique qui savait qu'il y avait peu à faire pour les défunts, ou bien n'avait pas particulièrement porté sa belle-fille dans son cœur.

La réception petite mais fort élégamment meublée était décorée de tableaux représentant des motifs norvégiens national-romantiques que Harry avait vus un nombre incalculable de fois auparavant. Un homme et un chat dans une cour de ferme. Le palais de Soria Moria. La différence, c'est que cette fois il n'était pas certain d'être face à des reproductions.

Mads Gilstrup était assis dans un fauteuil et regardait à travers la baie vitrée donnant sur l'Atrium lorsqu'ils entrèrent dans la salle de réunion. Son père toussota, et le fils se retourna lentement, comme interrompu au milieu d'un rêve qu'il ne voulait pas laisser filer. Ce qui frappa Harry en premier lieu, c'est que le fils et le père ne se ressemblaient absolument pas. Le visage de Mads Gilstrup était étroit, mais ses traits ronds et doux, ses cheveux bouclés lui donnaient moins que les trente et quelques années que lui supposait Harry. Ou peut-être était-ce ce regard, une expression de faiblesse enfantine dans ses yeux marron qui firent enfin la mise au point sur eux au moment où il se leva.

« Merci d'avoir pu venir », murmura Mads Gilstrup d'une voix épaisse en serrant la main de Harry avec une telle ferveur que Harry se demanda si le fils ne croyait pas que c'était le prêtre qui venait d'arriver, et non la police.

« Pas de quoi. De toute façon, nous serions venus vous voir. »

Albert Gilstrup se racla la gorge, et sa bouche s'ouvrit à peine, comme une fente dans un visage en bois : « Mads veut vous remercier pour avoir bien voulu venir sur notre requête. Nous pensions que vous préféreriez peut-être l'hôtel de police.

— Et je pensais que vous auriez peut-être préféré nous voir chez vous, à une heure aussi tardive », poursuivit Harry en s'adressant au fils. Mads jeta un regard incertain à son père, et ce ne fut que lorsqu'il le vit faire un bref hochement de tête qu'il répondit : « Je n'ai pas le courage d'y être pour le moment. C'est tellement… vide. Je dormirai à la maison, cette nuit.

— Chez nous », précisa son père avec un regard dont Harry pensa que ce devait être de la compassion. Mais qui ressemblait plus à du mépris.

Ils s'assirent, et le père et le fils poussèrent chacun sa carte de visite sur la table vers Harry et Halvorsen. Halvorsen en tendit deux des siennes. Gilstrup père leva un regard interrogateur sur Harry.

« Je n'ai pas encore fait imprimer les miennes », expliqua ce dernier. Ce qui était en partie vrai, et qui l'avait en partie toujours été. « Mais Halvorsen et moi travaillons en équipe, alors il n'y a qu'à l'appeler lui. »

Halvorsen s'éclaircit la voix.

« Nous avions quelques questions. »

Celles-ci essayèrent de préciser les faits et gestes de Ragnhild plus tôt dans la journée, ce qu'elle pouvait avoir à faire dans l'appartement de Jon et ses éventuels ennemis. À chacune des questions posées, les têtes furent secouées.

Harry cherchait du lait pour son café. Il s'y était mis. Sûrement le signe qu'il vieillissait. Quelques semaines plus tôt, il s'était passé le chef-d'œuvre indiscutable des Beatles, *Sgt. Pepper's Lonely Hearts Club Band*, et il avait été déçu. Ça aussi, ça avait vieilli.

Halvorsen lisait les questions qu'il avait sur son bloc et notait sans chercher le contact visuel. Il pria Mads Gilstrup de lui donner la liste des endroits où il était allé entre neuf et dix heures, période qui correspondait d'après le médecin légiste à celle du décès.

« Il était ici, répondit Albert Gilstrup. Nous avons travaillé ici toute la journée. Nous travaillons sur une assez grosse réorganisation. » Puis, s'adressant à Harry : « Nous nous attendions à ce que vous posiez la question. J'ai lu que le mari est toujours le premier à être soupçonné dans des affaires de meurtre.

— À juste titre. Statistiquement parlant.

— Fort bien, acquiesça Albert Gilstrup. Mais il ne s'agit pas de statistiques, mon bon monsieur. C'est la réalité. »

Harry croisa le regard bleu et étincelant d'Albert Gilstrup. Halvorsen leva les yeux sur Harry, comme s'il attendait la suite avec anxiété.

« Alors tenons-nous en à la réalité, proposa Harry. En secouant moins la tête et en parlant davantage. Mads ? »

La tête de Mads Gilstrup fit un bond, comme s'il s'était assoupi. Harry attendit qu'il le regarde en face.

« Que saviez-vous à propos de Jon Karlsen et de votre femme ?

— Stop ! » Le mot claqua dans la bouche de pantin en bois d'Albert Gilstrup. « Ce genre de libertés passe peut-être avec la clientèle que vous fréquentez habituellement, mais pas ici !

— Votre père peut rester ici si vous le désirez, Mads, soupira Harry. Mais si je dois le faire, je le ferai sortir. »

Albert Gilstrup se mit à rire. C'était le rire de l'éternel vainqueur qui vient enfin de trouver un adversaire à sa mesure.

« Dites-moi, inspecteur principal, vais-je être contraint d'appeler mon ami le chef de la Brigade criminelle pour lui expliquer la façon dont ses subordonnés traitent une personne qui vient de perdre son épouse ? »

Harry allait répondre quand Mads leva la main dans un lent mouvement d'une étrange élégance : « Nous devons essayer de le retrouver, papa. Nous devons nous entraider. »

Ils attendirent, mais le regard de Mads s'était de nouveau tourné vers la baie vitrée, et rien d'autre ne vint.

« *All right*, admit Albert Gilstrup avec une belle prononciation anglaise. On discute à une seule condition. Que vous soyez seul, Hole. Votre assistant peut rester dehors.

— Nous ne travaillons pas comme ça, répondit Harry.

— Nous essayons de collaborer, Hole, mais cette condition n'est pas négociable. L'autre choix que vous avez, c'est d'en débattre avec nous via nos avocats. Compris ? »

Harry attendit que la fureur monte en lui. Et voyant qu'elle ne venait pas, il ne douta plus : il vieillissait pour de bon. Il fit un signe de tête à Halvorsen, qui eut l'air surpris, mais se leva. Albert Gilstrup attendit que l'inspecteur eût fermé la porte derrière lui.

« Oui, nous avons rencontré Jon Karlsen. Mads, Ragnhild et moi l'avons rencontré en qualité de conseiller économique de l'Armée du Salut. Nous avons fait une proposition qui aurait été très avantageuse pour lui, et qu'il a refusée. À n'en point douter une personne pleine de droiture et d'intégrité. Mais il se peut bien évidemment qu'il ait courtisé Ragnhild, il n'aurait pas été le premier. Les aventures extraconjugales ne font plus la première page des journaux, à ce que j'ai compris. Ce qui rend malgré tout la chose impossible, c'est Ragnhild elle-même. Croyez-moi, je connaissais cette femme depuis longtemps. Elle n'était pas seulement un membre fort apprécié de la famille, mais également une personne de caractère.

— Et si je vous apprends qu'elle avait les clés de l'appartement de Jon Karlsen ?

— Je ne veux plus entendre parler de cette histoire ! » aboya Albert Gilstrup.

Harry jeta un coup d'œil en direction de la baie vitrée et y capta le reflet du visage de Mads Gilstrup, tandis que son père poursuivait : « Laissez-moi vous expliquer tout de suite pourquoi nous souhaitions avoir une entrevue personnelle avec vous, Hole. Vous dirigez cette enquête, et nous envisageons d'ajouter une prime si vous capturez le meurtrier de Ragnhild. Plus précisément deux cent mille couronnes. En toute discrétion.

— Je vous demande pardon ?

— *All right.* Le montant peut être sujet à débat. L'essentiel, c'est que cette affaire soir traitée en priorité.

— Dites-moi, essaieriez-vous de m'acheter ? »

Albert Gilstrup lui envoya un sourire de renard. « C'est bien théâtral, ça, Hole. Réfléchissez-y. Si vous reversez l'argent au fonds pour les veuves de la police, on ne s'en mêlera pas. »

Harry ne répondit pas. Albert Gilstrup fit claquer ses paumes sur la table.

« Bien, je crois que cet entretien est terminé. Gardons le contact, inspecteur principal. »

Halvorsen bâillait tandis que l'ascenseur de verre tombait doucement, silencieusement, tel que dans son imagination les anges du chant descendent se cacher[1].

« Pourquoi tu n'as pas viré le père tout de suite ? voulut-il savoir.

— Parce qu'il est intéressant.

— Qu'est-ce qu'il a dit, pendant que j'étais dehors ?

— Que Ragnhild était quelqu'un de chouette, qui n'a pas pu avoir de relations avec Jon Karlsen.

— Est-ce qu'eux-mêmes y croient ? »

Harry haussa les épaules.

« Autre chose ? »

Harry hésita. « Non », répondit-il en plissant les yeux vers l'oasis verte et son jet d'eau jaillissant d'un désert de marbre.

« À qui est-ce que tu penses ? s'enquit Halvorsen.

— Je ne sais pas trop. J'ai vu Mads Gilstrup sourire.

— Hein ?

— J'ai vu son reflet dans la baie vitrée. Tu as remarqué qu'Albert Gilstrup ressemble à un pantin de bois ? Le genre de ceux qu'ont les ventriloques. »

Halvorsen secoua la tête.

Ils prirent Munkedamsveien en direction de la Konserthus, où les gens qui faisaient leurs courses de Noël se pressaient sur le trottoir, chargés comme des mules.

« Frisquet, constata Harry en frissonnant. Dom-

1. Allusion au second vers de la version norvégienne du chant de Noël « Douce nuit, sainte nuit ».

mage que le froid plaque les gaz d'échappement au ras du sol. Ça étouffe complètement la ville.

— C'est toujours mieux que cette odeur tenace d'après-rasage dans la salle de réunion. »

Une affiche sur la porte d'entrée du personnel de la Konserthus annonçait le concert de Noël de l'Armée du Salut. Sur le trottoir, sous l'affiche, un gamin était assis, main tendue, tenant un gobelet en carton.

« Tu lui as raconté des craques, à Bjørgen, gronda Halvorsen.

— Ah ?

— *Un* Stesolid, passible de deux ans ? Et à ce que tu en sais, Stankić peut très bien avoir neuf frères assoiffés de vengeance. »

Harry haussa les épaules et regarda l'heure. Il était trop tard pour se rendre à la réunion des AA. Il décida d'aller écouter la parole de Dieu.

*

« Mais quand Jésus reviendra sur la terre, qui sera en mesure de le reconnaître ? cria David Eckhoff, faisant se courber la flamme de la bougie devant lui. Le Sauveur est peut-être parmi nous, en ce moment, dans cette ville ? »

Un murmure parcourut l'assemblée dans la grande pièce peinte en blanc et sobrement équipée. Le Temple n'avait ni retable ni banc de communion, mais un banc de pénitence entre l'assistance et le podium, sur lequel on pouvait s'agenouiller pour reconnaître ses péchés. Le commandeur baissa les yeux sur les auditeurs et ménagea ses effets avant de poursuivre : « Car même si Matthieu écrit que le

Sauveur viendra dans sa gloire, et tous les anges avec lui, il est aussi écrit “J’étais étranger, et vous ne m’avez pas recueilli; j’étais nu, et vous ne m’avez pas vêtu; j’étais malade et en prison, et vous ne m’avez pas rendu visite.” »

David Eckhoff inspira, tourna quelques pages et leva les yeux sur l’assemblée. Avant de poursuivre sans regarder dans les Saintes Écritures : « “Ils répondront : Seigneur, quand t’avons-nous vu ayant faim, ou ayant soif, ou étranger, ou nu, ou malade, ou en prison, et ne t’avons-nous pas assisté ? Et il leur répondra : en vérité je vous le dis, toutes les fois que vous n’avez pas fait ces choses à l’un de ces plus petits, c’est à moi que vous ne les avez pas faites. Et ceux-ci iront au châtiment éternel, mais les justes à la vie éternelle.” »

Le commandeur abattit une main sur la chaire.

« Ce que Matthieu nous présente ici, c’est un cri de révolte, une déclaration de guerre contre l’égoïsme et le manque d’hospitalité, tonna-t-il. Et nous, les salutistes, croyons qu’un tribunal universel se tiendra à la fin du monde, que les justes seront bienheureux à jamais, et que les incroyants connaîtront un châtiment éternel. »

Une fois le prêche du commandeur terminé, on permit à chacun de témoigner librement. Un homme d’un certain âge parla de la bataille sur Stortorvet[1], quand

1. En référence aux émeutes du 17 mai 1829, date de la première commémoration de la naissance de l’État norvégien, par la signature de la constitution d’Eidsvoll, le 17 mai 1814. Considérant la liesse populaire comme une manifestation contre Karl Johan, souverain d’origine suédoise, les pouvoirs publics firent intervenir la police. Mais le roi décida qu’aucune poursuite ne serait engagée.

ils avaient triomphé avec la parole de Dieu au nom de Jésus et de la hardiesse. Un jeune homme s'avança alors et informa qu'ils termineraient leur réunion vespérale par le chant 617 du recueil. Il vint se placer devant l'orchestre en uniforme, comptant huit instruments à vent plus Rikard Nilsen à la grosse caisse, et compta. Ils jouèrent une fois le morceau en entier, puis le chef d'orchestre se retourna vers l'assemblée et ils démarrèrent. Le chant résonna puissamment dans la pièce : « Laissons flotter la bannière du salut, en avant vers la guerre sainte ! »

Quand le chant fut terminé, David Eckhoff remonta à la chaire : « Chers amis, laissez-moi clore cette réunion en vous informant que le cabinet du Premier ministre a confirmé aujourd'hui que ce dernier serait présent au concert de Noël de cette année, à la Konserthus. »

Des applaudissements spontanés accueillirent la nouvelle. L'assistance se leva et se dirigea lentement vers la sortie tandis que des conversations animées faisaient bourdonner la pièce. Seule Martine Eckhoff semblait pressée. Assis au dernier rang, Harry l'observa descendre l'allée centrale. Elle portait une jupe en laine, un collant noir et des bottillons Doc Martens, comme lui, et un bonnet tricoté blanc. Elle le regardait bien en face, sans paraître le reconnaître. Puis son visage s'éclaira. Harry se leva.

« Salut ! » Elle sourit et pencha la tête de côté. « Boulot ou réconfort spirituel ?

— Eh bien… ton père est un sacré orateur.

— Comme pentecôtiste, il aurait fait une star internationale. »

Harry crut apercevoir Rikard dans la foule derrière elle.

« Écoute, j'ai quelques questions. Si tu as envie de marcher un peu dans le froid, je peux te raccompagner. »

Martine avait l'air de douter.

« Si c'est chez toi que tu vas », ajouta rapidement Harry.

Martine regarda autour d'elle avant de répondre. « Je peux te suivre, plutôt ; tu habites sur le chemin. »

Au-dehors, l'air était humide et épais, il avait le goût de graisse et de gaz d'échappement salés.

« Je ne vais pas tourner autour du pot, commença Harry. Tu connais et Robert et Jon. Est-il imaginable que Robert ait pu désirer supprimer son frère ?

— Qu'est-ce que tu dis ?

— Penses-y un peu avant de répondre. »

Ils passèrent à petits pas sur le verglas devant le théâtre de variétés Edderkoppen[1], dans les rues désertes. La saison des buffets de Noël touchait à son terme, mais les taxis faisaient toujours la navette dans Pilestredet pour transporter des clients bien mis et au regard chargé d'aquavit.

« Robert était un peu sauvage, reconnut Martine. Mais de là à tuer ? » Elle secoua résolument la tête.

« Il a pu engager quelqu'un ? »

Martine haussa les épaules.

« Je n'avais pas grand-chose en commun avec Jon et Robert.

— Ah non ? Vous avez grandi ensemble, pour ainsi dire.

1. « L'araignée ».

— Oui. Mais je n'avais pas grand-chose à faire avec qui que ce soit, en fait. Je préférais être seule. Comme toi.

— Moi ? s'étonna Harry.

— Un loup solitaire reconnaît un loup solitaire, tu sais. »

Harry jeta un coup d'œil à la dérobée et croisa un regard taquin : « Tu étais à coup sûr le genre de garçon qui n'en faisait qu'à sa tête. Passionnant et inaccessible. »

Harry secoua la tête en souriant. Ils dépassèrent les barils devant la façade décrépite mais diaprée du Blitz. Il tendit un doigt : « Tu te rappelles quand ils ont occupé l'immeuble, en 1982, et qu'il y a eu un concert punk avec Kjøtt, The Aller Værste et tous les autres ?

— Non, répondit Martine en riant. Je venais tout juste de commencer l'école. Et Blitz n'était pas vraiment un endroit pour nous, qui étions dans l'Armée du Salut. »

Harry eut un sourire en coin. « Non. Mais il est arrivé que je sois là, donc. En tout cas au début, quand je pensais que c'était un endroit pour des gens comme moi, pour les marginaux. Mais je n'étais pas à ma place ici non plus. Parce que en fin de compte, au Blitz aussi régnaient l'uniformisation et la pensée de groupe. Les démagogues y avaient les coudées franches autant que… »

Harry ne termina pas sa phrase, mais Martine le fit à sa place : « Que mon père au Temple ce soir ? »

Harry enfonça ses mains un peu plus profond dans ses poches.

« Ce que je veux dire, c'est juste qu'on se retrouve

rapidement seul quand on veut se servir de sa propre cervelle pour trouver les réponses.

— Et quelles réponses ta cervelle solitaire a-t-elle trouvées jusqu'à présent ? voulut savoir Martine en fourrant une main sous le bras de Harry.

— On dirait qu'aussi bien Jon que Robert ont eu un certain nombre de conquêtes. Qu'est-ce que Thea a de si spécial pour que tous les deux la veuillent *elle*, et pas quelqu'un d'autre ?

— Robert s'intéressait à Thea ? Ce n'est pas l'impression que j'avais.

— C'est ce que prétend Jon.

— Oui, mais comme je te l'ai dit, je n'avais pas beaucoup de relations avec eux. Mais je me souviens bien que Thea avait du succès auprès des autres garçons, les étés où on a été à Østgård ensemble. La concurrence démarre tôt, tu sais.

— La concurrence ?

— Oui, les garçons qui pensent devenir officiers doivent se trouver une fille dans les rangs de l'Armée.

— C'est obligatoire ? demanda Harry avec étonnement.

— Tu ne savais pas ? Si tu te maries avec quelqu'un d'extérieur, tu perds dès le départ ton boulot dans l'Armée. Tout le système de commandement est conçu pour que les officiers mariés habitent et travaillent ensemble. Ils ont une vocation commune.

— Ça a l'air strict.

— Nous sommes une organisation militaire, déclara Martine sans la moindre trace d'ironie.

— Et les garçons savaient que Thea deviendrait officier ? Bien qu'elle soit une femme ? »

Martine secoua la tête avec un sourire.

« Tu ne sais apparemment pas grand-chose de l'Armée du Salut. Deux tiers des officiers sont des femmes.

— Mais le commandeur est un homme ? Et le chargé de gestion ? »

Martine acquiesça. « Notre fondateur William Booth a dit que ses meilleurs hommes étaient des femmes. Pourtant, il en va chez nous comme dans le reste de la société. Des idiots sûrs d'eux-mêmes décident pour d'intelligentes femmes sujettes au vertige.

— Alors chaque été, les garçons se battaient pour pouvoir être celui que Thea choisirait ?

— Pendant un temps. Mais Thea a brusquement cessé de venir à Østgård, et le problème a été réglé.

— Pourquoi est-ce qu'elle a arrêté ? »

Martine haussa les épaules. « Elle ne voulait peut-être plus. Ou ses parents ne voulaient peut-être pas. Avec autant de jeunes tout autour, vingt-quatre heures sur vingt-quatre, à cet âge-là… tu sais. »

Harry acquiesça. Mais il ne savait pas. Il n'était même pas allé en camp de confirmation. Ils remontèrent Stensberggata.

« Je suis née ici. » Martine montra du doigt le mur qui avait entouré l'Hôpital Civil avant que celui-ci ne soit rasé. Dans peu de temps, le projet immobilier de Pilestredet Park serait terminé.

« Ils ont conservé le bâtiment qui abritait la maternité pour en faire des appartements, expliqua Harry.

— Est-ce qu'il y a réellement des gens qui *habitent* ici ? Imagine tout ce qui s'y est passé. Des avortements et… »

Harry hocha la tête.

« Certaines fois, quand on se promène, vers minuit, on peut toujours entendre des cris d'enfant qui viennent de là. »

Martine tourna vers Harry des yeux comme des soucoupes. « Tu blagues ! C'est des histoires ?

— Eh bien, commença Harry en tournant dans Sofies gate, ça *peut* évidemment être dû au fait que des familles avec enfants y ont emménagé.

— Ne déconne pas avec les fantômes, l'enjoignit Martine en riant et en lui assenant une tape sur l'épaule. J'y crois.

— Moi aussi. Moi aussi. »

Martine cessa de rire.

« J'habite ici, expliqua Harry en montrant une porte d'entrée bleu clair.

— Tu avais d'autres questions ?

— Oh oui, mais ça pourra attendre demain. »

Elle pencha la tête de côté. « Je ne suis pas fatiguée. Tu as du thé ? »

Une voiture s'avança discrètement sur la neige croissante, mais stoppa contre le trottoir cinquante mètres plus loin et les aveugla de ses phares banc bleuté. Harry regarda pensivement la jeune femme tandis qu'il cherchait ses clés à tâtons. « Seulement du café en poudre. Écoute, je t'appelle…

— Café en poudre, ça ira. »

Harry braqua sa clé vers la serrure, mais Martine le devança et ouvrit d'une bourrade la porte bleu clair. Harry la vit revenir doucement en place et se plaquer à son chambranle sans que la serrure joue.

« C'est le froid, murmura-t-il. L'immeuble se rétracte. »

Harry fila une bonne bourrade dans la porte pour la refermer derrière eux, et ils montèrent.

« C'est propre, ici, constata Martine en ôtant ses bottillons dans l'entrée.

— Je n'ai pas grand-chose, répondit Harry depuis la cuisine.

— Qu'est-ce que tu aimes le plus, alors ? »

Harry réfléchit. « Les disques.

— Pas l'album photos ?

— Je ne crois pas aux albums photos »

Martine entra dans la cuisine et tira l'une des chaises. Harry observa furtivement la manière féline qu'elle avait de replier les jambes sous elle.

« Tu n'y *crois* pas ? Qu'est-ce que c'est censé vouloir dire ?

— Ils ont un effet destructeur sur la capacité à oublier. Du lait ? »

Elle secoua la tête. « Mais tu crois aux disques.

— Oui. Ils mentent de façon plus véridique.

— Mais est-ce qu'ils n'ont pas aussi un effet destructeur sur la capacité à oublier ? »

Harry arrêta tout net de verser. Martine partit d'un petit rire. « Je ne crois pas complètement à l'inspecteur principal bourru et désillusionné. Je crois que tu es un romantique, Hole.

— Allons dans le salon. J'ai acheté il y a peu un disque assez sympa. Il n'y a pour l'instant aucun souvenir qui y soit lié. »

Martine se coula dans le canapé tandis que Harry lançait le premier album de Jim Stärk. Il alla ensuite s'asseoir dans le fauteuil à oreilles vert et passa la main sur le tissu de laine grossier jusqu'à ce que résonnent les premières notes précautionneuses de guitare.

Il pensa que ce fauteuil avait été acheté chez Élévator, le dépôt-vente de l'Armée du Salut. Il s'éclaircit la voix.

« Robert avait peut-être une liaison avec une fille beaucoup plus jeune que lui. Qu'est-ce que tu en penses ?

— Ce que je pense des relations entre des femmes jeunes et des hommes plus vieux ? » Elle émit un petit rire, mais rougit violemment dans le silence qui suivit. « Ou si je crois que Robert aimait bien les mineures ?

— Je n'ai pas dit qu'elle l'était, mais à peine plus qu'adolescente, peut-être. Croate.

— *Izgubila sam se*[1].

— Pardon ?

— C'est du croate. Ou du serbo-croate. On allait souvent en Dalmatie, l'été, quand j'étais petite, avant que l'Armée du Salut achète Østgård. Quand papa avait dix-huit ans, il est allé en Yougoslavie pour aider à la reconstruction après la Seconde Guerre mondiale. Il y a fait la connaissance de familles d'un paquet d'ouvriers. C'est pour ça qu'il s'est engagé à ce que nous puissions recevoir des réfugiés de Vukovar.

— À propos d'Østgård, tu te souviens d'un certain Mads Gilstrup, le petit-fils de celui à qui vous avez acheté ?

— Oh oui. Il est venu quelques jours l'été où on a repris. Je ne lui ai pas parlé. Personne ne lui parlait, je me rappelle, tellement il avait l'air en colère et renfermé. Mais je crois que lui aussi aimait bien Thea.

— Qu'est-ce qui te fait croire ça ? S'il ne parlait à personne, je veux dire ?

1. « Je me suis perdue. »

— J'ai vu qu'il la regardait. Et quand on était avec Thea, d'un seul coup, il se retrouvait là. Sans dire un mot. Il avait l'air assez bizarre, je trouvais. Presque un peu sinistre.

— Ah ?

— Oui. Il couchait chez les voisins, les jours où il venait, mais une nuit, je me suis réveillée dans le salon où une partie des filles dormaient. Et j'ai vu un visage appuyé contre la vitre. Puis qui a disparu. Je suis presque sûre que c'était lui. Quand j'ai raconté ça aux autres filles, elles ont dit que j'avais eu des hallucinations. De toute façon, elles étaient convaincues que quelque chose devait débloquer du côté de mes yeux.

— Pourquoi ça ?

— Tu n'as pas remarqué ?

— Remarqué quoi ?

— Assieds-toi ici, invita Martine en tapotant le canapé à côté d'elle. Je vais te montrer. »

Harry fit le tour de la table.

« Tu vois mes pupilles ? »

Harry se pencha en avant et sentit la respiration de la jeune femme contre son visage. Et il le vit. Les pupilles dans les iris bruns semblaient avoir coulé vers le bas, vers le bord de l'iris, prenant la forme d'un trou de serrure.

« C'est de naissance, expliqua-t-elle. On appelle ça l'*iris colomboma*. Mais ça n'empêche pas d'avoir une vision tout à fait normale.

— Intéressant. » Leurs visages étaient si près l'un de l'autre qu'il pouvait sentir l'odeur de sa peau et de ses cheveux. Il inspira et eut la sensation frissonnante de se couler dans un bain chaud. Un grésillement dur et court retentit.

Un instant s'écoula avant que Harry comprenne que c'était la sonnette. Et non l'interphone. Il y avait quelqu'un devant sa porte, dans l'escalier.

« C'est certainement Ali, expliqua Harry en se levant du canapé. Le voisin. »

Durant les six secondes qu'il fallut à Harry pour se lever du canapé, aller dans l'entrée et ouvrir, il eut le temps de penser qu'il était tard pour que ce fût Ali. Et qu'Ali avait l'habitude de frapper. Et que si quelqu'un était entré ou sorti de l'immeuble après lui et Martine, la porte du bas était encore sûrement ouverte.

Ce ne fut qu'à la sixième seconde qu'il comprit qu'il n'aurait jamais dû ouvrir. Il écarquilla les yeux sur la personne qui se trouvait là, et se douta de ce qui se tramait.

« Je me suis dit que ça te ferait plaisir », bafouilla légèrement Astrid.

Harry ne répondit pas.

« Je viens d'un buffet de Noël ; tu ne me fais pas entrer, mon Harry ? »

Ses lèvres rouges se plaquèrent aux siennes quand elle sourit, et ses talons aiguilles claquèrent contre le sol lorsqu'elle dut faire un pas pour se maintenir en équilibre.

« Le moment convient mal », répondit Harry.

Elle plissa les yeux et étudia son visage. Puis elle jeta un coup d'œil par-dessus son épaule. « Tu es en galante compagnie ? C'est pour ça que tu as séché notre réunion d'aujourd'hui ?

— On discutera une autre fois, Astrid. Tu es ronde.

— On a parlé de l'échelon trois, à la réunion d'aujourd'hui. "Nous nous sommes décidés à laisser notre vie au soin de Dieu." Mais je ne vois pas de Dieu, moi, Harry. » Elle lui flanqua un coup de sac à main peu enthousiaste.

« Il n'y a pas de troisième échelon, Astrid. Chacun doit trouver son salut seul. »

Elle se figea et le regarda fixement tandis que les larmes lui montaient subitement aux yeux.

« Laisse-moi entrer, Harry, chuchota-t-elle.

— Ça n'aidera en rien, Astrid, répondit-il en posant une main sur son épaule. Je vais appeler un taxi pour que tu puisses rentrer à la maison.

— À la maison ? Qu'est-ce que j'irais foutre à la maison, espèce de don Juan impuissant à la con ! »

Elle fit volte-face et amorça une descente titubante de l'escalier.

« Astrid…

— Barre-toi ! Va plutôt niquer ton autre pétasse… »

Harry la regarda descendre jusqu'à ce qu'elle ait disparu, il l'entendit se bagarrer en jurant avec la porte d'entrée de l'immeuble, les gonds grincèrent, puis ce fut le silence.

Lorsqu'il se retourna, Martine était juste derrière lui dans le couloir, où elle reboutonnait lentement son manteau.

« Je…, commença-t-il.

— Il est tard. » Elle sourit rapidement. « J'étais un peu fatiguée, de toute façon. »

*

Il était trois heures du matin, et Harry était toujours dans son fauteuil à oreilles vert. Tom Waits évoquait doucement Alice, les balais crissaient sans discontinuer sur la peau de caisse claire.

« *It's dreamy weather we're on. You wave your crooked wand along an icy pond.* »

Les idées vinrent sans qu'il l'ait voulu. Que tous les débits de boissons étaient fermés à cette heure. Qu'il n'avait pas rempli sa flasque après l'avoir vidée dans le gosier du chien sur le dock. Mais qu'il pouvait appeler Øystein. Qu'Øystein, qui conduisait son taxi presque chaque nuit, avait toujours une demi-bouteille de gin sous son siège.

« Ça n'aide en rien. »

À moins qu'on ne crût aux fantômes, évidemment. À ceux qui encerclaient maintenant le fauteuil et le dévisageaient de leurs orbites sombres et vides. À Birgitta, qui était sortie de la mer, toujours avec son ancre autour du cou, à Ellen qui riait avec sa batte de base-ball pointant du crâne[1], à Willy qui pendait comme une figure de proue sur son étendoir, à la femme dans le matelas hydraulique qui regardait fixement à travers le caoutchouc bleu[2] et à Tom qui était venu récupérer sa montre et lui faisait signe de son moignon sanglant.

L'alcool ne le libérerait pas, il lui apporterait juste une libération temporaire. Et à cet instant précis il était prêt à payer cher pour ça.

Il souleva le combiné et composa un numéro. On répondit à la seconde sonnerie.

1. Voir *Rouge-Gorge*, Folio Policier n° 450.
2. Voir *L'étoile du diable*, Folio Policier n° 527.

« Comment ça va, de votre côté, Halvorsen ?

— Froidement. Jon et Thea dorment. Je suis assis dans le salon, j'ai vue sur la route. Je ferai un somme demain.

— Mmm.

— On doit aller faire un tour à l'appartement de Thea pour y chercher davantage d'insuline. Elle doit avoir du diabète.

— OK, mais emmène Jon, je ne veux pas qu'il reste là-bas tout seul.

— Je pourrais demander à quelqu'un d'autre de venir.

— Non ! trancha Harry. Je ne veux impliquer personne pour le moment.

— Comme tu veux. »

Harry poussa un soupir.

« Écoute, je sais que ce n'est pas dans tes attributions de faire du baby-sitting. Tu me diras si je peux te rendre service en contrepartie.

— Mouais...

— Allez.

— J'ai promis d'inviter Beate un soir avant Noël et de la laisser essayer le *lutefisk*. Elle n'y a encore jamais goûté, la pauvre.

— Une promesse est une promesse.

— Merci.

— Et Halvorsen ?

— Oui ?

— Tu es... » Harry prit une inspiration. « ... OK.

— Merci, chef. »

Harry raccrocha. Tom Waits chantait que les patins sur l'étang gelé écrivaient *Alice*.

CHAPITRE 21

Samedi 20 décembre
Zagreb

Il frissonnait, assis sur un morceau de boîte en carton posé sur le trottoir qui longeait le parc de Sofienberg. C'était l'heure de pointe matinale, et les gens passaient en hâte. Certains d'entre eux lâchaient malgré tout quelques couronnes dans le gobelet que l'homme avait devant lui. C'était bientôt Noël. Ses poumons le faisaient souffrir parce qu'il avait inhalé de la fumée toute la nuit. Il leva les yeux et regarda dans Gøteborggata.

C'était la seule chose qu'il pouvait faire à cet instant précis.

Il pensa au Danube qui coulait devant Vukovar. Patiemment, sans que rien puisse l'arrêter. Comme il devait se comporter lui-même. Attendre patiemment que le char d'assaut arrive, que le dragon sorte la tête de son trou. Que Jon Karlsen rentre à la maison. Son regard plongea dans une paire de genoux qui s'était arrêtée pile devant lui.

Il leva les yeux sur un homme affublé d'une moustache rousse à la gauloise et tenant un gobelet en carton dans la main. La moustache se mit à parler. Fort, avec colère.

« *Excuse me ?* »

L'homme lui fit une réponse en anglais. Dans laquelle il était question de territoire.

Il tâta son pistolet dans sa poche. Qui ne contenait qu'une seule balle. Il sortit plutôt le grand morceau de verre acéré qu'il avait dans l'autre poche. Le mendiant lui jeta un regard mauvais, mais fila.

Il rejeta l'idée que Jon Karlsen ne viendrait pas. Il devait venir. Et d'ici là, lui-même devait être comme le Danube. Patient, et rien ne pourrait l'arrêter.

*

« Entrez », ordonna l'imposante femme pleine de bonne humeur qui les reçut dans l'appartement que l'Armée du Salut possédait dans Jacob Alls gate. Elle fit sonner son *ez* longuement, tel qu'on le fait souvent quand on a appris la langue à l'âge adulte.

« J'espère que nous ne dérangeons pas », commença Harry tandis que lui et Beate Lønn obtempéraient. Le sol était presque entièrement recouvert de chaussures en tous genres, de toutes tailles.

La femme secoua énergiquement la tête lorsqu'ils voulurent quitter ce qu'ils avaient aux pieds.

« Froid, lâcha-t-elle. Faim ?

— Merci, je viens de prendre mon petit déjeuner », répondit Beate.

Harry se contenta de décliner sans rien dire.

Elle les fit entrer au salon. La famille Miholjec — c'est du moins ce que supposa Harry — était rassemblée autour d'une table : deux hommes adultes, un gamin de l'âge d'Oleg, une petite fille et une jeune femme dont Harry comprit qu'elle devait être

Sofia. Elle avait les yeux dissimulés derrière une frange noire aux allures de rideau, et tenait un bébé sur les genoux.

« *Zdravo*[1] », leur lança le plus âgé des hommes, un type maigre aux cheveux grisonnants mais drus, et avec un regard noir que Harry reconnut. Le regard effrayé et en colère d'un proscrit.

« C'est mon mari, expliqua la femme. Il comprend le norvégien, mais ne le parle pas beaucoup. Voici l'oncle Josip. Il est venu pour Noël. Mes enfants.

— Tous les quatre ? s'enquit Beate.

— Oui, répondit-elle en riant. Le dernier était un cadeau de Dieu.

— Un vrai chérubin », complimenta Beate en faisant une grimace au bébé qui répondit par un gargouillis ravi. Et comme Harry l'avait déjà deviné, elle ne parvint pas à s'empêcher de pincer la joue ronde et rouge. Il donna à Beate et Halvorsen un an, deux maximum, avant qu'ils en aient fait un dans ce style.

L'homme s'adressa à sa femme, qui lui répondit. Puis elle se tourna vers Harry : « Il veut que je vous dise que vous ne voulez personne d'autre que des Norvégiens pour travailler en Norvège. Il essaie, mais ne trouve pas de travail. »

Harry croisa le regard de l'homme et lui adressa un signe de tête, que l'autre lui rendit.

« Ici », indiqua la femme en désignant deux chaises.

Ils s'assirent. Harry constata que Beate avait sorti son bloc-notes avant de prendre la parole : « Nous sommes venus vous poser des questions sur…

1. « Salut. »

— Robert Karlsen, compléta la femme en regardant son mari qui hocha la tête d'un air entendu.

— Exactement. Que pouvez-vous nous dire à son sujet ?

— Pas grand-chose. Nous l'avons à peine rencontré.

— À peine. » Le regard de la femme passa comme par hasard sur Sofia, qui gardait le silence, le nez dans les cheveux en bataille du nourrisson. « Jon a demandé à Robert de nous aider quand nous avons déménagé du petit appartement dans l'escalier A, cet été. Jon est quelqu'un de bien. Il s'est arrangé pour que nous obtenions un appartement plus grand quand nous avons eu celui-là, vous comprenez. » Elle rit en regardant le bébé. « Mais Robert parlait principalement à Sofia. Et… oui. Elle a seulement quinze ans. »

Harry vit le visage de la jeune fille changer de couleur. « Mmm. On aurait également aimé discuter avec Sofia.

— Allez-y, approuva la mère.

— De préférence seuls. »

Les regards de la mère et du père se rencontrèrent. Le duel ne dura que deux secondes, mais Harry eut le temps d'en décoder une partie. Que ça avait peut-être naguère été lui qui décidait, mais que dans cette nouvelle réalité, dans ce nouveau pays, où c'était elle qui avait montré une plus grande adaptabilité, c'était elle qui décidait. Elle fit un signe de tête à Harry.

« Installez-vous dans la cuisine. Nous ne vous dérangerons pas.

— Merci, intervint Beate.

— Ne me remerciez pas, répondit gravement la

femme. Nous voulons que vous preniez celui qui a fait ça. Est-ce que vous savez quelque chose sur lui ?

— Nous pensons qu'il s'agit d'un mercenaire qui habite à Zagreb, lui apprit Harry. En tout cas, il a appelé d'Oslo un hôtel qui se trouve là-bas.

— Lequel ? »

Harry regarda avec surprise le père qui avait prononcé le mot norvégien.

« L'International Hotel », répondit-il, et il vit le père échanger un regard avec l'oncle. « Vous savez quelque chose ? »

Le père secoua la tête.

« Si c'était le cas, je vous en serais reconnaissant. Cet homme recherche Jon, à présent ; il a canardé son appartement, hier. »

Harry constata que l'expression du père se changeait en incrédulité. Mais il resta coi.

La mère les précéda dans la cuisine tandis que Sofia suivait à contrecœur en traînant des pieds. Comme l'auraient fait la plupart des adolescents, songea Harry. Comme Oleg le ferait peut-être dans quelques années.

Une fois la mère partie, Harry prit son bloc-notes pendant que Beate s'installait sur une chaise juste en face de Sofia.

« Salut, Sofia. Je m'appelle Beate. Est-ce que toi et Robert étiez amants ? »

Sofia baissa les yeux et secoua la tête.

« Tu étais amoureuse de lui ? »

Même mouvement de tête.

« Il t'a fait du mal ? »

Pour la première fois depuis leur arrivée, Sofia écarta son rideau de cheveux noirs et regarda Beate bien en face. Harry supposa que derrière son lourd maquillage, c'était une belle fille. Il ne voyait pour l'instant que son père, en colère et effrayé. Et une ecchymose sur son front, que le maquillage ne parvenait pas à dissimuler.

« Non.

— C'est ton père qui t'a demandé de ne rien dire, Sofia ? Parce que je le vois quand je te regarde.

— Qu'est-ce que tu vois ?

— Que quelqu'un t'a fait du mal.

— Tu dis des mensonges.

— Comment t'es-tu fait ce bleu sur le front ?

— Je suis rentrée dans une porte.

— Maintenant, c'est toi qui mens.

— Tu fais comme si tu étais intelligente, et tout, renâcla Sofia, mais tu ne sais rien. Tu n'es qu'une vieille fliquette qui en fait voudrait être à la maison avec des gosses. Je t'ai bien vue, là-dedans. » La colère était toujours présente, mais sa voix devenait rauque. Harry lui donna encore une, voire deux phrases.

Beate poussa un soupir. « Il faut nous faire confiance, Sofia. Et il faut nous aider. On essaie d'arrêter un meurtrier.

— Ce n'est quand même pas ma faute. »

Sa voix s'étrangla soudain : elle n'était pas allée au-delà d'une phrase. Alors vinrent les larmes. Un torrent de larmes. Sofia se pencha en avant, et le rideau retomba en place.

Beate posa une main sur l'épaule de la jeune fille, qui la repoussa.

« Allez-vous-en ! cria-t-elle.

— Savais-tu que Robert était allé à Zagreb cet automne ? » lui demanda Harry.

Elle releva rapidement les yeux et envoya à Harry un regard incrédule barbouillé de maquillage qui coulait.

« Il ne te l'a pas dit ? poursuivit-il. Alors il n'a pas dû te dire non plus qu'il était amoureux d'une certaine Thea Nilsen ?

— Non, murmura-t-elle entre ses larmes. Et alors ? »

Harry essaya de lire sur son visage si l'information qu'il venait de donner avait fait un quelconque effet, ce qui n'était pas facile à voir en raison de toute cette peinture noire qui dégoulinait.

« Tu es passée à la boutique Fretex et tu as demandé à voir Robert. Qu'est-ce que tu voulais ?

— Lui taper une clope ! cria Sofia avec fureur. Cassez-vous ! »

Harry et Beate s'entre-regardèrent. Puis se levèrent.

« Réfléchis un peu, conseilla Beate. Et appelle-moi à ce numéro. » Elle posa une carte de visite sur la table.

La mère les attendait dans l'entrée.

« Désolée, lui confia Beate. Elle a dû être assez retournée. Vous devriez peut-être lui parler. »

Ils sortirent dans le matin de décembre, dans Jacob Aals, et se mirent en marche vers Suhms gate, où Beate avait trouvé une place de parking.

« *Oprostite*[1] *!* »

Ils se retournèrent. La voix venait de sous la porte cochère, où on ne distinguait que les lueurs de deux cigarettes. Lesquelles tombèrent sur le sol, pendant

1. « Excusez-moi ! »

que deux hommes sortaient de l'ombre et venaient à leur rencontre. C'étaient le père de Sofia et l'oncle Josip. Ils s'arrêtèrent devant eux.

« L'International Hotel, hein ? » demanda le père.

Harry acquiesça.

Le père regarda rapidement Beate, du coin de l'œil.

« Je vais chercher la voiture », proposa-t-elle très vite. Harry n'avait de cesse de s'étonner de la façon dont une fille qui avait passé une si grande partie de sa courte existence seule, face à des enregistrements vidéo et des preuves techniques, pouvait avoir développé une intelligence sociale très supérieure à la sienne.

« J'ai travaillé la première année de… tu sais… entreprise de déménagement. Mais *dos kaputt*. Avec Vukovar j'étais *electro engineer*, tu comprends ? Avant la guerre. Ici, j'ai que dalle. »

Harry hocha la tête. Et attendit.

Onkel Josip glissa quelques phrases au père.

« *Da, da*, murmura ce dernier avant de s'adresser à Harry. Quand l'armée yougoslave allait prendre Vukovar, oui ? Alors il y avait un gosse là qui a fait sauter douze tanks avec… *landmines*, oui ? On l'appelait *mali spasitelj*.

— *Mali spasitelj*, répéta l'oncle Josip avec recueillement.

— Le petit sauveur, poursuivit le père. C'était son… nom qu'ils donnaient par talkie-walkie.

— Nom de code ?

— Oui. Après la capitulation de Vukovar, les Serbes ont essayé de le retrouver. Mais ils n'ont pas réussi. Certains ont dit qu'il était mort. Et certains ne croyaient pas, ils disaient qu'il n'avait jamais été... existé. Oui ?

— Quel est le rapport avec l'International Hotel ?

— Après la guerre avait pas les gens dans les maisons de Vukovar. Tout était en ruine. Alors quelques-uns sont venus ici. Mais surtout à Zagreb. Le président Tudjman...

— *Tudjman*, répéta l'oncle en levant les yeux au ciel.

— ... et ses hommes les ont logés dans un vieux et grand hôtel où ils pouvaient les voir. Surveiller. Oui ? Ils mangeaient de la soupe et n'avaient pas de travail. Tudjman n'aime pas les gens de Slavonie. Trop de sang serbe. Alors les gens qui restés à Vukovar ont commencé à mourir. Et il y a eu des rumeurs. Que *mali spasitelj* était revenu.

— *Mali spasitelj*, rit l'oncle Josip.

— Ils ont dit que les Croates pourraient trouver de l'aide. À l'International Hotel.

— Comment ? »

Le père haussa les épaules. « Sais pas. Rumeurs.

— Mmm. Est-ce que d'autres personnes savent des choses sur cette... aide et sur l'International Hotel ?

— D'autres personnes ?

— Dans l'Armée du Salut, par exemple ?

— Oh oui. David Eckhoff sait tout. Et les autres, maintenant. Il a donné des mots... après le repas à la fête à Østgård à l'été maintenant.

— Discours ?

— Oui. Il a raconté *mali spasitelj* et que certains toujours sont en guerre. Que la guerre ne sera jamais terminée. Comme pour eux. »

« Le commandeur a réellement dit ça ? » s'étonna Beate en engageant en trombe la voiture dans un Ibsen-tunnel tout éclairé, avant de piler pour venir se placer au bout de la file de voitures à l'arrêt.

« D'après M. Miholjec, précisa Harry. Et tout le monde était certainement présent. Robert compris.

— Et tu penses que ça a pu donner l'idée à Robert de se trouver un mercenaire ? » Beate tambourina impatiemment sur le volant.

« Eh bien, on peut en tout cas affirmer que Robert est allé à Zagreb. Et s'il savait que Jon voyait Thea, ça lui donnait un motif. » Harry se frotta le menton. « Écoute, est-ce que tu peux faire en sorte que Sofia soit prise en charge par un médecin pour un check-up poussé ? Si je ne me trompe pas trop, il y a davantage que ce bleu. J'essaie de prendre l'avion du matin pour Zagreb. »

Beate lui adressa un rapide regard acéré. « Si tu dois partir à l'étranger, il vaudrait mieux que ce soit pour assister la police locale. Ou sur tes vacances. Les instructions disent clairement que…

— Le dernier point, ça colle. De courtes vacances de Noël. »

Beate poussa un soupir résigné. « Alors j'espère que tu accorderas aussi quelques congés pour Noël à Halvorsen. On avait prévu d'aller voir ses parents à Steinkjer. Où penses-tu passer Noël, cette année ? »

À cet instant, le mobile de Harry se mit à sonner, et il chercha maladroitement dans sa poche en répondant : « L'année dernière, c'était avec Rakel et Oleg. Et l'année précédente, avec mon père et la Frangine.

Mais cette année, je n'ai pas eu le temps de réfléchir à l'endroit où j'allais fêter Noël, tiens. »

Il pensait à Rakel lorsqu'il constata qu'il avait dû appuyer sur la touche OK de son téléphone pendant qu'il le cherchait dans sa poche. Et à présent, il entendait son rire.

« Tu peux toujours venir me voir. On est ouverts pour la veillée de Noël, et on a toujours besoin de bénévoles. À Fyrlyset. »

Deux secondes s'écoulèrent avant que Harry comprenne que ce n'était pas Rakel.

« J'appelais simplement pour dire que je suis désolée pour hier, poursuivit Martine. Je ne voulais pas me sauver comme ça. J'ai juste été un peu paumée. Tu as eu les réponses que tu voulais ?

— Oh, c'est toi ? » Harry espéra que sa voix était neutre, mais il remarqua malgré tout un coup d'œil hyper-rapide de Beate. Et sa suprême intelligence sociale. « Je peux te rappeler ?

— Bien sûr.

— Merci.

— Pas de quoi. » Elle le dit sur un ton grave, mais Harry perçut le rire sous-jacent. « Juste une toute petite chose.

— Oui ?

— Qu'est-ce que tu fais mardi ? L'avant-veille de Noël, donc.

— Aucune idée.

— Nous avons un billet en rab pour le concert à la Konserthus.

— Bien.

— Tu n'as pas exactement l'air de défaillir de bonheur.

— Désolé. J'ai pas mal à faire, et je ne suis pas très doué pour ce genre de mondanités.

— Et les artistes sont trop chics et ennuyeux.

— Je n'ai pas dit ça.

— Non, c'est moi qui l'ai dit. Et quand j'ai dit que nous avions un billet en plus, je voulais dire *moi*.

— Et ?

— Une chance de me voir en robe. Et je présente bien. Il ne me manque qu'un grand garçon assorti. Penses-y.

— Merci, c'est promis, répondit Harry en riant.

— De rien. »

Beate ne dit pas un mot après qu'il eut raccroché, ne fit aucun commentaire sur son large sourire qui ne voulait pas s'effacer, mentionna seulement que les chasse-neige auraient du pain sur la planche, à en croire les bulletins météo. Il arrivait que Harry se demandât si Halvorsen comprenait bien quel coup il avait réussi.

*

Jon Karlsen ne s'était pas encore montré. Il se leva avec difficulté du trottoir le long du parc de Sofienberg. Le froid semblait venir des entrailles de la terre, et s'était propagé dans tout son corps. Le sang commença à circuler dans ses jambes aussitôt qu'il se mit en marche, mais dans la douleur. Il n'avait pas compté les heures passées assis en tailleur devant un gobelet en carton, à suivre qui entrait et qui sortait de l'immeuble de Gøteborggata, mais le jour avait déjà commencé à décroître. Il plongea la main dans sa poche. L'argent qu'il avait mendié lui permettait sûrement de se payer un café, un petit quelque chose à manger et — espérait-il — un paquet de clopes.

Il gagna rapidement le carrefour et le café où il avait eu son gobelet en carton. Il avait remarqué un téléphone au mur, mais changea d'idée. Devant le café, il s'arrêta, tira le capuchon bleu et s'examina dans la vitrine. Pas étonnant que les gens le prennent pour un pauvre nécessiteux. Sa barbe poussait vite, et son visage portait des traînées noires de suie consécutives au feu de camp dans le conteneur.

Dans le reflet, il vit le feu de signalisation passer au rouge, et une voiture s'arrêta devant. Il jeta un coup d'œil à l'intérieur du véhicule au moment où il posait la main sur la porte du bistrot. Et se figea. Le dragon. Le char serbe. Jon Karlsen. Sur le siège passager. À seulement deux mètres de lui.

Il entra dans le café, se dépêcha d'aller jusqu'à la vitre et regarda la voiture au-dehors. Il pensa avoir déjà vu l'homme qui conduisait, mais sans se souvenir où. À Heimen. Oui, c'était l'un des policiers qui accompagnaient Harry Hole. Une femme était assise à l'arrière.

Le feu passa au vert. Il sortit en trombe et vit la fumée blanche du pot d'échappement de la voiture qui accélérait dans la rue longeant le parc. Il commença à courir derrière. Loin devant, il aperçut la voiture qui tournait dans Gøteborggata. Il fouilla maladroitement dans ses poches. Sentit le morceau de verre qu'il avait récupéré sur la fenêtre de la baraque contre ses doigts presque complètement insensibles. Ses jambes ne lui obéissaient plus, ou eût dit des prothèses mortes : s'il faisait un faux pas, songea-t-il, elles se briseraient comme des stalactites de glace.

Le parc plein d'arbres, le jardin d'enfants et le cimetière bondissaient devant ses yeux. Sa main trouva le pistolet. Il avait dû se couper jusqu'au sang avec le morceau de verre, car le contact était poisseux.

Halvorsen se gara juste devant Gøteborggata 4, et il descendit de voiture en même temps que Jon pour se dégourdir les jambes tandis que Thea allait chercher son insuline.

Halvorsen jeta un coup d'œil à chaque extrémité de la rue déserte. Jon aussi paraissait nerveux, faisant de petits pas dans le froid. À travers le pare-brise, Halvorsen vit la console avant et le holster de son revolver qu'il avait retiré parce que celui-ci le gênait pour conduire. En cas d'imprévu, il l'attraperait en deux secondes. Il connecta son mobile et constata qu'il avait reçu un message pendant qu'ils étaient en route. Il tapa quelques touches, et une voix bien connue répéta qu'il avait un et un seul message. Vint alors le signal sonore, et une voix inconnue se mit à parler. Halvorsen écouta avec une surprise sans cesse croissante. Il vit que Jon avait remarqué la voix dans le téléphone et se rapprochait. La surprise de Halvorsen céda la place à l'incrédulité.

Lorsqu'il raccrocha, Jon l'interrogea du regard, mais Halvorsen ne dit rien, se contentant de composer frénétiquement un autre numéro.

« Qu'est-ce que c'était ? voulut savoir Jon.

— C'étaient des aveux, répondit laconiquement Halvorsen.

— Et maintenant, que fais-tu ?

— J'en réfère à Harry. »

Halvorsen leva les yeux et s'aperçut que le visage de Jon était déformé, que ses yeux s'étaient agrandis, noircis, et semblaient regarder à travers lui, au-delà de lui.

« Il y a un problème ? »

*

Harry passa la douane et entra dans le terminal modeste de Plesos, introduisit sa Visa dans un distributeur automatique qui lui remit sans protester l'équivalent de mille couronnes[1] en kunas. Il en glissa la moitié dans une enveloppe brune avant de sortir et de s'installer dans une Mercedes surmontée d'un panonceau bleu de taxi.

« International Hotel. »

Le conducteur embraya et démarra sans dire un mot.

Il pleuvait depuis une couche nuageuse basse sur des champs bruns semés de taches de neige grise, le long de l'autoroute qui filait au nord-ouest à travers le paysage en direction de Zagreb.

Au bout de seulement un quart d'heure, il put voir la ville prendre forme en blocs de béton et flèches d'églises se découpant sur l'horizon. Ils franchirent un fleuve noir et tranquille que Harry estima être la Sava. Ils entrèrent dans la ville par une large avenue surdimensionnée par rapport à la modeste circulation, passèrent devant la gare et un vaste parc ouvert

1. Environ 120 euros.

et désert dans lequel on voyait un grand pavillon de verre. Des arbres nus tendaient leurs doigts noircis par l'hiver.

« International Hotel », annonça le chauffeur en tournant devant un imposant colosse de pierre grise du genre de ceux que les pays communistes avaient coutume de construire pour leurs dignitaires en voyage.

Harry paya. L'un des portiers de l'hôtel, déguisé en amiral, avait déjà ouvert la portière et se tenait prêt avec un parapluie et un grand sourire : « *Welcome, sir. This way, sir.* »

Harry descendit sur le trottoir à l'instant où deux clients de l'hôtel émergeaient de la porte à tambour et montaient à bord d'une Mercedes que l'on avait avancée. Une couronne de cristal scintilla derrière la porte. Harry s'arrêta : « *Refugees ?*

— *Sorry, sir ?*

— Réfugiés, répéta Harry. Vukovar. »

Harry sentit les gouttes de pluie sur sa tête lorsque le parapluie et le sourire disparurent subitement, et que le doigt ganté de l'amiral se tendit en direction d'une porte un peu plus loin sur la façade.

La première chose qui frappa Harry tandis qu'il passait ladite porte pour pénétrer dans un grand vestibule nu dont la voûte s'élevait très haut au-dessus du sol, ce fut l'odeur d'hôpital. Et les quarante ou cinquante personnes debout ou assises près des deux longues tables au milieu de ce hall, ou qui faisaient la queue pour se voir servir de la soupe à l'accueil, lui firent penser à des malades. Cela tenait peut-être à leurs vêtements : des survêtements informes, des pullovers fatigués et des pantoufles trouées trahissant une certaine indifférence quant aux apparences. Ou peut-être étaient-ce ces têtes penchées sur les assiettes de soupe et les regards ensommeillés et découragés qui le remarquèrent à peine.

Celui de Harry balaya le local et s'arrêta au bar. Qui ressemblait davantage à un snack-bar et n'avait pour l'heure aucun client ; il n'y avait que le barman, qui faisait trois choses simultanément : essuyer un verre, commenter bruyamment le match de football retransmis à la télévision fixée au plafond à l'attention des hommes assis à la table la plus proche, et suivre les moindres faits et gestes de Harry.

Harry se douta qu'il était au bon endroit et alla droit au comptoir. Le barman se passa une main dans ses cheveux coiffés en arrière, luisants de graisse.

« *Da ?* »

Harry tenta d'ignorer les bouteilles alignées sur l'étagère au fond de la baraque à frites. Mais il avait depuis longtemps reconnu son vieil ami et ennemi Jim Beam. Le barman suivit le regard de Harry et indiqua avec une expression interrogatrice la bouteille carrée au contenu brun.

Harry secoua la tête. Et inspira. Aucune raison de compliquer les choses.

« *Mali spasitelj.* » Il prononça les deux mots suffisamment bas pour que seul le barman les entende dans le vacarme de la télévision. « Je cherche le petit sauveur. »

Le barman observa Harry avant de répondre en anglais, avec l'accent allemand : « Je ne connais pas de sauveur.

— J'ai appris d'un ami de Vukovar que *mali spasi-*

telj pouvait m'aider. » Harry sortit l'enveloppe brune de sa poche de blouson et la posa sur le comptoir.

L'autre baissa les yeux sur l'enveloppe, sans la toucher. « Tu es policier. »

Harry secoua la tête.

« Tu mens. Je l'ai vu dès l'instant où tu es entré.

— Ce que tu as vu, c'est quelqu'un qui a été policier pendant douze ans, mais qui ne l'est plus. J'ai quitté il y a deux ans. » Harry croisa le regard du barman. Et se demanda en son for intérieur pourquoi il avait été condamné. La taille de ses muscles et de ses tatouages indiquait que ce devait être une chose pour laquelle il avait purgé une longue peine.

« Il n'habite personne ici qu'on appelle sauveur. Et je connais tout le monde. »

Il allait se retourner quand Harry se pencha en avant et l'attrapa par le haut du bras. Le barman regarda la main de Harry, et celui-ci sentit un biceps gonfler. Il lâcha prise : « Mon fils s'est fait descendre par un revendeur de drogue qui était devant l'école, et refourguait de la came. Parce qu'il a dit au dealer qu'il irait voir le proviseur s'il continuait. »

Le barman ne répondit pas.

« Il allait avoir onze ans, termina Harry.

— Je ne vois vraiment pas pourquoi tu me racontes ça, *mister*.

— Alors tu vas comprendre pourquoi je vais rester assis ici et attendre jusqu'à ce qu'arrive quelqu'un qui puisse m'aider. »

Le barman hocha lentement la tête. La question vint à la vitesse de l'éclair : « Comment s'appelait ton gosse ?

— Oleg. »

Ils se toisèrent. Le barman ferma un œil. Harry sentit le mobile vibrer sans bruit dans sa poche, mais le laissa faire.

Le barman posa la main sur l'enveloppe brune et la repoussa vers Harry. « Ce n'est pas nécessaire. Comment t'appelles-tu et dans quel hôtel es-tu ?

— J'arrive tout droit de l'aéroport.

— Écris ton nom sur cette serviette et prends une chambre au Balkan Hotel, à côté de la gare. De l'autre côté du pont, et tout droit. Attends dans la chambre. Quelqu'un va te contacter. »

Harry faillit répondre, mais le barman s'était retourné vers la télé et avait repris ses commentaires.

Une fois ressorti, il constata qu'il avait un appel de Halvorsen auquel il n'avait pas répondu.

*

« *Do vraga !* » gémit-il. Merde !

La neige dans Gøteborggata ressemblait à du sorbet de fruits rouges.

Il était paumé. Tout s'était passé tellement vite. La dernière balle, qu'il avait tirée sur Jon Karlsen en fuite, avait atteint la façade de l'immeuble avec un claquement mou. Jon Karlsen avait franchi la porte de l'immeuble, avant de disparaître. Il s'accroupit et entendit le tesson ensanglanté déchirer le tissu de sa poche de veste. Le policier gisait sur le ventre, le visage dans la neige qui buvait le sang coulant des coupures de son encolure.

Une arme à feu, se dit-il en saisissant l'homme par l'épaule et en le retournant. Il avait besoin de quelque chose avec quoi tirer. Une rafale chassa les cheveux de ce visage anormalement pâle. Il fouilla rapidement les poches de son manteau. Le sang coulait, coulait, épais et rouge. Il eut tout juste le temps de sentir le goût acide de la bile avant que sa bouche ne s'emplisse. Il se retourna, et le contenu jaune de son ventre claqua sur la glace lisse comme un miroir. Il s'essuya autour de la bouche. Les poches de pantalon. Trouva un portefeuille. Ceinture de pantalon. Bordel, policier, il faut bien que tu aies un pistolet, si tu dois protéger les gens !

Une voiture contourna l'angle et vint vers eux. Il prit le portefeuille, se releva, traversa la rue et commença à marcher. La voiture s'arrêta. Il ne devait pas courir. Il se mit à courir.

Il glissa sur le trottoir devant le magasin qui faisait l'angle et atterrit sur la hanche, mais se releva à la seconde même sans éprouver de douleur. Continua vers le parc, en suivant la direction dans laquelle il avait couru la dernière fois. C'était un cauchemar, un cauchemar peuplé d'événements insensés qui ne faisaient que se répéter. Était-il devenu fou, ou ces choses-là arrivaient-elles vraiment ? L'air froid et la bile lui brûlaient la gorge. Il était arrivé à Markveien lorsqu'il entendit les premières sirènes de police. Et le sentit. Qu'il avait peur.

CHAPITRE 22

Samedi 20 décembre
Mignonnette

L'hôtel de police étincelait comme un arbre de Noël dans l'obscurité de l'après-midi. Jon Karlsen se trouvait à l'intérieur, dans la salle d'audition numéro 2, assis la tête entre les mains. L'inspecteur Toril Li était assise de l'autre côté de la petite table ronde qui meublait cette pièce étroite. Deux micros et la copie du premier rapport de témoin les séparaient. À travers la fenêtre, Jon vit Thea qui attendait son tour dans la pièce voisine.

« Alors comme ça, il vous a attaqués ? demanda la femme policier en lisant le rapport.

— L'homme en blouson bleu a couru vers nous avec un pistolet.

— Et puis ?

— C'est allé très, très vite. J'ai eu tellement peur que je ne me rappelle que des fragments. C'est peut-être le traumatisme crânien.

— Je comprends », acquiesça Toril Li en faisant une tête qui exprimait le contraire. Elle jeta un coup d'œil à la petite lampe rouge qui indiquait que l'appareil enregistrait toujours.

« Mais Halvorsen a donc couru vers la voiture ?

— Oui, son pistolet y était. Je me souviens qu'il l'a rangé dans la console avant, quand on est partis d'Østgård.

— Et qu'avez-vous fait ?

— J'ai perdu les pédales. D'abord, j'ai pensé me cacher dans la voiture, mais j'ai changé d'avis et j'ai couru vers l'entrée de l'immeuble.

— Et à ce moment-là, le type vous a tiré dessus ?

— En tout cas, j'ai entendu un coup de feu.

— Continuez.

— J'ai pu entrer dans l'immeuble, et quand j'ai regardé dehors, il s'était déchaîné sur Halvorsen.

— Qui n'était pas monté dans la voiture ?

— Non. Il s'était plaint que la porte se bloquait sans arrêt à cause du gel.

— Et il a attaqué Halvorsen avec un couteau, pas un pistolet ?

— C'est ce qu'il m'a semblé d'où j'étais. Il a sauté sur Halvorsen, par-derrière, et il l'a frappé plusieurs fois.

— Combien de fois ?

— Quatre ou cinq. Je ne sais pas… je…

— Et puis ?

— J'ai descendu l'escalier de la cave en courant et je vous ai appelés au numéro d'urgence.

— Mais l'assassin ne vous a pas poursuivi ?

— Je ne sais pas, la porte d'entrée était verrouillée.

— Mais il aurait pu casser la vitre. Il venait quand même de poignarder un policier, je veux dire.

— Oui, vous avez raison. Je ne sais pas. »

Toril Li étudia les pages qu'elle avait devant elle. « On a retrouvé du vomi à côté de Halvorsen. On suppose que c'est celui de l'assassin, mais est-ce que vous pouvez le confirmer ? »

Jon secoua la tête. « Je ne suis pas sorti de l'escalier de la cave avant que vous arriviez. J'aurais peut-être dû aider… mais je…

— Oui ?

— J'avais peur.

— Vous avez certainement fait comme il fallait. » De nouveau, l'expression de son visage contredit ses dires.

« Que disent les médecins ? Est-ce qu'il…

— Il restera sûrement dans le coma jusqu'à ce qu'éventuellement son état s'améliore. Mais nous ne savons pas si ses jours sont toujours en danger. Poursuivons.

— C'est comme un cauchemar qui se répète, murmura Jon. Ça ne fait que continuer. Encore et encore.

— Évitez-moi d'avoir à rabâcher que vous devez parler dans le micro », psalmodia Toril Li d'une voix de robot.

À la fenêtre de sa chambre d'hôtel, Harry regardait la ville obscure où des antennes tordues et estropiées faisaient tout un tas de gestes étranges en direction du ciel jaune-brun. Le son du suédois de la télé était assourdi par les épais tapis sombres et les rideaux. Max von Sydow jouait Knut Hamsun. La porte du minibar était ouverte. La brochure de l'hôtel était posée sur la table basse. La page de garde représentait une photo de la statue de Josip Jelačić sur Trg Jelačića, et quatre mignonnettes étaient assises sur Jelačić. Johnnie Walker, Smirnoff, Jägermeister et Gordon's. Plus deux bières de la marque Ožujsko. Aucune des bouteilles n'était ouverte. Pour le moment. Il y avait une heure que Skarre avait appelé pour lui raconter ce qui s'était passé dans Gøteborggata.

Il voulait être à jeun pour passer ce coup de téléphone.

Beate répondit à la quatrième sonnerie.

« Il est vivant, répondit-elle avant que Harry ait eu le temps de lui poser la question. Ils l'ont placé sous respirateur, et il est dans le coma.

— Que disent les médecins ?

— Ils ne savent pas, Harry. Il aurait pu mourir sur le coup, car il semble que Stankić ait essayé de lui sectionner la carotide, mais il a eu le temps de glisser sa main devant. Il a une profonde coupure sur le dos de la main et des hémorragies de quelques artères secondaires des deux côtés du cou. En revanche, Stankić l'a frappé plusieurs fois à la poitrine, juste au-dessus du cœur. Les médecins pensent qu'il a pu l'effleurer. »

Hormis un frémissement quasiment imperceptible dans la voix, on eût dit qu'elle parlait d'une victime absolument quelconque. Et Harry comprit que c'était la seule façon pour elle d'en parler à cet instant précis : comme d'une partie de son boulot. Dans le silence qui suivit, Max von Sydow tonna d'une voix tremblante d'indignation. Harry chercha des mots de réconfort.

« Je viens de discuter avec Toril Li, expliqua-t-il à la place. J'ai eu un compte rendu du témoignage de Jon Karlsen. Tu as autre chose ?

— On a retrouvé le projectile dans la façade à droite de la porte d'entrée. Les gars de la balistique l'examinent en ce moment, mais je suis pratiquement certaine qu'il correspondra à ceux d'Egertorget, de l'appartement de Jon et de devant Heimen. C'est Stankić.

— Qu'est-ce qui te permet d'en être aussi sûre ?

— Un couple qui arrivait en voiture et qui s'est arrêté en voyant Halvorsen par terre sur le trottoir a dit qu'une personne qui ressemblait à un mendiant avait traversé la rue juste devant eux. La fille a vu dans le rétroviseur qu'il se cassait la figure un petit peu plus bas. On est allés voir sur place. Mon collègue, Bjørn Holm, a trouvé une pièce de monnaie étrangère qui avait été enfoncée si profond dans la neige qu'on a d'abord cru qu'elle était là depuis plusieurs jours. Il n'a pas non plus compris d'où elle venait puisqu'il n'y avait dessus que *Republika Hrvatska* et cinq kunas. Alors il a vérifié.

— Merci, je connais la réponse. Alors c'est Stankić.

— Pour en être complètement sûrs, on a prélevé des échantillons du vomi sur la glace. L'Institut médico-légal compare l'ADN avec celui des cheveux que nous avons trouvés sur l'oreiller dans la chambre qu'il avait à Heimen. On aura la réponse demain, j'espère.

— Au moins, on sait qu'on a des traces d'ADN.

— Ouais... Une flaque de vomi n'est bizarrement pas l'endroit idéal pour trouver de l'ADN. Les cellules superficielles des muqueuses sont éparpillées quand le volume est trop important. Et le vomi à l'air libre...

— ... est sujet à la pollution d'une multitude d'autres sources d'ADN. Je sais tout ça, mais on a au moins quelque chose sur quoi travailler. Qu'est-ce que tu fais, maintenant ? »

Beate poussa un soupir. « J'ai reçu un SMS quelque peu étonnant de l'Institut vétérinaire, et je dois les rappeler pour leur demander ce qu'ils veulent.

— L'Institut vétérinaire ?

— Oui. On a retrouvé des morceaux de viande à moitié digérés dans le vomi, et on les a envoyés pour analyse d'ADN. L'idée, c'était qu'ils comparent avec la base de données que l'École supérieure d'agronomie d'Ås utilise pour retrouver le lieu d'origine et le producteur des viandes. Si c'est une qualité de viande spéciale, on pourra peut-être la relier à un restaurant d'Oslo. C'est un coup au hasard, mais si Stankić s'est trouvé une planque ces dernières vingt-quatre heures, il se déplace probablement le moins possible. Et s'il a mangé dans un restaurant du coin, c'est possible qu'il veuille y retourner.

— Mouais, pourquoi pas. Que dit le SMS ?

— Que dans ce cas, ce doit être un restaurant chinois. Relativement obscur.

— Mmm. Rappelle-moi quand tu en sauras davantage. Et…

— Oui ? »

Harry se rendit compte que ce qu'il allait dire aurait l'air totalement idiot : que Halvorsen était un dur, que les médecins pouvaient accomplir des choses incroyables, à l'heure actuelle, et que tout se passerait sans doute pour le mieux.

« Rien. »

Quand Beate eut raccroché, Harry se tourna vers la table et les bouteilles. Am, stram, gram… pique dam. Johnnie Walker. Harry tint fermement la mignonnette dans une main en tournant — ou plus exactement en arrachant — la capsule de l'autre. Il se sentait comme Gulliver. Prisonnier d'un pays étranger, entouré seulement de bouteilles pygmées. Il inspira l'odeur douce et bien connue à travers l'étroit goulot. Il n'y avait qu'une gorgée, mais son corps était déjà averti de l'attaque toxique et s'était mis sur la défensive. Harry redoutait la première crise de contractions, inévitable, mais sut que cela ne l'arrêterait pas. À la télé, Knut Hamsun faisait savoir qu'il était fatigué et qu'il ne pouvait absolument plus composer.

Harry prit une profonde inspiration, comme avant une plongée longue et tout aussi profonde.

Le téléphone sonna.

Harry hésita. L'appareil se tut après une sonnerie.

Il leva la bouteille lorsque le téléphone sonna derechef. Et cessa.

Il se douta qu'on appelait depuis la réception.

Il reposa la mignonnette sur la table de chevet et attendit. À la troisième sonnerie, il décrocha.

« *Mister Hansen ?*

— *Yes.*

— Quelqu'un voudrait vous rencontrer ici, dans le hall. »

Harry avait les yeux braqués sur le gentleman en veste rouge, sur l'étiquette du flacon miniature.

« Dites-lui que j'arrive.

— *Yes, sir.* »

Harry saisit la bouteille entre trois doigts. Puis renversa la tête en arrière et en versa le contenu dans son gosier. Quatre secondes plus tard, il était penché au-dessus du siège des toilettes, et rendait le déjeuner qu'on lui avait servi dans l'avion.

Le réceptionniste tendit un doigt en direction du groupe de sièges près du piano, où était installée une petite femme chenue portant un châle noir sur les épaules, assise le dos bien droit dans l'un des fauteuils. Elle observa Harry de ses yeux marron et tranquilles tandis qu'il approchait. Il s'arrêta devant la table sur laquelle était posée une radio portative. Des voix enthousiastes commentaient une rencontre sportive, peut-être un match de football. Le son se mêlait à la performance du pianiste, qui agitait furtivement les doigts sur les touches, en touillant une mélasse de musique d'ambiance à base de vieilles scies de bandes originales de films.

« *Docteur Jivago*, reconnut-elle en faisant un signe de tête en direction du musicien. Joli, n'est-ce pas, *Mister Hansen* ? »

Sa prononciation de l'anglais comme son intonation étaient d'une correction toute scolaire. Elle eut un sourire en coin, comme si elle venait de faire un trait d'humour, et indiqua d'un geste discret mais résolu qu'il pouvait s'asseoir.

« Vous aimez la musique ? s'enquit Harry.

— Ce n'est pas le cas de tout le monde ? J'ai donné des cours de musique. »

Elle se pencha en avant et monta le volume du poste de radio.

« Vous craignez que nous soyons écoutés ? »

Elle se renversa dans son fauteuil.

« Que voulez-vous, Hansen ? »

Harry répéta l'histoire de l'homme devant l'école et de son fils, tout en sentant la bile lui brûler la gorge, et la meute de clebs dans son ventre japper et hurler pour en avoir encore. L'histoire n'avait pas l'air convaincante.

« Comment m'avez-vous trouvée ? voulut-elle savoir.

— J'ai eu des indications de la part de quelqu'un de Vukovar.

— D'où venez-vous ? »

Harry déglutit. Sa langue lui donnait l'impression d'être lourde et enflée. « Copenhague. »

Elle le regarda attentivement. Harry attendit. Il sentit une goutte de sueur rouler entre ses omoplates, et une autre prendre forme sur sa lèvre supérieure. Merde, il lui fallait un remède. Maintenant.

« Je ne crois pas ce que vous me dites, lâcha-t-elle enfin.

— OK, admit Harry en se levant. Il faut que j'y aille.

— Attendez ! » La voix de la petite femme était pleine de détermination, et elle lui signifia qu'il devait se rasseoir. « Cela ne veut pas dire que je suis aveugle. »

Harry se laissa retomber.

« Je vois la haine, poursuivit-elle. Et le chagrin. Et je sens l'odeur de l'alcool. Je crois l'histoire sur votre fils mort. » Elle eut un petit sourire. « Que voulez-vous qu'il soit fait ? »

Harry essaya de se ressaisir.

« Combien est-ce que ça coûte ? Et dans quels délais est-ce que ça peut être fait ?

— Ça dépend, mais vous ne trouverez pas d'ouvriers plus sérieux que nous. Ça démarre à cinq mille euros, plus les frais.

— Très bien. Semaine prochaine ?

— Ça… va être un peu court. »

L'hésitation de la petite femme n'avait duré qu'une fraction de seconde, mais elle avait suffi. Pour qu'il sache. Et à présent, il voyait qu'elle savait qu'il savait. Les voix radiodiffusées hurlaient leur excitation, et le public poussait ses acclamations en toile de fond. Un but avait été marqué.

« Ou bien n'êtes-vous pas sûre que votre ouvrier puisse être revenu suffisamment vite ? »

Elle le regarda longuement. « Vous êtes toujours policier, n'est-ce pas ?

— Je suis inspecteur principal à Oslo », acquiesça Harry.

Un frémissement fit frémir la peau autour des yeux de son interlocutrice.

« Mais je suis inoffensif pour vous. La Croatie n'est pas dans ma juridiction, et personne ne sait que je suis ici. Ni la police croate ni mes supérieurs.

— Alors que voulez-vous ?

— Conclure un marché.

— Sur quoi ? » Elle se pencha par-dessus la table et coupa le son de la radio.

« Sur votre ouvrier et ma cible.

— C'est-à-dire ?

— Un échange. Votre homme contre Jon Karlsen. S'il abandonne la traque de Jon Karlsen, on le laisse partir. »

Elle haussa un sourcil.

« Vous êtes tous à protéger un seul homme, contre

un seul ouvrier, monsieur Hansen ? Et vous avez peur ?

— Nous avons peur d'un bain de sang. Votre ouvrier a déjà tué deux personnes et poignardé l'un de mes collègues.

— Est-ce... » Elle se tut brusquement. « Ce n'est pas possible.

— Il va y avoir d'autres cadavres si vous ne le rappelez pas. Et l'un de ces macchabées, ce sera lui. »

Elle ferma les yeux. Demeura longtemps ainsi. Puis elle inspira : « S'il a tué l'un de vos collègues, vous allez vouloir vous venger. Comment puis-je vous faire confiance pour que vous respectiez ce marché ?

— Je m'appelle Harry Hole, répondit-il en posant son passeport sur la table. S'il apparaît que je suis venu sans autorisation des autorités croates, nous serons dans une situation diplomatique délicate. Et moi au chômedu. »

Elle dégaina une paire de lunettes.

« Vous vous proposez donc comme otage ? Vous trouvez ça vraisemblable, monsieur... » Elle mit ses lunettes et regarda dans le passeport « Harry Hole ?

— C'est le seul atout dont je dispose pour marchander.

— Je comprends, acquiesça-t-elle. Mais savez-vous ? » Elle retira ses lunettes. « J'aurais peut-être pu envisager de faire cet échange. Hélas, je suis dans l'impossibilité de le rappeler.

— Que voulez-vous dire ?

— Je ne sais pas où il est. »

Harry l'observa. Il vit la douleur dans son regard. Il entendit le frémissement dans sa voix.

« Eh bien, donnez-moi ce que vous avez : le nom de la personne qui a ordonné l'assassinat.

— Non.

— Si le policier meurt…, commença Harry en tirant une photographie de sa poche et en la posant sur la table entre eux, votre ouvrier sera très probablement tué. Il apparaîtra certainement que le policier a dû tirer en état de légitime défense. C'est comme ça. À moins que je ne l'empêche. Vous comprenez ? Est-ce que c'est cette personne ?

— Le chantage marche mal avec moi, monsieur Hole.

— Je rentre à Oslo demain matin. Je note mon numéro derrière la photo. Appelez-moi si vous changez d'avis. »

Elle prit le cliché et le fourra dans son sac à main.

« C'est votre fils, n'est-ce pas ? » demanda Harry rapidement, à voix basse.

Elle se figea. « Qu'est-ce qui vous fait croire ça ?

— Moi non plus, je ne suis pas aveugle. Moi aussi, je peux voir la douleur. »

Elle resta un instant courbée au-dessus de son sac. « Et vous, Hole ? » Elle releva la tête et le regarda. « Ce policier, est-ce quelqu'un que vous ne connaissez pas ? Puisque vous pouvez si facilement renoncer à la vengeance ? »

La bouche de Harry était si sèche que sa propre respiration lui brûlait le palais. « Oui. C'est quelqu'un que je ne connais pas. »

Harry crut entendre un coq chanter tandis qu'il la regardait à travers la fenêtre s'en aller, jusqu'à ce qu'elle tourne à gauche sur le trottoir opposé et disparaisse.

De retour dans sa chambre, il vida le reste des mignonnettes, vomit une fois encore, but la bière, vomit, se regarda dans le miroir et prit l'ascenseur pour redescendre au bar.

CHAPITRE 23

Nuit du samedi 20 au dimanche 21 décembre Les clébards

Assis dans l'obscurité du conteneur, il essayait de réfléchir. Le portefeuille du policier contenait deux mille huit cents couronnes norvégiennes, et s'il se rappelait bien le cours du change, cela signifiait qu'il avait suffisamment pour se payer à manger, un nouveau blouson et un billet d'avion pour Copenhague.

Le problème, c'étaient les munitions.

Le coup de feu dans Gøteborggata avait été le septième, le dernier. Il était allé jusqu'à Plata et avait demandé où on pouvait se procurer des balles de neuf millimètres, mais n'avait obtenu que des regards vides en réponse. Et su que s'il continuait à se renseigner au petit bonheur, les chances de tomber sur une taupe étaient énormes.

Il fit claquer son Llama MiniMax sur le sol de métal.

Sur la carte d'identification, un homme lui souriait. Halvorsen. Ils avaient sans aucun doute mis Jon Karlsen en lieu sûr, à présent. Il ne restait plus qu'une possibilité. Un cheval de Troie. Et il savait qui devait être le cheval. Harry Hole. Sofies gate 5, à en croire la femme des renseignements téléphoniques qui lui avait assuré qu'il était le seul Harry Hole de tout Oslo. Il regarda l'heure. Et se figea.

Des pas résonnaient dehors.

Il se leva à toute allure, empoigna le tesson dans une main et le pistolet dans l'autre avant d'aller se positionner près de l'ouverture.

La trappe s'ouvrit. Il vit une silhouette se découper dans la lumière de la ville. La personne se glissa rapidement à l'intérieur et s'assit à même le sol, en tailleur.

Il retint son souffle.

Rien ne se passa.

Une allumette grésilla alors, et le coin du visage de l'intrus fut illuminé. Il tenait une petite cuiller dans la même main que l'allumette. À l'aide de son autre main et de ses dents, il déchira un petit sac en plastique. Il reconnut le garçon en veste de jean bleu.

Lorsqu'il recommença à respirer avec soulagement, les mouvements rapides et efficaces du gamin se figèrent.

« Ohé ? » Le môme plissa les yeux dans le noir tout en planquant en hâte le sachet dans sa poche.

Il toussota et avança au bord de la zone éclairée par l'allumette. « *Remember me ?* »

Le gamin le regarda, terrifié.

« On s'est parlé devant la gare. Je t'ai donné de l'argent. Tu t'appelles Kristoffer, c'est ça ?

— *Is that you ?* demanda Kristoffer, ahuri. L'étranger qui m'a refilé cinquante sacs ? Waouh. Mais OK, je reconnais la voix… aïe ! » Kristoffer lâcha l'allumette, qui s'éteignit par terre. Dans l'obscurité totale, sa voix paraissait plus proche : « Ça te va si on cohabite, ce soir, mon pote ?

— Tu peux crécher ici tout seul. J'allais me trouver un autre endroit. »

Une nouvelle allumette apparut. « Il vaudrait mieux que tu restes ici. Plus chaud à deux. Je suis sérieux, mec. » Il leva une cuiller et la remplit d'un liquide qu'il conservait dans un petit flacon.

« Qu'est-ce que c'est ?

— De l'eau et de l'acide ascorbique. » Kristoffer ouvrit le sachet et versa la poudre dans la cuiller sans en faire tomber un gramme à côté, avant de faire passer adroitement l'allumette dans son autre main.

« Tu es doué pour ça, Christopher. » Il admira la manière dont le junkie faisait brûler l'allumette sous la cuiller, tout en sortant habilement une autre, qu'il tint prête.

« On m'appelle "Steadyhand", à Plata.

— Ça ne m'étonne pas. Écoute, il faut que j'y aille. Mais échangeons nos blousons, ça t'aidera peut-être à passer la nuit. »

Kristoffer regarda d'abord son propre blouson en jean fin, puis celui de l'autre, épais et bleu.

« Wouf, tu es sérieux ?

— Bien sûr.

— Merde, tu es sympa. Attends juste que j'aie terminé de préparer ce shoot. Tu pourrais me tenir l'allumette ?

— Ce n'est pas plus facile si je tiens cette seringue ? »

Kristoffer leva les yeux vers lui.

« Hé, je suis peut-être débutant, mais le plus vieux coup de junkie du monde, on ne me le fait pas. Tiens l'allumette, tu veux ? »

Il prit l'allumette.

La poudre se dissolut dans l'eau en formant un liquide brun transparent, et Kristoffer ajouta un petit tampon d'ouate dans la cuiller.

« Pour enlever les saloperies dans la drogue », répondit-il avant que l'autre ait eu le temps de poser la question ; puis il aspira le contenu de la cuiller dans la seringue et ajusta l'aiguille. « Tu vois cette belle peau ? À peine une marque. Et de bonnes grosses veines. Une vraie terre vierge, qu'ils disent. Mais dans quelques années, elle sera jaune de croûtes enflammées, exactement comme chez les autres. Et plus de Steadyhand non plus. Je le sais, et pourtant je continue. C'est dingue, hein ? »

Tout en parlant, il secouait la seringue pour la rafraîchir. Il avait serré un garrot en caoutchouc autour de son bras, et posa la pointe de l'aiguille contre la veine qui s'entortillait comme un serpent bleu sous la peau. Le métal glissa à travers le derme. Puis il poussa l'héroïne dans le réseau sanguin. Ses paupières se fermèrent à demi, sa bouche s'entrouvrit. Sa tête piqua vers l'arrière, et son regard trouva le cadavre du chien qui oscillait.

Il regarda un moment Kristoffer. Puis il jeta l'allumette calcinée et baissa la fermeture Éclair du blouson bleu.

*

Lorsque Beate Lønn obtint enfin une réponse, elle entendit à peine Harry à cause de la version disco de *Jingle Bells* qui résonnait en arrière-fond. Mais elle entendit suffisamment pour comprendre qu'il n'était pas à jeun. Pas parce qu'il bafouillait ; au contraire, il articulait bien. Elle lui parla de Halvorsen.

« Tamponnade cardiaque ? cria Harry.

— Hémorragie interne qui remplit de sang l'espace autour du cœur, de sorte qu'il ne peut pas battre correctement. Ils ont dû vidanger pas mal de sang. Ça s'est stabilisé, maintenant, mais il est toujours dans le coma. Il n'y a plus qu'à attendre. Je t'appellerai s'il y a du neuf.

— Merci. Autre chose qu'il fallait que je sache ?

— Hagen a renvoyé Jon Karlsen et Thea Nilsen à Østgård, avec deux baby-sitters. Et j'ai discuté avec la mère de Sofia Miholjec. Elle a promis d'emmener Sofia voir un médecin aujourd'hui.

— Mmm. Et ce message de l'Institut vétérinaire concernant les morceaux de viande dans le vomi ?

— Ils suggéraient les restaurants chinois, puisque la Chine est le seul pays où ils savent que les gens mangent ce genre de choses.

— À savoir ?

— Du chien.

— Du chien ? Attends ! »

La musique disparut, et fut remplacée par le bruit de la circulation. Puis la voix de Harry revint : « Mais on ne sert pas de viande de chien en Norvège, bon sang !

— Non, c'est spécial. L'Institut vétérinaire a réussi à déterminer la race, et j'appellerai la Société canine norvégienne demain. Ils ont un fichier de tous les chiens de race et de leurs propriétaires.

— Je ne vois pas trop comment ça va pouvoir nous aider. Il doit y avoir au moins cent mille clébards en Norvège.

— Quatre cent mille. Au moins un pour cinq foyers. J'ai vérifié. Ce qu'il y a, c'est que c'est une race peu commune. Tu as déjà entendu parler du metzner noir ?

— Répète, s'il te plaît. »

Elle répéta. Pendant quelques secondes, elle n'entendit que le bruit de la circulation de Zagreb avant que Harry ne s'écrie : « Mais c'est parfaitement logique ! Un type sans domicile fixe. Dire que je n'y ai pas pensé plus tôt !

— Pensé à quoi ?

— Je sais où se cache Stankić.

— Quoi ?

— Tu dois trouver Hagen et obtenir l'autorisation de convoquer Delta pour une mission armée.

— Où ça ? De quoi est-ce que tu parles ?

— Le dock. Stankić se cache dans l'un des conteneurs.

— Comment tu le sais ?

— Parce qu'il n'y a pas tant d'endroits que ça à Oslo où on peut bouffer du metzner noir. Veille à ce que Delta et Falkeid bloquent complètement la zone autour du dock jusqu'à ce que j'arrive demain par le premier avion. Mais aucune arrestation avant mon arrivée. C'est clair ? »

Après que Beate eut raccroché, Harry resta un moment debout dans la rue, le regard braqué vers le bar de l'hôtel. Où tonnait la musique synthétique. Et où le verre de poison à moitié vide l'attendait.

Ils le tenaient, à présent, ils tenaient *mali spasitelj*. Tout ce qu'il fallait, c'était une tête froide et une main ferme. Harry pensa à Halvorsen. À un cœur étouffé par le sang. Il pouvait remonter tout droit à sa chambre dans laquelle il n'y avait plus une goutte d'alcool, verrouiller la porte et jeter la clé par la fenêtre. Ou il pouvait entrer finir son verre. Harry prit une inspiration tremblante et éteignit son téléphone mobile. Puis entra au bar.

*

Les employés avaient éteint depuis longtemps dans les locaux de l'Armée du Salut et étaient rentrés chez eux, mais la lumière était toujours allumée dans le bureau de Martine. Elle composa le numéro de Harry Hole, en se posant les mêmes questions : était-ce parce qu'il était plus âgé qu'elle que c'était si palpitant ? Ou qu'on eût dit qu'il y avait tout un tas de sentiments emprisonnés là-dedans ? Ou était-ce parce qu'il avait l'air à ce point perdu pour la cause ? La scène de cette femme éconduite dans l'escalier aurait dû la terrifier, mais pour une raison inconnue, c'était l'inverse qui s'était produit : elle n'en avait été que plus motivée que jamais à… oui, que voulait-elle, en fait ? Elle gémit lorsque la voix l'informa que l'abonné avait déconnecté son téléphone ou ne se trouvait pas dans la zone de couverture. Elle appela le service de renseignements, obtint son numéro de fixe dans Sofies gate et le composa. Son cœur fit un bond dans sa poitrine lorsqu'elle entendit sa voix. Mais ce n'était qu'un répondeur. Là, elle avait le prétexte idéal pour passer chez lui en rentrant du boulot, et il n'était pas là ! Elle laissa son message : elle se proposait de lui apporter son billet pour le concert de Noël à l'avance, puisqu'elle devait aider à la Konserthus dès le matin.

Elle raccrocha, et s'aperçut au même moment que quelqu'un l'observait depuis la porte.

« Rikard ! Ne fais pas ça, j'ai eu peur !

— Désolé, j'allais partir, et je voulais juste voir si j'étais le dernier. Je te reconduis ?

— Merci, mais je…

— Tu as passé ta veste. Viens, ça t'évitera de te battre avec l'alarme. »

Rikard émit son rire staccato. Martine avait réussi à déclencher la nouvelle alarme deux fois dans le courant de la semaine précédente alors qu'elle était la dernière à s'en aller, et ils avaient dû payer la société de surveillance pour les interventions.

« OK. Je te remercie.

— Oh, renifla Rikard, de rien. »

*

Son cœur battait. Il pouvait sentir l'odeur de Harry Hole. Il ferma précautionneusement la porte de la chambre et tâtonna jusqu'à ce qu'il trouve l'interrupteur le long du mur. L'autre main tenait un pistolet braqué sur le lit qu'il distinguait à peine dans le noir. Il inspira et tourna le bouton, et la pièce fut inondée de lumière. C'était une pièce pratiquement nue, meublée d'un lit simple qui était fait, vide. Tout comme le reste de l'appartement. Il avait déjà visité les autres pièces. Et à présent il était dans la chambre, son pouls se calmait lentement. Harry Hole n'était pas à la maison.

Il glissa son pistolet dans la poche du blouson en jean sale et sentit qu'il broyait les tablettes pour urinoirs qu'il avait emportées des toilettes d'Oslo S, à côté des téléphones publics d'où il avait appelé pour obtenir cette adresse dans Sofies gate.

Il avait eu moins de mal à entrer dans l'appartement qu'il ne l'avait pensé. Après avoir sonné deux fois aux interphones du bas sans obtenir de réponse, il avait failli renoncer. Mais il avait alors poussé la porte cochère, qui reposait simplement sur son chambranle sans que le pêne soit engagé dans sa gâche. Ce devait être le froid. Au second, le nom de Hole était griffonné sur un morceau d'adhésif de masquage. Il avait appliqué son bonnet contre le carreau juste au-dessus de la serrure et passé le canon du pistolet à travers la vitre qui avait éclaté avec un bruit d'œuf cassé.

Le salon donnait sur la cour intérieure, et il prit le risque d'allumer une lampe. Il regarda autour de lui. Simple et spartiate. Propre.

Mais son cheval de Troie, l'homme qui devait le conduire à Jon Karlsen, n'était pas ici. Pour le moment. Espérant qu'il avait une arme ou des munitions, il commença par les endroits où l'on pouvait logiquement penser qu'un policier conserverait une arme, dans des tiroirs, des placards et sous l'oreiller. Ne trouvant rien, il passa les pièces au crible de façon aussi systématique qu'il le put, toujours sans résultat. Il entama alors la recherche désordonnée trahissant que l'on a renoncé et que l'on est simplement désespéré. Sous une lettre posée sur la table du téléphone dans l'entrée, il trouva une carte de la police au nom de Harry Hole, avec photo. Il la fourra dans sa poche. Il déplaça des livres et des disques, dont il remarqua qu'ils étaient classés par ordre alphabétique sur leurs étagères. Une pile de papiers occupait la table du salon. Il la parcourut et s'arrêta sur une photographie présentant un motif déjà vu dans un nombre incalculable de variantes : un mort en uniforme. Robert Karlsen. Il vit le nom de Stankić. Une feuille portait le nom de Harry tout en haut, son regard glissa rapidement vers le bas et s'immobilisa près d'une croix tracée en regard d'un nom bien connu. Smith & Wesson 38. La personne qui avait signé avait écrit son nom en pleins et déliés grandioses. Un permis de port d'arme ? Une réquisition ?

Il jeta l'éponge. Harry Hole avait donc son arme avec lui.

Il alla dans la salle de bains étroite mais propre, et ouvrit le robinet. L'eau chaude lui donna des frissons. La suie qu'il avait sur le visage noircit le lavabo. Il manœuvra ensuite les robinets pour obtenir de l'eau froide, et le sang coagulé sur ses mains se dissolut, colorant la faïence en rouge. Il s'essuya et ouvrit le placard au-dessus du lavabo. Il y découvrit un rouleau de gaze, qu'il se noua autour de la main, sur la plaie qu'avait faite le tesson de verre.

Il manquait quelque chose.

Il vit un poil court et dru à côté du robinet. Comme après une séance de rasage. Mais pas de rasoir, pas de mousse à raser. Ni de brosse à dents, de dentifrice ou de trousse de toilette. Hole était-il parti en voyage, en pleine enquête sur un meurtre ? Ou peut-être habitait-il chez une copine ?

Dans la cuisine, il ouvrit le réfrigérateur, qui renfermait une brique de lait qui serait périmée dans six jours, un pot de confiture, un morceau de gouda, trois boîtes de *lapskaus*[1] en conserve et un compartiment freezer contenant des tranches de pain de son en sachet. Il sortit le lait, le pain, deux des boîtes de conserve, et alluma la cuisinière. Un journal du jour était posé à côté du grille-pain. Lait frais, journal itou. Il commençait à pencher pour la théorie du voyage.

Il avait trouvé un verre dans le placard au-dessus du plan de travail et allait y verser du lait lorsqu'un bruit lui fit lâcher la brique, qui se retrouva par terre.

Le téléphone.

Il regarda le lait qui se répandait sur les carreaux de terre cuite rouge, tandis que lui parvenaient les sifflements insistants depuis l'entrée. Après cinq sonneries, trois déclics mécaniques se firent entendre, et une voix de femme emplit la pièce. Les mots arrivaient vite, le ton semblait enjoué. Elle rit et raccrocha. Cette voix lui rappelait quelque chose.

Il posa la boîte ouverte de *lapskaus* dans la poêle chaude, comme ils l'avaient fait durant le siège. Pas parce qu'ils n'avaient pas d'assiettes, mais pour que tous sachent qu'ils auraient des portions de taille égale. Puis il se rendit dans l'entrée. Un voyant rouge clignotait sur le petit répondeur noir. Il pressa le bouton de lecture. La cassette se rembobina.

« Rakel », annonça une voix de femme. Elle semblait un peu plus âgée que celle qui venait de parler. Après avoir prononcé quelques phrases, elle céda le combiné à un gamin qui se mit à parler avec fougue. Puis vint de nouveau le dernier message. Et il eut

1. Ragoût à base de viande (le plus souvent de bœuf), de pommes de terre, d'oignons et de carottes, relevé de sauce brune ou blanche.

l'assurance que ce n'était pas une illusion : il avait déjà entendu cette voix. C'était la fille du bus blanc.

Quand il eut terminé, il s'arrêta pour regarder les deux photographies punaisées sous le cadre du miroir. L'une d'elles représentait Hole, une femme brune et un gosse sur des skis dans la neige, plissant les yeux en direction de l'objectif. L'autre était ancienne, avec des couleurs passées, et représentait une jeune fille et un gamin, tous deux en maillot de bain. Elle avait des traits mongoloïdes et l'enfant, ceux de Harry Hole.

Il s'installa dans la cuisine et mangea lentement en écoutant les bruits de l'escalier. Il avait rafistolé la vitre de la porte d'entrée à l'aide de ruban adhésif transparent trouvé dans le tiroir de la table du téléphone. Son repas achevé, il retourna dans la chambre. Il faisait froid. Il s'assit sur le lit et passa la main sur le doux linge de lit. Huma l'oreiller. Ouvrit la penderie. Il trouva un boxer-short gris moulant et un T-shirt plié, orné du dessin d'une espèce de Shiva à huit bras au-dessus du mot FRELST[1] et sous l'inscription JOKKE & VALENTINERNE. Le linge sentait la lessive. Il se déshabilla et enfila les vêtements. S'allongea sur le lit. Ferma les yeux. Pensa à la photo de Hole. À Giorgi. Il glissa le pistolet sous l'oreiller. Bien qu'il fût vanné, il sentit venir l'érection, que sa queue appuyait contre le coton serré mais doux. Et il s'endormit avec la certitude rassurante qu'il se réveillerait si quelqu'un posait la main sur la porte de l'appartement.

*

1. *Sauvé*, troisième album du groupe.

« Prévoir l'imprévu. »

C'était la devise de Sivert Falkeid en tant que chef de Delta, le groupe d'intervention de la police. Falkeid était sur la hauteur derrière le dock, le talkie-walkie à la main, le vrombissement des taxis de nuit et des camions rentrant chez eux pour Noël sur l'autoroute derrière lui. Il avait à côté de lui l'ASP Gunnar Hagen, qui avait remonté le col de sa veste de camouflage verte. Les gars de Falkeid étaient dans l'obscurité figée par le froid sous eux. Falkeid jeta un coup d'œil à sa montre. Trois heures moins cinq.

Il y avait dix-neuf minutes que les bergers allemands de la brigade cynophile avaient fait savoir qu'une personne se trouvait dans un conteneur rouge. Falkeid n'aimait pourtant pas la situation. Même si la mission semblait relativement simple. Ce n'était pas cela qui le chiffonnait.

Jusqu'à présent, tout avait été simple comme bonjour. Trois quarts d'heure avaient suffi entre le coup de téléphone de Hagen et le moment où les cinq hommes réquisitionnés s'étaient présentés à l'hôtel de police. Delta était composé de soixante-dix personnes, en quasi-totalité des hommes très motivés et bien entraînés dont l'âge moyen était de trente et un ans. Les troupes étaient appelées en fonction des besoins, et le champ d'action comprenait entre autres ce qu'on appelait les « missions armées délicates », catégorie dont relevait cette mission. En plus des cinq gars de Delta, une personne des FSK, les forces spéciales, les avait rejoints. Et c'était ici que commençait ce qu'il n'aimait pas. L'homme était un tireur d'élite que Gunnar Hagen avait tout spécialement fait mander. Il se faisait appeler Aron, mais Falkeid savait que personne dans les FSK n'opérait sous son vrai nom. Le commando tout entier était demeuré secret depuis le début en 1981, et ce n'est que durant la célèbre opération « Enduring Freedom » en Afghanistan que les médias avaient réussi à obtenir des détails concrets sur cette division surentraînée, dont Falkeid pensait qu'elle rappelait surtout une confrérie secrète.

« Parce que je fais confiance à Aron », telle avait été la brève explication de Hagen à Falkeid. « Vous vous souvenez du tir à Torp en 94 ? »

Falkeid se souvenait bien de la prise d'otages de l'aéroport de Torp. Il y était. Personne n'avait jamais su qui avait été l'auteur du coup de feu qui avait tout débloqué, mais le projectile était passé à travers l'emmanchure d'un gilet pare-balles suspendu devant la vitre de la voiture et la tête du braqueur armé, qui avait explosé comme une courge sur la banquette arrière d'une Volvo flambant neuve, que le concessionnaire avait ensuite récupérée, nettoyée et revendue. Ce n'était pas cela qui le chiffonnait. Le fait qu'Aron ait une pétoire que Falkeid n'avait jamais vue non plus. Les initiales *Mär* sur la crosse ne lui disaient rien. Aron était maintenant aplati quelque part sur la zone, avec lunette laser et jumelles infrarouges, et s'était vu définir le conteneur comme cible. Se contentant de grogner en guise de réponse quand Falkeid demandait à ce qu'on libère les transmissions. Mais ce n'était pas cela non plus. Ce qui déplaisait à Falkeid dans cette situation, c'était qu'Aron n'avait rien à faire ici. Ils n'avaient tout bonnement pas besoin d'un tireur d'élite.

Falkeid hésita un instant. Puis leva son talkie-walkie : « Envoie un signal avec ta lampe si tu es prêt, Atle. »

Une lumière s'alluma et s'éteignit en contrebas, près du conteneur rouge.

« Tout le monde est en position, annonça Falkeid. Nous sommes prêts à attaquer.

— Bien, acquiesça Hagen. Mais avant que nous passions à l'action, je voudrais avoir la confirmation que vous partagez mon opinion, Falkeid. Qu'il vaut mieux procéder à cette arrestation maintenant et ne pas attendre Hole. »

Falkeid haussa les épaules. Il ferait jour dans cinq heures, Stankić sortirait, et ils pourraient le prendre avec les chiens en terrain découvert. On disait que le poste de chef de la police reviendrait à Gunnar Hagen, en temps et en heure.

« Ça n'est pas complètement déraisonnable, non.

— Bien. Et c'est ainsi que ça figurera dans mon rapport. Que c'était une décision commune. Au cas où quelqu'un prétendrait que j'ai précipité l'arrestation pour en tirer personnellement bénéfice.

— Je crois que personne ne vous soupçonnerait de vouloir le faire.

— Bien. »

Falkeid pressa la touche « talk » de son talkie-walkie : « Prêts dans deux minutes. »

Hagen et Falkeid soufflaient chacun leurs nuages de fumée blanche, qui avaient le temps de s'entremêler avant de disparaître.

« Falkeid… » C'était le talkie-walkie. Atle. Il chuchotait. « Un homme vient d'apparaître dans l'ouverture du conteneur.

— Stand-by, tout le monde », ordonna Falkeid. D'une voix calme, ferme. Prévoir l'imprévu. « Il sort ?

— Non, il s'est arrêté. Il… on dirait que… »

Un unique coup de feu retentit dans les ténèbres au-dessus du fjord d'Oslo. Avant que le silence total ne revienne.

« Qu'est-ce que c'était, nom de Dieu ? »

L'imprévu, songea Falkeid.

CHAPITRE 24

Dimanche 21
La promesse

Il était fort tôt en ce dimanche, et il dormait toujours. Dans l'appartement de Harry, dans le lit de Harry, dans les vêtements de Harry. Et il faisait les cauchemars de Harry. Peuplés de fantômes, toujours de fantômes.

Ce fut un petit bruit, seulement un raclement contre la porte d'entrée. Mais ce fut plus que nécessaire. Il s'éveilla, glissa une main sous l'oreiller et se mit sur ses pieds en une seconde. Le sol glacial lui brûla la plante des pieds tandis qu'il se glissait dans l'entrée. À travers la vitre dépolie de la porte, il vit une silhouette. Il avait éteint toutes les lumières dans l'appartement, et se savait invisible de l'extérieur. La personne paraissait penchée en avant, et semblait se bagarrer avec Dieu sait quoi. N'arrivait-il pas à introduire la clé dans la serrure ? Harry Hole était-il soûl ? Peut-être n'était-il pas parti en voyage, après tout, mais simplement sorti picoler toute la nuit ?

Il était tout près de la porte, et tendit la main vers le métal froid de la poignée. Retenant sa respiration, il sentit la crosse du pistolet frotter contre la paume de son autre main. C'était comme si l'autre, à l'extérieur, retenait également son souffle.

Il espéra que ce ne serait pas synonyme de problèmes superflus, que Hole aurait suffisamment de bon sens pour comprendre qu'il n'avait pas le choix : qu'il devait ou bien le conduire à Jon Karlsen, ou bien, si cela s'avérait inapproprié, lui amener Jon Karlsen ici, à l'appartement.

En levant le pistolet, de telle sorte que celui-ci soit visible instantanément, il ouvrit brusquement la porte. La personne qui se trouvait à l'extérieur haleta et recula de deux pas.

On avait fixé quelque chose à la poignée extérieure. Un bouquet de fleurs emballé dans du papier et du film plastique. Une grande enveloppe était collée au papier.

Il la reconnut sur-le-champ, malgré l'expression d'effroi qu'elle arborait.

« *Get in here*[1] », enjoignit-il à voix basse.

Martine Eckhoff ne se décida que lorsqu'il leva le pistolet un peu plus haut. Il lui fit signe d'aller dans le salon, et lui emboîta le pas. La pria poliment de s'installer dans le fauteuil à oreilles, pendant qu'il s'asseyait sur le canapé.

Elle quitta enfin le pistolet des yeux pour regarder la personne qui le tenait.

« Excusez ma tenue. Où est Harry ?

— *What do you want*[2] *?* » demanda-t-elle.

Sa voix le surprit. Elle était calme, presque chaude.

« Trouver Harry Hole, répondit-il. Où est-il ?

— Je ne sais pas. Que lui voulez-vous ?

— Laissez-moi poser les questions. Si vous ne me

1. « Entrez là-dedans. »
2. « Que voulez-vous ? »

dites pas où se trouve Harry Hole, je devrai vous abattre. Vous le comprenez ?

— Je n'en sais rien. Alors vous pouvez tirer. Si vous pensez que ça vous aidera. »

Il chercha la peur dans ses yeux. Sans la trouver. C'était peut-être dû à ses pupilles, il y avait un problème de ce côté-là.

« Qu'est-ce que vous faites ici ? voulut-il savoir.

— Je suis venue avec un billet que j'avais promis à Harry.

— Et des fleurs ?

— Comme ça, sur un coup de tête. »

Il attrapa son sac à main, qu'elle avait posé sur la table, fouilla à l'intérieur et y trouva un portefeuille et une carte bancaire. Martine Eckhoff. Née en 1977. Habitant Sorgenfrigata, Oslo.

« Vous êtes Stankić. C'est vous qui étiez dans le bus blanc, n'est-ce pas ? »

Il la dévisagea de nouveau, et elle soutint son regard. Avant de hocher lentement la tête : « Vous êtes ici parce que vous vouliez que Harry vous conduise à Jon Karlsen, c'est ça ? Et maintenant, vous ne savez pas quoi faire ?

— Ta gueule ! » Mais il ne parvint pas à donner à sa voix l'intonation qu'il aurait souhaitée. Car elle avait raison : tout menaçait de partir en quenouille. Ils se turent un instant dans le salon obscur, tandis que le jour se levait au-dehors.

Finalement, ce fut elle qui reprit la parole. « Je peux vous conduire à Jon Karlsen.

— Quoi ? s'étonna-t-il.

— Je sais où il est.

— Où ça ?

— Dans une ferme.
— Comment le savez-vous ?
— Parce que l'Armée du Salut possède cette ferme, et que c'est moi qui ai la liste de ceux qui l'utilisent. La police m'a appelée pour vérifier qu'ils pouvaient en disposer sans problème dans les jours à venir.
— D'accord. Mais pourquoi est-ce que vous m'y conduiriez ?
— Parce que Harry ne vous le dira pas, répondit-elle simplement. Et à ce moment-là, c'est lui que vous descendrez. »
Il la regarda. Et il devint clair pour lui qu'elle pensait ce qu'elle disait. Il hocha lentement la tête.
« Combien sont-ils à la ferme ?
— Jon, son amie et un seul et unique policier. »
Un seul et unique policier. Un plan commença à prendre forme dans sa tête.
« À quelle distance est-ce ?
— Entre trois quarts d'heure et une heure de route, à l'heure de pointe. Ma voiture est garée en bas.
— Pourquoi est-ce que vous m'aidez ?
— Je viens de vous le dire. Je veux en finir avec ça.
— Vous avez bien conscience que je vous flanque une balle dans la tête si vous me roulez dans la farine ? »
Elle acquiesça.
« On y va tout de suite », décida-t-il.

*

À sept heures quatorze, Harry sut qu'il était en vie. Il le sut parce que la douleur était perceptible dans la moindre fibre nerveuse. Et parce que les clebs en voulaient encore. Il ouvrit un œil et regarda autour de lui. Ses vêtements jonchaient la surface de la chambre d'hôtel. Mais en tout cas, il était seul. Sa main visa le verre sur la table de nuit et fit mouche. Vide. Il passa un doigt au fond et le lécha. Sucré. Tout l'alcool s'était évaporé.

Il se leva du lit et emporta le verre dans la salle de bains. Le remplit d'eau en évitant le miroir. But lentement. Les chiens protestèrent, mais il parvint à s'en accommoder. Puis un autre verre. L'avion. Il baissa les yeux sur son poignet. Où diable était sa montre ? Et qu'indiquait-elle ? Il devait sortir, rentrer. Juste un petit coup, d'abord… Il trouva son pantalon, l'enfila. Ses doigts lui donnaient l'impression d'être gourds et gonflés. Le sac. Là. La trousse de toilette. Les godasses. Mais où était son téléphone mobile ? Volatilisé. Il composa le 9, le numéro de la réception, et entendit l'imprimante cracher une facture derrière le réceptionniste, qui répéta trois fois l'heure qu'il était sans que Harry le saisisse.

Harry toussa quelques mots en anglais, qu'il ne comprit pas lui-même.

« *Sorry, sir*, répondit l'autre. *The bar doesn't open till three PM. Do you want to check out now*[1] *?* »

Harry hocha la tête et chercha son billet dans son blouson, qui était au pied du lit.

« *Sir ?*

— *Yes* », répondit Harry avant de raccrocher. Il se pencha vers l'arrière dans le lit pour poursuivre ses

1. « Désolé, monsieur. Le bar n'ouvre pas avant 15 heures. Désirez-vous quitter l'hôtel maintenant ? »

recherches dans ses poches de pantalon, mais ne trouva qu'une pièce de vingt couronnes. Et se souvint subitement de ce qu'était devenue sa montre. Au moment de régler la note, à la fermeture du bar, il lui avait manqué quelques kunas, et il avait posé une pièce de vingt couronnes au sommet du tas de billets avant de s'en aller. Mais avant d'arriver à la porte, il avait entendu un cri plein de colère, senti une brûlure derrière le crâne avant de baisser les yeux sur sa pièce norvégienne qui dansait par terre en chantant entre ses pieds. Il était alors retourné au comptoir, et le barman avait accepté en grommelant la montre comme complément de paiement.

Harry se remémora que les poches de son blouson étaient déchirées, tâta du bout des doigts et trouva son billet d'avion dans le rembourrage de sa poche intérieure ; il l'en extirpa et s'informa de l'horaire de départ. Au même instant, on frappa à la porte. Un coup, puis un autre coup, puis un troisième coup, plus fort. Harry avait peu de souvenirs sur ce qui s'était produit après la fermeture du bar ; si ces coups à la porte avaient un rapport avec les événements relatifs à ce laps de temps, il y avait peu de raisons de croire que ce qui l'attendait fût spécialement agréable. D'un autre côté, quelqu'un avait peut-être retrouvé son téléphone mobile. Il gagna péniblement la porte et l'entrebâilla.

« *Good morning*, fit la femme qui se tenait à l'extérieur. Ou peut-être pas ? »

Harry tenta un sourire et s'appuya au chambranle.

« Que voulez-vous ? »

Elle ressemblait encore plus à une prof d'anglais maintenant qu'elle avait relevé ses cheveux.

« Passer un accord.

— Ah ? Pourquoi maintenant et pas hier ?

— Parce que je voulais savoir ce que vous aviez fait après notre rencontre. Si vous avez vu quelqu'un de la police croate, par exemple.

— Et vous savez que je ne l'ai pas fait ?

— Vous avez bu au bar jusqu'à ce qu'il ferme, et vous êtes laborieusement monté jusqu'ici.

— Vous avez des espions, aussi ?

— Venez, Hole, votre avion vous attend. »

Une voiture était garée en bas. Le barman, dont les bras portaient des tatouages de prisonnier, était assis au volant.

« À la cathédrale Saint-Stéphane, Fred, commanda la femme. Vite, son avion part dans une heure et demie.

— Vous savez beaucoup de choses sur moi, constata Harry. Et je ne sais rien sur vous.

— Vous pouvez m'appeler Maria. »

La tour de l'imposante cathédrale Saint-Stéphane disparaissait dans le brouillard matinal qui flottait au-dessus de Zagreb.

Maria guida Harry à travers la grande nef principale, qui était pratiquement déserte. Ils passèrent devant des confessionnaux et une ribambelle de saints ayant chacun leur prie-Dieu. Des haut-parleurs dissimulés diffusaient des chœurs aux allures de mantras censés favoriser la contemplation, mais qui n'évoquèrent pour Harry que de la musique en boîte dans un supermarché catholique. Elle le conduisit dans une nef latérale et à travers une porte donnant sur une petite pièce meublée d'une double rangée de prie-Dieu. La lumière matinale déferlait en rouge et bleu à travers les vitres colorées. Deux cierges brûlaient de part et d'autre d'un christ en croix. Une statue de cire était agenouillée devant le crucifix, le visage tourné vers le ciel, les bras étendus sur les côtés, comme pour une prière désespérée.

« L'apôtre Thomas, le saint patron des architectes, expliqua-t-elle avant de pencher la tête en avant et de se signer. Celui qui voulait périr avec Jésus. »

Thomas le Sceptique, songea Harry tandis qu'elle se penchait sur son sac à main, en sortait une petite bougie ornée d'une icône, l'allumait et la déposait devant l'apôtre.

« Agenouillez-vous, demanda-t-elle.

— Pourquoi ?

— Contentez-vous de faire ce que je dis. »

À contrecœur, Harry posa les genoux sur le velours rouge en loques du prie-Dieu et appuya ses coudes sur le plateau de bois fixé de biais que la sueur, la graisse et les larmes avaient noirci. La posture était étrangement confortable.

« Jurez au nom du Fils que vous respecterez votre marché. »

Harry hésita. Puis courba la tête.

« Je jure…, commença-t-elle.

— Je jure…

— Au nom du Fils, mon sauveur.

— Au nom du Fils, mon sauveur.

— De faire ce qui est en mon pouvoir pour sauver celui que l'on appelle *Mali spasitelj.* »

Harry répéta.

Elle se releva. « C'est ici que j'ai reçu les instructions du client. C'est ici qu'il a ordonné le contrat. Mais allons-nous-en, ce n'est pas le lieu pour se livrer à des marchandages sur des destinées humaines. »

Fred les conduisit jusqu'au grand parc du Roi-Tomislav et attendit dans la voiture pendant que Harry et Maria s'installaient sur un banc. Des brins d'herbe ocre et à moitié flétris tentaient de s'élever, mais étaient rabattus par le vent cinglant. Un tram fit tinter sa cloche de l'autre côté du vieux Pavillon des expositions.

« Je ne l'ai pas vu, avoua-t-elle, mais il avait l'air jeune.

— C'est-à-dire ?

— Il a appelé à l'International Hotel pour la première fois en octobre. Si c'est pour le service des réfugiés, ils basculent vers Fred. Il m'a transmis l'appel. La personne m'a expliqué qu'il appelait au nom d'un anonyme qui voulait qu'une mission soit accomplie à Oslo. Je me souviens qu'il y avait pas mal de circulation en bruit de fond.

— Un téléphone public.

— Probablement. Je lui ai dit que je ne traitais jamais par téléphone, et jamais avec des anonymes, et j'ai raccroché. Deux jours plus tard, il a rappelé pour me demander de venir à la cathédrale Saint-Stéphane trois jours après. Il m'a précisé l'heure de rendez-vous, et dans quel confessionnal je devais entrer. »

Une corneille se posa sur une branche de l'arbre en face du banc, pencha la tête de côté et baissa sur eux des yeux tristes.

« Il y avait de nombreux touristes dans l'église, ce jour-là. Je suis entrée dans le confessionnal à l'heure dite. Une enveloppe scellée était posée sur le siège. Je l'ai ouverte. Le contenu détaillait où et quand Jon Karlsen devait être liquidé, il y avait en plus une avance en dollars très nettement supérieure à ce que nous avons l'habitude de prendre, plus une proposition de règlement. Il était également mentionné que l'émissaire avec qui j'avais déjà discuté par téléphone me contacterait pour avoir ma réponse et convenir des modalités du règlement si j'acceptais. Il serait notre seul contact, mais pour des raisons de sécurité, il n'avait pas connaissance des détails de la mission elle-même, en conséquence de quoi je ne devais sous aucun prétexte trahir quoi que ce soit à ce propos. J'ai pris l'enveloppe et j'ai quitté le confessionnal, l'église et je suis rentrée à l'hôtel. Une demi-heure plus tard, l'émissaire a rappelé.

— La personne qui avait appelé d'Oslo, donc ?

— Il ne s'est pas présenté, mais en tant qu'ancienne prof, j'ai l'habitude de remarquer la façon dont les gens parlent anglais. Et celui-là avait un accent des plus particuliers.

— Et de quoi avez-vous parlé ?

— Je lui ai expliqué que nous refusions pour trois raisons. En premier lieu parce que l'un de nos principes est de savoir pourquoi nos commanditaires veulent que tel ou tel travail soit effectué. Ensuite parce que, pour des raisons de sécurité, nous ne laissons jamais d'autres décider de l'heure et du lieu à notre place. Et troisièmement parce que nous ne travaillons pas avec des anonymes.

— Quelle a été sa réponse ?

— Il a dit que c'était lui le responsable des paiements, et que je me contenterais de son identité. Et il m'a demandé combien cela lui coûterait en plus si je voulais bien faire fi des autres objections. Avant de me dire combien il pouvait payer. Et je… »

Harry l'observa pendant qu'elle cherchait les mots anglais appropriés.

« … je n'étais pas préparée à une somme aussi importante.

— Qu'est-ce qu'il a dit ?

— Deux cent mille dollars. C'est quinze fois plus que ce que nous prenons d'habitude. »

Harry hocha lentement la tête.

« Le motif n'était donc plus particulièrement important ?

— Vous n'avez pas besoin de comprendre ça, Hole, mais nous avons un projet depuis le début. Une fois que nous aurions assez d'argent, nous arrêterions, et nous rentrerions à Vukovar. Pour commencer une nouvelle vie. Quand cette offre est survenue, j'ai compris que c'était le billet de sortie. Ce devait être le dernier boulot.

— En cédant sur le principe d'une activité de mercenaire idéaliste ? demanda Harry en tâtonnant à la recherche de ses cigarettes.

— Est-ce que vous donnez dans l'enquête criminelle idéaliste, Hole ?

— Si on veut. Mais il faut bien vivre. »

Elle fit un sourire rapide. « Alors il n'y a pas une grande différence entre vous et moi, si ?

— J'en doute.

— Ah oui ? Si je ne me trompe pas, vous espérez tout comme moi mettre la main sur ceux qui le méritent, non ?

— Ça va de soi.

— Mais ce n'est pas exactement comme ça, si ? Vous avez découvert que la culpabilité comporte des nuances auxquelles vous ne pensiez pas quand vous avez décidé d'intégrer la police, et de libérer les gens du mal. Qu'en général, il y a peu de mal, mais beaucoup de fragilité humaine. Beaucoup d'histoires tristes dans lesquelles se reconnaître. Mais comme vous dites, il faut bien vivre. Alors on commence à mentir un peu. Aussi bien envers ceux qui nous entourent qu'envers soi-même. »

Harry ne trouvait pas de feu. S'il n'arrivait pas rapidement à allumer cette clope, il allait exploser. Il ne voulait pas penser à Birger Holmen. Pas maintenant. Il sentit un grincement sec contre ses dents lorsqu'il cisailla le filtre.

« Comment a-t-il dit qu'il s'appelait, cet émissaire ?

— Vous posez la question comme si vous connaissiez déjà la réponse.

— Robert Karlsen, répondit Harry en se frottant rudement le visage. Et il vous a donné l'enveloppe contenant les instructions le 12 octobre. »

Elle haussa l'un de ses sourcils finement dessinés.

« Nous avons retrouvé son billet. » Harry avait froid. Le vent le transperçait, comme s'il n'était qu'un fantôme. « Et quand il est revenu, il a pris la place de celui qu'il avait contribué à condamner à mort, sans rien en savoir. C'est à mourir de rire, vous ne trouvez pas ? »

Elle ne répondit pas.

« Ce que je ne comprends pas, poursuivit Harry, c'est pourquoi votre fils n'interrompt pas sa mission quand il voit à la télé ou lit dans le journal qu'il a assassiné celui qui allait payer la facture.

— Il ne saura jamais qui est le donneur d'ordre, ni de quoi la victime s'est rendue coupable. C'est mieux ainsi.

— Pour qu'il ne puisse rien révéler s'il se fait coffrer ?

— Pour qu'il n'ait pas besoin de gamberger. Pour qu'il puisse simplement faire le boulot, et ne pas douter que mon évaluation est juste.

— Moralement aussi bien qu'économiquement ? »

Elle haussa les épaules.

« Dans le cas présent, ça aurait naturellement été un avantage qu'il sache qui était le commanditaire. Le problème, c'est qu'il ne nous a pas contactés après le meurtre. Je ne sais pas pourquoi.

— Il n'ose pas. »

Elle ferma les yeux, et Harry vit se mouvoir les muscles dans le visage étroit de la femme.

« Vous voulez que je rappelle mon ouvrier. Vous comprenez à présent que ce n'est pas possible. Mais je vous ai donné le nom de celui qui nous a confié la mission. Je ne peux pas faire plus avant que mon fils nous contacte, éventuellement. Est-ce que vous respecterez malgré tout votre marché, Harry ? Est-ce que vous sauverez mon garçon ? »

Harry ne répondit pas. La corneille s'envola subitement de sa branche, et une pluie de gouttelettes s'abattit sur les graviers devant eux.

« Croyez-vous que votre garçon se serait arrêté s'il avait compris à quel point les éléments sont contre lui ? »

Elle fit un sourire en coin. Puis secoua tristement la tête.

« Pourquoi ?

— Parce qu'il est téméraire, et entêté. Il tient ça de son père. »

Harry regarda cette femme maigre, à la tête penchée, et songea qu'il n'était pas si sûr de ces derniers mots.

« Dites à Fred que je prends un taxi jusqu'à l'aéroport. »

Elle baissa les yeux sur ses mains. « Est-ce que vous croyez en Dieu, Harry ?

— Non.

— Et pourtant, vous avez juré en Sa présence que vous sauveriez mon garçon.

— Oui », répondit Harry en se levant.

Elle le regarda sans se lever. « Êtes-vous un homme qui tient ses promesses ?

— Pas toujours.

— Vous ne croyez pas en Dieu. Et pas en votre propre parole. Que reste-t-il, alors ? »

Il serra davantage son blouson autour de lui.

« Dites-moi en quoi vous croyez, Harry.

— Je crois en ceci, répondit-il en plissant les yeux vers la large avenue derrière lui, qui drainait la tranquille circulation dominicale : que les gens peuvent tenir une promesse même s'ils n'ont pas honoré la précédente. Je crois aux nouveaux départs. Je n'ai sûrement jamais pu me l'avouer… » Il fit signe à un panonceau bleu de taxi qui arrivait calmement. « ... mais c'est pour cela que je suis dans cette branche. »

Dans le taxi, Harry se rendit compte qu'il n'avait pas d'argent. Il apprit que des distributeurs acceptant les cartes Visa attendaient à l'aéroport de Pleso. Il joua machinalement avec sa pièce de vingt couronnes pendant tout le trajet. L'image de la pièce dansant sur le sol du bar et celle du premier verre à bord se disputaient la première place.

*

Il faisait clair au-dehors lorsque Jon s'éveilla au son d'une voiture qui virait devant Østgård. Il resta allongé, fixant le plafond. La nuit avait été aussi longue que froide, et il n'avait pas beaucoup dormi.

« Qui est-ce qui arrive ? » s'enquit Thea, qui dormait profondément depuis quelques instants. Il distingua de l'angoisse dans sa voix.

« Sûrement celui qui vient relever le policier. »

Le moteur s'arrêta, deux portières s'ouvrirent et se refermèrent. Deux personnes, donc. Mais pas de voix. Des policiers silencieux. Depuis le salon, où le policier s'était installé, ils entendirent que l'on frappait à la porte. Une fois. Deux fois.

« Il n'ouvre pas ? chuchota Thea.

— Chut. Il est peut-être sorti. Il est peut-être parti aux cabinets. »

On frappa une troisième fois. Énergiquement.

« Je vais ouvrir, décida Jon.

— Attends !

— Il faut les laisser entrer », s'indigna Jon en passant à quatre pattes au-dessus d'elle pour attraper ses vêtements et les enfiler.

Il ouvrit la porte du salon. Dans un cendrier sur la table, il vit un mégot fumant, et une couverture en laine sur le canapé. On frappa de nouveau. Jon jeta un coup d'œil par la fenêtre, mais ne vit pas de voiture. Étrange. Il se planta juste devant la porte.

« Qui est-ce ? cria-t-il, plus tout à fait aussi sûr.

— Police », répondit une voix à l'extérieur.

Jon pouvait se tromper, mais il trouva que la voix avait un drôle d'accent.

Il sursauta lorsqu'on frappa derechef. Il tendit une main tremblante vers la poignée. Puis il inspira à fond, et ouvrit brusquement.

Ce fut comme être atteint par un mur d'eau au moment où un vent glacial le balaya, et où la lumière crue et aveuglante du soleil matinal bas lui fit plisser les yeux vers les deux silhouettes qui se tenaient sur les marches.

« C'est la relève ?

— Non, répondit une voix de femme qu'il reconnut. C'est terminé, maintenant.

— C'est terminé ? s'étonna Jon en mettant une main en visière au-dessus de ses yeux. Hé, c'est vous ?

— Oui, vous pouvez faire vos paquets, on va vous raccompagner, déclara-t-elle.

— Pourquoi ça ? »

Elle le lui expliqua.

« Jon ! cria Thea depuis la chambre.

— Un instant, pria Jon en laissant la porte ouverte le temps de rejoindre Thea.

— Qui est-ce ? voulut savoir la jeune femme.

— C'est celle qui m'a interrogé. Toril Li. Et un type qui s'appelle aussi Li, je crois. Ils disent que Stankić est mort. Il a été abattu cette nuit. »

Le policier qui avait veillé sur eux revint des toilettes, remballa ses affaires et s'en alla. Et dix minutes plus tard, Jon jeta son sac sur son épaule, tira la porte et verrouilla. Il posa les pieds dans les traces qu'il avait lui-même faites dans la neige profonde, compta cinq planches à partir de là et suspendit la clé au crochet fixé à l'intérieur. Puis il courut après les autres jusqu'à la Golf rouge qui attendait, moteur allumé, en crachant de la fumée blanche. Il se pressa sur le siège arrière aux côtés de Thea. Ils se mirent en route, il passa un bras autour d'elle et serra avant de se pencher entre les sièges avant : « Comment ça s'est passé, tous ces trucs sur le dock, cette nuit ? »

L'inspecteur Toril Li jeta un coup d'œil à son collègue Ola Li, qui occupait le siège passager.

« Ils disent qu'ils ont eu l'impression que Stankić cherchait à attraper une arme, répondit Ola Li. Ou plutôt, c'est le tireur d'élite des troupes spéciales qui a cru le voir.

— Ce n'est pas la vérité ?

— Ça dépend de ce que vous appelez une arme, poursuivit Ola avec un petit regard vers Toril Li, qui éprouvait des difficultés à rester sérieuse. Lorsqu'ils l'ont retourné, il avait la braguette ouverte et la zigounette à la main. On dirait qu'il s'était juste mis dans l'ouverture pour vidanger. »

Toril Li s'éclaircit la voix, soudain grave.

« C'est complètement officieux, se hâta d'ajouter Ola Li. Mais vous voyez le truc, j'imagine ?

— Vous voulez dire que vous l'avez descendu sans plus de formalités ?! s'écria Thea, incrédule.

— Pas *nous*, rectifia Toril Li. Le tireur d'élite des FSK.

— Ils pensent que Stankić a pu entendre quelque chose et tourner la tête, précisa Ola. Parce que la balle est entrée derrière l'oreille avant de ressortir là où se trouvait le nez. Fini, ni, ni… Ni, nez… Hé, hé. »

Thea regarda Jon.

« Sacrée bastos qu'il a dû utiliser, murmura Ola,

songeur. Oui, vous allez bientôt pouvoir constater par vous-même, Karlsen. Belle performance si vous réussissez à identifier le gazier.

— De toute façon, ça aurait été difficile.

— Oui, on a entendu parler de ça, nota Ola en secouant la tête. Tronche de pantomime, la belle affaire. Foutaises, si vous voulez mon avis. Mais ça, c'est complètement officieux, hein ? »

Ils roulèrent un moment en silence.

« Comment pouvez-vous être sûrs que c'était lui ? voulut savoir Thea. Si son visage est fichu, je veux dire.

— Ils ont reconnu son blouson, répondit Ola.

— C'est tout ? »

Ola et Toril échangèrent un regard.

« Oh non, assura Toril. Il y avait du sang séché sur le blouson et sur le tesson qu'ils ont retrouvé dans sa poche. Ils comparent avec le sang de Halvorsen en ce moment même.

— C'est fini, Thea », répéta Jon en la serrant tout contre lui. Elle posa la tête contre son épaule, et il inspira l'odeur de ses cheveux. Il dormirait bientôt. Longtemps. Entre les dossiers des sièges, il voyait la main de Toril Li reposer sur le haut du volant. Elle tint bien sa droite sur l'étroite route de campagne lorsqu'ils croisèrent une petite voiture électrique dont Jon aurait pu jurer qu'elle était du même type que celles que l'Armée du Salut avait reçues en cadeau de la famille royale.

CHAPITRE 25

Dimanche 21 décembre
Le pardon

Les diagrammes, chiffres et bips réguliers de sonar marquant la fréquence cardiaque donnaient une illusion de contrôle.

Halvorsen portait un masque qui lui couvrait la bouche et le nez, et ce qui ressemblait à un casque sur la tête, dont le médecin avait expliqué qu'il enregistrait les modifications de l'activité cérébrale. Ses paupières étaient sombres, et un fin réseau de vaisseaux sanguins s'y dessinait. Harry constata subitement que c'était la première fois qu'il le voyait. Il n'avait encore jamais vu Halvorsen avec les yeux fermés. Ils étaient constamment ouverts. La porte s'ouvrit derrière lui. C'était Beate.

« Enfin, soupira-t-elle.

— J'arrive tout droit de l'aéroport, chuchota Harry. On dirait un pilote de chasse endormi. »

Ce ne fut que lorsqu'il vit le sourire crispé de Beate qu'il comprit ce que la métaphore avait de menaçant. Si sa cervelle n'avait pas été aussi engourdie, il en aurait probablement choisi une autre. Ou l'aurait bouclée, tout bonnement. La raison pour laquelle il parvenait malgré tout à sauver un semblant d'apparence, c'est qu'entre Zagreb et Oslo, l'avion se trouvait dans un espace aérien international d'à peine une heure et demie, et que l'hôtesse de l'air responsable des spiritueux avait cru devoir servir absolument tous les autres passagers de l'appareil avant de découvrir la lumière allumée au-dessus du siège de Harry.

Ils sortirent et trouvèrent un groupe de sièges au bout du couloir.

« Du nouveau ? » s'enquit Harry.

Beate se passa une main sur le visage.

« Le médecin qui a examiné Sofia Miholjec m'a appelée hier soir tard. Il n'a pas pu prouver d'autres blessures qu'un bleu au front, qui selon lui peut parfaitement avoir pour cause une porte, comme le prétend Sofia. Il dit qu'il respecte le secret professionnel, mais que sa femme l'a persuadé de nous mettre au courant puisqu'il s'agissait de l'enquête sur une affaire des plus sérieuses. Il a effectué une prise de sang sur Sofia, mais elle n'a rien révélé d'anormal jusqu'à ce que sur un pressentiment, il demande que l'échantillon soit soumis à une recherche d'hormone HCG. Le niveau laisse peu de doutes, d'après lui. »

Beate se mordit la lèvre inférieure.

« Pas inintéressant, comme pressentiment, mais je n'ai pas la moindre idée de ce qu'est l'hormone HCG.

— Sofia est enceinte depuis peu, Harry. »

Harry essaya de siffler, mais il avait la bouche trop sèche.

« Tu vas aller lui parler.

— Oui, parce que la dernière fois, on est devenues les meilleures copines qui soient, répliqua sèchement Beate.

— Pas besoin d'être amies. Tu chercheras à savoir si elle a été violée.

— Violée ?

— Pressentiment.

— OK, soupira-t-elle. Mais il n'y a plus autant d'urgence.

— C'est-à-dire ?

— Après ce qui s'est passé cette nuit.

— Qu'est-ce qui s'est passé cette nuit ?

— Tu ne le sais pas ? » s'étonna Beate en écarquillant les yeux.

Harry secoua la tête.

« J'ai laissé au moins quatre messages sur ton mobile.

— Je l'ai perdu hier. Mais je t'écoute. »

Il vit Beate déglutir.

« Oh merde. Dis-moi que ce n'est pas ce à quoi je pense.

— Ils ont descendu Stankić la nuit dernière. Il est mort sur le coup. »

Harry ferma les yeux et entendit la voix de Beate dans le lointain : « Stankić a saisi quelque chose, et d'après le rapport, ils ont crié des avertissements. »

Rapport, pensa Harry. Déjà.

« Malheureusement, la seule arme qu'ils ont retrouvée, c'est un morceau de verre qu'il avait dans sa poche. Il y avait du sang dessus, et l'Institut médicolégal a promis qu'il vérifierait pour ce matin. Il avait vraisemblablement planqué le pistolet jusqu'à ce qu'il serve de nouveau, ça aurait constitué une pièce à conviction si on l'avait pris avec. Il n'avait pas non plus de papiers sur lui.

— Vous avez trouvé autre chose ? » La question de

Harry vint automatiquement, car ses pensées étaient ailleurs. À savoir dans la cathédrale Saint-Stéphane. « Je jure au nom du Fils. »

« Il y avait des ustensiles abandonnés dans un coin. Seringue, cuiller, des trucs du genre. Mais plus intéressant, un chien mort était suspendu au plafond. Un metzner noir, à en croire le gardien du port. On en avait découpé des morceaux.

— Bien content de l'apprendre, murmura Harry.

— Quoi ?

— Rien.

— Ça explique ce que tu sous-entendais à propos des morceaux de viande dans le vomi à Gøteborggata.

— Il y avait d'autres participants que Delta à cette mission ?

— Pas selon le rapport.

— Et du rapport de qui s'agit-il ?

— De celui du chef de la mission, bien sûr. Sivert Falkeid.

— Bien sûr.

— En tout cas, c'est terminé, maintenant.

— Non !

— Pas besoin de crier, Harry.

— Ce n'est pas terminé. Où il y a un prince, il y a un roi.

— Qu'est-ce qui t'arrive, au juste ? demanda Beate, dont les joues rougissaient. Un mercenaire est mort, et à t'entendre, on dirait que c'était… un pote. »

Halvorsen, songea Harry. Elle avait failli dire Halvorsen. Il ferma les yeux et vit la lumière danser en rouge sur la face interne de ses paupières. Comme une bougie, se dit-il. Comme de la lumière dans une église.

Il n'était qu'un gosse quand ils avaient enterré sa mère. À Åndalsnes, avec vue sur les montagnes, c'était cela qu'elle avait demandé avant de trépasser. Et ils s'étaient retrouvés là, son père, la Frangine et lui, écoutant le prêtre parler d'une personne qu'il n'avait jamais connue. Parce que son père n'avait jamais eu le courage de le faire lui-même. Et Harry l'avait peut-être déjà su à cet instant, que sans elle, ils ne constituaient plus une famille. Et le grand-père, dont Harry avait hérité la taille, s'était penché en avant, lui avait soufflé son haleine chargée d'alcool pour lui dire que c'était ainsi que ce devait être, que les parents étaient censés s'en aller les premiers. Harry déglutit.

« J'ai trouvé la chef de Stankić. Et elle a confirmé que l'assassinat avait été commandité par Robert Karlsen. »

Beate le regarda comme deux ronds de flan.

« Mais ce n'est pas tout. Robert n'était qu'un émissaire. Il y a quelqu'un d'autre qui se cache derrière lui.

— Qui ?

— Sais pas. Seulement que c'est quelqu'un qui a les moyens de casquer deux cent mille dollars pour un assassinat.

— Et ça, la chef de Stankić te l'a raconté, comme ça ?

— On a conclu un accord, répondit Harry en secouant la tête.

— Quel genre d'accord ?

— Tu n'as pas envie de le savoir. »

Beate cligna très vite des yeux à deux reprises. Puis hocha la tête. Harry regardait une femme qui avançait laborieusement sur deux béquilles, et se demanda si la mère de Stankić et Fred lisaient les journaux norvégiens sur Internet. S'ils savaient déjà que Stankić était mort.

« Les parents de Halvorsen sont en train de manger à la cantine. Je descends les rejoindre. Tu viens avec moi ? Harry ?

— Hein ? Excuse-moi. J'ai mangé dans l'avion.

— Ils apprécieraient. Ils disent qu'il parle souvent de toi, en termes élogieux. Comme d'un grand frère. »

Harry secoua la tête. « Plus tard, peut-être. »

Beate partie, Harry retourna dans la chambre de Halvorsen. Il s'assit à côté du lit, s'avança jusqu'à l'extrême bord de son fauteuil et baissa les yeux vers le visage blafard sur l'oreiller. Dans son sac, il avait une bouteille encore pleine de Jim Beam, achetée au free-tax de l'aéroport.

« Nous contre tout le reste », murmura-t-il.

Harry arc-bouta son majeur contre son pouce juste à l'aplomb du front de Halvorsen. Le majeur atteignit rudement le jeune homme entre les yeux, mais ses paupières ne bougèrent pas.

« *Yashin* », chuchota Harry, qui constata que sa voix s'était épaissie. Son blouson tapa le montant du lit avec un bruit sec. Harry palpa. Il y avait un objet dans le rembourrage. Le téléphone mobile disparu.

Il était parti quand Beate et les parents revinrent.

*

Jon était étendu sur le canapé, la tête sur les genoux de Thea. Elle regardait un vieux film à la télé, et Jon entendait la voix bien nette de Bette Davis à travers les autres tandis qu'il fixait le plafond en pensant qu'il connaissait ce plafond mieux que le sien. Et s'il regardait assez fixement, il finirait par y voir quelque chose de connu, autre chose que ce visage en lambeaux qu'on lui avait montré dans cette cave froide de l'Hôpital Civil. Il avait secoué la tête lorsqu'ils lui avaient demandé si c'était l'homme qu'il avait vu à la porte de son appartement, et qui par la suite avait attaqué le policier au couteau.

« Mais ça ne veut pas dire que ce n'est pas lui », avait répondu Jon. Ils avaient hoché la tête, noté et l'avaient raccompagné dehors.

« Tu es sûr que la police ne te laissera pas dormir chez toi ? voulut savoir Thea. Ça va faire tout un tas d'histoires si tu dois passer la nuit ici.

— C'est un lieu de crime. Il est sous scellés jusqu'à ce qu'ils aient terminé leurs investigations.

— Sous scellés. Avec du plomb. Comme une dent qui fait mal. »

Bette Davis fondit sur la jeune femme, et les violons se mirent à jouer fort et de façon dramatique.

« À quoi penses-tu ? » s'enquit Thea.

Jon ne répondit pas. Il ne répondit pas qu'il pensait qu'il avait menti en lui disant que c'était terminé. Que ce ne serait pas terminé avant que lui-même ait fait ce qu'il avait à faire. Et ce qu'il avait à faire, c'était prendre le taureau par les cornes, arrêter l'ennemi, être un petit soldat courageux. Car il savait, à présent. Il avait été si près quand Halvorsen passait le message téléphonique de Mads Gilstrup dans Gøteborggata qu'il avait entendu la confession.

On sonna. Elle se leva rapidement, comme si l'interruption était bienvenue. C'était Rikard.

« Je dérange ? demanda-t-il.

— Non, répondit Jon. Je m'en allais. »

Jon s'habilla dans un silence absolu. Lorsqu'il eut fermé la porte, il s'immobilisa quelques secondes et écouta les voix à l'intérieur. Ils chuchotaient. Pourquoi chuchotaient-ils ? Rikard paraissait en colère.

Il prit le tram pour retourner en ville, et poursuivit par la Holmenkollbane. Par un dimanche enneigé, les promeneurs armés de skis auraient dû être nombreux dans la Holmenkollbane, mais il faisait manifestement trop froid pour la majorité d'entre eux. Il descendit au dernier arrêt et regarda Oslo, loin en dessous.

La demeure de Mads et Ragnhild Gilstrup se dressait sur une éminence. Jon n'y était jamais venu. Le portail était relativement étroit, tout comme l'allée qui contournait un groupe d'arbres dissimulant l'essentiel de la maison depuis la route. La maison elle-même était basse, construite sur le terrain de telle sorte qu'on ne remarquait pas à quel point elle était grande avant d'y être entré et d'avoir commencé à en faire le tour.

Jon sonna, et entendit au bout de quelques secondes une voix diffusée par un haut-parleur qu'il ne pouvait pas voir : « Voyez-vous ça ! Jon Karlsen. »

Jon planta son regard dans la caméra au-dessus de la porte.

« Je suis dans le salon. » La voix de Mads Gilstrup dérapa, et il partit d'un petit rire. « Je suppose que tu connais le chemin. »

La porte s'ouvrit d'elle-même, et Jon Karlsen pénétra dans une entrée qui avait les dimensions de son propre appartement.

« Ohé ? »

Un écho court et dur fut la seule réponse qu'il obtint.

Il s'engagea dans un couloir dont il supposa qu'il déboucherait dans un salon. Des toiles sans cadre badigeonnées de couleurs à l'huile vives étaient suspendues aux murs. Et il y avait une odeur particulière qui s'intensifia à mesure qu'il avançait. Il passa dans une cuisine équipée d'un îlot de cuisson et à côté d'une table entourée d'une douzaine de chaises. L'évier était plein d'assiettes, de verres et de bouteilles de bière et d'alcool vides. Une odeur nauséabonde de vieille nourriture et de bière y flottait. Jon continua. Des vêtements jonchaient le couloir. Il jeta un coup d'œil par la porte d'une salle de bains. Qui sentait le vomi.

Il contourna un angle, et se trouva brusquement face à un panorama d'Oslo et son fjord, qu'il n'avait jusqu'alors vu que lorsque lui et son père étaient allés se promener dans les Nordmarka.

Un écran était tendu au milieu du salon, et des images muettes de ce qui était visiblement les images amateur d'un mariage dansaient sur la toile. Un père menait la mariée dans l'allée d'une église, tandis qu'elle hochait la tête en souriant à l'adresse des invités de part et d'autre. Le léger chuintement du ventilateur du projecteur était le seul son audible. Devant l'écran, il vit le dos d'un fauteuil noir à haut dossier, ainsi que deux bouteilles vides et une à demi pleine posées à même le sol, à côté.

Jon se racla bruyamment la gorge et avança.

Le fauteuil pivota lentement.

Et Jon pila tout net.

Un homme qu'il ne reconnut que partiellement comme Mads Gilstrup était assis dans le siège. Il portait une chemise blanche propre et un pantalon noir, mais il n'était pas rasé et son visage était gonflé, bouffi, ses yeux délavés et recouverts d'un voile gris pâle. Un fusil à canon double à crosse rouge finement gravée de motifs animaliers reposait sur ses genoux. Tel qu'il était assis à présent, l'arme pointait droit sur Jon.

« Tu chasses, Karlsen ? » s'enquit lentement Mads Gilstrup d'une voix rauque abîmée par l'alcool.

Jon secoua la tête, sans parvenir à détacher son regard du fusil.

« Dans la famille, on chasse de tout, expliqua Gilstrup. Aucun gibier n'est trop petit, aucun n'est trop gros. Je crois presque que l'on peut dire que c'est notre devise familiale. Mon père a tiré tout ce qui va sur quatre ou deux pattes. Chaque hiver, il part pour des pays où il trouve des animaux qu'il n'a pas encore tirés. L'année dernière, c'était le Paraguay, il devait sûrement s'y trouver une espèce rare de puma. En ce qui me concerne, je ne vaux pas tripette. Pas d'après papa. Il dit que je n'ai pas le sang-froid nécessaire. Il disait souvent que le seul animal que j'avais réussi à capturer, c'était elle, là, poursuivit Mads Gilstrup avec un petit signe de tête en direction de l'écran. Et encore, il devait sûrement penser que c'était elle qui m'avait capturé. »

Mads Gilstrup posa le fusil sur la table basse à côté de lui et fit un grand geste du bras.

« Assieds-toi. On va quand même signer un accord complet de cession avec ton supérieur David Eckhoff, la semaine prochaine. Pour les propriétés de Jacob Aalls gate, pour commencer. Papa veut te remercier pour avoir recommandé la vente.

— Pas vraiment de quoi, j'en ai bien peur, répondit

Jon en s'asseyant dans le canapé noir, dont le cuir était doux et glacial. Une estimation tout ce qu'il y a de plus professionnelle.

— Ah ? Dis voir. »

Jon déglutit.

« Le bénéfice que l'on tire de l'argent, immobilisé dans des propriétés, face au bénéfice que l'on peut en tirer à travers notre autre activité.

— Mais d'autres vendeurs auraient peut-être mis ces propriétés sur le marché ?

— Nous l'aurions aussi volontiers fait. Mais vous avez opposé la force à la force, et vous nous avez bien fait comprendre que si vous faisiez une offre pour tout le parc immobilier, vous n'admettriez pas d'enchères.

— Ça a quand même été tes conseils qui ont été déterminants.

— J'ai considéré que la proposition était bonne.

— Mais bon Dieu, sourit Mads Gilstrup, vous auriez pu obtenir le double ! »

Jon haussa les épaules.

« On aurait peut-être pu obtenir davantage en scindant le parc immobilier, mais ça nous évite un processus de cession aussi long que laborieux. Et le conseil d'administration a insisté sur la confiance qu'il a en vous en tant que bailleurs. Nous avons quand même pas mal de locataires dont nous devons tenir compte. Il ne fait pas bon penser à la façon dont des acheteurs moins scrupuleux les auraient traités.

— La clause visant à geler les loyers et à garder les locataires actuels n'est valable que dix-huit mois.

— La confiance prime sur les clauses. »

Mads Gilstrup se pencha en avant dans son fauteuil.

« Pas faux, ça, putain ! Tu savais que j'étais au courant depuis le début, pour Ragnhild et toi ? Tu comprends, elle avait ces roses sur les joues, quand on venait de la sauter, la Ragnhild. Et elle pouvait les avoir rien que si quelqu'un prononçait ton nom au bureau. Est-ce que tu lui lisais des versets de la Bible, pendant que vous baisiez ? Parce que tu sais, je crois qu'elle aurait aimé ça... » Mads Gilstrup retomba dans son fauteuil avec un petit rire et passa une main sur le fusil qui était toujours sur la table. « Il y a deux cartouches dans cette arme, Karlsen. Tu as déjà vu ce que des munitions de ce type peuvent faire ? Tu n'as même pas besoin de particulièrement bien viser, il n'y a qu'à appuyer sur la gâchette, et... pan ! tu te retrouves vaporisé sur le mur, là. Fascinant, non ?

— Je suis venu te dire que je ne veux pas t'avoir comme ennemi.

— Ennemi ? répéta Mads Gilstrup en éclatant de rire. Vous serez toujours mes ennemis. Tu te rappelles l'été où vous avez acheté Østgård, et où j'y ai été invité par le commandeur en personne, Eckhoff ? J'étais le pauvre garçon dont vous aviez acheté les souvenirs d'enfance. Vous êtes sensibles en ce qui concerne ce genre de choses, vous autres. Seigneur, ce que je vous déteste ! poursuivit Mads Gilstrup en riant. Je vous regardais jouer et vous amuser comme si vous étiez chez vous. Tout spécialement Robert, ton frère. Il avait l'air de pas mal s'intéresser aux petites nénettes, lui. Il les flattait, les emmenait dans la grange et... » Mads Gilstrup déplaça un pied qui heurta la bouteille ; celle-ci se renversa avec un petit bruit sourd, et l'alcool brun se répandit en glougloutant sur le parquet.

« Vous ne me voyiez pas. Aucun d'entre vous ne me voyait, c'était comme si je n'étais pas là, vous ne vous occupiez que de vous. Alors je me suis dit OK, je suis invisible. Et je vais leur montrer ce que les gens invisibles sont capables de faire.

— C'est pour ça que tu l'as fait ?

— Moi ? s'étonna Mads Gilstrup en riant. Mais je suis innocent, Jon Karlsen ! Nous, les privilégiés, on l'est toujours, tu as bien dû le comprendre. On a toujours la conscience tranquille, parce qu'on a les moyens d'acheter celle des autres. Ceux qui sont destinés à nous servir, à faire le sale boulot. C'est la loi de la nature. »

Jon acquiesça. « Pourquoi est-ce que tu as appelé le policier pour avouer ?

— En fait, je pensais que je devais appeler l'autre, Harry Hole, répondit Mads Gilstrup en haussant les épaules. Mais ce bon à rien n'avait pas de carte de visite, alors j'ai appelé celui dont j'avais le numéro. Halvorsen quelque chose. Je ne me souviens pas, j'étais beurré.

— Est-ce que tu en as parlé à quelqu'un d'autre ? »

Mads Gilstrup secoua la tête, ramassa la bouteille renversée et en but une gorgée.

« Seulement à papa.

— Ton père ? Oui, évidemment.

— Évidemment ? répéta Mads en riant. Est-ce que tu aimes ton père, Jon Karlsen ?

— Oui. Très fort.

— Et tu n'es pas d'accord si je te dis que l'amour qu'on a pour son père est une malédiction ? » Jon ne répondit pas, Mads continua. « Papa est venu ici juste après mon coup de téléphone à ce policier, et quand je le lui ai raconté, tu sais ce qu'il a fait ? Il est allé chercher son bâton de ski et il m'a frappé avec. Et il tape toujours dur, le salaud. La haine donne des forces, tu sais. Il a dit que si je disais un seul mot à qui que ce soit, si je traînais le nom de la famille dans la boue, il me supprimerait. C'est exactement comme ça qu'il l'a dit. Et tu sais quoi ? » Les yeux de Mads s'emplirent soudain de larmes, et les sanglots lui nouèrent la gorge. « Je l'aime quand même. Et je crois que c'est cela qui le fait me haïr aussi intensément. Que moi, son fils unique, je sois suffisamment faible pour ne pas pouvoir le haïr en retour. »

L'écho se répercuta dans la pièce quand il reposa sèchement la bouteille sur le parquet.

Jon joignit les mains.

« Écoute-moi, maintenant. Le policier qui a entendu ta confession est dans le coma. Et si tu me promets que tu ne te mettras pas en chasse après moi et les miens, je promets que je ne révélerai jamais ce que je sais sur toi. »

Mads Gilstrup ne paraissait pas entendre Jon, son regard avait glissé vers l'écran, où le couple leur tournait le dos.

« Regarde, elle dit oui. Je repasse cet instant, encore et encore. Parce que je ne comprends pas. Elle jure, oui. Elle… » Il secoua la tête. « Je pensais peut-être que ça la ferait m'aimer à nouveau. Si seulement j'accomplissais ce… crime, elle me verrait tel que je suis. Un criminel, ce doit être courageux. Solide. Un homme, n'est-ce pas ? Pas seulement… (il souffla fort par le nez, et cracha les mots)… le fils de quelqu'un. »

Jon se leva. « Il faut que je parte. »

Mads Gilstrup acquiesça.

« J'ai quelque chose qui t'appartient. Appelons ça..., commença-t-il en se pinçant pensivement la lèvre supérieure, un cadeau d'adieu de Ragnhild. »

Dans la Holmenkollbane, Jon ne quittait pas des yeux le sac noir qu'il avait reçu de Mads Gilstrup.

*

Il faisait si froid que ceux qui s'étaient risqués à une promenade dominicale avançaient les épaules rentrées et la tête baissée, enveloppés dans des bonnets et des écharpes. Mais Beate Lønn ne sentait pas le froid au moment où elle appuya sur le bouton d'interphone de la famille Miholjec, au pied de l'immeuble de Jacob Aalls gate. Elle ne ressentait plus rien depuis le dernier message qu'elle avait reçu à l'hôpital.

« Ce n'est pas son cœur le plus gros problème, maintenant, avait dit le médecin. Il y a d'autres organes qui ont été touchés. En premier lieu les reins. »

Mme Miholjec attendait Beate sur le palier, et la conduisit dans la cuisine, où sa fille Sofia tripatouillait ses cheveux, assise sur une chaise. Mme Miholjec remplit d'eau une verseuse à café et sortit trois tasses.

« Il vaudrait peut-être mieux que Sofia et moi soyons seules.

— Elle veut que je sois présente, répondit Mme Miholjec. Café ?

— Non, merci, je retourne à l'Hôpital Civil. Ça ne va pas être très long.

— Bon. » Mme Miholjec vida la verseuse.

Beate s'assit face à Sofia. Essaya de capter son regard, qui examinait la mèche de cheveux.

« Tu es sûre que nous ne devons pas voir ça en tête à tête, Sofia ?

— Pourquoi ça ? » répliqua-t-elle sur le ton renfrogné que les adolescents emploient avec une efficacité époustouflante pour atteindre ce qu'ils désirent : agacer.

« Il s'agit de choses relativement personnelles, Sofia.

— C'est ma mère, cette nana !

— Parfait. As-tu avorté ? »

Sofia se figea. Elle fit la grimace, un mélange de colère et de douleur.

« De quoi est-ce que vous parlez ? demanda-t-elle laconiquement, sans parvenir à dissimuler l'étonnement dans sa voix.

— Qui était le père ? » voulut savoir Beate.

Sofia continuait à défaire des nœuds qui n'existaient pas. La bouche de Mme Miholjec s'était lentement ouverte.

« Tu as couché avec lui de ton plein gré ? poursuivit Beate. Ou est-ce qu'il t'a violée ?

— Qu'osez-vous dire à ma fille ?! s'écria la mère. Elle est seulement une enfant, et vous osez lui parler comme si elle est une… une pute !

— Votre fille a été enceinte, madame Miholjec. Je veux juste savoir si cela peut avoir un rapport avec le meurtre sur lequel nous enquêtons. »

La mâchoire inférieure de la mère sembla quitter ses attaches, et sa bouche s'ouvrit complètement. Beate se pencha en avant vers Sofia.

« Est-ce que c'était Robert Karlsen, Sofia ? C'était ça ? »

Elle vit que la lèvre inférieure de la jeune fille s'était mise à trembler.

La mère se leva de sa chaise. « Qu'est-ce qu'elle dit, Sofia ? Dis que ce n'est pas vrai ! »

Sofia plaqua son visage sur la table et se couvrit la tête de ses bras.

« Sofia ! cria la mère.

— Oui, chuchota Sofia d'une voix étranglée par les larmes. C'était lui. C'était Robert Karlsen. Je ne pensais pas… Je ne me doutais pas qu'il était… comme ça. »

Beate se leva. Sofia sanglotait, la mère donnait l'impression que quelqu'un l'avait frappée. Beate ne ressentait pour sa part que de l'engourdissement.

« L'homme qui a tué Robert Karlsen a été pris cette nuit. Le groupe d'intervention l'a abattu près des docks. Il est mort. »

Elle attendit les réactions, en vain.

« Je m'en vais. »

Personne ne l'entendit, et elle gagna seule la porte.

*

Debout près de la fenêtre, il regardait le paysage blanc qui ondoyait. On eût dit une mer de lait qui aurait brusquement gelé. Au sommet de quelques vagues, il distinguait des maisons et des granges rouges. Un soleil bas et sans force pendait au-dessus de la colline.

« *They are not coming back*[1], constata-t-il. Ils sont partis. À moins qu'ils ne soient jamais venus ? Tu as peut-être menti ?

1. « Ils ne reviennent pas. »

— Ils sont venus, répondit Martine en retirant la casserole du feu. Il faisait chaud quand nous sommes arrivés, et vous avez vu vous-même les traces dans la neige. Il a dû se passer quelque chose. Asseyez-vous, le repas est prêt. »

Il posa le pistolet à côté de son assiette et mangea le *lapskaus*. Il remarqua que la boîte de conserve était de la même marque que celle qu'il avait mangée dans l'appartement de Harry Hole. Un vieux poste de radio bleu était posé dans l'encoignure de la fenêtre, diffusant des variétés compréhensibles entrecoupées de bavardages incompréhensibles. C'était pour l'heure un air qu'il avait entendu une fois dans un film, une mélodie que sa mère avait quelquefois jouée au piano devant la fenêtre, qui était « la seule chose dans la maison qui donne sur le Danube », comme disait souvent son père quand il voulait taquiner sa mère. Et si elle se prenait au jeu, le père mettait toujours fin à la querelle en lui demandant comment une femme aussi jolie et intelligente avait pu le choisir comme époux.

« Est-ce que Harry est ton amant ? »

Elle secoua la tête.

« Pourquoi lui apportais-tu un billet de concert, alors ? »

Elle ne répondit pas.

« Je crois que tu es amoureuse de lui », sourit-il.

Elle leva sa fourchette et la pointa sur lui, comme si elle voulait faire valoir un argument, mais se ravisa.

« Et vous ? Vous avez une copine, à la maison ? »

Il secoua la tête tout en buvant l'eau dans son verre.

« Pourquoi ? Trop pris par le travail ? »

Il recracha de l'eau sur la nappe. C'est la tension

nerveuse, songea-t-il. C'est pour cela qu'il avait ri de manière aussi brusque et incontrôlée. Elle rit avec lui.

« Ou vous êtes peut-être pédé, poursuivit-elle en essuyant une larme de rire. C'est peut-être un copain, que vous avez là-bas ? »

Il rit de plus belle. Et continua longtemps après qu'elle se fut calmée.

Elle le resservit en *lapskaus* avant de se resservir à son tour.

« Puisque tu l'apprécies tant, tu peux avoir ça. » Il lança une photo sur la table. C'était le cliché qu'il avait pris sur le miroir dans l'entrée, représentant Harry, la femme brune et le jeune garçon. Elle la ramassa et l'étudia.

« Il a l'air heureux, constata-t-elle.

— Il l'était peut-être. À ce moment-là.

— Oui. »

Une obscurité grisâtre s'était infiltrée par les fenêtres et avait envahi la pièce.

« Il peut peut-être le redevenir, murmura-t-elle.

— Tu crois que c'est possible ?

— Redevenir heureux ? Bien sûr.

— Pourquoi m'aides-tu ? s'enquit-il en regardant le poste bleu derrière elle.

— Je l'ai déjà dit. Harry ne vous aurait pas aidé, et…

— Je ne te crois pas. Il doit forcément y avoir autre chose. »

Elle haussa les épaules.

« Tu peux me dire ce qui est écrit ici ? » Il lui tendit le formulaire qu'il avait trouvé dans la pile de papiers sur la table de salon de Harry.

Elle lut tandis qu'il examinait la photo de Harry

sur sa carte nominative. Le policier avait le regard braqué au-dessus de l'objectif, et il comprit que Harry regardait le photographe et non l'appareil. Il songea que cela lui apprenait peut-être quelque chose sur l'homme de la photo.

« C'est une réquisition pour quelque chose qui s'appelle Smith & Wesson 38, expliqua Martine. On lui demande de venir le chercher au bureau de l'équipement de l'hôtel de police, contre ce formulaire dûment signé. »

Il hocha lentement la tête.

« Et c'est l'original qui est signé, n'est-ce pas ?

— Oui. Par… voyons voir… l'agent supérieur de police Gunnar Hagen.

— Autrement dit, Harry n'est pas passé chercher son arme. Ce qui veut dire qu'il est inoffensif. Qu'à cet instant précis, il est absolument sans défense. »

Martine cilla rapidement deux fois.

« À quoi pensez-vous, maintenant ? »

CHAPITRE 26

Dimanche 21 décembre
Le tour de passe-passe

Les réverbères s'allumèrent dans Gøteborggata.

« OK. C'était donc à cet endroit précis que Halvorsen était garé ?

— Oui, répondit Beate.

— Ils sont sortis. Et Stankić les a attaqués. Il a d'abord tiré sur Jon, qui s'est planqué dans l'immeuble. Ensuite, il s'est déchaîné sur Halvorsen, qui allait vers la voiture pour récupérer son arme.

— Oui. On a trouvé Halvorsen allongé à côté du véhicule. On a retrouvé du sang dans les poches de son manteau, de son pantalon et sur la ceinture de son pantalon. Ce n'est pas le sien, on suppose donc que c'est celui de Stankić, qui a fouillé Halvorsen. Et qui lui a pris son portefeuille et son mobile, en passant.

— Mmm. » Harry se frotta le menton. « Pourquoi n'a-t-il pas tout simplement tiré sur Halvorsen ? Pourquoi se servir d'un couteau ? Pas pour ne pas faire de bruit, il venait d'attirer l'attention de tout le voisinage en tirant sur Jon.

— On s'est aussi posé la question.

— Et pourquoi poignarde-t-il Halvorsen si c'est pour décarrer tout de suite après ? La seule raison de se débarrasser de Halvorsen, c'est de pouvoir ensuite choper Jon. Mais il n'essaie même pas.

— Il a été dérangé. Une voiture est arrivée, non ?

— Attends, on parle d'un mec qui vient de planter un policier en pleine rue. Pourquoi est-ce qu'il se laisserait impressionner par une voiture toute bête ? Et pourquoi se servir d'un couteau alors qu'il avait déjà son pistolet en main ?

— Vas-y, je t'écoute. »

Harry ferma les yeux. Longtemps. Beate battait la semelle dans la neige.

« Harry… J'aimerais bien m'en aller d'ici. Je… »

Harry ouvrit lentement les yeux. « Il était à court de balles.

— Quoi ?

— C'était la dernière balle de Stankić. »

Beate poussa un gros soupir.

« C'était un pro, Harry. Tu ne tombes pas en panne sèche de munitions à ce moment-là.

— Si, justement, s'emballa Harry. Si tu as un plan bien détaillé de la façon dont tu vas seringuer un gars, et si ça nécessite une ou deux balles maxi, tu n'emportes pas tout un arsenal. Tu entres dans un pays étranger, tous tes bagages vont être passés aux rayons X, et il faut bien le cacher quelque part, non ? »

Beate ne répondit pas, et Harry poursuivit : « Stankić tire donc sa dernière balle sur Jon et manque son coup. Il attaque ensuite Halvorsen à l'arme blanche. Pourquoi ? Eh oui, pour lui chiper son revolver de service et continuer la traque de Jon. C'est pour ça qu'il y a du sang sur la ceinture de pantalon de Halvorsen. Ce n'est pas l'endroit où tu cherches un portefeuille, c'est l'endroit où tu cherches une arme. Mais il n'en trouve pas, parce qu'il ne sait pas qu'elle est restée dans la voiture. Jon s'est barricadé dans l'immeuble, Stankić n'a qu'un couteau. Alors il lâche l'affaire et se barre.

— Belle théorie, bâilla Beate. On aurait pu demander à Stankić, mais il est mort. Ça n'a donc plus tellement d'importance. »

Harry regarda Beate. Elle avait de petits yeux, rougis par le manque de sommeil. Elle avait eu le bon goût de ne pas lui faire remarquer qu'il puait l'alcool. Ou suffisamment avisée pour savoir que ça n'avait aucun intérêt de le lui rappeler. Mais il comprit également qu'à cet instant précis, son indice de confiance en lui était un beau zéro tout rond.

« Qu'a dit le témoin dans la voiture ? voulut savoir Harry. Que Stankić avait fichu le camp vers le bas de la rue, en suivant le trottoir de gauche ?

— Oui, elle l'a suivi des yeux dans son rétroviseur. Et il est tombé au coin, là-bas. Où on a retrouvé une pièce croate, comme tu le sais. »

Il regarda vers le coin de la rue. C'était là que le mendiant aux moustaches à la gauloise s'était trouvé la dernière fois que Harry était passé. Il avait peut-être vu quelque chose ? Mais il faisait moins vingt-deux, et il n'y avait personne.

« Allons à l'Institut médico-légal », proposa Harry.

Sans dire un mot, ils reprirent la voiture et remontèrent Toftes gate jusqu'au Ring 2[1]. Ils passèrent

1. Sorte de périphérique qui permet de contourner le centre-ville d'Oslo, décrivant un bon demi-cercle d'un peu plus de deux kilomètres de rayon, légèrement excentré vers le nord du cœur de la capitale. Il

devant l'hôpital d'Ullevål, et longeaient des jardins blancs et des maisons de pierre de style anglais lorsque Harry rompit soudain le silence : « Range-toi.

— Maintenant ? Ici ?

— Oui. »

Elle jeta un œil à son rétroviseur et fit ce qu'il lui demandait.

« Allume tes feux de détresse. Et concentre-toi sur moi. Tu te souviens de ce jeu d'intuition que je t'ai appris ?

— Celui où il est question de parler avant de réfléchir, tu veux dire ?

— Ou de dire ce que tu penses avant de penser que tu ne devrais pas le penser. Vide-toi la cervelle. »

Beate ferma les yeux. Une famille à skis passa à leur niveau sur le trottoir.

« Prête ? OK. Qui a envoyé Robert Karlsen à Zagreb ?

— La mère de Sofia.

— Mmm. Ça venait d'où ?

— Aucune idée, répondit Beate en rouvrant les yeux. Elle n'a aucun mobile, à notre connaissance. Et elle ne cadre vraiment pas. Peut-être parce qu'elle est croate, comme Stankić. Mon subconscient ne doit pas être spécialement tordu.

— Tout ce que tu dis là peut être vrai. Hormis ce qui concerne ton subconscient. OK. Pose-moi des questions.

— Il faut que je les pose… tout haut ?

— Oui.

---

englobe un anneau (*ring*) plus petit (Ring 1), et est à son tour englobé par un plus grand, autoroutier (Ring 3).

— Pourquoi ?

— Contente-toi de le faire, répliqua-t-il en fermant les yeux. Je suis prêt.

— Qui a envoyé Robert Karlsen à Zagreb ?

— Nilsen.

— Nilsen ? Quel Nilsen ? »

Harry rouvrit les yeux.

Il cilla, un peu déboussolé, vers les phares des véhicules qui arrivaient en sens inverse.

« Ce doit être Rikard.

— Rigolo, comme jeu.

— Redémarre. »

*

L'obscurité était tombée sur Østgård. La radio marmottait dans l'encoignure de la fenêtre.

« Il n'y a réellement personne qui puisse vous reconnaître ? voulut savoir Martine.

— Oh si. Mais ça prend du temps. Il faut du temps pour apprendre à connaître mon visage. C'est juste qu'il n'y a pas tant de gens que cela qui ont pris ce temps.

— Alors ce n'est pas vous, ce sont les autres ?

— Peut-être. Mais je n'ai pas voulu qu'ils me reconnaissent. C'est… quelque chose que je fais.

— Vous fuyez.

— Non, au contraire. Je m'infiltre. J'envahis. Je me rends invisible et je me glisse où je veux.

— Mais si personne ne vous voit, quel est l'intérêt ? »

Il la regarda, surpris. Un jingle leur parvint de la radio, et une voix féminine prit la parole avec le sérieux du lecteur de nouvelles.

« Que dit-elle ? s'enquit-il.

— Il va faire encore plus froid. On ferme des jardins d'enfants. On recommande aux personnes âgées de rester chez elles et de ne pas essayer de faire des économies d'électricité.

— Mais tu m'as vu. Tu m'as reconnu.

— Je vois les gens. Je les vois. C'est mon unique talent.

— C'est pour cette raison que tu m'aides ? C'est pour cela que tu n'as à aucun moment essayé de te tirer ? »

Elle l'observa.

« Non, ce n'est pas pour ça, répondit-elle finalement.

— Pourquoi ?

— Parce que je veux que Jon Karlsen meure. Je veux qu'il soit encore plus mort que vous ne l'êtes. »

Il sursauta. Avait-elle toute sa raison ?

« Moi, mort ?

— Ils l'ont prétendu dans les bulletins de ces dernières heures », expliqua-t-elle avec un mouvement de tête en direction de la radio.

Elle prit une inspiration, et psalmodia avec le sérieux autoritaire de la journaliste : « L'homme soupçonné du meurtre d'Egertorget est mort cette nuit, abattu par le groupe d'intervention de la police au cours d'une action dans la zone des docks. Selon le chef de l'opération Sivert Falkeid, le suspect aurait refusé de se rendre, et aurait fait mine de vouloir se saisir d'une arme. Le chef de la Brigade criminelle, Gunnar Hagen, nous a informés que l'affaire sera, comme il est d'usage, transmise au SEFO, les services d'inspection de la police. Hagen ajoute que cette affaire est un nouvel exemple montrant que la police fait face à une criminalité organisée dont la violence ne cesse de croître, et que le débat sur l'armement de la police ne devrait pas seulement viser au maintien de l'ordre, mais également à la propre sécurité de ses représentants. »

Il cligna deux fois des yeux. Trois. Puis la vérité lui apparut. Christopher. Le blouson bleu.

« Je suis mort, répéta-t-il. C'est pour cela qu'ils étaient partis quand on est arrivés. Ils pensent que c'est terminé. » Il posa la main sur celle de Martine. « Tu veux que Jon Karlsen meure. »

Son regard se perdit dans le néant. Elle inspira comme pour parler, mais souffla avec un gémissement, comme si les mots qu'elle avait trouvés n'étaient pas les bons, et réessaya. Puis, à la troisième tentative : « Parce que Jon Karlsen savait. Il l'a su toutes ces années. C'est pourquoi je le déteste. Et c'est pourquoi je me déteste, moi. »

*

Harry regardait le corps nu et mort étendu sur la paillasse. Cela ne lui faisait presque plus rien de les voir ainsi. Presque.

Il faisait environ quatorze degrés dans la pièce, et les murs de ciment lisse renvoyaient un écho bref et dur quand la femme médecin répondait aux questions de Harry : « Non, nous n'avions pas prévu de l'autopsier, pas spécialement. On a déjà suffisamment de corps qui attendent, et la cause du décès est relativement évidente, vous ne trouvez pas ? »

Elle fit un mouvement de tête en direction du

visage, qui était percé d'un gros trou noir là où il y avait eu le nez et la lèvre supérieure, de telle sorte que la bouche était ouverte, découvrant les dents de la mâchoire supérieure.

« Sacré jeton, reconnut Harry. On ne dirait pas vraiment le résultat d'un tir de MP-5. Quand aurai-je le rapport ?

— Demandez à votre supérieur. Il a demandé à ce qu'il lui soit transmis directement.

— Hagen ?

— Ouaip. Alors il faudra lui en demander une copie, si c'est urgent. »

Harry et Beate échangèrent un regard.

« Écoutez, reprit la légiste avec un petit frémissement au coin de la lèvre dont Harry comprit que ce devait être un sourire, on a peu de gens de garde, le week-end, et j'ai pas mal de boulot. Alors si vous voulez bien m'excuser ?

— Bien sûr », répondit Beate.

La légiste et Beate se dirigèrent vers la porte, mais s'arrêtèrent en entendant la voix de Harry : « Est-ce que l'une d'entre vous avait remarqué ceci ? »

Elles se retournèrent vers Harry, qui était penché sur le cadavre.

« Il a des traces d'injection. Vous avez cherché des traces de stupéfiants dans son sang ?

— Il est arrivé ce matin, soupira la femme. Tout ce que l'on a eu le temps de faire, c'est de le mettre au frais.

— Pour quand est-ce que vous pouvez vous en charger ?

— C'est important ? » voulut-elle savoir, avant de poursuivre devant l'hésitation de Harry : « Ce serait bien que vous répondiez franchement, parce que si on doit lui donner la priorité, ça veut dire que toutes les autres affaires dont vous nous rebattez les oreilles vont prendre encore plus de retard. C'est l'enfer, en ce moment, juste avant Noël.

— Eh bien, il s'est peut-être administré quelques injections, admit-il en haussant les épaules. Mais il est mort. Alors ce n'est peut-être pas si important. Vous lui avez enlevé sa montre ?

— Sa montre ?

— Oui. Il portait une Seiko SQ50 au moment où il a retiré de l'argent à un distributeur automatique, il y a peu.

— Il n'avait pas de montre.

— Mmm. » Harry baissa les yeux sur son propre poignet, nu lui aussi. « Sûrement perdue. »

« Je file aux soins intensifs, lui fit savoir Beate lorsqu'ils furent ressortis.

— OK. Je prends un taxi. Tu pourras avoir la confirmation de l'identité ?

— C'est-à-dire ?

— Pour qu'on soit sûrs à cent pour cent que c'est bien Stankić qui est là-dedans.

— Bien entendu, c'est la procédure habituelle. Le cadavre est du groupe sanguin A, ça concorde avec celui qu'il y avait sur les poches de Halvorsen.

— C'est le groupe sanguin le plus courant en Norvège.

— D'accord, mais ils vérifieront aussi son profil ADN. Tu doutes ? »

Harry haussa les épaules. « Ça doit être fait. Quand ?

— Mercredi au plus tôt. Ça te va ?

— Trois jours ? Non.

— Harry… »

Celui-ci leva les mains en un geste de défense : « D'accord. Je me casse. Dors un peu, OK ?

— En toute honnêteté, tu m'as l'air d'en avoir davantage besoin que moi. »

Harry posa la main sur l'épaule de la jeune femme. Et sentit combien elle était menue sous son blouson.

« C'est un dur, Beate. Et il a envie d'être ici. OK ? »

Elle se mordit la lèvre. Sembla vouloir parler, mais il ne lui vint qu'un sourire rapide et un hochement de tête.

Dans le taxi, Harry attrapa son mobile et composa le numéro de Halvorsen. Mais il n'obtint personne.

Il composa donc le numéro de l'International Hotel. Il tomba sur la réception, et demanda à parler à Fred, au bar. Fred ? À quel bar ?

« *The other bar* », répondit Harry.

« C'est le policier, se présenta Harry lorsqu'il eut le barman au bout du fil. Celui qui est passé hier et a demandé *mali spasitelj*.

— *Da ?*

— Je dois discuter avec elle.

— Elle a reçu des mauvaises nouvelles, répondit Fred. Adieu. »

Harry écouta un instant la communication interrompue. Puis rangea le téléphone dans sa poche intérieure et regarda par la vitre les rues mortes. En songeant qu'elle était à la cathédrale, où elle allumait un autre cierge.

« Restaurant Schrøder », annonça le chauffeur en freinant.

Assis à sa table habituelle, Harry avait les yeux vissés au fond d'une pinte de bière à moitié vide. Le soi-disant restaurant était en réalité un simple débit de boissons un peu miteux, mais paré d'une aura de fierté et de dignité due peut-être à la clientèle, peut-être au service, peut-être aux chouettes tableaux incongrus qui décoraient les murs enfumés. Ou au fait que le Restaurant Schrøder tenait debout depuis si longtemps, alors qu'il avait vu tant d'enseignes du coin changer de propriétaire et de raison sociale.

Il n'y avait pas grand monde, juste avant la fermeture, en ce dimanche soir. Mais à cet instant précis, un nouveau client entra, parcourut la salle du regard tout en déboutonnant le manteau qu'il portait sur sa veste de tweed avant de rejoindre la table à laquelle était installé Harry.

« Bonsoir, mon ami. On dirait bien que ceci est ton angle favori ? constata Ståle Aune.

— Ce n'est pas un angle, répondit Harry sans bafouiller le moins du monde. C'est un renfoncement. Les angles, c'est à l'extérieur. On les contourne, on n'est pas assis dedans.

— Et "table d'angle" ?

— Ce n'est pas une table dans un angle, mais une table avec des angles. Comme dans "canapé d'angle" ».

Aune afficha un sourire satisfait. C'était le genre de conversation qu'il affectionnait. La serveuse arriva et lui jeta un coup d'œil aussi rapide que soupçonneux lorsqu'il commanda un thé.

« Alors est-il possible d'aller au coin ? demanda-t-il

en rectifiant la position de son nœud papillon à pois rouges et noirs.

— Tu n'essaierais pas de faire passer un message, monsieur le psychologue ? sourit Harry.

— Eh bien, je suppose que tu m'as appelé parce que tu voulais que je te raconte quelque chose.

— Combien prends-tu de l'heure pour raconter aux gens qu'ils ont honte, là, maintenant ?

— Fais gaffe, Harry. La boisson ne te rend pas seulement irritable, mais également irritant. Je ne suis pas venu ici pour t'ôter le respect de toi, tes balloches ou ta binouze. Mais ton problème à cet instant précis, c'est que les trois se trouvent dans ton verre.

— Tu as toujours raison, reconnut Harry en levant son verre. Et c'est pourquoi je dois me dépêcher de le boire.

— Si tu veux parler de tes habitudes en matière de boisson, répliqua Aune en se levant, on verra ça comme d'habitude dans mon bureau. Cette consultation est terminée, et tu paies le thé.

— Attends. Regarde. » Il se retourna et posa le reste de la pinte sur la table libre derrière eux. « Voici mon tour de passe-passe. Je conclus une cuite par une pinte que je passe une heure à boire. Une petite gorgée toutes les quatre-vingt-dix secondes. Comme un somnifère. Puis je rentre à la maison, et à partir du lendemain je suis au régime sec. Je voulais te parler de l'agression dont a été victime Halvorsen. »

Aune hésita. Puis se rassit.

« C'est affreux. On m'a donné les détails.

— Et qu'est-ce que tu vois ?

— Distingue, Harry. Distingue, et tout juste ! » Aune fit un signe de tête courtois à l'adresse de la serveuse qui lui apportait le thé. « Mais comme tu sais, je distingue mieux que les autres bons à rien qui sont dans ma branche. Ce que je vois, c'est en tout cas les similitudes entre cette agression et le meurtre de Ragnhild Gilstrup.

— Je t'écoute.

— Une colère profonde et violente qui trouve son exutoire. De la violence nourrie par la frustration sexuelle. Les accès de fureur sont comme tu le sais typiques des personnalités borderline.

— Oui, si ce n'est que celle-ci semble être en mesure de contrôler sa colère. Dans le cas contraire, on aurait eu davantage d'indices sur les lieux des crimes.

— Bien vu. Il peut s'agir d'une personne violente animée par la fureur — ou "un auteur de violence", comme les barbons de ma branche nous enjoignent de les appeler — mais qui dans la vie de tous les jours peut apparaître comme calme, presque sur la défensive. L'*American Journal of Psychology* a récemment publié un article sur ces personnes souffrant de ce qu'ils appellent *slumbering rage*. Que j'appelle Doctor Jekyll et Mister Hyde. Et quand Mister Hyde se réveille… (Aune agita son index gauche tout en avalant une grosse gorgée de thé)… alors c'est le Jugement dernier et les Ragnarök[1] en même temps. Ils ne contrôlent pas leur fureur une fois qu'elle est libérée.

— Ça ne ressemble pas au profil d'un mercenaire de profession.

1. Les Ragnarök, terme dont l'étymologie est toujours incertaine, sont la version des Anciens Scandinaves de la « fin du monde ». Ils sont décrits dans la *Völuspá*, poème eddique composé vers l'an 1000, mais l'Edda ne sera rédigé qu'au XIIIe siècle.

— Absolument pas. Où veux-tu en venir ?

— Stankić perd son style dans le meurtre de Ragnhild Gilstrup et agresse Halvorsen. Il y a quelque chose de... pas clinique. Et de tout à fait différent du meurtre de Robert Karlsen et des autres qu'Europol nous a signalés.

— Un mercenaire colérique et instable ? Mouais. Il y a bien des capitaines de bord instables, et des directeurs de centrales nucléaires instables. Tout le monde ne fait pas un boulot pour lequel il était prédestiné, tu sais.

— Je bois à cette dernière remarque.

— Ce n'est pas à toi que je pensais, en réalité. Tu savais que tu as certains traits narcissiques, inspecteur principal ? »

Harry fit un sourire.

« Tu veux m'expliquer pourquoi tu as honte ? demanda Aune. Tu trouves que c'est de ta faute, si Halvorsen s'est fait poignarder ? »

Harry s'éclaircit la voix.

« Eh bien... En tout cas, c'est moi qui lui ai confié la tâche de s'occuper de Jon Karlsen. Et c'était à moi de lui apprendre ce que l'on doit faire de son arme quand on a un baby-sitting.

— Alors tout est de ta faute, reconnut Aune. Comme d'habitude. »

Harry tourna la tête de côté et regarda dans la pièce. Les lumières avaient commencé à clignoter, et le peu de clients qui restaient terminaient docilement leurs verres avant de remettre écharpes et bonnets. Harry posa un billet de cent sur la table, et fit sortir d'un coup de pied un sac de sous la chaise. « À la prochaine fois, Ståle. Je ne suis pas rentré chez moi depuis mon retour de Zagreb, et je vais me coucher. »

Harry suivit Aune jusqu'à la porte, mais parvint malgré tout à ne pas chercher du regard le verre sur la table voisine et le soupçon de bière qu'il contenait encore.

Au moment d'ouvrir la porte de son appartement, il vit la vitre brisée et poussa un juron. C'était la seconde effraction cette année. Il remarqua que l'auteur avait pris le temps de recoller le carreau pour ne pas éveiller l'attention des habitants qui passeraient devant la porte. Mais qu'il n'avait emporté ni la télé ni la chaîne hi-fi. Compréhensible, puisque ni l'une ni l'autre n'étaient les modèles de l'année. Ni de l'année passée. Et il n'y avait pas d'autres objets de valeur facilement négociables.

On avait déplacé la pile de papiers sur la table du salon. Il se rendit dans la salle de bains et constata qu'on avait fouillé dans l'armoire à pharmacie au-dessus de l'évier, il n'était donc pas difficile de comprendre que c'était un toxicomane qui était passé par là.

Il s'étonna quelque peu de l'assiette sur la paillasse de la cuisine, et d'une boîte de *lapskaus* vide dans la boîte à ordures sous le plan de travail. Le cambrioleur malheureux avait-il dîné pour se réconforter ?

Lorsque Harry se coucha, il sentit un signe annonciateur de douleurs, et espéra qu'il s'endormirait tant que les médicaments faisaient encore effet. Depuis la fente entre les rideaux, le clair de lune dessinait sur le sol un rai blanc qui courait jusqu'au lit. Il se tourna et se retourna à droite, à gauche, en attendant les fantômes. Il entendait leur souffle, ce n'était qu'une question de temps. Et bien qu'il sût que ce n'était qu'une paranoïa éthylique, il lui sembla que la literie sentait le sang et la mort.

CHAPITRE 27

Lundi 22 décembre
Le disciple

On avait suspendu une couronne de Noël à la porte de la salle de réunion de la zone rouge.

Derrière la porte close, la dernière réunion du groupe d'investigation touchait à sa fin.

Harry faisait face à l'assistance, vêtu d'un costume noir trop étroit, et il transpirait.

« Puisque aussi bien l'auteur, Stankić, que le commanditaire, Robert Karlsen, sont morts, le groupe d'investigation tel qu'il est composé à l'heure actuelle sera dissous à l'issue de cette réunion, déclara-t-il. Ce qui signifie que la plupart de ceux qui sont ici profiteront des vacances de Noël. Mais je vais demander à Hagen de pouvoir disposer de quelques-uns d'entre vous pour d'autres recherches. Des questions avant que nous concluions ? Oui, Toril ?

— Tu dis que le correspondant de Stankić avec Zagreb confirme le soupçon que c'est Robert Karlsen qui a ordonné l'assassinat de Jon. Qui a parlé avec ce correspondant, et comment ?

— Je ne peux malheureusement pas donner de détails là-dessus », répondit-il en ignorant le regard éloquent de Beate, et en sentant la sueur lui couler le long du dos. Ni à cause du costume ni à cause de la question, mais parce qu'il était à jeun.

« OK, reprit-il. La mission suivante, ça va être de découvrir avec qui Robert a collaboré. Je vais prendre contact avec les veinards qui pourront y participer aujourd'hui. Hagen tiendra une conférence de presse plus tard dans la journée, et il se chargera de ce qu'il faut dire. » Harry agita une main. « À vos piles de papiers, les enfants.

— Hé ! cria Skarre par-dessus les raclements de pieds de chaises. On ne fait pas la fête, alors ? »

Le vacarme se tut, et tous les regards se tournèrent vers Harry.

« Eh bien, commença-t-il à mi-voix, je ne sais pas trop ce que l'on devrait fêter, Skarre. La mort de trois personnes ? Que le commanditaire coure toujours ? Ou bien qu'on ait un inspecteur dans le coma ? »

Harry les regarda, et ne fit rien pour mettre un terme au silence pénible qui s'ensuivit.

Une fois la pièce vide, Skarre vint voir Harry, qui reclassait dans son dossier ses notes rédigées à six heures du matin.

« *Sorry*, s'excusa Skarre. Ce n'était pas terrible.

— Ça ne partait pas d'une mauvaise intention. »

Skarre se racla la gorge.

« Pas fréquent de te voir en costume.

— On enterre Robert Karlsen à midi, répondit Harry sans lever les yeux. Il m'a semblé intéressant de voir qui se pointerait.

— Pigé. » Skarre basculait des talons sur les pointes, des pointes sur les talons…

Harry cessa de feuilleter ses papiers.

« Autre chose, Skarre ?

— Oui. Je me disais juste que puisqu'une bonne partie des gens du service ont de la famille, et ont hâte de voir arriver Noël, alors que moi, je suis célibataire…

— Mmm ?

— Eh bien, je me porte volontaire.

— Volontaire ?

— Je veux dire que j'ai envie de participer et de continuer à travailler sur cette affaire. Si tu veux que je sois dessus, s'entend », se dépêcha-t-il d'ajouter.

Harry observa Magnus Skarre.

« Je sais que tu ne m'aimes pas, poursuivit le jeune agent.

— Ce n'est pas ça. J'ai déjà décidé de qui va en être. Et ce sont ceux qui à mes yeux sont les meilleurs, pas ceux que j'apprécie. »

Skarre haussa les épaules, et sa pomme d'Adam fit un bond.

« Pas injuste. Joyeux Noël, alors. » Il se dirigea vers la porte.

« C'est pourquoi, reprit Harry en rangeant ses notes dans son dossier, je veux que tu commences par examiner le compte en banque de Robert Karlsen. Pour voir ce qui est entré et sorti ces six derniers mois, et noter les irrégularités. »

Skarre pila et se retourna, ahuri.

« Tu feras la même chose avec Albert et Mads Gilstrup. Tu as compris, Skarre ? »

Magnus Skarre hocha frénétiquement la tête.

« Vérifie aussi auprès de Telenor s'il y a eu des conversations téléphoniques entre Robert et Gilstrup durant cette période. Et puisqu'on pourrait avoir l'impression que Stankić a emporté le mobile de Halvorsen, tu peux toujours contrôler s'il y a eu des appels depuis son numéro. Discute avec notre juriste, en ce qui concerne les comptes bancaires.

— Pas besoin. D'après les nouvelles instructions, on a le droit de regard.

— Mmm. » Harry regarda gravement Skarre. « Je me suis dit que ce serait bien d'avoir dans l'équipe quelqu'un qui aurait lu les instructions. »

Puis il passa lentement la porte.

Robert Karlsen n'avait pas le grade d'officier, mais comme il était mort en service, il était convenu qu'il aurait malgré tout une tombe dans la zone dont l'armée disposait pour les officiers au cimetière de Vestre gravlund. Les gens se réuniraient comme il était de coutume pour un moment de recueillement dans les locaux de la compagnie, à Majorstua, à l'issue du service funèbre.

Quand Harry entra dans la chapelle, Jon, qui était assis sur un banc du premier rang avec Thea, se retourna. Harry en déduisit que les parents de Robert n'étaient pas venus. Il établit le contact visuel avec Jon, ce dernier lui fit un bref signe de tête empreint de gravité, mais son regard était reconnaissant.

La chapelle était par ailleurs pleine jusqu'aux derniers rangs, comme on pouvait s'y attendre. La plupart des présents étaient en uniforme de l'Armée du Salut. Harry vit Rikard et David Eckhoff. Et à côté Gunnar Hagen. Ainsi qu'un certain nombre des vautours de la presse. À cet instant, Roger Gjendem se coula sur le banc à côté de lui, et lui demanda s'il avait des explications sur l'absence du Premier ministre, contrairement à ce qui avait été annoncé.

« Demande à son cabinet », lui répondit Harry, qui savait que le matin même il avait reçu un discret appel téléphonique d'un ponte de la police, l'informant de la possible implication de Robert Karlsen dans cette affaire de meurtre. Le cabinet du Premier ministre s'était souvenu que le chef du gouvernement devait privilégier d'autres engagements urgents.

Le commandeur David Eckhoff avait lui aussi reçu un appel de l'hôtel de police, ce qui avait provoqué un début de panique au QG, d'autant que la personne clé dans les préparatifs des funérailles, sa fille Martine, avait fait savoir ce matin-là qu'elle était souffrante et ne pourrait pas venir travailler.

Le commandeur, d'une voix ferme, avait immédiatement déclaré qu'un homme est présumé innocent jusqu'à ce que le contraire soit irréfutablement prouvé. De plus — avait-il ajouté — il était trop tard pour faire machine arrière, les choses devaient suivre leur cours. Et le Premier ministre avait assuré au commandeur que sa participation au concert de Noël, à la Konserthus, le lendemain soir, tenait toujours.

« Et à part ça ? chuchota Gjendem. Du neuf dans les affaires criminelles ?

— Vous avez dû l'apprendre : toute communication avec les journalistes doit passer par Gunnar Hagen ou l'attaché de presse.

— Ils sont muets comme des carpes.

— Il faut croire qu'ils ont pigé ce qu'on leur demandait.

— Allez, Hole, j'ai bien compris que quelque chose

se tramait. Cet inspecteur qui s'est fait planter dans Gøteborggata, ça a un rapport avec l'assassin que vous avez abattu dans la nuit de samedi à dimanche ? »

Harry secoua la tête, d'une façon qui pouvait aussi bien signifier « non » que « aucun commentaire ».

L'orgue cessa de jouer au même moment, les murmures s'éteignirent, et la petite fille qui venait de sortir son premier album s'avança pour chanter un psaume avec un coffre séduisant, des soupçons de gémissements, en concluant sur la dernière syllabe par un grand huit vocal qui aurait rendu Mariah Carey verte de jalousie. Pendant un instant, Harry ressentit le besoin urgent de s'en jeter un. Mais elle referma enfin la bouche, et pencha la tête en avant, en signe de deuil, sous la pluie de flashes. Son manager eut un sourire satisfait. Lui n'avait manifestement pas reçu d'appel de l'hôtel de police.

Eckhoff fit à l'assemblée un discours dans lequel il était question de courage et de victime.

Harry ne parvenait pas à se concentrer. Il regardait le cercueil et pensait à Halvorsen. Il pensait à la mère de Stankić. Et en fermant les yeux, il pensait à Martine.

Six officiers sortirent ensuite le cercueil de Robert Karlsen. Jon et Rikard marchaient en tête.

Jon dérapa sur la glace au moment où ils contournèrent l'allée de gravier.

Harry s'en alla pendant que les autres étaient toujours rassemblés autour de la tombe. Il traversait la partie déserte du cimetière en direction du parc Frogner lorsqu'il entendit crisser la neige derrière lui.

Il crut d'abord que c'était un journaliste, mais la respiration rapide et saccadée qu'il entendit le fit réagir sans plus réfléchir et il pivota vivement sui lui-même.

C'était Rikard. Qui pila tout net.

« Où est-elle ? demanda-t-il, le souffle rauque.

— Où est qui ?

— Martine.

— J'ai entendu qu'elle était malade, aujourd'hui.

— Malade, oui, répéta-t-il, tandis que sa poitrine se soulevait et s'abaissait comme un soufflet de forge. Mais chez elle, au lit, non. Et ce n'était pas le cas cette nuit non plus.

— Comment le sais-tu ?

— Ah, ne… ! » Le cri de Rikard résonna comme un cri de douleur, et son visage se tordit en grimaces, comme s'il ne contrôlait plus ses mimiques. Mais il inspira à fond, et avec ce qui ressemblait beaucoup à un gros effort, il se reprit.

« N'essaie pas de me la servir, celle-là, chuchota-t-il. Je le sais bien. Tu l'as bernée. Souillée. Elle est dans ton appartement, pas vrai ? Mais tu n'auras pas… »

Rikard avança d'un pas vers Harry, qui sortit machinalement les mains de ses poches.

« Écoute, je n'ai aucune idée de l'endroit où est Martine.

— Tu mens ! » Rikard serra les poings, et Harry comprit qu'il devenait urgent de trouver les mots justes et apaisants. Il misa sur les suivants : « Seulement deux ou trois petites choses que tu devrais inclure dans tes considérations, là, maintenant, Rikard. Je ne suis pas particulièrement rapide, mais je pèse quatre-vingt-quinze kilos, et j'ai troué une porte d'entrée en chêne massif. Et la peine minimum encourue selon l'article 127 du Code pénal pour voie de fait sur agent de police, c'est six mois. Tu risques donc l'hôpital. *Et* la prison. »

Rikard le fusilla du regard.

« On se reverra, Harry Hole », promit-il sur un ton badin avant de faire volte-face et de repartir en courant entre les stèles, vers l'église.

*

Imtiaz Rahim était de mauvaise humeur. Il venait de se disputer avec son frère pour savoir s'ils devaient suspendre des décorations de Noël au mur derrière la caisse. Imtiaz estimait suffisant qu'ils vendent des calendriers de l'Avent, de la viande de porc et autres articles chrétiens, sans en plus aller faire insulte à Allah en suivant ces espèces de coutumes impies. Que diraient leurs clients pakistanais ? Son frère pensait en revanche qu'ils devaient songer aux autres clients. Ceux de l'autre côté de Gøteborggata, par exemple. Ça ne pouvait pas nuire s'ils donnaient à l'épicerie une petite touche de chrétienté ces jours-ci. Imtiaz était néanmoins sorti vainqueur du débat, ce qui ne lui apportait aucune joie.

Il poussa en conséquence un gros soupir lorsque la cloche au-dessus de la porte sonna frénétiquement, et qu'un grand type baraqué en costume sombre entra et se dirigea vers la caisse.

« Harry Hole, police. »

Un court instant, Imtiaz se dit qu'il existait en Norvège une loi stipulant que tous les magasins devaient être décorés en bonne et due forme pour Noël.

« Il y a quelques jours, il y avait un mendiant, devant ta boutique. Un type roux, avec une moustache de ce genre. » Il se passa un doigt sur la lèvre supérieure, puis sur le côté de la bouche.

« Oui, confirma Imtiaz. Je le connais. Il se fait déconsigner ses bouteilles ici.

— Tu sais comment il s'appelle ?

— Le mendiant. Ou “Consigne”.

— Plaît-il ? »

Imtiaz se mit à rire. Sa bonne humeur était revenue. « Il est mendiant, non ? Et je lui déconsigne ses bouteilles... »

Harry hocha la tête.

Imtiaz haussa les épaules. « C'est mon neveu qui m'a appris celle-là...

— Mmm. Pas mauvaise. Alors...

— Non. Je ne sais pas comment il s'appelle. Mais je sais où vous pouvez le trouver. »

Comme à son habitude, Espen Kaspersen était installé à la bibliothèque centrale Deichmanske, sise Henrik Ibsens gate 1, devant une pile de livres, lorsqu'il prit conscience d'une silhouette penchée sur lui. Il leva les yeux.

« Hole, police », fit l'homme en s'asseyant sur une chaise de l'autre côté de la longue table. Espen vit la fille tout au bout de la table interrompre sa lecture pour leur jeter un rapide coup d'œil. Il arrivait que les nouveaux employés de l'accueil demandent à contrôler sa serviette quand il partait. Et à deux reprises, des gens étaient venus le voir pour le prier de s'en aller parce qu'il puait suffisamment fort pour les empêcher de se concentrer sur leur travail. Mais c'était la première fois que la police lui parlait. Oui, hormis quand il mendiait dans la rue, s'entend.

« Que lisez-vous ? » voulut savoir le policier.

Espen haussa les épaules. Il se rendit instantanément compte que ce serait du temps perdu que de commencer à expliquer à cet homme quel était son projet.

« Søren Kierkegaard ? constata le policier en plissant les yeux en direction des dos de livres. Schopenhauer, Nietzsche. De la philosophie. Vous êtes un esprit méditatif ?

— Je cherche à trouver le bon chemin, renâcla Espen Kaspersen. Et cela implique de réfléchir sur ce que signifie être humain.

— Ce n'est pas cela, être un esprit méditatif ? »

Espen Kaspersen étudia le bonhomme. Il s'était peut-être trompé à son sujet.

« J'ai discuté avec l'épicier de Gøteborggata, révéla le policier. Il dit que vous êtes ici tous les jours. Et que quand vous n'y êtes pas vous faites la manche dans la rue.

— C'est la vie que j'ai choisie, oui. »

Le policier sortit un bloc-notes, et Espen Kaspersen déclina son identité complète ainsi que son adresse chez sa grand-tante, dans Hagegata.

« Et votre profession ?

— Moine. »

Espen Kaspersen constata avec soulagement que le policier notait sans protester.

Celui-ci hocha la tête.

« Eh bien, Espen, vous n'êtes pas toxicomane, alors pourquoi mendiez-vous ?

— Parce que ma mission est d'être un miroir pour

l'individu, pour qu'il puisse se voir, qu'il puisse voir ce qui est grand et ce qui est petit.

— Et qu'est-ce qui est grand ? »

Espen poussa un soupir résigné, comme s'il était las de ressasser des évidences : « La charité. Partager et aider son prochain. La Bible traite presque exclusivement de ça. Il faut en fait vachement chercher pour trouver quelque chose sur les rapports sexuels avant le mariage, l'avortement, l'homosexualité, et le droit des femmes à s'exprimer en public. Mais c'est évidemment plus facile pour des Pharisiens de gloser tout haut sur les petites phrases inintéressantes de la Bible que de dire et de faire les grandes choses, ce que la Bible affirme de façon catégorique : que l'on doit donner la moitié de ce que l'on possède à celui qui n'a rien. Des gens meurent par milliers chaque jour sans avoir entendu la parole de Dieu, parce que ces chrétiens se cramponnent à leurs biens matériels. Je leur donne une chance d'y réfléchir. »

Le policier hocha la tête.

Espen Kaspersen tiqua.

« Et d'ailleurs, comment savez-vous que je ne me drogue pas ?

— Parce que je vous ai vu, il y a quelques jours, dans Gøteborggata. Vous faisiez la manche, et je suis passé avec un jeune homme qui vous a donné une pièce. Mais vous l'avez ramassée et vous la lui avez jetée au visage, de colère. Ça, un drogué ne l'aurait jamais fait, si petite soit la somme.

— Je me rappelle.

— Et il s'est passé la même chose avec moi dans un bar de Zagreb, il y a deux jours, alors je me suis mis à gamberger. Ou plutôt, on m'a donné la consigne de gamberger, mais je ne l'ai pas fait. Jusqu'à maintenant.

— Il y avait une bonne raison pour que je relance cette pièce, avoua Espen Kaspersen.

— C'est ça qui m'a brusquement frappé, répondit Harry en posant sur la table un objet dans un sac plastique. C'est ça, la raison ? »

CHAPITRE 28

Lundi 22 décembre
Le baiser

La conférence de presse se tint dans la salle du quatrième étage. Gunnar Hagen et le chef de la Crim occupaient l'estrade, leurs voix résonnaient dans la grande pièce dépouillée. Harry avait reçu la directive d'être présent, au cas où Hagen aurait eu besoin de discuter avec lui de détails relatifs à l'enquête. Mais les questions des journalistes tournaient en majeure partie autour de la fusillade dramatique sur le dock, et les réponses de Hagen allaient de « aucun commentaire » à « je ne peux pas répondre à ceci », en passant par « c'est au SEFO de répondre à cela ».

Aux questions visant à savoir si la police avait connaissance de quelconques relations entre l'assassin et d'autres personnes, la réponse de Hagen était la suivante : « Pas pour le moment, mais nous travaillons activement sur le sujet. »

La conférence achevée, Hagen appela Harry. Tandis que la salle se vidait, il s'avança au bord de l'estrade de façon à pouvoir regarder d'au-dessus son grand inspecteur principal.

« J'ai fait clairement savoir que je voulais voir tous mes inspecteurs principaux porter une arme à compter d'aujourd'hui. Tu as reçu une réquisition de moi, alors où est la tienne ?

— Je suis sur une enquête, et c'est un point auquel je n'ai pas donné la priorité, chef.

— Tu vas la lui donner. » Les mots se répercutèrent dans la salle de conférence.

Harry hocha lentement la tête. « Autre chose, chef ? »

Revenu dans son bureau, Harry contemplait le fauteuil vide de Halvorsen. Il appela alors le service des passeports au rez-de-chaussée et les pria de lui fournir un aperçu des passeports délivrés à la famille Karlsen. Une voix féminine nasillarde lui demanda s'il plaisantait, et il lui donna le numéro personnel de Robert, et grâce au registre d'état civil et à un PC moyennement rapide, la recherche se réduisit assez vite à Robert, Jon, Josef et Dorthe.

« Les parents, Josef et Dorthe, ont un passeport, renouvelé il y a quatre ans. On n'en a pas délivré au nom de Jon. Et voyons voir… le bousin est lent, aujourd'hui… là. Robert Karlsen a un passeport vieux de dix ans, qui expire bientôt, alors il faudra lui dire que…

— Il est mort. »

Harry composa le numéro interne de Skarre pour lui demander de venir sans délai.

« Rien, répondit Skarre, qui comme par hasard, ou par un brusque accès de tact, s'était assis sur le coin du bureau et non dans le fauteuil de Halvorsen. J'ai vérifié les comptes de Gilstrup, et il n'y a absolument aucun lien avec Robert Karlsen ou des comptes en Suisse. La seule chose inhabituelle, c'est un retrait en espèces de l'équivalent de cinq millions de couronnes[1] en dollars de l'un des comptes de la société. J'ai appelé Albert Gilstrup pour lui en demander plus, et il m'a répondu tout simplement que c'étaient les primes annuelles de Noël pour les capitaines de port de Buenos Aires, Manille et Bombay, que Mads avait l'habitude d'aller voir en décembre. Ils sont dans de drôles de secteurs, ces gars-là.

— Et le compte de Robert ?

— Salaire qui entre, et petits retraits, tout du long.

— Les appels de Gilstrup ?

— Rien pour Robert Karlsen. Mais on est tombés sur autre chose pendant qu'on cherchait l'abonnement de Gilstrup. Devine qui a appelé Jon Karlsen des tas de fois, et à certaines reprises en plein milieu de la nuit ?

— Ragnhild Gilstrup, répondit Harry, qui vit la tête de Skarre s'allonger. Autre chose ?

— Non. Si ce n'est qu'un numéro connu est apparu. Mads Gilstrup a appelé Halvorsen le jour où il s'est fait poignarder. Coup de fil non reçu.

— Bon. Je veux que tu vérifies encore un compte.

— Lequel ?

— David Eckhoff.

— Le commandeur ? Qu'est-ce que je suis censé chercher ?

— Je ne sais pas trop. Fais-le, c'est tout. »

Après le départ de Skarre, Harry composa le numéro de l'Institut médico-légal, où l'ingénieur promit immédiatement et sans plus de manières de faxer une photo du cadavre de Chrito Stankić pour identi-

1. Environ 612 000 euros.

fication, à un numéro de fax dont Harry lui expliqua qu'il correspondait à l'International Hotel à Zagreb.

Harry remercia, raccrocha et composa le numéro dudit hôtel.

« Il y a aussi la question de ce que nous devons faire du corps, précisa-t-il lorsqu'il eut Fred au bout du fil. Les pouvoirs publics croates ne connaissent aucun Christo Stankić et n'ont par conséquent pas demandé qu'on le leur remette. »

Dix secondes plus tard, il entendit son anglais scolaire dans le combiné.

« Je veux vous proposer un nouveau marché », annonça Harry.

*

Klaus Torkildsen, au centre de gestion Telenor d'Oslo, n'avait en fait qu'un seul objectif dans la vie : qu'on lui fiche la paix. Et comme il accusait une nette surcharge pondérale, qu'il souffrait de transpiration chronique et d'un naturel grincheux, c'était un souhait qu'il voyait le plus souvent exaucé. Dans les rapports qu'il était bien obligé d'avoir avec ses semblables, il veillait à ce que la distance fût maximale. Il passait donc beaucoup de temps enfermé seul dans le service de gestion, entouré de bon nombre de machines chaudes et de ventilateurs rafraîchissants, où peu de gens, s'il s'en trouvait, savaient ce qu'il faisait précisément, si ce n'est qu'il était incontournable. Ce besoin d'éloignement pouvait également avoir été à l'origine d'une pratique de l'exhibitionnisme vieille de plusieurs années, lui permettant quelquefois de parvenir à un certain assouvissement avec une partenaire se trouvant à une distance de cinq à quinze mètres de lui. Mais en tout premier lieu, Klaus Torkildsen voulait être tranquille. Et on l'avait suffisamment enquiquiné cette semaine. Ça avait d'abord été ce Halvorsen qui voulait faire surveiller la ligne d'un hôtel à Zagreb. Puis Skarre qui voulait la liste des conversations entre un certain Gilstrup et un certain Karlsen. Tous deux avaient fait référence à Harry Hole, envers qui Klaus Torkildsen avait, il est vrai, une certaine dette de reconnaissance. Et ce fut donc la seule raison pour laquelle il ne raccrocha pas lorsque Harry Hole en personne appela.

« On a un truc qui s'appelle centre de relations avec la police, fit savoir Torkildsen avec mauvaise humeur. Si vous suivez les instructions, c'est là qu'il faut que vous appeliez quand vous voulez recevoir de l'aide.

— Je sais, répondit Harry sans avoir besoin d'en dire davantage. J'ai appelé Martine Eckhoff quatre fois sans obtenir de réponse. Personne dans l'Armée du Salut ne sait où elle est, pas même son père.

— Ce sont souvent les derniers à le savoir », répliqua Klaus qui n'en savait rien lui-même, mais c'était le genre de connaissances qu'on pouvait accumuler en allant souvent au cinéma. Ou bien, comme dans le cas de Klaus Torkildsen, très, très souvent au cinéma.

« Je crois qu'elle a éteint son téléphone, mais je me demandais si tu pouvais le localiser pour moi. Comme ça, je saurai si elle est en ville, au moins. »

Klaus Torkildsen poussa un soupir. Pure coquetterie, car il adorait ces petits boulots pour la police. Surtout ceux qui ne supportaient absolument pas la lumière du jour.

« Donne-moi son numéro. »

Un quart d'heure plus tard, Klaus rappela pour

dire que la carte SIM de la demoiselle n'était en tous les cas pas localisable en ville. Deux stations de base, situées toutes les deux sur la partie ouest de l'E6, avaient reçu des signaux. Il expliqua où étaient ces bases et quel rayon d'action elles couvraient. Et voyant que Hole remerciait rapidement puis raccrochait, Klaus en déduisit que ses renseignements lui avaient été utiles, avant de retourner avec satisfaction aux annonces cinématographiques du jour.

*

Jon entra dans l'appartement de Robert.

Les murs sentaient toujours la fumée, un T-shirt sale gisait à terre devant la penderie. Comme si Robert venait de sortir s'acheter des clopes et du café à l'épicerie.

Jon posa devant le lit le sac noir que Mads lui avait donné et poussa le radiateur à fond. Il ôta tous ses vêtements, passa sous la douche et laissa l'eau chaude marteler sa peau jusqu'à ce que celle-ci soit rouge et rugueuse. Il s'essuya, quitta la salle de bains, s'assit nu sur le lit et regarda le sac.

Il n'osait pas l'ouvrir. Car il savait ce qui se trouvait à l'intérieur, derrière le tissu lisse et épais. C'était la perdition. La mort. Il lui semblait pouvoir déjà sentir l'odeur de la putréfaction. Il ferma les yeux. Il avait besoin de réfléchir.

Son mobile sonna.

Sûrement Thea qui se demandait ce qu'il était devenu. Il n'avait pas le courage de lui parler maintenant. Mais les sonneries ne cessaient pas, elles insistaient, aussi inéluctables que les supplices chinois ; il finit par empoigner l'appareil et répondre d'une voix tremblante de colère : « Qu'est-ce que c'est ? »

Mais personne ne répondit. Il regarda l'écran. Pas de numéro entrant. Jon comprit que ce n'était pas Thea qui appelait.

« Allô, ici Jon Karlsen », se présenta-t-il prudemment[1].

Toujours rien.

« Allô, qui est à l'appareil ? J'entends qu'il y a quelqu'un, qui... »

Un petit frisson de panique partit de la pointe de ses orteils et lui courut le long de la colonne vertébrale.

« *Hello*, s'entendit-il dire. *Who is this ? Is that you ? I need to speak with you. Hello !* »

Il y eut un déclic, et la communication fut interrompue.

Ridicule, songea Jon. Sûrement un faux numéro, rien de plus. Il déglutit. Stankić était mort. Robert était mort. Et Ragnhild était morte. Ils étaient tous morts. Seul le policier était encore en vie. Et lui-même. Il regarda fixement le sac, sentit le froid l'envahir et tira l'édredon sur lui.

*

Une fois que Harry eut quitté l'E6 et roulé un moment sur les routes étroites qui s'enfonçaient dans le paysage de champs couverts de neige, il leva les yeux et constata que le ciel nocturne était dégagé.

1. Cette réaction peut surprendre, mais elle est parfaitement normale en Norvège où les gens déclinent tout ou partie de leur identité (au moins le prénom) lorsqu'ils répondent au téléphone.

Il avait l'étrange sensation que quelque chose allait se produire. Et lorsqu'il vit une étoile filante érafler le fond céleste en une courte parabole, il songea que s'il existait des signes, ce devait être qu'une planète tombait à l'eau devant ses yeux.

Il vit de la lumière au premier étage d'Østgård.

Et en virant dans la cour, il vit la voiture électrique, ce qui renforça le sentiment d'être proche d'un événement imminent.

Il se dirigea vers la maison tout en regardant les traces dans la neige.

S'arrêta près de la porte et colla son oreille contre. Des voix basses étaient audibles à l'intérieur. Il frappa. Trois coups rapides. Les voix se turent.

Puis il entendit des pas, et sa voix douce : « Qui est-ce ?

— C'est Harry… Hole. » Il ajouta le nom de famille pour qu'un tiers éventuel n'aille pas s'imaginer que Martine Eckhoff et lui avaient une relation par trop personnelle.

Il y eut quelques instants pendant lesquels on fourragea avec les serrures, et la porte s'ouvrit.

La première et unique chose qu'il pensa, ce fut qu'elle était ravissante. Elle portait une robe de coton blanche, épaisse et douce ouverte dans le cou, et ses yeux resplendissaient.

« Comme je suis heureuse, rit-elle.

— Je vois ça, sourit Harry. Et c'est aussi mon cas. »

Puis elle se pendit à son cou, et il sentit que le pouls de la jeune femme battait rapidement.

« Comment m'as-tu trouvée ? chuchota-t-elle dans son oreille.

— La technologie moderne. »

La chaleur de son corps, ses yeux étincelants, tout cet accueil extatique procura à Harry une sensation de bonheur irréel, un rêve dont il n'avait pour sa part aucune envie de se réveiller pour l'instant. Mais il le devait.

« Tu as de la visite ? s'enquit-il.

— Moi ? Non…

— Il m'a semblé entendre des voix.

— Oh, ça, fit-elle en le lâchant. C'était seulement la radio. Je l'ai éteinte quand j'ai entendu qu'on frappait. J'ai presque eu peur, tiens. Et puis ce n'était que toi… C'était Harry Hole, compléta-t-elle en lui tapotant le bras.

— Personne ne sait où tu es, Martine.

— C'est si agréable…

— Et certains s'en font.

— Ah ?

— Tout particulièrement Rikard.

— Oh, oublie Rikard. »

Martine saisit Harry par la main et le conduisit dans la cuisine. Elle prit une tasse à café bleue dans le placard. Harry remarqua qu'il y avait deux assiettes et deux tasses dans l'évier.

« Tu n'as pas l'air spécialement malade.

— J'avais simplement besoin de prendre un jour de congé après tout ce qui s'est passé, avoua-t-elle en le servant en café et en lui tendant la tasse. Noir, n'est-ce pas ? »

Harry acquiesça. Ça chauffait dur, là-dedans, et il ôta son blouson et son pull-over avant de s'asseoir à la table de la cuisine.

« Mais demain, c'est le concert, et il va falloir que je rentre, soupira-t-elle. Tu viendras ?

— Eh bien, on m'a promis un billet…

— Dis que tu viendras ! » Martine se mordit subitement la lèvre inférieure. « Ouf, je nous avais trouvé des billets dans la loge d'honneur. Trois rangs derrière le Premier ministre. Mais j'ai dû donner le tien à quelqu'un d'autre.

— Ça ne fait rien.

— De toute façon, tu aurais été tout seul. Je dois travailler en coulisses.

— Ça n'a pas d'importance.

— Si ! répliqua-t-elle en riant. Je veux que tu viennes. »

Elle prit sa main, et Harry regarda cette petite main qui serrait et caressait la sienne, beaucoup plus grande. Le silence était tel qu'il entendait le sang bruire dans ses oreilles, comme une cascade.

« J'ai vu une étoile filante en arrivant, raconta Harry. Ce n'est pas bizarre ? Que le fait de voir la chute d'une planète soit synonyme de bonheur. »

Martine hocha la tête sans rien dire. Puis elle se leva sans lâcher la main de Harry, fit le tour de la table, s'assit en travers sur ses genoux, le visage tourné vers le sien. Elle posa la main dans son cou.

« Martine…, commença-t-il.

— Chuuut. » Elle mit son index sur la bouche du policier.

Et sans enlever son doigt elle se pencha en avant et appliqua doucement les lèvres sur celles de Harry.

Il ferma les yeux et attendit. Sentant son cœur battre lourdement, tendrement, mais restant tout à fait immobile. Il songea qu'il attendait que le cœur de la jeune femme batte en cadence avec le sien, mais ne savait en fait que ceci : il devait attendre. Il sentit alors les lèvres de la femme s'écarter, et il ouvrit automatiquement la bouche, sa langue s'avança au maximum, contre les dents, pour pouvoir l'accueillir. Son doigt avait un goût amer et excitant de savon et de café qui lui brûlait la pointe de la langue. La main de Martine lui pressa davantage la nuque.

Il sentit alors sa langue. Elle appuyait contre le doigt de telle sorte qu'il entra en contact avec les deux en même temps et crut qu'elle était fendue, comme celle d'un serpent. Qu'ils échangeaient deux demi-baisers.

Elle le lâcha tout à coup.

« Garde les yeux fermés », chuchota-t-elle tout contre son oreille.

Harry bascula la tête en arrière et lutta contre la tentation de poser les mains sur ses hanches. Les secondes passèrent. Puis il sentit la douce étoffe de coton contre le dos de sa main lorsque son corsage glissa sur le sol.

« Tu peux les rouvrir », murmura-t-elle.

Harry s'exécuta. Et la regarda. Le visage de la jeune femme exprimait un mélange d'angoisse et d'expectative.

« Ce que tu es belle », confia-t-il d'une voix devenue étrange, étranglée. Mais aussi troublée.

« Lève les bras », ordonna-t-elle. Elle saisit son T-shirt par le bas et le fit passer par-dessus la tête de Harry.

« Et toi, tu es laid. Délicieux et laid. »

Harry sentit un enivrant aiguillon de douleur lorsqu'elle lui mordit le mamelon. Elle avait glissé une main derrière son dos pour la remonter entre les jambes de Harry. Son souffle s'accéléra dans le cou de l'homme, et son autre main saisit la boucle de ceinture. Il plaqua un bras contre son dos cambré. Et ce fut à cet instant qu'il le perçut. Un frémissement involontaire dans les muscles de la jeune femme, une tension qu'elle avait réussi à dissimuler. Elle avait peur.

« Attends, Martine », chuchota Harry. La main de la jeune femme se figea.

Harry se pencha tout contre son oreille : « Tu veux vraiment ça ? Tu sais dans quoi tu te lances, là ? »

Il sentit sa respiration, humide, rapide, contre sa peau, lorsqu'elle hoqueta : « Non. Et toi ?

— Non. Alors on ne doit peut-être pas… »

Elle se leva. Et posa sur lui un regard blessé et perdu.

« Mais je… je sens bien que tu…

— Oh oui, soupira Harry en lui caressant les cheveux. J'ai envie de toi. J'ai eu envie de toi dès la première fois que je t'ai vue.

— C'est vrai ? » Elle attrapa sa main et la mit contre une joue en feu.

Harry fit un sourire. « La deuxième fois, en tout cas.

— La deuxième fois.

— OK, la troisième. Toute bonne musique nécessite un peu de temps.

— Et je suis de la bonne musique ?

— Je mens, c'était la première. Mais ça ne veux pas dire qu'on peut m'avoir comme ça, OK ? »

Martine sourit. Puis se mit à rire. Harry se joignit à elle. Elle se pencha en avant et posa la tête sur sa poitrine. Rit avec des hoquets, en le frappant sur l'épaule, et ce ne fut que quand Harry sentit des larmes lui couler sur le ventre qu'il comprit qu'elle pleurait.

*

Jon s'éveilla parce qu'il avait froid. À ce qu'il crut. L'appartement de Robert était plongé dans l'obscurité, et n'apportait aucune autre explication. Mais son cerveau rembobina, et il comprit que ce qu'il avait pris pour les derniers fragments d'un rêve ne l'étaient pas. Il avait réellement entendu une clé dans la serrure. Et la porte s'ouvrir. Et à présent, quelqu'un respirait dans la pièce.

Avec une impression de déjà-vu, le sentiment que tout ce cauchemar ne faisait que se répéter, il se retourna à toute vitesse.

Une personne se tenait près du lit.

Jon haleta quand la peur de la mort frappa en enfonçant les dents dans ses chairs jusqu'à toucher les nerfs du périoste. Car il n'avait absolument aucun doute, il était parfaitement certain que cette personne souhaitait sa mort.

« *Stigla sam* », annonça le personnage.

Jon ne connaissait pas beaucoup d'expressions croates, mais celles qu'il avait glanées parmi les locataires originaires de Vukovar lui suffirent à reconstituer ce que la voix venait de dire : « Me voilà. »

*

« Tu as toujours été seul, Harry ?

— Je crois.

— Pourquoi ? »

Harry haussa les épaules. « Je n'ai jamais été particulièrement sociable.

— C'est tout ? »

Harry souffla un rond de fumée vers le plafond, et sentit Martine renifler son pull et son cou. Ils étaient allongés dans la chambre, lui sur l'édredon, elle en dessous.

« Bjarne Møller, mon ancien chef, dit que des gens comme moi choisissent toujours la voie de la plus grande résistance. C'est inhérent à ce qu'il appelle notre "satanée nature". Et comme ça on finit toujours par se retrouver seul. Je ne sais pas. J'aime bien être seul. Et peut-être qu'au fur et à mesure j'ai commencé à apprécier l'image de moi comme celle de quelqu'un de solitaire. Et toi ?

— Je veux que ce soit toi qui racontes.

— Pourquoi ?

— Je ne sais pas. J'aime bien t'entendre parler. Comment peut-on apprécier une image de soi-même qui soit une image de solitaire ? »

Harry inhala profondément. Il garda la fumée dans ses poumons, et songea que l'on devrait pouvoir souffler des images de fumée qui expliquent tout. Il expira en un long soupir rauque.

« Je crois qu'il faut trouver quelque chose qu'on apprécie en soi pour pouvoir survivre. Être seul, c'est être asocial et égoïste, diront certains. Mais on est indépendant, et on n'entraîne pas les autres avec soi dans sa chute, si chute il y a. Beaucoup de gens ont peur d'être seuls. En ce qui me concerne, ça me rendait libre, fort et invulnérable.

— Fort d'être seul ?

— Ouaip. Comme a dit le docteur Stockman :

“L’homme le plus fort au monde est celui qui est le plus seul.”

— D’abord Süskind, et maintenant Ibsen ?

— C’était une phrase que mon père citait souvent, ricana Harry. Avant la mort de maman, ajouta-t-il avec un soupir.

— Tu as dit que ça te *rendait* invulnérable. Ce n’est plus le cas ? »

Harry sentit la cendre de sa cigarette tomber sur sa poitrine. Il l’y laissa.

« J’ai rencontré Rakel et… oui, Oleg. Ils se sont attachés à moi. Et ça m’a ouvert les yeux sur le fait qu’il y avait aussi d’autres personnes dans ma vie. Qui étaient des amis, et qui s’en faisaient pour moi. Et que j’avais besoin d’eux. » Harry souffla sur l’extrémité de sa cigarette, qui rougeoya. « Et pire encore, qu’il se pouvait qu’ils aient besoin de moi.

— Et à ce moment-là, tu n’étais plus libre ?

— Non. Non, je n’étais plus libre. »

Ils restèrent un moment sans rien dire, les yeux ouverts dans le noir.

Martine appuya son nez dans le cou de Harry.

« Tu les aimes beaucoup, n’est-ce pas ?

— Oui, répondit-il en la serrant contre lui. Oui, on peut le dire. »

Quand elle se fut endormie, Harry se glissa hors du lit et borda la couette autour d’elle. Il regarda la montre de la jeune femme. Deux heures du matin, pile. Il sortit dans le couloir, enfila ses bottillons et ouvrit la porte sur la nuit sans nuages. Sur le chemin des toilettes extérieures, il étudia les traces, en essayant de se souvenir s’il avait neigé depuis dimanche matin.

Les toilettes n’étaient pas éclairées, mais il gratta

une allumette et s'orienta. Et au moment où l'allumette allait s'éteindre, il vit deux lettres gravées dans le mur au-dessus d'une photo jaunie de la princesse Grace de Monaco. Et dans l'obscurité, Harry songea que quelqu'un avait occupé la même place que lui, gravant avec soin, au couteau, cette déclaration toute simple : R+M.

En ressortant des toilettes, il capta un mouvement rapide au coin de la grange. Il s'arrêta. Un jeu d'empreintes partait dans cette direction. Harry hésita. Car elle était de retour. Cette sensation que quelque chose allait se produire, maintenant, un événement prédestiné qu'il ne pouvait empêcher. Il passa la main à l'intérieur de la porte des cabinets, empoigna la pelle qu'il y avait vue. Puis suivit les traces vers le coin de la grange.

Arrivé là, il s'arrêta et serra plus fermement le manche de la pelle. Sa propre respiration tonnait dans ses oreilles. Il cessa de respirer. Maintenant. C'est alors que ça se produisit. Il contourna rapidement l'angle, la pelle brandie.

Devant lui, à la moitié du champ qui luisait, irréel et si intensément sous le clair de lune qu'il en était presque aveuglé, il vit un renard détaler vers le petit bois.

Il retomba lourdement contre la porte de la grange, et inspira en tremblant.

*

Lorsqu'un coup résonna à la porte, il fit automatiquement un bond en arrière.

L'avait-on découvert ? La personne de l'autre côté de la porte ne devait pas entrer.

Il maudit sa propre imprudence. Bobo l'aurait incendié pour s'être mis en danger de façon aussi peu professionnelle.

La porte était verrouillée, mais il chercha néanmoins autour de lui quelque chose qu'il puisse utiliser au cas où la personne en question trouverait d'une manière ou d'une autre un quelconque moyen d'accès.

Un couteau. Le couteau à pain de Martine, qu'il venait d'utiliser. Il était dans la cuisine.

Il y eut un nouveau coup à la porte.

Et il avait son pistolet. Vide, d'accord, mais suffisant pour effrayer un homme de bon sens.

Le problème, c'est qu'il doutait que celui-ci le fût.

L'individu était arrivé en voiture et s'était garé devant l'appartement de Martine, dans Sorgenfrigata. Il ne l'avait pas vu avant d'aller par hasard à la fenêtre et de parcourir l'alignement de véhicules garés le long du trottoir. C'est alors qu'il avait remarqué cette silhouette immobile dans l'un d'eux. Et lorsqu'il l'avait vue se pencher en avant, comme pour mieux voir, il avait su qu'il était trop tard. Qu'il était découvert. Il s'était écarté de la fenêtre, avait attendu une demi-heure, puis baissé les stores et éteint toutes les lumières dans l'appartement de Martine. Elle avait dit qu'il n'avait qu'à les laisser allumées. Les radiateurs étaient équipés de thermostats, et puisque quatre-vingt-dix pour cent de l'énergie dans une ampoule était de la chaleur, l'électricité économisée en éteignant une lampe serait consommée par le radiateur qui chercherait à compenser la perte de chaleur.

« Physique élémentaire », avait-elle expliqué. Si seulement elle lui avait plutôt expliqué ce que c'était que ça. Un soupirant maboul ? Un ex-jaloux ? Ce n'était en tous les cas pas la police, car cela recommença, au-dehors : un ululement blessé, désespéré, qui faisait froid dans le dos : « Maar-tine ! Maartine ! » Suivi de quelques mots bredouillés en norvégien. Puis, presque comme un sanglot : « Martine… »

Il n'avait aucune idée de la façon dont le type était entré dans la cage d'escalier, mais il entendit l'une des autres portes s'ouvrir, et une voix. Et parmi les mots étrangers, il reconnut un terme qu'il avait appris. *Politi.*

La porte du voisin claqua.

Il entendit la personne à l'extérieur pousser un soupir résigné, et des doigts qui raclaient la porte. Puis, finalement, des pas qui s'éloignaient. Il put respirer plus librement.

La journée avait été longue. Dans la matinée, Martine l'avait conduit à la gare, et il avait pris le train de banlieue pour retourner en ville. La première chose qu'il avait faite avait été de se rendre à l'agence de voyages de la gare afin d'y acheter un billet pour le dernier avion à destination de Copenhague, le lendemain soir. Ils n'avaient pas réagi au nom de famille à consonance norvégienne qu'il leur avait donné. Halvorsen. Il avait payé avec l'argent liquide trouvé dans le portefeuille de Halvorsen, remercié et était parti. De Copenhague, il appellerait Zagreb et s'arrangerait pour que Fred le rejoigne en avion avec un nouveau passeport. S'il avait de la chance, il serait à la maison pour le réveillon de Noël.

Il était passé chez trois coiffeurs qui avaient fermement secoué la tête en expliquant que les listes de rendez-vous étaient longues en ces périodes de fêtes.

Chez le quatrième, ils avaient hoché la tête en direction d'une fille d'un âge tendre assise dans un coin qui mâchonnait du chewing-gum d'un air désemparé, et dont il comprit qu'elle était apprentie. Après plusieurs tentatives pour lui expliquer à quel résultat il voulait arriver, il avait fini par lui montrer la photo. Elle avait alors cessé de mâcher, braqué sur lui ses yeux lourds de mascara avant de lui demander dans un anglais de série télé : « *You sure, man ?* »

Après quoi il avait pris un taxi qui l'avait conduit à cette adresse dans Sorgenfrigata, était entré grâce aux clés que Martine lui avait données et avait commencé à attendre. Le téléphone avait sonné à plusieurs reprises, mais en dehors de cela, il avait eu la paix. Jusqu'à ce qu'il soit assez stupide pour aller à la fenêtre d'un appartement allumé, donc.

Il fit demi-tour pour retourner au salon.

Au même moment, il y eut un choc. L'air vibra, le plafonnier trembla.

« Maar-tine ! »

Il entendit que la personne prenait de nouveau son élan, arrivait en courant et sautait de nouveau sur la porte, qui sembla se gondoler vers l'intérieur de la pièce.

Le nom de la femme résonna deux fois, et deux coups suivirent. Puis un bruit de course dans l'escalier.

Il entra dans le salon, se posta à la fenêtre et observa la personne sortir en trombe. Lorsque le type s'arrêta pour ouvrir la portière de sa voiture et que la lumière du réverbère l'éclaira, il le reconnut. C'était le garçon qui l'avait aidé à Heimen. Niclas, Ricard… un truc dans ce genre. Le véhicule démarra dans un rugissement et accéléra dans les ténèbres hivernales.

Une heure plus tard, il dormait, rêvait de paysages au milieu desquels il s'était jadis trouvé, et ne s'éveilla qu'en entendant des pas précipités et les claquements des journaux qui atterrissaient devant les portes dans l'escalier.

*

À huit heures, Harry s'éveilla. Il ouvrit les yeux et huma la couverture de laine sous laquelle son visage disparaissait à moitié. L'odeur évoqua un souvenir. Il le rejeta. Il avait dormi d'un sommeil lourd, sans rêves, et était d'une humeur bizarre. Remonté. Heureux, tout bêtement.

Il alla à la cuisine, lança le café, se rinça le visage au vidoir à eaux sales en fredonnant tout bas *Morning Song*, de Jim Stärk. Au-dessus de la colline basse, à l'est, le ciel rougissait comme une vierge, et la dernière étoile pâlissait et disparaissait. Un monde mystérieux, nouveau et intact attendait de l'autre côté de la fenêtre de la cuisine, ondoyant dans la blancheur et l'optimisme vers l'horizon.

Il coupa des tranches de pain, trouva un fromage, remplit un verre d'eau et une tasse de café bouillant, posa le tout sur un plateau et le porta en équilibre dans la chambre.

Ses cheveux noirs en bataille émergeaient à peine de sous la couette, et sa respiration était tout juste audible. Il déposa le plateau sur la table de chevet, s'assit sur le bord du lit et attendit.

Le parfum du café gagna lentement toute la pièce.

Sa respiration se fit moins régulière. Elle battit des paupières. Le prit dans son champ de vision, se frotta le visage et s'étira en mouvements exagérés, empruntés. C'était comme si quelqu'un actionnait un variateur, comme si la lumière qui brillait dans ses yeux montait en intensité, et un sourire s'empara de sa bouche.

« Bonjour.

— Bonjour.

— Petit déjeuner ?

— Hmm. » Elle souriait sans discontinuer. « Et toi, non ?

— J'attends, je me contenterai de ça tant que cela ne pose pas de problème ? »

Il tira un paquet de cigarettes de sa poche.

« Tu fumes beaucoup, constata-t-elle.

— Toujours, après un faux pas. La nicotine atténue l'envie. »

Elle goûta le café. « Ce n'est pas paradoxal ?

— Quoi donc ?

— Que toi qui as si peur de perdre ta liberté, tu sois devenu alcoolique ?

— Si. » Il ouvrit la fenêtre, alluma sa cigarette et s'allongea dans le lit à côté d'elle.

« C'est cela que tu crains avec moi ? demanda-t-elle en se serrant contre lui. Que je te fasse perdre ta liberté ? Est-ce que c'est pour ça que… tu ne veux pas… faire l'amour avec moi ?

— Non, Martine. » Harry tira une bouffée, fit la grimace et jeta un œil soupçonneux sur sa cigarette. « C'est parce que tu as peur. »

Il remarqua qu'elle se contractait.

« J'ai peur ? répéta-t-elle, surprise.

— Oui. Et à ta place, j'aurais eu peur aussi. Je n'ai jamais, jamais pu comprendre que des femmes osent partager leur lit et leur toit avec des personnes qui leur sont physiquement complètement supérieures. » Il éteignit sa cigarette dans l'assiette sur la table de nuit. « Ça, les hommes n'auraient jamais osé le faire.

— Qu'est-ce qui te fait croire que j'ai peur ?

— Je le sens. Tu prends l'initiative, tu veux décider. Mais principalement parce que tu as peur de ce qui peut arriver si tu me laisses décider, moi. Et c'est bien comme ça, mais je ne veux pas que tu le fasses si tu as peur.

— Mais tu ne peux quand même pas décider si je le veux ou non ! s'exclama-t-elle avec fougue. Même si j'ai peur ! »

Harry la regarda. Elle passa subitement ses bras autour de lui, et plaqua son visage à la base de son cou.

« Tu dois te dire que je suis complètement zinzin.

— Absolument pas », la rassura-t-il.

Elle le tint solidement. L'étreignit.

« Et si je devais toujours avoir peur ? murmura-t-elle. Et si je ne… » Elle se tut.

Harry attendit.

« Il s'est passé quelque chose, reprit-elle. Je ne sais pas quoi. »

Et attendit.

« Si, je sais. J'ai été violée. Ici, à la ferme, il y a longtemps. Et je suis tombée en morceaux. »

Un cri froid de corneille leur parvint depuis le petit bois, rompant le silence.

« Est-ce que tu veux… ?

— Non, je ne veux pas en parler. Il n'y a pas tant que ça à en dire, d'ailleurs. Il y a longtemps et je suis réparée, maintenant. C'est juste que… (elle se colla à nouveau tout contre lui)… j'ai un tout petit peu peur.

— Tu as porté plainte ?

— Non. Je n'en ai pas eu la force.

— Je sais que c'est une épreuve, mais tu aurais quand même dû.

— Oui, j'ai entendu dire qu'on doit le faire, sourit-elle. Pour que ça n'arrive pas à une autre fille, c'est ça ?

— Ne plaisante pas avec ça, Martine.

— Excuse-moi, papa. »

Harry haussa les épaules. « Je ne sais pas si le crime paie, mais je sais qu'il se répète.

— Parce que c'est inscrit dans les gènes ?

— Ça, je n'en sais trop rien.

— Tu n'as rien lu sur les recherches en matière d'adoption ? Où ils montrent que les enfants de criminels qui grandissent dans une famille normale, avec d'autres enfants, et sans savoir qu'ils ont été adoptés, ont de bien plus grandes chances de devenir à leur tour criminels que les autres enfants de la famille. Et qu'il doit donc y avoir un gène du criminel.

— Si, j'ai lu ça. Il se peut que les conduites soient héréditaires. Mais je crois davantage que nous sommes transparents, tous à notre façon.

— Tu crois que nous sommes des animaux programmés ? demanda-t-elle en gratouillant Harry sous le menton.

— Je crois qu'on flanque tout dans un immense ordinateur, l'envie, la peur, l'excitation, la cupidité et tout le reste. Et le cerveau est extraordinairement fort, il ne se plante presque jamais, c'est pourquoi il arrive aux mêmes réponses à chaque fois. »

Martine se souleva sur les coudes et baissa les yeux sur Harry : « Et la morale et le libre arbitre ?

— Font aussi partie de cet énorme calcul.

— Tu veux dire qu'un criminel sera toujours…

— Non. Je n'aurais pas supporté mon boulot, sinon. »

Elle passa un doigt sur le front de Harry. « Alors les gens peuvent changer, malgré tout ?

— Je l'espère, en tout cas. Qu'ils apprennent. »

Elle appuya son front contre celui de Harry : « Qu'est-ce qu'on peut apprendre, alors ?

— On peut apprendre…, commença-t-il avant d'être interrompu par les lèvres de Martine qui effleurèrent les siennes,… à ne pas être seul. On peut apprendre… (la pointe de la langue de la jeune femme passa sur la face interne de la lèvre inférieure de Harry)… à ne pas avoir peur. Et on peut…

— Apprendre à embrasser ?

— Oui. Mais pas si la fille vient de se réveiller et a cette plaque blanche dégoûtante sur la langue qui… »

Sa main claqua sur la joue de Harry, et son rire tinta comme des glaçons dans un verre. La langue chaude de Martine trouva celle de Harry. La jeune femme rabattit l'édredon sur lui, lui ôta pull et T-shirt, pendant que la peau de son ventre irradiait contre le sien la chaleur accumulée dans son sommeil.

Harry laissa sa main glisser sous sa chemise et dans son dos, sentit les omoplates jouer sous la peau, et les muscles qui se contractaient, se relâchaient au moment où elle s'arc-boutait vers lui.

Il déboutonna lentement sa chemise et soutint son regard tandis que sa main s'aventurait sur son ventre, ses côtes, et entre son pouce et son index, qu'il emprisonnait un mamelon raidi. Le souffle chaud de la jeune femme vint vers lui avec un grondement sourd quand elle l'embrassa la bouche grande ouverte. Et lorsqu'elle insinua sa main entre leurs hanches, il sut que cette fois-ci, il ne pourrait pas s'arrêter. Et qu'il ne le voulait pas.

« Il sonne, murmura-t-elle.

— Quoi ?

— Le téléphone dans ta poche de pantalon, il vibre. » Elle se mit à rire. « Regarde…

— *Sorry.* »

Harry tira le téléphone de sa poche, s'étira par-dessus elle et le déposa sur la table de nuit. Mais il continua à danser sur la tranche, l'écran tourné vers lui. Il tenta de l'ignorer, mais il était trop tard. Il avait vu que c'était Beate.

« Merde, murmura-t-il. Un instant. »

Il s'assit et observa le visage de Martine, qui à son tour étudiait le sien tandis qu'il écoutait Beate. Et son visage fut comme un miroir, ce fut comme s'ils s'exprimaient par pantomime. En plus de se voir, Harry put voir sa propre peur, puis sa propre douleur, puis finalement la résignation se refléter dans le visage de la jeune femme.

« Qu'est-ce qu'il y a ? s'enquit-elle après qu'il eut raccroché.

— Il est mort.

— Qui ?

— Halvorsen. Il est mort cette nuit. À deux heures neuf. Pendant que j'étais devant la grange. »

QUATRIÈME PARTIE

LA GRÂCE

CHAPITRE 29

Mardi 23 décembre
Le commandant

Ce fut le jour le plus court de l'année, mais la journée parut à l'inspecteur principal Harry Hole d'une longueur interminable avant même d'avoir véritablement commencé.

Après l'annonce du décès, il était allé faire un tour. En traînant des pieds dans la neige profonde jusqu'au petit bois, où il s'était assis pour voir le jour se lever. Il avait espéré que le froid gèlerait tout, le soulagerait ou au moins l'engourdirait.

Puis il était rentré. Martine l'avait regardé avec curiosité, mais n'avait rien dit. Il avait bu une tasse de café, l'avait embrassée sur la joue avant de s'asseoir au volant. Dans son rétroviseur, la jeune femme paraissait encore plus petite, debout sur les marches, les bras croisés.

Harry rentra chez lui, prit une douche, se changea et parcourut à trois reprises la pile de papiers sur la table du salon, avant d'abandonner, surpris. Pour la énième fois en quarante-huit heures, il voulut regarder l'heure, mais ne vit que son poignet nu. Il alla chercher la montre de Møller dans le tiroir de sa table de chevet. Elle fonctionnait toujours, et servirait le temps qu'il faudrait. Il reprit la voiture pour se rendre à l'hôtel de police et la laissa au garage, à côté de l'Audi de Hagen.

En grimpant les marches jusqu'au sixième, il entendait des voix, des rires et des pas résonner dans le patio. Mais lorsque la porte de la Crim se referma silencieusement derrière lui, ce fut comme si quelqu'un avait brutalement baissé le son. Dans le couloir, il croisa un agent qui le regarda, secoua la tête sans mot dire et poursuivit son chemin.

« Salut, Harry ».

Il se retourna. C'était Toril Li. Il ne se souvenait pas de l'avoir déjà entendue l'appeler par son prénom.

« Comment tu encaisses ? » s'enquit-elle.

Harry voulut répondre, ouvrit la bouche, mais sentit subitement que sa voix ne suivait pas.

« On pensait se réunir après la réunion de ce matin, pour un moment de recueillement », l'informa rapidement Toril Li, comme pour venir à son secours.

Harry hocha la tête, sans piper, reconnaissant.

« Tu peux peut-être aller trouver Beate ?

— Bien sûr. »

Harry s'arrêta devant la porte de son propre bureau. Il avait redouté cet instant. Il entra.

Une personne était assise dans le fauteuil de Halvorsen, en se balançant, comme si elle attendait.

« Bonjour, Harry », le salua Gunnar Hagen.

Harry suspendit son blouson au perroquet, sans répondre.

« Désolé. Peut-être pas si bon que ça.

— Qu'est-ce que tu veux ? » Harry s'assit.

« Exprimer mes regrets à propos de ce qui s'est passé. Je vais faire la même chose à la réunion de tout à l'heure, mais je tenais à le faire d'abord auprès de toi. Jack était quand même ton plus proche collègue.

— Halvorsen.

— Plaît-il ? »

Harry se prit la tête dans les mains. « On ne l'appelait que Halvorsen. »

Hagen hocha la tête. « Halvorsen. Encore une chose, Harry…

— Je croyais avoir cette réquisition à la maison, le devança Harry. Mais elle s'est envolée.

— Ah, ça… » Hagen se tortilla dans le fauteuil, il n'avait pas l'air à son aise. « Ce n'était pas à l'arme que je pensais. Dans le cadre des réductions des dépenses liées aux déplacements, j'ai demandé au service des voyages de me soumettre toutes les factures, pour attestation. Il apparaît que tu es allé à Zagreb. Je ne me souviens pas d'avoir autorisé un voyage à l'étranger. Et si la police norvégienne y a effectué des investigations, c'est une infraction caractérisée au règlement. »

Voilà, ils ont fini par le découvrir, songea Harry, la tête toujours entre les mains. Le faux pas qu'ils attendaient. Le motif légal pour lourder l'inspecteur principal imbibé et le renvoyer à son vrai milieu, les civils non civilisés. Harry tenta d'analyser ce qu'il éprouvait. Mais la seule chose qu'il trouva, ce fut du soulagement.

« Tu as ma lettre de démission sur ton bureau demain, chef.

— Je ne comprends pas de quoi tu parles. Je suppose qu'il n'y a *pas* eu d'enquête à Zagreb. Ce serait infiniment pénible pour nous tous. »

Harry leva les yeux.

« Tel que je vois les choses, tu as effectué un petit voyage d'études à Zagreb.

— Un voyage d'études, chef ?

— Oui. Sans motif avéré. Et voici mon accord écrit à ta demande orale de voyage d'études à Zagreb. » Une page A4 voltigea par-dessus le bureau et atterrit devant Harry. « Cette histoire est par conséquent définitivement oubliée. » Hagen se leva et alla jusqu'au mur où était suspendu le portrait d'Ellen Gjelten. « Halvorsen est le second partenaire que tu perds, n'est-ce pas ? »

Harry acquiesça. La petite pièce dépourvue de fenêtre plongea dans le silence.

Hagen toussota : « Tu as vu le petit morceau d'os que j'ai sur mon bureau ? Je l'ai acheté à Nagasaki. C'est une copie du petit doigt inciné de Yoshito Yasuda, un chef de bataillon japonais renommé. » Il se retourna vers Harry. « Il se trouve que les Japonais ont l'habitude d'incinérer leurs morts, mais en Birmanie ils devaient les enterrer, à cause du nombre, et parce qu'il faut jusqu'à dix heures pour qu'un corps brûle complètement. Alors à la place, ils coupaient le petit doigt du défunt, l'incinéraient et l'envoyaient aux proches. Après une bataille décisive près de Pegu, en 1943, les Japonais ont été contraints de se replier et de se cacher dans la jungle. Le chef de bataillon Yoshito Yasuda a supplié ses supérieurs de le laisser attaquer le soir même, de telle sorte qu'ils puissent récupérer les ossements de leurs défunts. On le lui a refusé, la supériorité numérique était trop nette, et ce soir-là, il a expliqué à ses hommes, en pleurant devant le feu de camp, la décision du commandant. Mais quand il a vu le désespoir dans les yeux de ses hommes, il a essuyé ses larmes, tiré sa baïonnette, posé sa main sur une souche et s'est amputé le petit doigt avant de le jeter dans les flammes. Les hommes ont poussé des hourras. Le commandant a eu vent de la chose, et le lendemain, les Japonais ont attaqué avec toutes leurs forces. »

Hagen alla à la table de travail de Halvorsen et ramassa une mine de graphite, qu'il commença à étudier attentivement.

« J'ai commis un certain nombre d'erreurs à mon arrivée ici. À ce que j'en sais, certaines d'entre elles pourraient avoir été la cause directe de la mort de Halvorsen. Ce que j'essaie de dire… (il reposa la mine de graphite et inspira profondément) c'est que j'aimerais pouvoir faire comme Yoshito Yasuda et vous galvaniser. Mais je ne sais pas trop comment. »

Harry ne savait pas quoi dire. Alors il la ferma.

« Je le dirai donc simplement comme ça, Harry : je veux que tu trouves celui ou ceux qui se cachent derrière ces meurtres. C'est tout. »

Les deux hommes évitèrent de se regarder. Hagen abattit ses paumes l'une contre l'autre, comme pour rompre le silence. « Mais tu me rends le service de porter ton arme, Harry. Tu sais, vis-à-vis des autres… Au moins jusqu'au nouvel an passé. Après, je m'en fiche.

— Bien.

— Merci. Je t'établis une nouvelle réquisition. »

Harry hocha la tête, et Hagen gagna la porte.

« Ça a marché comment ? voulut savoir Harry. La contre-offensive japonaise ?

— Ah, ça… » Hagen se retourna et fit un sourire en coin. « Ils ont été ratatinés. »

*

Kjell Atle Orø travaillait au bureau de l'équipement, au sous-sol de l'hôtel de police, depuis dix-neuf ans, et ce matin-là, assis face à un bulletin de jeu, il se demandait s'il aurait l'audace de cocher la case déclarant Fullham vainqueur à l'extérieur sur Arsenal, pour le règlement de comptes qui devait se dérouler le 25. Il devait envoyer le bulletin à Oshaug au moment d'aller déjeuner, et il n'y avait pas de temps à perdre. C'est pourquoi il poussa un juron étouffé en entendant cogner sur la cloche métallique.

Avec un gémissement, il se mit sur ses jambes. En son temps, Orø avait joué en première division pour Skeid, il avait fait une longue carrière sans accident, et éprouvait par conséquent de l'amertume à l'idée que c'était une élongation apparemment anodine au cours d'un match dans l'équipe de la police qui faisait qu'il traînait encore la patte droite, dix ans après ledit match.

Un type aux cheveux blonds hyper-courts attendait de l'autre côté du comptoir.

Orø arracha la réquisition que l'homme lui tendait et plissa les yeux sur les caractères qui, trouvait-il, rapetissaient de jour en jour. La semaine passée, il avait fait savoir à son épouse qu'il souhaitait une télé plus grande pour Noël, ce à quoi elle avait répondu qu'une heure chez un ophtalmo serait préférable.

« Harry Hole, Smith & Wesson 38, oui », grommela Orø avant de repartir en boitant vers le dépôt d'armes, où il trouva un revolver de service avec lequel il semblait que le précédent propriétaire avait été gentil. Il se rendit compte au même instant qu'ils allaient rentrer l'arme de l'inspecteur qui avait été poignardé dans Gøteborggata. Il décrocha le holster et les habituelles trois boîtes de cartouches, et ressortit.

« Signe ici pour le retrait, demanda-t-il en indiquant la réquisition. Et fais voir ta carte. »

L'homme qui avait posé sa carte sur le comptoir prit le stylo que lui tendait Orø et s'exécuta. Orø plissa les yeux sur la pièce justificative, puis sur les gribouillis. Qui sait si Fullham pouvait arrêter Thierry Henry ?

« Et rappelle-toi de ne tirer que sur les mauvais garçons », sermonna Orø, sans obtenir de réponse.

En retournant de sa démarche boitillante à son coupon, il comprit que le silence du policier n'était peut-être pas si surprenant. Brigade criminelle, avait-il lu sur la carte. N'était-ce pas là qu'avait travaillé cet inspecteur ?

Harry se gara près du centre Henie-Onstad, à Høvikodden, et quitta les beaux bâtiments de pierre bas pour descendre le talus en pente douce vers l'eau.

Sur la glace qui s'étendait vers Snarøya, il vit une silhouette noire esseulée.

Il posa prudemment le pied sur un banc de glace qui pointait en biais vers la berge. Celui-ci se fendit avec un craquement sec. Harry cria le nom de David Eckhoff, mais la silhouette ne bougea pas.

Il jura, songea que le commandeur ne pouvait pas peser moins que ses quatre-vingt-dix kilos à lui, partit en équilibre entre les blocs de glace échoués et posa précautionneusement les pieds sur la couche dure traîtreusement dissimulée sous la neige. Qui tint. Il avança sans décoller les pieds de la glace à pas courts et rapides. La distance était plus grande qu'elle lui avait paru depuis la berge, et lorsque Harry fut enfin suffisamment près pour avoir la certitude que la personne assise sur un siège pliant, vêtue d'une peau de loup, penchée sur un trou dans la glace, tenant une trembleuse entre ses moufles, était bien le commandeur de l'Armée du Salut, il comprit pourquoi l'autre ne l'avait pas entendu.

« Vous êtes certain que la glace est sûre, Eckhoff ? »

David Eckhoff se retourna, et regarda d'abord les bottillons de Harry.

« La glace du fjord d'Oslo n'est jamais sûre en décembre, répondit-il en laissant échapper un nuage de fumée grise. C'est pour ça que l'on doit pêcher seul. Mais je me sers toujours de ça, poursuivit-il avec un signe de tête vers les skis qu'il avait aux pieds. Ils répartissent le poids. »

Harry hocha lentement la tête. Il lui semblait déjà pouvoir entendre la glace grincer sous ses propres pieds.

« On m'a dit au QG que je vous trouverais ici.

— Le seul endroit où on peut s'entendre réfléchir. » Eckhoff donna une petite secousse dans la trembleuse.

Dagbladet était posé à côté du trou, sous une boîte d'hameçons et un couteau. La première page annonçait un temps plus doux pour le 25. Rien sur la mort de Halvorsen : le quotidien était probablement déjà sous presse.

« Pas mal matière à réfléchir ?

— Moui. Ma femme et moi allons être les hôtes du Premier ministre pendant le concert de Noël, ce soir. Et la cession de propriétés en faveur de Gilstrup doit être signée cette semaine. Oh oui, ça fait pas mal.

— En fait, je voulais vous poser une question, commença Harry en veillant à ce que son poids soit équitablement réparti sur ses deux jambes.

— Oui ?

— J'ai demandé à l'inspecteur Skarre de voir s'il y avait eu des transferts de fonds entre votre compte et celui de Robert Karlsen. Il n'y en avait pas. Mais il a trouvé un autre Karlsen qui avait effectué des virements réguliers. Josef Karlsen. »

David Eckhoff planta son regard dans le cercle d'eau noire, sans que son visage exprime quoi que ce fût.

« Ce que je veux savoir, poursuivit Harry en observant attentivement le commandeur, c'est pourquoi, chaque trimestre de ces douze dernières années, vous avez reçu du père de Robert et de Jon huit mille couronnes[1]. »

Eckhoff sursauta comme si un gros poisson venait de mordre.

« Alors ?

— Est-ce que c'est vraiment important ?

— Je crois, Eckhoff.

— Dans ce cas, il faudra que ça reste entre nous.

— Ça, je ne peux pas vous le promettre.

— Alors je ne peux pas vous le dire.

1. Soit environ 980 euros.

— Alors je vais devoir vous conduire à l'hôtel de police, et vous demander de fournir des explications. »

Le commandeur leva la tête, ferma un œil et regarda attentivement Harry, comme pour évaluer les forces d'un adversaire potentiel.

« Et vous croyez que Gunnar Hagen l'approuverait ? Que vous m'y conduisiez ?

— On peut s'en assurer. »

Eckhoff faillit parler, mais se retint, comme s'il soupesait la détermination de Harry. Ce dernier songea qu'un meneur ne l'est pas en vertu de sa force brute, mais en vertu de sa capacité à évaluer correctement une situation.

« Bien. Mais c'est une longue histoire.

— J'ai du temps, mentit Harry, qui sentait le froid de la glace à travers ses semelles.

— Josef Karlsen, le père de Jon et Robert, était mon meilleur ami, commença Eckhoff en prenant dans sa ligne de mire un point quelconque de Snarøya. Nous avons étudié ensemble, travaillé ensemble, nous étions tous deux ambitieux et pleins de promesses. Mais le plus important, c'était que nous partagions la vision d'une Armée du Salut forte, qui allait faire le travail de Dieu sur la terre. Qui triompherait. Vous comprenez ? »

Harry hocha la tête.

« Nous avons aussi gravi les échelons ensemble, poursuivit Eckhoff. Et petit à petit, il y en a eu qui nous ont vus rivaux, Josef et moi, pour le poste que j'occupe actuellement. En fait, je ne pensais pas que cette place avait tant d'importance, que c'était une vision qui nous animait. Mais quand le choix s'est porté sur moi, il s'est produit quelque chose chez

Josef. Il s'est effondré, en quelque sorte. Et qui sait, on ne se connaît pas totalement, j'aurais peut-être réagi exactement de la même façon. Quoi qu'il en soit, Josef a obtenu le poste de chargé de gestion, et même si nos familles restaient en contact, il n'y a plus eu la même... (Eckhoff chercha ses mots) confiance. Quelque chose avait atteint Josef, méchamment. C'est à l'automne 1991 que moi et notre chef comptable, Frank Nilsen, le père de Rikard et Thea, l'avons découvert : Josef s'était livré à des détournements de fonds.

— Qu'est-ce qui s'est passé ?

— Nous avons pour ainsi dire peu d'expérience en la matière dans l'Armée du Salut, alors jusqu'à ce que nous sachions ce que nous devions faire, Nilsen et moi l'avons gardé pour nous. Josef m'avait déçu, naturellement, mais en même temps, je voyais tout un ensemble de raisons auxquelles je n'étais pas étranger. J'aurais certainement pu gérer cette situation, quand j'ai été élu, et quand il s'est effondré, avec davantage de... sensibilité. Mais, à cette époque, l'Armée était dans une période où elle recrutait peu et était loin d'avoir la bonne volonté criante qu'elle a aujourd'hui. Nous n'avions purement et simplement pas les moyens d'affronter un scandale. J'avais une maison de campagne que m'avaient léguée mes parents dans le sud du pays, que nous utilisions peu vu que la plupart des réjouissances se déroulaient à Østgård. Je l'ai donc vendue à la hâte, et j'en ai tiré suffisamment pour couvrir le déficit de caisse avant qu'il ne soit découvert.

— Vous ? Vous avez couvert les détournements de Josef Karlsen sur vos fonds privés ?

— Il n'y avait pas d'autre solution, répondit Eckhoff en haussant les épaules.

— Ce n'est pas très courant que le dirigeant d'une entreprise s'occupe personnellement de…

— Mais ce n'est pas une entreprise comme une autre, Hole. Nous faisons le travail de Dieu. Et ça devient une affaire personnelle, de toute façon. »

Harry hocha lentement la tête. Il songea au petit doigt en os sur le bureau de Hagen.

« À ce moment-là, Josef a arrêté et il est parti à l'étranger avec sa femme.

— Sans que personne le sache ?

— Je lui ai proposé un poste moins haut placé. Mais cela, il ne pouvait naturellement pas l'accepter. Ça aurait suscité trop de questions. Ils vivent en Thaïlande, ai-je cru comprendre. Non loin de Bangkok.

— L'histoire du paysan chinois et de la morsure de serpent n'était qu'un tissu de mensonges ? »

Eckhoff secoua la tête en souriant.

« Non. Josef était réellement un sceptique. Et cette histoire lui a fait une grosse impression. Josef doutait, comme nous doutons tous de temps à autre.

— Vous aussi, commandeur ?

— Moi aussi. Le doute est l'ombre de la foi. Si on n'a pas la capacité de douter, on ne peut pas être croyant. C'est comme le courage, ça, inspecteur principal. Si on n'a pas la capacité d'avoir peur, on ne peut pas être courageux.

— Et l'argent ?

— Josef a insisté pour me rembourser. Pas parce qu'il souhaitait être réhabilité. Ce qui est fait est fait, et il ne gagne pas suffisamment là où il est pour pouvoir y parvenir un jour. Mais je crois que c'est une pénitence dont il sent qu'elle lui fait du bien. Et pourquoi le lui refuserais-je ? »

Harry hocha lentement la tête.

« Est-ce que Robert et Jon étaient au courant de ça ?

— Je ne sais pas. Je n'en ai jamais parlé. La seule chose à laquelle j'aie attaché de l'importance, c'est que rien de ce que leur père a fait ne puisse être un obstacle à la carrière de ses fils dans l'Armée. Celle de Jon, en premier lieu. Il est devenu l'un de nos principaux atouts professionnels. Prenez cette cession immobilière. D'abord dans Jacob Aalls gate, mais il en viendra d'autres. Gilstrup rachètera peut-être même Østgård. Si cette vente avait eu lieu il y a dix ans, nous aurions dû mobiliser tous les consultants du monde pour l'accomplir. Mais avec des gens comme Jon, la compétence est dans nos rangs.

— Vous voulez dire que c'est Jon qui a décidé cette vente ?

— Non, pas du tout, elle a bien entendu été approuvée par le directoire. Mais sans ses travaux préliminaires et ses conclusions, je crois vraiment que nous n'aurions pas osé le faire. Jon est un homme d'avenir pour nous. Et de présent. La meilleure preuve que le père de Jon n'a pas nui à son fils, c'est que lui et Thea Nilsen seront assis de l'autre côté du Premier ministre dans la loge d'honneur, ce soir. » Eckhoff plissa le front. « À propos, j'ai essayé de joindre Jon, aujourd'hui, mais il ne répond pas. Vous ne lui auriez pas parlé, par hasard ?

— Malheureusement non. Si Jon disparaissait…

— Pardon ?

— Si Jon *avait disparu* — je veux dire, comme le projetait l'assassin, qui aurait pris sa place ? »

David Eckhoff ne haussa pas seulement un, mais les deux sourcils : « Ce soir ?

— Je pense davantage au poste.

— Ah, ça. Oui, je ne crois pas trahir de secret si je vous dis que ça aurait été Rikard Nilsen, pouffa-t-il. Il y a bien des gens qui murmurent qu'ils voient des parallèles entre Jon et Rikard d'une part, et Josef et moi d'autre part, dans le temps.

— La même rivalité ?

— Où il y a des gens, il y a des rivalités. Y compris dans l'Armée. Souhaitons qu'un minimum d'émulation entre individus place les gens là où ils serviront le mieux leur cause. Bien, bien. » Le commandeur tira sa ligne. « J'espère que cela a répondu à votre question, Harry. Frank Nilsen pourra sans problème confirmer l'histoire de Josef si vous le désirez, mais je suppose que vous comprenez à présent pourquoi je suis si peu enthousiaste à l'idée que cela puisse se savoir.

— J'ai une dernière question, tant qu'on est dans les secrets de l'Armée.

— Allez-y, fit le commandeur en remballant ses affaires de pêche dans un sac.

— Avez-vous connaissance d'un viol qui aurait eu lieu à Østgård il y a douze ans ? »

Harry supposa qu'un visage comme celui d'Eckhoff avait une capacité limitée à faire montre de stupéfaction. Et puisque cette limite semblait à présent largement dépassée, il considéra que l'information était nouvelle pour le commandeur.

« Ce doit être faux, inspecteur principal. Si c'était vrai, ce serait affreux. De qui s'agit-il ?

— Le secret professionnel m'interdit de le dire », répondit Harry en espérant que son expression ne trahirait rien.

Eckhoff se gratta le menton avec sa moufle. « Oui, bien sûr. Mais… N'est-ce pas un crime qui est prescrit, maintenant ?

— Ça dépend du point de vue. » Harry se mit en marche vers la rive. « On y va ?

— Il vaut mieux que nous marchions chacun de notre côté. Le poids… »

Harry déglutit, et hocha la tête.

Une fois arrivé sain et sauf sur la berge, Harry se retourna. Le vent s'était levé et la neige courait sur la glace, pareille à une couverture de fumée flottante. On eût dit qu'Eckhoff marchait sur des nuages.

Sur le parking, les vitres de la voiture de Harry s'étaient déjà couvertes d'une fine couche de givre. Il s'installa au volant, mit le moteur en marche et poussa le chauffage au maximum. La chaleur se répandit sur le verre froid. En attendant que le givre fonde, il repensa à ce que Skarre avait dit. Que Mads Gilstrup avait appelé Halvorsen. Il tira de sa poche la carte de visite qu'il avait toujours et composa le numéro. Pas de réponse. Au moment de remettre le téléphone à sa place, celui-ci sonna. Le numéro indiqué sur l'écran l'informa que l'appel provenait de l'International Hotel.

« *How are you?* s'enquit la femme dans son anglais sobre.

— On fait aller. Vous avez reçu… ?

— Oui, je l'ai. »

Harry inspira profondément. « C'était lui ?

— Oui, soupira-t-elle. C'était lui.

— Vous êtes tout à fait sûre ? Je veux dire, ce n'est pas si facile d'identifier une personne simplement sur…

— *Harry ?*

— Oui ?

— *I'm quite sure.* »

Harry supposa que la professeur d'anglais aurait pu lui expliquer que même si ce « quite sure » signifiait littéralement « assez sûre », il signifiait dans ce contexte oral « tout à fait sûre ».

« Merci. » Et il raccrocha. En espérant de tout son être qu'elle eût raison. Car c'était maintenant que ça commençait.

Effectivement.

Au moment où Harry mit en marche les essuie-glaces, qui rabattirent sur les côtés des plaques de givre à moitié fondues, le téléphone sonna pour la seconde fois.

« Harry Hole.

— Ici Mme Miholjec. La mère de Sofia. Vous avez dit que je pouvais appeler ce numéro si…

— Oui ?

— Il est arrivé quelque chose. À Sofia. »

CHAPITRE 30

Mardi 23 décembre
Le silence

Le jour le plus court de l'année.

C'est ce qu'annonçait la première page de l'exemplaire d'*Aftenposten* posé sur la table devant Harry dans la salle d'attente du cabinet de garde de Storgata. Il regarda l'horloge au mur. Avant de se rappeler qu'il disposait à nouveau d'une montre.

« Il va vous recevoir, Hole », cria une voix de femme depuis le guichet où il avait expliqué le but de sa visite : pouvoir discuter avec le médecin qui, quelques heures auparavant, avait vu Sofia Miholjec et son père.

« Troisième porte à droite dans le couloir », cria la femme.

Harry se leva et quitta la foule silencieuse et transie de la salle d'attente.

Troisième porte à droite. Le hasard aurait bien évidemment pu envoyer Sofia à la deuxième porte à droite. Ou la troisième à gauche. Mais, non, la troisième à droite.

« Salut, j'ai entendu que c'était toi, sourit Mathias Lund-Helgesen en se levant, la main tendue. En quoi puis-je t'être utile, cette fois-ci ?

— Il s'agit d'une patiente que tu as reçue ce matin. Sofia Miholjec.

— Ah oui ? Assieds-toi, Harry. »

Harry ne se laissa pas prendre au ton « entre potes » de l'autre. Pas parce qu'il était trop fier, mais parce que cela rendrait les choses trop pénibles pour l'un comme pour l'autre.

« La mère de Sofia m'a appelé pour me dire qu'elle s'était réveillée ce matin en entendant pleurer dans la chambre de sa fille, expliqua Harry. Elle y est allée, et elle l'a trouvée, en sang, salement amochée. Sofia lui a raconté qu'elle était sortie avec des copines, et qu'elle avait glissé sur le verglas en rentrant à la maison. La mère a réveillé son mari, qui a donc amené sa fille ici.

— Il se pourrait bien qu'elle soit vraiment tombée, acquiesça Mathias, qui s'était penché en avant et appuyé sur les coudes pour montrer que tout cela l'intéressait pour de bon.

— Mais la mère affirme que sa fille ment. Elle a passé le lit en revue après le départ de Sofia et de son père. Il y avait du sang pas que sur l'oreiller. Il y en avait aussi sur le drap. “En bas”, comme elle a dit.

— Hmm-hmm. » Le son qu'émit Mathias n'était ni une confirmation ni une infirmation, mais un son dont Harry savait qu'il était travaillé dans la partie « thérapie » des études de psychologie. L'intonation montante était destinée à inciter le patient à poursuivre. Mathias avait émis ce son avec ladite intonation.

« À l'heure qu'il est, Sofia s'est bouclée dans sa chambre. Elle pleure et se refuse à dire quoi que ce soit. Et à en croire sa mère elle ne dira rien. Sa mère a appelé des amies de Sofia. Aucune d'entre elles ne l'a vue hier.

— Je vois. » Mathias se pinça la base du nez, entre les yeux. « Et maintenant, tu vas me demander si je peux faire abstraction du secret médical pour toi ?

— Non.

— Non ?

— Pas pour moi. Pour eux. Pour Sofia et ses parents. Et pour d'autres qu'il peut avoir violées, et qu'il va violer.

— Tu n'y vas pas avec le dos de la cuiller, toi », sourit Mathias, mais son sourire retomba devant l'absence de réaction. Il se racla la gorge. « Tu comprendras certainement qu'il faut que j'y réfléchisse un peu d'abord, Harry.

— Elle a été violée, cette nuit, oui ou non ? »

Mathias poussa un soupir.

« Harry, le secret médical, c'est…

— Je sais ce qu'est le secret médical, l'interrompit Harry. Moi aussi je suis soumis au secret professionnel. Quand je te demande de le lever dans ce cas, ce n'est pas parce que je prends le secret professionnel à la légère, mais parce que j'ai évalué la personnalité du criminel et le risque que ça se reproduise. Si tu décides de me faire confiance et de t'en remettre à mon jugement, je t'en serais reconnaissant. Dans le cas contraire, il te restera à essayer de vivre du mieux que tu pourras avec. »

Harry se demanda combien de fois il avait servi ce laïus dans des situations similaires.

Mathias cilla, et sa bouche s'ouvrit lentement.

« Il me suffit que tu fasses oui ou non de la tête », précisa Harry.

Mathias Lund-Helgesen fit oui de la tête.

Le laïus avait de nouveau fonctionné.

« Merci. » Harry se leva. « Ça va, avec Rakel et Oleg ? »

Mathias Lund-Helgesen hocha de nouveau la tête et répondit par un sourire pâlot. Harry se pencha en avant et posa une main sur l'épaule du médecin : « Joyeux Noël, Mathias. »

La dernière chose que vit Harry en passant la porte, ce fut que Mathias Lund-Helgesen était toujours assis dans son fauteuil, les épaules tombantes, avec l'expression de quelqu'un qui vient de prendre une solide gifle.

*

Les derniers restes de lumière diurne fuyaient entre des nuages orange, au-dessus des sapins et des toits à l'ouest du plus grand cimetière de Norvège. Harry passa devant la stèle à la mémoire des Yougoslaves tombés pendant la guerre, le carré du Parti travailliste, les stèles des Premiers ministres Einar Gerhardsen et Trygve Bratteli, avant de parvenir au carré de l'Armée du Salut. Comme il s'y attendait, il trouva Sofia près de la plus récente des sépultures. Elle était assise dans la neige, enveloppée dans une grosse doudoune.

« Salut. » Harry s'assit à côté d'elle.

Il alluma une cigarette et en souffla la fumée dans la brise glaciale, qui dissipa les volutes bleues.

« Ta mère m'a dit que tu étais partie, comme ça. En emportant les fleurs que ton père t'avait achetées. Ce n'était pas très dur à deviner. »

Sofia ne répondit pas.

« Robert était un bon ami, n'est-ce pas ? Quelqu'un

sur qui tu pouvais compter. Et avec qui parler. Pas un violeur.

— C'est Robert qui l'a fait, chuchota-t-elle sans force.

— Ce sont tes fleurs sur sa tombe, Sofia. Je crois que c'est quelqu'un d'autre qui a abusé de toi. Et qu'il a recommencé cette nuit. Et qu'il l'a peut-être fait à d'autres reprises.

— Laissez-moi tranquille ! hurla-t-elle en se remettant tant bien que mal debout dans la neige. Vous entendez ?! »

Tout en tenant sa cigarette dans une main, Harry attrapa le bras de la jeune fille et la fit rudement se rasseoir dans la neige.

« Celui qui est là est mort, Sofia. Toi, tu es vivante. Tu entends ? Tu es vivante. Et si tu prévois de continuer à l'être, il va falloir qu'on le chope. Sinon, il continuera. Tu n'étais pas la première, tu ne seras pas la dernière. Regarde-moi. Regarde-moi, je te dis ! »

Cet éclat de voix si soudain la fit sursauter, et elle le regarda.

« Je sais que tu as peur, Sofia. Mais je te promets que je le choperai. Quoi qu'il arrive. Je le jure. »

Il vit quelque chose s'éveiller dans le regard de la jeune fille. Et s'il ne se trompait pas, c'était un espoir. Il attendit. Elle murmura quelques mots inaudibles.

« Que dis-tu ? » Harry se pencha vers elle.

« Qui me croira ? murmura-t-elle. Qui me croira, maintenant que… maintenant que Robert est mort ?

— Essaie, souffla Harry en posant doucement une main sur son épaule. Et on verra. »

Les nuages orange avaient commencé à se teinter de rouge.

« Il a menacé de tout détruire dans notre vie si je ne faisais pas ce qu'il ordonnait. Il veillerait à ce que nous soyons expulsés de notre appartement, et que nous devions rentrer. Mais nous n'avons nulle part où rentrer. Et si je le leur avais dit : qui m'aurait crue ? Qui… »

Elle se tut.

« … d'autre que Robert », compléta Harry. Et il attendit.

Harry trouva l'adresse sur la carte de visite de Mads Gilstrup. Il voulait aller le voir. Et en premier lieu lui demander pourquoi il avait appelé Halvorsen. En voyant l'adresse, il se rendit compte qu'il allait passer devant chez Rakel et Oleg, qui habitaient aussi sur Holmenkollåsen.

En passant, il ne ralentit pas, il jeta simplement un coup d'œil dans l'allée. La dernière fois qu'il était venu, il avait vu une jeep Cherokee devant le garage, et avait supposé que c'était celle du médecin. Il ne vit que la voiture de Rakel. Il y avait de la lumière à la fenêtre de la chambre d'Oleg.

Harry négocia en trombe les virages en épingle à cheveux entre les villas les plus coûteuses d'Oslo, jusqu'à ce que la route se redresse et continue de monter le long d'une crête pour passer devant l'obélisque blanc de la ville, le tremplin de Holmenkollen. En contrebas, il avait la ville et le fjord, couvert de fines plaques de brume givrée flottant entre des îles enneigées. La courte journée composée en réalité seulement d'un lever et d'un coucher de soleil clignait des yeux, et les lumières avaient depuis longtemps commencé à s'allumer en bas, comme des bougies de l'avent dans un dernier compte à rebours.

Il avait maintenant presque toutes les pièces du puzzle.

Après avoir sonné quatre fois à la porte de Gilstrup sans que personne ouvre, Harry jeta l'éponge. Tandis qu'il retournait à sa voiture, un homme arriva en petite foulée de la maison voisine, et lui demanda s'il connaissait Gilstrup. Oui, il ne voulait pas s'immiscer dans les affaires des autres ; mais ils avaient entendu une grosse déflagration dans la maison, ce matin-là, et Mads Gilstrup venait de perdre sa femme, alors peut-être devait-on prévenir la police ? Harry revint sur ses pas, brisa la vitre à côté de la porte d'entrée, et une alarme se déclencha immédiatement.

Et tandis que l'alarme hurlait sans discontinuer ses deux notes, Harry trouva le salon. En prévision du rapport, il regarda sa montre et retrancha les deux minutes dont Møller l'avait fait avancer. Quinze heures trente-huit.

Mads Gilstrup était nu, et sa tête n'avait plus de face arrière.

Il était étendu sur le parquet, devant un écran éclairé, et on eût dit que le fusil à crosse rouge lui sortait par la bouche. Le canon était long, et tel que gisait le défunt, Harry eut l'impression qu'il s'était servi de son gros orteil pour faire feu. Ce qui nécessitait non seulement une bonne coordination, mais aussi une solide volonté d'en finir.

L'alarme se tut alors brusquement, et Harry entendit le ronronnement du projecteur qui affichait le gros plan figé et tremblant d'un couple de mariés marchant dans l'allée d'une église. Leurs visages, les sourires blancs et la robe blanche de la mariée s'étaient parés d'un treillis sanglant qui avait séché sur la toile.

La lettre d'adieu était coincée sous une bouteille de cognac vide, sur la table basse. Elle était courte : « Pardonne-moi, papa. Mads. »

CHAPITRE 31

Mardi 23 décembre
La résurrection

Il se regarda dans le miroir. Un matin, peut-être l'année prochaine, quand ils sortiraient de la petite maison de Vukovar, ce visage pourrait-il être devenu un de ceux que les voisins salueraient avec un sourire et un *zdravo* ? Comme on salue ce que l'on connaît, ce qui est sûr. Et bon.

« Parfait », jugea la femme derrière lui.

Il supposa qu'elle voulait parler du smoking dont il était vêtu, et qu'il regardait dans le miroir de ce commerce de location et de nettoyage de vêtements.

« *How much ?* » demanda-t-il.

Il la paya, et promit que le smoking serait restitué avant midi le lendemain.

Puis il ressortit dans l'obscurité grise. Il avait trouvé un endroit où se payer un café, et où la nourriture n'était pas trop chère. Il n'y avait plus qu'à attendre. Il regarda l'heure.

*

La plus longue nuit avait débuté. Le crépuscule colorait les façades et les champs en gris lorsque

Harry quitta Holmenkollen, mais avant même d'arriver à Grønland, les ténèbres avaient envahi les parcs.

Il avait appelé police-secours depuis chez Mads Gilstrup pour leur demander d'envoyer une voiture. Avant de s'en aller sans rien toucher. Il gara la voiture au garage de K3 de l'hôtel de police, et monta à son bureau. Arrivé là, il appela Torkildsen : « Le téléphone mobile de mon collègue Halvorsen a disparu, et je voudrais savoir si Mads Gilstrup a laissé des messages dessus.

— Et s'il l'a fait ?

— Je veux l'entendre.

— C'est de l'écoute téléphonique, et je n'ose pas, soupira Torkildsen. Appelle notre centre de relations avec la police.

— Alors il me faudra une décision de justice, et je n'ai pas le temps. Une suggestion ? »

Torkildsen réfléchit.

« Est-ce que Halvorsen a un PC ?

— Je suis assis à côté.

— Et puis non, oublie.

— À quoi pensais-tu ?

— Tu peux accéder à tous les messages de ta boîte vocale via la page Internet de Telenor, mais il faudra bien évidemment que tu aies son mot de passe pour avoir accès à ses messages.

— Est-ce que c'est un mot de passe que l'on choisit soi-même ?

— Oui, mais si tu ne l'as pas, il te faudra un sacré coup de pot pour…

— On va essayer. L'adresse de ce site web, c'est ?

— Il va te falloir du bol, répéta Torkildsen sur le ton de celui qui n'a pas l'habitude d'en avoir trop.

— J'ai l'impression de le savoir. »

Lorsqu'il fut sur la bonne page, il compléta le champ du mot de passe : « Lev Yashin ». Et se vit renvoyer que le mot de passe tapé n'était pas correct. Il le raccourcit alors en « Yashin », et les obtint. Huit messages. Dont six de Beate. Un d'un numéro dans le Trøndelag. Et un du même numéro que celui écrit sur la carte que Harry avait dans la main. Mads Gilstrup.

Harry cliqua sur le bouton de lecture, et la voix de la personne qu'il avait vue morte dans sa propre maison moins d'une demi-heure auparavant se mit à lui parler d'une voix métallique à travers les enceintes plastiques du PC.

Lorsque le message fut terminé, Harry avait la dernière pièce du puzzle.

« N'y a-t-il réellement personne qui sache où est Jon Karlsen ? demanda Harry à Skarre par combiné interposé, tandis qu'il descendait l'escalier de l'hôtel de police. Tu as essayé l'appartement de Robert ? »

Harry passa la porte du bureau de l'équipement et donna une tape sur la cloche posée sur le comptoir devant lui.

« J'ai appelé là-bas aussi. Pas de réponse.

— Va y faire un tour. Entre si personne ne répond, OK ?

— Les clés sont à la Technique, et il est plus de quatre heures. D'habitude, Beate y est jusque tard dans l'après-midi, mais aujourd'hui, avec Halvorsen et…

— Oublie les clés. Emporte un pied-de-biche. »

Harry entendit des pas mous, et un homme affublé

d'une blouse bleue, de tout un réseau de rides et d'une paire de lunettes repoussées sur l'extrême bout de son nez arriva en traînant des pieds. Sans accorder à Harry ne fût-ce qu'un regard, il ramassa la réquisition que Harry avait déposée sur le comptoir.

« Le petit papier bleu ? poursuivit Skarre.

— Pas besoin, celui qu'on a est toujours valable, mentit Harry.

— Ah oui ?

— Si on te demande, l'ordre venait directement de moi. Ça te va ?

— Ça me va. »

L'homme en blouse grogna. Puis il secoua la tête et rendit sa réquisition à Harry.

« Je te rappelle, Skarre. On dirait qu'il y a un pépin, ici... »

Harry fourra son téléphone dans sa poche et regarda la blouse bleue sans comprendre.

« Tu ne peux pas venir chercher la même arme deux fois, Hole », l'informa l'homme.

Harry ne comprit pas exactement ce que voulait dire Kjell Atle Orø, mais il comprit les picotements chauds qu'il ressentait dans la nuque. Il comprit parce qu'il les avait déjà ressentis. Et savait que cela signifiait que le cauchemar n'était pas terminé. Qu'il venait même tout juste de commencer.

*

La femme de Gunnar Hagen lissa sa robe et sortit de la salle de bains. Devant le miroir de l'entrée, son mari essayait de nouer le papillon noir de son smoking. Elle ne bougea pas, sachant qu'il pousserait bientôt un soupir agacé et l'appellerait à son secours.

Ce matin-là, lorsqu'on l'avait joint depuis l'hôtel de police pour lui annoncer que Jack Halvorsen était mort, Gunnar avait expliqué qu'il n'avait pas envie d'aller à un quelconque concert, et qu'il lui était impossible de s'y rendre. Et elle avait su que la semaine à venir aurait son lot de méditation. Il lui arrivait de se demander si d'autres personnes qu'elle comprenaient à quel point des choses de ce genre affectaient Gunnar. Malgré tout, un peu plus tard dans la journée, le chef de la police avait prié Gunnar de se rendre quand même à ce concert, puisque l'Armée du Salut avait décidé que le décès de Jack Halvorsen serait salué par une minute de silence, en conséquence de quoi il était normal que la police soit représentée par le supérieur de Halvorsen. Mais elle voyait bien que cela ne le réjouissait pas, la gravité lui enserrait le front comme un casque trop étroit.

Il renâcla et arracha le nœud papillon.

« Lise !

— Je suis là, répondit-elle calmement en allant se placer derrière lui et en tendant la main. Donne-le-moi. »

Le téléphone posé sur la table sous le miroir sonna. Il se pencha et décrocha : « Hagen. »

Elle entendit une voix lointaine à l'autre bout du fil.

« Bonsoir, Harry. Non, je suis à la maison. Ma femme et moi allons au concert à la Konserthus, aujourd'hui, alors je suis rentré de bonne heure. Du nouveau ? »

Lise Hagen vit le casque imaginaire se resserrer

encore un peu plus tandis qu'il écoutait, sans rien dire, longtemps.

« Oui, répondit-il finalement. Je vais appeler police-secours et déclencher l'alerte générale. On met tous les hommes disponibles sur cette chasse. Je pars bientôt à la Konserthus et j'y resterai quelques heures, mais je garde le mobile en mode vibreur, alors il n'y a qu'à appeler. »

Il raccrocha.

« Qu'est-ce qu'il y a ? s'enquit Lise.

— L'un de mes inspecteurs principaux, Harry Hole, vient de passer au bureau de l'équipement pour retirer une arme sur une réquisition que je lui ai établie aujourd'hui. En remplacement d'une autre qui avait disparu après une effraction chez lui. Il est apparu que, plus tôt dans la journée, quelqu'un est venu chercher l'arme et les munitions qui vont avec, grâce à la première réquisition.

— C'est la pire chose…, commença Lise.

— Non, soupira Gunnar Hagen. Ce n'est malheureusement pas la pire chose. Harry a une idée de qui ça pouvait être. Alors il a appelé l'Institut médico-légal, et il en a eu la confirmation. »

Lise vit avec horreur le visage de son mari virer entièrement au gris. Comme si les conséquences de ce que Harry venait de lui raconter ne lui apparaissaient que maintenant qu'il venait de s'entendre le dire lui-même à son épouse : « L'analyse de sang effectuée sur l'homme que nous avons descendu sur le dock prouve que ce n'est pas la personne qui a vomi à côté de Halvorsen. Ou déposé du sang sur son manteau. Ou laissé des cheveux sur l'oreiller à Heimen. En résumé, le type que nous avons abattu n'est pas Christo Stankić. Si Harry a raison, cela signifie que Stankić est toujours libre. Et armé.

— Mais… mais alors il peut toujours être en chasse après ce pauvre gars, comment il s'appelait, déjà ?

— Jon Karlsen. Oui. Et c'est pour cela que je dois appeler police-secours et mobiliser toutes les ressources disponibles, pour rechercher aussi bien Jon Karlsen que Stankić. » Il appuya le dos de ses mains sur ses yeux, comme si c'était là que se trouvait le siège de la douleur. « Et Harry vient de recevoir un appel d'un agent qui s'est introduit dans l'appartement de Robert Karlsen, pour y rechercher Jon.

— Oui ?

— On dirait qu'il y a eu de la bagarre, là-bas. Les draps… étaient aspergés de sang, Lise. Et pas de Jon Karlsen, juste un couteau pliant sous le lit dont la lame était tachée de sang séché, noir. »

Il retira les mains de son visage, et elle vit dans le miroir que ses yeux étaient rougis.

« Ça va mal, Lise.

— Ça, j'ai bien compris, Gunnar chéri. Mais… mais qui est la personne que vous avez tuée sur le dock, alors ? »

Gunnar Hagen déglutit avec difficulté avant de répondre.

« On n'en sait rien. On sait juste qu'il habitait dans un conteneur, et qu'il avait de l'héroïne dans le sang.

— Doux Jésus… »

Elle posa une main sur son épaule et essaya de capter son regard dans le miroir.

« Il s'est relevé des morts pour la troisième fois, murmura Gunnar Hagen.

— Quoi ?

— Le sauveur. On l'a tué samedi soir. Aujourd'hui, c'est mardi. C'est le troisième jour. »

*

Martine Eckhoff était si belle que Harry en eut le souffle coupé.

« Salut, c'est toi ? » demanda-t-elle d'une voix profonde de contralto. Harry se souvint de la première fois qu'il l'avait vue, à Fyrlyset. Elle était alors en uniforme. Elle lui faisait à présent face dans une élégante robe toute simple, sans manches qui était aussi noire et luisante que ses cheveux. Ses yeux paraissaient encore plus grands et sombres que de coutume. Sa peau était blanche de façon délicate, presque transparente.

« Je suis en train de me faire sexy, déclara-t-elle en riant. Regarde ! »

Elle leva la main avec ce que Harry perçut comme un mouvement infiniment doux, comme extrait d'une danse, le prolongement d'un autre geste tout aussi gracieux. Elle tenait une perle en forme de larme qui reflétait la faible lumière de l'entrée de son appartement. L'autre perle pendait à son oreille.

« Entre », invita-t-elle en faisant un pas en arrière et en lâchant la porte.

Harry passa le seuil et lui tomba dans les bras. « C'est si chouette que tu sois venu », s'enthousiasma-t-elle avant de tirer sa tête vers elle et de lui souffler de l'air chaud dans l'oreille lorsqu'elle lui murmura : « Je n'ai pas arrêté de penser à toi. »

Harry ferma les yeux, la tint fermement et sentit la chaleur de ce petit corps à la douceur féline. C'était la seconde fois en moins de vingt-quatre heures qu'il la serrait ainsi contre lui. Et il ne voulait pas la lâcher. Car il savait que ce serait la dernière.

Sa boucle d'oreille reposait sur sa joue, sous un œil, comme une larme déjà froide.

Il se libéra.

« Quelque chose ne va pas ? demanda-t-elle.

— Asseyons-nous. Il faut que l'on parle. »

Ils entrèrent au salon, et elle s'assit sur le canapé. Harry alla près de la fenêtre et regarda dans la rue.

« Il y a quelqu'un dans une voiture, en bas, qui regarde ici. »

Martine poussa un soupir. « C'est Rikard. Il m'attend, il doit m'emmener à la Konserthus.

— Mmm. Est-ce que tu sais où est Jon, Martine ? s'enquit Harry en se concentrant sur le visage de la jeune femme dans le reflet que lui renvoyait la vitre.

— Non, répondit-elle en croisant son regard. Tu crois que j'aurais eu une raison particulière de le savoir ? Puisque tu me le demandes comme ça, je veux dire ? » Sa voix avait perdu son côté sucré.

« On vient de s'introduire dans l'appartement de Robert, dont on pense que Jon l'a utilisé. Et on a trouvé un lit plein de sang.

— Je ne savais pas, répondit Martine avec une surprise qui semblait authentique.

— Je sais que tu ne le savais pas. Les légistes examinent le type sanguin. C'est-à-dire, il doit déjà être connu. Et je suis assez certain du résultat qu'ils vont trouver.

— Jon ? souffla-t-elle.

— Non. Mais tu l'aurais peut-être espéré ?

— Pourquoi dis-tu ça ?

— Parce que c'est Jon qui t'a violée. »

Un silence de mort s'abattit dans la pièce. Harry retint son souffle, de sorte qu'il puisse l'entendre chercher le sien, puis, bien avant que l'air n'ait pu atteindre les poumons, le laisser s'échapper de nouveau par saccades.

« Pourquoi est-ce que tu crois ça ? demanda-t-elle d'une voix qui ne tremblait qu'imperceptiblement.

— Parce que tu m'as raconté que ça s'était passé à Østgård, et qu'après tout, il n'y a pas tant d'hommes qui violent. Et Jon Karlsen est l'un d'entre eux. Le sang dans le lit de Robert est celui d'une fille qui s'appelle Sofia Miholjec. Elle est venue à l'appartement de Robert, hier soir, parce que Jon Karlsen lui avait ordonné de le faire. Comme convenu, elle est entrée grâce à une clé qu'elle avait à l'époque reçue de Robert, son meilleur ami. Après l'avoir prise, il lui a fait sa fête. Elle a raconté que ça arrivait.

— Que ça arrivait ?

— D'après Sofia, Jon l'a violée pour la première fois un après-midi de l'été dernier. Ça s'est passé dans l'appartement de la famille Miholjec, pendant que les parents étaient sortis. Jon est entré sous prétexte de devoir inspecter l'appartement. C'était son boulot, au fond. Tout comme c'était son boulot de décider qui pourrait conserver son appartement.

— Tu veux dire… il l'a menacée ? »

Harry hocha la tête.

« Il lui a dit que sa famille serait jetée dehors et renvoyée au pays si Sofia ne faisait pas ce qu'il exigeait et si elle ne gardait pas leur secret. Que le bonheur ou le malheur des Miholjec dépendait de son bon vouloir à lui, Jon. Et de la complaisance de Sofia. La pauvre fille n'a pas osé faire autre chose que ce qu'il disait. Mais quand il est apparu qu'elle était enceinte, il a bien fallu qu'elle trouve de l'aide auprès de quelqu'un. Un ami auprès de qui se confier, plus âgé, et qui pourrait, sans poser de questions, s'occuper des détails pratiques inhérents à un avortement.

— Robert, murmura Martine. Seigneur ! Elle est allée voir Robert.

— Oui. Et même si elle ne lui a rien dit, elle a cru que Robert comprendrait que c'était Jon. Et je le crois aussi. Car Robert savait que Jon avait déjà violé, non ? »

Martine ne répondit pas. Elle se recroquevilla sur le canapé, replia les jambes sous elle et enroula les bras autour de ses épaules nues, comme si elle avait froid, ou comme si elle voulait disparaître en elle-même.

Lorsqu'elle commença enfin à parler, ce fut d'une voix si basse que Harry entendait le tic-tac de la montre de Bjarne Møller.

« J'avais quatorze ans. Pendant qu'il le faisait, je me disais que si seulement je me concentrais sur les étoiles, je pourrais les voir à travers le toit. »

Harry l'écouta raconter la chaude journée d'été à Østgård, le jeu avec Robert, le regard réprobateur de Jon noir de jalousie. Et quand la porte des toilettes extérieures s'était ouverte sur Jon, qui tenait le couteau pliant de son frère. Le viol, et la douleur qui avait suivi quand elle était étendue en larmes dans l'herbe, tandis que lui retournait à la maison. Et l'incompréhensible : juste après, les oiseaux s'étaient remis à chanter.

« Mais le pire, ce n'était pas le viol, poursuivit Martine d'une voix lourde de sanglots, mais les joues sèches. Le pire, c'était que Jon savait. Il savait qu'il n'avait même pas besoin de me contraindre au silence. Que je ne cafterais jamais. Il savait que je savais que même si je montrais mes vêtements tout déchirés et si on me croyait, il resterait toujours un soupçon de doute sur la raison et la culpabilité. Et il était question de loyauté. Est-ce que moi, la fille du commandeur, j'allais être celle qui entraînerait nos parents et toute l'Armée dans un scandale destructeur ? Et pendant toutes ces années, quand j'ai vu Jon, il m'a regardée avec ces yeux qui disent : "Je sais. Je sais comment tu tremblais de peur, et comment tu pleurais silencieusement pour que personne ne t'entende. Je sais et je vois ta poltronnerie muette chaque jour." » La première larme coula sur sa joue. « Et c'est pour cela que je le déteste à ce point. Pas parce qu'il m'a prise, ça, j'aurais réussi à le pardonner. Mais parce que tout le temps, il me montrait qu'il savait. »

Harry alla dans la cuisine, arracha une feuille de papier absorbant, revint et s'assit à côté d'elle.

« Fais attention à ton maquillage, conseilla-t-il en lui tendant le papier. Le Premier ministre et tout le reste. »

Elle l'appuya doucement sous ses yeux.

« Stankić est allé à Østgård, continua Harry. C'est toi qui l'y as conduit ?

— De quoi est-ce que tu parles ?

— Il y est allé.

— Qu'est-ce qui te fait dire ça ?

— L'odeur.

— L'odeur ? »

Harry hocha la tête. « Une odeur douce, parfumée. Je l'ai sentie la première fois que j'ai ouvert à Stankić, chez Jon. La seconde fois, quand j'étais dans sa chambre à Heimen. Et la troisième fois quand je me suis réveillé à Østgård ce matin. L'odeur était dans la couverture en laine. » Il observa les yeux de Martine, et leurs pupilles en forme de trou de serrure.

« Où est-il, Martine ?

— Je crois que tu devrais t'en aller, murmura-t-elle en se levant.

— Réponds-moi d'abord.

— Je n'ai pas besoin de répondre de quelque chose que je n'ai pas fait. »

Elle était arrivée à la porte du salon quand Harry la rattrapa. Il se planta devant elle et la saisit par les épaules.

« Martine...

— J'ai un concert auquel il ne faut pas que je sois en retard.

— Il a supprimé l'un de mes meilleurs amis, Martine. »

Son visage était dur et fermé lorsqu'elle répondit : « Il n'aurait peut-être pas dû se mettre en travers de son chemin. »

Harry la lâcha comme s'il s'était brûlé. « Tu ne peux pas laisser Jon Karlsen se faire tuer. Et le pardon ? Ce n'est pas dans cette branche que vous êtes ?

— C'est toi qui crois que les gens peuvent changer, rétorqua Martine. Pas moi. Et je ne sais pas où est Stankić. »

Elle alla dans la salle de bains et ferma la porte. Harry ne bougea pas.

« Et tu te trompes en ce qui concerne notre branche, lui cria-t-elle de derrière la porte. Il n'est pas question de pardon. Nous sommes dans la même branche que tous les autres. Le salut, n'est-ce pas ? »

Malgré le froid, Rikard était sorti de la voiture, et était appuyé sur le capot, les bras croisés. Il ne rendit pas son signe de tête à Harry lorsque celui-ci passa.

CHAPITRE 32

Mardi 23 décembre
Exodus

Il était six heures et demie, mais une activité fébrile régnait à la Brigade criminelle.

Harry trouva Ola Li près du fax. Il jeta un coup d'œil à la télécopie en cours de réception. Envoyée par Interpol.

« Qu'est-ce qui se passe, Ola ?

— Gunnar Hagen a passé une série de coups de fil et a mis le service sens dessus dessous. Absolument tout le monde est présent. On va choper le type qui a buté Halvorsen. »

Il y avait dans la voix de Li une détermination dont Harry comprit instinctivement qu'elle reflétait l'ambiance du cinquième étage ce soir-là.

Il entra chez Skarre, qui était debout derrière son bureau et parlait assez fort et à toute vitesse dans son téléphone : « On peut vous pourrir la vie à toi et tes gars plus que tu n'en as idée, Affi. Si tu ne m'aides pas et si tu ne mets pas tes gars dans la rue, tu vas te retrouver d'un seul coup au sommet de notre liste *most wanted*. Je suis clair ? Alors : croate, taille moyenne…

— Cheveux blonds très courts », ajouta Harry.

Skarre leva les yeux et fit un signe de tête à Harry. « Cheveux blonds très courts. Rappelle-moi quand tu auras quelque chose. »

Il raccrocha. « C'est une véritable ambiance *Band Aid*, dehors, absolument tout le monde participe. Je n'ai jamais vu ça.

— Mmm. Toujours aucune trace de Jon Karlsen ?

— Niks. La seule chose que l'on sait, c'est que sa copine, Thea, dit qu'il doit être à la Konserthus ce soir. Ils ont sûrement des places dans la loge d'honneur. »

Harry regarda l'heure.

« Ce qui fait que Stankić a une heure et demie devant lui s'il veut faire ce qu'il a prévu de faire.

— C'est-à-dire ?

— J'ai appelé la Konserthus. Tous les billets sont vendus depuis quatre semaines, et ils ne laisseront entrer personne sans billet, pas même dans le foyer. Autrement dit, une fois que Jon sera dans la salle, il sera en sécurité. Appelle pour vérifier que Torkildsen, de Telenor, est au boulot, et qu'il peut pister le mobile de Karlsen. Oui, et veille à ce qu'on ait suffisamment de personnel devant et autour de la salle de concert, qu'ils soient armés et qu'ils aient le signalement. Après ça, tu appelles le cabinet du Premier ministre pour les mettre au courant des dernières mesures de sécurité.

— Moi ? Le… cabinet du Premier ministre ?

— Bien sûr. Tu es grand, maintenant. »

Depuis son bureau, Harry composa l'un des six numéros de téléphone qu'il connaissait par cœur.

Les cinq autres étaient ceux de la Frangine, la maison des parents à Oppsal, le mobile de Halvorsen, l'ancien numéro personnel de Møller et celui d'Ellen, qui n'était plus en service.

« Rakel.

— C'est moi. »

Il l'entendit prendre sa respiration.

« Je m'en doutais.

— Pourquoi ça ?

— Parce que je pensais à toi, répondit-elle avec un rire bas. C'est comme ça, tout simplement. Alors ? »

Harry ferma les yeux. « Je pensais voir Oleg demain. Comme on en avait parlé.

— Super ! Il va être content. Tu veux passer le chercher ici ? » Avant d'ajouter devant l'hésitation qu'elle perçut : « On sera seuls. »

Harry eut à la fois envie et pas envie de lui demander ce qu'elle entendait par là.

« J'essaierai de passer vers six heures. »

*

À en croire Klaus Torkildsen, le mobile de Jon Karlsen se trouvait quelque part dans l'est d'Oslo, à Haugerud ou Høybråten.

« Ça ne nous aide pas beaucoup », déplora Harry.

Après avoir erré de bureau en bureau pour prendre des nouvelles sur l'état d'avancement chez les autres, Harry enfila son blouson et annonça qu'il partait pour la Konserthus.

Il se gara à la sauvage dans l'une des petites rues autour de Victoria Terrasse, passa devant le ministère des Affaires étrangères et descendit le large escalier vers Ruseløkkeveien avant de prendre à droite et de filer vers la Konserthus.

Des gens endimanchés se pressaient dans le froid mordant, sur le grand espace ouvert devant la façade vitrée. Deux types baraqués en manteau noir et ayant chacun de minuscules écouteurs dans les oreilles se tenaient devant la porte. Plus six autres policiers répartis devant la façade, cibles de coups d'œil de la part d'invités frissonnants qui n'avaient pas l'habitude de voir la police de la ville équipée de pistolets automatiques.

Harry reconnut Sivert Falkeid dans l'un des uniformes, et alla le voir.

« Je ne savais pas que Delta avait été réquisitionné.

— Ce n'est pas le cas. J'ai appelé police-secours pour demander si nous pouvions donner un coup de main. C'était ton partenaire, non ? »

Harry hocha la tête, tira son paquet de cigarettes de sa poche intérieure et en proposa une à Falkeid, qui secoua la tête.

« Jon Karlsen ne s'est toujours pas montré ?

— Non, répondit Falkeid. Et quand le Premier ministre sera arrivé on n'en laissera plus entrer d'autres dans la loge d'honneur. » Au même instant, deux voitures noires arrivèrent sur la place. « À propos... »

Harry vit le Premier ministre descendre de voiture et être promptement conduit à l'intérieur. Au moment où la porte d'entrée s'ouvrit, Harry entraperçut également le comité d'accueil. Il eut le temps de voir un David Eckhoff tout sourire et une Thea Nilsen légèrement moins sourire, tous deux en uniforme de l'Armée du Salut.

Harry alluma sa cigarette.

« Bon Dieu, fait froid, grogna Falkeid. Je ne sens plus mes jambes, ni la moitié de ma calebasse. »

Je t'envie, pensa Harry.

« Il ne viendra pas, lâcha Harry tout haut quand il fut arrivé à la moitié de sa cigarette.

— C'est ce qu'on dirait. Reste à espérer qu'il n'a pas déjà trouvé Karlsen.

— C'est de Karlsen que je parle. Il a compris que la partie est finie. »

Falkeid jeta un coup d'œil au grand type dont il avait pensé à un moment, avant que les rumeurs d'alcoolisme et d'indiscipline ne lui parviennent, qu'il pourrait faire partie de Delta.

« Quel jeu ?

— Longue histoire. J'entre. Si malgré tout Jon Karlsen se pointe, il est en état d'arrestation.

— Karlsen ? répéta Falkeid, qui n'avait plus du tout l'air de suivre. Et Stankić ? »

Harry laissa tomber sa cigarette, qui atterrit en grésillant dans la neige à ses pieds.

« Oui, murmura-t-il comme pour lui. Et Stankić ? »

*

Assis dans la pénombre, il jouait machinalement avec le manteau qu'il avait posé sur ses genoux. Les haut-parleurs diffusaient doucement des airs de harpe. De fins rais de lumière balayaient le public depuis les projecteurs au plafond, et il supposa que c'était censé créer une ambiance fébrile dans l'attente de ce qui allait bientôt se produire sur scène.

Il y eut un mouvement dans les rangs devant lui lorsqu'un groupe d'une douzaine de personnes arriva.

Certains voulurent se lever, mais on entendit des murmures et des chuchotis, et les gens se rassirent. Dans ce pays, on ne faisait manifestement pas montre de ce genre de déférence envers les élus du peuple. Le groupe fut conduit trois rangs devant lui, où les sièges étaient restés libres durant la demi-heure qu'il avait attendu jusqu'alors.

Il vit un homme en costume et remarqua un fil qui lui montait jusqu'à une oreille, mais ne vit aucun policier en uniforme. Le déploiement de forces de police à l'extérieur n'avait pas non plus été alarmant. En fait, il s'était attendu à en voir davantage, Martine l'ayant informé que le Premier ministre serait présent. D'un autre côté, quelle importance avait le nombre de policiers ? Il était invisible. Encore plus invisible que d'habitude. Il regarda avec satisfaction autour de lui. Combien de centaines d'hommes en smoking se trouvaient ici ? Il imaginait déjà la tourmente. Et le repli simple mais efficace. Il était passé la veille et avait trouvé la voie de retraite. Et la dernière chose qu'il avait faite avant d'entrer dans la salle, ce soir, c'était de vérifier si personne n'avait fermé les fenêtres des toilettes hommes. Les vitres toutes simples couvertes de givre pouvaient être poussées de l'intérieur, elles étaient suffisamment larges et placées assez bas pour qu'on pût s'extraire facilement et rapidement sur la corniche à l'extérieur. Arrivé là, il n'y avait qu'à se laisser tomber de trois mètres sur le toit de l'une des voitures garées sur le parking en dessous. Enfiler ensuite le manteau, filer dans une Haakon VII's gate noire de monde, et en deux minutes quarante secondes de marche rapide, il serait sur le quai de la station Nationaltheatret, à laquelle le Flytog passait toutes les vingt minutes. Celui qu'il comptait prendre partait à vingt heures dix-neuf. Avant de quitter les toilettes pour monter dans la salle, il avait glissé deux tablettes à urinoir dans sa poche de veste.

Il avait dû montrer son billet pour la deuxième fois lorsqu'il entra dans la salle. Il avait secoué la tête avec un sourire quand la fille lui avait demandé quelque chose en norvégien en désignant son manteau. Elle avait regardé son billet avant de lui indiquer un siège dans la loge d'honneur, en réalité quatre rangs banals dans le milieu de la salle qui, pour l'occasion, avaient été délimités par un ruban rouge. Martine lui avait expliqué où seraient installés Jon Karlsen et son amie Thea.

Et ils arrivaient donc enfin. Il regarda rapidement sa montre. Huit heures six. La salle était plongée dans la pénombre, et la lumière depuis la scène était trop puissante pour qu'il pût identifier les membres de la délégation, mais l'un des visages fut soudain éclairé par un petit projecteur. Il n'aperçut qu'un court instant un visage blafard et torturé, mais le doute n'était pas permis : c'était la femme qu'il avait vue sur le siège arrière de la voiture dans Gøteborggata, à côté de Jon Karlsen.

Une certaine agitation semblait régner sur les sièges de devant, mais ils finirent par se décider et le mur de corps descendit dans les fauteuils. Il saisit la crosse du revolver sous son manteau. Six cartouches se trouvaient dans le barillet. C'était une arme inhabituelle, qui avait une détente plus lourde qu'un pistolet, mais il s'était exercé avec toute la journée et s'était familiarisé avec la manière dont la détente laissait partir le coup.

Puis, comme sur un signal invisible, le silence s'abattit sur la salle.

Un homme en uniforme s'avança, souhaita vraisemblablement la bienvenue et prononça quelques mots : la salle se leva. Il fit la même chose et contempla les gens autour de lui, qui gardaient le silence, la tête baissée. Apparemment, quelqu'un était mort. L'homme reprit la parole, et tout le monde se rassit.

Puis, enfin, le rideau se leva.

*

Dans l'obscurité sur le côté de la scène, Harry vit le rideau se lever. La lumière du bord de la scène l'empêchait de voir le public, mais il le devinait, comme un gros animal qui respirait là-bas.

Le chef d'orchestre leva sa baguette et le troisième chœur de gospel d'Oslo entama le chant que Harry avait entendu au Temple :

Laissons flotter la bannière du salut,
en avant vers la guerre sainte !

« Excusez-moi », entendit-il derrière lui. Il se retourna et vit une jeune femme affublée de lunettes et d'un casque-micro. « Que faites-vous ici ?

— Police.

— Je suis régisseuse, et je dois vous prier de ne pas rester dans le chemin.

— Je cherche Martine Eckhoff. On m'a dit que je la trouverais ici.

— Elle est *là* », indiqua la régisseuse en désignant le chœur. Et c'est alors que Harry l'aperçut. Elle était au fond, sur la dernière marche, où elle chantait gravement, avec l'air de presque souffrir. Comme à propos de l'amour perdu, et non de combat et de victoire.

Rikard se tenait à côté d'elle. Lui, au contraire, avait un sourire bienheureux sur les lèvres. Son visage était tout différent, maintenant qu'il chantait. Ce qu'il avait de dur et de complexé avait disparu, ses yeux jeunes semblaient rayonner, comme si tout son cœur était en accord avec ce qu'il chantait : qu'ils allaient remporter le monde pour la gloire de Dieu, pour la miséricorde et l'amour de son prochain.

Harry remarqua avec surprise que le chant et le texte faisaient leur impression.

Lorsqu'ils eurent terminé, été salués par les applaudissements et eurent regagné les flancs, Rikard regarda avec étonnement Harry, mais ne dit rien. Lorsque Martine l'aperçut, elle baissa les yeux et tenta une manœuvre de contournement. Mais Harry réagit rapidement et alla se planter devant elle.

« Je te donne une dernière chance, Martine. Aie l'amabilité de ne pas la fiche en l'air.

— Je ne sais pas où il est, j'ai dit », soupira-t-elle lourdement.

Harry l'attrapa par les épaules et chuchota d'une voix sifflante : « Tu seras condamnée pour complicité. Tu veux lui faire cette joie ?

— Joie ? répéta-t-elle avec un sourire las. Des joies, il n'en aura pas là où il va.

— Et ce chant que vous venez de chanter ? "Qui prend pitié et est le véritable ami des pécheurs." Ça ne signifie rien, ce ne sont que des mots ? »

Elle ne répondit pas.

« Je comprends que ce soit plus difficile, reprit Harry, que le pardon facile que tu distribues à droite à gauche à Fyrlyset, dans la glorification de toi-même. Un junkie qui détrousse des anonymes parce qu'il est désespéré, pour apaiser l'envie qu'il ressent, qu'est-ce que c'est ? Qu'est-ce que c'est, en comparaison du pardon vis-à-vis de quelqu'un qui en a réellement besoin ? Un vrai pécheur en route pour l'enfer ?

— Arrête, lui demanda-t-elle d'une voix étranglée par les larmes, en essayant de le repousser sans force.

— Tu peux toujours sauver Jon, Martine. Et il aura une autre chance. Et tu auras une autre chance.

— Il t'importune, Martine ? » C'était la voix de Rikard.

Harry ferma le poing droit sans se retourner, se prépara tout en plantant son regard dans les yeux baignés de larmes de Martine.

« Non, Rikard, répondit-elle. Tout va bien. »

Harry entendit les pas de Rikard s'éloigner, tandis qu'il la regardait toujours. Une guitare se mit à gratouiller sur scène. Un piano lui emboîta le pas. Harry reconnut le morceau entendu sur Egertorget, ce soir-là. Et à la radio à Østgård. *Morning Song*. Une éternité semblait s'être écoulée.

« Ils mourront tous les deux si tu ne m'aides pas à arrêter ça.

— Pourquoi est-ce que tu dis ça ?

— Parce que Jon est borderline et que c'est sa fureur qui le guide. Et Stankić n'a peur de rien.

— Et toi, tu vas me persuader que tout ce qui t'intéresse, c'est de les sauver tous les deux parce que c'est ton boulot ?

— Oui. Et parce que j'ai fait une promesse à la mère de Stankić.

— Sa mère ? Tu as parlé à sa mère ?

— Je lui ai juré d'essayer de sauver son fils. Si je n'arrête pas Stankić maintenant, il sera abattu. Comme celui du dock. Crois-moi. »

Harry regarda Martine, puis lui tourna le dos et s'en alla. Il était arrivé aux marches lorsqu'il entendit sa voix derrière lui : « Il est là. »

Harry se figea. « Quoi ?

— J'ai donné ton billet à Stankić. »

Au même instant, la lumière s'alluma sur scène.

Les silhouettes sur les sièges devant lui se dessinaient nettement contre la cascade de lumière dansante blanche. Il se laissa couler dans son fauteuil, leva prudemment la main, posa le canon court sur le dossier devant lui de sorte à avoir le champ libre vers le dos en smoking à gauche de Thea. Il voulait tirer deux fois. Puis se lever et faire feu une troisième fois, si nécessaire. Mais il savait déjà que ça ne le serait pas.

La détente lui parut plus légère que plus tôt dans la journée, mais il savait que c'était dû à l'adrénaline. Et pourtant, il n'avait plus peur. La gâchette glissait, glissait, il arriva au point de résistance, le demi-millimètre qui était le no man's land de la détente, où il faut simplement se relaxer et continuer d'appuyer, car on ne peut plus faire machine arrière, on a cédé le contrôle aux lois et aux aléas impitoyables de la mécanique.

La tête coiffant le dos que la balle ne tarderait pas

à atteindre se tourna vers Thea et lui glissa quelques mots.

À cet instant, son cerveau élabora deux observations. Qu'étrangement Jon Karlsen était en smoking et non en uniforme de l'Armée du Salut. Et qu'il y avait comme un problème dans la distance physique séparant Jon et Thea. Dans une salle de concert baignée d'une musique à fort niveau sonore, deux amants se seraient penchés l'un contre l'autre.

Son cerveau tenta désespérément d'inverser le cours du processus déjà en marche, la pression progressive de l'index sur la détente.

Il y eut une puissante déflagration.

Si puissante que les oreilles de Harry se mirent à siffler.

« Quoi ? cria-t-il à Martine pour couvrir le bruit de l'assaut du batteur sur sa crash, qui l'avait momentanément rendu sourd.

— Il est assis au rang numéro 19, trois rangs derrière Jon et le Premier ministre. Siège numéro 25. Au milieu. » Elle tenta un sourire, mais ses lèvres tremblaient trop. « Je t'avais trouvé le meilleur billet de la salle, Harry. »

Harry la regarda. Puis il se mit à courir.

*

Jon Karlsen essayait de faire avancer ses jambes comme des baguettes de batteur sur le quai d'Oslo S, mais il n'avait jamais été un grand sprinteur. Les portes automatiques soupirèrent à fendre l'âme, se refermèrent, et le Flytog argent étincelant se mit en mouvement au moment où Jon arrivait. Il gémit, posa sa valise, se débarrassa du petit sac à dos et se laissa tomber sur l'un des bancs du quai. Il ne garda que le sac noir sur ses genoux. Dix minutes avant le prochain départ. Pas de panique, il avait le temps. Un océan de temps, songea-t-il. Tellement qu'il aurait presque souhaité en avoir un peu moins. Il regarda fixement le tunnel par où le train suivant arriverait. Une fois Sofia partie, lorsqu'il s'était endormi dans l'appartement de Robert au petit matin bien sonné, il avait fait un rêve. Un vilain rêve, où il voyait l'œil de Ragnhild le contempler sans ciller.

Il regarda l'heure.

Le concert avait commencé à la Konserthus. La pauvre Thea y était, sans lui, et elle ne comprenait rien. Les autres non plus, d'ailleurs. Jon souffla dans ses mains, mais le froid prenait d'assaut l'air humide si rapidement que ses mains n'en étaient que plus froides. Il fallait faire comme cela, il n'y avait pas d'autre moyen. Car les choses s'étaient emballées, étaient maintenant hors de contrôle, il ne pouvait prendre le risque de rester plus longtemps.

C'était entièrement sa faute. Il avait perdu la maîtrise de soi avec Sofia, cette nuit, et il aurait dû le prévoir. Toute cette tension qui devait être évacuée. Ce qui l'avait à ce point mis hors de lui, c'était que Sofia l'avait accepté sans mot dire, sans un bruit. Elle n'avait fait que poser sur lui ce regard fermé, tourné en dedans. Comme un agneau sacrificiel muet. Alors il l'avait frappée au visage. Le poing fermé. La peau de ses phalanges s'était ouverte, et il avait frappé derechef. Idiot. Pour éviter de voir, il l'avait tournée face au mur, et ce n'était qu'après avoir éjaculé qu'il était parvenu à se calmer. Mais trop tard. En la regardant avant qu'elle s'en aille, il avait compris que cette fois, des explications du genre collision avec une porte ou chute sur la glace ne seraient pas satisfaisantes.

La seconde chose qui nécessitait qu'il prenne le large, c'était l'appel téléphonique reçu la veille. Il avait vérifié le numéro de l'appelant. Celui d'un hôtel de Zagreb, l'International Hotel. Il n'avait pas la moindre idée de la façon dont ils s'étaient procuré son numéro de mobile, qui n'était répertorié nulle part. Mais il avait une vague idée de ce que cela signifiait : même si Robert était mort, ils ne considéraient pas la mission comme terminée. Ce n'était pas conforme à ce qu'il avait prévu, et cela lui échappait. Ils enverraient peut-être quelqu'un d'autre à Oslo. Quoi qu'il en soit, il devait décamper.

Il avait acheté son billet d'avion à la hâte, à destination de Bangkok via Amsterdam. Imprimé au nom de Robert Karlsen. Comme celui qu'il avait acheté pour Zagreb en octobre. Et comme, à ce moment-là, il avait le passeport vieux de dix ans de son frère dans la poche, personne ne pouvait nier la ressemblance entre lui et la personne sur la photo figurant sur le document officiel. Que l'apparence d'une jeune personne puisse connaître des changements sur une période de dix ans, c'était une réalité dont tout préposé au contrôle des passeports avait conscience.

Après avoir acheté son billet, il était allé à Gøteborggata où il avait rempli une valise et un sac. Il restait dix heures avant le départ de l'avion, et il devait se faire discret. Il était donc parti pour l'un des « appartements partiellement meublés » que l'Armée du Salut louait à Haugerud, et dont il avait les clés. L'appartement était vide depuis deux ans, avait subi un dégât des eaux. On y trouvait un canapé et un fauteuil dont le rembourrage partait en charpie, plus un lit au matelas taché. C'était ici que Sofia avait reçu l'ordre exprès de venir chaque jeudi après-midi à six heures. Certaines taches étaient d'elle. Il en avait fait d'autres quand il était seul. Et à ces occasions, il avait systématiquement pensé à Martine. Ça avait été une faim satisfaite à une seule et unique reprise, et c'était cette sensation qu'il avait cherchée depuis. Et qu'il avait enfin trouvée, avec cette jeune Croate de quinze ans.

Puis, un jour d'automne, un Robert tout retourné était venu le voir pour lui révéler que Sofia s'était confiée à lui. Jon était entré dans une telle rage qu'il n'avait qu'à grand-peine réussi à se maîtriser.

Ça avait été si… humiliant. Exactement comme quand il avait treize ans, quand son père lui avait filé une rouste à coups de ceinturon parce que sa mère avait trouvé des taches de sperme sur ses draps.

Et quand Robert l'avait menacé de tout révéler à la direction de l'Armée du Salut s'il ne faisait qu'approcher de nouveau Sofia, Jon avait compris qu'il ne restait qu'une seule possibilité. Qui ne consistait pas en l'arrêt des rencontres avec Sofia. Car ce que ni Robert, ni Ragnhild, ni Thea ne comprenait, c'était qu'il lui fallait cela, c'était la seule chose qui lui apportait la délivrance et un véritable apaisement. Dans quelques années, Sofia serait trop âgée, et il devrait en trouver une nouvelle. Mais jusque-là, elle pourrait être sa petite princesse, la lumière de son âme et la flamme de ses reins, comme Martine l'avait été quand la magie avait fonctionné pour la première fois, cette nuit-là à Østgård.

D'autres voyageurs arrivèrent sur le quai. Il ne se passerait peut-être rien. Il pourrait peut-être voir venir pendant quelques semaines et rentrer. Pour rejoindre Thea. Il sortit son téléphone, retrouva son numéro et composa un message : « Papa tombé malade. Pars à Bangkok ce soir. Appelle demain. »

Il l'envoya et tapota le sac noir. Cinq millions de couronnes en dollars. Papa serait tellement content en comprenant qu'il pouvait enfin payer sa dette et être libre. Je porte les péchés d'autres personnes, songea-t-il. Je les délivre.

Il regarda fixement le tunnel, l'orbite noire. Huit heures dix-huit. Où était-il passé ?

*

Où était Jon Karlsen ? Il écarquilla les yeux sur la rangée de dos devant lui en baissant lentement son revolver. Son doigt avait obéi et relâché la gâchette. À quel point avait-il été près de faire feu, il ne le saurait jamais. Mais une chose était sûre, désormais : Jon Karlsen n'était pas présent. Il n'était pas venu. Là se trouvait la raison de l'agitation survenue au moment de s'asseoir.

La musique se fit plus calme, les balais frottèrent lentement les peaux, et les doigts s'enflammèrent sur la guitare.

Il vit la copine de Jon Karlsen plonger en avant et ses épaules remuer, comme si elle fouillait dans son sac à main. Elle s'immobilisa quelques secondes, la tête penchée. Elle quitta son fauteuil, et il la suivit des yeux tandis qu'elle gagnait l'allée à pas saccadés et impatients devant des gens qui se levaient pour la laisser passer. Il comprit immédiatement ce qu'il devait faire.

« *Excuse me.* » Il se leva. Il ne remarqua pour ainsi dire pas les regards sévères des gens qui se redressèrent avec force soupirs, tout ce qui attirait son attention, c'était que son ultime chance de mettre la main sur Jon Karlsen était sur le point de quitter la salle.

Il s'arrêta aussitôt qu'il arriva dans le foyer et entendit la porte capitonnée se refermer derrière lui, tandis que la musique se taisait, comme sur un claquement de doigts. La fille n'était pas allée loin. Elle se tenait près d'une colonne, et pianotait sur son mobile. Deux hommes en costume discutaient à l'autre entrée de la salle, et deux préposées au vestiaire étaient assises derrière le comptoir, chacune sur sa chaise, aucune des deux ne semblant réellement présente. Il s'assura que le manteau qu'il avait sur le bras dissimulait toujours le revolver, et il allait se diriger vers elle lorsqu'il entendit des pas précipités à sa droite. Il se tourna juste à temps pour voir un grand type au visage écarlate et aux yeux exorbités arriver droit sur lui. Harry Hole. Il sut qu'il était trop tard, que le manteau l'empêcherait de braquer suffisamment tôt le revolver sur lui. Il partit à la renverse vers le mur lorsque la main du policier l'atteignit à l'épaule. Et constata, sidéré, que Hole saisissait la poignée de la porte de la salle, l'ouvrait à la volée et disparaissait à l'intérieur.

Il appuya sa tête contre le mur et ferma très fort les yeux. Puis il se redressa lentement, vit la fille qui piétinait sur place, le téléphone collé à l'oreille et une expression perdue sur le visage, et s'avança. Il se planta juste devant elle et tira le manteau de côté de sorte qu'elle puisse voir le revolver.

« *Please come with me*[1], commanda-t-il lentement et distinctement. Ou je devrai vous tuer. »

Il vit ses yeux se noircir entièrement lorsque la peur fit se dilater ses pupilles, et elle lâcha son téléphone.

*

Il tomba et heurta le rail avec un petit claquement. Jon ne quittait pas des yeux le téléphone qui continuait de sonner. Un instant, avant de voir que c'était Thea qui appelait, il avait cru que c'était la voix muette de la veille qui rappelait. Elle n'avait pas dit un mot, mais c'était une femme, il en était sûr. C'était elle, c'était Ragnhild. Stop ! Que se passait-il, était-il en train de devenir fou ? Il se concentra sur sa respiration. Il ne devait pas perdre le contrôle maintenant.

Il se cramponna au sac noir au moment où le train arrivait à quai.

La porte s'ouvrit dans un soupir, il monta à bord, déposa sa valise sur les supports et se trouva un siège libre.

*

Le siège libre béait vers lui comme le trou laissé par une dent arrachée. Harry étudia les visages de part et d'autre du fauteuil, mais ils étaient ou bien trop vieux, ou bien trop jeunes, ou bien apparte-

1. « Veuillez venir avec moi. »

naient à des personnes du mauvais sexe. Il courut au premier siège du rang numéro 19 et s'accroupit à côté du vieil homme chenu qui l'occupait.

« Police. Nous…

— Comment ? beugla le bonhomme en mettant une main en cornet derrière son oreille.

— Police », répéta Harry plus fort. Il remarqua qu'à un rang un peu plus bas, un type à l'oreille connectée avait commencé à s'agiter et à causer dans son revers de veston.

« Nous recherchons une personne qui est censée avoir occupé un siège au milieu de cette rangée. Est-ce que vous avez vu quelqu'un partir ou ar…

— Comment ? »

Une dame entre deux âges, qui l'accompagnait apparemment pour la soirée, se pencha en avant : « Il vient de sortir. De la salle, donc. En plein milieu du chant », précisa-t-elle, et Harry comprit au ton employé qu'elle supposait que c'était pour cela que la police voulait appréhender l'homme en question.

Harry remonta l'allée en courant, ouvrit la porte à la volée, traversa le foyer à toute vitesse et dévala l'escalier donnant sur le hall d'entrée. Il vit le dos en uniforme au-dehors et cria alors qu'il était toujours dans l'escalier : « Falkeid ! »

Sivert Falkeid se retourna, et Harry ouvrit la porte.

« Est-ce qu'un type est sorti par ici, à l'instant ? »

L'autre secoua la tête.

« Stankić est dans les murs. Sonne le tocsin ! »

Falkeid fit un signe de tête et leva le col de sa veste.

Harry remonta en hâte au foyer, remarqua un petit

téléphone rouge sur le sol et demanda aux femmes du vestiaire si elles avaient vu quelqu'un sortir de la salle. Elles s'entre-regardèrent et répondirent non à l'unison. Il demanda s'il existait d'autres issues que l'escalier vers le hall.

« Seulement l'issue de secours, répondit l'une.

— Oui, mais elle claque si fort qu'on l'aurait entendue, celle-là », fit observer l'autre.

Harry retourna près de la porte de la salle et passa en revue le foyer de gauche à droite, en essayant de penser aux possibilités de fuite. Martine lui avait-elle dit la vérité, cette fois-ci, était-ce réellement Stankić qui était venu ? Au même instant, il comprit que oui. Cette odeur douce flottait encore imperceptiblement dans l'air. L'homme qui était dans le chemin quand Harry était arrivé. Au même instant, il vit où Stankić avait dû s'enfuir.

Au moment où Harry ouvrit la porte des toilettes hommes, l'air glacial de la fenêtre ouverte tout au fond de la pièce l'assaillit. Il y alla, jeta un coup d'œil à la corniche et au parking en dessous, et abattit son poing sur le chambranle.

« Merde, merde !! »

Un son lui parvint de l'un des boxes.

« Ohé ! cria Harry. Il y a quelqu'un, là-dedans ? »

En guise de réponse, l'eau fut ouverte dans le cabinet avec un bruissement agacé.

Puis de nouveau ce bruit. Une sorte de couinement. Le regard de Harry balaya les boxes et trouva celui dont la serrure indiquait qu'il était occupé. Il se jeta à plat ventre et vit une paire de jambes terminées par des escarpins.

« Police, cria Harry. Vous êtes blessée ? »

Les couinements s'interrompirent.

« Il est parti ? chevrota une voix de femme.

— Qui ?

— Il a dit que je devais rester ici un quart d'heure.

— Il est parti. »

La porte du cabinet s'ouvrit. Thea Nilsen était assise à même le sol, entre les toilettes et le mur, le visage barbouillé de maquillage dégoulinant.

« Il a dit qu'il me tuerait si je ne lui disais pas où était Jon », sanglota-t-elle. Comme si elle voulait s'excuser.

« Et qu'est-ce que vous lui avez dit ? » voulut savoir Harry en l'aidant à s'asseoir sur le siège des toilettes.

Elle cilla deux fois.

« Thea, que lui avez-vous dit ?

— Jon m'a envoyé un texto, répondit-elle en fixant la paroi d'un œil vide. Son père est malade. Il prend l'avion pour Bangkok ce soir. Imaginez. Ce soir, là.

— Bangkok ? Vous l'avez dit à Stankić ?

— On devait saluer le Premier ministre, ce soir, poursuivit Thea, tandis qu'une larme coulait sur sa joue. Et il n'a même pas répondu quand j'ai appelé, ce... ce...

— Thea ! Est-ce que vous lui avez dit que Jon devait prendre l'avion ce soir ? »

Elle hocha la tête, en un mouvement de somnambule, comme si tout cela ne la concernait pas.

Harry se redressa et regagna péniblement le foyer, où Martine et Rikard discutaient avec un homme que Harry reconnut comme étant un membre du service de sécurité du Premier ministre.

« Mettez fin à l'alerte, lança Harry. Stankić n'est plus ici. »

Les trois autres se tournèrent vers lui.

« Rikard, votre sœur est là-dedans, vous pouvez vous occuper d'elle ? Et Martine, tu peux venir avec moi ? »

Sans attendre de réponse, Harry la saisit sous le bras, et elle dut courir pour le suivre dans l'escalier jusqu'à la sortie.

« Où allons-nous ?

— À l'aéroport d'Oslo.

— Et en quoi as-tu besoin de moi ?

— Tu seras mes yeux, chère Martine. Tu vas voir l'homme invisible pour moi. »

*

Il étudiait son propre visage dans la vitre du train. Front, nez, joues, bouche, menton, yeux. Essayant de voir ce que c'était, où était le secret. Mais il ne vit rien de particulier au-dessus du foulard rouge, juste un visage inexpressif dont les yeux et les cheveux contre les parois du tunnel entre Oslo S et Lillestrøm étaient aussi noirs que la nuit au-dehors.

CHAPITRE 33

Mardi 23 décembre
Le jour le plus court

Il fallut exactement deux minutes et trente-huit secondes à Harry et Martine pour courir de la Konserthus au quai de la station Nationaltheatret, où ils prirent deux minutes plus tard un train InterCity à destination de Lillehammer s'arrêtant à Oslo S et à l'aéroport d'Oslo. C'était un train plus lent, certes, mais ils iraient plus vite que s'ils attendaient le prochain départ du Flytog. Ils se laissèrent tomber dans les deux derniers sièges libres d'une voiture occupée par des soldats en permission de Noël et par des groupes d'étudiants équipés de briques de vin et de bonnets de père Noël.

« Qu'est-ce qui se passe ? voulut savoir Martine.

— Jon a réservé sur un vol.

— Il sait que Stankić est vivant ?

— Ce n'est pas Stankić qu'il fuit, c'est nous. Il a compris qu'il est démasqué.

— Il est démasqué ? répéta Martine en ouvrant des yeux comme des billes.

— Je ne sais vraiment pas par où il faut que je commence… »

Le train entra à quai à Oslo S. Harry examina le quai et les passagers, mais ne vit aucun Jon Karlsen.

« Ça a commencé quand Ragnhild Gilstrup a proposé deux millions de couronnes à Jon pour qu'il aide Gilstrup à acquérir une partie des possessions de l'Armée du Salut. Il lui a dit non parce qu'il ne lui faisait pas confiance. Il pensait qu'elle aurait trop de scrupules et vendrait la mèche. Alors il a fait son coup en loucedé et a discuté directement avec Mads et Albert Gilstrup. Il a exigé cinq millions, et que Ragnhild soit tenue à l'écart de cette petite transaction. Ils ont accepté.

— Comment est-ce que tu sais ça ? s'enquit Martine, qui avait du mal à refermer la bouche.

— Après la mort de Ragnhild, Mads Gilstrup a apparemment fait une espèce de dépression. Il a décidé de tout révéler. Alors il a appelé le contact qu'il avait dans la police. Un numéro de téléphone sur la carte de visite de Halvorsen. Halvorsen n'a pas répondu, mais Gilstrup a laissé ses aveux sur la boîte vocale. Il y a quelques heures, j'ai écouté le message. Il y dit entre autres que Jon a exigé qu'un accord écrit soit rédigé.

— Jon est quelqu'un d'ordonné », confirma Martine à voix basse. Le train quitta la gare, passa devant le domicile du chef de gare, la villa Valle, et entra dans le paysage gris des quartiers est, fait de cours intérieures décorées de cadavres de bicyclettes, de fils à linge nus et de vitres crasseuses.

« Mais qu'est-ce que tout ça a à voir avec Stankić ? Qui l'a mandaté ? Mads Gilstrup ?

— Non. »

Ils furent aspirés dans le néant noir du tunnel, et dans l'obscurité, sa voix était tout juste audible par-dessus le cliquetis des rails. « C'était Rikard ? Dis-moi que ce n'était pas Rikard…

— Pourquoi penses-tu que c'est Rikard ?

— La nuit où Jon m'a violée, c'est Rikard qui m'a retrouvée près des toilettes. J'ai dit que j'avais trébuché dans le noir, mais j'ai bien vu qu'il ne me croyait pas. Il m'a aidée à me remettre au lit sans réveiller les autres. Et même s'il n'a jamais rien dit, j'ai toujours eu la sensation qu'il voyait Jon, et qu'il comprenait ce qui s'était passé.

— Mmm. C'est pour ça qu'il te protège avec autant d'acharnement. On dirait que Rikard t'aime vraiment beaucoup. »

Elle hocha la tête

« Ce doit être pour ça que je…, commença-t-elle, mais elle se tut.

— Oui ?

— Pour ça que je souhaite que ce ne soit pas lui.

— Alors dans ce cas, ton vœu est exaucé. » Harry regarda l'heure. Il leur restait un quart d'heure avant d'arriver.

Martine le regarda, déboussolée. « Tu… tu ne veux pas dire que… ?

— Que quoi ?

— Tu ne veux pas dire que papa était au courant du viol ? Qu'il a… a…

— Non, ton père n'a rien à voir là-dedans. Celui qui a commandité l'assassinat de Jon Karlsen… »

Ils furent brusquement ressortis du tunnel, et des champs blanc phosphorescents apparurent sous un ciel étoilé sans nuages.

« … c'est Jon Karlsen lui-même. »

*

La fille en uniforme SAS tendit son billet à Jon avec un sourire blanchi artificiellement et appuya sur un bouton devant elle. Une clochette résonna au-dessus d'eux, et le client suivant se précipita vers le guichet en agitant son numéro de file d'attente comme une machette.

Jon se tourna vers l'énorme hall des départs. Il était déjà venu, mais n'avait jamais vu autant de monde. Le vacarme des voix, des pas et des annonces s'élevait vers la voûte, pareille à celle d'une église. Une cacophonie pleine d'expectative, un fatras de langues et de bribes de postulats qu'il ne comprenait pas. À la maison pour Noël. Partis pour Noël. Devant les guichets d'enregistrement, des files d'attente s'enroulaient comme des boas entre les barrières.

Respire, se dit-il. Plein de temps. Ils ne savent rien. Pas encore. Peut-être jamais. Il vint se placer derrière une dame d'un certain âge et se pencha pour l'aider à déplacer sa valise lorsque la file avança tout à coup d'une vingtaine de centimètres. Lorsqu'elle se retourna pour lui sourire avec reconnaissance, il constata que sa peau n'était plus qu'une toile fine et d'une pâleur cadavérique tendue autour d'une tête de mort.

Il lui retourna son sourire, et elle se détourna enfin. Mais derrière le boucan des vivants, il entendait toujours le cri de la femme. Le cri persistant, insupportable, qui essayait de couvrir un moteur électrique rugissant.

Lorsqu'il s'était retrouvé à l'hôpital et avait appris que la police inspectait son appartement, il avait imaginé qu'ils pouvaient trouver l'accord passé avec Gilstrup Invest dans son secrétaire. Celui qui précisait que Jon recevrait cinq millions de couronnes si le conseil d'administration recommandait la proposition, signée d'Albert et Mads Gilstrup. Après que la police l'avait conduit à l'appartement de Robert, il était donc parti à Gøteborggata pour y chercher cet accord. Mais quand il était arrivé là-bas il y avait déjà quelqu'un. Ragnhild. Elle ne l'avait pas entendu à cause de l'aspirateur allumé. Elle avait l'accord sous les yeux. Elle avait vu. Vu ses péchés, tout comme sa mère avait vu les taches de sperme sur ses draps. Et comme sa mère, Ragnhild l'humilierait, le détruirait, le raconterait à tout le monde. À papa. Elle ne devait pas voir. J'ai pris ses yeux, songea-t-il. Mais elle crie toujours.

*

« Les mendiants ne disent pas non aux aumônes, expliqua Harry. C'est le nœud de l'affaire. Ça m'a frappé à Zagreb, c'est le moins que l'on puisse dire. Sous la forme d'une pièce de vingt couronnes norvégiennes qu'on m'a balancée. Et quand je l'ai vue tourner sur elle-même, par terre, je me suis souvenu que la veille, les TIC avaient trouvé une pièce croate dans la neige devant le magasin au coin de Gøteborggata. Ils ont automatiquement fait le rapprochement avec Stankić, qui s'était barré dans cette direction pendant que Halvorsen se vidait de son sang un peu plus haut dans la rue. Je suis sceptique de nature, mais quand j'ai vu cette pièce à Zagreb, ça a été comme si une puissance supérieure voulait me faire voir quelque chose. La première fois que j'ai vu Jon, un mendiant lui a renvoyé sa pièce de monnaie. Je me rappelle que j'ai été surpris qu'un mendiant refuse une aumône. Hier, j'ai retrouvé ce mendiant à la bibliothèque Deichmanske, et je lui ai montré la pièce que les TIC avaient retrouvée. Il m'a confirmé que c'était une pièce étrangère qu'il avait lancée sur Jon, et que ce pouvait fort bien être celle que je lui montrais. Oui, que c'était vraisemblablement celle-ci et pas une autre.

— Jon est donc peut-être allé en Croatie. Ce n'est pas interdit !

— Oh non. Ce qui est curieux, c'est qu'il m'a raconté qu'il n'était jamais allé à l'étranger, exception faite du Danemark et de la Suède. J'ai contrôlé avec le bureau des passeports, et là non plus, aucun n'a été délivré au nom de Jon Karlsen. En revanche, il y en a eu un d'établi au nom de Robert Karlsen, il y a dix ans.

— Jon a peut-être récupéré ce document de son frère ?

— Tu as raison. Ce document ne prouve rien. Mais il fait un peu réfléchir des cervelles engourdies comme la mienne. Et si Robert n'était jamais allé à Zagreb ? Si c'était Jon qui y était allé, par exemple. Il avait la clé de tous les appartements mis en location par l'Armée du Salut, y compris celui de Robert. Et s'il avait emprunté en douce le passeport de Robert, fait un saut à Zagreb sous son identité en se faisant passer pour lui au moment de mettre à prix la tête de Jon Karlsen ? En ayant dans l'idée de supprimer Robert ? »

Martine se grignotait pensivement un ongle.

« Mais si Jon voulait faire disparaître Robert, pourquoi programmer son propre assassinat ?

— Pour se fournir l'alibi parfait. Même si Stankić était pris et avouait, Jon ne serait jamais soupçonné. Il était la victime supposée. Que Jon et Robert aient échangé leur garde à cette date précise apparaîtrait comme un coup du sort. Stankić n'a fait que suivre ses instructions. Et quand Stankić et Zagreb découvriraient plus tard qu'ils avaient zigouillé leur donneur d'ordres, ils n'auraient plus aucune raison de terminer le boulot en faisant disparaître Jon. Il n'y avait personne pour payer la note et il y avait quelque chose de génial dans ce plan. Jon pouvait promettre autant d'argent à Zagreb qu'ils le voulaient, puisqu'il n'y aurait plus personne pour payer ensuite. Ni non plus la seule et unique personne qui pouvait infirmer que c'était Robert qui était à Zagreb ce jour-là, et qui aurait peut-être pu fournir un alibi concernant l'heure du meurtre : Robert Karlsen lui-même. Le plan faisait comme une boucle logique qui se refermait, tel un serpent qui se mord la queue, une construction autodestructrice qui ne laisserait rien, rien à quoi se raccrocher.

— Un homme d'ordre. »

Deux étudiants avaient entamé une chanson à boire, à deux voix, auraient-ils souhaité, sur un accompagnement de ronflements bruyants exécuté par l'une des recrues.

« Mais pourquoi ? Pourquoi devait-il supprimer Robert ?

— Parce que Robert l'a menacé. D'après le sergent-major Rue, Robert aurait menacé Jon de "le détruire" s'il approchait de nouveau une femme. Ma première idée, ça a été qu'ils parlaient de Thea. Mais tu avais certainement raison, à ce moment-là, quand tu m'as dit que Robert n'avait pas de sentiment particulier pour elle. Jon a prétendu que Robert était fou de Thea pour qu'on ait plus tard l'impression que Robert avait un mobile pour tuer Jon. La menace formulée par Robert concernait sans doute Sofia Miholjec. Une Croate de quinze ans qui vient de tout me raconter. Comment Jon l'a forcée à coucher avec lui, en la menaçant d'expulser sa famille de l'appartement dont l'Armée est propriétaire et hors du territoire si elle ruait dans les brancards ou si elle mouftait. Mais quand elle est tombée enceinte, elle est allée voir Robert qui l'a aidée, et lui a en plus promis d'arrêter Jon. Malheureusement, Robert n'a pas contacté directement la police ou la direction de l'Armée du Salut. Il a dû considérer ça comme une affaire de famille, qu'il a voulu régler en interne. J'ai compris que c'était la tradition, dans l'Armée du Salut. »

Martine ne quittait pas des yeux les champs couverts de neige, pâles dans la nuit, qui défilaient en ondoyant comme la houle.

« C'était donc son plan, murmura-t-elle. Qu'est-ce qui a mal tourné ?

— Ce qui foire toujours. Le temps.

— Le temps ?

— Si le vol à destination de Zagreb n'avait pas été annulé à cause de la neige, ce soir-là, Stankić serait rentré chez lui, il aurait découvert qu'il avait malencontreusement buté celui qui avait commandité l'assassinat, et l'histoire se serait arrêtée là. Au lieu de cela, Stankić a dû passer une nuit à Oslo, et il a découvert qu'il avait supprimé la mauvaise personne. Mais il ne sait pas que Robert Karlsen est le nom que le commanditaire leur a donné, alors il continue sa traque. »

Le haut-parleur annonça l'aéroport d'Oslo — *Gardermoen, descente à droite.*

« Et maintenant, tu vas attraper Stankić.

— C'est mon boulot.

— Tu vas le tuer ? »

Harry la dévisagea.

« Il a tué ton pote.

— Il te l'a dit ?

— J'ai dit que je ne voulais rien savoir, alors il ne m'a rien raconté.

— Je suis policier, Martine. On arrête les gens et on les remet à la justice.

— Tiens donc ? Pourquoi tu n'as pas déclenché l'alarme générale, alors ? Pourquoi tu n'as pas appelé la police à l'aéroport, pourquoi les troupes d'intervention ne sont pas en route, toutes sirènes hurlantes ? Pourquoi il n'y a que toi ? »

Harry ne répondit pas.

« Tu dois même être le seul à savoir ce que tu viens de me raconter, ou je me trompe ? »

Harry vit les contours modernes gris et lisses de l'aéroport apparaître à l'extérieur.

« Notre arrêt. »

CHAPITRE 34

Mardi 23 décembre
La crucifixion

Jon n'était qu'à une personne du guichet d'enregistrement lorsqu'il la sentit. Une odeur douceâtre de savon qui lui évoquait un vague souvenir. Lié à un événement survenu il y avait beaucoup trop longtemps. Il ferma les yeux et essaya de se le remémorer.

« Personne suivante, s'il vous plaît ! »

Jon avança, déposa valise et sac sur le tapis roulant et posa billet et passeport sur le guichet devant un type bronzé en chemise à manches blanches de la compagnie.

« Robert Karlsen, lut l'homme avant de jeter un coup d'œil à Jon, qui hocha la tête en guise de confirmation. Deux bagages. Et ceci, c'est votre bagage à main ? s'enquit-il en regardant le sac noir.

— Oui. »

L'homme feuilleta, tapa, et une imprimante crépitante cracha des bandelettes indiquant que les bagages allaient à Bangkok. C'est alors que Jon se rappela où il avait senti cette odeur. L'espace d'une seconde dans l'ouverture de la porte de son appartement, la dernière seconde durant laquelle il s'était senti en sécurité. L'homme au-dehors qui lui disait en anglais avoir un message pour lui avant de lever un pistolet. Il se fit violence pour ne pas se retourner.

« Bon voyage, monsieur Karlsen », lui souhaita l'homme avec un sourire éclair en lui rendant billet et passeport.

Jon se rendit rapidement aux files d'attente devant les portiques de sécurité. Au moment où il glissa le billet dans sa poche intérieure, il jeta un coup d'œil furtif par-dessus son épaule.

Il le regarda bien en face. Un bref instant, il se demanda si Jon Karlsen le reconnaissait, mais le regard de ce dernier poursuivit sa course. Ce qui l'inquiétait malgré tout, c'était que Jon Karlsen semblait avoir peur.

Il était arrivé un tantinet trop tard pour le coincer aux guichets d'enregistrement des bagages. Et il y avait péril en la demeure, car Jon Karlsen avait déjà pris place dans la file pour le contrôle de sécurité lors duquel tout et tout le monde était passé aux rayons X, et qu'un revolver n'avait aucune chance de franchir. Cela devait arriver de ce côté-ci.

Il inspira, resserra et relâcha son étreinte autour de la crosse de l'arme à l'intérieur du manteau.

Plus que tout, il avait envie d'abattre sa cible sur place, comme il en avait l'habitude. Mais même s'il pouvait disparaître dans la foule ensuite, ils fermeraient l'aéroport, vérifieraient l'identité des passagers, et non seulement il louperait son avion pour Copenhague dans quarante-cinq minutes, mais il irait en plus passer les vingt prochaines années derrière les barreaux.

Il se dirigea vers le dos de Jon Karlsen. Cela devait être fait de façon rapide et déterminée. Il devait aller jusqu'à lui, lui planter le revolver dans les côtes et lui présenter l'ultimatum de façon concise et aisément compréhensible. Puis le conduire calmement à travers le hall grouillant jusqu'au parking, derrière une voiture, un pruneau dans la tête, le corps sous la voiture, se débarrasser de l'arme avant le contrôle de sécurité, porte 32, avion pour Copenhague.

Il avait déjà à moitié sorti le revolver et se trouvait à deux pas de Jon Karlsen lorsque ce dernier sortit subitement de la file d'attente et fila à pas rapides vers l'autre extrémité du hall des départs. *Do vraga !* Il pivota et lui emboîta le pas, s'obligeant à ne pas courir. Il ne t'a pas vu, se répéta-t-il.

Jon se dit qu'il ne devait pas courir, que cela montrerait qu'il se savait découvert. Il n'avait pas reconnu le visage, mais ce n'était pas nécessaire. L'homme portait le foulard rouge. Dans l'escalier du hall des départs, Jon sentit la sueur monter. Arrivé en bas, il tourna les talons, et lorsqu'il fut hors de vue pour ceux qui se trouvaient dans l'escalier, il prit son sac sous le bras et accéléra. Les visages défilaient à toute vitesse devant lui : ils avaient tous les orbites vides de Ragnhild et son cri incessant. Il dévala un autre escalier et se retrouva subitement seul, dans l'air froid et humide, et l'écho de ses propres pas et de sa respiration que lui renvoyaient les parois d'un large couloir partant vers le bas. Il comprit qu'il menait au parking et hésita.

Plongea le regard dans l'œil noir d'une caméra de surveillance, comme si celui-ci pouvait lui apporter une quelconque réponse. Un peu plus bas, il aperçut un panneau lumineux au-dessus d'une porte, qui lui fit penser à une représentation de lui-même : une silhouette penaude, plantée les bras le long du corps. Les toilettes hommes. Une cachette. Hors de vue. Il pouvait s'enfermer dedans. Attendre pour ressortir qu'il ne reste que quelques minutes avant le départ de l'avion.

Il entendit l'écho de pas rapides qui approchaient. Il courut jusqu'aux toilettes, ouvrit la porte et entra. La pièce luisait sous ses yeux dans une lumière blanche telle qu'il pensa que le ciel devait se révéler à un mourant. Compte tenu de la situation reculée de ces toilettes dans le bâtiment, elles étaient ridiculement vastes. Des rangées vides de lavabos blancs attendaient au garde-à-vous le long d'un mur, face à autant de boxes. Il entendit la porte se rabattre doucement derrière lui et se refermer avec un petit déclic métallique.

*

L'air dans l'étroite salle de surveillance de l'aéroport d'Oslo était désagréablement sec et chaud.

« Là », indiqua Martine.

Harry et les deux vigiles Securitas dans leur fauteuil se tournèrent d'abord vers elle, puis vers le mur de moniteurs vers lequel elle tendait un doigt.

« Lequel ? demanda Harry.

— Là, répéta-t-elle en approchant de l'écran qui

affichait un couloir vide. Je l'ai vu passer. Je suis sûre que c'était lui.

— C'est la caméra de surveillance qui est dans le couloir qui descend au parking, expliqua l'un des gardiens.

— Merci. À partir de maintenant, je m'en occupe seul, annonça Harry.

— Attendez, l'arrêta le gardien. C'est un aéroport international, et même si vous avez une carte de la police, vous avez besoin d'une autorisation pour… »

Il se tut brutalement. Harry avait dégainé un revolver de sa ceinture de pantalon, et le soupesait. « On peut considérer que celle-ci convient, provisoirement ? »

Il n'attendit pas la réponse.

Jon avait entendu quelqu'un entrer dans les toilettes. Mais tout ce qu'il entendait à présent, c'était le ruissellement de l'eau dans les vasques blanches en forme de larme à l'extérieur du box dans lequel il s'était enfermé.

Jon était assis sur le couvercle de son siège de toilettes. Les boxes étaient ouverts par le sommet, mais les portes descendaient jusqu'au sol, ce qui lui évitait d'avoir à remonter les jambes.

Le ruissellement cessa, et il entendit un bruit d'éclaboussure.

Quelqu'un qui pissait.

Jon songea d'abord que ce devait être quelqu'un d'autre que Stankić, que personne n'a assez de sang-froid pour penser vidange avant de tuer. Il pensa ensuite que ce que lui avait raconté le père de Sofia était peut-être vrai : le petit sauveur, dont on pouvait louer les services pour une bouchée de pain à l'International Hotel de Zagreb, n'avait peur de rien.

Jon entendit distinctement le crissement d'une fermeture Éclair que l'on remontait, suivi de nouveau par la musique aquatique de l'orchestre de porcelaine.

Qui cessa comme sur ordre d'une baguette de chef d'orchestre. Il entendit derechef de l'eau qui coulait d'un robinet. Un homme se lavait les mains. Soigneusement. On coupa l'eau. Encore des pas. La porte grinça légèrement. Le déclic métallique.

Jon s'affaissa sur le couvercle du siège des toilettes, le sac toujours sur les genoux.

On frappa à la porte du box.

Trois coups légers, mais qui résonnèrent durement. Comme un écho d'acier.

Ce fut comme si le sang refusait d'irriguer son cerveau. Il ne bougea pas, ferma simplement les yeux et retint son souffle. Mais son cœur battait. Il avait lu quelque part que les oreilles de certains carnassiers peuvent percevoir les battements de cœur de proies effrayées, que c'est ainsi qu'ils les trouvent. Hormis ses battements de cœur, le silence était absolu. Il ferma très fort les yeux et songea que si seulement il se concentrait, il verrait le froid ciel étoilé à travers le toit, il verrait la logique invisible mais rassurante des planètes, le sens de tout cela.

Survint alors l'inévitable vacarme.

Jon sentit la pression de l'air sur son visage et crut un instant qu'elle était due à un coup de feu. Il ouvrit prudemment les yeux. Là où s'était trouvée la serrure, des esquilles pointaient, et la porte tenait de guingois.

L'homme devant lui avait ouvert son manteau. En

dessous, il portait une veste de smoking noire et une chemise d'un blanc aussi étincelant que les murs autour de lui. Autour du cou, il avait une écharpe rouge. En tenue de fête, songea Jon.

*

Il inspira l'odeur d'urine et de liberté tandis qu'il regardait la silhouette recroquevillée devant lui. Un petit garçon dégingandé, vert de trouille, qui attendait la mort en tremblant. Dans d'autres circonstances, il se serait demandé ce que ce garçon au regard bleu et voilé avait bien pu faire. Mais pour une fois, il le savait. Et pour la première fois depuis le père de Giorgi pendant le dîner de Noël à Dalj, cela lui apporterait une satisfaction personnelle. Et il n'avait plus peur.

Sans baisser son arme, il regarda rapidement l'heure. Trente-cinq minutes avant le départ de l'avion. Il avait vu la caméra de surveillance au-dehors. Ce qui signifiait sans doute qu'il y en avait également dans le parking. Ce devait être acccompli ici. Le faire sortir, puis entrer dans le box voisin, l'abattre, fermer le box de l'intérieur et filer. Ils ne découvriraient pas Jon Karlsen avant la fermeture de l'aéroport, la nuit venue.

« *Get out*[1] *!* » ordonna-t-il.

Jon Karlsen semblait être entré en transe, et ne bougea pas. Il leva son arme et visa. Jon Karlsen sortit lentement du box. S'arrêta. Ouvrit la bouche.

« Police. Lâche ton arme. »

1. « Dehors ! »

Harry tenait son revolver à deux mains, braqué sur le dos de l'homme à l'écharpe rouge, et il entendit la porte se refermer derrière lui avec un déclic métallique.

Au lieu de poser son arme, l'homme la maintint fermement contre la tête de Jon Karlsen et demanda avec une prononciation anglaise que Harry reconnut : « *Hello, Harry*. Tu as une bonne ligne de mire ?

— Parfaite. Juste à travers ta tête. Lâche ton arme, ai-je dit.

— Comment puis-je savoir que tu as une arme dans les mains, Harry ? Puisque c'est moi qui ai ton revolver ?

— J'en ai une qui a appartenu à un collègue, répondit Harry en voyant son propre index enserrer la détente. Jack Halvorsen. Celui que tu as poignardé dans Gøteborggata. »

Harry vit l'homme se raidir devant lui.

« Jack Halvorsen, répéta Stankić. Qu'est-ce qui te fait croire que c'était moi ?

— Ton ADN dans le vomi. Ton sang sur son manteau. Et le témoin que tu as devant toi.

— Je comprends, acquiesça lentement Stankić. J'ai tué ton collègue. Mais si tu le crois, pourquoi tu ne m'as pas déjà descendu ?

— Parce qu'il y a une différence entre toi et moi. Je suis policier, pas meurtrier. Alors si tu poses ton revolver maintenant, je ne te prendrai que la moitié de ta vie. Vingt ans, à la louche. À toi de choisir, Stankić. » Les muscles de Harry avaient déjà commencé à le faire souffrir.

« *Tell him*[1] *!* »

Harry comprit que c'était à Jon que Stankić l'avait crié en voyant Jon se réveiller.

« *Tell him !* »

La pomme d'Adam de Jon bondit comme un flotteur. Il secoua la tête.

« Jon ?

— Je ne peux pas...

— Il va te buter, Jon. Vide ton sac.

— Je ne sais pas ce que vous voulez que je...

— Écoute, Jon, commença Harry sans quitter Stankić du regard. Rien de ce que tu diras en ayant un flingue sur la tempe ne pourra être utilisé contre toi dans une salle d'audience. Pigé ? À cet instant précis, tu n'as rien à perdre. »

Les parois dures et lisses de la pièce renvoyèrent un écho anormalement sec et puissant de pièces métalliques en mouvement et de ressorts qui se tendaient lorsque l'homme en smoking arma son revolver.

« Stop ! s'écria Jon en leva les mains devant lui. Je vais tout vous dire ! »

Jon croisa le regard du policier par-dessus l'épaule de Stankić. Et vit que l'autre savait déjà. Peut-être depuis longtemps. Le policier avait raison : il n'avait rien à perdre. Rien de ce qu'il dirait ne pourrait être utilisé contre lui. Et bizarrement, il voulait raconter. En fait, il ne désirait rien plus ardemment.

« On attendait Thea devant la voiture, commença Jon. Le policier a communiqué un message que quelqu'un avait laissé sur sa boîte vocale. J'ai entendu que c'était Mads. Et j'ai compris quand le policier a dit que

1. « Dis-lui ! »

c'étaient des aveux, et qu'il allait t'appeler. J'ai compris que j'étais sur le point d'être démasqué. J'avais le couteau pliant de Robert, et j'ai réagi immédiatement. »

Il revit la façon dont il avait essayé de bloquer le bras du policier par-derrière, mais le jeune homme avait réussi à libérer l'une de ses mains et à la glisser entre la lame et sa gorge. Jon avait entaillé la main, encore et encore, sans parvenir à la carotide. Furieux, il avait frappé le policier à droite et à gauche, l'envoyant valdinguer comme une poupée de chiffon, et le couteau avait fini par l'atteindre dans la poitrine, une secousse avait traversé son corps, et ses bras s'étaient complètement ramollis. Il avait ramassé son téléphone mobile par terre et l'avait fourré dans sa poche. Il ne lui restait plus qu'à porter le coup de grâce.

« Mais Stankić vous a dérangé ? » intervint Harry.

Jon avait levé le couteau pour trancher la gorge du policier évanoui quand il avait entendu quelqu'un crier dans une langue étrangère, il avait levé les yeux et avait vu un type en blouson bleu arriver en courant vers eux.

« Il avait un pistolet, et il a fallu que je dégage », poursuivit Jon en sentant à quel point sa confession le soulageait, le libérait de son fardeau. Il vit Harry hocher la tête, il vit que le grand type blond comprenait. Et pardonnait. Il en fut tellement touché qu'il sentit sa gorge se nouer au moment de continuer : « Il m'a tiré dessus quand j'ai couru me cacher. Il a failli m'avoir. Il a failli me tuer, Harry. C'est un tueur fou. Tu dois le descendre, Harry. On doit l'arrêter, toi et moi… on… »

Il vit Harry baisser lentement son revolver et le glisser dans la ceinture de son pantalon.

« Que… qu'est-ce que tu fais, Harry ? »

Le policier reboutonna son manteau. « Je prends mes congés de Noël, Jon. Salut.

— Harry ? Attends… »

La certitude de ce qui allait arriver avait durant quelques secondes ôté toute trace d'humidité de sa gorge et de sa bouche, et les mots durent être extirpés de membranes sèches : « On peut partager l'argent, Harry. Écoute, on peut partager tous les trois. Personne n'a besoin de savoir. »

Mais Harry s'était déjà tourné vers Stankić, et il s'adressa à lui en anglais : « Je crois que tu trouveras assez d'argent dans ce sac pour que plusieurs personnes à l'International Hotel puissent faire construire à Vukovar. Et ta mère voudra peut-être en verser un peu pour l'apôtre à la cathédrale Saint-Stéphane.

— Harry ! cria Jon d'une voix aussi rauque qu'un râle d'agonisant. Tous les hommes méritent une nouvelle chance, Harry ! »

Le policier s'arrêta, la main sur la poignée de la porte.

« Regarde au plus profond de ton cœur, Harry. Tu dois bien y trouver un peu de pardon !

— Le problème, c'est que…, commença Harry en se frottant le menton. Je ne suis pas dans le pardon.

— Quoi ?! s'exclama Jon, estomaqué.

— Le salut, Jon. Le salut. C'est ça, mon activité. À moi aussi. »

Lorsque Jon entendit la porte se refermer derrière Harry, qu'il vit l'homme en tenue de fête lever son revolver et qu'il plongea le regard dans l'œil noir du canon, la peur s'était changée en douleur physique, et il ne savait plus à qui les cris appartenaient : à Ragnhild, à lui ou à l'un des autres. Mais avant que la balle lui mette le front en morceaux, Jon Karlsen eut le temps de parvenir à une vérité que des années de doute, de honte et de prières désespérées avaient couvée : que personne n'entend ni les cris ni les prières.

CINQUIÈME PARTIE

ÉPILOGUE

CHAPITRE 35

Culpabilité

Harry sortit du métro à Egertorget. C'était le 24 au soir, et les gens se pressaient à la recherche des derniers cadeaux. Une certaine paix de Noël semblait malgré tout être tombée sur la ville. On le voyait aux sourires satisfaits que les gens affichaient parce que les préparatifs étaient terminés, ou par simple résignation lasse. Un homme vêtu d'une tenue basée sur le concept de la doudoune passa lentement en se dandinant comme un astronaute, un grand sourire laissant échapper des nuages de vapeur entre des joues rondes bien rouges. Mais Harry vit *un* visage désespéré. Une femme pâle portant un fin blouson de cuir noir percé au coude, battant la semelle près de l'horlogerie.

Le jeune homme derrière le comptoir s'anima en voyant Harry, se hâta de servir le client dont il s'occupait et disparut dans l'arrière-boutique. Il en revint avec une montre à gousset, qu'il déposa sur le comptoir avec une expression satisfaite.

« Elle fonctionne, constata Harry, impressionné.

— On peut tout réparer, répondit le jeune homme. Veillez simplement à ne pas la remonter plus longtemps que nécessaire, ça fatigue le mécanisme. Essayez, je vais vous montrer. »

Pendant que Harry tournait la couronne, il sentit la rude friction du métal et la résistance du ressort. Et remarqua que le regard du jeune homme s'était fait plus fixe.

« Excusez-moi, reprit celui-ci, mais puis-je vous demander où vous vous êtes procuré cette montre ?

— Je l'ai reçue de mon grand-père, répondit Harry, surpris du recueillement soudain qu'il percevait dans la voix de l'horloger.

— Pas celle-là. *Celle-là.* » Il désignait celle que Harry avait au poignet.

« C'est mon ancien chef qui me l'a offerte, quand il est parti.

— Mazette. » Le jeune horloger se pencha sur le poignet gauche de Harry et étudia attentivement sa montre. « Incontestablement authentique. C'était un beau cadeau.

— Ah ? Elle a quelque chose de spécial ?

— Vous ne le savez pas ? » demanda l'horloger, incrédule.

Harry secoua la tête.

« C'est une Lange 1 Tourbillon, de chez A. Lange & Söhne. Au dos, vous trouverez un numéro de série indiquant le nombre d'exemplaires qui ont été fabriqués. Si ma mémoire est bonne, il y en a eu cent cinquante. Vous portez ce que l'horlogerie a fait de plus chouette. Oui, reste à savoir s'il est bien sage de la porter. Avec les prix de cette montre sur le marché, elle aurait davantage sa place à la banque.

— À la banque ? » Harry regarda l'aspect anonyme

de l'objet qu'il avait défenestré quelques jours plus tôt.

« Elle n'a pas l'air si classieuse…

— Justement. Elle n'existe qu'avec un bracelet classique en cuir noir, cadran gris, et il n'y a pas un seul diamant ni un seul gramme d'or sur cette montre. D'accord, ce qui ressemble à de l'acier banal est en fait du platine. Mais sa véritable valeur réside dans un travail d'horlogerie élevé au rang d'art.

— Bien. Selon vous, combien vaut cette montre ?

— Je ne sais pas. Mais à la maison, j'ai quelques catalogues donnant les prix d'enchères de montres rares, que je peux apporter demain.

— Donnez-moi juste un chiffre comme ça.

— Un chiffre comme ça ?

— Un ordre d'idée. »

Le jeune homme pointa la lèvre inférieure en avant et dodelina du chef. Harry attendit.

« En tout cas, moi je ne la céderais pas pour moins de quatre cent mille.

— Quatre *cent* mille couronnes[1] ?! s'exclama Harry.

— Non, non. Quatre cent mille dollars[2]. »

Ressorti de la boutique, Harry ne sentait plus le froid. Pas plus que cette torpeur fade qui ne l'avait pas quitté après douze heures d'un sommeil profond. Et il eut à peine conscience de la femme décavée en blouson de cuir fin et au regard de junkie qui vint lui demander s'il n'était pas le policier avec qui elle avait discuté quelques jours plus tôt, et s'il avait des infor-

1. Environ 49 000 euros.
2. Environ 299 000 euros.

mations sur son fils, que personne n'avait vu depuis quatre jours.

« Où a-t-il été vu pour la dernière fois ? demanda mécaniquement Harry.

— À ton avis ? À Plata, tiens !

— Comment s'appelle-t-il ?

— Kristoffer. Kristoffer Jørgensen. Ohé ? Tu es là ?

— Quoi ?

— Tu as un peu l'air de visionner, mec.

— Désolé. Tu devrais trouver une photo de lui et aller faire une déposition au premier étage de l'hôtel de police.

— Une photo ? répéta-t-elle en partant d'un rire de crécelle. J'ai une photo de lui quand il avait sept piges. Tu crois que ça le fera ?

— Tu n'as rien de plus récent ?

— Et à ton avis, qui l'aurait prise ? »

Harry trouva Martine à Fyrlyset. Le café était fermé, mais le réceptionniste avait laissé entrer Harry par l'arrière.

Elle était seule dans la buanderie du dépôt de vêtements, le dos tourné, occupée à vider la machine à laver. Il toussota pour ne pas l'effrayer.

Harry regarda ses omoplates et les muscles de sa nuque lorsqu'elle tourna la tête, et il se demanda d'où elle tenait cette douceur. Et si elle l'aurait toujours. Elle se redressa, pencha la tête de côté, chassa une mèche de cheveux de son visage et sourit.

« Salut, toi qui t'appelles Harry. »

Elle n'était qu'à un pas de lui, les bras le long du corps. Il la regarda bien. Sa peau que l'hiver avait rendue pâle, et qui malgré tout luisait curieusement.

Ses narines sensuelles, ouvertes, ses yeux étranges dont les pupilles avaient débordé, les faisant ressembler à des éclipses partielles de lune. Et ses lèvres qu'elle replia d'abord inconsciemment vers l'intérieur, avant de les humecter et de les réunir, douces et humides, comme si elle s'embrassait elle-même. Un tambour de séchage gronda.

Ils étaient seuls. Elle inspira profondément et rejeta légèrement la tête en arrière. Il n'avait qu'un pas à faire pour arriver jusqu'à elle.

« Salut », répondit-il. Sans bouger.

Elle cligna rapidement deux fois des yeux. Puis fit un bref sourire, un peu perdue, se retourna vers la paillasse et se mit à rassembler des vêtements.

« J'ai bientôt fini. Tu veux attendre ?

— J'ai des rapports à terminer avant que les vacances ne commencent.

— On organise un repas de Noël, demain, l'informa-t-elle en se tournant à demi. Tu as envie de venir aider ? »

Il secoua la tête.

« D'autres projets ? »

Aftenposten était ouvert sur la paillasse à côté d'elle. Ils avaient consacré une page entière au soldat de l'Armée du Salut découvert dans les toilettes de l'aéroport d'Oslo la veille au soir. Le journal faisait référence à l'agent supérieur de police Gunnar Hagen, qui disait n'avoir connaissance d'aucun auteur ni d'aucun mobile, mais qu'ils reliaient l'affaire au meurtre d'Egertorget une semaine plus tôt.

Étant donné que les deux défunts étaient frères et que les soupçons de la police se dirigeaient en premier lieu vers un Croate dont l'identité n'était pas connue, les journaux du jour avaient déjà commencé à conjecturer sur des querelles familiales. *VG* soulignait que les Karlsen avaient déjà passé des vacances en Croatie, et qu'avec la tradition croate de vendetta, une explication de ce genre n'était pas impensable. Le directeur de *Dagbladet* mettait en garde contre les préjugés et le manque de discernement entre des Croates et des éléments criminels parmi les Serbes et les Albanais du Kosovo.

« Je suis invité chez Rakel et Oleg, expliqua-t-il. Je viens d'y passer avec un cadeau pour Oleg, et ils m'ont demandé si je pouvais y aller demain.

— Eux ?

— Elle. »

Martine continua à plier tout en hochant la tête, comme s'il venait de faire une déclaration à laquelle elle devait réfléchir.

« Est-ce que ça veut dire que vous…

— Non. Ce n'est pas ce que ça veut dire.

— Elle est toujours avec l'autre, alors ? Le médecin ?

— Pour autant que je sache.

— Tu ne le lui as pas demandé ? » Il entendit la colère blessée qui s'était immiscée dans sa voix.

« Ça ne me regarde pas. Il va sûrement passer Noël avec ses parents. Point. Et toi, tu seras ici ? »

Elle hocha la tête sans rien dire, continua de plier.

« Je suis venu dire au revoir. »

Elle hocha la tête sans se retourner.

« Au revoir », soupira-t-il.

Elle cessa de plier. Il vit ses épaules trembler doucement.

« Tu comprendras. Tu ne le crois peut-être pas

maintenant, mais avec le temps tu comprendras que ça ne pouvait pas être… autrement. »

Elle se retourna. Ses yeux étaient baignés de larmes.

« Je le sais bien, Harry. Mais j'aurais quand même voulu. Un moment. Est-ce que ça aurait été trop demander ?

— Non, répondit Harry avec un sourire en coin. Un moment, ça aurait été bien. Mais il vaut mieux dire au revoir maintenant plutôt que d'attendre que ça fasse mal.

— Mais ça fait déjà mal, Harry. » La première larme se détacha.

Si Harry n'en avait pas su autant sur Martine Eckhoff, il aurait pensé qu'il était impossible qu'une si jeune femme sût ce que signifiait avoir mal. Au lieu de cela, il pensa à une chose que sa mère lui avait dite un jour à l'hôpital. Que plus vide qu'une vie sans amour, il y a une vie sans douleur.

« J'y vais, Martine. »

Et il le fit. Il rejoignit la voiture garée près du trottoir et tapa à la vitre. Qui descendit.

« Elle est grande, maintenant. Alors je ne sais pas trop si elle a encore besoin qu'on s'occupe d'elle. Je sais que tu le feras, de toute façon, mais je voulais que ce soit dit. Et te souhaiter un bon Noël, et bonne chance. »

Rikard sembla devoir dire quelque chose, mais se contenta de lui retourner son signe de tête.

Harry se mit en marche vers Eika. Il sentait déjà que le temps s'était radouci.

*

Halvorsen fut enterré le 27. Il pleuvait, l'eau de fonte formait de vigoureux ruisseaux dans les rues, et la neige dans le cimetière était grise et lourde.

Harry aida à porter le cercueil. Le frère cadet de Jack marchait devant lui. Harry reconnut la démarche.

Ils se réunirent ensuite au Valkyrien, un débit de boissons populaire plus connu sous le nom de Valka.

« Viens par ici, invita Beate en soustrayant Harry aux autres et en l'attirant jusqu'à une table dans un coin. Tout le monde était là », murmura-t-elle.

Harry hocha la tête. Sans révéler ce qu'il pensait. Que Bjarne Møller n'était pas venu. Personne n'avait eu de nouvelles de lui.

« Il y a deux ou trois trucs que je dois savoir, Harry. Puisque cette affaire n'a jamais été élucidée. »

Il la regarda. Son visage était pâle, ses traits tirés par le chagrin. Il savait qu'elle buvait un peu d'alcool, de temps en temps, mais elle n'avait que de la Farris dans son verre. Il se demanda pourquoi. S'il l'avait supporté, il aurait pris tous les sédatifs qu'il aurait trouvés.

« L'affaire n'est pas terminée, Beate.

— Harry, tu crois vraiment que je suis miro ? Elle a été transmise à un bandeur et un demi-inspecteur de KRIPOS qui brassent des piles de papiers et gratouillent les caboches qu'ils n'ont pas. »

Harry haussa les épaules.

« Mais tu l'as éclaircie, cette affaire, non ? Tu sais ce qui s'est passé, c'est juste que tu ne veux le dire à personne. »

Harry but une gorgée de café.

« Pourquoi, Harry ? Pourquoi est-ce si important que personne ne sache ?

— J'avais pensé te raconter. Après un peu de temps. Ce n'est pas Robert qui a commandité le meurtre à Zagreb. C'était Jon lui-même.

— Jon ? » répéta Beate, qui n'en croyait pas ses oreilles.

Harry lui parla de la pièce et d'Espen Kaspersen.

« Mais il fallait que j'en sois sûr. Alors j'ai conclu un marché pour avoir la seule chose qui puisse identifier Jon comme la personne qui était allée à Zagreb. J'ai donné le numéro de mobile de Jon à la mère de Stankić. Elle l'a appelé le soir où il a violé Sofia. Elle a dit que Jon avait d'abord parlé norvégien, mais que lorsqu'elle n'avait pas répondu, il avait demandé *Is that you?* en anglais, croyant manifestement avoir affaire au petit sauveur. Elle m'a appelé après pour me confirmer que c'était le même homme qu'à Zagreb.

— Elle en était absolument sûre ? »

Harry hocha la tête.

« L'expression qu'elle a utilisée, c'est *quite sure*. Jon avait un accent reconnaissable entre tous.

— Et qu'est-ce qu'elle a exigé de toi en échange ?

— De veiller à ce que son fils ne soit pas abattu par nos hommes. »

Beate but une solide gorgée de Farris, comme si elle en avait besoin pour avaler cette information.

« Toi, tu lui as promis ça ?

— J'ai juré. Et voici ce qu'il faut surtout que tu saches. Ce n'est pas Stankić qui a tué Halvorsen. C'est Jon Karlsen. »

Elle le regarda, bouche bée. Les larmes lui montèrent alors aux yeux, et l'amertume s'empara de sa voix : « C'est vrai, Harry ? Ou tu dis ça juste pour que je me sente mieux ? Parce que tu penses que je n'aurais pas supporté de vivre avec l'idée que le coupable s'en était tiré ?

— Eh bien… on a quand même le couteau pliant retrouvé sous le lit dans l'appartement de Robert le lendemain du viol de Sofia. Si tu demandes en toute discrétion à l'Institut médico-légal de vérifier si le sang qui est sur la lame correspond au profil ADN de Halvorsen, je crois que tu atteindras une certaine paix intérieure. »

Beate baissa les yeux sur son verre.

« Je sais que dans le rapport, il est écrit que tu es entré dans les toilettes, mais que tu n'y as vu personne. Tu sais ce que je pense ? Que tu y as vu Stankić, mais que tu n'as rien fait pour l'arrêter. »

Harry ne répondit pas.

« Je crois que la raison pour laquelle tu n'as rien raconté à personne sur tes certitudes concernant la culpabilité de Jon, c'est que tu ne voulais pas que quelqu'un s'en mêle avant que Stankić ait pu terminer son boulot. Tuer Jon Karlsen. » La voix de Beate vibrait de colère. « Mais si tu crois que je vais te remercier pour cela, tu te trompes. »

Elle reposa rudement son verre, et deux ou trois personnes leur jetèrent un coup d'œil. Harry attendit sans piper.

« On est des policiers, Harry. On fait respecter l'ordre, on ne juge pas. Et tu n'es pas mon putain de sauveur, tu piges ? »

Elle prit une inspiration frémissante et passa le dos

de sa main sur ses yeux, qui avaient commencé à couler.

« Tu as terminé ? voulut savoir Harry.

— Oui, répondit-elle avec un regard de défi.

— Je ne connais pas toutes les raisons qui m'ont fait faire ce que j'ai fait. Le cerveau ressemble à un gros ordinateur. Tu as peut-être raison. Je me suis peut-être préparé à ce qui s'est passé. Mais je veux que tu saches que dans ce cas, ce n'était pas pour ton salut, Beate. » Harry vida sa tasse d'un trait et se leva. « C'était pour le mien. »

*

Durant les jours ouvrables entre Noël et le jour de l'an, les rues furent nettoyées par la pluie, la neige disparut complètement, et lorsque la nouvelle année commença avec quelques degrés en dessous de zéro et une nouvelle neige toute légère, l'hiver semblait avoir pris un nouveau et meilleur départ. Oleg s'était vu offrir des skis alpins, et Harry l'emmena sur la piste de Wyller et commença par les virages en chasse-neige. Dans la voiture qui les ramenait en ville, après trois jours à plat ventre, il demanda à Harry si le slalom était bientôt au programme.

Harry constata que la voiture de Lund-Helgesen était devant le garage, et il libéra donc Oleg en bas de l'allée, rentra chez lui, s'allongea sur le canapé et se mit à contempler le plafond en écoutant des disques. Les vieux.

Au cours de la deuxième semaine de janvier, Beate fit savoir qu'elle était enceinte. Que l'enfant qu'elle attendait de Halvorsen naîtrait à l'été. Harry passa ses souvenirs en revue et se demanda jusqu'à quel point on pouvait être aveugle.

Harry eut tout le loisir de réfléchir en janvier, puisque la partie de l'humanité vivant à Oslo semblait avoir pris la résolution de marquer un temps d'arrêt en matière de meurtres réciproques. Il gambergea alors sur la possibilité de laisser Skarre emménager avec lui dans le bureau 605, le bureau de reconnaissance. Il pensa à ce qu'il allait faire du restant de ses jours. Et il se demanda si on savait jamais si on avait bien agi de son vivant.

Ce ne fut qu'à la fin février que Harry réserva un billet d'avion pour Bergen.

La ville entourée de sept montagnes était toujours plongée dans l'automne et privée de neige, et sur Fløien, Harry eut le sentiment que le nuage qui les enveloppait était le même que la fois précédente. Il le trouva à une table du Fløien Folkerestaurant[1].

« On dit que c'est ici que tu te caches, en ce moment.

— J'ai failli attendre, répondit Møller en terminant son verre. Tu as mis le temps. »

Ils sortirent et allèrent près de la balustrade du point de vue. Møller était encore plus pâle et amaigri que la dernière fois. Son regard était clair, mais son visage était gonflé, et ses mains tremblaient. Harry penchait plus pour les cachets que pour l'alcool.

« Je n'ai pas compris tout de suite à quoi tu faisais référence, avoua Harry. Quand tu m'as conseillé de suivre l'argent.

1. Restaurant panoramique situé au sommet du mont Fløien, à 320 mètres d'altitude.

— Je n'avais pas raison ?

— Si. Tu avais raison. Mais je pensais que tu parlais de mon affaire. Pas de toi.

— Je parlais de toutes les affaires, Harry. » Le vent chassait et rabattait de longues mèches de cheveux sur le visage de Møller. « D'ailleurs, tu ne m'as pas dit si Hagen est satisfait du dénouement de ton histoire. Ou plus exactement, de l'absence de dénouement. »

Harry haussa les épaules.

« David Eckhoff et l'Armée du Salut ont évité un douloureux scandale qui aurait pu nuire à leur renommée et à leur travail. Albert Gilstrup a perdu son fils unique, une bru et a vu annuler un contrat qui aurait peut-être pu sauver la fortune familiale. Sofia Miholjec et sa famille retournent à Vukovar. Ils ont reçu le soutien d'un nouveau bienfaiteur local pour y faire construire. Martine Eckhoff fréquente un gars nommé Rikard Nilsen. En bref, la vie suit son cours.

— Et toi ? Tu revois Rakel ?

— De temps en temps.

— Et l'autre, là, le toubib ?

— Je ne pose pas trop de questions. Ils ont leurs problèmes.

— Elle veut te voir revenir, c'est ça ?

— Je crois qu'elle aimerait que je sois le genre de type qui puisse avoir le même style de vie que lui. » Harry ouvrit les pans de sa veste et plissa les yeux vers la prétendue ville sous eux. « Et quelquefois je l'espère pour ainsi dire moi aussi. »

Ils se turent.

« J'ai apporté la montre de Tom Waaler, et je l'ai fait examiner par un jeune horloger qui s'y connaît dans ce genre de choses. Tu te souviens que je t'avais parlé de la fois où j'avais eu un cauchemar à propos de cette Rolex qui tictaquait au bras sectionné de Waaler ? »

Møller hocha la tête.

« J'ai eu l'explication. Les montres les plus chères au monde ont un système tourbillon qui fonctionne à la fréquence de vingt-huit mille fois à la seconde. Ce qui donne l'impression que la trotteuse avance de façon uniforme. Et le fait que le mécanisme ne soit pas mû par une pile rend le tic-tac plus intense que dans le cas des autres montres.

— Chouettes montres, les Rolex.

— La marque Rolex avait simplement été apposée par un horloger pour dissimuler de quel genre de montre il s'agit réellement. C'est une Lange 1 Tourbillon. Un exemplaire sur cent cinquante. De la même série que celle que tu m'as offerte. La dernière fois qu'une Lange 1 Tourbillon a été mise aux enchères, le prix a frisé les trois millions de couronnes. »

Møller hocha la tête, un très, très vague sourire sur les lèvres.

« C'était comme ça que vous vous payiez ? voulut savoir Harry. Avec des montres à trois millions ? »

Møller déboutonna son manteau et écarta les pans de sa veste.

« Ce sont des valeurs plus stables et moins ostentatoires que des voitures de prix. Moins tape-à-l'œil que des œuvres d'art, plus faciles à écouler que de l'argent, et qui n'ont pas besoin d'être blanchies.

— Et les montres, c'est quelque chose que l'on transmet.

— Effectivement.

— Qu'est-ce qui s'est passé ?

— C'est une longue histoire, Harry. Et comme tant de tragédies, elle a commencé avec les meilleures intentions. On était un petit groupe de personnes qui voulaient contribuer à de bonnes actions avec les moyens dont elles disposaient. Rectifier des choses que la société de droit n'arrivait pas à rectifier seule. »

Møller enfila une paire de gants noirs.

« On dit que la raison pour laquelle il y a tant de criminels en liberté, c'est que le système juridique est un filet à grosses mailles. Mais l'image est on ne peut plus fausse. C'est un filet fin, à mailles très étroites, qui prend les petits, mais qui se déchire quand les gros arrivent en force. Nous voulions être le filet derrière le filet, ce qui arrêterait les requins. Il n'y avait pas que des gens de la police, mais aussi des juristes, des politiques et des bureaucrates qui voyaient que notre structure sociale, notre législation et notre système judiciaire n'étaient pas prêts face à la criminalité organisée internationale qui a envahi notre pays quand nous avons ouvert les frontières. La police n'avait pas les pleins pouvoirs qui nous permettraient de jouer le jeu des criminels. Jusqu'à ce que la législation soit mise à jour, nous devions par conséquent agir en secret. »

Møller secoua la tête, le regard perdu dans le brouillard.

« Mais dans les lieux secrets, fermés et qui ne peuvent pas être aérés, la pourriture finit toujours par apparaître. Chez nous, il s'est développé tout un tas de bactéries qui ont d'abord dit que nous devions faire entrer des armes de contrebande qui égaleraient celles sur lesquelles nos adversaires mettaient la main. Puis qui seraient revendues de façon à pouvoir financer nos activités. C'était un étrange paradoxe, mais ceux qui regimbaient découvraient rapidement que la culture de bactéries avait pris le dessus. Et les cadeaux arrivaient. De petites choses, au départ. Pour aider l'inspiration en vue d'apports à venir, disaient-ils. Et faire comprendre que ne pas accepter serait perçu comme un manquement à la solidarité. Mais ce n'était que la phase suivante dans le processus de putréfaction, une corruption qui t'incorporait imperceptiblement jusqu'à ce que tu te retrouves d'un seul coup dans la mouise jusqu'au cou. Et il n'y avait aucune possibilité de repli, ils en savaient trop sur toi. Le pire, c'est que tu ne savais pas qui "ils" étaient. On s'était organisés en cellules de quelques personnes qui n'entraient en contact que par le biais d'une personne, tenue par le secret professionnel. Je ne savais pas que Tom Waaler était l'un d'entre nous, que c'était lui qui organisait le trafic d'armes, encore moins qu'il y avait quelqu'un ayant pour nom de code Prinsen. Pas avant que toi et Ellen Gjelten ne le découvriez. Et à ce moment-là, j'ai compris que nous avions depuis longtemps perdu de vue notre véritable but. Que notre seul motif depuis belle lurette, c'était de nous enrichir. Que j'étais corrompu. Et que j'étais complice dans… (Møller inspira profondément)… le meurtre de policiers comme Ellen Gjelten. »

Des nuages, entiers ou effilochés, passaient devant et autour d'eux, comme si Fløien volait.

« Un jour, j'en ai eu ma claque. J'ai essayé de me sortir de tout ça. Ils m'ont exposé les choix. Qui étaient simples. Mais je n'ai pas peur. La seule chose que je crains, c'est qu'ils s'en prennent à ma famille.

— C'est pour cela que tu les fuis ? »

Bjarne Møller hocha la tête.

« Et tu m'as offert cette montre pour y mettre un terme ? soupira Harry.

— Ce devait être toi, Harry. Ça ne pouvait être personne d'autre. »

Harry hocha la tête. Il sentit une boule grossir dans sa gorge. Il repensa à quelque chose que Møller avait dit la dernière fois qu'ils étaient venus au sommet de cette montagne. Qu'il était cocasse de penser qu'à six minutes du centre de la seconde ville de Norvège quelqu'un puisse se perdre et trépasser. La façon dont on peut se trouver dans ce que l'on croit être un lieu de justice, pour subitement perdre toute notion de direction et devenir ce que l'on combat. Il songea au grand calcul dans sa tête, à tous les choix qu'il avait faits, importants ou non, et qui l'avaient conduit à ces dernières minutes à l'aéroport d'Oslo.

« Et si je n'étais pas si différent de toi, chef ? Si je te disais que je pourrais devenir ce que tu es maintenant ? »

Møller haussa les épaules. « Il y a des hasards et des nuances qui distinguent le héros du criminel, ça a toujours été comme ça. L'intégrité est la vertu du paresseux sans visions. Sans criminels ni malheur, on vivrait encore dans une société féodale. J'ai perdu, Harry, c'est aussi simple que cela. J'ai cru à quelque chose, mais j'ai perdu la vue, et quand je l'ai recouvrée, mon cœur avait été corrompu. Ça arrive tout le temps. »

Harry frissonna dans le vent et chercha ses mots. Lorsqu'il en eut trouvé quelques-uns, sa voix lui parut étrangère et tourmentée : « Désolé, chef. Je ne peux pas te coffrer.

— C'est bon, Harry, je me charge du reste. » La voix de Møller était calme, presque réconfortante. « Je voulais simplement que tu puisses tout voir. Et comprendre. Et peut-être apprendre. C'est tout. »

Harry laissa son regard se perdre dans le brouillard impénétrable, et tenta en vain de faire comme son supérieur et ami lui avait demandé : de tout voir. Harry garda les yeux ouverts jusqu'à ce que jaillissent les larmes. Lorsqu'il se retourna, Bjarne Møller avait disparu. Il cria son nom dans le brouillard, bien qu'il sût que Møller avait eu raison : c'était tout. Mais il pensa que quelqu'un devait malgré tout crier son nom.

DU MÊME AUTEUR

Chez Gaïa Éditions

RUE SANS-SOUCI, 2005, Folio Policier, n° 480.

ROUGE-GORGE, 2004, Folio Policier, n° 450.

LES CAFARDS, 2003, Folio Policier, n° 418.

L'HOMME CHAUVE-SOURIS, 2003, Folio Policier, n° 366.

Aux Éditions Gallimard

Dans la Série Noire

FANTÔME, 2013.

LE LÉOPARD, 2011, Folio Policier, n° 659.

CHASSEURS DE TÊTES, 2009, Folio Policier, n° 608.

LE BONHOMME DE NEIGE, 2008, Folio Policier, n° 575.

LE SAUVEUR, 2007, Folio Policier, n° 552.

L'ÉTOILE DU DIABLE, 2006, Folio Policier, n° 527.

Aux Éditions Bayard Jeunesse

LA POUDRE À PROUT DU PROFESSEUR SÉRAPHIN, vol. 1, 2009.

Composition: IGS-CP
Impression Novoprint
le 3 avril 2013
Dépôt légal : avril 2013
1er dépôt légal dans la même collection: mars 2012

ISBN 978-2-07-044769-5./Imprimé en Espagne.

254631